녹색모자 좀 벗겨줘

暴改的命

누군가는 역사를 바꾸고,
누군가는 나이를 바꾸고,
누군가는 성별을 바꿨지만,
왕창츠는 운명을 바꿨다.

篡改的命

# 녹색모자 좀 벗겨줘

둥시(東西)
장편소설

이영구 · 이민숙 옮김

달아심

# 생기발랄한 핍박과 생동감 넘치는 저항

위화(余華)

　몇 년 동안 소식이 없던 둥시가 그의 신작『운명 바꾸기(篡改的命)』(한국어판의 제목은 '녹색모자 좀 벗겨줘')를 출판했다. 20년 전 우리는 광둥에서 처음 알게 되었는데, 당시 주강(珠江) 삼각주의 도시에서는 들판도 볼 수 있었다. 내 기억에 우리는 밤에 함께 둥관(東莞)에 있는 영화관에 갔는데, 영화관 내부가 모두 새것이었다. 참신한 벽지와 의자, 천장의 불빛은 이 영화관이 개관한 지 얼마 안 되었음을 알려주었다. 그런데 영화관 바닥에는 해바라기씨 껍질이 잘 깔려 있는 카펫처럼 수북이 쌓여 있었다. 해바라기씨 껍질을 밟자 생기발랄한 소리가 들렸다.

　『운명 바꾸기』를 다 읽고 나서 나는 이 작품에서 사용하고 있는 어휘에 대해 뭐라 한 마디로 표현하고 싶다는 생각에 이래저래 궁리를 해봤지만 그것 역시 쉽지 않았다. 일상의 언어로 쓴 작품이라고 하기에는 문어가 많고, 또 문어로 쓴 작품이라고 말하기에는 문어의 문법에 맞지 않는 부분이 있었다. 확실히 유려한 필치의 소설은 아니다. 늦은 밤 술집에 앉아서 목청 돋우고 이야기하면서 T. S. 엘리엇 혹은 비스와바 심보르스카의 시를 외는 사람들은 이 소설에 나오는 어떤 단어도 떠올리지 못할 것이다. 반면에 또 이 소설에서 사용하는 언어를 저속하다는 말로 표현할 수도 없는 것이 중국 슈퍼리그에서 두 팀의 광팬이 욕하며 싸울 때도 기본적으로 이 소설에 나오는 단어를 사용하지 않기 때문이다. 나는 20년 전 동관 영화관의 바닥에 깔려 있던 해바라기씨 껍질을 밟았을 때 들었던 생기발랄한 소리를 떠올리며 작품의 어휘에 맞는 적절한 어휘를 찾아내고 싶었다. 생기발랄, 그래 생기발랄이 딱 어울린다.

둥시는 생동감 넘치는 글쓰기 방식을 선택한 뒤에 핍박과 저항 그리고 추함과 아름다움을 생생하게 그려냈고, 이와 함께 이야기도 자연스럽게 전개되고 있다. 단순히 내러티브로만 본다면 『운명 바꾸기』는 단점과 장점이 동시에 명확하게 드러나고 있다. 적확하게 말하면 단점과 장점이 같아서 지우개로 단점을 지워버린다면 장점도 함께 사라질 것이다. 내 생각에 둥시는 이 작품을 쓸 때 이런 문제는 전혀 고려하지 않고 그저 생기발랄하게만 써나간 것 같다.

이야기의 중심에 왕창츠가 있다. 그의 운명에는 농촌 청년의 불운 혹은 현재의 권력도 없고 돈도 없고 배경도 없는 사람들의 좌절된 인생이 집중적으로 표현되어 있다. 왕창츠는 부친 왕화이의 꿈을 안고 대학입학능력시험을 본다. 이것은 그의 운명을 바꿀 수 있는 유일한 출구이다. 그러나 커트라인보다 20점이나 높은 점수를 받고도 대학에서 떨어진다. 다른 사람이 그의 이름을 도용했기 때문이다. 바로 이 순간 그는 '운명 바꾸기'의 길로 접어들었다. 그러나 왕창츠는 이와 같은 상황을 전혀 대수롭지 않게 여기는 모습으로 작품에 처음 모습을 드러낸다. 대학에 떨어졌는데도 그는 전혀 타격을 입지 않은 채, 아버지에게 감히 이 소식을 말씀드리고 못하고 있을 뿐, 그때까지만 해도 그 후로 얼마나 고달픈 인생이 자신을 기다리고 있는지를 몰랐다. 왕화이는 속에서 열불이 났다. 아들이 커트라인을 넘고도 떨어진 사실을 받아들일 수 없어 아들을 데리고 현 교육청에 가서 항의하기로 마음먹었다. 아들 왕창츠는 부친 왕화이를 따라가서 사람들에게 무시당하고 싶지 않았다. 왕화이는 왕창츠에게 물러빠진 놈, 다른 사람에게 당해도 싸다고 욕했다. 왕화이가 찾아낸 정당한 방식은 교육청에 가서 양반다리를 하고 앉아서 시위하는 것이었다. 시위는 사회의 하층민이 핍박을 받은 뒤에 할 수 있는 유일한 표현 방식이다. 그 결과는 짐작이 가고도 남는다. 어느 누구도 그들을 상대하지 않았고, "우리한테 있던 관심마저 다 없어졌어요"라고 했던 왕창츠의 말처럼 어느 누구도 그들에게 관심을 보이지 않았다. 사람이 정의로울 것이라 굳게 믿었던 왕화이는 저항 방식을 바꿔 3층으로 올라가서 국장 사무실의 복도 난간에 올라섰다. 국장과 부국장, 입학처 사람들의 관심을 끌기는 했지만 결국 그는 난간에서 떨어졌다. 이때부터 그는 반신불수가 되었고, 이 가난한 집은 그 뒤로 더욱 궁핍해졌다.… 비극은 이제 겨우 시작일 뿐이었다. 줄거리가 계속 빠르게 바뀌고, 서술이 진행됨에 따라 서로 다른 인물이 등장하고 그에 따라 사회적 현실이 확장되고, 냉정한 세상이 그들의 눈앞에 펼쳐졌다.

둥시는 상심하고 슬퍼하는 사람이 아니다. 그는 유쾌한 사람이다. 그런데 그의 『운명 바꾸기』는 절망적인 작품이다. 부친 왕화이와 모친 류샹쥐, 건설 현장의 인부, 왕창츠가 인생을 살면서 동병상련을 느낀 이런 저런 사람들은 거의 모두가 무정한 운명을 짊어지고 살고 있다.

작품 속에 희망의 끈도 보인다. 허샤오원이라는 아가씨가 왕창츠에게 시집왔는데, 이 아가씨는 교양은 부족하지만 사람이 선량하고 부지런하다. 그들은 결혼을 한 뒤 아이를 낳고 고된 삶 속에서 한때 즐거운 시간을 보내기도 했다. 그러나 왕창츠는 결국 아들 왕다즈에게 자신과 같은 전철을 밟지 않게 하려고 왕다즈를 돈과 권력이 있는 집으로 보냈고, 그 때문에 허샤오원도 결국 왕창츠를 떠났다. 시 노동청의 여자 과장 멍쉔은 소설 속의 다른 간부와는 달리 그래도 동정심은 있는 간부였다. 그녀는 진심으로 왕창츠를 도와주었다. 이에 감동한 허샤오원은 그녀에게 감사의 마음을 표하기 위해 정성을 다해 종쯔를 만들었다. 혹시 쌀에 모래라도 들었을까봐 쌀 한 톨까지도 일일이 골라냈다. 종쯔 안의 쌀은 일일이 컵으로 계량해서 넣었고, 크기도 일정하게 만들었으며, 종쯔를 찔 때 시간을 자명종에 맞춰 먹기 좋게 알맞게 쪘다. 왕창츠는 이렇게 정성들여 만든 종쯔를 멍쉔에게 줬고, 멍쉔은 여러 번 인사를 한 뒤 종쯔를 받아 가방 안에 넣고 갔다. 위생 문제 때문이었는지는 모르겠지만, 멍쉔은 쓰레기통을 지나가다가 왕창츠가 이미 멀리 갔다고 생각하고 종쯔 봉지를 쓰레기통에 던졌다. 이를 본 왕창츠는 심한 충격을 받았다.…… 소설 속의 희망은 언제나 순식간에 지나간다.

『운명 바꾸기』의 줄거리는 상당히 드라마틱하다. 그래서 작품을 읽을 때 지나치게 드라마틱하다고 느낄 수도 있지만 개인적으로 별로 중요하지 않다고 생각한다. 더 중요한 것은 여기서 둥시가 최선을 다해 그의 인물을 드라마틱하게 그려냈다는 것이다. 또한 드라마틱한 줄거리의 전개가 가끔 세부 줄거리 전개에 단점으로 작용할 수도 있지만, 나는 이것 역시 중요하지 않다고 생각한다. 중요한 것은 둥시가 생기발랄한 언어로 생기발랄한 핍박과 생동감 넘치는 저항을 그려내고 있다는 점이다.

한국 독자들에게

# 위로 올라가는 글쓰기의 힘은 아래로 내려가는 글쓰기를 통해 얻어진다

2019년 8월에 한국 영화 〈기생충〉(혹은 〈상류 사회에 기생하다〉)이 제72회 칸 영화제 황금종려상을 수상했을 때 저는 깜짝 놀랐습니다. 당시 영화는 중국에서 아직 개봉되지 않았고, 그저 몇 백 자 정도의 간단한 소개만 있는 상황이었습니다. 저는 이 영화가『운명 바꾸기』와 내용이 겹칠까봐 상당히 걱정되었습니다.『운명 바꾸기』는 2015년 8월에 출판되었습니다. 책을 구상하고 집필하기까지 약 24개월이 걸렸습니다. 『운명 바꾸기』를 개편한 영화는 4차 대본까지 나왔는데, 나와 첸젠빈 (陳建斌) 감독이 함께 제작했습니다. 대본을 논의하던 초기에 나는 첸 감독에게 이렇게 말한 적이 있습니다. "소설 구상을 할 때 제목을 '기생 (寄生)' 혹은 '기생초(寄生草)'라고 하면 어떨까 생각해봤습니다. 주인공 왕창츠가 자신의 아이를 부잣집에 보내고 자신은 '그림자 아버지' 가 되어야겠다고 마음먹었는데, 사실 이것이 '기생(寄生)'이나 다름없지요." 저의 이 비유에 흥분한 첸 감독은 제게 양모 팡즈스의 신분을 영

8

문과 교수에서 생물학과 교수로 바꾸고, 팡즈즈가 강당에서 '기생초'와 '기생게(寄生蟹)'에 대해 강의하는 장면을 꼭 넣어달라고 부탁했습니다. 우리는 1년에 한 차례씩 만나 편안한 마음으로 문예를 창작하며 서로를 맞춰나갔습니다. 그러던 중에 〈기생충〉이란 제목의 영화가 한국에서 나왔는데, "하류 사회의 일가족 네 명이 어떻게 상류 사회의 가정으로 진입했는지⋯⋯"를 다루고 있었습니다. 저는 인터넷에서 최선을 다해 이 영화의 소재를 검색해봤는데, 한 번도 나온 적도 없고 저작권에도 문제가 없었습니다. 영화 개봉을 기다리는 몇 개월 동안 저는 영화 〈기생충〉의 줄거리가 제 소설과 '추돌'하면 어쩌나 온갖 상상을 다했습니다. 만약 정말 그렇다면 저로서는 하늘의 뜻으로 보거나, 그렇지 않으면 지역과 직업을 초월한 크리에이터들이 동시에 같은 문제를 생각할 수 있다는 것을 재차 증명하는 것이겠지만, 정확히 같은 이야기를 상상해낼 가능성은 거의 없습니다.

연말에 영화가 아시아 중국어권 지역에서 상연되면서 저는 영화 전체를 볼 수 있었습니다. 영화를 다 보고 나서야 저는 한숨을 돌렸습니다. 그랬습니다. 저와 봉준호(奉俊昊) 감독은 똑같이 사회의 계층 문제를 다루고 있습니다. 그러나 봉준호 감독은 영화에서 자주 사용하는 '공간 전달 방식'을 통해 사회의 계층 문제를 다루고 있고, 저는 소설에서 사용하는 '시간의 방식'을 통해 사회의 계층 문제를 서술하고 있습니다. 저는 수십 년의 시간을 다루고 있고 그는 지상과 지하라는 공간을 다루고 있는 것입니다.

영화 〈기생충〉의 우수한 점은 바로 공간의 설계에 있습니다. 이 공간은 계속 안 보이다가 영화의 중반부에 와서야 비로소 여과 없이 드러납니다. 영화의 주요 배경은 박 사장의 대저택입니다. 드넓은 실내와 초록 잔디가 깔려 있는 정원, 사람들이 부러워하는 윤택한 생활과 아름다움이 넘치는 집입니다. 그러나 집주인들은 이 집에 방공호로 통하는 비밀 통로가 있다는 사실을 모릅니다. 이 방공호는 바로 지하실로 가정부의 남편이 숨어 살고 있습니다. 그는 빚쟁이를 피해 도망 와 이곳에서 생활한 지 몇 년이나 되었습니다. 박 사장의 가족이 밤에 잠들면 그는 몰래 나와 음식을 먹습니다. 주말에 박 사장이 가족을 데리고 캠핑을 간 사이에 속임수를 통해 박 사장의 집에 들어와 일을 하는 기택 일가 네 식구는 대저택에서 흡족한 듯 주인 행세를 합니다. 자신의 존재를 망각한 채 즐기고 있을 때 기택의 처인 현재의 가정부 충숙이 말합니다. "주인이 돌아오면 우리는 바퀴벌레처럼 어둠속으로 몸을 숨겨야겠지." 말이 떨어지기가 무섭게 그들에 의해 쫓겨났던 이전 가정부가 돌아와서 자신의 남편을 보러 갑니다. 기택 일가는 이를 통해 저택 안에 비밀 통로가 있다는 사실을 알게 됩니다. 지하실은 영화 후반부의 중심입니다. 지하실은 박 사장의 가족 어쩌면 '금수저'라 불리는 사람들은 모르는 공간으로, 이들은 기택 일가의 노동력과 지혜만 필요할 뿐 그들이 지하에서 살고 있는 것 자체를 몰랐습니다. '금수저'를 가장 당혹스럽게 했던 것은 다름 아닌 '바퀴벌레족'의 몸에서 나는 특이한 냄새입니다. 박 사장은 그것을 지하철에서 나는 냄새라고 말했지만, 사실은 지하실에서 나는 냄새였습니다. 이 냄새는 불편했고, 결국에는 큰 인재를 불러일으킵니다. 영화에서는 사회 계층의 문제를 지상과 지하라는 공간으로 비유하고 있는데, 정말이지 기가 막히게 절묘합니다.

저는 또 한 편의 다른 영화 〈언더그라운드〉가 떠올랐습니다. 1995년 제48회 칸 영화제 황금종려상을 받은 이 영화는 유고슬라비아의 에밀 쿠스트리차 감독이 시나리오를 쓰고 영화를 찍었습니다. 1990년대 많은 문학청년들은 이 영화를 보고 흥분했습니다. 이 영화는 1941년 유고슬라비아의 나치 점령기에서부터 1995년 내전까지의 시기를 배경으로 하고 있습니다. 혁명가들이 마르코 집의 지하실에 피신하면서 이야기는 시작됩니다. 지상에서는 마르코와 그의 정부 나탈리아가 행복하게 생활하고 있는 반면 지하에 사는 블랙키, 이반, 요반 등은 '햇빛을 볼 수 없는 어두운 생활'을 하고 있습니다. 마르코는 지상과 지하를 잇는 유일한 사람이었습니다. 전쟁이 끝났음에도 불구하고 그는 매일 공습경보를 발령하면서 지하 사람들을 속이며, 그들이 생산한 무기를 암시장에 팔아 돈을 벌기 위해 아직도 전쟁 중이라고 거짓말을 했습니다. 잘못된 정보 때문에 지하의 사람들은 호방한 기백과 투지가 넘쳐났고, 적에 대한 분노만 아니면 그래도 행복한 생활을 할 수 있을 것 같다고 말합니다. 그 당시 저는 쿠스트리차 감독의 아이디어에 감탄하면서 지상과 지하의 공간적 관계가 그에 의해 최고에 달했다고 생각했는데, 24년 뒤에 봉준호 감독이 이 공간을 한국에 옮겨놓을 줄은 생각도 못했습니다. 두 영화의 차이는 전자는 혁명과 전투의 이름을 달고 있고, 후자는 고용인과 피고용인의 이름을 달고 있다는 것입니다. 그렇지만 두 영화 모두 현실의 문제를 민감하게 다루고 있습니다.

이와 같은 아래로 내려가는 글쓰기는 유도탄이 제 심장을 폭격하듯 그렇게 제 마음을 흔들어놓았습니다. 저도 모르게 카프카가 1923년부터 1924년까지 쓴 단편소설 「굴」이 떠올랐습니다. "굴을 팠는데 좀 잘 판 것 같아." 이 작품은 늙고 작은 동물에 관한 이야기입니다. 그는 유명한 디자이너가 성을 설계하듯 자신이 어떻게 굴을 설계했는지, 또 어떻게 밤낮 없이 광장과 미로 같은 통로를 팠는지를 회상하고 있습니다. 또한 자신의 굴이 발견되어 침범당하는 것을 왜 이렇게 두려워하는지에 대해 특히 많은 지면을 할애해 적고 있습니다.

"굴 입구는 이끼로 덮여 있지만, 안전하지 않은 것 같다." 그는 굴속에 있으면서도 알 수 없는 불안함에 굴의 이끼 밑이 차라리 더 안전하겠다는 생각을 합니다. 훌륭한 굴을 가지고 있지만 안정감은 없습니다. 그는 심지어 굴의 맞은편에 쪼그리고 앉아서 어떤 동물이 자신을 귀찮게 구는지를 살피고 관찰합니다. 한 번은 굴 입구를 두 개를 파서 적을 혼란에 빠뜨릴까도 생각해봅니다. 또 굴로 돌아올 때 다른 길로 돌아와 다른 동물의 미행을 따돌리는 상상도 합니다. 다른 동물의 추적을 피하기 위해 그는 지금까지 굴로 통하는 진짜 통로로 가본 적이 없습니다. 그러나 이번에는 이리로 가야할 것 같았습니다. "나는 모든 의심을 떨쳐내고 백주대낮에 곧장 굴 입구를 향해 내달린다. 이번에야말로 이 입구를 온전히 열어보리라. 그러나 나는 그러지를 못했다. 너무 달렸다! 입구를 지나쳐서 일부러 가시덤불 속으로 나를 내던졌다. 나를 벌하기 위해, 나 자신도 모르는 내 죄를 벌하기 위해."

저는 이 작은 동물에게 사로잡혔는데, 이 동물은 제가 잘 알고 있는 대다수의 약자들처럼 신중하고, 겁도 많고, 예민하고, 사랑스러웠습니다. 저는 작품에서 작가의 공포를 봤습니다. 카프카는 틀림없이 장기간 동안 개미와 벌레를 관찰한 뒤에 그들의 몸에 자신의 머리와 심장을 장착했을 겁니다. 그렇지 않고서야 작은 동물이 입구를 지나쳐 달려간 뒤 자신을 벌하기 위해 미끄러진 척하는 세부 줄거리는 나올 수 없었을 겁니다. 30년 전에 제가 정말 지루하다고 느꼈던 이 소설을 오늘 다시 읽자 뜨거운 눈물이 눈에 그렁그렁했습니다. 어쩌면 저는 카프카가 아니라 그 속에서 제가 처한 모종의 상황을 읽었을지도 모릅니다.

1997년에 저는 결단코 영화 〈언더그라운드〉와 이탈리아의 소설가 디노 부차티의 단편소설 「7층」을 본 적도 없고, 〈기생충〉은 한참 뒤에 나왔고 카프카의 「굴」도 대충 읽었습니다. 그러나 저는 제 직감만 믿고 『거꾸로 빌딩(反義詞大樓)』을 썼습니다. 이 빌딩은 18층짜리 가상의 빌딩으로, 이 빌딩에 들어가는 사람은 사실과 정반대로 말해야 합니다.

예를 들어 미워하면 사랑한다고 말해야 하고, 반대하면 찬성한다고 말해야 하고, 문맹이면 지식인이라고 말해야 하고, 투박하면 고상하다고 말해야 하고, 어두우면 불이 환하게 켜져 있다고 말해야 하고, 아첨하면 꿈이 원대하다고 말해야 합니다.…… 이 빌딩의 규칙은 반대로만 말하면 됩니다. 이 규칙에 따라 말하기만 하면 가장 높은 18층에 올라갈 수 있습니다. 이것은 당시에 유행하던 위로 올라가는 글쓰기로, 정반대로 말한 대가를 치러야 합니다. 2005년에『쑤퉁(蘇童): 내 인생에 영향을 끼친 20편의 소설』이 출판되었는데, 저는 여기서 부차티의 소설『7층』을 보았습니다. 이 글 역시 아래로 내려가는 글쓰기입니다. '7층 건물'은 요양원으로, 증세가 경미한 사람은 7층에 입원하고, 병이 악화될수록 저층에 입원합니다. 만약 당신이 1층에 입원해 있다면 이것은 사망 선고나 다름없습니다. 3월 어느 새벽에 쥬세페 코르테는 장티푸스를 앓다가 미열이 나서 이곳에 와 요양하게 됩니다. 의사는 그의 병은 병이라고도 할 수 없으며 7층에서 며칠 만 있다가 퇴원하면 된다고 합니다. 그러나 같은 층에 있고 싶어 하는 한 엄마와 두 아이를 위해 방을 비워야 했기 때문에 그는 임시로 6층으로 가는 것에 동의합니다. 또 병원의 내규 개정, 검사의 편리성, 잦은 층간의 이동 금지, 의료진의 집단 휴가, 의사의 오진, 저층으로 내려갈수록 높아지는 의술 등등의 원인 때문에 쥬세페 코르테는 결국 1층에 입원하길 원합니다. 계속해서 병실을 옮겨달라는 그의 요구가 병증을 기반으로 하지 않기 때문에 독자인 저로서는 이 모든 것이 요양원의 잘못이라고 느꼈습니다. "갑자기 병실이 왜 이렇게 어두워졌지? 아직 오후 나절이었다. 쥬세페 코르테는 이상하리만큼 무감각한 상태에서 몸이 굳어가는 느낌이 들어 온 힘을 다해 침대 머리맡 서랍장 위에 놓인 시계를 바라봤다. 오후 3시 30분이었다. 그는 다른 쪽으로 고개를 돌렸다. 창문 셔터가 이상한 명령에 따라

들어오는 빛을 차단하면서 서서히 닫히고 있는 것이 보였다." 이렇게 그는 세상을 떠났습니다. 그가 치료를 받다가 죽었다고 이해할 수도 있 겠지만, 저는 그가 정말로 중병을 앓고 있었으며, 의료진의 하얀 거짓말 이 그가 임종할 때 7층으로 돌아갈 수 있다는 희망을 주었다고 믿고 싶 었습니다. 처음으로 제게 아래로 내려가는 글쓰기로도 '위로 올라가는 따뜻한 글쓰기'가 가능하다는 것을 보여주었습니다.

지금 한창 붐이 일고 있는 긍정적 에너지의 글쓰기는 작가들의 마음 을 시험하고 있습니다. "플러스의 제곱은 마이너스이다. 즉 사회의 좋 은 점만 쓰다가 도리어 사회의 현실을 제대로 반영해내지 못하는" 과거 의 글쓰기를 지양해야 하고, 복잡한 현실에서 출발해 사람들이 승복할 수 있는 내용의 글을 써내야 합니다. 솔직히 세상의 모든 글은 모두가 긍정적 에너지로 쓴 글로, '독자를 나쁘게 만드는 것'을 목표로 글을 쓰 는 작가는 아무도 없습니다. 지구의 재난을 다룬 작가들의 소설은 독 자들에게 지구의 소중함을 일깨워줄 수 있습니다. 또한 부패 소설을 쓰 는 작가들은 부패의 확산이 아닌 부패의 근절을 위해 부패 소설을 씁니 다.

잔인한 삶에 대한 서사는 현재의 행복을 직시하기 위해 씁니다. 바로 프랑스 작가 알베르 카뮈가 말한 "삶에 대한 절망 없이는 삶에 대한 희 망도 없다"입니다. 이것이 정상적인 사람의 심리적 반응입니다. 만약 우 리가 사람의 이와 같은 반응을 무시하고 긍정적인 에너지의 글쓰기에 만 사로잡혀 "좋은 사람은 결점도 없고, 그들이 온실 속의 화초처럼 깨 끗하게 자랐다"라고 쓴다면, 독자들은 과연 어떤 반응을 보이겠습니 까? 비정상적인 독자를 제외하면 대부분 의문을 가질 것입니다. 독자 가 의문을 제기하면 작가들은 어쩔 수 없이 '혼자만의 세계'에 빠져듭 니다. 누군가가 "작가는 진흙탕 같은 삶을 묘사하는 대신 햇빛 찬란한 삶에 눈을 돌려야 한다"고 말했습니다. 그러나 진흙탕을 묘사하지 않는다면 어떻게 진흙에서 나왔지만 더러움에 물들지 않는 연꽃을 그려낼 수 있을까요? 우리는 타격을 할 때 주먹을 뒤로 젖혔다가 앞으로 쳐야 타격의 효과가 크다는 사실을 알고 있습니다. 글쓰기도 마찬가지입니다. 작품이 긍정적인 힘을 가지려면 종종 반대 방향에서 글쓰기를 시작해야 합니다. 부정적인 에너지가 클수록 긍정적인 에너지가 두드러지고, 거대 악을 이겨야만 거대한 선을 얻을 수 있습니다. 미적 가치를 고려하지 않는다면 세상의 모든 글쓰기는 다 가능하며 심지어 '다 위대하다'고 할 수 있습니다. 그러나 우리가 독자에게 조금이라도 긍정적인 에너지를 줄 생각이 있다면, 그렇다면 우리는 반드시 "마이너스의 제곱은 플러스다. 즉 사회의 부정적인 면을 씀으로써 이를 통해 사회의 문제점을 반영할 수 있는" 글쓰기 방법을 배워야만 합니다. 용감하게 아래로 써 내려 가다보면 언젠가는 위로 올라가는 글쓰기도 가능할 것입니다.

2020년 1월
둥시(東西)

# 차례

프롤로그

# 1

왕창츠(汪長尺)는 예상보다 십 분이나 일찍 미리 봐둔 장소에 도착
했다. 그는 일평생 지각이란 것을 해본 적이 없다. 그래서 마지막 순간
까지도 '지각'이란 단어를 떠올리지 못했다. 그는 말끔하게 옷을 차려
입고 이발도 하고 수염도 깎았다. 원래는 아주 새끈한 가죽신을 사 신
을 작정이었다. 그러나 5백 위안이면 농촌에 사시는 아버지 집에 유리
창을 달아드릴 수 있는데 하는 생각에 침을 삼키고 손을 쥐었다 폈다
하다가 그냥 포기했다. 지금 그는 하얗게 빤 해방화(解放靴)를 신고 시
장(西江)대교 정중앙의 난간 옆에 서 있다. 이곳이 다리에서 제일 높기
때문에 물에 떨어졌을 때도 효과가 가장 클 거라고 생각했다. 사람은
누구나 한평생 산 뒤에 말없이 조용히 사라지거나 아니면 소리를 내면
서 떠나가거나, 이 둘 중에 하나를 선택해서 간다. 하늘은 더없이 파랗
고 구름은 전에 없이 맑고 깨끗했다. 그에게 마지막으로 한 번만 더 생
각해보란 듯 날씨가 그렇게 좋을 수가 없었다. 수면에는 햇살이 가득했
다. 잔물결에 일렁이는 햇살에 눈이 부셨다. 이전에는 그렇게도 싫던 자
동차의 굉음도 지금은 듣기 좋았고, 차에서 내뿜는 매연도 상큼한 향기
처럼 흩어졌다. 양쪽 강가에 줄지어 서 있는 집을 바라보면서 생각했다.
'그가 틀림없이 어느 창문 뒤에 숨어서 내가 어떻게 죽는지 망원경을
들고 지켜보고 있겠지.'

제1장
# 집착

# 2

왕창츠는 꿀꿀한 소식을 왕화이(汪槐)에게 겨우 알렸다. 왕화이는 혼자서 술을 퍼마시고 있다가 그 소식을 듣자 상한 계란이라도 먹은 것처럼 구역질을 해댔다. 그러나 소식은 소식일 뿐 계란을 토해낼 방법이 없어 그저 참는 수밖에 없었다. 참다 참다 속이 뒤집히는지 한숨을 쉬면서 말했다.

"커트라인은 넘겼다고 했잖아? 커트라인도 넘었는데 왜 떨어진 거래?"

왕창츠가 고개를 숙이며 말했다.

"제가 원서를 잘못 기입했대요."

"어떻게 썼기에?"

"앞쪽이 베이징대학교, 칭화대학교이면 뒤쪽도 이 순서에 따라 기입해야 한대요."

픽! 왕화이가 들고 있던 술잔을 던지면서 말했다.

"간덩이가 부었구나. 49년부터 지금까지 현(縣) 전체를 통틀어 칭화대나 베이징대에 합격한 놈이 한 놈도 없었는데."

"제대로만 적었다면 제 점수 정도면 아무리 똥통 학교라도 한 군데는 갈 수 있었대요."

"고개를 숙이고 다닌다고 해서 모든 사람이 다 돈을 볼 수 있는 것은 아니지. 똥통 학교에 갈 팔잔데 명문대는 무슨?"

"아무래도 그들이 장난친 것 같아요."

"네가 네 기회를 발로 차버렸는데, 누가 너한테 장난을 쳐? 권력도 없고, 배경도 없고, 돈도 없는 삼무(三無)인생인 너는 매사가 외줄타기 인생인데 누가 감히 너랑 운명을 가지고 장난을 쳐?"

삼무인생은 알이 꽉 찬 벼이삭마냥 고개를 숙이고 또 숙였다. 저녁 내내 그는 고개를 들지 못했다. 논의 벼이삭처럼 자기도 한창 여물고 있다는 듯이 그 자세 그대로 있었다. 왕화이의 두 다리는 후들거렸고 류솽쥐(劉雙菊)의 두 다리는 걱정에 떨고 있었다. 깨진 술잔 조각에서 흰빛이 나고, 누렁이는 식탁 아래에 숨어 있었다. 바람이 불어와 집 안의 무거운 공기를 쓸어냈다. 그 덕에 뒷목이 소염진통제를 바른 것처럼 시원했다. 왕화이와 류솽쥐 아무도 왕창츠에게 말을 걸지 않았다. 침묵이 곧 벌이라는 것을 모두가 너무나 잘 알고 있었다. 자살하고 싶다는 생각이 언뜻 스쳤다. 어디서 어떤 방식으로 자살할 건지도 다 생각했다. 그러나 이 생각은 지우개로 지워버리듯 바로 떨쳐버렸다.

밤이 깊어지면서 샤워하는 소리, 문 닫는 소리는 들렸지만 침대에서는 아무 소리도 들리지 않았다. 평소에 그렇게 삐걱대던 침대 소리도 오늘 밤에는 전혀 나지 않았다. 세상의 모든 즐거움이 멈춘 것 같기도 하고 그를 위로하는 것 같기도 했다. 왕화이의 코고는 소리가 들리고 나서야 왕창츠는 무릎을 꿇고 깨진 술잔 조각을 주워 담았다. 한참을 줍다가 오른쪽 집게손가락이 깨진 술잔 조각에 베여 피가 났지만 아무런 통증도 느끼지 못했다.

다음날 새벽에서야 술이 깬 왕화이는 오늘 왕창츠와 함께 입학처를 찾아가 사정이야기를 해볼 작정이었다. 왕창츠는 방 안에 누워서 꼼짝도 하지 않았다. 왕화이가 발꿈치로 문을 걷어찼다. 이것이 그가 발로 표현할 수 있는 최대의 방법이었다. 왕창츠의 어깨가 들썩였다. 여자애들처럼 눈물을 질질 짜고 있었다. 손수건이 이미 다 젖어 있었다.

"이게 운다고 해결될 문제냐?"

운다고 해결될 문제가 아니란 것쯤은 왕창츠도 다 안다. 그래도 울고 나면 속이 좀 풀린다. 안 울려고 했지만 그럴수록 눈물이 더 났다. 손수건으로 얼굴을 가리면 울음을 막을 수 있다고 생각했지만 흑! 하는 소리에 자기도 모르게 눈물이 터지면서 훌쩍이던 소리가 대성통곡으로 변했다. 문간에서 지켜보던 왕화이는 무슨 한 편의 비극 공연을 보는 것 같았다. 한바탕 울고 난 왕창츠는 순간 창피한 생각이 들어 천천히 울었다. 그 덕에 울음소리도 잦아들고 결국에는 알아서 울음을 멈췄다. 울음이 어느 정도 진정된 뒤에도 심장은 여전히 두근거렸고 한기마저 느껴졌다.

"갈 수 있겠냐?" 왕화이가 물었다.

"손가락을 베였어요."

"손 쓸 일은 없으니 따라나서기만 하면 된다."

"밤새 한숨도 못 잤어요."

"네 엄마가 너 낳을 때 나도 이틀 밤낮을 못 잤지만 아무 상관없더라."

왕창츠가 눈을 비비며 말했다.

"제가 원서를 잘못 기입해서 그런 건데 누굴 탓해요?"

"따져야지. 이렇게 사람을 속이는 법이 어디 있냐고."

먼저 씻겠다고 했다. 왕화이는 앞문에서 기다렸다. 왕창츠는 천천히 씻었다. 있는 힘껏 두 손으로 이마에서 턱, 턱에서 이마까지 씻고 또 씻었다. 여자들이 얼굴 마사지하듯 문지르고 또 문지르면서 평생 얼굴만 문지르고 있을 기세였다. 그러나 자명종처럼 들려오는 왕화이의 기침 소리에 그의 인내가 한계에 다다랐음을 알았다. 왕창츠는 왕화이와 함께 가서 사람들 앞에서 창피를 당하느니 도망가는 편이 낫겠다고 생각했다. 그래서 뒷문으로 갔는데, 왕화이가 이미 문 밖에 서 있는 것이 아닌가. 왕화이는 1초 전에 앞문에서 뒷문으로 와 있었다. 왕창츠는 문턱을 넘던 오른발을 안으로 다시 집어넣으려 했으나 어떻게 해도 안 되었다. 왕화이의 죽일 듯한 눈빛에 기가 눌려 마비라도 온 것처럼 멈춰 있었다.

"화장실 가려고?"

왕창츠가 고개를 저었다.

그들은 도로를 향해 걸어갔다. 왕화이가 앞에서 걷고 왕창츠가 그 뒤를 따랐다. 왕화이는 백팩을 메고 있었다. 그가 걸을 때마다 찰랑! 하고 물소리가 났다. 백팩 안에는 군용 물병이 들어 있다. 물이 꽉 차 있을 때는 소리가 안 나지만 물이 반쯤 차 있을 때는 찰랑! 하고 소리가 난다. 백팩에서 옥수수 향이 났다. 한참을 걷다보니 온몸이 땀범벅이었다.

"더워?"

"안 더워요."

안 덥다고 말했지만 전신에서 식은땀이 났다. 왕창츠는 생각했다.

'뒤도 한 번 안 돌아보시는데 내가 덥다는 걸 어떻게 아셨을까?'

"목마르니?"

"아니요."

"배 안 고파?"

"괜찮아요."

사실 왕창츠는 8시간 동안 먹지도 마시지도 자지도 않았다. 지금까지 그가 한 말은 모두 새빨간 거짓말이었다. 왕화이에게 반항이라도 하듯 거짓말을 해댔다.

두 사람은 아무 말도 하지 않았다. 길고 긴 길에서 발자국 소리만 터벅터벅 울려 퍼졌다. 푸른 새들이 날아가고 있었다. 숲에 참깨를 뿌리듯 바다에 치어를 풀어놓은 것처럼 그 모습이 아주 자유로워 보였다. 왕화이의 발걸음이 점점 더 빨라졌다. 20미터 남짓 가서야 왕창츠가 자신을 따라오지 못하고 있다는 것을 알아챘다. 그는 멈춰 서서 물병을 꺼내 한 모금 마셨다. 멀리서 술 냄새가 났다. 물이 아니었다. 왕창츠가 가까이 오기를 기다렸다가 물병을 건넸다.

"한 모금 마실래?"

왕창츠는 고개를 저었다. 그제야 왕창츠는 왕화이의 머리가 더럽게 헝클어져 있다는 것을 알았다. 옷깃에 묻은 땀자국은 녹물처럼 변했고, 메고 있는 백팩은 헝겊 조각을 덧대어 기운 것이었다. 왕창츠는 생각했다.

'내가 덥수룩한 머리에 지저분한 옷을 입고 표준어도 제대로 못하는 이 술주정뱅이와 함께 가서 입학처 사람들과 이야기해야 한단 말인가?'

왕화이의 작은 등을 바라보면서 왕창츠는 점점 위축되었고 앞길이 막막하다고 느꼈다. 차밭을 지나던 왕창츠는 갑자기 지구를 떠날 기세로 미친 듯이 차밭 안으로 돌진했다. 나뭇가지가 뺨을 때리듯 그의 얼굴을 스쳐 지나갔다. 사실 그는 뛸 수 없었다. 그대로 나무에 엎어져서 숨을 몰아쉬었다. 숨을 헐떡이면서 왕화이의 욕을 들었다.

"왕창츠, 이 배짱도 없는 놈. 너는 내 아들도 아니다. 물러빠진 놈. 따지는 것이 당연한데도 따지러 가지도 못하고. 다른 사람한테 당해도 싸다 싸."

욕이 머리 위에서 맴돌았다. 바람이 불자 목소리가 떨리면서 비장하게 들렸다. 왕창츠는 나무를 껴안았다. 어머니를 껴안듯 점점 더 세게 껴안다가 나중에는 팔이 다 아팠다. 나무를 껴안은 채 그대로 잠이 들었다. 잠에서 깨자 손발이 다 저렸다. 손발이 몸에서 떨어져나가 나무가 된 것 같았다. 땅에 앉아서 천천히 의식을 찾고 손과 발의 감각이 돌아오고 나서야 일어나서 집으로 왔다.

집 앞에 있던 류솽쥐가 물었다.

"왜 돌아왔니?"

"신분증을 놔두고 가서."

류솽쥐는 마을 어귀를 한 번 쳐다보더니 말했다.

"속 편하게 아버지 혼자 가시게 놔뒀니? 그 성질머리에 여차하면 싸울 텐데."

"제가 찾아볼게요."

"양심은 있니? 아버지는 너를 위해서 가셨는데."

"쪽팔려서요."

그 말에 류솽쥐는 한동안 멍하게 서 있었다.


다음날 왕창츠는 왕화이가 돌아올 거라고 생각했다. 그런데 날이 저물도록 돌아오지 않고 밤이 깊도록 그의 그림자는커녕 발자국 소리도 안 들렸다. 새벽까지 귀를 쫑긋 세우고 있었으나 그의 발소리는 들리지 않았다. 류솽쥐가 발을 동동 구르며 매일같이 왕창츠에게 가서 아버지를 도와주라고 성화를 냈지만, 왕창츠는 일부러 못 들은 척했다. 닷새가 지나자 류솽쥐가 말했다.

"네가 가서 아버지를 안 모셔오면 벼가 다 엉망이 될 게다."

왕창츠는 문 앞 의자에 앉아서 먼 산을 바라봤다. 류솽쥐가 왕창츠를 한 번 밀었다. 그는 오뚝이 돼지저금통처럼 기울어졌다가 다시 튕겨 제자리로 돌아왔다. 류솽쥐가 어느 쪽에서 힘을 주어 밀던지 간에 그의 엉덩이는 만능 풀을 붙여놓은 것처럼 어찌해도 의자에서 떨어지지 않았다.

"네 아버지가 사람들에게 잡혀갔을지도 모르는 이 판국에, 뭔 영문인지 너까지 엉덩이를 딱 붙이고 꼼짝도 않는구나. 너 돌부처니? 안 도와줘도 되니, 제발 가서 시신이라도 가져 와라."

류쌍쥐는 이렇게 말하면서 눈물을 훔쳤다. 눈시울이 붉어져 금방이라도 울 기세였다. 왕창츠는 아무 느낌이 없었다. 류쌍쥐가 책가방을 메면서 말했다.

"네가 안 가면 내가 가겠다."

왕창츠는 결국 일어났다. 산더미 같은 집안일을 생각하니 집에 혼자 남는 것이 더 두려웠다. 두 손으로 의자를 밀치며 일어나는데 의자가 장기처럼 느껴졌다. 의자를 빼며 몇 발짝 걸음을 떼자 뭔가 부자연스러 웠다. 아예 의자를 어깨에 메고 나갔다.

"의자는 왜 가져가니? 미친 건 아니지?"

"모르면서 아는 척하지 마세요."

류쌍쥐가 책가방을 그의 목에 걸어줬다. 그는 의자를 메고 책가방을 목에 걸고 큰 걸음으로 빠르게 걷기 시작했다.

산길은 구불구불하고 숲은 갈수록 넓고 아득했다. 그는 한 마리 개미처럼 작았고 산길은 흰 실처럼 가늘었다.


# 3

버스정류장에서 나와 왕창츠는 곧장 교육부로 달려갔다. 운동장에서 양반다리를 한 채 피켓을 들고 있는 왕화이가 보였다. 피켓에 이렇게 적혀 있었다.

'커트라인을 넘고도 대학에 떨어지면 누가 정의를 실현할 것인가?'

운동장에는 왕화이 말고는 아무도 없었다. 반짝반짝 빛나는 태양이 그의 목을 휘감고 있었다. 사람들은 베다 남은 싹을 자르듯이 뭉그적거렸고, 꿈쩍도 않는 그루터기 같았다. 왕창츠는 의자를 내려놓고 가서 그를 부축했다. 그는 왕창츠가 상상했던 것보다 몇 배나 더 무거웠다. 왕창츠는 한 번에 그를 일으켜 세우지 못했다. 두 번째는 힘을 좀 더 주었지만 역시 그를 일으켜 세우지 못했다. 왕창츠는 며칠 전에 쥐가 난 적이 있었기 때문에 아버지가 다리에 쥐가 나서 이렇게 무거우며 자기가 도와줄 수 없다는 것을 알았다. 그래서 왕창츠는 아버지의 다리를 주물렀다. 30분 정도 주무르고 나서야 아버지는 손으로 땅을 짚고 일어나 의자에 앉으면서 말했다.

"이렇게 큰 현에 의자도 하나 없는지 원."

왕창츠는 책가방을 아버지에게 건네주었다. 왕화이는 가방 안에서 유리병을 꺼내 마개를 열고 '벌컥벌컥' 하면서 3분의 1이나 들이켰다. 그가 직접 담근 곡주였다. 곡주가 들어가자 정신이 났다.

"벼가 다 익었다고 얼른 오셔서 추수하시래요."

"벼가 대수냐? 팔자가 제일 중요해."

그는 오른쪽 엄지로 입 주위에 묻은 곡주를 훔쳤다.

"시멘트 바닥에 구멍 나도록 앉아 있어도 저들을 바꾸진 못해요."

"저들을 못 바꾼다면 내가 여기에 왜 있겠니? 일이 없어서? 아들아, 지금 담당자가 사안의 중요성을 깨달아 조사 중에 있다. 네가 이 애비와 며칠만 더 앉아 있으면 어쩌면 자리가 하나 날 수도 있어."

"저는 집에 가서 농부가 될지언정 이곳에서 쪽을 팔고 싶지 않아요."

"너는 커트라인도 넘었는데, 뭣 때문에 농부가 되려 하니? 너는 꼭 저들처럼 사무실에서 근무해야 한다."

이곳은 4층 높이의 행정동이다. 밖에는 복도가 있고 매 층마다 12개의 사무실이 있으며 문과 창문은 모두 녹색 칠이 되어 있다. 녹색은 연식 때문에 처음 칠했던 그 색깔이 아니었다. 시간이 지나면서 비바람에

칠이 벗겨져 얼룩얼룩하고 색이 바래 있었다. 담장 밑이나 복도 바깥쪽, 꼭대기 층의 구석진 곳에는 이끼가 자라 있고 빗물 자국이 남아 있었다. 건물 앞으로 잘 정리된 사철나무가 일렬로 서 있었다. 왕화이는 건물을 가리키며 국장은 3층 5호실에, 부국장 2명은 3층 4호실에 있고 입학처는 4층 1호실에 있다고 했다. 왕창츠는 누군가가 창문으로 고개를 내민 채 상황을 살피고 사라지는 것을 보았다.

"건물 밖에서 기다릴게요. 아무 때고 아버지께서 납득이 되면 우리 그때 돌아가요."

왕화이가 소리쳤다.

"저들이 너를 대학에 안 넣어주는 이상 내가 납득할 방법은 없다."

창문마다 머리를 내밀었다. 이 흔치 않는 상황을 더 보고 싶다는 듯 그들은 한참 동안 쳐다보고 있었다.

"저들이 왜 긴장하는지 아니? 자기들이 양심에 어긋난 일을 했기 때문이지. 내가 소리 지를 때마다 입학처 사람들이 제일 먼저 고개를 내민단다. 내가 언제 이렇게 위풍당당한 적이 있었니? 진리를 알고 정의를 실천할 때뿐이지."

몇몇 사람이 계속 쳐다보고 있었다. 어떤 사람은 찻잔을 들고 차를 마시면서 쳐다보고, 어떤 사람은 찻잔을 두드리면서 쳐다보고, 어떤 사람은 사진기를 들고 쳐다봤다. 왕창츠가 작은 소리로 말했다.

"제가 이렇게 빌어도 안 되겠어요?"

왕화이가 소리쳤다.

"안 된다. 빌려면 저들이 우리에게 빌어야지."

"제가 공부해서 내년에 다시 시험을 보면 안 될까요?"

왕창츠가 애걸하다시피 했다.

"지금도 너를 안 뽑는데 내년이라고 다를 것 같으냐. 내년에도 부추

자르듯 그렇게 잘라버릴 거야."

왕화이의 목소리는 여전히 쩌렁쩌렁했다.

건물에서 웃고 떠드는 소리가 들렸다. 누군가는 휘파람을 불고 누군가는 손가락을 튕겼다. 왕창츠는 앞뒤 모두에서 적의 공격을 받고 있다는 생각이 들었다. 그는 도망치고 싶었다. 또 건물에서 나는 웃음소리에 스스로 무너질까 두렵기도 했다. 그는 체면 불고하고 남의 불행을 즐기는 저들의 조소 섞인 눈길을 온몸으로 맞아야 했다. 30분 정도 가만히 있거나 침묵하면 저들은 흥미를 잃을 것이다. 한 번의 재채기가 이 균형을 깰까봐 왕창츠는 조용히 서 있었다. 지금 운동장에는 그림자 두 개만 있을 뿐이다. 한 그림자는 선 채로, 다른 그림자는 앉은 채로 말이다. 서쪽에서 내리쬐는 태양에 머리가 저려왔다. 구경꾼들이 차례대로 사라졌다. 왕창츠는 그들이 무관심해졌을 때 빠져나갈 생각이었다. 그때 갑자기 종소리가 울렸다. 퇴근 종소리였다. 그들은 앞뒤로 문과 창문을 닫고 계단에서 웃고 떠들면서 나왔다. 빤히 쳐다보면서 걸어오던 사람들이 갑자기 방향을 틀었다. 암초나 역병 환자를 만난 것처럼 모두 그렇게 돌아갔다. 왕화이는 의자 위에 서서 피켓을 더 높이 들어올렸다. 왕창츠는 차마 쳐다볼 수 없어 젖먹이 새끼 돼지마냥 턱을 가슴팍에 꼭 꼭 갖다붙였지만, 주위의 시선에 다 타버렸다. 양쪽의 잦은 발소리가 사라진 뒤에야 겨우 고개를 들고 몸을 돌려 달아났다. 왕화이가 의자에서 내려오면서 말했다.

"기다려."

그들은 시멘트 다리 밑으로 왔다. 왕화이는 교각에 올라가 교공(橋孔)으로 자리를 던졌다. 왕창츠가 받아 자리를 펴자 비닐봉지가 굴러 떨어졌다. 왕화이는 교각을 타고 내려와 비닐봉지를 열고 만두 한 개를 꺼내 왕창츠에게 주었다. 왕창츠는 싫다는 듯 고개를 저었다. 왕화이는 만두를 입속으로 욱여넣고 한입에 삼켰다. 그의 뺨이 순식간에 커졌다. 만두를 씹는 시간과 뺨이 움직이는 강도로 보아 이 만두는 딱딱하다. 만두는 비닐봉지 안에 한참 동안 있었다. 만두에서 쉰내가 약간 났다. 왕화이를 동정하는 것 같기도 하고 자신을 동정하는 것 같기도 했다.

"계속 다리 밑에서 지내셨어요?"

왕화이는 대답도 않은 채 만두를 계속 씹고 있었다. 만두 먹는 소리가 귀에 꽉 찰 정도로 계속 씹고 있었다. 만두를 다 먹고 나서 곡주 한 모금을 마신 뒤에야 입을 열었다.

"이곳에서 지내면 돈도 안 들고 시원하다."

"거지랑 뭐가 달라요?"

"네가 왔으니 잠자리를 옮겨야겠다."

"어디로요?"

"네 맘에 들어야지."

두 사람은 호텔 일반실에서 묵기로 했다. 왕화이는 손으로 침대를 꾹꾹 누르더니 말했다.

"아주 푹신하고 깨끗하구나. 오늘은 좀 일찍 자야겠다."

두 사람은 세수하고 양치질하고 불을 끈 뒤에 각자 침대에 누웠다. 왕창츠는 눈을 감자마자 강력한 발동기가 피곤에 지친 자신을 여기저기 끌고 다니는 것 같았다. 몸과 마음이 무중력 상태에서 떠다니는 것처럼 어떻게 해도 땅에 착지할 수 없었다. 이리저리 날다보니 머리가 다 아파왔다. 5일 전에는 나무를 껴안고 서서도 잤는데, 오늘 저녁은 몸 곳곳이 아파 잠을 잘 수가 없었다. 더는 참을 수 없어 한밤중에 일어나서 불을 켰다. 왕화이가 보이지 않았다. 자세히 보니 침대 바닥에서 자고 있었다. 불빛에 눈이 부신지 왕화이가 손으로 눈을 가렸다.

"몇 십 년 동안 딱딱한 침대에서만 잤더니, 푹신한 침대가 영 적응이 안 되네."

"집으로 가요. 뭣 때문에 여기서 이 고생을 해요?"

왕창츠는 옷을 입으면서 말했다. 재빠르게 옷과 바지를 입고 신발을 신고는 자신이 가져온 의자에 앉았다.

"몇 신데?"

"두 시예요."

"두 시? 날이 밝으려면 아직 한참 멀었다. 지금은 집 가는 버스도 없다."

왕창츠는 커튼을 열어젖혔다. 밖은 칠흑같이 어두웠다. 그는 의자를 동쪽에 옮겨놓고 꼼짝도 안했다. 빨리 동이 트기를 기다리고 있는 것처럼 그렇게 가만히 앉아 있었다. 왕화이는 일어나서 화장실로 가 한참 소변을 보고나서 침상으로 돌아와 앉았다.

"나는 네가 지금 이대로 물러나는 거 반대다. 전쟁의 승패는 최후 5분에 결정된다. 돌격 나팔을 불어야 하는 중요한 이때에 우리가 먼저 나약해져서는 안 된다."

왕창츠는 무슨 돌격 나팔이니 뭐니 이런 것은 믿지 않고 창밖을 뚫어지게 쳐다보면서 날이 밝는 대로 첫차를 타고 집에 갈 생각이었다. 왕화이는 그의 마음을 훤히 들여다본 것처럼 말했다.

"지금 대학에 못 들어가면 한평생 농촌에서 살아야 하는데 굳이 급하게 집에 돌아갈 거 있니? 스무 몇 해 전에 시멘트 공장 일꾼이었던 나는 커트라인을 통과하고도 대학에 떨어졌다. 그리고 10년 뒤에 부향장(副鄕長)의 조카가 나 대신 대학에 들어갔다는 것을 알게 되었지. 지금 항의하지 않으면 그들은 또 이렇게 너를 속일 것이다. 게다가 1반의 야다산(牙大山)은 너보다 20점이나 낮은데도 합격했고, 2반의 장옌옌(張

艶艶)도 점수가 안 좋은데도 합격했다. 무슨 기준으로 너만 떨어졌냐고?"

최악! 왕창츠가 커튼을 잡아당겼다. 힘을 너무 세게 준 나머지 고리하나가 바닥에 '딩' 하고 떨어지면서 방 전체가 울렸다.

"네가 귀찮아서 먼저 집에 간다 해도 나는 계속할 거다. 어려서부터 지금까지 봐서 아는데 너는 간부의 운명을 타고 났어. 네가 대학에 떨어지는 것은 불가능해."

"무슨 그런 말도 안 되는 소리를."

왕창츠는 갑자기 일어나서 의자를 메고 나가려 했다.

"제일 빠른 차가 7시다. 지금은 터미널 문도 안 열었어."

"제가 먼저 가서 문을 열면 안 돼요?"

"네 엄마한테 전해라. 추가 합격 전까지는 안 돌아간다고."

왕창츠가 문을 열고 걸어 나가는데 의자가 문틀에 부딪쳤다. 왕화이는 문을 닫고 마루에 누워 다시 잠을 청했다. 코 고는 소리가 곧바로 들렸다.

# 4

다음날 새벽 왕화이는 술병을 허리춤에 차고 방 안에 있던 의자를 메고 아래층에 가서 만두 몇 개를 산 다음 교육부로 갔다. 뜻밖에도 왕창츠가 운동장에 앉아 있는 것이 아닌가. 왕화이는 너무 기뻐서 의자를 왕창츠 옆에 놓고 그의 어깨를 툭툭 치면서 자리를 잡고 앉아 피켓을 들었다. 지금 부자는 서로 의지하며 함께 노력하는 중이었다. 그들은 아침 일찍 와서 저녁 늦게 돌아가기를 반복했다. 주말에도 쉬지 않고 닷새 동안 계속 이렇게 앉아 있었다. 신학기가 시작되었다.

나팔 소리가 인근 학교 교정에서 수시로 들렸다. 침 끝이 신경을 건드리듯 나팔 소리는 계속 왕창츠의 신경을 건드렸다. 방송에서 구령 소리가 나면 왕창츠는 곧장 일어나서 "하나 둘 셋 넷, 둘 둘 셋 넷, 셋 둘 셋 넷…" 하면서 체조를 따라 했다. 수업시간에 눈 건강 체조 구령이 들려오면 눈 건강 체조도 따라 했다. 넓디넓은 운동장에서 왕창츠는 혼자 손을 흔들고 발차기를 하며 정명혈(睛明穴)을 눌렀다. 왕화이는 아들 혼자 외롭게 따라 하는 것을 보면서 가끔씩 따라 했다. 그러나 동작이 뻣뻣하고 정확하지 않아서 원숭이가 재롱부리는 것처럼 보여 교육부 사람들의 비웃음을 사기도 했다. 지금 왕창츠는 그런 비웃음이 두렵지 않았다. 운동장에서 체조할 때만큼은 학생이 된 것 같았다.

열흘도 지난 어느 날 오후 정수리에서 내리쬐던 햇볕이 갑자기 약해지더니 실낱같은 햇살마저 사라졌다. 하늘이 느닷없이 캄캄해지더니 빗방울이 산발적으로 이들 부자의 뒷목덜미를 쳤다. 시멘트 바닥에서 열기가 올라오고 먼지, 페인트, 석회 등의 냄새가 직통으로 날아왔다. 빗줄기가 점점 거세지자 주위에 있던 사람들은 뛰기 시작했다. 나무 그늘 아래서 더위를 피하던 개도 달리기 시작했다. 그러나 그들은 여전히 의자에 앉아서 꿈쩍도 하지 않았다. 비가 정수리부터 아래로 퍼붓자 먼지, 페인트, 석회 냄새가 다 사라졌다. 빗물이 머리를 타고 얼굴에 묻은 소금기를 지우며 입가로 흘러내렸다. 왕화이가 들고 있는 피켓의 글자도 흐릿해지고 피켓도 얇아져서 찢어졌다. 빗물이 담벼락처럼 그들을 감쌌다. 몇 미터 밖에 있는 행정동과 사철나무도 분간할 수 없게 되었다. 빗물에 슬리퍼가 빠졌다. 머릿속의 생각만 말라 있을 뿐 나머지는 죄다 젖었다. 옷과 바지는 살에 찰싹 들러붙어 떨어지지 않았다. 머리칼은 온통 처져 붙었고 손가락은 모두 허옇게 불었다.

말 그대로 비가 '줄줄' 샜다.

30분이 지나자 장대 같은 빗줄기가 조금 가늘어졌다. 다시 30분이 지나자 가랑비로 바뀌었다. 눈앞의 경치가 다시 보이기 시작했다. 비는 그쳤지만 옷과 바지에서 빗물이 '뚝뚝' 떨어지고 몸이 오들오들 떨렸다. 왕화이는 떨리는 손가락으로 술병 뚜껑을 여러 번 돌리고 나서야 겨우 열었다. 크게 몇 모금 마시고 나서야 몸이 차츰 안정되기 시작했다. 그러나 왕창츠는 이를 딱딱거릴 정도로 몸을 심하게 떨었다. 왕화이가 술병을 건넸다. 왕창츠는 주저주저하다가 술병을 받아서 살짝 입에 대는가 싶더니 이내 크게 한 모금 들이켰다. 속에서 갑자기 열불이 나더니 몸이 많이 따뜻해졌다. 왕화이가 작은 소리로 말했다.

"우리가 엄청 불쌍해 보이겠지?"

"우리한테 있던 관심도 다 없어졌어요."

"인정한다. 1인 시위는 실패다."

"집으로 가요."

"십여 일 동안 혼자서 헛수고한 거야?"

"아버지 같으면 문틈에 낀 개미 두 마리한테 관심을 가지겠어요?"

"반드시 다시 들이받을 거다."

"그냥 두세요. 저들을 들이받을 수는 없어요."

"네게는 미래가 있어."

왕화이는 왕창츠의 머리를 툭 치고는 일어나서 복도로 걸어갔다. 그가 지나간 자리에는 물이 떨어져 있었다. 2층으로 올라가다 말고 뒤를 한 번 돌아봤다. 왕창츠가 여전히 운동장에 앉아 있었다. 그는 3층으로 올라갔다. 왕창츠는 아버지가 교육부 사무실로 들어갈 거라고만 생각했지 복도의 난간 위로 올라갈 줄은 생각도 못했다.

"아버지!" 왕창츠의 고함 소리가 1층에 울려 퍼졌다.

국장이 밖으로 나왔다. 부국장도 모두 밖으로 나왔다. 입학처 직원들도 4층에서 3층으로 뛰어내려왔다. 간부들이 왕화이 앞에 섰다.

"내려오기만 하면 당신 아들 1년 재수 비용을 면제해주겠소."

왕화이는 받아들이지 않고 물었다.

"이 목숨값이면 대학에 자리 하나 마련해줄 수 있겠소?"

국장은 부국장들과 눈빛을 주고받은 뒤 말했다.

"좋소. 먼저 내려오시오."

왕화이는 그들이 서로 눈짓하는 것을 보고 거짓말이라 생각해 지금 바로 합격 통지서를 가져오라고 했다. 국장이 말했다.

"우리도 학교의 협조를 받아 여석이 있는지 없는지 알아봐야 합니다."

"그럼 지금 바로 가서 협조 요청을 하시오."

국장이 턱을 한 번 만지자 입학처 직원이 4층으로 냅다 뛰어갔다. 뛰어가느라 다리에서 불이 날 지경이었다. 그의 다리에서 불이 날 때 왕화이의 다리에서도 불이 났다. 국장이 말했다.

"계장이 지금 협조 요청하러 갔으니 내려와서 기다리시오."

왕화이는 고개를 저었다. 국장이 담배를 꺼내 그에게 건넸다. 그는 또 고개를 가로저었다. 사람들이 더는 말을 하지 않아 시간이 잠시 멈춘 것 같았다. 4층 계장의 통화 소리가 한 마디 한 마디 명확하게 들렸다. 국장의 손에 있던 담배가 짓이겨졌다.

십여 분 뒤에 계장이 4층에서 뛰어내려왔다.

"대단히 유감입니다. 몇몇 친한 대학에 문의해봤지만 모두 자리가 없답니다."

"내 어제 한 자리 있다고 들었소만."

계장이 말했다.

"지금은 오늘입니다."

"그럼 어제는 왜 협조 요청을 하지 않았소? 내가 안 뛰어내렸기 때문이오?"

계장은 말문이 막혔다. 국장이 말했다.

"나도 방금 들었는데, 개강 때 한 학생이 등록하지 않아 생긴 자리였습니다. 갑자기 결원이 생기면 온 성에서 쟁탈전이 벌어지는데, 우리 같은 궁벽한 작은 현에서는 그렇게 멀리까지 손을 쓸 수 없어요."

"당신들은 애초에 부딪쳐볼 생각도 안 했어. 결국 우리 둘이 땀에 절을 때까지 방치해두어 십여 일 동안 개고생만 시켰어. 어떤 대책이라도 생각해봤어? 안 해봤지?"

계장이 말했다.

"탓하려거든 당신 아들을 탓해요. 쟤 서류가 베이징대, 칭화대를 다 돌고 우리 손에 왔을 때는 모든 학교가 이미 합격자를 다 뽑아놓은 상태였습니다. 누울 자리를 보고 다리를 뻗었어야지."

왕화이는 명치가 막혔다. '20점이라고. 커트라인보다 20점이나 높았다고.' 이 말을 하려는 순간 갑자기 눈앞이 캄캄해지더니 몸이 난간 밖으로 고꾸라졌다. 모두 비명을 질렀다. 눈 깜짝할 사이였다. 왕화이는 몸을 바로 하려고 했고 그렇게 한 것 같았는데, 두 손은 이미 난간을 잡고 있었다. 그러나 시멘트 난간은 너무 넓고 너무 미끄러웠다. 푸른 이끼까지 끼어 있어서 그는 난간을 꽉 잡지 못했고 사람들도 그의 손을 놓쳐버렸다. 비명 소리와 함께 왕창츠의 두 손이 그를 잡았지만, 순식간에 왕화이의 손이 빠지는 바람에 두 사람은 같이 숲에 떨어졌다. '쿵' 하는 굉음과 함께 물방울이 사방으로 튀고 세상이 갑자기 조용해졌다.

왕창츠는 수풀에서 일어나 앉았다. 주위로 온통 사람들이었으나 아는 얼굴이나 친한 얼굴은 한 명도 없었다. 모두가 무관심한 표정이었다. 왕창츠는 왕화이에게 가서 코에 손을 대봤다. 다행히 뜨거운 바람이 나오는 것 같아 소리쳤다.

"아버지, 아버지!"

고함 소리는 점점 커져갔고 고함칠 때마다 가슴은 더 찢어졌다. 열 번 정도 그렇게 고함을 쳤다. 그 소리를 듣기라도 한 듯 왕화이가 갑자기 눈을 뜨더니 이내 다시 까무러치는 것이었다. 왕화이가 눈을 뜨자 이를 지켜보던 사람들은 너무 놀란 나머지 뒤로 물러났다. 그가 죽은 것보다 살아 있다는 사실에 더 놀라는 것 같았다. 왕창츠는 본능적으로 일어나려고 했다. 뜻밖에도 혼자 일어설 수 있었다. 자신을 한 번 내려다봤다. 바지와 옷은 나뭇가지에 걸려 군데군데 찢어져 있었다. 그 사이로 피가 나고 있었다. 피를 보자마자 전신이 얼얼하고 열이 난다는 것을 알았다. 그는 허리를 굽혀 두 손으로 왕화이의 어깻죽지를 껴안고 일으켜 세우려 했다. 그가 힘을 주자 왕화이가 비명을 질렀다. 더 이상 힘을 주지 못하고 그저 움직이지 않는 아버지를 껴안았다. 잠시 아버지를 껴안고 있다가 말했다.

"누가 구급차를 좀 불러줘요!"

대꾸하는 사람이 아무도 없었다. 구경하던 사람들도 삼분의 일은 사라지고 없었다. 그는 아버지의 웃옷부터 바지까지 주머니란 주머니는 다 뒤졌다. 바지 주머니에서 비닐봉지 하나를 찾아냈다. 돈 뭉치가 나왔다. 그는 동전을 꺼내 주면서 "제발 구급차를 좀 불러주세요!" 하고 소리쳤다. 사람들 틈에서 한 꼬마 애가 나와 돈을 받아들고 뛰어갔다.

"아버지, 구급차를 부르러 갔어요. 버티셔야 해요."

왕화이는 이를 악물고 미세하게 고개를 끄덕였다. 이마에 땀방울이 송골송골 맺혔다. 한참을 버티던 왕창츠는 결국 참지 못하고 눈물을 흘렸다. 눈물이 왕화이의 얼굴에 떨어졌다.

　구급차가 왔다. 흰 가운을 입은 두 사람이 들것을 왕화이의 곁에 놓았다. 그중 한 사람이 말했다.

　"네가 구급차를 불렀니? 돈은 있니?"

　왕창츠가 돈을 건네자 흰 가운을 입은 사람이 1백 위안을 빼서 주머니에 넣었다. 그러고는 양쪽에서 왕화이를 잡고 죽은 개마냥 들것에 실었다. 그는 비명을 지르며 얼굴 전체가 꽈배기처럼 틀어졌다. 그들이 들것을 구급차로 옮기자 왕창츠도 그 뒤를 따라서 구급차에 탔다.


# 5


　병원에 돈을 내지 않았기 때문에 왕화이의 들것은 복도에 내동댕이쳐져 있었다. 왕창츠는 갑자기 한 친구가 생각났다.

　"아버지 좀만 참으세요. 제가 돈을 빌려 올게요."

　왕화이는 고개를 끄덕였다.

　왕창츠는 샤허제(小河街)로 가서 황쿠이(黃葵)를 찾았다. 황쿠이는 이번에 같이 시험에서 떨어진 친구였다. 황쿠이가 이야기를 듣더니 5천 위안은 빌려야 한다며 자기 아버지를 쳐다보았다. 그의 아버지는 좌판에다 물건을 펼쳐놓고 파는 만물상이었다. 황쿠이의 아버지가 그에게 물었다.

　"평소에 쟤가 너한테 어떻게 대했니?"

　"제 숙제를 많이 해줬어요."

　"네가 5천 위안을 갚을 수 있겠니?"

　"갚을 수 있습니다. 집에 소 두 마리와 돼지 두 마리가 있습니다."

"그럼 차용증을 쓰자꾸나."

왕창츠는 차용증을 작성했다.

"은행으로 가자."

세 사람은 은행 앞에 도착했다. 황쿠이의 아버지가 갑자기 멈춰 서더니 담배 한 개비를 꺼내 피웠다. 담배를 너무 세게 빨아서 대낮인데도 담뱃불이 반짝거렸다. 담배 피우는 데 정신이 팔려 있었던지 담뱃불이 손에 닿고 나서야 담배꽁초를 던지며 인정사정없이 발로 밟아 문질렀다. 그 바람에 바닥에 담배 자국이 났다.

"담배를 태우면 안 되는데."

왕창츠는 내심 불안했다. 아니나 다를까 황쿠이 아버지가 호주머니에서 1백 위안짜리 지폐 두 장을 꺼내 주면서 말했다.

"왕창츠, 이 2백 위안은 빌려주는 것이 아니라 내가 그냥 주는 거다."

마음의 준비는 했지만 왕창츠는 무슨 상황인지 어리둥절해했다. 황쿠이가 말했다.

"2백 위안으로는 쟤 아버지 못 살려요."

"통장에 돈이 없다는 사실이 이제야 생각났다. 네 엄마가 그 돈으로 가게를 샀거든."

왕창츠는 허리 굽혀 인사하고 돌아섰다. 그는 걸어가면서 차용증서를 찢어버렸다. 황쿠이 아버지는 2백 위안을 황쿠이의 주머니 속에 찔러 넣으며 말했다.

"시골 애가 정말 안됐구나. 네가 가서 쟤 아버지 간식이라도 사드려라."

황쿠이는 얼른 왕창츠를 따라갔다.

"아버지께 물어보니 정말로 통장에 돈이 없으시대. 네가 이해해라."

"땅이 딱딱해서 똥이 안 나온다고 탓하면 안 되지. 다 내 탓이지."

그는 손 안에 있던 종잇조각을 던져버렸다. 종잇조각이 지폐처럼 흩날리면서 땅에 떨어졌다.

황쿠이는 생수 한 상자와 만두 그리고 두루마리 휴지를 사서 왕화이의 들것 옆에 놓았다. 왕화이는 수시로 이를 물고 미간을 찌푸리면서 최선을 다해 통증을 참는 것 같았다. 그의 입술이 허옇게 뜨고 바짝 말랐다. 왕창츠는 생수병을 열어서 조심스럽게 아버지에게 물을 먹였다. 그는 몇 번 입술을 달싹이더니 이내 눈을 감고 고개를 떨어뜨렸다. 왕창츠는 아버지가 죽었다고 생각하고 손을 코에 갖다대었다. 다행히 숨은 쉬고 있었다. 따뜻한 물을 떠와서 수건에 적셔 짜서 왕화이의 얼굴을 닦았다. 얼굴에서 목, 목에서 가슴팍으로 천천히 닦아나갔다. 허리를 닦는데 왕화이는 참지 못하고 비명을 질렀다. 왕창츠는 허리를 피해 계속해서 닦아나갔다. 옆에 앉아 있던 황쿠이가 말했다.

"돈이 없는데 어쩔 셈이야?"

"은행이라도 털어야지."

그 순간 왕화이가 갑자기 오른손을 조금 들더니 왕창츠의 두 손가락을 있는 힘껏 잡았다.

"아버지, 왜요?"

왕화이는 손을 더욱 꽉 잡았다.

"제가 은행을 털까봐 걱정되신 거죠? 걱정 마세요. 제가 뭔 수로 은행을 털겠어요. 홧김에 그냥 해본 말이에요."

왕화이의 손이 땅으로 미끄러졌다.

왕창츠는 왕화이를 깨끗한 옷으로 갈아입히고 원형 모기장을 사서 쳐드렸다.

"아버지, 이틀 동안 참으실 수 있겠어요?"

왕화이가 미세하게 고개를 끄덕였다. 왕창츠는 황쿠이에게 아버지를 돌봐달라고 부탁하고 자신은 집으로 가는 막차를 탔다.

왕창츠가 집으로 돌아왔을 때는 이미 자정이 넘었다. 마을 전체가 다 불이 꺼져 있었다. 그는 바로 문을 두드리지 않았다. 문 앞에 서서 무슨 말을 어떻게 해야 할 지 생각했다. 누렁이가 그를 돌며 반갑다는 듯 '멍멍'거렸다. 누렁이가 짖는 소리에 잠을 깬 류솽쥐가 불을 켜고 문을 열었다. 왕창츠가 문 밖에 서 있었다.

"뭔 일이 난 게냐? 오늘 큰비가 내릴 때 명치끝이 칼에 베인 것처럼 갑자기 아팠는데."

왕창츠는 본래 거짓말할 작정이었다. 그러나 연기하기도 전에 눈물부터 나왔다.

"황소고집인 네 아버지가 뭔 일 낼 줄 알았다."

그녀는 위통이라도 난 듯 허리를 굽히면서 문틀을 따라 미끄러지듯 그대로 문간에 주저앉았다. 그녀는 긴 한숨을 내쉬면서 오른손으로 계속 가슴을 쳤다. 왕창츠는 엄마 옆으로 가서 앉았다.

"아직 숨은 붙어 있니?"

"네."

류솽쥐가 '흑' 하면서 우는데 안도하는 것 같기도 하고 가슴 아파하는 것 같기도 했다. 울음소리가 높아지고 커지면서 누렁이까지 짖어댔다.

다음날 이들은 암소와 황소 각 한 마리씩을 둘째 숙부에게 팔아넘겼다. 둘째 숙부가 오더니 외양간을 열고 먼저 황소를 끌고 갔다. 황소는 네 발을 땅에 붙인 채 몸을 뒤로 빼면서 가지 않으려 했다. 둘째 숙부가 화가 나서 있는 힘껏 줄을 당기는데, 황소와 줄다리기를 하는 것 같았다. 둘째 숙부가 아무리 힘을 줘도 황소는 꿈쩍도 않더니 결국 코뚜레에서 피가 났다. 왕창츠는 외양간으로 들어가 어깨로 황소의 엉덩이를 받치고 밖으로 밀어냈다. 한 명은 당기고 한 명은 밀었지만 황소는 여전히 꿈쩍도 하지 않았다. 둘째 숙부가 몽둥이를 들고 들어와 왕창츠에게 말했다.

"창츠야. 이걸로 때려봐라."

왕창츠는 몽둥이를 들고 살살 한 대 때렸다.

"너무 약하잖아. 좀 더 세게 때려."

왕창츠는 이번에도 살살 때렸다.

"공부하느라 이 모양이니? 황소를 때리라고 했더니 아주 긁고 있구나."

왕창츠는 눈을 질끈 감고 세게 때렸다. 둔탁한 소리가 날 정도로 볼기를 세게 쳤지만 황소는 여전히 꿈쩍도 하지 않았다. 류쌍쥐가 말했다.

"둘째야, 가거라. 너를 키울 능력이 없단다. 네 애비가 다쳐서 치료비가 필요해. 둘째 숙부 집으로 얼른 가는 게 우리를 돕는 거야. 그나마 둘째 숙부가 외지인이 아닌 게 다행이다. 그 집에 가도 너는 여전히 왕씨 집안 소란다."

소는 마치 사람 말을 알아듣기라도 한 것처럼 네 발을 떼고 외양간을 나가는데 눈물이 가득 고여 있었다.

"셋째야. 너도 함께 가거라."

셋째의 눈에도 눈물이 그렁그렁했다. 셋째 역시 약간 주저하는 듯싶더니 외양간을 나가 둘째를 따라갔다. 왕창츠가 둘째 숙부에게 말했다.

"절대 도축업자에게 넘기지 마세요. 제가 돈 벌면 다시 찾아올 거예요."

둘째 숙부가 알겠다고 했다. 류쌍쥐에게는 이제 왕창츠밖에 남지 않왔다. 그녀는 황소를 둘째, 암소를 셋째라고 생각하고 키웠다.

소를 팔고 난 뒤에 돼지 두 마리는 이웃집 광성(光勝)에게 팔았다. 광성은 돼지 상자를 가져가면서 네 사람을 불러 도와달라고 부탁했다. 돼지는 가는 내내 꿀꿀거리다가 산허리에서 볼기를 맞았다.

점심 때 류쌍쥐는 그릇 안의 밥을 쳐다보면서 멍하니 있었다.

"갈 길이 먼데 조금도 안 드시면 어떻게 큰길까지 걸어갈 수 있겠어요?"

류쌍쥐는 밥을 개밥 그릇에 부으면서 물었다.

"누렁이는?"

왕창츠는 몇 번이고 누렁이를 불렀다. 그러나 누렁이는 그림자도 보이지 않았다.

"우리가 소며 돼지며 파는 것을 보고 저도 팔까 무서웠던 게지."

"쟤네들이 사람보다 훨씬 나아요."


# 6


해질 무렵 왕창츠와 류쌍쥐는 병원으로 달려갔다. 왕화이는 여전히 복도에 누워 있었다. 왕화이가 눈을 뜨고 있는데 눈동자가 포도알처럼 커져 있었다. 왕창츠가 나타나자마자 눈을 감기 시작했는데, 그마저도 쉽지 않았다. 눈꺼풀은 경미하게 움직이고 눈물은 이미 다 말라버렸으며, 눈에 먼지까지 끼어 있었다. 황쿠이가 말했다.

"네가 간 뒤로 계속 눈을 뜨고 너를 기다리셨어. 화장실을 못 가서 온종일 만두 몇 개로 끼니를 때우고 물만 조금 드셨어."

돈을 내고 왕화이는 입원실로 옮겨졌다. 검사를 해보니 나뭇가지에 찢기고 깨진 무수한 작은 상처 말고도 5번 요추가 부러지는 중상을 입었다. 의사 말로는 운이 나쁘면 몸에 마비가 올 수도 있다고 했다. 왕창츠가 말했다.

"그렇게 높은 데서 떨어졌는데, 살아계신 것만으로도 기적이에요."

의사 말로는 아버지가 살 수 있었던 것은 떨어질 때 양손으로 난간을 잡고 또 왕창츠가 손을 잡아주고 사철나무가 아래에 있었기 때문이라고 했다. 왕창츠의 양손은 어떻게 안 다칠 수 있었는가? 왕창츠가 잠시 동안만 왕화이의 손을 잡았기 때문이라고 했다. 다시 말하면 왕창츠가 힘을 준 시간이 2초를 넘지 않았다는 것이다. 만약 2초가 넘었다면 왕창츠의 손목은 틀림없이 끊어졌을 것이다.

일주일 뒤 왕화이가 건넨 첫마디는 "집에 가자"였다.

"아직 치료가 안 끝났어요."

"이 병은 치료할 방법이 없다."

"치료할 방법이 없어도 치료해야 해요."

왕화이가 버럭 화를 냈다.

"너 돈 많이 있니? 우리 같은 가난뱅이가 어떻게 팔자 좋게 병원에 누워 있어? 안 돌아가면 집안을 다 들어먹고 말 거야. 그러면 재수할 돈도 없어. 네가 재수를 안 하면 평생 희망도 없다."

왕화이가 이마에 땀이 나도록 이야기했지만 왕창츠와 류솽쥐는 못 들은 척했다. 그들은 잘 돌아가는 기계처럼 매일 정해진 시간에 왕화이의 몸을 닦고 다리를 주물렀다. 또 밥을 먹이고 물을 주고 똥도 받고 또 받았다. 다시 사흘이 지나갔다. 왕화이는 입을 다물고 더이상 먹지도 마시지도 않았다. 죽이 입가를 따라 목까지 흘러내렸고 물 한 모금도 먹일 수 없었다. 류솽쥐가 탄식하며 말했다.

"이렇게 돈을 써도 내 마음이 아프네요. 불편한 다리로 지금 집에 가다가 혹시 길에서 접질리기라도 하면 2차로 또 다칠 거예요."

왕화이는 눈을 감은 채 대꾸도 하지 않았다. 숨소리가 갈수록 거칠어졌다.

"게다가 의사도 빨리 퇴원하면 안 된다고 반대하잖아요."

"쟤들 말을 어떻게 믿어." 왕화이가 말했다.

왕창츠와 류솽쥐는 병원 뜰에 가서 상의했지만, 결정을 내리지 못했다. 두 사람은 상심한 채 돌에 앉아서 따가운 햇살을 받고 있었다. 나무에서 벌레가 '찍찍' 울어댔다. 길 가던 사람이 신기한 듯 돌아보다가 곧바로 대수롭지 않다는 듯 길을 갔다.

"수중에 얼마나 있니?" 류솽쥐가 물었다.

왕창츠는 상의 주머니와 바지 양쪽 주머니를 뒤져 잔돈 한 움큼을 꺼내 엄마의 찢어진 옷섶에다 놓았다. 꺼낼 돈이 없을까봐 무서워하면서 주머니를 싹 다 뒤집었다. 주머니 세 개가 모두 비어 있는 위장처럼 덩그러니 옷에 붙어 있었다. 류솽쥐도 돈을 모두 꺼내 옷섶에 놨다. 왕창츠는 돈을 한 장 한 장 평평하게 펴서 엄마에게 건넸다. 벌써 두 번이나 세어봤다.

"모두 긁어봐야 1,053위안 60전이네. 닷새는 버틸 수 있겠구나."

"하루 지나면 하루치를 내야 해요."

"닷새라, 그동안 아버지 몸이 호전되지는 않겠지?"

"엄마 생각은 어때요? 집으로 갈까요?"

"나도 잘 모르겠다. 네가 남자니 네가 결정해라."

왕창츠는 손에 얼굴을 묻었다. 머릿속 가득 온통 벌레 울음소리였다. 물이 끓어오르는 소리 같기도 하고 여기저기를 치는 천만 개의 망치 소리 같기도 했다. 머리에서 쥐가 나는 것 같아 고개를 들었다. 류솽쥐가 지폐 한 움큼을 왕창츠에게 건넸다. 왕창츠는 돈을 받지 않았다. 아니

받고 싶지도 않았다. 류솽쥐가 지폐를 억지로 그의 손바닥에 쑤셔 넣었다. 지폐가 축축하게 젖어 있었다. 윗면은 땀범벅이었으며, 류솽쥐의 눈물도 섞여 있는 것 같았다.

입원실 쪽에서 고함 소리가 났다. 자세히 들어보니 2호실 침상에서 나는 소리였다. 그들은 일어나서 달려갔다. 복도에 환자들이 빙 둘러서 있었다. 왕창츠가 사람들을 헤집고 보았더니 왕화이가 땅에서 기어가고 있었다. 뻣뻣하게 굳은 하반신이 다리 흔적을 남긴 채 상반신에게 끌려가고 있었다.

"어디 가세요?"

"집에 간다."

"이래가지고 20킬로미터 넘게 가실 수 있겠어요?"

"터미널까지는 기어갈 수 있겠지."

구경하던 사람들이 박수를 쳤다. 왕화이가 한 걸음 가면 그들도 한 걸음 따라왔는데, 동물 쇼를 구경하는 것 같았다. 류솽쥐가 들것을 그 앞에 놓았다. 왕화이가 고개를 들고 보고 또 쳐다봤다. 류솽쥐의 눈가가 붉어졌고 눈물도 언뜻 언뜻 비쳤다. 왕화이는 고개를 숙이고 들것 위로 기어 올라갔다.

퇴원 수속을 마치고 왕창츠는 류솽쥐와 함께 들것을 들고 터미널로 향했다. 들것에 걸어둔 플라스틱 통, 반합, 군용 물병, 천 가방 등이 서로 부딪치면서 '딸랑딸랑' 소리가 났다. 왕화이는 푸른 하늘을 바라봤다. 티 없이 맑고 파란 하늘이 만 리나 펼쳐져 있었다. 30분 만에 터미널에 도착해 버스표 세 장을 샀다. 들것을 좁게 접어서 버스 중앙에 놓은 바람에 왕화이는 모로 눕는 수밖에 없었다. 버스는 한 시간 정도 산길을 덜컹대며 달리고 나서야 구리촌(谷里村) 입구에 도착했다.

그들은 왕화이를 함께 들어 내리고 조심스럽게 들것을 펼쳤다. 왕화이는 한숨을 쉬고는 기쁜 마음으로 반듯하게 누웠다. 그때 마을 어귀에 웅크리고 있는 개 한 마리가 눈에 들어왔다. 누렁이였다. 누렁이는 깡마른 채 풀과 먼지를 덮어 쓰고 있었다. 누렁이는 조용히 그들을 바라보며 낯설어했다. 여러 날 동안 버스를 오르내리는 사람에게 달려갔을지도 모른다. 그러나 매번 뛰어갔다가 실망하고 결국에는 냉정하게 변했을 것이다. 왕창츠가 소리쳤다.

"누렁아!"

누렁이는 탐색하듯 걸어와서 한 사람씩 바짓가랑이 냄새를 맡더니 곧장 들것으로 달려들어 왕화이의 얼굴을 핥았다. 왕화이는 누렁이를 꼭 끌어안았다. 누렁이는 왕화이의 품에서 벗어나서 류씅쥐와 왕창츠의 다리 주변을 한 바퀴 돌고는 다시 들것으로 가서 왕화이를 핥았다. 세 사람은 모두 아는 사람이었다. 누렁이가 누구 곁에 있는지는 모르겠지만 그 주위를 돌면서 놀았다.

왕창츠와 류씅쥐는 들것을 함께 들었다. 누렁이가 앞서 달려가면서 길을 인도했다. 그들이 숲을 지나갈 때 해가 보이기도 하고 안 보이기도 했다. 저수지를 지나고 룽자완(龍家灣) 허타이상(和台上)을 지나자 차밭이 보이고 이어 자기 집도 보였다. 왕화이가 말했다.

"나를 불구자로 보지 말아라. 내겐 아직 두 팔이 있다. 네가 알아듣고 재수하러 가겠다면 팔 하나 파는 것쯤은 아무것도 아니다. 창츠야, 듣고 있니?"

"듣고 있어요."

"너는 부귀가 따르는 상이다. 어렸을 때 내가 점을 쳤는데, 공무원이 되면 처장급까지는 할 수 있고 돈을 벌면 1백만 위안은 벌 수 있다고 했다. 네가 내 말을 안 듣고 재수도 안 하고 수능도 안 보면 너는 또 다른 왕화이가 될 뿐, 자빠져서 죽어도 아무도 불쌍하게 여기지 않는다."

누렁이는 혀를 빼고 있고 왕창츠와 류쌍쥐는 숨을 몰아쉬고 있었지만, 왕화이만은 쉬지 않고 말을 해댔다. 처음에는 그 말이 들렸지만 나중에는 너무 피곤한 나머지 아무 말도 들리지 않았다. 권투 시합의 연타처럼 들릴 뿐 왕화이의 말은 그저 허공을 가를 뿐이었다. 누렁이가 갑자기 비틀거리면서 고꾸라졌다. 왕창츠가 발로 살짝 건드려보았다. 발버둥 치면서 몇 발짝 가던 누렁이가 다시 고꾸라졌다. 류쌍쥐가 말했다.

"저 성질 머리에 며칠 동안 먹지도 마시지도 않았을 거다."

들것을 내려놓았다. 왕창츠는 누렁이에게 물 몇 모금을 먹이고 또 만두 하나를 먹였다. 누렁이는 정신이 드는 듯했지만 여전히 걷지 못했다. 왕창츠는 누렁이를 들것에 놓았다. 왕화이는 누렁이를 꼭 안아주었다. 다시 들것을 들어올렸다. 왕창츠가 말했다.

"누렁이가 우리를 봤을 때 흥분하지 않은 건 당연해요. 이렇게 굶었으니 기운이 없지."


# 7

집으로 돌아오자마자 왕창츠는 논으로 뛰어갔다. 논은 마을 아래쪽 산허리에 있다. 다른 집 논은 모두 추수가 끝나고 자기 집 벼만 바람을 맞고 있었다. 멀리서 바라보니 얼핏 황금처럼 보였다. 태양이 위에서 도금하고 있는 것 같았다. 그런데 가까이 가서야 보니 볏짚이 넘어질 대로 다 넘어져 있었다. 비가 몇 번이나 지나가고 햇볕이 내리쬔 뒤라 낟알이 꽉 찬 벼는 이미 썩어 있었고, 논에 떨어진 일부 낟알에서는 싹이 새로 나고 있었다. 제때에 맞춰 수확하지 않은 벼는 곧 퇴비로 바뀔 판이었다. 왕창츠는 쪼그리고 앉아서 떨어진 벼이삭을 줍느라 날이 저문 뒤에야 허리를 폈다.

벼이삭이 대부분 썩어 있었기 때문에 모두 수확한다는 것은 의미가 없었다. 왕창츠와 류쌍쥐는 손으로 안 썩은 벼만 훑는 수밖에 없었다. 그들은 벼를 훑으면서 벼이삭을 주워 허리춤에 있는 작은 대바구니 속으로 넣었다. 작은 대바구니가 가득 차면 큰 대바구니에 쏟아부었다. 날씨는 여전히 덥고 태양은 유난히 따가웠다. 특히 쪼그리고 앉아서 벼를 주울 때는 볏짚에 둘러싸여 있어서 바람 한 줄기 없었다. 얼굴과 목, 팔뚝이 잎사귀에 쓸려서 상처가 났다. 땀이 들어가자 아리고 쑤셨다. 주위 숲에서 벌레들이 심란하게 울어대는 통에 심장이 오그라들었다.

집에 누워 있던 왕화이는 더 이상 누워 있을 수가 없었다. 20위안을 주고 류바이탸오(劉白條)와 왕동(王東)에게 산 중턱까지 데려다달라고 부탁했다. 그곳에 가면 평평한 큰 돌이 있고 그 주위로 작고 푸른 단풍나무가 한 그루 있다. 왕화이는 큰 돌에 엎드려서 자기 논을 내려다보았다. 왕창츠와 류쌍쥐가 황금빛 논에서 메뚜기처럼 기어다니고 있었다. 쪼그리고 앉아서 벼이삭을 줍다가 일어나서 수시로 땀을 훔치는 모습을 보면서 그의 마음이 찢어지고 어지러웠다. 그는 멍하니 바라보고 있었다.

"시간 다 됐어." 류바이탸오가 말했다.

"평소에는 해가 중천에 뜰 때까지도 안 일어나면서 오늘따라 왜 이렇게 시간을 따지는가?"

"시간이 초과되면 돈을 더 줘야지." 왕동이 말했다.

왕화이는 아쉬운 듯 눈길을 거두었다. 류바이탸오와 왕동은 그를 집에 데려다주었다.

왕창츠는 목수에게 부탁해서 왕화이를 위해 나무 휠체어를 제작했다. 휠체어가 완성되자 왕창츠가 시험 삼아 한 번 타봤는데, 그럭저럭 탈 만했다. 의자에 낡은 옷가지를 깐 뒤에 왕화이를 휠체어로 옮겼다. 누워만 있던 왕화이가 드디어 앉을 수 있게 되었다. 왕창츠는 방까지 휠체어를 밀고 가서 왕화이에게 대나무 장대를 건넸다. 왕화이가 대나무 장대를 바닥에 대고 힘을 주자 휠체어가 왼쪽에서 오른쪽으로 움직였다. 방향을 바꿔 대나무 장대를 바닥에 대고 다시 힘을 주자 이번에는 오른쪽에서 왼쪽으로 움직였다.

'이렇게 하면 움직일 수는 있지만 문턱은 어떻게 하지?' 왕화이가 그런 생각을 하던 그 순간 그는 모든 문턱이 이미 잘려나가고 없는 것을 보았다. 그는 휠체어를 타고 대문을 나서서 마을의 높고 낮은 집들을 바라보다가 마지막으로 둘째 숙부의 처마에 시선이 꽂혔다. 왕창츠는 둘째 숙부에게 말해서 시간 날 때 길을 넓혀야겠다고 생각했다. 자기집 옥상에서 둘째 숙부 집까지 길을 넓혀 휠체어가 마음대로 갈 수 있게 해드려야겠다고 생각했다.

길이 닦인 뒤에도 왕화이는 급하게 둘째 숙부를 만나러 가지 않았다. 해질 무렵 왕창츠와 류쌍쥐가 집안일에 파묻혀 있을 때 그는 몰래 대문을 나가서 둘째 숙부의 외양간으로 갔다. 둘째와 셋째가 그를 보자마자 머리를 내밀고 그의 손을 핥았다. 그는 손을 들어 둘째와 셋째를 쓰다듬고 싶었지만, 둘째와 셋째가 너무 높이 있었다. 둘째와 셋째는 그의 마음을 아는 듯 나란히 쪼그려 앉았다. 그는 손에서 열이 날 때까지 그들의 머리를 쓰다듬었다. 왕창츠가 달려오다가 마침 이 광경을 보았다. 그는 멀찍이 서 있었다.

"창츠야, 가자."

왕창츠가 와서 휠체어를 밀고 돌아갔다.

"요 며칠 동안 내가 무슨 생각을 했는지 아니?"

"몰라요."

"돌이 되어 이 산비탈에서 굴러가고 싶었다."

"아프게 왜 하필 돌이에요? 하늘이 아버지께 이미 많은 고통을 주셨으니, 어쩌면 선물을 준비해뒀을지도 몰라요."

"나는 네가 나 같은 삶을 반복하길 원치 않는다."

"아버지도 할아버지처럼 살았잖아요?"

"그것도 한계가 있다. 너는 꼭 재수해야 한다."

"그럴 돈이 어디 있어요?"

"국장이 재수하는 1년 동안 수업료를 면제해주겠다고 약속했다."

"그럼 누가 아버지를 화장실에 모시고 가요? 써레질은 누가 하고 쟁기질은 누가 해요?"

"네가 상관할 필요 없다. 네가 대학에만 붙는다면 나는 바로 일어설 수 있다."

휠체어가 '끽끽' 하고 굴러갔다. 왕창츠는 한 마디도 하지 않았다.

"나는 네가 거기서 떨어졌던 그날부터 바뀌었다고 믿는다. 곧 잘될 테니 피하지 마라."

"제게는 그럴 능력이 없어요."

"너는 네 살 때 글을 읽었고 다섯 살 때 주산을 놓을 줄 알았다. 그래서 사람들이 다 너보고 천재라고 했다."

"제가 떠나면 엄마가 녹초가 될 거예요."

"자식이 출세만 할 수 있다면 부모가 겪는 고통은 다 훈장이다."

"저는 아버지가 생각하는 그런 천재가 아니에요."

"너는 지금 핑곗거리를 찾고 있다. 내가 허리를 다친 게 미안해서 말이지."

왕화이는 대나무 장대로 휠체어가 못 움직이게 막았다. 마침 길 밖으로 깊은 웅덩이가 있었다. 대충 봐도 족히 5미터는 넘어 보였다. 왕화이가 웅덩이를 가리키면서 말했다.

"네가 재수하러 가기를 싫어하니 내가 살아야 할 희망이 없다."

왕창츠가 힘껏 휠체어를 밀었지만, 왕화이는 대나무 장대로 필사적으로 휠체어를 세웠다. 대나무 장대가 활처럼 휘어졌다. 왕창츠가 더 세게 밀자 대나무 장대가 완전히 휘어져 곧 부러질 것 같았다. 왕화이가 갑자기 손을 놓자 휠체어가 앞으로 굴러가서 부딪칠 것 같았다. 대나무 장대를 놓자 휠체어가 방향을 바꿔 웅덩이를 향해 굴러갔다. 왕창츠가 뛰어가서 한 손으로 휠체어를 잡았다. 휠체어가 웅덩이 위에 걸렸다. 왕화이가 대나무 장대로 왕창츠의 손을 때렸다. 대나무 장대에 제대로 맞아 가슴까지 통증이 느껴졌다. 손이 버텨내지 못하고 곧 힘이 풀릴 것 같아 애걸했다.

"아버지, 때리지 마세요. 시키는 대로 다 할게요."

왕창츠는 짐을 꾸렸다. 류쌍쥐는 지난번처럼 신분증을 잃어버려서는 안 된다고 여러 번 강조했다. 짐을 다 싸고 난 뒤에 왕창츠는 가지고 있던 돈 1천 위안을 드렸다. 류쌍쥐가 그중 다섯 장을 빼 주면서 말했다.

"식비다."

왕창츠는 한 장만 받았다.

"1백 위안이면 차비 빼고 한 달 식비밖에 안 된다."

"제가 방법을 생각해볼게요."

"네가 훔치거나 뺏을 수도 없는데, 무슨 방법이 있겠니?" 하면서 류쌍쥐가 돈을 쥐여주려 했지만 왕창츠는 손을 저으면서 돈을 밀어냈다.

한밤중에 왕창츠는 '부스럭부스럭'대는 소리에 놀라 잠을 깼다. 모기장 너머로 자기 배낭에 돈을 쑤셔 넣고 있는 엄마가 보였다. 그는 눈을 감고 곤히 자는 척했다. 다음날 그는 배낭을 메고 출발했다. 왕화이와 류쌍쥐가 문 앞에서 배웅했다. 류쌍쥐는 좀도둑이 안 달라붙게 배낭을 조심하라고 신신당부했다. 왕화이는 왕창츠에게 엄지를 치켜세웠다. 왕창츠는 힘차게 발걸음을 내딛었다. 왕화이와 류쌍쥐, 누렁이는 왕창츠가 마을 어귀에서 사라질 때까지 그의 등을 바라보고 있었다.

왕창츠가 떠나고 사흘째 아침 류쌍쥐는 옥수수를 수확하러 가려고 마당에 내려섰다. 옥수수를 수확하려면 고무신부터 갈아 신어야 했다. 오른발을 고무신 안으로 넣는데 딱딱한 물건이 발에 부딪쳤다. 비닐 뭉치였다. 비닐 뭉치를 풀자 그 안에서 4백 위안이 나왔다. 류쌍쥐가 놀라 소리쳤다.

"이봐요, 창츠가 돈을 안 가져갔어요."

왕화이가 탄식했다.

"이놈이 공부를 안 하면 어쩐다?"

"걔가 공부하러 간 건 맞아요?"

"돈이 없는데 어떻게 맘 편히 공부할 수 있겠어?"


## 8


현에 도착해서 왕창츠는 교육국장을 만나러 갔다. 국장은 외계인 보듯 그를 쳐다봤다.

"왕화이의 아들입니다."

"왕화이가 누군데?"

왕창츠는 가슴이 철렁했다.

"하마터면 당신 눈앞에서 떨어져 죽을 뻔했는데 당신은 그 사람 이름도 모르세요?"

'아!' 국장은 그제야 기억나는 듯 "무슨 일이니?" 하고 물었다.

"현의 재수반에서 공짜로 수업 듣게 해주신다면서요."

"재수반은 이미 꽉 차서 비집고 들어갈 틈도 없고 수업료 면제라니, 그건 또 무슨 말이냐?"

"수업료 면제는 애초에 당신이 한 말이에요."

국장은 자기가 한 말도 기억하지 못했다. 왕창츠는 당신이 한 말이라고 하늘에 대고 맹세할 수 있다고 했다.

"설령 내가 그런 말을 했다면 그건 네 아버지 목숨을 살리기 위해서였다. 진심으로 받아들여서는 안 된다. 현 전체에 대학 입시반은 두 반이 개설되었고, 부모들이 모두 눈을 부릅뜨고 지켜보고 있어서 대놓고 부정을 저지를 수는 없다."

왕창츠는 두 발에 힘이 빠지고 온몸에서 땀이 날 정도로 마음이 급했다. 그는 사무실을 나와서 1층으로 내려왔다. 그때 갑자기 자기가 가져왔던 의자가 생각났다. 눈에 불을 켜고 의자를 찾았다. 의자는 보건실에 있었다. 그는 보건실 직원에게 사정을 애기하고 의자를 들고 나왔다. 그리고는 곧장 현에 가서 재수반 주임을 찾았다. 주임은 그의 아버지가 뛰어내린 일을 들었다고 하면서 그의 손을 꼭 쥐고 격려하듯 그의 어깨를 툭툭 쳤다.

"저 공부하고 싶어요."

주임이 그를 데리고 교장을 찾아갔다. 교장 역시 그의 아버지가 뛰어내린 이야기를 들었다며 그의 두 손을 꼭 잡고 어깨를 다독이며 그를 재수반으로 데리고 갔다. 두 교실 모두 정원으로 꽉 차 있었는데, 2반 교실 뒷문 쪽에 마침 빈 공간이 하나 있었다. 왕창츠는 들고 온 의자를 그곳에 놓고 앉아서 수업을 들었다. 친구들은 모두 그를 '미스터 의자'라고 불렀다. 그는 책상도 없이 의자만 있었다. 설령 책상이 있다 하더라도 놓을 공간이 없었다. 그의 가방 안에는 피켓이 들어 있었다. 그는 숙제할 때마다 그걸 꺼내 무릎 위에 놓고 책상으로 사용했다. 이 책상은 앞쪽이 낮고 뒤쪽이 높아 초점이 달랐다. 그래서 숙제 노트나 시험지의 글씨가 앞쪽 크고 뒤쪽은 작아 보였다. 글씨를 쓰려면 고개를 숙여야 했다. 이렇게 2주가 지나자 뒷목이 늘어났다.

어느 날 오후 교실에서 '와르르' 하고 소리가 났다. 친구들이 모두 고개를 돌리며 소리의 진원지를 찾았다. 미스터 의자가 보이지 않았다. 다시 보니 그가 몸을 오므린 채 바닥에 쓰러져 있었다. 남학생 네 명이 그를 양호실로 옮겼다. 양호 선생님이 물었다.

"어디가 안 좋니?"

왕창츠가 이 사이로 힘겹게 한 글자를 내뱉었다. 양호 선생님은 귀를 가까이 대고 두 번만에야 겨우 '배고파요(餓)' 한 글자를 알아들었다. 선생님은 급하게 그에게 수액을 주사했다. 수액이 한 방울씩 온몸에 빠르게 퍼져갔다.

몇 주 전부터 그는 소금물에 말은 밥을 먹었고 또 매일 한 끼씩만 먹었다. 배가 고플 때마다 수돗물을 마셨다. 수돗물은 많이 마셔도 소용이 없어서 물에 설탕을 탔다. 매일 직접 조제한 설탕물을 들고 다니면서 수업을 들었다. 그러나 물에 대한 갈증이 점점 커지면서 1교시마다 물 한 병씩을 마셨다. 물을 많이 마시면서 바로 화장실에 가서 오줌을 눠야 했고 자주 오줌을 누면서 몸이 허약해졌다. 오줌을 눌 때마다 다른 영양소도 함께 빠져나가는 것 같았다. 처음 공부를 시작했을 때 왕창츠는 자신이 미래의 인재이며 모든 고난은 시련에 지나지 않는다고 믿었다. 그래서 배가 고파도 다른 친구들보다 1시간씩 더 공부하곤 했다. 기숙사에 불이 꺼지면 그는 가로등 아래에서 공부했다. 1주차에는 글자도 그대로 보였고 내용도 다 기억할 수 있었다. 그러나 2주차부터는 글자가 검은 벌레, 흰 벌레, 오색찬란한 벌레로 변했다. 그의 눈앞에서 이리저리 날아다니면서 수업 내용을 외우지 말라고 했고 겨우 기억했던 내용도 땀으로 흘려야 했다. 꿈은 높은데 현실은 시궁창이었다. 그는 매일같이 현기증, 기억상실, 하품, 졸음과 싸워야 했다. 체력 소모를 줄이기 위해 그는 방송 체조와 눈 건강 체조를 하지 않았다. 쉬는 시간에는 거의 눈을 감고 수양했다. 눈을 깜빡일 때마다 칠판 색깔이 다다르게 보였다. '와아' 하면 녹색이었다가 또 '와아' 하면 붉은색으로 바뀌었다. 마치 증권 색깔처럼 순식간에 만 번이나 바뀌었다. 어떤 때는 교실 전체가 황금빛으로 빛나기도 하고, 또 어떤 때는 단전된 것처럼 천분의 1초 동안 교실 전체가 깜깜했다. 전기가 나가는 횟수가 점점 많아지고 단전 시간도 점점 길어지더니 결국에는 기절하고 말았다.

왕창츠가 깨어난 것은 진한 향기 때문이었다. 그 향기는 학교 앞 분식점에서 출발해서 스무 개의 계단을 지나 운동장을 뚫고 화단을 돌아서 최종적으로 그의 코끝에서 멈췄다. 눈을 뜨자 이(李)씨 성의 동급생이 죽 한 그릇을 들고 있는데 잘게 다진 고기도 보였다. 그는 숨을 깊이 들이쉬면서 왕화이와 류쌍쥐를 만난 것처럼 감정이 격해졌다. 동급생이 그에게 죽을 먹이려고 하자, 왕창츠는 그대로 일어나 앉아서 죽을 받아들고 몇 번만에 깨끗하게 비웠다. 위장을 적응시키려는 듯 죽 먹던 자세 그대로 앉아 있었다. 동급생이 그릇을 받으려고 손을 내밀자 왕창츠는 그릇을 꽉 잡고 놓지 않았다. 그러다가 몇 초 뒤에 그의 손이 갑자기 떨리면서 '쟁그랑' 하고 그릇이 바닥에 떨어져 박살났다. 그는 그 소리에 정신을 차리고 미안하다고 했다. 양호 선생님이 물었다.

"집안 사정이 안 좋으니?"

그는 동급생들을 한 번 쳐다봤다. 모두들 눈을 깜빡이며 대답을 기다리고 있었다. 그는 주저주저 하다가 "아니요" 하고 말했다.

"집이 안 힘든데 어째서 이렇게까지 굶었니? 나무 막대처럼 말랐어. 설마 너 다이어트 중이니?"

굶어서 푸르뎅뎅하게 뜬 얼굴이 갑자기 확 달아오르면서 창피함에 머리를 떨군 채 말했다.

"괜찮습니다. 이제 안 어지러워요."

고기죽을 먹고 포도당 링거를 맞자 그의 뇌세포가 활활 타올랐다. 그는 어떠한 꿈도 단백질, 지방, 탄수화물, 비타민, 무기질과 물의 도움이 없으면 달콤한 헛소리에 불과하다는 것을 깨달았다. 주삿바늘을 뽑고 그는 황쿠이를 찾아갔다. 황쿠이가 먼저 배부터 채우자고 했다. 그는 쌀국수 두 그릇과 계란 두 개를 먹고 만족스러운 듯 의자에 비스듬히 앉았다. 황쿠이가 "같이 일할래?" 하고 물었다. 왕창츠는 무슨 일을 하는지도 모르면서 그냥 하고 싶다고 말했다.

황쿠이는 자칭 사장으로 샤허자의 한 점포에 회사를 차렸다. 점포의 반은 황쿠이의 사무실로 사용하고 나머지 반은 그의 아버지가 사용하면서 일용 잡화를 팔았다. '환태평양(環太平洋)무역회사'라는 간판을 내걸고 있었지만 태평양과는 전혀 상관없다. 억지로 갖다붙인 상호라 하더라도 가게 앞의 작은 강은 결국에는 태평양으로 흘러들어갈 것이다. 황쿠이 아버지의 잡화 말고는 무역이라 할 것도 없으며, 또 매일 들어오는 자금도 2백 위안이 채 안 된다. 황쿠이는 다른 사람 대신 돈 받아주는 일을 했다. 돈을 받아주는 일이란 바로 빚 독촉을 말하며, 빚을 받아내면 황쿠이는 거기서 수수료를 챙겼다. 왕창츠가 말했다.

"무슨 일을 하는지 잘 모르겠어."

"간단해. 그들이 건물 위층에서 아래층으로 나를 밀면 너는 아래층에서 나를 받으면 돼."

"건물이 얼마나 높은데?"

"층수는 상관없어."

왕창츠는 무서워서 얼른 자기 두 팔을 슬쩍 쳐다봤다.

황쿠이는 여러 번 돈을 받으러 갔다. 돈을 받으러 갈 때마다 다단계 판매원처럼 양복을 입고 가죽신을 신고 갔다. 그는 매번 왕창츠를 데려가지는 않았고, 또 매번 빈손으로 돌아오지도 않았다. 수수료를 받은 뒤에는 왕창츠에게 술과 고기를 사주었다. 왕창츠는 술과 고기를 먹으면서 황쿠이에 비해 자신이 아무짝에도 쓸모없는 폐품처럼 느껴졌다. 황쿠이가 나가면 왕창츠는 그의 아버지를 도와 물건을 팔았다. 이를 보고 황쿠이가 말했다.

"너는 여기에 재주가 있나봐?"

왕창츠는 자기가 얼마나 큰 능력을 가지고 있는지는 몰랐지만 어쨌든 일이 없을 때는 황쿠이의 아버지를 도와 물건을 팔았다.

"저놈 말 듣지 마라. 아직 고추에 털도 안 난 놈이 잡화를 무시해. 뭘 믿고 저러는 건지? 이 애비의 좌판은 아니란 거지."

왕창츠는 저녁에 회사에서 있으면서 가게를 지키고 물건을 팔았다. 황쿠이와 그의 아버지가 퇴근하면 왕창츠는 한편으론 물건을 팔면서 한편으론 교과서를 꺼내 복습했다. 때로는 황쿠이가 가게에 남아서 왕창츠와 이야기하면서 술을 마셨다. 어느 날 밤에 황쿠이가 술을 잔뜩 마시고 나서는 왕창츠의 교과서를 모두 던져버렸다. 교과서는 5미터 정도 떨어져 있는 우미자(五米街) 도로까지 날아가 강에 떨어졌다. 왕창츠는 강으로 뛰어들어 교과서를 모두 건져냈다. 그 바람에 옷도 젖고 교과서도 다 젖었다. 그는 젖은 옷과 교과서를 철제 침대에 펼쳐놓고 선풍기 바람으로 말렸다.

"네가 대학에 들어간다 치자. 졸업 후에 제일 잘 돼봐야 당 간부가 되겠지. 그런데 요즘은 당 간부들도 다 사업한다고 난리인데, 대학은 뭔 놈의 대학이니?"

"난 포기 안 해. 우리 엄마와 아버지를 위해서라도."

"수능을 볼 양이면 공부하러 가. 여기서 뒹굴지 말고."

왕창츠는 선풍기를 껐다. 펄럭이던 책장도 조용해졌다.

"너는 배고플 때는 먹는 생각뿐이고, 배부르면 쓸데없는 생각을 해."

"공부 때문에 물건 파는 일을 소홀히 하지는 않아."

"큰 뜻이 없는데 물건을 팔아 몇 푼이나 벌 수 있겠니?"

이튿날 황쿠이는 왕창츠에게 이발소에 가서 머리를 빡빡 밀고 오라고 했다.

"스포츠머리는 안 될까?"

"번쩍번쩍 광이 나게 밀어!"

삭발이 시작되자 왕창츠는 자꾸 눈물이 났다. 이 순간이 삭발 의식처럼 느껴지기도 했지만, 자발적으로 한 것이 아니었다.


# 9


왕화이는 날마다 휠체어에 앉아 마을 어귀를 바라봤다. 하도 보다 보니 마을 어귀에 있는 단풍나무가 컬러 사진처럼 머릿속에 꽉 박혔다. 나무 꼭대기가 어떻게 생겼는지, 나뭇가지가 어디에 많은지, 잎사귀가 얼마나 많은지 눈을 감고도 다 말할 수 있을 정도였다. 그는 밥값도 없이 간 왕창츠가 걱정되어 둘째 숙부에게 향리에 가서 5백 위안을 부쳐 달라고 부탁했다. 둘째 숙부가 전신환 영수 증서를 그에게 건넸다. 그는 영수 증서를 상의 왼쪽 주머니에 넣어두고 한가할 때마다 꺼내서 보고 또 봤다. 마치 선생님이 채점해놓은 왕창츠의 100점짜리 시험지 다섯 장을 보듯 그렇게 보고 또 봤다. 그렇게 왕화이는 밥 먹는 시간 빼고는 늘 멀리 마을 어귀를 바라보곤 했다. 류바이탸오는 하는 일 없이 빈둥대면서 늘 그를 찾아와 담배를 달라고 해서 피웠다. 담배가 주목적이었지만 류바이탸오는 결코 대놓고 말하지 않았다. 그는 늘 이렇게 시작했다.

"왕화이 형, 뭘 그렇게 쳐다보고 계시우?"

"창츠."

"그렇게 멀리 있는데 걔가 보이시우?"

"눈에 선해."

"지금 뭐하고 있어요?"

"공부."

"어떻게요?"

"전체 1등."

"나한테 그런 용한 아들이 있으면 나는 매일 잔치다."

이쯤 되면 왕화이는 십중팔구 담배를 꺼내서 직접 담배에 불을 붙여서 류바이탸오에게 줬다. 그들은 담배를 피우면서 늘 이렇게 왕창츠 이야기를 했다. 류바이탸오는 여러 번 이렇게 말했다.

"왕창츠가 고관이 되어 비행기로 왕화이와 류쌍줘를 대도시로 모셔가는 꿈을 꿨어요."

왕화이는 이미 입이 벌어져서 말했다.

"비행기는… 과장이 심하네. 승용차면 몰라도."

"정말 그런 날이 오면 매달 내게 담배 한 갑씩은 사줘야 해요."

"담배 한 갑이라니, 말이야 방구야. 내가 창츠에게 시켜 대로변까지 모셔다줌세."

"난 차 살 능력도 안 되니 큰길에 데려다줘도 소용없어요. 담배 한 갑이 훨씬 이득이유."

왕화이는 담배 갑을 통째로 꺼내 주면서 "미리 줌세" 했다. 류바이탸오는 사양하는 척했다. 그러면 왕화이는 버럭 화를 내면서 말했다.

"사람 무시하는 겐가? 한 갑으로는 부족한가?"

류바이탸오는 희희낙락하며 담배를 받아 챙겼다.

담배가 고프거나 그 집 곡주가 생각나면 왕바이탸오(王白條)와 장바이탸오(張白條) 역시 이 방법을 사용해 늘 왕창츠를 칭찬하면서 시작했다. 왕창츠를 치켜세우기만 하면 되었다. 왕화이는 수백 번을 들어도 지겹지 않았으며 입이 귀에 걸릴 판이었다. 류쌍쥐는 사람들이 등 뒤에서 왕화이가 미쳤다고 하는 소리를 듣고는 왕화이에게 말해주었다. 왕화이가 바보처럼 웃으면서 말했다.

"염불을 외는 거나 똑같아. 염불을 많이 외다보면 잡신들이 걔를 보호해줄 거야. 경축일에 왜 운수대통을 말하겠어? 왜 문에다 '밖에서도 늘 기쁜 일만 생기게 해주소서', '걸음걸음 재물이 들어오게 해주소서'라는 춘롄(春聯)을 붙이려고 하겠어? 이게 다 창츠를 칭찬하는 것과 똑같은 이치야. 이 사람아."

왕화이는 매일같이 분향단에 삼주향(三炷香)을 올렸다. 향을 피울 때도 자신의 허리가 좋아지길 빌지 않고 그저 왕창츠가 대학에 가서 장래에 고관이 될 수 있게 해달라고 빌었다. 때로는 꿈에서 웃으면서 깰 때도 있는데, 거의 대부분이 현장(縣長)이 된 왕창츠를 보았을 때이다. 그 이튿날 누구라도 와서 술이나 담배를 달라치면 자기가 꾼 꿈을 이야기했다. 난촌(男村) 사람들은 빨리 뛰어가서 이 사실을 알렸다. 그러면 사람들이 돌아가면서 와서 이야기를 들으면서 담배를 태우고 술을 마셨다. 이쯤 되면 그는 허리의 통증도 다 잊고 자신이 당한 재수 없는 일도 다 까먹었다. 마치 그 꿈이 진짜 같았다. 설령 이 순간 잠시 진짜가 아니다 하더라도 그는 조만간에 그리 될 것이라고 믿었다.

단풍나무 색깔이 약간 옅어지고 나무 꼭대기가 연노랗게 물들었다. 다른 사람들은 몰라봤지만 날마다 바라보던 왕화이만은 민감하게 알아차렸다. 이날 해 질 무렵 집배원이 마을로 들어왔다. 왕화이는 둘째 숙부가 보낸 전신환 증서를 돌려받았다. 전신환에는 '수취인 불명'이라 찍혀 있었다. 왕화이는 전신환 증서를 들고 이리저리 살펴봤다. 주소도 문제없고 이름도 문제가 없었다. 문제는 단 한 가지 왕창츠가 사라진 것이었다. 그의 꿈은 순식간에 산산조각 났고 사람들은 삶아놓은 국수처럼 조용했다. 마을 어귀의 단풍나무도 보이지 않았고 둘째 숙부의 처마도 보이지 않았다. 하늘이 순식간에 검어져 다섯 손가락도 보이지 않았다. 별도 사라지고 불빛도 사라지고 심지어 아무 소리도 들리지 않았다. 류쌍쥐가 그에게 밥을 먹으라고 했지만 그는 그 소리도 못 들었다. 류쌍쥐는 그를 데리고 집으로 들어갔다. 그는 미동도 없이 전등을 바라보며 말했다.

"언제 켰어?"

"계속 켜놨었는데?"

왕화이는 류쌍쥐에게 대문을 닫아걸라고 하더니 전신환을 꺼내면서 말했다.

"내일 당신이 성에 한 번 다녀와야겠어. 한시도 지체해서는 안 돼."

류쌍쥐는 '수취인 불명'을 보다가 왕창츠가 혼자서 집 안팎으로 뛰어다니고 밤낮으로 뛰어다닌다고 생각하니 마음이 아파 눈물이 났다.

"당신이 이렇게 울면 그 소리가 류바이탸오에게 들릴 거야. 류바이탸오가 들으면 마을 전체가 알게 돼."

류솽쥐는 낮은 소리로 흐느껴 울면서 말했다.

"먹을 걸 좀 가져가요, 말아요?"

"이런 정신 나간 여편네 같으니. 가져가려면 회초리를 가져가야지."

한밤중에 왕화이가 류솽쥐를 흔들어 깨웠다.

"뭘 생각해요?" 류솽쥐가 말했다.

"잠이 안 올 때는 앉아 있는 게 더 좋을 수도 있어."

류솽쥐는 그를 휠체어에 앉혀놓고 다시 누웠다. 왕화이는 휠체어를 타고 방을 나와서 부엌에 왔다. 먹다 남은 반찬 향이 코끝을 찔렀다. 솥뚜껑을 열다가 '와장창' 하고 솥뚜껑이 바닥에 떨어졌다. 허리를 굽혀 솥뚜껑을 잡는데 어떻게 해도 손이 닿지 않았다. 휠체어의 가로 봉이 겨드랑이를 쑤셔서 아팠다. 두 손끝이 솥뚜껑 근처에 겨우 닿았다. 손끝으로 손잡이를 잡자 솥뚜껑이 아래로 미끄러졌다. 휠체어도 같이 앞으로 기울어졌다. 손에 더 힘을 줘서 뻗자 손가락 끝이 솥뚜껑에 닿았다. 손끝이 닿을락 말락 하더니 결국 솥뚜껑을 잡았다. 다시 손으로 솥뚜껑을 잡으려고 하는데, 솥뚜껑이 '와장창' 하면서 재차 미끄러졌다. 그는 포기하지 않고 손을 펴서 솥뚜껑을 끌어당겼다. 한 번 두 번 세 번… 거의 한 시간 만에 겨우 솥뚜껑을 들어올렸다. 갑자기 온몸에 희열감이 느껴졌다. 그는 솥뚜껑을 들어올리고는 올림픽에서 금메달을 딴 것처럼 흥분했다. 솥뚜껑과 싸우는 한 시간 동안 그는 '수취인 불명'이란 말을 싹 다 잊었다.

다음날 아침 류솽쥐는 부엌으로 들어가다가 머리를 떨군 채 휠체어에서 곤히 자고 있는 왕화이를 보았다. 삶은 계란과 고구마가 담긴 광주리가 그 앞에 놓여 있었다.

"하느님 맙소사. 이걸 어떻게 한 거예요?"

그 소리에 놀란 왕화이가 일어났다. 그는 졸린 듯 눈을 깜빡였다.

"아무것도 갖다주지 말라면서요?"

"우리가 오해했을 수도 있지. 걔가 고등학교에 갔거나 아님 사기 당했을 수도 있고. 하여튼 나도 당신과 함께 성에 가야겠어."

"이 꼴로 어떻게 성에 들어간단 말이에요?"

"방법을 생각해봐야지."

계란은 아까워서 못 먹고 고구마 몇 개만 먹었다. 왕화이는 류바이탸오와 왕동에게 부탁해 휠체어의 양쪽에다 대나무 막대를 각각 묶은 뒤에 출발했다. 류쌍쥐는 자루를 메고 앞서 걸어갔다. 왕동과 류바이탸오는 왕화이를 들쳐 메고 뒤따라갔다. 그들은 '끙끙'대며 허타이샹과 롱자완을 지나고 저수지를 지나서 땀범벅이 된 채로 도로변에 도착했다. 두 시간을 기다린 뒤에야 이곳을 경유해 가는 버스가 왔다. 그들은 왕화이를 휠체어와 함께 버스에 태웠다. 버스는 씽하고 출발했다. 버스 뒤에서 한 줄기 먼지가 일었다. 버스가 코너를 돌 때 차창 너머로 먼지를 뒤집어쓰고 있는 왕동과 류바이탸오가 보였다. 구리촌으로 가는 산길마저 먼지로 뒤덮여 있었다.

## 10

왕창츠가 삭발을 하자 황쿠이가 그에게 양복 한 벌을 사주었다. 구색에 맞춰 선글라스도 끼워주면서 화장실에 가서 거울을 한 번 보라고 했다. 왕창츠는 화장실에서 한참을 보고 나서 밖으로 나왔다. 황쿠이가 물었다.

"느낌이 어때?"

"조폭 같아."

"바로 이거지. 이런 게 필요했어. 예전 같은 모습으로는 모기 한 마리도 못 죽여."

왕창츠는 생각했다.

'오랫동안 공짜로 먹고 마시다가 결국에는 떼인 돈 받아주는 일을 하게 되다니.'

아니나 다를까 황쿠이가 그에게 임무를 주었다. 그를 따라가서 한 사람을 만났다. 이 사람이 갑에게 런민삐(人民幣) 130여 만 위안을 빚졌는데도 갚지 않고 버팅기는 바람에 갑이 황쿠이에게 돈을 받아달라고 부탁했던 것이다.

"네 뒤만 쫓아다니면 되는 거지?"

"응, 그렇지만 식칼은 가져가야 해."

왕창츠가 갑자기 땀을 흘리며 말했다.

"살인이나 방화 같은 일은 절대 안 해."

황쿠이가 서랍에서 서슬이 퍼런 식칼을 꺼냈다.

"그렇게 심각한 일은 없어. 그냥 그 사람 손가락 하나만 자르면 돼."

"네가 잘라? 아니면 내가 잘라?"

"당연히 네가 자르지. 사장이 직접 자르는 거 봤어?"

황쿠이는 이렇게 말하면서 식칼을 왕창츠에게 건넸다. 왕창츠는 칼을 받지 않았다. 다리가 떨리고 오줌이 마려웠다.

"벌이 왜 사람에게 침을 쏘는데? 개가 급하면 사람을 왜 무는지 알아? 모두 궁지에 몰려서 그런 거야. 세상 이치가 그래. 누구든 악랄하고 독한 사람이 성공하는 법이야."

왕창츠는 순식간에 머릿속이 텅 비었다. 눈앞에 있는 사람이 갑자기 낯선 사람처럼 느껴져서 감히 똑바로 쳐다보지 못했다. 황쿠이가 칼을 왕창츠의 손에 쥐여줬다. 왕창츠는 얼음덩어리를 쥐고 있는 것처럼 등에서부터 발바닥까지 한기가 느껴졌다. 황쿠이가 왕창츠의 선글라스를 떼어내며 말했다.

"원수 쳐다보듯 눈을 좀 부라려봐."

왕창츠는 미간을 모으고 눈빛을 고쳤다.

"더 험상궂게."

왕창츠의 두 눈이 더 가까워졌다.

"좀 더."

왕창츠는 싸움닭처럼 인상을 썼다.

황쿠이는 오른손을 책상에 놓으며 말했다.

"자 지금 내가 네 원수야."

왕창츠는 통통하고 무수히 만져봤던, 자기에게는 너무나 친절하고 사랑스러운 그 '곰발바닥'을 보고는 어떻게 해도 식칼을 들 수가 없다.

"죽여도 너한테는 책임을 안 물어."

"됐어. 나는 이런 시시한 놈이 아니야."

"쉽게 포기하지 마. 눈 딱 감고 한 번만 해봐."

왕창츠가 눈을 감았다.

"손을 뺐으니, 과감하게 한 번 내리쳐봐."

왕창츠가 눈을 뜨며 말했다.

"여기 그대로 있잖아? 하마터면 속을 뻔했잖아."

"내 손이 뭘 하든 왜 네가 상관이야? 어서 눈 감아."

왕창츠가 다시 눈을 감았다. 황쿠이가 손을 빼면서 "잘라!" 했다.

"진짜 자른다?"

"웃기고 있네."

왕창츠는 이를 악물고 칼을 내리쳤다. 칼이 책상에 꽂혔다.

"자르고 안 자르고는 네 문제고 피하고 안 피하고는 내 문제야."

"흉악범마냥 겁만 좀 주면 되는 거네."

"아니야. 어떨 때는 피도 봐야 해. 안 그러면 돈을 안 갚아."

왕창츠는 뭔가를 알아들었다는 듯 고개를 끄덕였다.


"황쿠이…."

갑자기 낯익은 목소리가 들렸다. 왕창츠가 출입문으로 가더니 얼른 선글라스를 꼈다. 황쿠이가 '쉬' 하면서 아무 소리도 내지 말라고 신호를 보냈다. 류쌍쥐가 자루를 메고 의자를 들고 개미가 집을 옮기듯 그렇게 왕화이를 밀면서 들어왔다. 황쿠이가 가서 짐을 받았다. 그들은 숨을 돌리며 사무실을 둘러보다가 왕창츠를 한 번 보고는 황쿠이를 쳐다봤다.

"현의 중학교, 고등학교를 찾아다니다가 이 의자만 찾았다. 창츠가 어디에 있는지 알고 있니?"

"일하러 갔어요."

"왜 우리한테 안 알렸니?"

"아직 돈을 제대로 벌지 못해서 죄송한가봐요."

"어디로 갔니?"

"성(省)으로 갔어요."

"혹 그 아이 주소 있니?"

"없습니다."

왕화이는 탄식했다. 얼굴이 새파랗게 질리고 흉강이 오르락내리락 했다. 류쌍쥐가 그의 가슴을 쓸어내리면서 물을 먹였다. 물에 체했는지 계속 기침을 해댔다. 류쌍쥐가 얼른 그의 등을 쳤다. 이때 왕창츠는 다리에 힘이 풀리고 코끝이 시큰시큰했지만, 이를 악물고 버텼다. 배짱이 얼마나 두둑한지 시험이라도 하듯 그렇게 이를 악물고 버텼다.

"이 후레자식! 하라는 공부는 안하고 이렇게 사람을 기함시키다니."

왕화이의 말에 황쿠이가 대꾸했다.

"홍콩 최대의 부호이자 전 세계 아홉 번째 부자인 리자청(李嘉誠)도 대학을 안 가지 않았나요? 지금은 옛날과 다른 방식으로 돈을 벌어요."

왕화이가 말했다.

"한 명은 리씨이고 한 명은 왕씨이니 비교할 거 없다."

류쌍쥐가 짐 보따리를 풀고 계란과 고구마를 꺼내 책상에 놓으며 말했다.

"이 계란은 우리 집 닭이 낳은 것이고, 이 고구마는 내가 직접 기른 거다. 본래는 창츠 주려고 가지고 온 것인데 다른 곳으로 가고 없구나."

황쿠이가 계란 껍질을 벗기고 한입 물었다. 토종닭 특유의 단 향이 퍼지면서 고향의 맛이 확 느껴졌다. 왕창츠는 침을 삼키고 또 삼키면서 참았다. 왕화이도 침을 삼키면서 말했다.

"우리도 평소에는 아껴서 먹고 창츠를 위해 모아둔다."

류쌍쥐가 말했다.

"너는 창츠와 제일 친한 친구다. 너를 보면 그 아이가 생각나니 네가 먹으면 그 아이가 먹는 것과 진배없다."

황쿠이가 쩝쩝거리고 먹어서 계란 부스러기가 입가에 묻기 시작했다. 왕창츠의 눈에는 눈물이 그렁그렁했다. 류쌍쥐가 말했다.

"그 애와 연락이 되거든 꼭 돌아와서 공부하라고 전해다오. 부탁하마."

황쿠이가 알았다며 고개를 끄덕였다.

"돼지 치고, 닭 기르고, 물을 나르고 밥 짓고 땔감을 해다 나르고 옥수수를 벗기고 돌을 나르고 담을 쌓으면서도 나는 한 번도 힘들다고 말해본 적 없다. 그 아이의 장래를 생각하면 이런 고생쯤은 다 참을 수 있어."

왕창츠는 양쪽 뺨이 가려웠다. 눈가부터 가렵기 시작해서 턱까지 가려워지자 몰래 손을 뻗어 한 번 얼굴을 훔쳤는데, 손바닥이 젖어 있었다. 왕화이가 말했다.

"내가 이렇게 못난 놈을 낳다니. 나는 그 애와 연을 끊을 생각이다."

"그 말도 전해드릴까요?"

"안 된다. 우리가 보고 싶어한다고 전해다오. 정말로 공부하기 싫다면 집에 돌아와서 우리와 같이 농사지어도 된다. 밖에서 얼마나 고생이 심하겠느냐? 돈도 없고 성에 아는 사람도 없고 얼마나 버틸 수 있을지 모르겠다. 죽었는지 살았는지도 모르고…."

"흑" 왕창츠는 무릎을 꿇으면서 "엄마" 하고 대성통곡했다. 류쌍쥐와 왕화이는 깜짝 놀라면서 의심의 눈초리로 봤다. 왕창츠가 선글라스를 벗고 눈물을 줄줄 흘렸다.

"저예요. 엄마…."

류쌍쥐는 순식간에 눈물이 터져 나왔다.

"불효막심한 놈!"

왕화이는 눈을 감고 왕창츠와 류쌍쥐가 울음을 그칠 때까지 기다렸다가 눈을 뜨며 말했다.

"옷부터 갈아입어라."

왕창츠는 자기 옷을 꺼내 들고 화장실로 가 양복을 갈아입고 나왔다. 왕화이가 말했다.

"짐 싸라."

황쿠이가 말했다.

"왜 짐을 싸라고 하십니까? 쟤는 여기서 일하고 있어요."

왕창츠는 황쿠이의 얼굴을 한 번 쳐다봤다가 왕화이의 얼굴을 한 번 쳐다봤다가 했다. 왕화이가 말했다.

"얼른!"

왕창츠는 옷가지와 말린 교과서를 모두 가방 안에 챙겨 넣었다. 황쿠이가 말했다.

"꼭 데려가셔야겠습니까?"

"창츠는 가야 할 곳이 있다."

왕창츠가 가방을 들자 황쿠이가 말했다.

"생각 없는 놈, 이제 곧 큰돈을 벌 수 있는데."

왕창츠가 말했다.

"황쿠이, 미안해."

"아버지 말을 들으면 너는 일평생 가난에서 못 벗어나."

"공부가 하고 싶어."

황쿠이는 정말 안타까운 듯 주먹으로 책상을 내리쳤다.

"가자."

왕창츠 일가족은 어깨에 메고 손에 들고 밀고 당기면서 갔다. 왕창츠는 몇 번이나 몰래 뒤돌아봤다.

그들은 현 운동장의 나무 아래에 도착했다. 왕화이가 말했다.

"황쿠이 같은 놈이랑 어울렸다가는 조만간에 사달이 날 게다. 네가 마음 편히 공부만 할 수 있다면 돈을 빌려서라도 대줄게."

왕창츠는 입술을 꽉 물고 고개를 끄덕이며 의자를 들고 갔다. 그는 텅 빈 운동장을 지나서 복도로 들어갔다. 이층 입구에서 나와 오른쪽으로 돌아 복도를 따라서 오른쪽 맨 뒤의 교실 문에 도착했다. 그는 왕화이와 류쌍쥐를 향해 손을 흔들고 의자를 놓고 교실로 들어갔다. 그는 원래 자리인 뒤쪽 문가에 앉았다. 멀리서도 문틀에 비친 그의 그림자를 볼 수 있었다. 왕화이와 류쌍쥐는 사진을 쳐다보듯 한동안 그렇게 바라보고 있었다.

갑자기 교실에서 책 읽는 소리가 나기 시작했다.


# 11


이듬해 여름 왕창츠는 수능에서 성적이 수직 하강해 중등전문학교 커트라인에도 못 미쳤다. 대문 앞에 도착하자 무릎 관절이 풀려서 그대로 왕화이 앞에 무릎을 꿇었다. 왕화이는 눈을 감은 채 공기에서 물을 짜낼 듯이 두 손을 쥐었다 폈다 쥐었다 폈다 했다. 왕창츠는 너무 창피한 나머지 차라리 그의 손에 죽고 싶었다. 손을 쥐었다 폈다 하는 시간이 길어질수록 질식할 것 같았다. 휠체어에서 지린내가 엄청 풍겼다. 왕창츠는 고개를 숙이다 왕화이가 입고 있는 반바지를 봤다. 긴 반지를 잘라 만든 반바지인데, 바지에 큰 구멍 두 개와 무수히 많은 작은 구멍이 나 있었다. 큰 구멍은 삭아서 난 거고 작은 구멍은 담뱃재에 타서 생긴 것이었다. 근육은 빠지고 뼈만 남아 다리가 쪼그라든 차나무 같았다. 진흙투성이인 맨발에 발톱은 새까맣고 길었다. 결국 왕화이는 손을 놓고 눈을 떴다. 길게 한숨 쉬며 말했다.

"왜 갈수록 성적이 떨어지니?"

"작년에 비해 어려웠어요."

"어려워도 100점이나 떨어지는 건 아니지."

"저는… 수업도 안 빠지고 늦게 자고 일찍 일어나며 죽어라 외우고, 또 뭐든 다 받아들였어요."

"그럼 네 머리가 나쁜 게지."

"… 어쩌면요. 머리에 너무 많은 것을 집어넣다보니 결과적으로 아무것도 기억할 수 없었어요."

"말도 안 되는 소리."

왕화이는 고개를 돌려 고원을 바라보며 말했다.

"이제 어쩔래?"

"집에 와서 일할래요."

"그럼 넌 영원히 여기 이렇게 꿇어앉아 있거라."

"저는 아버지가 생각하는 것만큼 그렇게 똑똑하지도 않고, 인내심도 없어요."

"네가 계속 공부만 한다면 너는 가능성이 있어."

"그렇지만… 제가 안 하고 싶어요."

"그럼 너는 나, 아니 우리한테 미안해해야지."

왕화이가 대나무 장대로 움직이자 휠체어가 '끽끽' 소리를 내며 굴러갔다. 휠체어는 바퀴에 진흙, 풀, 머리카락, 나뭇잎을 잔뜩 묻힌 채 힘겹게 천천히 굴러갔다. 왕창츠는 일어나서 먼 곳을 바라봤다. 산의 나무는 짙푸르고 무성했으며, 큰 나무 잎은 햇볕을 받아 반짝반짝 빛나고 있었다. 나무 향기와 풀 내음이 열기를 따라 훅 느껴졌다. 여기저기서 벌레 소리가 나고, 산허리의 논도 황금빛으로 물들어 있었다.

왕창츠는 류쌍쥐와 함께 벼를 거둬들였다. 류쌍쥐가 벼를 베면 왕창츠는 볏가리를 쌓았다. 일하는 중간 중간에 사철나무 아래에서 바람을 쐬며 쉬었다. 류쌍쥐가 말했다.

"1년 동안 마을에 정말 많은 일이 있었다. 류바이탸오는 도박 빚 1천 위안을 지고, 그 처는 집을 홀라당 태울 뻔했다. 톈다이쥔(田代軍)네가 물소 두 마리를 도둑맞았는데, 누가 그러는데 장셴화(張鮮花)가 외부 사람과 짜고 벌인 일이라고 하더구나. 장우(張五)의 딸은 성에서 일해 매달 집으로 돈을 부친단다. 그 돈으로 이미 2층 반짜리 시멘트 집을 지었어. 왕둥(王東)의 부인인 왕둥(汪冬)은 부인병을 얻어서 계속 약을 먹고 있단다. 약상자와 설명서를 아무데나 던져둬서 애들도 모두 '자궁경부암', '월경불순'… 뭐 이런 단어를 다 안다더라."

마을 소식은 류쌍쥐가 말해줘서 이틀 만에 다 알게 됐지만 논의 벼는 반밖에 수확하지 못했다. 후덥지근한 날씨에 고요하고 쓸쓸한 산골짜기에서 사실 특별히 할 말도 없지만, 류쌍쥐는 혼자 계속 떠들었다.

"언젠가 해질 무렵에 우물가에서 채소를 씻고 있는데, 지나가던 왕둥이 집적대더라."

"따라온 적 있어요?"

"똥물 한 바가지를 퍼부었더니 온몸에서 악취가 나더라."

"아버지께서도 아세요?"

"다 말했다."

"뭐라 하세요?"

류쌍쥐가 갑자기 눈물을 훔치면서 말했다.

"내 맘이 곧 아버지 맘이었지. 아버지가 그러더라. 네가 대학에 들어가기 전에는 어떤 부정 타는 일도 해서는 안 된다고. 네가 대학에 합격하면 내 마음대로 하라고. 아버지는 내가 함부로 행동할 사람이 아니라는 것을 알면서도 그렇게 말하더라. 우리는 매일 향을 사르면서 신을 모시고 조상들을 섬기면서 조금이라도 못된 마음을 먹어 네가 해를 입을까 걱정했단다. 그래서 개미도 안 밟고 닭도 안 잡고 또 누구한테라도 십분 양보했다. 장셴화가 네 할머니 묘 주변의 흙을 다 가져가도 우리는 뭐라 하지 않았다. 조상들이 다 보고 계시고 신령도 다 보고 계시니… 네가 대학에 합격할 수만 있다면 하는 마음으로 그 무엇도 마음대로 할 수 없었다. 우리가 네 대신 책을 외울 수도 글을 쓸 수도 없으니 그저 너를 생각하며 적선만 쌓았다."

왕창츠는 가끔씩 속이 쓰리고 괴롭긴 했지만 자신의 대학 합격이 어머니의 성희롱 문제와 아버지 발밑에 있는 개미와 관계가 있을 줄은 생각도 못했다. 요 며칠 동안 왕창츠는 아무 말도 하지 않았다. 류쌍쥐도 할 말을 다한 것 같았다. 왕창츠가 베어놓은 볏단을 들어올려 탈곡 통 안쪽에다 대고 탈탈 털자 '펑펑' 부딪치는 소리가 나면서 벼가 여기 저기 떨어졌다. 산골짜기가 더욱 고요하고 쓸쓸해 보였다.


왕화이는 휠체어에 의지해 밥을 지을 수 있게 되었다. 그래서 날마다 집에 돌아오면 그가 해놓은 음식을 먹을 수 있었다. 밥하는 것 말고도 그는 옥수수 탈곡, 마당 쓸기, 땅콩 껍질 벗기기, 닭 모이 주기, 차 끓이기 등도 할 수 있었다. 매일 저녁밥을 먹고 나면 왕화이는 왕창츠에게 다시 공부하러 가라고 타일렀다. 왕창츠가 말했다.

"저도 그러고 싶지만 두 분께서 감당하실 수 있겠어요?"

"문제없다. 올 한 해도 버텨내지 않았니?"

왕창츠는 믿지 않았다. 올 한 해에 자기에게 든 식비, 옷값, 학비 및 각종 생활비를 모두 합치면 1,200위안이나 되었다. 집에는 더 이상 팔 소도 없고 그저 돼지 한 마리를 키워서 이걸로 한 해를 보낸다. 닭, 계란, 누렁이를 파는 거 외에는 별다른 수입이 없었다. 그들은 결국 누렁이까지 팔아치웠다. 또 옷 한 벌도 새로 장만하지 못했다. 왕화이는 진통제까지 끊어, 비 오는 날이면 허리가 '삐걱'댈 정도로 아프다고 했다.

왕창츠가 몰래 둘째 숙부에게 물어봤다.

"집에서 혹시 돈 빌려갔어요?"

"아니."

왕창츠는 이상한 낌새가 들어서 그들이 딴 데 정신이 팔려 있을 때 집 안을 샅샅이 뒤졌다. 어느 날 왕화이의 베갯잇에서 종이 한 장이 빠져나왔는데, 이렇게 적혀 있었다.

동생 300위안

장셴화 200위안

왕둥 150위안

장우 100위안

류바이탸오 16위안

맙소사, 하다하다 류바이탸오에게도 차용증을 써주다니! 차용증을 쥔 왕창츠의 손이 부들부들 떨렸다. 한참을 떨다가 그는 차용증을 접어서 상의 주머니에 넣었다. 주머니 속에 쇳덩이가 들어 있는 듯 주머니가 처졌다. 그 바람에 셔츠의 양쪽 어깨가 비딱이 기울었다. 그는 차용증을 들고 따로 채권자를 찾아갔다. 채권자들은 하나같이 네 아버지가 돈을 빌리면서 네 공부에 영향을 끼쳐서는 안 되니 입을 다물라고 여러 번 주의를 줬다고 했다. 왕창츠는 그들에게 있는 차용증을 회수하고 다시 차용증 다섯 장을 작성하면서 채무자를 왕화이에서 왕창츠로 바꾸었다. 왕화이는 이런 사실도 모른 채 날마다 왕창츠에게 공부하러 가라고 했다. 왕창츠는 아버지가 TV에 나오는 뉴스 앵커 같다고 생각했다. 그는 날마다 이런 딱딱한 말을 반복적으로 하면서 집안 사정은 전혀 고려하지 않았다.

추수가 모두 끝났을 때 왕창츠는 비누로 왕화이의 발을 깨끗하게 씻기고 또 까맣고 긴 그의 발톱을 잘라주었다.

"이제 공부하러 갈 모양이구나?"

"도시에 가서 일하고 싶어요."

"후레자식 같으니, 책이 있는데도 공부는 안 하고 일하러 간다고. 네가 우리 가족의 희망을 다 짓밟았다. 공부하러 가지 않겠다면 네가 자른 내 발톱을 원래대로 붙여놓고 씻어낸 때를 도로 갖다놔라. 나는 네가 공부하는 게 중요하지 내 발을 씻기는 것은 하나도 중요하지 않다."

"저는 공부할 그릇이 아니에요. 그냥 보통 사람일 뿐이에요."

왕화이가 고개를 가로저으며 말했다.

"아니야. 너는 천재야. 너는 우리 왕씨(汪氏) 집안을 일으켜 세울 구세주야."

"아버지께서 오버한 거예요. 사실 저는 아무것도 아닌 그냥 쓰레기예요."

## 12

왕창츠는 새벽에 몰래 집을 빠져나왔다. 그는 배낭을 메고 운동화를 들고 맨발로 흙탕길을 걸었다. 노면이 얼음처럼 차가웠다. 갑자기 이런 비유가 떠올랐다. "흙탕길의 먼지, 선조들의 유골이런가."

풀잎 끝에 달려 있는 이슬이 그의 바짓자락을 적셨다. 수시로 숲속에서 동물들의 괴성이 들려왔다. 깜깜한 하늘에 뭇별들이 반짝였다. 마을 어귀의 단풍나무 아래에 와서 뒤를 돌아보았다. 마을은 어슴푸레하고 나무와 집들은 찍어놓은 먹물처럼 보였다. 백내장을 앓는 것처럼 두 눈이 희부연해질 때까지 쳐다봤다. 마지막으로 마을을 보는 것처럼 그렇게 쳐다봤다. 하늘빛이 약간 움직이면서 캄캄했던 하늘이 검푸르게 변했다. 집의 윤곽이 드러나고 나무가 보이기 시작했다. 검푸른 하늘이 처마 끝과 나뭇가지에 걸려 있었다. 그는 눈가를 훔치고 돌아서서 갔다. 저수지에 도착해서 진흙투성이 발을 깨끗하게 씻었다. 들고 있던 운동화를 신고 도로에서 버스를 기다렸다. 날이 밝았다. 고개를 숙이다가 순간 자기 운동화가 정말 하얗게 빨려 있다는 것을 알았다. 도시의 벽돌담처럼 정말 하얬다.

왕화이가 침상에서 일어났다. 아침 햇살이 깡마른 자기 엉덩이를 비추고 있었다.

"창츠야! 창츠야!"

두 번이나 불렀지만 대답이 없었다. 류쌍쥐가 와서 그를 휠체어에 앉혔다.

"내가 오늘 늦잠을 다 잤네. 창츠는?"

"도시로 떠났어요."

왕화이는 휠체어를 타고 집 밖으로 나가 멀리 쳐다보며 욕을 해댔다.

"왕창츠… 이런 별 볼일 없는 놈 같으니. 끈기도 없는 놈. 책이 있는데도 공부를 안 하고 기어이 일하러 가다니. 간부가 될 생각은 하지도 않고 기어코 노동자가 되려 하다니. 조상들 얼굴을 빛낼 생각은 않고 부모 얼굴에 먹칠이나 하고. 내가 너를 잘못 낳았다. 귀하게 키워놨더니…."

욕하는 소리가 비록 크지는 않았지만 발음이 정확하고 어조가 명확해 확실하게 들렸다. 이 욕은 일진광풍처럼 둘째 숙부의 옥상을 지나 마을과 나무 꼭대기까지 들렸다. 도로변에서 졸고 있던 왕창츠는 누군가가 자신을 불러 깨우는 것 같은 이상한 느낌을 받았다. 산 그림자는 제방 옆 밭에 걸려 있고 물소리와 매미 소리가 한데 어울려 들렸다. 회백색의 도로로 버스가 와서 왕창츠 곁에 멈춰 섰다. 차문이 열리자 그는 짐을 짊어진 채 차에 몸을 실었다. 그 순간 집에서는 욕을 하고 있던 왕화이가 갑자기 입술을 꽉 다물었다. 버스가 차문을 닫듯이 그렇게 입을 다물었다.

왕창츠가 떠났다는 것을 모두가 알아차렸다. 류바이탸오는 그대로 앉아 있을 수가 없었다. 그래서 제일 먼저 차용증을 들고 왕화이를 찾아왔다.

"나는 창츠가 효자라고 생각했는데, 사기꾼이야. 사기꾼."

왕화이는 차용증을 받아 살펴보면서 말했다.

"걔가 이렇게 썼다면 틀림없이 갚을 거야."

"사람 그림자도 안 보이는데 누가 갚냐고?"

"내가 아직 여기 있지 않은가?"

류바이탸오는 왕화이 네가! 하는 눈길로 그를 훑어보면서 말했다.

"집에 16위안도 없다니 도저히 못 믿겠어."

"그럼 암탉 두 마리를 가져가든가."

류바이탸오는 암탉을 가져가고 싶지는 않아서 집 안으로 들어가 돈을 찾았다. 그는 왕화이의 자리를 들다가 지갑을 봤다. 지갑에는 땡전한 푼 없었다. 상자를 열었다. 찢어진 옷가지 외에 값나가는 것이라곤 아무것도 없었다. 다른 상자를 열어보니 그 안에 돼지기름 단지가 있었다. 그는 단지를 들고 나오면서 "이걸로 퉁 칩시다!" 했다.

"자네 바본가. 기름은 먹고 나면 그뿐 암탉만 못하네. 암탉은 알을 낳고 알은 닭이 되고 닭은 알을 낳아서 돈을 벌 수도 있네."

"암탉으로 당신이나 잘 사시오. 나는 돼지기름이 좋소. 반년 전에 돼지기름이 떨어져 가마솥에 녹이 다 슬었지 뭐요."

"자네가 그걸 가져가면 우리 집 가마솥에 생기는 녹은 어쩌라고?"

"방법이 없어요. 채무자들은 원래 이래요. 내 채권자도 나한테 이렇게 했어요. 그들은 침대까지 박살내며 땅까지 팔 기세였다니까요."

왕화이는 창피한 듯 고개를 숙이고 차용증을 찢어버렸다.

류바이탸오가 기름 단지를 들고 집으로 가던 중에 장우랑 딱 부딪쳤다. 장우는 생각했다.

'차용증이 내 손에 있기는 하지만 왕창츠가 돈을 못 벌면 이 차용증은 백지에 불과해. 걔가 돈을 벌 수 있다고 누가 보장해? 언제 돈을 벌수 있을지 또 누가 알겠는가?'

생각할수록 시간은 점점 더 멀게 느껴지고 생각할수록 의문점만 늘어갔다. 그는 당장 집으로 가서 차용증을 들고 왕화이를 찾아갔다. 왕화이는 이자를 지불할 테니 몇 달만 시간을 더 달라고 했다. 장우는 자기가 사기를 당했다고 느꼈기 때문에 일각도 미뤄주고 싶지 않았다.

"왕창츠가 차용증을 새로 쓸 때 외지로 일하러 간다는 말은 전혀 하지 않았어요. 말을 하지 않은 것은 기별을 안 한 것이고 기별을 안 한 것은 바로 사기에 해당해요."

"창츠는 그런 애가 아니네. 틀림없이 돈을 벌어 와서 반드시 빚을 갚을 거야."

"이 모든 일이 당신의 '반드시, 틀림없이'란 말에서 시작되었소. 걔는 틀림없이 못 해낼 것이오. 애초에 당신이 그 애는 '틀림없이' 대학에 갈거라고 했잖소?"

왕화이는 입이 열 개라도 할 말이 없었다. 장우는 방으로 들어가 한 번 휙 둘러보고는 나무 장롱을 가져가기로 마음먹었다.

"못 믿겠거든 가져가게. 어차피 넣어둘 물건도 없는데 뭘."

장우는 차용증을 넘겼다. 왕화이는 차용증을 받아 만지작거렸다. 만지작거리다보니 손바닥이 아팠다. 글자에서 이빨이 자라 찌르는 것처럼 손바닥이 쿡쿡 쑤셨다.

장우가 장롱을 들고 집으로 오는 것을 우연찮게 왕동이 봤다. 왕동은 갑자기 위기의식을 느꼈다. 그는 얼른 차용증을 꺼내들고 왕화이를 찾아가 빚 독촉을 했다.

"집에 돈이 될 만한 물건이 하나도 없어."

"옥상에 관이 있잖아요?"

"그건 나를 위해 준비해둔 것이네. 이렇게 젊은데 설마하니 자네가 나보다 일찍 죽겠는가?"

"이건 죽고 살고의 문제가 아니잖아요. 내 돈을 받을 수 있냐 없냐의 문제이지."

"내 인격을 걸고 말하는데 창츠는 틀림없이 돈을 벌어 올 거야."

"요즘 세상에 인격은 뭔 인격."

"그럼 자네가 우선 가져가게. 창츠에게 돈이 생기면 내가 다시 찾아오면 되지 뭐."

왕동은 류바이탸오에게 도와달라고 해서 관을 사다리 위에서 아래로 밀어 보냈다. 그리고는 혼자서 관을 메고 대문을 나갔다. 왕화이는 자기 장례식을 보는 것처럼 가슴이 답답하고 숨이 막혀 죽을 것 같았다.

장셴화는 왕동이 왕화이의 관을 메고 가는 것을 보고 가슴이 '철렁' 내려앉았다. 그래서 바로 차용증을 꺼내 왕화이의 집으로 왔다. 그녀가 말했다.

"왕화이, 왕화이, 내가 최대 채권자인데, 파산을 선언하면서 왜 내게 제일 먼저 알리지 않았어요?"

"내가 그런 게 아니야. 그들이 창츠를 믿지 못해서 그런 거지."

"그들도 안 믿는데 저는 어떻게 믿죠?"

"창츠가 성장하는 과정을 다 보지 않았는가?"

"그들도 창츠가 자라는 과정을 다 봤어요."

"그 애가 어려서부터 지금까지 자네한테 거짓말한 적 있는가?"

장셴화는 고개를 저었다.

"내가 언제 돈을 빌리고 안 갚은 적이 있는가?"

"없어요."

"콩 심은 데 콩 나고 팥 심은 데 팥 나니, 우릴 한 번만 믿어주게."

장셴화는 차용증을 보면서 반으로 접어 주머니에 넣었다. 왕화이는 주먹을 꼭 쥔 채 차용증이 그녀의 주머니 안으로 들어가는 것을 보고 있었다. 그런데 갑자기 누군가가 그녀의 손을 잡아당기기라도 한 듯 멈추는 것이었다.

"창츠가 내게 거짓말한 적은 없지만, 그때는 시골에 있을 때고 지금은 성에 가 있어요. 환경이 변했는데, 창츠가 예전의 창츠라고 누가 장담할 수 있겠어요? 도시에는 사기꾼이 그렇게 많다는데, 사기꾼이라도 사귀어 창츠도 그렇게 될지 어떻게 알아요."

"설령 그 애가 그런 환경에 처한다 해도 나는 그 애가 여전히 결백할 거라 믿네. 그 아인 신용이 없는 그런 애가 아니야."

"류바이탸오와 왕둥에게도 이렇게 말했어요?"

"못 했네."

"그럼 어째서 제게만 그렇게 말하세요?"

"사실 집에 빚을 갚을 만한 물건이 하나도 없네."

장셴화가 집을 두 번이나 둘러봤지만 정말로 값나가는 물건이 없었다. 머리를 톡톡 치다가 그녀가 말했다.

"뒷산에 삼나무 몇 그루 있지 않아요?"

"그건 대들보로 쓰려고 남겨둔 거네. 자네가 보다시피 우리 집 대들보가 썩을 대로 썩어 몇 년도 버티기가 어렵네."

장셴화가 보니 정말 대들보의 반 정도가 까매져 있었다. 비가 심하게 들이쳐서 그렇게 된 것이었다. 그녀는 잠시 마음이 약해졌지만 이내 다시 강하게 먹었다.

"나는 내가 받을 빚만 관심 있지 이 집 대들보에는 관심 없어요."

"솥에 기름과 소금이 없어도 그만이고, 죽으면 관 없이도 묻히면 그만이지만, 대들보가 무너지면 우리는 기와 조각 하나 올릴 공간도 없고, 송곳 꽂을 땅뙈기조차 없게 되네. 삼목 몇 그루까지도 놔두지 않으니. 정말이지 너무 야박하게 사람을 몰아대는 거 아닌가?"

장셴화가 버럭 화를 냈다.

"당초 내가 당신한테 돈을 빌려준 건 창츠의 학비를 도와주기 위해서였어요. 지금 아들도 일하러 갔는데, 뭘 믿고 아직 안 갚는 거죠?"

"그렇게 이쁜 아이를 왜 못 믿어?"

"내 아들이 아니니까요."

왕화이가 탄식하며 말했다.

"내가 차용증을 다시 써줄까?"

"어떻게요?"

"만약 창츠가 반년 안에 자네 돈을 갚지 않으면 내가 두 배로 주겠네."

"원금도 못 갚는 판에 두 배나 되는 돈을 어떻게 갚아요?"

"그때 가서 또 못 갚으면 이 집과 땅은 모두 자네 것이네."

"정말 그렇게 하시게요?"

왕화이는 정말 그렇게 쓰고 지장까지 찍었다. 장셴화는 보증서를 들고 가면서 만나는 사람마다 다 보여줬다. 왕동은 보증서를 보고는 억울해했다.

"나보다 50위안 더 빌려줬을 뿐인데, 집과 땅을 받다니."

"돈을 굴린다는 것이 이런 거지요."

사람들은 모두 그 보증서에 대해 떠들어댔다. 류솽쥐는 순간 스트레스를 받아 목소리가 안 나오고 오십견이 도졌다. 또 위통으로 불면증에 걸리고 식욕도 감퇴했으며 면역력도 떨어졌다. 왕화이가 그녀를 위로했다.

"당신이 아들을 안 믿으면 누가 그 애를 믿겠어?"

제2장
# 밑바닥

# 13

그 시간에 왕창츠는 현(縣)의 대회당 건설 현장에서 미장이로 일하고 있었다. 숙식 포함 한 달 월급이 3백 위안이었다. 아침에는 만두를 먹고 점심에는 쌀밥에 채소 반찬, 저녁에는 고기도 몇 점 들어 있었다. 고기가 없을 때는 모두 조용히 식사를 했다. 그러나 일단 그릇에 고기가 들어 있으면 모두들 신이 나서 밥을 먹었다. 왕창츠는 늘 고기를 밥 밑에 깔고 채소 반찬과 밥을 먼저 먹고 난 뒤에 고기를 눌러서 먹었다. 이런 식사법을 '고진감래'라고 한다. 노랫말이 계속 귓가에 맴도는 것처럼 이런 식으로 먹으면 고기 맛을 오래 느낄 수 있다. 그러나 이 식사법은 매사에 조심해야 한다. 조심하지 않으면 그릇 안의 고기를 인부들에게 빼앗길 수도 있다. 고기를 밥 밑에 깔 때 왕창츠는 귀중품을 몰래 숨기는 희열을 느낀다. 고기를 전부 다 먹으면 전 재산을 투자해 큰일을 벌인 것 같은 느낌이 들었다. 인부들의 젓가락을 피해서 먹을 때는 뭔지 모를 쾌감까지 들었다. 아무도 밥그릇을 보지 않을 때는 크게 실망했으며 입 주변에 가득 묻은 기름도 자랑할 수 없었다. 그래서 어떤 때는 일부러 밥그릇을 치고 소리가 날 정도로 크게 고기를 씹으면서 인부들이 젓가락을 들고 덤비게 만들었다. 밤에는 현장 식당의 2층 침대에서 잤다. 침대는 새 판자에 못을 박아 제작한 것으로 여기저기서 소나무 향이 났다. 현장 식당 하나에 40명이 묵었다. 왕창츠는 2호 현장 식당의 17번 침대에서 지냈다. 인기척이 들리지 않던 어느 날 밤에 누군가가 갑자기 뒤척이는 것 같았다. 이쪽에서 한 번 뒤척이자 저쪽에서 놀라 따라 뒤척이고 그러다보니 결국 모두 한 번씩 뒤척였다. 침대 삐걱거리는 소리에 결혼한 인부들은 집을 그리워하며 밤새 한숨도 못 잤다. 그러나 왕창츠를 포함한 일부 사람들은 누가 뒤척이던 상관 않고 시멘트 벽돌에 묶인 것처럼 곤히 잤다.

왕창츠는 모르타르를 운반하는 일을 했다. 시멘트와 모르타르를 가득 실은 트럭믹서를 레미콘 믹서에서 건설용 리프트 안으로 밀어 넣으면 된다. 파트너 류젠핑(劉建平)과 함께 두 사람이 돌아가면서 트럭믹서를 밀었다. 건설용 리프트에 트럭믹서 네 대가 차면 그들은 철문을 닫고 스위치를 누른다.

건설용 리프트가 삐걱거리며 위로 올라가면 모르타르가 조금씩 흔들거린다. 2층에 도착해서 건설용 리프트가 끽하고 멈추면 모르타르가 조금씩 넘치면서 지지대 사이로 떨어진다. 건설용 리프트가 상승하고 하강할 때마다 왕창츠는 귀를 쫑긋 세우게 된다. 삐걱대는 소리에 왕화이의 나무 휠체어가 떠올랐다.

이 일은 그가 직접 찾아낸 것이다. 당초 그는 터미널에서 나와 한 정거장 한 정거장 걸어가면서 결국 크레인을 목표로 정했다. 크레인이 있는 곳이면 어디든 갔고, 거기서 다시 비계(飛階)를 찾았다. 비계가 있는 곳이면 어김없이 말뚝 박는 소리가 들렸다. 그 소리를 따라가면 시멘트 냄새가 났다. 이 작디작은 현에 먼지 날리는 건설 현장이 열 몇 군데나 되었다. 일일이 다 물어봤지만, 지금의 건설 현장 감독만이 그를 받아주었다. 현장 감독은 허(何)씨이고 이름은 구이(貴)로, 머리는 뾰족하고 흰색 셔츠에 목소리는 가늘었다. 그는 왕창츠에게 담배 한 개비를 주었다. 그날 왕창츠는 다리 밑에서 짐을 가져왔다. 그는 몸이 부서져라 이를 악물고 3개월만 일하면 집안의 빚을 모두 청산할 수 있을 거라 생각했다.

첫째 달 말, 임금을 받을 때가 되었지만 아무도 임금을 받지 못했다. 허구이(何貴)를 찾아가서 돈을 달라고 했다. 허구이는 눈을 가늘게 뜨고 웃으면서 말했다.

"임금은 세 달에 한 번 나오니 조급해들 말게."

누군가 이의를 제기하며 지금 바로 현금으로 달라고 했다. 허구이는 그 자리에서 돈 뭉치를 꺼내 손바닥에 '탁탁' 두드리면서 말했다.

"가져가고 싶으면 가져가. 그러나 이 돈을 가져가는 사람은 바로 여기서 떠나야 할 걸세."

몇몇 인부가 그 자리에서 돈을 가지고 짐을 챙겨 뒤도 안 돌아보고 갔다. 그들은 옷도 갈아입지 않은 채 갔다. 옷에는 흙탕물이 드문드문 묻어 있어서 멀리서 보면 위장복을 입고 있는 것처럼 보였다. 허구이의 의도를 모르는 대부분의 인부들은 꼼짝도 않았다. 허구이가 말했다.

"감독이란 말이지 바로 이런 걸세. 내가 일꾼 한 명을 쓰면 최소 3개월은 나를 도와 일해야 하네. 그렇지 않고 주마등처럼 사람을 자주 바꾸면 공사에 큰 지장을 줄 수도 있어."

모두들 한참 동안 서 있다가 이해를 했는지 아닌지는 모르겠지만 다시 일하러 갔다. 류젠펑은 트럭믹서를 밀면서 불평했다.

"저 허씨 말이야. 질 나쁜 사기꾼이야."

왕창츠가 말했다.

"이렇게 큰 공사를 하면서 그 정도까지는 아니겠죠."

그는 생각했다.

'3개월에 한 번 임금을 주는 것은 좋은 일은 아니지만 그렇게 하면 돈을 안 쓸 수 있고, 은행에 적금 넣는 셈 치면 되지 뭐. 이자가 안 붙는다는 게 좀 그렇긴 하지만.'

3개월 뒤에 허구이가 증발했다. 인부들은 그의 사무실을 때려 부쉈

다. 누군가는 컴퓨터, TV, 정수기, 사무용품과 시몬스 매트리스를 훔쳐 달아났다. 대부분의 인부들은 아무것도 손에 넣지 못했다. 일부는 현장에 모여 "니기미 십팔" 하면서 포클레인에 화풀이를 했다. 일부는 장기를 두거나 마작을 하면서 잠시 동안 눈앞의 현실을 외면했다. 일부는 담벼락에 쭈그리고 앉아 건설 현장 입구에 시선을 고정한 채 기적이 일어나기를 희망했다. 왕창츠는 90여 일 동안의 지친 체력을 보충이라도 하듯 침대에 누워 밀린 잠을 잤다. 송판 향기도 많이 옅어졌고, 시끌벅적한 소리도 멀어졌다 가까워졌다 했다. 잠시 자는 동안에도 허구이가 자꾸 나타났다. 그는 말을 아주 잘했고 이가 하얗고 가지런했다. 주머니에 늘 시가와 일회용 라이터를 넣고 다니면서 사람을 만나면 담배를 권하고 상대방이 담배를 입에 무는 순간 불을 붙여주었다. 그는 아주 익숙하게 담배를 건네고 불을 켰다. 얼핏 보면 그가 금연 보조 식품을 먹는 것처럼 보이지만 그는 지금까지 담배를 피운 적이 없다. 심지어 왕창츠도 그가 담배 피우는 것을 본 적이 없었다. 이렇게 점잖고 젠틀한 현장 감독이 어떻게 안 보면 그만이지 하는 식으로 행동할 수 있단 말인가?

왕창츠는 생각과 잠을 오갔다. 뱃가죽이 등짝에 붙을 때까지 누워 있다가 겨우 침대에서 일어났다. 그는 현장 식당을 나와서 자기가 하루 하고도 반나절이나 더 잤다는 것을 알았다. 해질녘 하늘에 한 조각 노을이 걸려 있었다. 건설 현장은 아주 조용했다. 일부는 나가고 없었다. 일부는 담벼락에 줄지어 앉아서 담배 피우는 사람은 담배를 태우고 잡담하는 사람은 잡담하고 멍 때리고 있는 사람은 멍 때리고 있었다. 수돗물을 한 통 들이키자 왕창츠의 배에서 '꼬르륵' 소리가 났다. 그는 류젠핑 곁에 앉아서 몰래 속삭였다.

"밥 먹었어?"

"먹었어."

"돈 좀 빌려줄 수 있어?"

류젠핑은 일어나서 20미터쯤 떨어진 곳으로 가서 다시 앉았다. 왕창츠가 좌우를 살폈다. 인부들이 선후로 일어나 엉덩이를 툭툭 치면서 일부는 현장 식당으로 들어가고 일부는 멀찍이 떨어졌다. 그에게서 구린 방귀 냄새라도 나듯 그렇게 5미터 정도 떨어져서 앉았다. 그는 지금에야 현실을 깨달았다. 친구나 인부들 사이에서 다른 어떤 말은 다 해도 되지만 "돈 좀 꿔줘"란 말만은 절대 하면 안 된다는 것을. 그는 고개를 숙인 채 땅 위로 삐져나온 풀을 봤다. 이리저리 왔다갔다하는 개미를 봤다. 개미 한 마리를 잡아서 손등에 놓았다. 개미가 팔뚝을 타고 올라오더니 어깻죽지에 올라가려고 했다. 개미를 다시 잡아서 손등에 올려두었다. 개미는 죽자 사자 올라가면서 출구를 찾을 수 있다고 생각하는 것 같았다. 하지만 모든 길은 봉쇄되어 있다. 개미는 그 사실을 모른 채 죽자 사자 올라왔다. 왕창츠는 여러 번 이렇게 하면서 잠시 배고픔을 잊었다. 날은 그렇게 서서히 저물었고 건설 현장에도 불이 꺼졌다. 팔뚝의 개미도 어둠에 묻혔다. 개미는 보이지 않았지만 어디에 있는지 알 수 있었다. 배에서 다시 '꼬르륵 꼬르륵' 소리가 나면서 위산이 솟구쳤다. 개미를 쳤다. 손바닥의 한쪽이 축축했다. 손을 닦고 비비면서 일어나 건설 현장을 빠져나왔다.

## 14

왕창츠는 황쿠이가 이미 잡혀 들어갔을 거라고 생각했지만 그래도 혹시나 하는 마음에 샤허자로 왔다. '환태평양무역회사'의 간판이 여전히 걸려 있었다. 이전보다 훨씬 더 번지르르해 보였다. 가게 앞은 시원스럽게 트여 있었다. 가게에서 새어나온 불빛이 물까지 비췄다. 이곳은 더 이상 일용 잡화를 파는 그런 구멍가게가 아니었다. 가게는 깨끗하게 정리된 채 사무실로 사용되고 있었다. 황쿠이와 두 사람이 맥주를 마시고 있었다. 차 테이블에 접시 서너 개가 놓여 있었다. 장원급제 족발, 오리 족발 향이 코를 찔렀다. 그는 오래전에 헤어진 친척을 보듯 감격해서 황쿠이를 불렀다. 세 사람이 돌아보는데 모두 놀란 표정을 하고 있었다. 황쿠이가 제일 놀란 것 같았다. 너무 놀라 먹지도 않고 미간을 찌푸렸다. 갑자기 그의 입꼬리가 씰룩거렸다.

"너 대학 간다고 하지 않았어? 나랑 같이 다니는 거 싫다며? 네 부모님께서 나를 아주 상놈 취급한 거 같은데? 네 가족은 이곳을 나갈 때 전체 현에서 1등으로 대학에 합격할 것처럼 손을 휘젓고, 오물이 묻을까 봐 진흙탕에서 빠져나가는 듯이 그렇게 걸어 나갔어. 실패해도 후회하지 않을 기세로 갔잖아."

"하늘에 양심을 걸고 말하는데 너한테 미안해서 나는 몇 번이나 뒤돌아봤어."

"나는 똑똑히 기억하고 있어. 수렁에 빠져 있다가 정신을 차린 듯한 너의 그 표정. 그 표정이 내게는 아주 깊은 상처로 남아 있어."

그는 말하면서 손가락으로 태양혈을 눌렀다. 왕창츠는 침을 삼키면서 말했다.

"내가 가서 손가락을 자를게."

"늦었어. 이미 내가 처리했어."

"그럼 다른 할 일은 없어?"

"네 간덩이로는 아무 일도 못해."

"상황이 급박해야 배짱도 부리는 거지."

"그래? 어디 배짱 있으면 바지라도 벗어보든가."

왕창츠가 정말 바지를 벗었다. 순간 엉덩이와 다리에 찬바람이 불었다. 그들의 눈이 전조등처럼 빛났다. 그의 하반신은 아주 검었으며 팬티를 입은 곳만 하얬다. 고추가 창피한 듯 배 쪽으로 쪼그라들었다. 황쿠이는 갑자기 그들이 함께 엉덩이를 까고 강에서 수영하던 중학교 때가 생각났다. 그때는 왕창츠의 피부도 자기처럼 하얬다. 옷을 입지 않으면 누가 농촌 아이이고 도시 아이인지 구분해낼 수 없었다. 그런데 지금 그들의 피부는 도시와 시골처럼 그렇게 큰 차이가 났다. 옷을 입지 않아도 그들의 생활 수준을 알 수 있었다. 황쿠이는 갑자기 불쌍한 생각이 나서 들어오라고 했다. 왕창츠가 엉덩이를 깐 채로 들어갔다. 황쿠이가 화를 내며 옷을 입으라고 했다.

한바탕 배부르게 먹고 난 뒤에야 불안하던 마음이 다 놓였다. 다리도 안 떨리고 식은땀도 안 났다. 다들 자리를 잡고 앉아 있었다. 그제야 비로소 황쿠이 일행이 계속해서 자기가 먹고 있는 것을 보고 있었다는 것을 알아챘다. 그는 입 주위를 한 번 훔치고는 말했다.

"미안해. 배가 너무 고파서 그만."

황쿠이가 물었다.

"교도소에 갈 수 있겠어?"

"사람 죽이는 것만 아니면 다 할 수 있어."

황쿠이가 말했다.

"어떤 사람이 사람을 때려서 어제 잡혀 들어갔는데 15일 구류가 나왔어. 내일 네가 가서 그 사람이 나오면 하루에 1백 위안씩, 14일 모두 합쳐서 1,400위안 줄게."

"이미 들어가 있는데 어떻게 그게 가능해?"

"그런 건 걱정하지 마. 누가 '린쟈보(林家柏)' 하고 부르면 '네' 하고 대답만 하면 돼."

"린쟈보가 누군데?"

"그런 건 안 중요해. 네가 돈을 벌 수 있다는 사실이 중요한 거지."


현장 식당으로 돌아온 왕창츠는 일찍 잠자리에 들었다. 그러나 그는 잠이 오지 않아 이리저리 뒤척였다. 음식물이 위에서 소화되자 배고픔이 사라졌다. 배고픔이 사라지자 긴장감도 사라졌다. 배가 고플 때와 배가 부를 때의 선택이 정말 다르다고 생각했다. 배가 고플 때는 뭐라도 다 할 수 있었다. 스스럼없이 고추도 깠다. 그러나 배가 부르면 중산층이 된 것마냥 앞뒤를 재고 생각한다.

"나는 도대체 어떤 사람일까? 바지도 벗는 등신? 범죄자? 나쁜 놈? 왕창츠? 린쟈보?"

생각할수록 후회가 되고 자신이 부끄러워져 극도로 비참했다. 심지어 자신이 아무데도 가지 못하고 팔뚝에서 맞아 죽은 개미와 진배없다는 생각이 들었다.

생각하고 또 생각하다보니 날이 어슴푸레 밝아왔다. 왕창츠는 짐을 싸들고 고향으로 도망쳤다. 저수지, 차밭, 단풍나무, 마을이 보였다. 굳게 닫힌 대문도 보였다. 그는 문을 두드리고 또 두드렸다. 문이 '끼익' 하고 열리는데 황쿠이가 서 있었다. 졸린 눈으로 황쿠이가 말했다.

"왜 이렇게 일찍 왔어? 이제 겨우 6시야."

왕창츠는 섬뜩했다. 마치 꿈을 꾸는 것 같았다. 머릿속으로는 집으로 돌아간다고 생각했지만 발걸음은 도리어 이곳으로 향했던 것이다.

황쿠이는 아침 차를 청하면서 한상 가득 음식을 주문했다.

"네가 음식을 많이 시킬수록 나는 더 안 먹고 싶어져."

"돈이 아까워서?"

"아니. 내 신세가 총살당하기 전에 배불리 먹는 사형수 같아서."

"너는 생각이 너무 많아서 탈이야. 거기 들어가면 먹을 것도 있고 잘 곳도 있고 지진 대비도 할 수 있어. 그냥 들어가서 쉬다 오면 돼."

"어젯밤부터 지금까지 내 머리가 멈춘 것 같아. 너와의 의리만 아니었다면 진즉에 내뺐을 거야."

"긴장 풀어. 교도소는 사람들에게 기술을 가르치고 사람을 단련시키며 더욱이 사람을 시험할 수도 있는 곳이야. 어떻게 보면 흡사 용광로 같기도 하고 학교 같기도 해."

'가난한 사람들의 학교겠지'라고 생각했지만 이 말을 내뱉지는 않았다. 뭐라도 좀 먹어보려고 했지만 목구멍으로 음식이 넘어가지 않았다. 왕창츠는 메모지 한 장을 꺼내며 말했다.

"우리 집 주소야. 1천 위안은 우리 아버지한테 부쳐주고, 나머지 4백 위안은 네가 보관하고 있어. 전신환 증서에 여기 주소는 적지 마. 우리 아버지가 더는 못 오게. 만일 내게 무슨 일이라도 생기면… 네가 나 대신 우리 부모님을 잘 돌봐드려. 먹을 것도 마련해드리고 옷가지도 챙기고, 돌아가시면 꼭 관도 마련해드리고."

"뭔 일이 그렇게 많아! 생이별이라도 하는 것처럼. 정말 너한테 뭔 일이 생기면 네 부모님을 현에 모셔 와서 우리 부모님처럼 모실게. 차도 사드리고 집도 마련해드리고 진찰도 받게 하고 보험도 들고, 발도 씻겨드리고 외식도 시켜드리고 광장에서 춤도 추고 제도의 혜택을 다 누릴 수 있게 말이다."

아무 일도 일어나지 않을 것임을 자신하기 때문에 황쿠이가 이렇게 자신 있게 말한다는 것을 왕창츠도 잘 알고 있었지만 재차 물어봤다.

"정말 다 해드릴 수 있어?"

"나는 허풍은 안 쳐."

"우리 부모님도 너같이 잘난 아들이 있으면 좋아 죽으실 텐데."

왕창츠는 교도소에 들어가기 전에 출발 직전 임무를 암기하는 간첩처럼 10분 넘게 이렇게 외웠다.

"린쟈보. 33세의 미혼 남자로, 아무 관원의 아들이자 후이황 부동산 기업(輝煌地産公司) 사장. 주소는 룽텅샤오취(龍騰小區) 1동 2라인 508호. 초하루 밤 10시에 벤츠 8888번을 타고 여자 친구 왕옌핑(王燕萍)과 함께 야식을 먹으러 가다가 민성루(民生路)를 지나갈 때 쑨이핑(孫一平)의 과일 노점과 충돌. 보상은커녕 주먹을 휘둘러 쑨이핑의 늑골 두 대를 부러뜨림. 구경꾼들이 많아 구속하지 않으면 사람들의 분노를 누그러뜨릴 수 없었음. 왕옌핑은 23세로, 현 가무단의 단원이자 왕국장의 딸임."

황쿠이는 지프로 왕창츠를 유치장 입구에 데려다주었다. 가는 내내 왕창츠는 계속해서 스스로에게 암시했다. 유치장 문이 천천히 열리면서 그는 이미 린쟈보로 바뀌어 있었다. 겨우 30분 만에 그는 극빈자에서 부자로 변했고, 명목상 관료 아버지, 고급 자동차, 빌딩과 미녀를 갖게 되었다.


# 15


왕화이는 1천 위안짜리 전신환 증서 한 장을 받았다. 발신인의 주소는 성에 있는 Pa공사였다. 왕화이는 큰 소리로 류솽쥐를 불렀다.

"뭔 일 있어요?"

"지금 혈압 수치가 정상이지?"

류솽쥐는 이리저리 보면서 말했다.

"당신은 비정상이에요?"

"지금 마음은 어때? 편안해?"

그 말에 류쌍쥐는 얼굴색이 변하며 말했다.

"창츠에게 뭔 일 있어요?"

왕화이는 전신환 증서를 건넸다. 류쌍쥐는 증서를 받아들고 보고 또 보면서 눈앞이 흐릿해졌다. 그녀는 눈물을 닦으면서 말했다.

"창츠가 이렇게 빨리 출세할 거라고는…."

"창츠가 먹고 자고 용돈까지 합하면 한 달에 적어도 5백 위안은 벌어야 우리한테 이렇게 큰돈을 보낼 수 있어."

"사장이 아닌 다음에야 어떻게 이렇게 임금이 높을 수가 있죠?"

왕후이는 전신환 증서에 적인 'Pa'를 가리키며 말했다.

"이거 봤어? 외국어야. 외국 회사가 맹해서 달러를 런민삐로 환산해서 줬을 가능성도 있어."

류쌍쥐가 피씩 웃었다.

"그들이 계속 맹하기만 하면 우리 창츠가 큰 이익을 보지 않겠어요?"

왕창츠가 돈을 보냈다는 소식이 곧바로 전해지자 사람들이 분분히 집으로 찾아와서 축하 인사를 건넸다. 왕화이는 처음에는 그들에게 차를 끓여냈지만 나중에는 차를 대접하고 담배를 권하는 정도로 그들을 돌려보낼 수 없다는 것을 알아차렸다. 그래서 류쌍쥐가 밥을 했다. 밥을 하자 좋은 찬이 없어서 그녀는 장우에게 가서 훈제육을 외상으로 샀다. 장우가 외상이 안 된다고 하자 그녀는 곧바로 전신환 증서를 꺼내 그에게 보여주었다. 전신환 증서는 이미 많은 사람들의 손을 거친 뒤라 눈물, 진흙, 지문, 솥검정 등이 묻어 있었다. 장우가 전신환 증서를 살펴보는 통에 이번에는 기름이 얼룩졌다. 류쌍쥐는 축하객들을 위해 고기를 볶았고, 왕화이는 고기가 있으면 술도 있어야 한다고 했다. 류쌍쥐는 전신환 증서를 들고 둘째 숙부를 찾아가서 말했다.

"돈만 찾아오면 둘째 숙부의 돈도 바로 갚을게요. 그때 술값도 같이 드릴게요." 둘째 숙부가 전신환 증서를 받아 보고 또 보느라 이번에는 술지게미가 묻었다. 마을 안에서 전신환 증서를 신용카드처럼 쓰고 또 쓰면서 류쌍쥐는 그동안의 심적 고통까지 다 쏟아냈다. 축하객들은 고기를 먹으면서 왕창츠를 칭찬하고, 곡주를 마시면서 왕창츠가 도대체 어떤 일을 할까 추측했다. 어떤 사람은 Pa공사가 핸드폰 제조회사라고 하고 어떤 사람은 TV 생산업체, 또 어떤 사람은 컴퓨터 제조회사라고 했다.

"자동차 제조업체일지도 몰라."

왕화이가 말했다.

이리저리 추측하면서 아무도 왕창츠가 지금 교도소에 있을 거라고는 생각도 못 했다.


왕창츠는 매일 한쪽 구석에 쪼그리고 앉아 린쟈보의 위세를 상상했다. 왕창츠는 유치장에 들어오던 날 유치장에서 황쿠이와 함께 전쟁 포로를 교환하듯 그렇게 린쟈보를 한 번 볼 수 있을 거라 생각했다. 그런데 뜻밖에도 한 명은 이쪽으로 들어오고 한 명은 저쪽으로 나가 린쟈보는커녕 그의 그림자도 못 봤다. 어느 날 왕창츠는 자기가 일했던 건설 현장이 바로 후이황 부동산 기업에서 했던 건설 현장이라는 생각이 불현듯 떠올랐다. 린쟈보는 자기에게 임금을 지불하지 않은 장본인이었다. 이번에 린쟈보에게서 1,400위안을 벌었지만, 그중에서 린쟈보가 자신에게 지불해야 할 돈 9백 위안을 제외하면 실질적인 수입은 5백 위안밖에 되지 않았다. 손해도 이런 손해가 없다. 이 피 같은 돈을 안 주는 린쟈보 같은 사람이 유치장에 있어야 마땅하고 그를 잡아와서 총살을 시켜야 옳았다. 그런데 정작 유치장에 있는 사람은 바로 그 자신이었다. 설령 린쟈보를 정말 쏴 죽인다 해도 총살당하는 것은 그의 이름뿐일지도 모른다. 돈을 엄청 벌 생각이면 다른 누군가가 그를 대신해서 죽을 수도 있다. 린쟈보의 여자 친구인 왕옌핑을 상상할 때만 자기가 약간의 이득을 봤다는 생각이 들었다. 그는 상상했다. 왕옌핑의 노래, 그녀의 풍만한 가슴과 하얀 다리, 둘이 함께 자는 모습까지….

　왕창츠가 이런저런 생각으로 나날을 보낼 때 류솽줘의 여동생이 친정에서 한 아가씨를 데리고 왕씨 집으로 왔다. 이름은 허샤오원(賀小文)으로 늘씬하고 예쁘게 생겼다. 문으로 들어오자마자 그녀는 류솽줘의 어깨에 있는 물통을 받아들고 우물가로 가서 물을 길었다. 우물은 왕씨 집에서 500미터 남짓 떨어져 있다. 그녀가 물을 길어 돌아오는데 한손으로는 멜대를 짚고 다른 한손은 앞뒤로 움직였다. 몸이 좌우로 흔들리면서 멜대가 상하로 움직이고 땋은 양 갈래 머리가 이리저리 흔들리는데, 마치 춤을 추고 있는 것 같았다. 500미터 남짓의 오솔길이 그녀의 T자형 무대 같았다. 마을 사람들이 모두 그녀를 보고 있었고, 왕화이도 바라보고 있었다. 류솽줘 여동생이 "화이, 마음에 들어요?" 하고 물었다.
　"아가씨는 좋은 것 같은데 교양이 없어. 교양이 없으면 도시에 갈 수 없고, 도시에 갈 수 없으면 창츠와 함께 성에서 생활할 수 없어. 창츠는 이미 외국 회사에 들어갔고 임금도 이렇게 센데 굳이 농촌에서 와이프감을 찾을 필요가 없지."
　류솽줘가 말했다.
　"샤오원 같은 예쁘고 참한 아가씨가 농촌이니까 그나마 남아 있지 교양까지 갖췄으면 진즉에 당 간부에게 시집갔을 거예요."

"시골 간부가 성에서 일하는 노동자보다 꼭 낫다고는 할 수 없어. 데리고 돌아가게."

류쌍쥐의 여동생이 말했다.

"형부는 꿈같은 소리만 하고 집안 형편은 안 봐요. 언니도 이제 곧 마비가 올 나이에요. 샤오원이 도와주면 언니도 숨을 좀 돌릴 수 있고, 형부도 휠체어에서 편안하게 앉아 있을 수 있어요."

"다른 사람을 착취하지 말고 괴롭히지 말게. 이 일은 우리가 결정한 문제가 아니야."

류쌍쥐의 여동생은 왕화이가 거부하자 언니를 달랬다. 자매는 샤오원을 잠시 집에 두면서 샤오원이 얼마나 괜찮은 사람인지 왕화이에게 한 번 살펴보게 하기로 결정했다.

장날 류쌍쥐는 도장과 신분증을 챙기고 왕창츠가 보낸 전신환 증서를 꺼내들었다. 그녀는 돈이 아까워 장에서 아무것도 사지 못하고 그냥 허샤오원에게 얇은 옷 한 벌을 사주었다. 샤오원은 아직 왕씨 집안사람은 아니지만 류쌍쥐는 이미 그녀를 며느리로 대했다. 남은 돈을 들고 와서 빚을 갚았다. 왕동은 돈을 받고 나서 왕화이의 관을 돌려주었다. 장셴화는 돈을 받은 뒤에 차용 증서를 찢었다. 둘째 숙부의 빚도 갚고 술값도 주었다. 장우의 훈제육값도 갚았다. 류쌍쥐와 왕화이는 남은 돈으로 새끼 돼지 두 마리를 샀다.

허샤오원이 밥을 짓고 물을 긷고 돼지를 치는데 일을 아주 잘했다. 왕화이는 그녀가 돼지에게 죽을 먹일 때 돼지 새끼들이 더욱 기운차게 빤다는 것을 알아차렸다. 돼지가 꿀꿀거리며 사료를 먹을 때 왕화이의 심장도 덩달아 뛰었다. 하루 일과가 끝나면 샤오원은 목욕을 하고 류쌍쥐가 새로 사준 옷을 입고 왕씨 집 문 앞에서 바느질을 했다. 그녀는 왕씨 집안의 구멍 나고 해진 옷을 모두 깁고, 떨어진 단추도 다 달았다. 부녀자들이 줄지어 왕씨 집을 들락날락거렸고 그 뒤를 이어 남자들도 왔다. 왕화이와 류쌍쥐는 그들이 허샤오원을 보러 오고 또 그녀와 환담하기 위해 이 집을 들락거린다는 것을 잘 알고 있었다.

샤오원은 따뜻한 물을 길어다가 왕화이의 발을 씻기고 발톱을 잘라 주었다. 왕화이가 물었다.

"왜 공부를 안 했니?"

"공부하는 오빠가 있고, 또 저는 산아 제한 규정을 초과해서 태어난 '차오셩(超生)'이라 집에서 벌금을 무는 바람에 공부할 수 없었습니다. 뒤에 부모님께서 또 여동생을 더 낳는 바람에 집이 더 힘들어져서 농사일을 도우며 살았습니다."

"창츠를 본 적이 있니?"

샤오원은 고개를 가로저으며 "사진으로만 봤어요" 했다.

"내 말대로 아무래도 집으로 돌아가는 것이 좋겠다. 네가 여기에 오래 있을수록 내가 더 부담스럽다."

"오빠와 올케는 제가 시집을 못 갈까봐 늘 걱정이에요."

"너를 너무 과소평가하는구나."

"어떤 사람이 여러 번 중매를 섰는데 모두 제 마음에 들지 않았어요. 그들은 하나같이 못생기고 돈도 못 벌었어요. 창츠 같은 사람에게 시집 가면 농촌을 떠날 수 있을 거라 생각했어요."

"글자도 모르는데 어떻게 떠나?"

"100자 정도 몰래 배워서 제 이름은 쓸 줄 알아요. 간판도 볼 줄 알고 전화도 걸 줄 알고 셈도 할 줄 압니다."

"만일 창츠가 싫다 하면?"

"그럼 제가 단념하겠습니다."

"그때 가서 우리를 원망하게 될 게다."

"제가 살길을 마련해보겠습니다. 먹고 입혀만 주시면 제가 나가서 일하겠습니다."


해질 무렵 하늘의 구름과 노을이 산골짜기를 붉게 물들이자 각 집의 처마에서 흰 연기가 피어올랐다. 장우는 참신한 셔츠를 입고 휘파람을 불면서 향리에서 돌아오고 있었다. 마을로 들어서다가 허샤오원이 왕씨 집 밭에서 돼지 사료를 정리하고 있는 것을 보았다. 장우가 길에서 잠시 머뭇거리다가 왕씨 집의 고구마밭으로 올라갔다. 허샤오원이 "장씨 아저씨" 하고 불렀다. 장우가 말했다.

"비밀로 할 수 있지?"

"뭘요?"

"내가 너한테 하는 말들."

"다른 사람에게 피해만 안 주면 비밀로 해드릴게요."

장우가 메모지를 한 장 꺼내며 말했다.

"이거 본 적 있니?"

"창츠가 부쳐온 전신환 증서 아니에요?"

"그 위에 적혀 있는 이름을 한 번 봐라."

허샤오원은 어림짐작으로 말했다.

"아저씨한테도 보냈어요?"

"금액을 자세히 한 번 보렴."

"3천 위안이네요."

"내 조카딸 장후이(張惠)가 성에서 부쳐온 거야. 아무한테도 말하면 안 된다."

"근데 왜 저한테 말씀하세요?"

"오늘 내가 향리에서 장후이와 통화하다가 네 사정을 얘기했다. 네가 그곳에 가서 일할 생각이 있으면 매달 적어도 3천 위안에서 5천 위안까지 벌 수 있다."

"무슨 일을 하는데요?"

장우가 담배에 불을 붙이며 말했다.

"비밀을 지킬 수 있겠니?"

샤오원이 고개를 끄덕였다.

"큰 호텔에서 다른 사람의 발도 씻겨주고 안마도 해주는 일이야."

"일전에 누가 제게 도시에 가서 안마 일을 하자고 했을 때도 단칼에 거절했어요."

장우가 탄식하고 둑을 가리키며 말했다.

"대개 예쁜 농촌 아가씨들은 저기 있는 큰 나무와 같아서 조만간에 모두 도시 사람들에게 팔려갈 거야. 네가 예쁘고 집안 형편도 힘든 것 같아서 내가 너를 추천했다."

"감사해요."

"창츠의 월급이 아무리 많아도 내 조카딸 월급만큼은 안 될 거야. 네가 그 애한테 시집가는 것보다 직접 돈을 버는 게 나아."

"그 언니의 월급이 아무리 많아도 다른 사람들한테는 그런 말 하지 마세요."

"알았다. 사실 내가 이 구리촌에서는 돈이 제일 많아. 혹시 큰돈을 벌 생각이 있으면 나를 찾아오너라."

"창츠가 저랑 결혼하기 싫다 하면요."

"어리석기는, 돈이 있는데 어떤 놈이 너랑 결혼을 마다하겠니?"

"창츠를 기다릴래요. 그가 어떻게 하는지 봐서 다시 얘기해요."

# 16

왕창츠는 유치장에서 나온 뒤 강변에서 돌을 찾아 앉았다. 작열하는 태양이 그의 관절에 내리쬤다. 그는 팔다리를 흔들더니 '풍덩' 하고 강에 뛰어들어 헤엄치다가 옷을 벗어 빨았다. 옷을 깨끗하게 빨아 돌 위에 널어놓은 뒤 그대로 다시 강에 뛰어들어 머리를 감고 발톱 밑의 때를 쑤셨다. 몸에서 나온 때가 햇살에 비쳐 먼지처럼 물에 둥둥 떠다녔다. 온몸을 깨끗하게 씻은 뒤 암초에 엎드려 쉬었다. 그러다가 더우면 다시 물속으로 들어가 수영을 하고 다시 나와서는 햇볕을 쬤다. 옷이 반쯤 마르자 그는 강가로 올라와 옷을 뒤집었다. 옷에서 수증기가 피어올랐다. 다시 물속에 들어갔다가 햇볕을 쬐다가 하는 사이에 옷이 완전히 다 말랐다. 그는 강가에 앉아서 몸의 물기가 다 마를 때까지 기다렸다가 깨끗이 빤 옷을 입었다. 냄새를 한 번 맡아보았더니 뜻밖에도 소매에서 자외선 향이 났다.

샤허쟈로 돌아왔을 때 황쿠이는 사무실에 없고 똘마니 한 명만이 당직을 서고 있었다. 해질 무렵이 되어서야 황쿠이를 볼 수 있었다. 황쿠이는 벽돌만 한 핸드폰을 든 채 술이 거나하게 취해 흔들거리면서 안으로 들어왔다. 그는 왕창츠의 어깨를 툭 치며 말했다.

"아무도 너를 안 속였지?"

"나는 지금 전과자란 오점을 남겼어. 여자로 치면 더 이상 처녀도 아니고 자칫하면 시집도 못 가."

"너는 아직도 이름에 목숨 거니?"

황쿠이가 이렇게 말하면서 서랍을 열었다.

"가난뱅이 주제에 어울리지도 않게 이름을 따지기는?"

"나는 따져."

황쿠이가 서랍에서 편지 봉투 하나를 꺼내 던졌다. 왕창츠는 봉투를 열어봤다. 4백 위안이 먼저 눈에 띄고 그 뒤로 전신환 영수 증서 복사본이 나왔다. 그는 증서에 적혀 있는 주소를 보면서 "Pa공사는 뭐 하는 데야?" 하고 물었다.

"나도 몰라. 애들이 돈 부칠 때 만들어낸 말이야."

왕창츠는 두 손으로 복사본을 만지면서 고맙다고 했다.

"앞으로는 어쩔 거야?"

"먼저 건설 현장으로 가봐야지."

"여기는 너한테 맞는 일이 없어. 대리 감옥살이도 날마다 있는 일이 아니야. 대신 감옥살이할 사람을 찾는 사람이 있으면 내가 다시 연락할 게."


왕창츠는 다시 고맙다고 인사하고 짐을 메고 그곳을 나왔다. 건설 현장에 가자 악취가 났다. 오랫동안 물과 전기가 끊겼을 때 나는 냄새였다. 진입로의 흙탕길은 이미 굳었고, 수레바퀴 자국과 웅덩이도 모두 메워져 있었다. 공터의 풀도 훌쩍 자랐고 모기도 많아졌다. 왕창츠가 건설 현장으로 들어가면서 보니 인부 10여 명이 여전히 담장 밑에 앉아 있었다. 어두워서 그런 건지 인부들이 굶떠서 그런 건지는 모르겠지만, 그들은 한참 만에 "십여 일 동안 어디 갔었어?" 하고 물었다. 왕창츠는 대답하지 않았다. 그들은 먹을 것을 찾을 요량으로 왕창츠의 보따리를 뒤졌다. 옷가지 몇 벌 말고는 아무것도 없었다. 그들은 이번에는 왕창츠의 호주머니를 뒤지면서 돈을 찾았다. 왕창츠는 이미 이를 예상하고 지폐를 팬티 속에 감추어두었다. 그들은 아무것도 찾아내지 못하자 실망한 채로 다시 원래의 자리로 돌아가 앉았다. 류젠핑이 원망하듯 볼멘 소리로 말했다.

"다른 사람들은 돌아올 때 그래도 고구마 몇 개는 들고 오는데, 최악의 경우 땅콩 한 줌이라도 들고 오더만. 너는 아무것도 없이 왜 왔어?"

"돈 좀 꾸려고."

돈 빌려달라는 소리에 사람들이 모두 그를 피했다.

사실 그는 잠잘 곳이 필요했다. 그래서 돌아왔다. 그리고 이내 깊은 잠에 빠졌다. 다음날 아침 길가의 작은 가게에 가서 왕만두 여섯 개를 먹고 계란탕을 한 사발 마셨다. 배부르게 먹고 마신 뒤에 그는 다시 현장 식당으로 돌아와 잠을 청했다. 매일 식사하기 30분 전이면 왁자지껄 떠들던 인부들이 갑자기 말이 없어진다는 것을 알았다. 30분은 눈앞의 친구들을 모른 척하는 데 충분한 시간이었다. 그들은 한 명씩 몰래 빠져나가 각자 인근의 만둣집, 국숫집, 중식 패스트푸드점으로 몸을 피했다. 사람들은 다른 인부들을 피해 들어간 스낵바에서 앞자리에 앉아 다른 인부가 와서 빼앗아 먹을까봐 초조해하면서 사방을 주시하면서 먹었다. 배를 든든히 채운 뒤에 그들은 또 한 명씩 돌아와서 아무 일도 없었던 것처럼 담벼락 아래에 다시 모여 수다를 떨었다. 왕창츠 역시 최대한 몸을 피했다. 3일째 되던 날 저녁에 국숫집으로 몸을 피한 그의 얼굴 앞에 류젠핑이 나타났다.

"뻔뻔한 놈. 돈을 팬티 속에 숨기다니."

왕창츠는 문 밖을 한 번 쳐다보았다. 다른 인부는 없었다. 그래서 류젠핑에게 국수 한 그릇을 시켜주었다. 두 사람은 가게 밖에 앉아서 먹기 시작했다.

"어디서 번 돈이야?"

왕창츠는 대답 없이 고개를 숙인 채 몇 입만에 국수 한 그릇을 다 비웠다. 원래는 한 그릇 더 시킬 생각이었으나 류젠펑이 있어서 참는 수밖에 없었다.

"돈 벌러 안 가고 왜 여기 있어?"

"150일 넘게 일하는 동안 옷은 세 벌이나 찢어지고 신발은 두 켤레나 구멍 나고 피부가 네 번이나 벗겨졌는데, 어떻게 그대로 나갈 수 있겠어?"

"허구이의 양심을 믿어? 나는 이제 허구이는 안 믿어."

"많은 인부들이 항의하고 있으니 관련 부서에서 어떻게든 방안을 내 해결해주겠지."

왕창츠가 말했다.

"유관 기관 문 앞까지 가본 적 있어. 원래는 사람들로 북적였는데 지금은 사람이 없어. 폭행에 가담한 인부 몇몇이 잡혀간 뒤로는 모두 겁을 먹었고, 요령도 배웠지. 조용히 가서 길가 나무 아래에 앉아 지나가는 관리들에게 '누가 인부들의 월급을 떼먹었습니다' 하고 조용히 알려줬지. 그런데 관리들은 전혀 놀라지 않고 침착하게 대응하더라고. 출입문을 드나들 때 뚜벅이족은 최대한 빨리 걸었고, 자가 운전자들은 차창문을 위로 올렸고, 자전거족은 페달을 최대한 빨리 밟았어. 위에서 조사 안 나오면 현에서는 아무 회의도 안 열어. 그들은 우리들이 길가에 앉아 있든 말든 간섭 안 해. 소문에 따르면 어떤 관리가 나서서 '지금 조사 중에 있으니, 최대한 빨리 해결 방안을 가지고 오겠다'고 했대. 근데 20일이 넘도록 왜 해결 방안을 안 내놓고 있을까? 문제가 복잡하거나 저지당한 거지. 시간을 오래 끌면 끌수록 참여하는 인부도 점점 줄어들 거야. 다들 형편이 넉넉하지 않으니. 식비가 없는 사람은 물러날 수밖에 없고, 그러다보면 결국에는 서너 명밖에 안 남고 일도 해결하지 못하겠지."

"그렇게 절망적인데 왜 돌아왔어?"

"힘을 키우려고."


일주일 뒤에 왕창츠는 기력이 회복되어 한 손으로도 시멘트 벽돌을 거뜬히 들어올렸다. 그날 저녁에 그는 롱텅샤오취 1동에 와서 2라인 5층 양쪽의 등이 모두 켜져 있는 것을 보고는 가벼운 걸음으로 올라갔다. 그는 508호 방으로 가서 걸음을 멈추고 심호흡을 한 뒤에 벨을 눌렀다. 1분 동안 도어 스코프가 켜졌다 꺼졌다 했다. 왕창츠는 반응이 없자 벨을 연달아 눌렀다. 철문이 빠끔히 열리면서 잠옷 차림의 젊은 남자가 얼굴을 내밀고 말했다.

"누굴 찾아왔소?"

"린쟈보요."

"누구시오?"

"대신 옥살이한 사람이오."

남자가 미간을 찌푸리고 "안 계시오" 하며 문을 닫았다. 문이 닫히는 순간에 왕창츠가 문을 밀고 들어가려 했지만 문에 고리가 걸려 있어 들어갈 수가 없었다. 왕창츠가 다시 여러 번 벨을 눌렀지만 더 이상 아무런 반응이 없었다. 그가 도망칠까봐 왕창츠는 바닥에 앉아서 철문을 지켰다.

30분이 채 안 되어 황쿠이가 달려왔다. 그는 똘마니 두 명을 시켜 왕창츠를 끌어내려 지프에 밀어 넣고 샤허쟈 환태평양무역회사 문 앞으로 끌고 왔다. 차문이 열리고 왕창츠는 사무실로 끌려 들어갔다.

"너 죽으려고 환장했어?"

"내가 일한 건설 현장이 린쟈보 꺼지?"

"그게 왜?"

"그 사람이 인부 100명의 피 같은 돈을 떼먹었어. 줘야 돼? 말아야 돼?"

"잊지 마! 우리가 비밀 협상을 했다는 거."

"그렇지만."

왕창츠는 계약서 한 부를 꺼내면서 "노동 계약서도 적었어" 했다.

황쿠이가 계약서를 한 번 훑어보더니 느닷없이 찢어버렸다. 왕창츠는 계약서의 반쪽을 빼앗고 나머지 반도 빼앗았다. 황쿠이가 그를 밀었다.

"9백 위안이면 되겠니? 내가 줄 테니 그 사람한테 다시는 안 가겠다고 약속해."

"내 돈을 내가 받겠다는데 네가 무슨 상관이야?"

"그 사람이 너한테 빚졌다는 무슨 증거라도 있어?"

왕창츠는 계약서를 내밀었다.

"잘 봐! 거기에 도장이나 사인이 있어?"

왕창츠는 계약서를 보다가 찢겨져나간 부분에 도장과 사인의 반이 남아 있는 것을 보았다. 그는 황쿠이의 코를 가리키며 말했다.

"네가…, 네가 물어내."

황쿠이가 9백 위안을 꺼내 테이블 위에 놓았다.

"한 마디만 적고 돈을 가져가."

"뭐라고?"

"현에서 사라지겠다고 약속해."

"이게 그들의 힘이야?"

"절대 그 사람들 못 이겨."

"나 이 돈 안 받을래."

"어쩌려고?"

"다른 인부들과 함께 그 집에 가서 돈을 받아낼 거야."

이렇게 말하고 왕창츠가 되돌아갔다.

황쿠이는 똘마니들을 시켜 그를 다시 끌고 와서 붙잡고 있으라 했다. 왕창츠는 벗어나기 위해 발버둥을 쳤다. 그들은 왕창츠가 발악하지 않을 때까지 잡고 있다가 놓아줬다.

"네가 다른 사람들의 임금까지 받아놓고 사람들을 선동하러 가면, 너를 믿을 수 있겠어?"

"의리를 따지려거든 다른 사람들도 함께 말해야지 나만 가지고 말하면 안 되지."

"너는 임금을 받았잖아."

"보증서 작성도 안했는데?"

"그 사람은 너한테 빚 안 졌어. 신용도 지켰고. 그 사람이 지켰으면 너도 신용을 지켜야지."

"그 사람이 다른 사람한테 진 빚은?"

"왜 이렇게 오지랖이 넓어?"

왕창츠는 순간 입을 다물었다. 왕화이와 류쌍쥐가 떠오르면서 가난하고 힘든 가정 형편도 생각났다. 솔직히 말해 그 9백 위안을 받고 싶었다. 그렇지만 굴복하지 않고 물었다.

"그 사람은 도대체 뭘 믿고 돈을 안 주는 거야?"

"그 사람 아버지가 린강(林剛)이거든."

왕창츠는 어째야 할지 몰랐다. 자신이 린쟈보에게 맞설 수 없고 다른 사람의 일에 관여할 수 없다는 것을 잘 알았다. 그렇지만 돈이 턱없이 적었다. 자기도 모르게 왕창츠는 돈에 손을 댔다.

"돈을 가져가면 반드시 이곳을 떠나 해. 그렇지 않으면 아무도 네 안전을 보장해줄 수 없어."

왕창츠는 불에 덴 것처럼 갑자기 손을 떨면서 얼른 돈에서 손을 뗐다.

## 17

밤이 깊어져서야 왕창츠는 건설 현장으로 갔다. 현장은 불이 꺼진 채아주 깜깜했다. 문에 들어서려는 순간 남자 두 명이 주먹으로 그를 때리고 발로 찼다. "사람 살려" 하고 고함치면서 왕창츠는 그들을 상대했다. 그중 한 사람이 왕창츠가 휘두른 주먹에 코뼈가 내려앉았다. 그러나 곧바로 몽둥이가 머리로 날아왔고 칼 두 개가 배로 들어왔다. 온몸의 힘이 순식간에 빠져나갔다. 류젠펑이 손전등을 들고 현장 식당에서달려왔을 때 이미 그는 피투성이가 되어 고꾸라져 있었다.

류젠펑은 경찰에 신고했다. 경찰은 왕창츠를 병원으로 이송시켰다. 경찰이 그를 이송시켰기 때문에 왕창츠는 응급처치를 받을 수 있었다. 그날 저녁 향(鄕) 파출소의 왕 순경은 현의 공안국 숙직실에서 걸려온전화 한 통을 받았다. 왕 순경은 그날 밤으로 구리촌으로 달려가 왕화이 집 대문을 두드렸다. 다음날 아침 왕화이는 둘째 숙부와 류바이탸오에게 큰길 버스정류장에 데려다달라고 부탁했다. 허샤오원을 포함한왕씨 집 사람들은 현으로 가는 버스를 탔다.

왕창츠는 울음소리에 잠에서 깨어났다. 일주일 내내 곡소리가 그의귓가에 맴돌았다. 곡소리는 바람 소리, 물 소리, 매미 울음소리처럼 들렸다가 안 들렸다가, 커졌다가 작아졌다가 했다. 7일째 되던 날 그는 그소리가 류쌍줘의 통곡 소리임을 알았다. "엄마!" 하고 불렀다. 눈시울이 화끈하여 눈물이 샘솟더니 얼굴을 따라 목까지 흘러내렸다. 허샤오윈은 돌아서서 몰래 눈물을 훔쳤다. 왕화이는 눈물을 참고 또 참았지만 눈가는 이미 젖어 있었다. 병실은 울음바다가 되었다. 그들은 울다 지치면 쉬고 그러다 다시 울었다. 우는 거 말고는 달리 표현할 방법이 없었고, 서로의 눈물을 닦아주는 것밖에는 할 일이 없었다. 류쌍쥐는 왕창츠의 눈물을 닦아주고, 왕화이는 류쌍쥐의 눈물을 닦아주었다. 왕창츠는 왕화이의 눈물을 닦아주고 허샤오윈은 류쌍쥐의 눈물을 닦아주고 또 류쌍쥐는 허샤오윈의 눈물을 닦아주느라 이들의 손은 모두 눈물에 절어 있었다.

류쌍쥐는 왕화이의 휠체어를 밀고 샤허샤의 파출소로 갔다.

"그 흉악한 놈들은 잡았습니까?"

"어디 숨었는지 꼼짝도 하지 않는 놈을 어떻게 그렇게 빨리 잡을 수 있겠습니까?"

왕화이와 류쌍쥐는 숙직실에 자리 잡고 앉아서 퇴근 시간이 될 때까지 가지 않았다. 야간 근무조가 퇴근할 때까지도 가지 않았다. 온종일 국수 한 그릇 먹은 것이 전부였다. 경찰이 말했다.

"여기가 호텔쯤 되는 줄 아시오?"

"우리는 그 애의 병원비도 지불할 능력이 없으니 제발 빨리 범인 좀 잡아주시오."

"아직 범인이 누군지도 정확히 모르는 판에 어떻게 잡는단 말이오?"

"창츠는 알 것이오."

"깨어났습니까?"

"깨어난 지 며칠 되었소."

날이 저물고 가로등이 켜졌지만 그들은 여전히 숙직실에 앉아 있었다.

"먼저 돌아가 계시오. 소식이 있으면 바로 알려드리겠소."

"갈 곳이 없으니 여기서 기다리리다."

"기다리려거든 문 앞에 가서 기다리시오. 우리도 퇴근해야 하오."

류쌍쥐가 왕화이를 밀고 문 앞으로 가자 '쾅' 하고 문을 닫았다.


다음날 왕창츠의 병실로 루(陸) 순경과 웨이(韋) 순경이 왔다. 루 순경이 질문하고 웨이 순경이 받아 적었다. 왕창츠는 그들에게 그날 밤습격당했던 상황을 말해주었다. 또한 자신을 제압했던 완력과 몸에서나는 냄새로 보아 황쿠이의 똘마니가 틀림없다고 단정지었다. 피습당하기 두 시간 전에 그 두 사람이 황쿠이의 사무실에서 자신을 제압했기때문이다. 왕창츠의 머리와 어깨, 다리와 코가 그들을 생생하게 기억하고 있었다. 경찰은 그에게 성급하게 결론짓지 말라고 했다.

"내가 그중 한 사람의 코뼈를 분질러놨으니, 황쿠이의 똘마니를 조사해 코뼈가 부러진 놈이 있는지 없는지 보면 모든 것이 명확해질 것입니다."

루 순경은 거기에 대해서는 아무 말도 하지 않은 채 물었다.

"인부들과 원수진 일은 없소? 다른 사람의 돈을 빌린 적은? 남의 여자 친구를 빼앗은 적은 없소?"

그는 이렇게 물으면서 허샤오원을 쳐다보며 질문했다.

"아가씨는 어디서 왔소? 이전에 남자 친구를 사귄 적은 없소?"

루 순경은 점점 더 범위를 넓혀갔다. 심지어는 류바이탸오, 왕둥, 장센화, 둘째 숙부에 대해서도 묻고 또 허샤오원의 오빠와 올케에 대해서도 물었다. 왕창츠는 그가 일부러 황쿠이를 피해 질문한다고 생각하니더 이상 말하고 싶지 않았다.

"당신이 대답을 안 하면 이 사건은 해결하기 어렵소."

"제가 할 말은 다했습니다. 범인의 이름만 얘기 안 했습니다."

루 순경이 일어나자 웨이 순경도 조서를 덮었다.

왕화이와 류쌍쥐는 매일 같이 파출소 문을 지키면서 경찰이 드나들 때마다 "범인은 잡았습니까?" 하고 물었다. 설령 왕화이와 류쌍쥐가 눈을 치켜뜨고 얼굴을 찡그리고 머리를 끄덕인다 해도 이들의 질문은 거리에서 늘 듣던 목소리처럼 느껴져서 경찰로부터 아무런 반응도 이끌어내지 못했다. 이런 질문을 수도 없이 들어 이미 익숙해진 것 같았다. 그런데도 왕화이와 류쌍쥐는 간절한 마음으로 그들이 답을 줄 거라 생각했다. 경찰이 안에서 사건에 대해 이야기할 때면 왕화이와 류쌍쥐는 숨을 죽이고 귀를 쫑긋 세웠다. 창문 틈을 통해 나온 말들은 왕창츠의 사건과 전혀 관계없는 이야기들뿐이었다. 왕화이와 류쌍쥐는 경찰들이 왕창츠의 사건에 대해 이야기하는 것을 전혀 듣지 못했다. 어느 날 정오에 왕화이는 루 순경의 바짓가랑이를 잡아당기며 물었다.

"도대체 언제 사건을 해결할 수 있소?"

루 순경은 사건의 단서가 전혀 없다고 했다. 왕화이는 휠체어에서 내려와 땅에 엎드려 절을 했다.

"인사한다고 해서 범인이 툭툭 털고 나오겠소?"

왕화이는 아랑곳하지 않고 '쿵쿵쿵' 하면서 머리를 점점 더 세게 박았는데 땅이 더 아파하는 것 같았다. 루 순경은 왕화이의 손에서 다리를 빼내며 오토바이를 타고 갔다. 류쌍쥐가 가서 왕화이를 부축했지만 왕화이는 그녀의 손을 뿌리쳤다. 그는 땅에 엎드려 누구라도 출입하면 머리를 박았고, 누구라도 보면 "제발 우리를 좀 도와주시오" 하고 부탁했다. 왕화이의 머리에서 피가 흘렀다. 류쌍쥐는 휴지로 그의 머리를 닦고 그의 얼굴을 닦으면서 떨기 시작했다.

왕화이는 방법이 없자 대나무 막대기로 샤허쟈의 한 곳을 가리키고 또 가리켰다. 류쌍쥐는 그의 뜻을 알아차리고 그를 밀면서 황쿠이의 회사로 갔다.

황쿠이도 있고, 그 똘마니들도 있었다. 그중 한 명의 코가 푸르뎅뎅했고, 코뼈가 부러진 자국이 선명하게 나 있었다. 왕화이는 황쿠이를 쳐다보며 말했다.

"못된 놈. 친구를 부하로 두다니."

황쿠이는 아무런 말도 없이 차갑게 바라봤다.

"왜 그랬나?"

"가서 창츠에게 물어보세요."

"그 아이가 너한테 무슨 죄를 지었니?"

"아주 악질적인 죄를 저질렀어요."

"그래서 그를 죽이라고 똘마니들을 보냈구나."

"정말 죽이려고 했겠어요? 그냥 경고만 하려고 했을 뿐이에요."

"네 눈에는 법도 없지?"

"있어요. 저기에 파출소가 있으니 가서 저를 잡아가라고 하세요."

"상놈의 자식 같으니. 네가 이렇게 사람을 속이는 애였니?"

왕화이는 버럭 화를 내며 대나무 막대기를 들어 황쿠이의 얼굴을 때렸다. 황쿠이가 피했다. 왕화이는 막대기를 마구 휘두르다 힘이 너무 들어간 나머지 휠체어에서 미끄러져서 바닥에 엎어졌다.

"좆같네! 능력 있으면 일어나서 걸어보시던가."

류쌍쥐는 왕화이를 부축해 휠체어에 앉혔다. 왕화이는 악에 받쳐 온몸을 부들부들 떨었다. 그가 두 손을 잡고 일어나보려 했지만 그의 의지와는 달리 두 다리에는 힘이 없었다. 사고가 난 뒤로 다리 근육이 줄어, 허벅지는 종아리처럼 볼품없어졌고, 종아리는 팔처럼 가늘어졌다. 지금이라도 그를 씹어 먹을 수 있다면 씹어 먹겠지만, 입도 닿지 않았다. 또 코를 납작하게 해줄 수 있다면 그렇게 하고 싶었지만 손끝도 닿지 않았다. 순식간에 왕화이의 분노는 제풀에 사그라지고 칼에 목구멍이 찔린 것처럼 비참하기 짝이 없었다. 손에 힘이 풀리고 몸이 점점 가라앉았다. 명치끝이 아파와 호흡이 불안정해지고 계속 기침이 났다.

"당신 능력은 딱 여기까지이니 소란 피우지 말고 조용히 왕창츠를 데리고 시골에나 가시오."

왕화이는 기를 쓰고 기침을 하고는 황쿠이의 얼굴에 가래를 뱉었다. 황쿠이는 욕을 하며 왕화이의 따귀를 몇 대 후려갈겼다. 류솽줴가 머리로 황쿠이를 들이받았다. 똘마니 두 명이 류솽줴를 끌고 가서 문 밖에다 던져버렸다. 류솽줴가 일어나기도 전에 휠체어가 포물선을 그리며 날아와 그녀의 얼굴 앞에 떨어져 박살이 났다. 왕화이는 바닥에 너부러져 있었다. 류솽줴가 욕을 해댔다.

"칼에 맞아 뒤질 놈, 귀신에게 맞아 죽을 놈, 후레자식, 양심이라고는 쥐뿔도 없는 놈, 짐승만도 못한 놈, 능지처참할 놈…."

'탕' 하고 철문이 닫혔다.


왕화이는 손가락으로 샤허쟈의 다른 곳을 가리켰다. 류솽줴는 그를 업고 되돌아갔다. 그들은 이쪽으로 갔다가 저쪽으로 가고 다시 저쪽에서 이쪽으로 갔다. 루 순경과 웨이 순경이 마침 그곳에 있었다. 왕화이가 말했다.

"황쿠이가 다 인정했으니까 그를 체포하시오."

웨이 순경이 조사서를 꺼내 펼쳐보더니 말했다.

"우리도 황쿠이한테 물어봤는데, 그런 일 없다고 했어요. 또 증거도 없고."

"그 코뼈 부러진 놈이 증거가 아니고 무엇이오?"

루 순경이 대답했다.

"우리도 그 사람한테 여러 번 물어봤는데, 그 사람 말이 코뼈는 이전에 부러진 거래요. 왕창츠에게는 그 뒤에 맞았고요. 왕창츠가 자기 코뼈가 부러진 것을 보고 거짓말을 꾸며내 자신을 모함한다고요."

"뭣 때문에 그들을 모함해요?"

웨이 순경이 말했다.

"범인을 잡지 못하면 병원비를 내줄 사람이 없어서 왕창츠가 그랬다고 하더라고요."

"그게 말이야 방귀야."

이번에는 루 순경이 말했다.

"왕창츠가 핍박을 받아 망상증에 걸렸다고 했어요."

왕화이가 물었다.

"왕창츠가 구타당한 일은 있소?"

웨이 순경이 말했다.

"사람이 병원에 누워 있잖아요."

"걔가 칼침을 맞은 일은 있소?"

이번에는 루 순경이 대답했다.

"몸에 난 상처가 그 증거잖아요."

"칼침을 맞은 사실이 있긴 해요? 아니면 모두 망상이오?"

두 순경이 이구동성으로 대답했다.

"사실이지요."

"내 하늘에 대고 맹세하는데 창츠는 이제까지 거짓말을 한 적이 없소.”

웨이 순경이 말했다.

“문제는 우리가 그 사람의 코뼈가 왕창츠에게 맞아 부러진 것인지 아닌지 증명할 길이 없다는 거요. 지금 말이 서로 다르니 우리도 뭐라 단정짓기 어려워요.”

“황쿠이가 지금 모두 인정했다니까요.”

루 순경이 물었다.

“누가 그 말을 들었어요? 녹음한 거라도 있어요?”

“당신들 지금 농담해요. 나 같은 사람이 녹음기를 살 수 있겠소?”

웨이 순경이 다시 말했다.

“당신이 정말 녹음기를 가지고 있었다면 그도 쉽게 인정하지 않았을 것이오.”

왕화이가 류쌍쥐를 가리키며 말했다.

“저 사람이 증명할 수 있소. 방금 같이 들었소.”

루 순경이 말했다.

“당신들은 한 가족으로, 이익 공동체나 마찬가지요. 그래서 서로 증명할 수 없소.”

“그럼 이 사건을 조사하기는 할 거요? 말거요?”

웨이 순경이 말했다.

“지금으로서는 해결할 방법이 없어요.”

루 순경이 말했다.

“다른 각도에서 이 사건을 해결할 수 있는지 한번 찾아볼게요. 운도 좀 따라야 해요.”

왕화이의 머리에서 ‘펑’ 하고 소리가 났다. 다 끝났구나 하는 생각이 들었다. 벽에 머리를 박고 싶을 정도로 절망스러웠다. 그러나 그는 그

렇게 할 수 없었다. 어른 아이 할 것 없이 모든 식구들이 자신의 결정을
기다리고 있었다.


# 18


도시로 오던 전날 밤 왕화이는 동생과 장우에게 2천 위안을 빌렸다.
이 돈은 류쌍쥐의 주머니에 그대로 들어 있었다. 한 푼도 아까워서 쓸
수가 없었다. 병원 측에서 날마다 와서 입원비를 독촉했다. 그러나 왕
화이와 류쌍쥐는 돈이 없다면서 범인을 잡으면 돈을 받아 병원비를 내
겠다고 말했다. 병원 측에서 화를 내며 왕창츠에게 약을 주지 않았다.
류쌍쥐는 고통스러워하는 왕창츠가 걱정된 나머지 수유하는 어미처럼
급히 주머니를 찢어 돈을 꺼냈다. 왕창츠가 말했다.

"일단 2천 위안을 내놓으면 병원에서는 우리에게 지불 능력이 있다
고 생각할 거예요. 우리에게 지불 능력이 있다고 생각하면 우리가 지불
능력이 없을 때 틀림없이 뺏어갈 거예요."

류쌍쥐는 무슨 뜻인지 몰라 왕화이를 쳐다봤다.

"창츠의 말은 돈을 내지 말고 쥐고 있으라는 뜻이야."

류쌍쥐가 말했다.

"창츠의 몸이 버텨낼 수 있을까요?"

"상처는 이미 아물었고 통증도 크지 않아 생각보단 견딜 만해요."

왕화이는 왕창츠의 옷을 걷어올리며 칼 맞은 곳을 살폈다.

"붓기도 없고 상처도 아물어서 감염되지는 않을 거예요."

왕화이가 손끝으로 상처를 가볍게 눌렀다. 왕창츠는 이를 악물고 꾹
참았다.

"너 정말 참을 수 있겠니?"

"어려서부터 다치고 피가 나도 저절로 아물지 않은 적이 언제 한 번이라도 있었어요?"

"이 애비는 능력이 없다. 너 스스로 참을성을 배워야 한다."

왕창츠는 이를 악물고 고개를 끄덕였다.

황쿠이가 나무 휠체어를 박살낸 뒤로 왕화이는 매번 류쌍쥐의 등에 업혀 외출해야 했고 류쌍쥐의 등은 아침부터 저녁까지 마를 새 없이 축축하게 젖어 있었다. 갈수록 왕화이가 무거워져서 업기가 힘들었으며, 왕화이가 점점 짐처럼 느껴졌다. 더 이상 감당할 수 없어 류쌍쥐는 주머니에서 지폐 석 장을 꺼내 철제 휠체어를 샀다. 철제 휠체어는 바퀴가 있고 인조 가죽 의자도 있고 또 브레이크가 있어서 사람이 앉아서 두 손으로 바퀴를 움직일 수도 있었다. 하지만 너무 많은 돈을 썼다. 왕화이는 가시방석에 앉은 심정이었다. 엉덩이가 송곳에 찔린 것처럼 아팠으며 변비까지 생길 정도로 마음이 편치 않았다.

매일 밤 류쌍쥐는 병실 바닥에 자리 두 개를 깔았다. 한쪽 자리에는 왕화이가 잤고 다른 자리에는 류쌍쥐와 허샤오원이 잤다. 처음에는 병원에서 안 된다며 이들을 병실에서 쫓아냈지만 이 넓은 땅 어디에도 그들은 갈 곳이 없었기 때문에 한밤중에 다시 몰래 돌아왔다. 이런 일이 몇 번 반복되자 병원에서도 묵인하는 수밖에 없었다. 투약을 중지한 뒤로 그들은 밤마다 왕창츠의 잠꼬대에 잠을 깨야 했다. 왕창츠가 제일 많이 한 잠꼬대는 바로 "황쿠이, 내가 너 반드시 죽인다"라는 말이었다. 그 잠꼬대를 듣고는 아무도 편안히 잘 수가 없었다. 류쌍쥐는 일어나서 왕창츠에게 물을 끓여 먹이고 수건에 물을 적셔 그의 얼굴과 몸을 닦아주었다. 며칠 동안 왕창츠의 몸에서 미열이 났다. 류쌍쥐는 아무래도 걱정이 되어 몰래 약값을 내려고 했지만, 그녀가 문을 열 때마다 그녀의 두 발이 왕창츠의 신경에 연결이라도 된 듯 왕창츠는 정확하게 일어났다.

"엄마가 돈을 내시면 엄마라고 부르지 않겠어요."

달리 뾰족한 방법이 없는 류쌍쥐는 계속해서 찬물로 그를 닦아주는 수밖에 없었다. 열이 내릴 때까지 밤낮으로 아들의 몸을 닦아주었다.

체온이 정상으로 돌아와도 왕창츠는 계속해서 잠꼬대를 했다. 잠꼬대를 하면 염증이 없어지고 통증이 없어지기라도 하듯 계속해서 잠꼬대를 했다. 왕화이는 잠을 잘 수가 없어서 휠체어에 앉아 왕창츠가 하는 잠꼬대를 들었다.

"황쿠이, 내가 반드시 너 죽인다."

왕창츠는 이 말을 가장 많이 했다. 녹음기의 카세트테이프를 반복해서 틀어놓은 것 같았다. 어떤 날은 잠꼬대를 하면서 죽이는 시늉까지 했다. 왕화이는 그가 깨어 있다고 생각해서 흔들어보았다. 그가 꿈속에서 그러고 있다는 것을 알고는 걱정되어 있는 힘껏 그를 흔들어서 깨웠다. 그는 눈을 뜨고 휠체어에 앉아 있는 왕화이를 바라보며 말했다.

"왜 안 주무세요?"

"방금 네가 무슨 말을 했는지 알기나 하니?"

"알아요. 저도 어떤 때는 제 잠꼬대에 놀라 잠을 깨기도 해요."

"더는 잠꼬대하지 마라. 다 팔자다."

왕창츠는 이 말이 아버지의 입에서 나올 말은 아니라고 생각했다. 그는 여태껏 팔자에 굴복한 적 없었고 다른 사람들 앞에서 머리를 숙인 적도 없었다. 그런데 지금 그가 머리를 숙인 것이었다. 왕창츠는 아버지의 얼굴을 보지 못했다. 그저 뒤통수만 보였다. 흰머리가 제법 나 있었다.

"주무세요. 귀찮게 안 할게요."

왕창츠는 이렇게 말하고는 눈을 감았다. 왕화이는 창츠가 자신을 편안하게 해주려고 자는 척한다는 것을 알았다. 그래서 불을 끄고 휠체어에서 내려와 자리에 누웠다. 그들은 모두 숨을 고르고 자는 척하면서 상대방을 편안하게 해주려 했다. 그러나 사실은 모두 속에서 열불이나 속이 터질 지경이었다. 잠시 눈을 붙이고 난 후 왕창츠는 바닥에 누워 있는 왕화이를 슬그머니 훔쳐봤다. 왕화이는 눈을 감고 있었지만 왕창츠는 아버지의 뜨거운 눈시울을 느낄 수 있었다. 그러나 왕창츠는 꼼짝도 않고 침착한 척했다. 왕창츠는 1분 넘게 왕화이, 류쌍쥐, 허샤오원의 그림자를 바라보다 반대로 누웠다. 이번에는 왕화이가 몰래 눈을 뜨고 희뿌연한 창밖을 바라봤다. 희미한 가로등 불빛이 나무에 걸려 있어 나뭇잎이 희미하게 보였다. 갑자기 왕창츠가 다시 옆으로 누웠다. 그는 어둠 속에서 왕화이의 눈과 마주치자 얼른 고개를 돌렸다. 이때부터 두 사람은 서로 쳐다보지 않았지만 평안한 표정을 짓고 있었다.

"네가 계속 복수할 생각만 한다면 몸의 회복 속도가 늦을 것이다."

"더는 잠꼬대 안 할게요."

그러나 그는 잠재의식 속에서도 계속 살인을 했다. 매일 밤늦게까지 왕화이는 침상에 앉아 있다가 "황쿠이…" 하는 소리만 들리면 바로 그를 흔들어 깨웠다. 왕창츠는 왕화이를 한 번 쳐다보고는 침을 삼키고 입술을 깨물며 눈을 감았다. 처음부터 다시 시작되는 것 같았다. 왕화이는 충직한 야간 경비병처럼 밤새 자세를 잡고 앉아서 지켰다. 그러다 가끔씩은 휠체어에 기대어 졸기도 했다. 혀를 깨물고 있어도 나오는 잠꼬대를 어떻게 할 수 없었다. 그러다 왕화이가 그를 깨우는 횟수가 많아질수록 그의 잠꼬대도 그만큼 줄어들기 시작했다. 잠꼬대하는 횟수가 점점 더 줄어들더니 마침내는 하지 않게 되었다. 그의 몸이 날로 호전되자 식구들도 잘 자게 되었다.

어느 날 밤 식구들은 왕창츠가 꿈에서 샤오원을 부르는 소리를 들었다. "샤오원, 샤오원…" 하고 부르는 잠꼬대에 식구들은 모두 기뻐했다. 허샤오원은 바로 일어나 앉더니 눈물을 뚝뚝 흘리며 말했다.

"이렇게 오랫동안 지극정성으로 돌봤더니 이제야 제 이름을 부르네요."

낮에 류솽쥐와 허샤오원이 외출한 틈을 타 왕화이가 병실 문을 닫고 물었다.

"샤오원을 어떻게 생각하나?"

왕창츠는 천장을 바라보며 "좋은 여자 같아요" 했다.

"그 아이와 혼인할래?"

"제 꼴이 이 모양인데 마음에 들어 하겠어요?"

"마음에 안 들었으면 진즉에 떠났을 게다."

"제 어디가 마음에 든대요? 제 고단한 삶이 마음에 든대요?"

왕화이는 순간 아무 말도 못하고 고개를 들고 창밖을 바라봤다. 나무 아래 풀덤불 사이로 나비 두 마리가 날고 있었다.

"희망을 줘라. 그러면 된다."

"저는 아무것도 가진 게 없어요."

"Pa공사가 있잖니. 완치되면 성으로 데려가겠다고 해라. 그 아인 도시를 좋아한다."

"Pa공사는 다 거짓말이에요."

"… 내가 네 엄마한테 거짓말을 안했으면 네 엄마도 내게 시집 안 왔을 게다."

"저는 그런 배짱도 없어요."

"설마하니 너, 평생 이 작고 작은 현에서 살 작정은 아니지?"

왕화이가 고개를 돌렸다. 왕창츠는 그의 눈을 피해 창밖을 쳐다봤다. 나비 두 마리가 나무 끝에서 날고 있었다. 그는 생각했다.

'내게도 날개가 있다면 훨훨 날아갈 텐데. 그럼 병원비도 안 내도 되고.'

"샤오원이 너와 함께 성으로 가서 일하면 집안을 일으킬 수 있을 게다."

"… 네가 생각이 많아졌구나."

"… 그래도 좀 잘해주거라. 세상에 그런 여자 없다. 자진해서 우리와 함께 바닥에 자겠다고 하더라."


왕창츠는 류쌍쥐에게 작은 칠판 하나를 사다달라고 해서 침상 벽에 걸었다. 매일 그는 허샤오원에게 열 글자씩 가르쳤다. 허샤오원은 눈을 크게 뜨고 그를 따라 가로획(一), 세로획(丨), 삐침(丿), 파임(乀)부터 한 글자씩 배웠다. 그녀는 '먹다(吃)', '입다(穿)', '살다(住)'를 쓰고 읽을 줄 알았으며, 가다인 '행(行)' 자도 마스터했다. 어떤 글자는 몇 십 번을 가르쳤지만 쓸 줄 몰랐다. 왕창츠가 머리가 나쁘다고 욕했다. 그녀는 수긍하지 않고 갸우뚱하면서 반나절 동안 생각했지만, 여전히 '요(料)' 자를 '과(科)' 자로 쓰고 '갈(渴)' 자를 '갈(喝)' 자로 썼다. 가끔씩 그녀도 분필을 바닥에 찧으면서 화를 내기도 했다.

"내가 당신보다 글씨는 못 쓰지만 밥하고 돼지 치는 것은 당신이 내게 배워야 할 걸요."

이렇게 말하고는 쪼그리고 앉아서 울었다. 자기 머리가 나쁘다고 울었고, 집이 가난해서 자기가 공부하지 못했다고 울었다.

"정말 도시에 가고 싶으면 1천 자 정도는 알아야 해."

"그렇게나 많아요?"

"공부는 돈을 모으는 것과 같아. 하루에 10위안을 저축하면 100일이면 1천 위안이야."

"내 머리는 용량이 그렇게 안 커요."

"1천 자도 모르고 도시에 가면 다른 사람한테 사기 당해."

"나는 글자를 모르지만 당신이 알잖아요?"

"날마다 내 옷자락을 잡고 살 수는 없잖아?"

생각하고 또 생각해봐도 맞는 말이었다. 허샤오윈은 다시 일어나서 이를 악물고 왕창츠를 따라 한 글자씩 따라 읽었다.

"나는(我)⋯."

"나는(我)⋯."

"하고 말테다(要)⋯."

"하고 말테다(要)⋯."

"복(報)⋯."

"복(報)⋯."

"수(仇)⋯."

"수(仇)⋯."

## 19

낮에는 왕화이와 류쌍쥐가 병실에 없었다. 그들은 이 공간을 왕창츠와 허샤오윈에게 고스란히 내주었다. 유리창에다 기쁠 희(喜) 자 두 개라도 붙이고 싶었다. 한밤중이 되어서야 류쌍쥐가 왕화이를 밀면서 들어왔다. 왕화이는 소금물에 절인 배추처럼 온 얼굴에 피곤함이 묻어 있었다. 류쌍쉬가 그의 몸을 닦아주기도 전에 휠체어에 앉은 채로 그대로 잠이 들었다. 왕창츠가 미안해서 말했다.

"왜 매일 일찍 나갔다가 늦게 돌아오세요?"

"우리가 여기 있으면 샤오원이 공부하는 데 방해될까봐."

"저는 괜찮아요. 두 분이 계시든 아니든 똑같아요."

"저와 샤오원은 사실 그렇게 비밀이 안 많아요."

"우리도 우리 나름의 일이 있단다."

"혹시 황쿠이를 찾아갔어요?"

왕화이가 마치 벼락을 맞은 듯 갑자기 깨어나서 말했다.

"아니, 아니, 그런 일 없다. 우리는 파출소에 갔었다."

왕창츠와 샤오원은 순간 그들이 낯선 사람처럼 느껴졌다. 여러 번 쳐다보고 나서야 비로소 그들의 의중을 알아차렸다.

"우리가 가서 재촉하지 않으면 그들은 이 사건을 잊어버린다. 그들이 잊어버리면 이 사건을 해결해줄 사람이 없다. 사건을 해결하지 못하면 병원비를 내줄 사람도 없고."

"진척은 좀 있어요?"

"내가 아무리 무릎을 꿇고 머리를 바닥에 찧고 사정해도 저들은 고개만 끄덕이고 있다."

왕창츠는 허약한 몸을 이끌고 몰래 병원을 빠져나가 샤허쟈의 나무 아래서 살펴봤다. 건너편으로 황쿠이 회사의 대문이 활짝 열려 있고 그 앞으로 지프 두 대가 정차되어 있었다. 가을이 되긴 했지만 햇살은 여전히 뜨겁게 지프에 내리쬐고 있었다. 공기는 여름날처럼 후덥지근해 짜증이 날 정도였다. 거리는 왕래하는 사람들로 붐볐고, 물건 파는 소리와 종소리가 계속 들렸다. 왕창츠의 시선은 지프에만 꽂혀 있었다. 그는 더 가까이 가서 지프를 타고 싶었지만 지금은 그렇게 할 형편도 아니었고, 쥐도 새도 모르게 해야 했다. 그 장면을 떠올리면 피가 거꾸로 솟고 속이 다 후련하며 온몸이 통쾌해졌다. 두 시간 남짓 있다보니 지프 때문에 심장이 요동치고 머리가 어지러웠다. 힘이 빠지면서 등짝이 땀에 절고, 땅이 흔들리는 것 같아 편안하게 앉을 수조차 없었다. 나무에 기대어 잠시 눈을 감고 있으면 약간 좋아졌다. 그러면 나무를 잡고 일어나서 병원으로 발을 돌려 천천히 걸어갔다.

침대에 눕자 지프가 떠올랐다. 지프의 차문, 타이어, 핸들, 헤드라이트, 엔진과 브레이크 패드… 등이 생각나 머리가 터질 것 같았지만, 어떻게 손을 대야 할지 방법이 떠오르지 않았다. 그러다 자신이 첨단 기술에 대해 너무 모른다는 생각이 들었다. 그래서 병원을 빠져나가 터미널 근처에 있는 카센터를 찾아갔다. 그는 가게 앞의 돌에 앉아서 양손에 기름때를 묻힌 기술자들이 타이어를 분리하고 엔진을 분해하고 브레이크 패드를 교체하고 다시 부품을 장착하는 것을 구경했다. 두 시간을 계속해서 보고 있자 투(涂) 엔지니어가 물었다.

"무슨 일을 하고 싶은데?"

"견습공이 되고 싶습니다."

"그건 가능한데, 타이어 두 개를 동시에 들어올릴 수 있어?"

왕창츠는 타이어 두 개를 한 데 포개어 들어보았다. 30센티미터도 못 들어올리고 숨을 몰아쉬었다. 투 엔지니어가 그를 발로 차면서 꺼지라고 했다. 왕창츠는 자초지종을 이야기하면서 몸이 완전히 회복된 뒤에는 아무 문제없다고 했지만 투씨는 쳐다보지도 않았다. 그는 투 엔지니어에게 차를 따라주고 마당을 쓸고 테이블을 닦으며 옷까지 빨아주었다.

매일 오후 병원을 빠져나오기 전에 왕창츠는 샤오원에게 선생님과 친구에게 돈을 빌리러 간다고 했다. 샤오원 혼자 병실에 남아 있었다. 그녀는 화장실 외에는 아무데도 갈 수 없었다. 간호사가 불시에 병실로 와서 고개를 내밀며 사람이 있는지 없는지를 살폈기 때문에 누구라도 있으면서 확신을 주어야 했다. 안 그러면 왕창츠가 돈을 떼먹지나 않을까 의심했다. 샤오원은 인질이 되어 간호사들이 병실 문을 열 때마다 창츠가 돈을 빌리러 갔다고 했다. 그녀가 이렇게 말은 했지만 왕창츠가 돌아올 때마다 빈손이었기 때문에 거짓말을 한 것이나 다름없었다. 그녀는 이상한 생각이 들어 창문을 타고 나가 카센터까지 따라갔다. 왕창츠는 그곳에서 엔지니어의 조수가 되어 어떤 때는 너트를, 어떤 때는 튜브를, 어떤 때는 고무를 주고 어떤 때는 옆에 쭈그리고 앉아서 조용히 바라보고 있었다.

　다음날 새벽에 왕화이와 류쌍쥐는 또 나갔다. 샤오원은 짐을 꾸리기 시작했다. 그녀는 옷을 가지런히 접어서 천 가방에 넣었다. 옷을 다 싼 다음 칫솔, 치약, 빗, 거울 심지어 고무줄까지 다 쌌다. 왕창츠가 "수건도" 하자 옷걸이에서 수건을 내려서 비닐봉지에 넣었다. 왕창츠는 2백 위안을 꺼내 그녀에게 주었다. 샤오원은 돈을 받다가 그의 손에 묻은 기름때를 보았다. 샤오원은 순간 마음이 약해져 눈가에 눈물이 고였다. 왕창츠는 눈물을 닦아주려다 그만두었다.

　"집을 나온 지 너무 오래 됐어. 꼭 집으로 가요."

　샤오원은 눈물을 닦으면서 뒤돌아서서 물었다.

　"당신, 수리공이 될 생각이에요?"

　왕창츠가 펄쩍 뛰었다.

　"어떻게 알았어?"

"뒤를 밟았어요."

왕창츠의 얼굴이 순간 창백해졌다.

"다른 사람한테 말한 적 있어?"

샤오원은 고개를 저었다.

"이 일은 어느 누구에게도 말해서는 안 돼."

"당신은 공부도 많이 했으면서 어째서 대도시에 가서 일을 안 해요?"

"왜냐하면…." 왕창츠가 머뭇댔다.

"뭣 때문에?"

뒤돌아서는 샤오원의 눈가에 눈물이 그렁그렁했다. 홍조 띤 얼굴에 밝고 깨끗한 피부, 새까만 머리카락, 맑고 투명한 눈동자, 길고 긴 속눈썹. 이렇게 예쁜 그녀를 차마 속일 수 없었다. 그녀는 대답을 기다리는 듯 입술을 꽉 깨물고 있었다.

"비밀을 지킬 수 있겠어?"

"남자들은 왜 내게 비밀을 강요하는지 모르겠어요."

"모두 당신에게 진실을 얘기했으니까."

그녀는 머리를 끄덕였다.

"기술을 좀 배울 생각에 카센터에 갔어. 황쿠이의 지프에 구멍을 내서 그 자식이 사고 나게."

그녀는 도리어 차갑게 말했다.

"경찰이 당신을 체포하면요?"

"모른다고 하면 돼."

"그러면 나도 심문할 거예요."

"당신도 모른다고 하면 되지."

"만일 그들이 엄벌에 처하면요?"

"그러니까 당신은 아무것도 모른 채 지금 떠나는 게 최상이야."

샤오원은 고개를 숙이며 말했다.

"이렇게 하면 효도도 할 수 없어요. 아내도 얻을 수 없고, 편안한 생활도 할 수 없어요. 부모님께서도 이제 뼈밖에 안 남았어요. 부모님이 이렇게 어렵게 사시는 것을 보고도 참을 수 있겠어요? 한번 생각해봐요. 운이 나빠 당신이 죽기라도 한다면 누가 부모님을 돌봐드리겠어요? 부모님이 돌아가시면 누가 와서 팔을 걷어붙이고 뒷일을 처리하겠어요?"

"이 분노를 어떻게도 누를 수가 없어."

샤오원은 그의 바짓가랑이를 잡고 말했다.

"이렇게 한다고 해서 화가 누그러질 것 같아요?"

왕창츠는 온몸을 떨며 말했다.

"미안해. 샤오원. 미안해."

샤오원은 젖은 수건을 꺼내 다시 벽에 걸었다. 왕창츠는 그녀에게 시간을 달라고 하면서 말했다.

"이번에는 기필코 돈을 받아낼 거요."

샤오원이 함께 가겠다고 나섰다. 그들은 황쿠이의 사무실로 갔다. 황쿠이는 뜻밖이란 듯이 어리둥절해했다.

"어? 아직 안 죽고 살아 있네?"

"겨우 살고 있다."

"여자 친구가 예쁘네."

"네가 떼먹은 내 돈만 돌려주면 바로 사라져줄게."

"누가 네 돈을 떼먹었고, 또 누구한테 간다는 거야?"

"네가 내 계약서를 찢어버렸으니 내가 누구한테 가서 달라고 할까?"

"애초에 네가 왜 쪽팔릴 짓을 해? 네 잘난 자존심 때문에 내 신세도 아주 꼴사나워."

왕창츠와 샤오원은 순간 당황스러웠다. 샤오원은 왕창츠의 셔츠를 걷어올리고 그의 배에 난 칼자국을 가리키며 말했다.

"당신이 이 정도로 처참해요?"

황쿠이가 다섯 손가락을 들면서 말했다.

"네 사건을 수습하느라 내 돈을 5만 위안이나 처들였는데, 네가 비참해 아니면 내가 더 비참해?"

그 말에 왕창츠가 화가 나서 황쿠이를 한 대 치려고 했다. 샤오원은 죽을힘을 다해 말리며 그를 안았다.

"세상 사람들이 모두 복수심으로 사는 것은 아니지만 그래도 복수를 할 양이면 밑천부터 마련해."

샤오원을 뿌리친 왕창츠가 나무 의자를 황쿠이에게 내려치려고 할 때 갑자기 왕화이의 목소리가 들렸다.

"창츠야…"

왕창츠는 손을 떨면서 고개를 돌렸다. 류쌍쥐가 왕화이를 밀면서 문 안으로 들어왔다. 왕화이의 두 손에는 몇 뭉치의 런민삐가 들려 있었다.

"때리지 마라. Pa공사에서 네 병원비를 보내왔다."

황쿠이는 Pa공사가 가짜라는 것을 알고 있었기에 냉소를 지었다. 왕창츠는 나무 의자를 땅에 내리쳤다. 의자 다리 세 개가 부러지면서 나무 조각이 사방으로 튀었다.

"의자에 보험 들려고 했더니 네가 다 망쳤어."

온 가족이 왕창츠를 달랬다. 그들은 밀가루를 반죽하듯이 그를 밀고 그의 굳고 단단한 몸을 주물렀다.


네 사람은 기운이 빠진 채 병원으로 돌아왔다. 왕화이는 돈을 샤오원에게 건네며 류쌍쥐와 함께 수납처에 가서 정산하고 오게 했다. 왕창츠와 왕화이는 병실에서 마주보고 앉았다. 왕창츠는 무표정한 얼굴로 앉아 있었다.

"내가 두 손 두 발 다 들었는데, 너는 왜 또 난리니?"

"하늘이 용납이 안 돼요."

"하늘이라는 것은 없다. 태어나는 그 순간부터 우리는 패배자다. 출발선부터 우리는 패배자다."

"칼을 맞고도 직접 돈을 마련해야 하니, 제가 뭐 자력갱생의 아이콘이에요?"

"다 나쁜 것은 아니다. 그래도 우리에게 돈을 주는 좋은 사람들도 있더라."

"이 돈 어디서 나셨어요?"

"샤오원에게는 비밀로 해주겠니?"

"설마 강도짓 한 거는 아니지요?"

"내가 매일매일 번 돈이다."

그 말에 왕창츠는 얼굴빛이 확 변했다. 계집질하다 현장에서 걸린 것처럼 질겁했다.

"설마 구걸하신 거예요?"

"그래. 동전으로 받았는데, 샤오원이 날 믿지 않을 것 같아 은행에 가서 지폐로 바꿨다."

"안 창피하셨어요?"

"창피했지만 병원에서는 있어 보여야 한다. 있어 보이려면 돈이 많아야 하지 않겠니?"

왕창츠는 부끄러운 마음에 고개를 떨어뜨렸다.

"제가 두 분을 수렁으로 몰아넣었네요."

"원망하려거든 네 할아버지를 원망해라. 그때 왜 혁명에 참가하지 않왔냐고."

# 20

늦가을의 구리촌은 산의 위아래 할 것 없이 온통 단풍과 황금빛으로
물들었다. 숲에 쏴쏴하고 바람이 불자 온 천지가 낙엽이었다. 하늘은
높고 구름은 옅고 날씨는 추워졌다. 밥 짓는 연기가 우유처럼 조금씩
하늘로 퍼져 나갔다. 소들은 삼삼오오 산비탈에서 풀을 뜯고 있었다.
장우 집의 검은 말은 흥분해서 논에서 뛰어다니고 있었다. 왕동과 그의
처 왕둥(汪冬)은 베란다에서 옥수수를 벗기고 있었다. 황금빛 찬란한
옥수수가 턱 앞에 쌓여 있었다. 장셴화의 집 창문에는 빨래가 널려 있
었다. 옷이 바람에 날려 펄럭이고 있었다. 우물 안 물은 많지 않았지만
물 흐르는 소리가 피아노 치는 소리처럼 듣기 좋았다. 왕화이의 채소밭
은 이미 황폐해져 있었다. 둘째 숙부의 채소밭에는 배추가 자라나 있었
다. 속이 푸르고 겉이 흰 배추는 옥으로 빚어놓은 것처럼 보기 좋았다.
창문에는 거미줄이 가득 쳐져 있었고, 문에는 "왕화이, 어디로 갔는가?"
하고 적혀 있었다. 흰 돌로 적어놓았는데, 바람에 날리고 비에 젖고 햇
볕에 그을려 그 흔적만 남아 있었다. 이웃 마을 광성의 필체 같았다.

그들은 문을 열고 들어와 바닥을 쓸고 땔감을 하고 물을 길어왔다.
불을 피우고 그릇을 씻고 이불을 말렸다. 둘째 숙부 집에 맡겨둔 돼지
새끼를 찾아와서 다시 삶을 꾸려나갔다. 왕창츠는 지붕 모서리의 자두
나무에 마른 열매가 달려 있는 것을 보았다. 나무 위로 올라가 열매를
따서 샤오원의 입에 넣어주었다. 샤오원이 먹어보니 모 제품의 광고
처럼 새콤달콤한 것이 맛이 아주 특이했다.

왕화이는 길일을 잡아달라고 청해 날을 잡고 테이블 스무 개의 술자리를 마련했다. 왕창츠와 허샤오원은 합법적으로 부부가 되었다. 그날 저녁 샤오원과 왕창츠는 신혼 침대에 앉았다.

"당신 정말 나를 데리고 성에 갈 수 있어요?"

"내가 안 가겠다고 하면?"

"거짓말쟁이."

"당신은 왜 거짓말쟁이에게 시집오려 해?"

샤오원은 아무 대답도 않고 침대에 앉아서 두 손으로 옷 단추를 꼭 쥐고 있었다.

"첫날밤을 보내면 아무데도 안 가고 싶어질 걸."

"설마요."

"당신은 해본 적도 없으면서 어떻게 그걸 알아?"

샤오원의 얼굴이 갑자기 붉어졌다. 왕창츠는 그녀의 손을 잡으며 말했다.

"잔칫상도 차려졌고 절차도 다 밟았으니 이제 후회해도 늦었어."

샤오원은 그의 코를 누르면서 "나빠요!"라고 했다.

"일평생 당신에게 나쁜 사람일 거야."

"거짓말쟁이."

왕창츠가 손을 들어 맹세하자 샤오원은 옷을 벗었다. 사실 왕창츠가 맹세하지 않아도 그녀는 옷을 벗을 생각이었다. 왕창츠가 맹세하기를 기다렸다가 옷을 벗은 것은 일종의 의식과도 같았다. 그녀는 왕창츠의 예상대로 옷을 벗었다. 그런데 왕창츠의 예상과 달리 탈의한 그녀의 흰 몸은 아주 거대해 보였다. 그녀의 흰 몸이 방 안을 환하게 밝히자 순간 방이 좁아 보였다. 왕창츠는 한참을 바라보다가 못내 아쉬운 듯 불을 껐다.

벽 너머로 삐걱대는 침대 소리가 들릴 때마다 왕화이는 늘 류샹쥐를 흔들어 깨워 한번 들어보라고 했다. 마치 자기가 나눠 먹을 줄도 모르는, 제 배만 채우는 사람이 아니라는 듯 류샹쥐에게도 들어보라고 했다. 두 사람은 한밤중에 귀를 쫑긋 세우고 하나 둘 셋… 하면서 돈을 셀 때보다 더 흥분했다. 그 소리에 갑자기 그들은 희망이 생겼다. 얼른 손자를 안아보고 싶은 마음에 류샹쥐는 매일 아침마다 샤오원의 몸에 변화가 있는지 없는지 살폈다. 샤오원은 부끄러워서 고개를 들지 못했다. 왕화이가 류샹쥐에게 말했다.

"당신 다 잊은 거야? 변화는 몸에서 오는 것이 아니라 입덧에서 시작되잖아."

류샹쥐는 허벅지를 치면서 "나 좀 보소. 급한 마음에 다 까먹었네"라고 했다.


그들은 결혼 부조금으로 장우에게 진 빚을 갚고, 동생에게 빌린 돈도 갚으려 했다. 둘째 숙부는 돈을 갚는 대신 왕창츠에게 집 짓는 일을 도와달라고 했다. 왕창츠는 매일 둘째 숙부 집에 가서 미장일을 했고 건물은 나날이 조금씩 높아져갔다. 샤오원 역시 남는 시간에는 함께 가서 물을 끓여주고 벽돌을 날랐다. 저녁이 되자 샤오원이 물었다.

"언제 성에 갈 거예요?"

"가더라도 둘째 숙부의 집 짓는 일은 끝내고 가야지."

"매일 이렇게 집에만 틀어박혀 있다보니 자동차를 못 본 지도 꽤 되었어요."

왕창츠는 미안해서 둘째 숙부에게 하루 휴가를 청하고 샤오원을 데리고 향리에 가서 물건을 샀다. 그들은 간장을 사고 옷, 비누, 화장품,

세탁세제와 운동화도 샀다. 거리에 앉아서 지나가는 차도 구경했다. 샤오원이 차에 팔려 있는 동안 왕창츠는 우체국으로 가서 전화를 걸었다. 그런 뒤 두 사람은 쌀국수 한 그릇씩을 먹고 유행가를 부르면서 집으로 돌아왔다.

향리에 갔다 온 뒤 사흘 째 되던 날 오전에 왕창츠는 둘째 숙부와 집을 짓다가 마을 어귀 단풍나무 아래에서 걸어오는 순경 두 명을 보았다. 그들의 생김새와 걷는 폼이 안면이 있는 사람 같았다. 점점 다가오더니 마을의 우물가에서 허리를 굽혀 물을 마신 뒤에 장우의 집과 왕동과 그의 처 왕동(汪冬)의 집을 지나쳤다. 잠시 건물에 가려 보이지 않는가 싶더니 장셴화의 집 모퉁이에서 다시 모습을 드러냈다. 아니나 다를까 루 순경과 웨이 순경이었다. 왕창츠는 사건이 해결되었다고 생각하고 얼른 비계를 타고 내려가 그들을 맞이하러 갔다. 그들은 진지한 표정으로 왕창츠의 몸에서 이를 찾을 듯이 그렇게 한참 동안 쳐다봤다. "아 미안해요" 하면서 왕창츠는 허리를 굽혀 옷을 털었다. 옷에 묻은 시멘트 가루가 날려 안개처럼 그를 감쌌다. 루 순경과 웨이 순경은 코를 잡고 옆으로 물러나서 먼지가 바람에 날려갈 때까지 기다렸다가 다가왔다.

"어디 가서 이야기 좀 하지."

"저희 집으로 가시죠."

루 순경이 고개를 끄덕였다. 왕창츠는 그들을 데리고 집으로 왔다. 왕화이와 류쌍쥐, 샤오원도 그들이 좋은 소식을 가져왔을 거라 생각해서 얼른 부엌으로 들어가 밥을 지었다.

"좀 더 조용한 곳으로 가지."

왕창츠는 그들을 데리고 방으로 들어갔다. 그들은 방문과 창문을 보더니 이곳도 방음이 안 된다는 것을 알아차렸다. 또한 많은 마을 사람들이 이미 집으로 몰려와 방을 쳐다보고 있었다. 개중에는 귀를 벽에 갖다대고 있는 사람도 있었다.

루 순경이 말했다.

"다른 데로 가지."

왕창츠는 다시 그들을 데리고 집 뒤의 차밭으로 갔다. 그들은 큰 차나무 아래에 앉았다. 호기심이 많은 마을 사람들은 집 뒤로 몰려왔다. 웨이 순경이 그들에게 가라고 했다.

"왕창츠, 최근에 어디에서 일했어? 어디에 갔었지? 사람들과 만난 적 있어?"

왕창츠는 질문에 일일이 대답했다. 그들은 대답이 만족스럽지 않다는 듯 반복해서 물었다.

"왕창츠 현에 간 적 있어?"

"간 적 없다고 했잖아요. 나는 거짓말은 못 해요."

왕창츠는 한참을 이야기하다가 그들이 좋은 소식을 가지고 온 것이 아니라는 것을 알았다. 그래서 왕창츠는 대답하면서 계속 그들을 살폈다. 그들의 마음은 확실히 딴 데 가 있었다. 류쌍쥐와 샤오윈이 밥하는 것을 막고 싶었지만 이미 늦었다. 밥과 고기 향이 자기 집 처마 끝에서 올라오고 있었다. 고기 향기가 그들의 주의력을 분산시키는 것 같았다. 루 순경이 코를 킁킁대며 말했다.

"농촌 공기는 정말 좋아!"

웨이 순경은 조사서를 덮으면서 말했다.

"오늘은 여기까지 하세."

"도대체 뭘 조사하러 나왔어요?"

루 순경이 말했다.

"때가 되면 말해줄게. 그렇지만 오늘 대화는 비밀을 유지해야 해. 아니면 후에 책임질 일이 생길지도 모르니."

"나를 팬 사람은 잡았어요?"

그들은 약속이나 한 듯이 고개를 저었다.

왕창츠는 그들과 함께 점심을 먹었다. 왕창츠는 그들이 곧 갈 거라 생각했지만 뜻밖에도 샤오원과 왕화이, 류쌍쥐와 둘째 숙부를 따로 불러 이야기를 나눴다. 왕씨 집안사람들에게 다 묻고 나서도 흡족하지 않은 듯 장우, 장셴화, 왕둥과 류바이탸오를 찾아가서 물었다. 질문은 대체로 같았으며, 모두에게 왕창츠가 계속 마을에 있었냐고 물었다. 마을 사람들은 모두 왕창츠가 고향으로 돌아온 뒤에 마을을 떠난 적이 없다고 했다. 둘째 숙부는 그들이 믿지 않을까봐 자기 집을 가리키며 함께 집을 짓고 있었다고 했다. 벽에는 흰 분필로 줄이 그어져 있고 줄 옆에 날짜가 적혀 있었다. 이것은 왕창츠와 둘째 숙부가 매일 한 작업량을 기록해놓은 것이었다. 그들은 줄을 세어보더니 하루가 빈다는 것을 발견하고 다시 왕창츠를 찾아가 질문했다.

"그날은 샤오원과 함께 시장 보러 갔어요." 루 순경이 버럭 화를 냈다.

"왜 시장 보러 간 건 말 안 했어? 일부러 속인 거 아니야?"

왕창츠도 화를 냈다.

"그런 자질구레한 일까지도 당신에게 말해야 해요?"

웨이 순경이 말했다.

"다른 사람들도 아무도 당신이 시장 갔다고 안 했어."

"다른 사람들이 말을 하지 않은 것은 내가 시장에 갔는지 몰라서 그런 거요. 그 게 당신들이 조사하는 사건과 무슨 상관이 있소?"

"당연히 있지." 루 순경이 말했다.

"무슨 상관요?"

"네가 시장 보러 간 다음날 황쿠이가 살해당했어." 웨이 순경이 말했다.

왕창츠는 몽둥이로 한 대 얻어맞은 것처럼 머리가 갑자기 부어올랐다. 그러나 몇 초 뒤에 괜찮아졌다. 왕창츠가 웃으면서 말했다.

"결국 죽었구나. 당신들이 그 자식을 안 잡아들이니 하늘이 데려간 거요."

웨이 순경이 물었다.

"너는 정말 이 일과 상관없어?"

"굳이 상관있다고 하면 내가 정말 바라던 일이었다는 거요. 그런데 나는 그럴 만한 능력도 없고 그럴 만한 깜냥도 못 되오. 간덩이가 너무 작고 유약해서 사람들에게 폐만 끼치는 그런 인간이란 말이오."

루 순경이 그의 일거수일투족을 살펴봤지만 어떤 이상한 점도 찾을 수가 없었다. 웨이 순경이 말했다.

"허샤오원이 옛날에 네가 황쿠이를 엄청 죽이고 싶어했다고 하던데."

"생각만 했겠습니까! 만약 저들이 말리지 않고 부모님을 돌볼 사람만 있었다면 나는 정말 그를 죽였을 거요."

루 순경이 물었다.

"어떻게 죽이려고 했었는데?"

"생각은 해봤어요. 차에 펑크를 내서 죽이려고 했어요."

웨이 순경이 말했다.

"황쿠이가 정말 그렇게 죽었는데. 어떻게 네가 생각한 방법대로 죽을 수 있지?"

"원래가 그래요. 은혜를 갚는 방법은 다양하지만, 복수를 맘먹은 사람들은 다 똑같은 생각을 해요."

하늘의 흰 구름은 두둥실 흘러가고 태양은 이미 서쪽으로 기울어 차나무 그림자가 갈수록 길어졌다. 루 순경은 먼 산을 바라보며 말했다.

"그가 사람을 보내 칼로 너를 찌르고 네 아버지 휠체어도 박살내고, 너를 모욕하고 속였으니 개인적으로 복수하고 싶었을 거야."

"나는 사람도 아니고 동물도 못 되오. 동물이라면 복수했을 것이오. 나는 복수심도 없는 그런 나무요. 그중에서도 살아 있는 나무가 아니라 죽은 나무. 맞아요. 죽은 나무에 불과해요."

웨이 순경이 말했다.

"네 분노는 짐작이 가. 너는 죽은 나무가 아니라 그저 욕하느라 정신이 팔린 미친놈이야. 너를 데리고 댜오위다오(釣魚島)를 뺏으러 가면 아무 문제없을 텐데."

"당신들 때문에 그런 뜨거운 피도 없어졌소."

루 순경이 말했다.

"그게 우리랑 무슨 상관이 있어?"

"당신들은 줄곧 황쿠이가 살인자라는 것을 인정하지도 않았고, 또 그를 잡아도 증거가 부족하다고만 했소. 그런데 당신들은 지금 내가 그를 죽였다는 증거를 잡기 위해, 결국 그가 나를 찌른 살인범이란 것을 인정하고 있어요. 그가 살인범이란 것을 알고 있으면서도 왜 그를 체포하지 않은 것이오?"

웨이 순경이 말했다.

"우리도 그저 추론에 불과해."

"사람을 괴롭히는 이런 추론이라면 하늘도 응답 안 할 거요."

한참 이야기하고 있는데 광풍이 차나무에서 쏴쏴하고 불었다. 지난

이맘때에 비해 바람이 훨씬 춥고 음산했다. 세 사람은 추워서 몸서리를 쳤다.

사실 루 순경과 웨이 순경도 스트레스가 있었다. 그들은 황쿠이가 린쟈보와도 사이가 좋지 않고 그가 손가락을 자른 사람과도 사이가 좋지 않다는 것을 알고 있었다. 그러나 그 사람들은 모두 나름 뒷배가 있고 그들을 잡아 심문을 해도 모두 "잘 부탁드립니다"라고 말했다. 사건을 해결하고 공을 세우려면 왕창츠밖에 없었다. 그들은 나무 아래서 귓속말을 하면서 한 사람의 인생을 생각도 해봤지만, 방법이 없어 처음 생각한 대로 왕창츠를 데려가기로 결정했다.

따라갈 생각이 없는 왕창츠는 자기 집 기둥을 꽉 잡고 있었다. 그들이 왕창츠를 잡아당기자 기둥이 흔들리는 것 같고, 옥상의 기와도 모두 떨고 있는 것 같았다. 그들은 화가 나서 왕창츠의 손가락을 하나씩 떼냈다. 이쪽 손가락을 떼내면 저쪽 손가락으로 꽉 잡았다. 그들은 참지 못하고 나무 걸상을 들어 기둥을 향해 던졌다. 너무 아픈 나머지 왕창츠는 순간 두 손을 놓았다. 그들은 그에게 수갑을 채운 뒤 양쪽에서 그의 팔짱을 끼고 억지로 문 밖으로 끌고 갔다. 류쌍쥐가 달려와서 왕창츠의 왼쪽 다리를 잡았다. 샤오원이 달려와서 그의 오른쪽 다리를 잡았다. 이 때문에 줄다리기 경기의 줄처럼 왕창츠가 똑바로 서게 되었다. 한쪽 끝은 남자 두 명이 다른 쪽 끝은 여자 두 명이 당기고 있었다.

왕화이가 마을을 향해 고함쳤다.

"동생아, 얼른 좀 와봐라. 우리 집 창츠가 억울한 일을 당했다. 장우, 내 절을 할 테니 제발 창츠를 좀 구해주게. 왕둥, 세상 물정을 잘 아니 제발 이들에게 말 좀 해주시게. 바이탸오, 오늘 우리 창츠를 도와주지 않으면 내일은 저들이 자네에게 혐의를 씌워 잡아갈 걸세. … 친척 여러분, 이웃 여러분, 제발 와서 정의를 지켜 우리 창츠를 못 데려가게 도 와주시오. 그들이 우리 창츠를 데려가면 고문을 해서 조만간에 저 애를 살인범으로 만들 것이오. 여러분들, 저 왕화이가 여러분께 절을 올리겠 습니다."

왕화이는 소리치면서 휠체어에서 내려와 땅에 무릎을 꿇었다.

마을 사람들이 삼삼오오 달려와서 담벼락처럼 에워쌌다. 루 순경은 총을 빼 들어 사람들을 조준하며 말했다.

"누구라도 공무 집행을 방해하면 즉시 발포하겠소."

한참 동안 총구를 장우에게 겨누더니 다음에는 왕동, 그 다음은 류바이타오에게 겨눈 뒤에 출석을 부르듯 돌아가면서 총구를 겨누었다. 둘째 숙부가 말했다.

"창츠에게 살인 계획을 세울 시간이 없었다는 것은 돌대가리라도 다 알 수 있소."

웨이 순경이 말했다.

"왕창츠가 향리에서 전화를 한 통 했소."

"우리 반 선생님께 전화했어요. 교실에 둔 의자를 미처 가져오지 못 해 부탁했어요."

루 순경이 말했다.

"의자 하나가 그렇게 중요해? 거짓말이야. 당신들 모두가 거짓말을 하고 있어. 마을 전체가 거짓말을 하고 있어."

마을 사람들은 모욕을 당했다고 느꼈다. 누군가가 '쳐부수자'고 소리쳤다. 루 순경과 웨이 순경은 서로 등을 맞대고 총을 들었다. 왕화이가 말했다.

"모두들 냉정하시오. 말로 해야지 사람을 때려서는 안 되오."

둘째 숙부가 말했다.

"그가 거짓말을 했는지 아닌지는 당신들이 담임을 찾아가 물어보면 명확해지지 않겠소? 걸핏하면 왜 사람을 잡아가시오?"

웨이 순경이 말했다.

"담임에게 물어보고 다시 올 테니 왕창츠는 딴 데로 가지 마."

왕창츠가 말했다.

"내가 그런 몹쓸 짓을 하지도 않았는데, 왜 도망갑니까?"

누군가가 소리쳤다.

"총을 거둬요. 총을 안 거두면 내가 죽기 살기로 당신들과 싸우겠소."

루 순경이 하늘을 향해 총을 쐈다. 공기가 총알과 마찰을 일으키며 응고되는 것 같았다. 모두들 화가 났다. 그들은 달려들어 두 사람의 총을 빼앗고 왕창츠의 손에 채워진 수갑을 풀었다. 루 순경이 말했다.

"이 깡패들, 조만간에 너희들을 다 잡아 처넣을 거야."

사람들은 고함치며 그들에게 주먹질을 해댔다. 왕화이가 고함쳤다.

"멈추시오. 창츠가 풀려났으니 됐소. 제발 저들을 건드리지 마시오."

그들은 사람들 사이에서 떠밀려 나왔다. 왕화이가 "아우야, 총을 돌려줘라"라고 하자 누군가 "돌려주지 마시오" 하고 소리쳤다. 왕화이가 말했다.

"일이 커지면 안 돼."

둘째 숙부가 생각해보더니 총 두 자루를 땅으로 던졌다. 그들은 얼른 총을 주워 들고 손으로 총을 닦았다. 류바이탸오가 소리쳤다.

"꺼져!"

그들은 류바이탸오를 쏘아보더니 돌아갔다.

모두들 정색을 하고 가슴을 치면서 노기를 가라앉히지 못한 채 왕화이에게 물러 터졌다고 욕을 했다. 왕화이가 말했다.

"매번 강한 것이 진짜 강하다고 생각하지 마시오. 때로는 오줌도 싸야 하오."

모두들 생각해보니 일리가 있었다. 그들은 목을 빼고 두 순경이 마을 어귀로 나가는 것을 지켜보았다.

해는 뉘엿뉘엿 넘어가고 있었고 저녁노을로 물든 마을은 피바다 같았다.


# 21

사람들은 하나같이 그들이 더 많은 사람들을 데리고 보복하러 올 거라 생각했다. 왕창츠는 천 가방에 옷, 신발, 손전등, 과자와 돈을 챙겼다. 순경들이 보이면 천 가방을 들고 도망칠 계획이었다. 그러면 문제를 일으키지 않고 몸을 숨길 수 있었다. 둘째 숙부의 집이 높아질수록 그들이 불시에 쳐들어올까봐 왕창츠는 수시로 몸을 펴서 높은 데 서서 전보를 기다리듯 그렇게 멀리 쳐다보곤 했다.

마을 사람들 중에도 일부 긴장하는 이가 있었다. 둘째 숙부도 가끔씩 정신이 나가는지 들고 있던 벽돌을 자주 떨어뜨려 숙모가 다치기도 했다. 왕창츠가 고개를 숙이고 벽돌을 쌓고 있으면 둘째 숙부가 고개를 들고 살폈다. 왕창츠가 몸을 똑바로 피면 그제야 머리를 숙이고 일을 했다. 그들이 번갈아 앉았다 일어났다 하는 것을 보면서 집 뒤쪽에 앉아 있던 왕화이가 용기를 북돋우며 말했다.

"뭘 그렇게 긴장해. 내가 지켜보고 있는데."

왕화이도 말은 세게 했지만 속으로는 엄청 긴장하고 있었다. 그는 누구보다도 훨씬 크게 눈을 뜨고 귀를 쫑긋 세우고 있었다. 그는 매일 휠체어에 앉아서 마을 어귀를 바라봤다. 왕창츠를 그리워할 때처럼 그렇게 오랫동안 바라보면서 장우에게 징도 빌려와서 휠체어 옆에 두었다.

"그들이 나타나면 징을 칠 테니, 도망갈 사람은 도망가고 모일 사람들은 모여서 아무도 골탕 먹는 일이 없어야 해."

어느 날 밤중에 누가 왕화이의 대문을 '쾅쾅' 두드렸다. 왕창츠는 침대에서 내려와 천 가방을 들고 뒷문으로 달아났다. 류쌍쥐와 샤오원은 왕화이를 휠체어에 앉힌 뒤 함께 안채로 왔다. 왕화이가 "누구요?" 하고 묻자 문 밖에서 "바이탸오"라고 했다. 류쌍쥐가 문을 열며 말했다.

"귀신이 물어 갈 양반 같으니라고. 삼경이 지났어요. 모두 놀라 나자빠질 뻔했잖아요."

류바이탸오가 하얗게 질린 채 말했다.

"왕화이, 내가 그날 그 사람들한테 욕한 거 기억나?"

"욕을 했으면 그만이지 뭐가 두려워서?"

류바이탸오가 손으로 자기 뺨을 한 대 치면서 말했다.

"보복당했어. 방금 그네들이 나를 잡아가는 꿈을 꿨네. '찰칵' 하면서 내게 수갑을 채워서 그 자리에서 징역 10년형에 처하고 정치적 권리까지 뺏어갔어."

"꿈에 놀라서 오줌까지 지렸구면."

"사실 요 며칠 동안 밤마다 목이 잘리는 악몽을 꿔."

왕화이가 류쌍쥐에게 술 한 잔 가져오라고 했다. 류바이탸오는 '꿀 꺽꿀꺽' 한 사발 들이키고는 입가를 닦았다.

"내가 그들에게 그렇게 욕한 것도 다 창츠 때문이니, 그들이 오면 제발 내가 욕했다고 하지 말아주게."

"걱정 말게. 내가 그랬다고 하지."

"대충 얼버무려주게. 그래야 다음에도 내가 도와주지. 안 그러면 못 도와주네."

"그거야 알지. 우리 모두 고맙게 생각하고 있네."

류바이탸오는 술을 한 방울도 남기지 않고 다 마셨다.

"술에 사람이 백배 용감해지지. 한두 잔 더 가져오게."

샤오원은 잔을 받아 술을 가득 따라주었다. 이번에는 급하지 않게 한 모금씩 천천히 마셨다. 세 사람이 한 사람을 바라보고 있었다. 그는 약간 거북한 듯 말했다.

"나 혼자서 무슨 맛으로 마시나. 자네도 한잔해."

"내가 생각이 없었네. 창츠더러 나오라고 해라."

샤오원이 뒷문으로 가서 박수를 세 번 치자 왕창츠가 차 숲에서 가방을 들고 나왔다. 왕창츠는 땅콩을 한 접시 볶아 류바이탸오와 함께 술 한 병을 천천히 마셨다. 나머지 사람들은 모두 방으로 돌아갔다. 류바이탸오는 점점 흥분해서 말했다.

"이 아저씨 어떠냐? 마음에 드냐?"

"암요. 좋으신 분인 거 다 알죠." 왕창츠는 머리를 끄덕이며 굽실댔다.

"네가 나중에 돈 많이 벌면 이 아저씨 기억할 거지?"

"기억 못 하면 차에 치여 죽을 거예요."

"그때 가서 어떻게 보답할 건데?"

"담배도 사 드리고 술도 사드릴게요."

류바이탸오는 좋아하면서 면접관처럼 만족한 듯 머리를 끄덕였다. 그의 얼굴과 목은 벌써 뻘개졌고 머리까지 벌겋게 달아올랐다.

"더 안 드실 거면 제가 집까지 바래다드릴게요."

그는 "아니야" 하면서 얼굴을 훔치다 말고 탁자에 엎어졌다. 콧물과 눈물을 흘리면서 말했다.

"창츠야, 너 때문에 내 신세가 말이 아니다. 담배랑 술이 다 뭐다냐? 그들이 나를 잡아가면 우리 마누라는 남편을 갈아치울 거고 그러면 애들 성도 바뀔 테고."

"죄도 안 지었는데 아저씨를 왜 잡아가요?"

"내가 그들에게 '꺼져'라고 욕하지 않았니?"

"그 욕은 방금 아버지께서 한 거로 했잖아요."

"그렇게는 안 된다. 그들이 나를 2분이나 쳐다봤는데, 누가 욕했는지 모르겠어?"

왕창츠는 수건에 물을 적셔 류바이탸오의 얼굴을 닦아주었다. 류바이탸오는 수건을 땅바닥에 내던지며 말했다.

"너 나한테 정말 잘해야 한다. 현에 가서 자수해라. 네가 자수만 하면 그들이 다시는 안 올 거다. 안 그러면 사람들은 모두 위험에 빠지고 마을 사람들 모두 너를 모르는 척할 거다."

왕창츠는 생각했다.

'내가 한 일도 아닌데 자수는 뭔 자수.'

그러나 며칠 뒤 그는 류바이탸오의 이 말이 단순한 술주정이 아니었다는 것을 알아차렸다. 그 말은 마을에서 서서히 퍼져 어느새 기정사실화되었다. 첫 단서는 바로 장우였다. 그는 왕창츠를 집으로 불러 문을 걸어 잠그고 창문을 닫은 채 조심스럽게 운을 뗐다.

"창츠 너도 알고 있겠지만 우리 집 장후이가 성에서 안마 일을 하고 있다. 안마 일이란 게 좀 복잡해. 건강에 보탬이 되기도 하지만 불법이라고도 할 수 있어. 하여튼 안마란 게 너를 가지고 놀지 않으면 합법이지만, 너를 가지고 놀겠다고 생각하면 방법은 얼마든지 있거든. 농촌 사람들이 성에서 돈을 벌기란 여간해서 쉽지 않고, 여자들은 특히 더해."

왕창츠가 말했다.

"아저씨, 하실 말씀 있으면 그냥 하세요."

장우가 창문을 열었다. 왕창츠는 그가 툭 털어놓고 말할 줄 알았는데 뜻밖에도 밖을 한 번 살펴보더니 창문을 닫고 작은 소리로 말했다.

"만일 그들이 장후이에게 보복한다면 비참해질 거다."

"장후이는 성에 있지 않아요?"

"그들은 전화 한 통으로도 처리할 수 있지."

"설마 안마하면서 법에 저촉되는 일도 했어요?"

"걔가 어디를 안마하는지 누가 알겠니?"

"아저씨, 생각이 너무 많으세요."

장우는 안채를 돌며 이리저리 왔다 갔다 하면서 사람들이 모두 잡혀갈까봐 골머리를 앓고 있었다.

"제가 어떻게 했으면 좋겠어요?"

장우가 갑자기 걸음을 멈추더니 말했다.

"너는 알 거다."

"저는 모르겠어요."

"내가 주동해서 이렇게 생각한 것은 아니지만 자꾸 생각이 나는 걸 어떡하니. 그날 저녁에 내가 그들의 총을 뺏었어. 총을 돌려주긴 했지만 그래도 사건은 사건이지. 만일 그들이 복수하겠다고 생각하면 첫 번째 대상이 나와 네 둘째 숙부다. 이 일로 너를 탓하면 안 된다는 것도 안다. 내 충동적인 성격이 문제지. 그러나 이 일이 해결되지 않으니 잠을 잘 수가 없구나. 밤마다 청동 방울처럼 눈을 동그랗게 뜨고 계속 기침에 변비에 미치겠다. 네가 한 번만 내 생각을 해서 그들을 찾아가 두 손을 들고 투항하면서 몇 마디 해준다면 우리 모두가 편안하게 잘 수 있고 코 고는 소리가 마을에서 다시 진동할 것이다. 전에는 내가 집에서 잠을 잘 때 류바이탸오, 왕동, 톈다이쥔과 네 둘째 숙부 코 고는 소리까지 들을 수 있었단다. 그런데 지금은 아무 소리도 듣지 못해. 공룡이 사라진 것처럼 마을 전체에서 코 고는 소리가 사라졌어. 코 고는 소리가 나지 않는 마을이 어떻게 안전한 마을이라 할 수 있겠니?"

왕창츠는 류바이탸오와 장우의 말을 무시할 수 없었다. 그렇다고 직접 경찰서로 찾아가서 아양을 떨고 싶지도 않았다. 마음이 심란했다. 낮에는 담을 쌓아야 하기 때문에 이 생각도 잠시 잊게 되지만 밤이 되면 뇌가 더욱 활발해져 온갖 생각을 다하며 이 문제를 해결할 방법을 찾으려 했다. 방법을 찾으려 하면 할수록 신경이 곤두서고, 신경이 곤두설수록 잠을 잘 수가 없었다. 샤오원에게 영향을 끼칠까 걱정되어 돌아눕는데, 돌아누울 때마다 침대에서 '끽' 하고 소리가 났다. 평소에는 이 소리가 문제가 되지 않았지만 불면증일 때 들으면 침대가 흔들리는 소리 같았다. 그래서 그는 더욱 조심하면서 최대한 움직이지 않으려 했다. 몸은 움직이지 않을 수 있었지만 손과 발, 몸이 마치 어디에 묶인 것 같았고, 여기저기가 다 긴장되니 온몸에서 땀이 삐질 났다. 그는 생각했다.

'불면증에 걸리면 어떨까? 땅에 발을 디디지 못한 채 몸이 공중에 반쯤 걸려 있고, 칼이 이마 앞에서 왔다 갔다 하면서 뼈를 깎아내는 것 같겠지.'

심신은 지칠 대로 지쳐 감당 못 할 지경이 되었고 머릿속은 이미 잡생각으로 가득 찼는데도 계속해서 이런저런 쓸데없는 생각이 떠나질 않고 있었다.

샤오원이 푹 잠들었다고 생각한 왕창츠는 슬그머니 일어나 부엌으로 가서 몸의 화기를 누르려는 듯 찬물을 벌컥벌컥 마셨다. 그런데 샤오윈이 어느새 뒤따라와서 물을 마시는 거였다. 그녀도 자는 척했을 뿐 잠을 이루지 못한 것이었다. 그때 안채에서 무언가 움직임이 느껴졌다. 좀도둑이겠거니 생각하고 둘은 식칼을 들고 가서 불을 켰다. 왕화이와 류샹쥐였다. 그들도 뜬눈으로 밤을 보내고 있었다.

"왜 안 주무세요?"

"이미 여러 날 되었다. 동이 틀 때까지 이렇게 앉아 있다."

"두 분도 잠을 못 주무세요?"

"우리뿐만 아니라 왕둥과 그의 처 왕둥, 다이쿼, 셴화와 네 둘째 숙부, … 그날 그 자리에 있었던 사람들은 다 불면증에 걸렸다."

"사람들이 죄다 담이 이렇게 작은 줄은 몰랐어요."

"그들을 탓해서는 안 된다. 약점 하나씩은 다 가지고 있으니. 네 둘째 숙부는 그들이 현의 중학교를 조사하러 갈까 두려워하고 있다. 너도 알다시피 네 사촌 동생들은 모두 뒷돈을 주고 겨우 현에 있는 중학교에 들어갔다. 만약 그들이 이 일을 조사한다면 네 사촌 동생들은 향의 중학교로 돌아올 수밖에 없다. 셴화, 셴화는 그들이 세무 조사를 할까 봐 걱정하고 있다. 그는 무역하면서 자주 돈을 빼돌려 탈세를 저지르고 있고 또 소도둑이란 혐의까지 받고 있다. 만약 그들이 갑자기 다이쿼의 도둑맞은 소 몇 마리를 조사하면 셴화가 곤란에 빠질 거야. … 왕둥은, 처가 부인병을 앓고 있어서 장기간 부부 생활을 못 해 자주 현 이발소에 가서 몰래 바람을 피우고 있단다. 그들이 '음란물 일소'나 '불법 행위 일소'를 한답시고 일망타진할까봐 두려워하고 있어. 다이쿼 역시 정직한 위인은 못 되지. 그는 늘 현에 가서 도박을 하는데, 누가 그 집 소 몇 마리를 탐내자 도박에서 진 뒤에 부인 몰래 그 소를 가져가라고 했다. 그들이 도박 단속을 하면 다이쿼도 교도소에 들어가야 하고…."

"제가 현에 한번 갔다 올게요."

"그들이 너를 체포할지도 모르는데." 류쌍쥐가 말했다.

"체포하면 잡혀 들어가야죠. 그렇게 안 하면 온 마을 사람들이 저를 욕할 거예요."

왕화이는 한참을 생각했다.

"현에 가서 이틀만 묵고 오너라. 돌아와서 네가 그들을 찾아갔더니 그 자리에 있었던 사람들의 죄는 더 이상 묻지 않기로 했다고 해라. 그렇게만 하면 사람들은 마음의 짐을 다 내려놓을 것이다."

"그러다 만일 그들이 죄를 추궁하러 오면요? 그러면 다 탄로 나요."

"이렇게 오랫동안 안 오는 거 보면 더 이상은 안 오겠다는 거야."

이른 새벽에 왕창츠와 샤오원은 현으로 출발했다. 출발하기 전에 류쌍쥐가 왕창츠에게 "정말 그들을 찾아가서는 안 된다, 잡히면 곤욕을 치르게 될 거야" 하면서 신신당부했다. 단속 차원에서 다시 한 번 샤오원에게 몰래 다짐을 받았다.

"정신 바짝 차리고 쟤가 어리석은 짓을 못 하게 해야 한다. 표면적으로는 사건 해결하러 가는 거지만, 사실은 신혼여행 가는 거다."

샤오원이 열 번 넘게 알았다고 하자 류쌍쥐는 그제야 마음을 놓았다. 왕창츠가 길을 가면서 소리쳤다.

"장씨 아저씨, 류씨 아저씨, 숙부, 동 아저씨, 셴화 아줌마, 다이쿤 아저씨, 저 자수하러가니 편히 주무세요!"

불면증에 걸린 사람들은 앞서거니 뒤서거니 창문을 열고 왕창츠와 샤오원이 가는 것을 바라보면서 긴 한숨을 내쉬었다. 왕화이는 삼주향에 불을 붙여서 문 앞에 꽂아두었다. 삼주향의 연기가 차례대로 피어오르는데 마치 왕화이의 세 가지 소원 같았다. 첫째도 무탈, 둘째도 무탈, 셋째도 무탈이었다.

제3장

# 아랫도리

# 22

샤오원이 백화점에 가자고 해서 왕창츠도 따라 나섰다. 그들은 1층에서 4층까지 세 시간 정도 돌아다니며 물건을 샅샅이 다 봤지만 결국 단추 다섯 개밖에 못 샀다.

"우리 사진 찍으러 가요."

"그래. 그럽시다."

그들은 강가에 위치한 목조 사진관으로 가서 천안문, 만리장성, 와이탄을 배경으로 사진 석 장을 찍었다. 사진관에서 나오면서 샤오원이 말했다.

"저녁에는 뭘 먹죠?"

"해산물을 먹읍시다."

샤오원은 돈이 아까워 '패스트푸드'면 된다고 했다. 왕창츠는 안 된다고 하면서 억지로 그녀를 데리고 음식점으로 들어갔다.

왕창츠는 세 근 정도 되는 야생 산천어 한 마리를 시키고, 삼겹살찜 한 접시, 땅콩 한 접시, 오이무침 한 접시를 시켰다. 또 배갈 한 병과 쌀밥 네 그릇을 시켰다. 두 사람은 소매를 걷어붙이고 접시, 솥, 병 안에 있는 음식과 술을 모두 먹고 마셨다. 그들은 음식을 먹을 때는 몰랐다. 음식을 다 먹고 난 뒤에야 배가 불러 서 있기조차 힘들다는 것을 알았다.

"정말이지 이렇게 배불리 먹기는 처음이에요."

"아이 때부터 다 자랄 때까지 먹는 꿈을 제일 많이 꿨어. 배가 고플수록 간절하게 먹고 싶었지. 어떨 때는 너무 많이 먹어서 뱃가죽이 석류처럼 갈라지는 꿈을 꾸기도 했고."

왕창츠는 배를 툭툭 치면서 만족스러운 얼굴로 말했다. 샤오원도 자기 배를 어루만지면서 말했다.

"마치 임산부처럼 배가 부풀어 올랐어요."

다음날 그들은 여유롭게 잠을 자다가 점심때쯤 일어났다.

"오늘은 뭐 하고 싶어?"

샤오원은 고개를 가로저으며 말했다.

"사진 찾으러 가요."

사진관에 도착하자 사진사가 세 시간은 기다려야 한다고 했다. 그들은 사진관 문 앞에 서서 건물 아래로 흐르는 강물을 바라봤다. 물빛이 파랬다. 갑자기 물 한 두 줄기가 소용돌이치는데 암초가 보일 정도로 투명했다. 맞은편 산과 연안의 나무가 수면에 비쳐 파란 물빛에 노랗고 붉은 나뭇잎이 떠다녔다. 그들은 산을 바라보다, 저 멀리 떠다니는 낙엽을 바라보다, 노랗고 붉은 낙엽이 완전히 사라진 뒤에야 시선을 거두기도 했다. 또 바로 눈앞의 낙엽을 쳐다보기도 했다. 낙엽 구경에 지쳤을 때는 난간에 비친 자기들 그림자를 봤다. 한참을 바라보다가 왕창츠는 자신에게 침을 뱉듯 그렇게 그림자를 향해 '퉤' 하고 침을 뱉었다.

샤오원이 "아직도 시간이 남았어요" 하자 왕창츠는 그녀를 데리고 사거리에 비디오를 보러 갔다. 비디오방의 문 앞에 걸려 있는 이중 현수막이 빛을 차단하고 소리를 막았다. 안으로 들어가자 대낮에서 갑자기 밤이 되었다. 안에는 네 사람이 앉아 있었고 상영되고 있는 영화는 반쯤 지난 상태였다. 홍콩의 삼류 영화였다. 그들은 다른 사람들이 자기들의 뒤통수를 볼까 염려되어 맨 뒷줄에 가 앉았다. 영화 속의 남녀는 옷을 거의 입지 않은 채 수시로 "아~ 아~" 하고 신음했다. 샤오원은 얼굴과 귀가 벌겋게 달아올라 나가려고 했다. 왕창츠가 그녀를 잡았다.

"표 두 장이면 내 하루 일당과 맞먹어. 봤어? 지금 내 수중에 있는 이 돈은 당신이 영화를 안 봐도 없어져."

샤오원은 나가고 싶어도 그럴 수 없자 그대로 다시 앉았다. 왕창츠는 영화를 보면서 귓속말했다.

"내가 헛돈을 썼네. 썼어."

샤오원은 그의 잔망스러움에 그의 입을 톡하고 쳤다.

영화를 보고 나오자 세상이 다시 밝아졌다. 그들은 속물이라도 된 것처럼 서로 쳐다보기가 민망해 오는 내내 아무 말도 하지 않았다. 사진을 찾고 숙소로 돌아왔다. 왕창츠는 흥분을 가라앉히지 못해 결국 영화 속 남자의 포즈를 취했다. 샤오원도 결국 소리를 지르기 시작했다. 그 소리는 영화 속 여주인공의 신음 소리에 조금도 뒤지지 않았다. 일을 치르고 난 뒤 왕창츠가 말했다.

"이번 신혼여행에서 나는 처음으로 여자와 사진을 찍었어. 또 처음으로 배 터지게 먹고 처음으로 늦잠도 잤어. 또 처음으로 삼류 영화를 봤고, 또 처음으로 대낮에 관계를 했어. 나는 이 다섯 가지를 난생 처음 해봤어."

왕창츠는 이렇게 말하면서 다섯 손가락을 펼쳐 들었다. 샤오원은 어떤 일은 할 수는 있지만 그래도 그 안에 포함시켜서는 안 된다고 생각했다. 그래서 처음으로 대낮에 관계를 했다는 말에 바로 구역질이 났다. 그러나 왕창츠는 꺼리지 않고 몇 번이나 더 손가락을 꼽으며 말했다. 샤오원이 그를 꼬집자 그는 다시 샤오원의 두 손과 몸을 꼭 껴안았다. 샤오원도 더 이상 어떻게 할 수 없자 질렸다는 듯 가만히 있었으며, 그렇게 호흡도 빠르게 안정되어 갔다.

왕창츠는 손을 놓고 곤히 잠든 샤오원을 보고 나서 조용히 일어나 옷을 입었다. 그들이 함께 찍은 사진을 왼쪽 가슴 주머니에 넣고 메모를 남겨놓은 뒤 몰래 문을 나섰다. 그는 샤허쟈 파출소로 갔다. 루 순경과 웨이 순경은 이미 현 공안국의 정찰과로 전임되었다고 했다. 그는 땀범벅인 채로 공안국으로 달려갔다. 당직 순경이 기다리라고 하더니 전화를 걸었다.

2분 정도 지났을 때 루 순경이 꼿꼿하게 걸어왔다. 그는 정색을 하고 묵묵부답인 채로 왕창츠를 쳐다봤다. 왕창츠는 속으로 벌벌 떨었지만 태연한 척 애쓰며 말했다.

"미안합니다. 사과하러 왔습니다."

"설마. 니들도 사과할 줄 알아?"

"잘못했으면 사과해야지요."

"그들은? 우리 총을 빼앗은 그 두 사람은 왜 안 와?"

"저 때문에 일어난 일이라 제가 대표로 왔습니다."

"대표로 구속되어도?"

왕창츠가 고개를 끄덕였다.

"좋아! 당장 체포할 테니 기다려."

"지금 바로 체포하시게요?"

"네가 결정해. 아니면 내가 할까?"

"실은 상의드리고 싶은 게 있어요."

"상의할 게 뭐 있다고?"

"저… 저는 있습니다. 어차피 구속해야 한다면 빨리 해주십시오. 또… 설을 쇤 뒤에 저는 아내와 함께 성에 가서 일할 생각인데 그때 가면 시간이 없을 거예요. 그러니 지금 시간이 있을 때 저를 구속해주십사 하구요. 그렇게 해주실 수 있죠?"

"정말 교도소에 들어가고 싶어?"

"안 들어가면 마음이 불편해서요. 부채를 다 갚지 않으면 맛있게 먹을 수도 잠을 잘 수도 없고 또 종일 누가 나를 잡으러 올까봐 두렵습니다."

"만약 내가 너를 놓아주겠다면?"

"설마요. 당신들에게도 동정심이라는 게 있어요?"

"나를 어떤 사람으로 보는데?"

"놀리지 마세요. 제 간덩이로는 감당할 수 없어요."

"이런 병신, 내가 너라면 지금 당장 도망가겠다."

왕창츠는 루 순경을 쳐다봤다. 루 순경은 고개를 돌려 창밖으로 바라보고 있었다. 왕창츠가 일어서면서 말했다.

"정말 가도 돼요?"

루 순경은 꼼짝도 하지 않았다. 왕창츠가 물었다.

"황쿠이 사건은 해결됐어요?"

"해결됐든 아니든 너랑은 상관없다."

"그럼 저에 대한 의심은 잘못된 거네요."

"뭔 말이 이렇게 많아?"

"애초에 제게 수갑을 채우지 않았으면 그들도 당신들 총을 빼앗지 않았을 거예요."

"한 마디만 더 하면 수갑 채운다."

"안 할게요……"

왕창츠는 뒤돌아 뛰어나갔다. 땀을 훔치면서 뒤돌아보았다. 누군가 뒤따라올까봐 두려웠고 또 갑자기 "돌아와" 하고 소리칠까봐 두려웠다. 그러나 아무 일도 없었다. 멀어질수록 뒤가 조용했다. 그대로 공안국 문을 나왔다. 그는 이게 사실인지 정말 믿기지 않았다.

숙소로 돌아온 왕창츠는 아무도 따라오지 않는 것을 확인한 다음 조용히 방문을 열었다. 샤오윈은 깜짝 놀란 채 의심스런 눈초리로 그에게 어디에 갔었는지 물었다. 그는 방금 일어났던 일을 다 말했다.

"마을로 돌아가서도 지금처럼 그렇게 말해요. 그렇지 않으면 둘째 숙부와 장우 아저씨가 잠을 못 잘 거예요."

"거짓말이 아니라 진짜라니까."

샤오윈은 손으로 그의 이마를 만지면서 "열도 없는데!" 했다. 그는 샤오윈의 손을 뿌리치면서 침상에 둔 메모지를 그녀에게 보여주었다.

"나는 자수하러 갈 테니 당신 먼저 집으로 돌아가시오"라고 적혀 있었다.

샤오윈이 다 읽고 나서 "정말로 갔었어요?" 하고 물었다. 왕창츠가 고개를 끄덕였다.

"불가능해요. 그들이 당신을 놓아줄 리가 있어요?"

마을로 돌아온 왕창츠는 만나는 사람마다 얘기해주었다.

"이제 아무 일도 없을 거예요. 그들이 더 이상은 추궁하지 않을 겁니다."

그러나 아무도 그의 말을 믿지 않았다. 왕화이마저도 믿지 않았다. 불면증에 걸린 사람들을 위로하기 위해 샤오윈은 왕창츠의 말이 사실이라고 말했지만, 샤오윈 스스로도 믿기지 않아서 그 말을 할 때마다 사람들에게 확신을 주지 못했다. 말이 바로 안 나오고 들쭉날쭉했으며 눈빛은 불안했다. 마을 사람들은 더 회의적이 되었다. 그들은 때려죽인다 해도 순경이 인자하다는 말을 못 믿겠다 했고, 또 순경이 왕창츠에게 그렇게 친절하게 대했다는 것도 믿지 않았다. 그가 뭐라고….

마을에서는 여전히 코 고는 소리가 나지 않았다. 모두들 왕창츠가 뭔가를 숨기고 있다고 생각했다. 왕화이는 밤새 눈을 붙이지 못했다. 이른 새벽 그는 왕창츠의 방에서 나는 코 고는 소리를 들었다. 그 소리가 마치 두보(杜甫)의 시 「봄밤에 내리는 단비(春夜喜雨)」처럼 느껴졌다. 하지만 곧바로 의심이 들었다. 혹시 왕창츠가 병원에서 그랬던 것처럼 일부러 자신을 안심시키기 위해 코 고는 소리를 내는 건 아닐까 하는 의심이 들었다. 그는 류쌍쥐를 흔들어 깨웠다. 류쌍쥐도 귀를 열고 자세히 들어보았다. 한참을 듣고도 왕화이는 잠을 이루지 못하고 류쌍쥐에게 휠체어에 앉혀달라고 했다. 그러고는 류쌍쥐를 몰래 보내 둘째 숙부와 장우를 데려오게 했다. 그들은 불도 안 켜고 말도 없이 안채에 조용히 앉아 있었다. 네 사람은 적국의 방송을 청취하듯, 나팔 소리에서 장군의 목소리를 캐치해내듯 그렇게 귀를 쫑긋 세우고 있었다. 오랜만에 듣는 코 고는 소리가 벽 너머로 전해져왔다. 그들은 코 고는 소리를 들으면서 코 골던 옛날을 떠올렸고, 몹시 부러워했다. 심지어 당장이라도 따라서 코를 골고 싶었다.

"일부러 내는 소리가 아닌 것 같아요." 류쌍쥐가 말했다.

둘째 숙부도 말했다.

"거짓으로 코를 골면 저렇게 높고 낮을 수가 없어. 리듬도 자연스럽게 낼 수 없고."

장우도 말했다.

"저렇게 오랫동안 코를 골 수 있으면 가짜라고 해도 나는 믿겠어."

왕화이가 말했다.

"쟤는 거짓부렁을 못해. 마음에 걸리는 게 있으면 저렇게 편안하게 잘 수가 없는 위인이야."

그들은 계속 그 소리를 들으면서 한참 동안 그렇게 있었다. 왕창츠의 코 고는 소리가 마치 스트레스를 풀어주는 것처럼 그들의 긴장과 초조, 걱정을 치료해주었다.

## 23

매일 새벽, 사람들은 둘째 숙부가 벽돌담에 서서 쩌렁쩌렁한 목소리로 "창츠야, 일하자!" 하고 부르는 소리를 들을 수 있었다. 이 소리는 새벽을 알리는 수탉 울음소리 같기도 하고, 자명종 소리 같기도 했다. 이 소리가 동 트는 하늘로 퍼지면서 곤히 잠든 사람들을 깨우곤 했다. 왕창츠는 처음에는 대답과 동시에 둘째 숙부네로 갔다. 그러나 샤오원과 현에 갔다 온 뒤로 게으름을 피우기 시작했다. 둘째 숙부가 왕창츠를 불렀지만 한참이 지나도 그가 나타나지 않자 다시 불렀다. 처음에는 둘째 숙부가 한 번 더 부르면 그가 왔다. 그러다가 둘째 숙부가 다시 부르는 소리가 점점 많아졌다. 한 번이 두 번으로, 두 번이 세 번으로, 세 번이 여러 번으로 바뀌었다. 왕창츠의 출근 시간은 날로 늦어졌다. 어떤 때는 날이 훤히 밝은 뒤에 출근했고, 또 어떤 때는 오전 대여섯 시쯤 출근했다. 매일 둘째 숙부의 고함 소리가 들릴 때마다 왕화이는 일부로 대야를 떨어뜨리고 솥을 쳐서 왕창츠에게 일어날 때가 되었음을 알려야 했다. 그러나 왕창츠는 "알았어요" 하고는 다시 잠들어버렸다. 마치 머리에 벽돌을 달아놓기라도 한 것처럼 머리가 베개에서 떨어졌다가 다시 베개로 향했다.

류쌍쥐는 왕창츠가 둘째 숙부의 집 짓는 일로 녹초가 되었다고 생각했다. 왕화이가 그게 아니라고 하면서 말했다.

"당신이 저녁에 소리를 한번 들어봐. 쟤네들이 관계를 몇 번이나 하는지. 그러면 저 애가 왜 녹초가 되는지 알 수 있을 거네."

류썅줘는 손으로 꼽아보고 나서야 왕창츠와 샤오원의 부부 생활이 확실히 과하다는 것을 알았다. 그들의 부부 생활이 그 옛날 자기와 왕화이의 신혼 때보다 거의 세 배는 되었다.

"계속 저렇게 하다가는 금강석으로 만든 칼도 부러질 판이야."

류썅줘는 왕화이에게 왕창츠와 한번 이야기해보라고 했다. 왕화이는 말 꺼내기가 난감해 류썅줘에게 샤오원과 얘기해보라고 했다. 류썅줘도 난감해하며 "이런 걸 어떻게 이야기한담?" 했다.

둘째 숙부의 새 집은 갈수록 높아졌다. 왕창츠는 매일 2층 위에서 벽을 쌓았다. 왕화이는 밭두둑에서 바라보면서 수시로 "조심해!" 하고 소리쳤다. 왕화이가 한 번 소리치면 왕창츠도 한 번 힘을 냈다. 그러나 고함이 많아지면서 왕화이는 왕창츠가 반감을 가질까 염려되었고, 다른 사람들의 웃음거리가 될까봐 걱정이 되기도 했다. 그래서 그는 목청을 높여 산가(山歌)를 불렀다. 그러나 그가 부르는 산가는 정식이 아니었다. 내용은 저급하고 소리는 8도나 높았고, 곡조도 맞지 않았다. 그런 산가도 결국은 부르다 지쳤다. 그래서 이번에는 돌을 던져 닭을 쫓았다. 사방에 있던 닭들이 꼬꼬댁거리고 개가 멍멍 짖었다. 사정을 모르는 사람들은 왕화이가 미쳤다고 생각했지만 왕창츠는 아버지의 마음을 알고 있었다. 왕화이가 내는 이런 불규칙인 행동과 소리가 피곤에 지친 그를 일깨웠고 덕분에 비계에서 한 번도 떨어지지 않을 수 있었다.

하지만 왕창츠는 점점 말라가고 꺼메졌으며 눈도 쑥 들어갔다. 밥을 먹을 때마다 류썅줘는 밥을 최대한 꾹꾹 눌러 담았다. 어쩌다가 계란 프라이를 하고 고기라도 볶으면 대부분 왕창츠의 밥그릇 안에 넣어주었다. 그러나 왕창츠는 여전히 꺼멓고 말랐으며, 며칠 동안 계속 하품을 하면서 여전히 제 시간에 일어나지 못했다. 류쌍쥐는 걱정이 되었다.

"잘 먹고 잘 자는데 왜 이렇게 말라가지?"

왕화이가 말했다.

"몸은 예금 통장과 같아. 얼마나 많이 모았느냐가 아니라 얼마나 썼는지가 중요해."

"아직 말할 기회를 못 찾았어요? 우리 하나밖에 없는 아들이에요. 그 애 몸이 망가지면 고칠 방법이 없어요."

어느 해질 무렵 샤오원이 우물가로 빨래하러 갔을 때 왕화이는 왕창츠에게 종이에 싼 물건 하나를 건넸다. 성냥갑보다 약간 컸다. 왕창츠는 물건을 집어 들면서 물었다.

"이게 뭐예요?"

"10년 전에 산아 제한 간부가 공짜로 준 거다. 상자 안에 넣어두고 한 번도 사용하지 않았다."

왕창츠가 열어보니 아주 오래된 콘돔이었다. 꺼내보니 너무 오래되어 탄력성이 없었다. 왕창츠는 그냥 획하고 구석으로 던져두려 했다. 왕화이가 가로막으며 말했다.

"구멍만 안 나면 기한이 지나도 사용할 수 있다고 하더라."

"빨리 손자 안 보고 싶으세요?"

왕화이가 고개를 가로저으며 말했다.

"자식을 보려거든 풍수지리가 좋은 곳에서 낳아야 한다. 네 할아버지가 여기서 나를 낳았고, 나도 여기서 너를 낳았다. 결과적으로 우리는 모두 실패했다. 우리가 실패한 것은 실패한 거지만, 손자에게까지 실패를 안겨줄 순 없다. 나는 내 손자가 성에서 학교를 다니고 성에서 일하고 고생도 안 했으면 좋겠고 사기도 안 당했으면 한다. 여기서 애를 가져서는 안 된다."

"샤오원도 성에 가자고 안 하는데, 아버지께서는 여전하시네요."

"내가 보니 너희는 타락한 부부다. 꿈이라곤 전혀 없고."

"낙제생, 미장이, 시골뜨기가 어떤 생각을 할 수 있겠어요?"

왕창츠는 들고 있던 상자를 창밖으로 던져버렸다.

"그럼 이 거지같은 곳에서 평생을 보내고 싶은 게냐?"

"아버지도 사셨는데, 제가 왜 못 살겠어요?"

"그럼 영원히 네가 출세할 날은 없겠구나."

"출세를 생각하셨으면 왜 애초에 저를 성에서 낳지 않으셨어요?"

"내가 직장을 구할 때 이름만 도용당하지 않았더라도 너를 성에서 낳을 수 있었다."

"가설은 없어지고 팩트만 남았네요."

왕화이는 말이 궁색해져 부끄러운 듯 휠체어를 굴려서 대문 밖으로 나갔다. 이미 날이 저물어 먼 산과 가까이에 있는 나무도 흐릿하게 보였다. 어둠이 내려앉은 하늘에는 대낮이 발악이라도 하듯 한 줄기 빛이 걸려 있었다. 그는 시선을 거두고 왕창츠가 던져버린 콘돔을 찾으러 창문 아래로 갔다. 이리저리 찾아보았지만 콘돔은 안 보이고 어둠은 더 내려앉아 돌, 나뭇가지, 진흙도 점점 흐릿해져 구분이 되지 않았다. 샤오원은 세탁한 옷을 지고 오다가 문 앞에서 물었다. "아버님, 뭘 찾으세요?"

"찾아야 한다. 이유를 찾아야 한다."

자기 전에 왕창츠는 침상 밑에 있는 콘돔을 발견했다. 샤오원이 물었다.

"이게 뭐예요?"

"우리 집안 가보."

그렇게 말하고는 상자를 열어 콘돔을 꺼냈다. 하느님 맙소사! 콘돔은 이미 하나로 뭉쳐져 고무찰흙 같기도 하고 수제비 같기도 했다. 왕창츠는 먹을 수 있다는 말이면 모를까 사용할 수 있다는 말은 믿어서는 안 됐다.

"얼른 떼버려요."

왕창츠는 왕화이의 희망을 바라보듯 그렇게 한동안 콘돔을 바라봤다. 이날 밤 그들의 침대에서는 아무 소리도 나지 않았다. 왕화이는 길게 한숨을 내쉬면서 말했다.

"아까 한 이야기 때문에 창츠가 달라진 것 같아."

"내가 손전등까지 켜가면서 상자를 찾아도 못 찾았는데, 당신은 어디서 찾았어요?"

"무궁화나무 위에 있더라고. 상자가 그 나뭇가지에 걸려 있는 것을 보니 하늘이 우리 왕씨 집안을 망칠 모양은 아닐세."

류솽쥐는 왕화이를 꼬집으며 "망할 양반!" 했다.

둘째 숙부의 새 집이 완공되었다. 왕창츠는 사흘 내리 잠을 자면서 그간의 피로를 다 풀고 나서야 자기 집 문 입구에 멍하니 앉아 있었다. 날씨가 갈수록 추워졌다. 그의 코가 빨개졌다. 산의 위아래가 다 스산하고 온통 거무칙칙해졌다. 나뭇가지는 쇠꼬챙이처럼 뾰족해지고 나뭇잎은 다 떨어져 아무것도 남아 있지 않았다. 북풍이 쐐쐐하고 불어 창구멍, 문틈, 갈라진 담 사이로 들어와 '딩동댕' 하는 악기처럼 온 집 안에 불어댔다. 마을 전체에서 그의 집에 부는 바람 소리가 가장 컸다.

왕화이는 방 안에 웅크리고 앉아서 불을 쬐었다. 샤오원이 창문으로 고개를 내밀어 왕창츠에게 말했다.

"무술 연습이라도 하는 거예요?"

왕창츠는 꿈쩍도 안 했다. 류솽쥐가 말했다.

"얼른 들어오너라. 동상 걸리겠다."

그가 무슨 생각을 하는지 알기라도 한 듯 왕화이만은 아무 말도 하지 않았다. 그때, 왕화이 자신도 기능공 시험에서 떨어졌을 때, 왕창츠와 똑같은 자리에 앉아 몸이 얼 때까지 찬바람을 맞았었다. 그런데 사실 왕창츠는 지금 둘째 숙부의 새 집을 감상하고 있었다. 그 집은 마을 전체에서 가장 예뻤으며 특히 장우의 집과는 확연히 비교되었다. 게다가 왕창츠의 집과 마주보고 있는 이 벽은 왕창츠 자신이 직접 쌓은 것이었다. 선이 바르고 벽돌도 고르며 창문이 똑바른 것이 조금의 오차도 없었다. 집 전체가 마치 흰 종이 위에 직각자를 대고 그린 것처럼 예뻤다. 내가 직접 지었기 때문에 예뻐 보이는 것은 아닐까 하는 의심도 들었지만, 그는 바로 부정하면서 자기 솜씨에 굴복당해, '어떤 사내가 이렇게 집을 잘 지을 수 있을까!' 하고 감탄했다. 그리고 그는 생각했다.

'언제 나는 저렇게 예쁜 집을 지을 수 있을까?' 답은 노!였다. '돈이 없기 때문이다. 바람에 맞아 얼음이 된다 하더라도 집안에는 계속 돈이 없겠지. 둘째 숙부의 집 담에서 꽃이 핀다 하더라도 그건 다 그림의 떡이야.'

## 24

설을 앞두고 며칠 동안 북풍이 멈추고 기온도 다소 올랐다. 며칠 동안 태양이 나오면서 하늘은 맑고 투명했으며 햇살을 받은 나뭇가지가 금괴처럼 반짝거렸다. 내리쬐는 햇볕에 마른 풀과 낙엽에서 시큼한 향기가 간간이 피어올랐다. 사람의 오장육부를 포함해 햇볕에 널어둔 이불, 침대보, 옷까지 모든 것이 투명해지는 것 같았다. 왕화이는 문 앞에서 마을 어귀를 바라보다가 놀란 듯 갑자기 소리쳤다.

"바오칭(寶慶)이 왔어. 쟝포(江坡)가 왔어. 이룽(義龍)이 왔어!"

마치 자기 친척이 돌아온 것처럼 그의 목소리에 힘이 넘쳐났다. 이웃에서 그 소리를 듣고 모두 나와서 봤다. 마음이 급한 가장들은 마을 어귀를 향해 이름을 불렀다. 이름을 들은 이들은 갑자기 분주해졌다. 상자를 들고 보따리를 지고 아이를 안고 집을 향해 달려오다가 거의 다와서 자빠지기도 했다. 싱쩌(興澤) 일가가 마을 어귀에 나타나자 왕화이는 너무 놀라 입을 다물었다. 어쩌면 이 순간을 위해 앞서 고함을 쳤는지도 모른다. 류쌍쥐에게 싱쩌 집까지 업어달라고 해서 가서는 싱쩌에게 꼭 집에 와서 밥 한 끼 먹고 가라고 했다.


싱쩌는 텐다이쥔의 아들이자 왕창츠의 중학교 친구로, 지금 성의 한 전자회사에서 텔레비전 부품을 조립하는 일을 하고 있다. 다음날 그는 처와 아이들을 데리고 왕창츠의 집에 왔다. 그의 처는 외지 사람으로 역시 전자회사에서 일을 하고 있다. 애들은 희고 포동포동했다. 샤오원은 애들을 보고는 너무 예뻐서 눈을 떼지 못했다. 왕화이가 말했다.

"성에서 자라는 애들만이 이렇게 깨끗할 수가 있어."

밥을 먹다가 왕창츠가 물었다.

"나도 성으로 가야 하는 걸까?"

싱쩌가 말했다.

"성에 가야 그래도 변화의 가능성이 있지. 안 가면 어떤 가능성도 없어."

그의 말에 왕화이는 기분이 좋아서 연거푸 술을 세 잔이나 마셨다.

쟝후이는 싱쩌보다 이틀 뒤에 와서 짐을 풀고 샤오원을 보러 왔다. 두 사람이 대면하는 순간 쟝후이는 몇 초 동안 아무 말도 못했다. 쟝후

이가 자신을 쳐다보자 샤오원은 부끄러워서 얼굴을 붉혔다. 장후이가
말했다.

"아까워. 꽃이 소똥에 피어 있다니."

샤오원은 마치 자기가 한 말인 양 놀라며 급히 입을 틀어막았다. 마
침 왕창츠가 이 말을 듣고 물었다.

"누가 꽃이고 누가 소똥이야?"

장후이가 말했다.

"그걸 꼭 물어봐야 알아? 여기가 꽃이고, 너는… 당연 소똥은 아니지.
소똥은 바로 이 이상한 동네지. 그렇지! 내가 말한 이상한 동네는 이 집
이 아니라 우리 동네를 말해. 그렇다고 꼭 우리 동네만을 지칭하는 것
은 아니고 농촌이란 곳이 전부 그렇다는 거야. 알겠어?"

"그래 이곳도 마찬가지지 뭐. 나는 나를 욕하는 줄 알고."

장후이는 왕창츠의 어깨를 치면서 말했다.

"누가 자기를 욕해."

장후이가 한 번 툭 쳤을 뿐인데 샤오원은 거기에 감탄했다. 얼핏 봐
도 장후이의 손놀림은 아주 예뻤다. 부드러우면서도 거칠고, 아양을 떨
면서도 힘을 쓰고, 경박하면서도 엄숙했다. 손을 펴고 손목을 한 번 돌
리더니 손끝에 힘을 약간 주면서 팔을 바로 거둬들였다. 몸 전체가 악
력에 따라 움직이는데 그 소리도 듣기 좋았다. 샤오원은 생각했다.

'내가 이 일을 한다면 왕창츠가 얼마나 화를 낼까?'

샤오원이 정말 예쁘다는 것을 증명이라도 하듯 장후이는 틈만 나면
샤오원에게 화장법을 가르쳐주고 그녀의 긴 머리를 짧게 잘라주고 자
기 옷을 샤오원에게 입혔다. 샤오원은 날마다 하나씩 변화를 주었는데,
처음에는 농촌학교 선생님 같더니 점점 공립학교 선생님, 향리의 간부,
현 문예 예술단 단원, 영화 속 여자 스파이 같았고, 나중에는 도시의 화

이트 칼라처럼 꾸몄다. 거울 속의 자신을 바라보던 샤오원이 말했다.

"아쉽지만 제가 많이 못 배웠어요."

장후이가 말했다.

"많이 배워도 소용없어. 예쁘면 돼."

멍하게 거울을 바라보던 샤오원은 생각했다.

'꽃이 소똥에서 안 피면 어디서 피지?'

이런 생각을 하자마자 갑자기 속이 메스껍고 구토가 밀려왔다.

잠들기 전에 샤오원이 말했다.

"임신한 것 같아요."

왕창츠는 너무 놀라서 하마터면 아무 말도 하지 못할 뻔했다.

"왜 내 의견도 안 물어보고 아이를 가진 거야?"

"당신이 언제 피임한 적 있어요?"

왕창츠가 생각해보니 그랬다. 아무런 조치도 하지 않았으니 의논할 여지가 있겠는가. 임신은 결국 늦고 빠르고의 시간 문제였다.

"나도 아직 성숙하지 못했는데 곧 아빠가 된다니."

"설마 아빠가 되기 싫은 건 아니죠?"

"되고 싶지. 다만 이 별 볼일 없는 동네에서 아이가 태어나는 것이 좀 미안해서 그러지."

"그럼 어디서 애를 나아야 해요?"

왕창츠는 손으로 샤오원의 배를 만지다가 문득 자기 손이 커졌다는 생각이 들었다. 샤오원의 배를 한 번에 잡을 수 있을 정도로 손이 커져 있었다. 샤오원의 배도 더 이상 이전처럼 매끄럽지 않았다. 갑자기 모든 것이 걱정되기 시작하더니 걱정에 손바닥까지 아파왔다.

"아이는 꼭 바람이 안 들이치는 집에서 낳아야 해. 전등 와트는 좀 높고, 창문은 유리로 만들면 제일 좋고, 커튼, 요람, 목마도 있고, 이불에서 새 목화솜 향도 나고, 타일이 깔려 있고, 그림자가 비칠 정도로 깨끗한 곳에서 말이지."

"당신 꿈꿔요? 당신…."

"장난감도 많고. 인형이랑, 장난감 차랑, 변신 로봇이랑, 축구공이랑, 플라스틱 총, 자전거, 개랑 고양이, 퍼즐, 글자판, 만화, 음악 등 있을 건 다 있었으면 좋겠어."

"그게 다 하늘에서 떨어지기라도 한대요?"

그러면서 샤오원은 천장을 바라봤다. 왕창츠도 따라서 함께 천장을 바라봤다. 그냥 잡목으로 만든 천장이었다. 물이 배어 있고, 한쪽 구석에는 거미줄이 쳐져 있었다. 천장에서는 쥐들이 뛰어다니고 창문 밖에서는 찬바람이 '쌩쌩~' 하고 불었다. 왕창츠는 현실로 돌아왔다. 창문에 판지를 덧대서 바람이 조금 적게 들어왔다.

"임신 사실을 잠시 비밀로 해줄 수 있어?"

"왜 비밀로 해야 해요?"

"이 시골에서 당신을 데리고 나가고 싶어서."

"나가서 굶어 죽게요? 결국 그렇게 될 거예요."

"내가 있잖아?"

샤오원은 고개를 저었다. 그녀는 도시로 가면 왕창츠의 손으로 두 입도 배불리 먹지 못할 것이라는 생각이 들었다. 아니 정확히 말해서 세 입이다. 그러나 그 말이 왕창츠의 신경을 건드릴 줄 몰랐다.

"반드시 당신을 잘 돌보고, 정기 검사도 받게 해줄게. 하루에 세 끼 꼬박 먹게 해주고, 산책도 하고 음악도 들으면서 과일을 먹게 해줄게. 도시의 임산부들처럼 살게 해줄게."

왕창츠가 맹세했다. 샤오원은 그 말을 들으면서 울었다.

"내가 황후도 아닌데 그런 좋은 운이 어디에 있겠어요?"

"도시의 돈 많은 여자들은 배를 내밀고 당당하게 미국에 가서 출산하고 홍콩에 가서 출산해. 우리가 도시에 가서 출산하지 않으면 우리 아이는 출발선에서 지는 것이 아니라… 그래 팬티, 팬티도 입기 전부터 지는 거야."

"돈은요? 돈이 없으면 한낱 보고서에 불과하고 공포탄에 지나지 않아요."

왕창츠는 대답하지 못한 채 방 안을 왔다 갔다 했다. 일곱 걸음 왔다가 일곱 걸음 가는 것이 조식(曹植)의 「칠보음(七步吟)」(중국 위나라 초대 황제인 문제 조비曹丕가 그의 동생 조식에게 일곱 걸음을 걷는 사이에 시를 짓지 못하면 벌을 내리겠다고 하자, 조식이 일곱 걸음도 채 안 되어 오언 고시를 지어냈다는 데서 비롯된 말) 같았다. 샤오원은 그가 방법을 생각해낼 수 있을 거라 생각했지만 1분이 지나고 10분이 지나갔다. 시간이 흐를수록 왕창츠는 잠을 재촉하는 시계추처럼 그렇게 샤오원을 꿈속으로 보냈다.

류쌍쥐는 왕창츠가 갑자기 샤오원을 살뜰히 보살핀다는 것을 알아차렸다. 여태껏 샤오원이 목욕물을 길어 와도 도와준 적 없었는데, 지금은 직접 목욕물을 길어 올 뿐만 아니라 류쌍쥐가 자기 밥그릇에 묻어준 고기를 몰래 샤오원의 밥그릇으로 옮겨주었다. 물을 긷지도 못하게 하고 우물가로 빨래하러 가지도 못하게 했다. 또한 장후이에게서 스카프 한 장을 사서 그녀의 머리와 목을 둘러주었다. 두 사람이 함께 외출을 할 때면 바람 부는 쪽에 서서 찬바람을 막아주었다. 류쌍쥐는 아무리 생각해도 이유를 몰라 하다가 결국에는 실의에 빠졌다.

"왕화이, 창츠가 왜 샤오원의 보모 노릇을 할까요?"

"혹시 샤오원이 아이를 가진 게 아닐까?"

그제야 류쌍쥐는 머리를 치며 "그럴 수도 있겠네" 했다. 왕화이가 탄식했다.

"이게 다 팔자란 거야. 당신이 생각해봐. 쟤네들더러 도시에 가서 아이를 낳으라고 했는데, 굳이 이 시골에서 낳으려 하다니. 대머리의 불알에서 털이 나기라도 하듯 일부러 싸움까지 걸었구먼."

설을 쇠고 나서 왕창츠와 샤오원은 도시로 떠날 생각에 짐을 꾸리기 시작했다. 왕화이가 왕창츠를 한쪽으로 잡아끌더니 "샤오원이 임신했니?"하고 물었다.

"아버지께서 집의 풍수가 안 좋다고 했는데, 어떻게 임신할 수 있겠어요?"

왕화이는 그 말이 진실인지 아닌지 확인하려는 듯 왕창츠의 눈을 응시했다.

"정말 임신 안 했어요."

"임산부를 데리고 도시로 들어가면 스트레스가 두 배는 늘어날 것이다. 너도 지칠 뿐만 아니라 샤오원도 고생할 거고. 네가 사실대로 말해야 우리도 도와줄 수 있다."

"이미 스트레스가 한계에 도달했어요. 물러설 데가 없어요."

"아니면 너희가 여기서 아이를 출산한 다음 다시 나가 일하는 건 어떻겠니?"

"그럼 저 아이도 저랑 똑같은 거 아니에요? 여기서 애를 낳으라는 둥 그런 이상한 말씀은 하지 마세요. 저는 도시에 가서 애를 낳을 거니까요."

왕화이가 엄지를 세워보였다.

# 25

왕창츠는 샤오윈이 눈이 퉁퉁 붓도록 그렇게 울지 몰랐다. 당초 집을 떠날 때 그녀의 엄마도 울고 류쌍쥐도 울었다. 왕화이와 자신도 눈물이 나오려는 듯 눈 주위가 붉어졌다. 그녀는, 그녀는 아무 상관없는 사람처럼 울다가 웃다가 했다.

"다단계 판매하러 가는 것도 아닌데 눈물 바람은?"

그녀는 아주 즐겁게 산골짜기 어귀를 지났다. 버스를 타고 가는 내내 졸지도 않으면서 보는 것마다 이것저것 물으면서 닭 피를 마신 사람처럼 몹시 흥분해 있었다. 그러나 도시로 온 지 일주일도 안 되어서 눈물 바람이었다.

어느 해질 무렵 왕창츠가 일자리를 찾으러 가서 돌아오지 않았다. 그녀는 주방에서 밥을 하고 있었다. 멀리서 폭죽 소리가 산발적으로 들렸다. 아래층에서는 자동차 경적 소리가 나고 전기밥솥에서 '치익' 하고 김이 올라왔다. 이 모든 소리에 갑자기 고향 생각이 났다. 농촌의 설 풍경, 엄마의 잔소리, 밭에 자란 파와 배추, 우리에 갇힌 돼지 새끼, 심지어는 산바람과 우물가의 얼음까지 생각났다. 이런 생각을 하면서 야채를 썰었다. 살코기를 썰고 무를 썰었다. 토마토를 썰고 고추를 썰었다. 파를 썰 때 도마에 눈물이 뚝뚝 떨어졌다. 눈물을 닦고 또 닦아도 눈물이 멈추지 않아 결국 칼을 내려놓고 대성통곡했다. 그녀의 통곡 소리에 전기밥솥의 김빠지는 소리도 묻혔다. 맞은편 이층집이 거메졌다. 소반에 썰어둔 야채마저 흐릿해지면서 점점 아무것도 보이지 않았다. 어둠이 내려앉자 낯선 풍경과 물건으로 여기가 저기인지 저기가 여긴지 분간이 되지 않았다. 마치 고향으로 돌아온 것 같은 착각이 들었다. 불도 켜지 않고 어둠 속에 앉아서 울다가 쉬다가 했다. 마치 몸에 울다가 쉬다가 하는 두 가지 기능밖에 없는 것처럼 그렇게 울다가 쉬다가 했다. 그 순간 왕창츠가 돌아왔다. 어둠 속에서 사람은 보이지 않고 곡소리만 들렸다.

"당신 왜 그래?"

"집에 가고 싶어요."

다행히 이날 왕창츠는 계약서 한 통을 들고 노래를 흥얼거리면서 2층으로 올라왔다. 그런데 뜻밖에도 그녀의 눈물이 그를 기다리고 있던 거였다. 불을 켜고 계약서를 샤오원에게 건네주며 말했다.

"당신이 계속 도시에 오고 싶다고 하지 않았어? 아직 걸상도 안 데워 놓고 왜 돌아가고 싶다는 거야?"

샤오원은 계약서를 보았지만 무슨 내용인지 한 구절도 이해가 되지 않았다. 왕창츠가 그녀를 안으며 말했다.

"울지 마. 또 울면 아이도 떨잖아."

울음은 멈췄지만 샤오원의 어깨가 계속 들썩였다. 이미 울음보가 터진 뒤라 눈물이 그칠 것 같지 않았다.

"내가 맹세했잖아. 비도 안 새고 바람도 안 들이치고 유리창도 있고 커튼도 있고, 타일이 깔린 그런 집에서 출산하게 해주겠다고. 이런 기본적인 것은 지금도 다 해결했잖아. 첫 달 월급이 나오면 초음파 검사도 받게 해줄게."

"파를 볼 때마다 집 생각이 나요. 고향에서는 한 다발씩 주는데, 여기서는 한 뿌리씩 저울에 놓고 다니, 정말이지 사람을 가지고 노는 것 같아요."

"오늘 이후로 파는 사지 마."

"그렇지만 배추를 볼 때도 집 생각이 나요."

"배추도 사지 마."

"그럼 뭘 먹고 살아요?"

"고향 생각이 안 나는 음식을 먹어."

"그런 음식은 없어요. 서북풍만 불어도 집 생각이 날 지경이에요."

"그럼 고기를 먹어. 고기를 먹으면 집 생각이 안 나겠지?"

"그래도 나요. 한 입 먹을 때마다 엄마, 아빠, 시부모님, 오빠와 올케도 못 먹는데, 우리는 먹어도 될까 그런 생각이 들어요."

왕창츠는 순간 멍해졌다. 샤오윈의 감성이 이렇게 풍부할 줄 몰랐다. 샤오윈은 쥐구멍에라도 들어가고 싶은 심정이라고 했다.

"지금 돌아가면 우리 인생도 끝날 뿐만 아니라 아이 인생도 망치게 돼. 아이 인생이 망가지면 우리가 뭘 기대할 수 있겠어?"

"아이가 학교에 들어갈 때 다시 도시로 오면 안 돼요?"

"그럼 애가 적응 못 해."

"내가 참을 수가 없어서 그래요. 아침부터 저녁까지 말동무도 한 명 없이."

"아이한테 얘기해. 아이도 다 알아들어."

"내가 생각했던 도시와 달라도 너무 달라요. 조금도 재미가 없어요."

"돈이 없으면 어디든 다 재미가 없어."

왕창츠는 샤오윈의 어깨를 도닥였다. 샤오윈은 일어나서 화장실로 가 세수를 했다. 왕창츠는 주방에 가서 음식을 만들었다. 밥을 먹으면서 샤오윈이 무슨 계약서냐고 물었다.

"미장일."

"또 제일 힘든 일이네요."

"힘든 만큼 돈도 많이 받아."

건설 현장은 전셋집 근처라 사거리 두 개만 지나면 되는 거리였다.

매일 새벽에 샤오윈이 일어나기도 전에 그는 출근했다. 그는 아래층에서 김이 모락모락 나는 왕만두 세 개를 사서 먹으면서 건설 현장으로 갔다. 현장에 도착할 즈음이면 만두 세 개를 다 먹었다. 그는 사무실에서 물 한 컵을 마신 뒤 안전모를 쓰고 계단을 올라갔다. 그는 담 쌓는 일을 했다. 빌딩에서 복도와 객실을 쌓았다. 둘째 숙부 집을 지을 때 쌓은 노하우 덕분에 그가 쌓은 담은 다른 사람이 쌓은 곳보다 훨씬 평평하고 줄이 발라 여러 차례 십장 안두라오(安都佬)의 칭찬을 받았다. 건설 현장에서 점심과 저녁을 다 줬다. 매일 밤늦게 밥과 반찬을 싸들고 와서 샤오윈과 함께 먹었다. 샤오윈은 국을 끓이고 반찬을 만들었다. 왕창츠가 들고 온 것까지 합쳐서 작은 상에 국 한 그릇 반찬 두 가지를 펼쳐놓고 제대로 갖춰서 밥을 먹기 시작했다. 밥을 먹으면서 이야기를 나누며 점점 집 같은 느낌이 들었다. 현장에서 음식이 더 나오면서 왕창츠는 도시락의 고기를 모두 샤오윈에게 가져다 주었다. 샤오윈은 차마 먹지 못하고 고기를 집어 왕창츠에게 다시 주었는데, 고기를 주고받다가 아무도 아까워서 먹지 못했다.

"당신이 일하느라 고생하는데 고기를 안 먹으면 몸이 상할지도 몰라요."

"임신한 상태에서 고기를 먹지 않으면 아이가 영양 불량이 될지도 몰라."

이렇게 양보하다가 샤오윈이 먹기로 약속했다. "아이가 우선이다"라는 그의 생각에 동의했기 때문이다.


날이 갈수록 왕창츠의 말수가 점점 줄어들었다. 매일 밤늦게 와서 밥 먹고 목욕하고 나면 마음이 풀어졌다. 샤오윈이 설거지를 하고 침대로 오면 그는 이미 코를 골며 자고 있었다. 샤오윈이 그를 꼬집어보았지만 전혀 반응이 없었다. 그의 몸은 막대기처럼 단단해져 있었다. 샤오원이 꼬집어도 일어나지 않았기 때문에 샤오원은 그대로 침상에 앉아 그를 바라보았다. 움푹 들어간 눈자위, 거칠고 검은 피부, 미세하게 떨리는 코털을 바라보았다. 손톱이 길면 샤오원이 잘라주고, 귓속에 귀지가 가득 차면 귀지를 파냈다. 맙소사! 더 이상 간지럼을 타지 않는 듯 귓속을 파내도 그는 일어나지 않았다. 정말 피곤할 때는 하루에 세 마디만 했다.

"별일 없었지?"

"많이 먹어."

"먼저 잘게."

그런 날이 계속되면서 샤오원은 하고 싶은 말이 있어도 그대로 속에 쌓아두었다. 그러다가 할 말이 목구멍까지 차올랐다.

그녀는 다른 데는 가보고 싶지 않았지만 왕창츠의 건설 현장만은 가보고 싶었다. 그곳만이 그녀와 연결되는 유일한 끈이었기 때문이다. 그는 건설 현장 건너편에 와서 나무 그늘 아래에 앉아 인부들이 건물 올리는 것을 지켜보았다. 건물이 15층이나 올라갔다. 10층 높이의 비계에는 표어가 걸려 있었다.

"시간이 금이다. 속도가 돈이다."

기계음이 크게 울리고 먼지가 날리며 기중기가 이리저리 왔다 갔다 했다. 기중기가 자기 머리 위로 지나갈 때 그녀는 생각했다.

'기중기에 매달려 있는 콘크리트 덩어리가 떨어지진 않을까? 만약 떨어진다면 내 머리가 깨질까?'

이런 생각에 걱정이 밀려왔고, 기중기가 움직일 때마다 심장이 졸아들었다. 그러나 건설 현장에 가는 횟수가 많아지면서 점점 무감각해지고 더 이상 그런 걱정도 하지 않게 되었다. 가끔씩 높디높은 비계에 예닐곱 명의 그림자가 보일 때도 있지만 그들은 왕창츠가 아니었다. 그림자만 봐도 그들이 왕창츠가 아님을 알 수 있었다.

어느 날 오후 왕창츠는 안두라오의 담배를 사러 건설 현장을 나섰다. 샤오원은 창츠가 건물 위에서 자신을 발견하고 자신을 보러 나왔다고 생각했다. 그래서 일어나 손을 흔들며 흥분해서 "창츠, 창츠" 하고 불렀다. 왕창츠가 큰길로 뛰어왔다.

"당신이 왜 여기에 있어?"

샤오원은 혼자서 너무 심심해서 보러왔다고 했다.

"이곳은 춥고 먼지도 많이 날리고 시끄러워. 당신 설마 우리 애가 나중에 미장이가 되길 바라는 거는 아니지?"

"작업 반장은 왜 안 돼요? 부동산 사장님이 될지 어떻게 알아."

"불가능해. 부동산 사장이 건설 현장에 오는 일은 드물어. 학교 주위를 돌면서 애한테 책 읽는 소리를 많이 들려줘야지."

"하지만… 당신이랑 가까이 있고 싶어서."

"우리 애가 나 같은 사람이 되면 안 돼. 이곳에서 멀면 멀수록 좋아. 얼른 가."

왕창츠는 손을 흔들며 파리를 쫓듯 그렇게 샤오원을 쫓아 보냈다.

"바보. 당신이 좋아서 그러는데 당신은 그것도 모르고. 오늘 이후로 당신 생각은 안 할 거야."

왕창츠는 계속 손을 저으면서 말했다.

"이곳 공기가 나쁘니 얼른 가. 내가 보고 싶으면 퇴근할 때까지 기다렸다가 보면 되지."

"퇴근까지는 아직 두 시간이나 남았어요?"

"그럼 공원에 가든가. 아님 광장이나 가게에 가보든가."

"돈이 없는데 가게에 가서 뭐 하게요?"

"깨끗한 곳이면 다 되니 거기로 가. 하여튼 여기는 오면 안 돼."

샤오원은 가고 싶지 않았다. 개가 주인을 쳐다보듯 그렇게 왕창츠를 바라봤다. 왕창츠는 그녀의 애처로운 눈빛에 구름이 흩어지고 연기가 사라지듯 그렇게 전신의 피로가 다 사라졌다.

'한 사람이 나를 바라보고 있다고 생각하니 정말 행복하구나.'

"건물에서 생활하려면 마스크를 착용해야 해. 아니며 폐가 까맣게 될 거야"라고 하면서 손으로 샤오원의 머리를 가볍게 쓰다듬었다. 그러자 왕창츠의 손에 미세먼지가 가득 묻었다. 이것이 바로 20년 뒤에 사람들이 웨이보(微博)에서 시끄럽게 떠들어대는 바로 그 초미세먼지이다. 샤오원도 자기 머리를 한 번 만지자 손이 더러워졌다. 왕창츠가 말했다.

"돌아가. 안 그럼 당신 폐도 이 아이 폐도 모두 까맣게 변할 거야."

"농촌 공기가 좋으니 시골로 보내줘요."

"폐만 있고 지식이 없으면 안 돼잖아."

"지식만 있고 폐가 없어도 안 돼요."

왕창츠는 주머니에서 마스크 하나를 꺼내 샤오원에게 해주었다. 샤오원은 숨을 쉬더니 바로 마스크를 떼내고는 "죽을 것 같아"라고 했다.


# 26


저녁 식사 후 왕창츠는 또 잠이 들었다. 땔나무처럼 너무 꼿꼿하게 잠들어 있었다. 샤오원이 그의 눈가에 호랑이 연고를 약간 바르자, 눈이 화끈거려 바로 일어나 앉았다.

"장후이를 찾아가볼래요. 말할 사람이 없어서 미쳐버릴 것 같아요."

왕창츠는 세수를 하고 나서 오래된 신문을 찾아내 지도를 그리기 시작했다.

"집을 나가 오른쪽으로 50미터 가면 왕산(望山) 정류장이 나올 거야. 거기서 22번 버스를 타. 22번 버스는 차에 2자가 두 개 적혀 있어."

샤오원이 고개를 끄덕였다.

"22번 버스를 타고 다섯 정거장 가면 치양루(祈陽路) 입구에 도착해."

샤오원은 '치(祈)' 자를 몰라 여러 번 반복해서 읽었다. 읽을 줄 알게 되자 "그런 다음에는?" 했다. 왕창츠는 신문에 대로를 하나 그리고 나서 말했다.

"그런 다음에 건너편으로 가서 치양루 정류장 간판을 찾아. 그곳에서 7번 버스를 타면 돼. 알겠어?"

샤오원은 머리를 끄덕였다.

"7번 버스를 타고 세 정거장 가면 자오양(朝陽)과 민주루(民主路) 입구가 나와. 거기서 내려서 민주루로 300미터 걸어가면 오른쪽에 빌딩 하나가 나오는데, 빌딩에 홍더우(紅豆)호텔이라 적혀 있을 거야. 호텔 안으로 들어가 엘리베이터를 타고 3층에 가면 평황(鳳凰) 발마사지 숍이 보일 거야. 거기서 장후이를 찾아왔다고 하면 당신을 안으로 데리고 갈 거야. 알겠어?"

샤오원은 신문을 가리키며 말했다.

"당신이 그린 건 뭐예요?"

왕창츠가 보니 신문에 노선도가 실처럼 이리저리 엉켜져 있었다. 왕창츠는 신문을 찢었다. 상자를 열고 서랍을 열어 침대보를 들춰봤지만 백지가 한 장도 없었다. 샤오원은 찬장 위에서 외상 장부를 찾아왔다.

왕창츠는 두 장을 찢어 버스 노선도를 다시 그렸다. 한 장은 갈 때 노선도였고 다른 한 장은 올 때 노선도였다.

다음날 오전 샤오원은 아침을 먹고 버스 노선도 두 장을 들고 출발했다. 점심때쯤 담을 쌓고 있던 왕창츠는 누가 자기를 부르는 소리를 들었다. 5층에서 고개를 내밀고 보니 전화 담당 농롱(榮榮)이 확성기를 들고 자기를 부르고 있었다. 건물에서 내려오자 농롱이 말했다.

"허샤오원이 제일의원(第一醫院) 응급실로 실려갔대요. 병원에서 얼른 오라고 전화 왔어요."

왕창츠는 순간 다리에 힘이 풀렸다.

"사고 났대요? 아이는 괜찮대요?"

사람들이 말해주지 않아서 자기도 모른다고 했다. 왕창츠는 주머니를 만지면서 문을 나섰다.

응급실에 도착했다. 샤오원이 눈을 감은 채 의자에 앉아 있었다.

'하느님 감사합니다.'

그녀는 무사해 보였다. "샤오원" 하고 불렀다. 샤오원은 눈을 떴다가 바로 다시 눈을 감았다.

"창츠! 너무 어지러워요."

그는 샤오원의 몸을 살펴보면서 배를 만졌다. 배를 만지면서 "어디 다친 데는 없어?" 하고 물었다.

"네. 버스가 비틀거리고 땅이 계속 흔들리고 빌딩도 넘어지고, 사람 얼굴도 잘 안보여요."

"누가 당신을 병원으로 데려왔어?"

"모르겠어요."

"의사는 뭐래?"

"검사하재요."

왕창츠는 주머니를 만지면서 말했다.

"얼른 검사하러 가자."

샤오원이 고개를 저었다. 왕창츠가 그녀를 부축했다.

"흔들지 마요. 먼저 안정을 좀 취할래요. 안정을 좀 취하다보면 좋아질 거예요."

왕창츠가 멈추면서 말했다.

"영양 상태가 안 좋아서 그럴 거야. 가서 먹을 것 좀 사올게."

샤오원이 고개를 끄덕였다. 왕창츠는 나가서 계란탕 한 그릇을 사와서 천천히 샤오원에게 먹였다.

"당신도 좀 마셔요."

왕창츠는 입을 쭉 내밀면서 '꿀꺽 꿀꺽' 마시는 소리를 냈다.

"소리만 내잖아요. 설마 내가 그 소리도 구분하지 못할까."

"어지럽지도 않는데 계란탕은 뭐."

한참을 쉬고 난 뒤에 샤오원은 눈을 떴다. 샤오원은 왕창츠의 부축을 받아 몇 걸음 걷더니 이내 앉았다. 여전히 하늘이 돌고 땅이 빙빙 도는 것 같았다. 왕창츠는 그녀를 휠체어에 앉히고 잠시 눈을 감고 있으라고 한 뒤에 그녀를 밀고 갔다.

"어디 가요?"

"검사하러 가."

"우리한테 7일 치 밥값밖에 없어요."

"당신은 돈은 신경 쓰지 마."

왕창츠는 그녀를 밀고 산부인과, 신경과, 초음파실로 갔다. 의사가 아이도 정상이고 엄마도 정상이라고 했다. 샤오원이 물었다.

"정상인데 왜 어지럽죠?"

"임신 초기에 임산부에 따라 현기증이 날 수도 있어요. 근데 당신 같은 농촌 여자들은 이렇게 허약해서는 안 돼요."

왕창츠는 이 말을 듣자마자 열불이 났다.

"농촌 여자들은 어지러울 자격도 없습니까? 샤오원은 몸이 약해 바람만 불어도 쓰러지고, 얼굴색이 창백하며 온종일 허리가 쑤시고 등이 아파요."

의사가 침통한 얼굴로 말했다.

"너무 예민하시네요. 난 그저 있는 사실을 말했을 뿐입니다."

"농촌 사람도 사람이에요. 그들도 도시 사람들이 걸리는 병에 걸릴 수 있습니다."

의사는 연거푸 "맞아요. 당신 말이 다 맞아요" 하면서 갑자기 손을 내저으며 나가라고 했다. 왕창츠가 샤오원을 밀면서 나오는데 등 뒤에서 이런 말이 들렸다.

"촌뜨기 주제에 목소리가 크기는. 몇 번만 더 크게 소리쳤다가는 다른 임산부들이 다 유산하겠다."

"당신도 들었지?"

샤오원이 말했다.

"건드리지 마요. 계속 검사받으러 와야 하는데."

왕창츠는 샤오원을 로비의 벤치까지 부축해 와서 눕혔다. 그녀는 깊이 잠들었다. 왕창츠는 샤오원이 추울까봐 자기의 웃옷을 벗어 덮어주었다. 왕창츠는 매일 일하면서 땀을 많이 흘리기 때문에 외출할 때 속에 내의만 입었다. 웃옷을 벗자 몸이 <u>으스스</u> 추웠다. 추위를 막기 위해 그는 로비에서 빠른 걸음으로 걸었다. 그러다 몸에 송골송골 땀이 맺히면 멈추었다. 추워지면 다시 걷고 따뜻해지면 멈췄다. 해질 무렵까지 걷다가 쉬다가 걷다가 쉬다가 하는 동안 샤오원이 깨어났다. 건물 밖은 이미 날이 저물고 병원 로비에도 사람들이 많이 줄어 한산했다. 샤오원은 호흡도 많이 좋아지고 머리도 그렇게 무거운 것 같지 않았다.

샤오원은 장후이를 찾지 못했다. 여러 번 시도해봤지만 버스를 탈 때마다 어지러웠고, 하마터면 집에도 못 돌아올 뻔했다. 길을 못 찾을수록 더욱 긴장했고, 긴장할수록 머리가 더 아팠다. 심지어는 야채를 살 때도 어지러웠다. 현기증이 일어나는 횟수가 많아지면서 요령이 생겨서 어지럼증이 날 것 같으면 바로 기댈 곳을 찾아 안정을 취했다. 어지럼증이 사라질 때까지 앉아 있다가 일어났다. 매일 퇴근해서 하는 인사말이 "아직도 어지러워? 괜찮아?"였다. 그녀는 그가 걱정할까봐 안 어지럽다고 거짓말을 해야 했다. 하지만 어지럼증이 더욱 심해져서 잠자리에도 영향을 미쳤다. 매일 저녁 잠자리에 누우면 침대가 돌고 천장이 돌아 사람이 순간 하늘에 떠 있다가 순간 땅에 떨어졌다. 왕화이와 둘째 숙부가 경찰이 마을에 올까봐 두려워했던 그때처럼 밤새 잠을 이루지 못했다. 불면증 때문에 머리가 점점 더 어지럽고 아팠다. 왕창츠가 보기에도 날로 말라갔다.

"아무것도 아니에요. 임신부들은 다 이래요."

샤오원은 버스를 열 몇 번 타고 난 어느 오후에 결국 장후이를 찾아냈다. 그녀는 왕따당한 애처럼 울면서 장후이에게 하소연을 늘어놓았다.

"이 예쁜 얼굴로 돈을 못 벌다니 정말 안타까워."

"이걸로 어떻게 돈을 벌어?"

"이곳에 와서 발마사지를 하면 한 달에 4백 위안에서 5백 위안은 벌걸."

샤오원은 입이 떡 벌어졌다.

"에이. 창츠 같은 미장이도 한 달에 겨우 5백 위안 버는데."

"네 자신만 내려놓으면 어떤 때는 하루 밤에도 2백 위안에서 3백 위안까지 벌 수 있어."

"자신을 내려놓는 게 뭔데?"

"같이 자는 거⋯."

샤오윈은 깜짝 놀라서 얼굴까지 빨개졌다. 장후이는 그녀의 얼굴을 살짝 건드리며 말했다.

"사람들은 너같이 부끄러움을 잘 타는 사람을 좋아해. 그걸 순수하다고 생각하거든. 순수하면 할수록 그만큼 몸값이 더 나가."

생판 모르는 남자가 자신을 만진 것처럼 샤오윈은 깜짝 놀라서 온몸을 바들바들 떨었다.

"얼굴이 너무 까칠해. 피부 관리 안 한 지 한참 됐지?"

"야채 살 때도 저울 쳐다보느라 정신없는데, 화장품 살 돈이 어디 있어?"

"그러니까 돈을 벌어야지."

샤오윈은 우물대면서 말했다.

"나⋯ 나 아이 가졌어."

장후이가 옷을 걷어보라고 했다. 샤오윈은 옷을 걷어올렸다.

"한 달 정도 됐네. 티도 안 나고. 네가 손님한테 말만 안 하면 돼."

"유산될 수도 있을 텐데."

"유산되면 먼저 돈을 벌어. 돈을 벌고 난 뒤에 애는 다시 가질 수 있어."

"창츠가 죽이려 들 텐데."

"누가 걔한테 말하래?"

"근데 어지럽기도 해."

"가난한 사람은 조건을 따질 자격도 없어. 그 검사비 어디서 났을 것 같아?"

샤오원은 고개를 저었다.

"왕창츠가 병원 갈 때 나한테 와서 2백 위안 빌려 갔어. 돈이 만능은 아니지만, 돈이 없으면 절대 아무것도 못 해."

샤오원이 탄식하며 말했다.

"발마사지만 하고 안 자면 안 돼?"

"내가 너라면 아이를 지우고 젊었을 때 벌 수 있을 만큼 돈을 벌고 난 뒤에 다시 노후를 설계할 거야."

샤오원은 누가 자기 아기를 빼앗아가기라도 할까봐 걱정하면서 옷섶을 꼭 쥔 채 쳐다봤다.

## 27

밤 10시가 되었다. 잘 시간이 지났는데도 샤오원은 침상에 들지 않았다. 갑자기 잘 자던 왕창츠가 깨어났다. 평소에는 샤오원이 자신의 코를 후비면서 말을 걸고 잡아당겨도 깨지 않던 그였다. 그런데 이날 밤에는 샤오원이 아무 짓도 안 했는데 일어난 것이었다. 불을 켰다. 샤오원이 집에 없었다. 그는 본능적으로 창밖을 내다봤다. 아래층은 아주 깨끗했으며 가끔 지나가는 사람 그림자만 어른거렸다. 큰길에는 차들이 굉음을 내며 달리고 있었다. 과거 그가 반사적으로 틀어막았던 자동차의 굉음이 이제는 가속도가 붙어 직통으로 귀에 와 박혀 그 소리에 고막이 터질 지경이었다. 가로등이 양쪽으로 켜져 있었는데, 그 주위로 먼지가 자욱하여 불빛이 몽롱해 보였다. 멀지 않은 곳에 있는 포장마차에서 꼬치를 굽고 있어서 그런지 공기 중에서 불향이 풍겼다. 몇몇 사람들이 간이 테이블에 앉아서 술을 마시면서 도란도란 이야기를 나누는가 싶더니 불시에 욕설이 난무하고 고성이 오갔다.

왕창츠는 옷을 걸치고 버스를 타고 펑황 발마사지 숍으로 갔다. 장후이가 한쪽 커튼을 들어올렸다. 샤오원과 여자 종업원 다섯 명이 일하고 있었다. 샤오원은 주먹을 꽉 쥔 채 중년 남자의 발을 눌렀다. 그녀의 주먹은 연자방아처럼 남자의 발바닥을 세게 누르며 왔다 갔다 했다. 그 남자의 입꼬리가 귀에 걸릴 정도로 세게 눌렀다. 왕창츠가 들어가서 샤오원을 부르려고 하자 장후이가 가로막았다. 장후이는 그를 사무실로 데려가서 문을 잠갔다.

"샤오원이 임신한 거 알아?" 왕창츠가 말했다.

"임신했으면 돈을 더 벌어야지. 안 그러면 출산 때 병원에도 못 가."

"애한테 영향이 있을 거야."

"농촌 여자 중에 출산 직전까지 일 안 하는 사람 있어? 네 엄마도 옥수수 밭에서 너를 낳았잖아?"

"그래서 내가 이 모양이잖아."

장후이는 남의 불행을 즐기듯이 말했다.

"애초에 네가 날 거부하지 않았다면 지금쯤 대학에 갔을 걸."

"그때 나는 네가 중학교만 졸업한 게 싫었어."

"지금 너는 학교 문턱에도 못 간 여자랑 결혼했잖아."

"샤오원은 좋은 사람이야."

"그럼 뭐 난 나쁜 사람이란 거야?"

장후이가 인정하지 못하겠다는 듯 왕창츠의 얼굴을 할퀴려 하자, 왕창츠가 재빠르게 몸을 피했다. 그의 이런 행동이 장후이를 더욱 자극했다. 그녀는 왕창츠가 지금까지도 자기를 무시한다고 생각했다. 피부도 거칠고 바짓가랑이에 시멘트가 가득 묻은 한낱 미장이가 자기를 무시한다고 생각했다. 그녀는 그를 한쪽 구석으로 몰고 가 지금의 자신을 한 번 잘 보라는 듯이 두 손으로 그의 얼굴을 잡아당겼다. "네 눈앞에 있는 나는 더 이상 농촌 여자가 아니다"라고 말하는 듯했다. 지금 그녀는 파마머리에 메이크업 베이스를 바르고 옅은 화장을 하였으며 향수를 뿌렸다. 피부도 하얘지고 부드러워졌으며 몸매도 육감적으로 변했다. 그녀는 명품을 걸쳤고 말을 할 때도 권설음을 구사했다. 지갑에는 한도가 1만 위안 이상이나 되는 4대 은행의 카드가 다 꽂혀 있었다. 하지만 '돼지 목에 진주목걸이'라고 왕창츠는 그게 무얼 의미하는지도 모른 채 그저 시체마냥 꿈쩍도 않고 가만히 있었다. 장후이가 바짝 다가가서는 가슴을 그에게 갖다대었다. 그는 살아 있다는 듯이 숨을 거칠게 내쉬면서 잠자고 있던 충동이 일었지만 그는 절제했다. 어린 시절 물속에서 숨 참기 시합을 하듯, 두 손을 꼭 쥐고 장인과 함께 침상에서 같이 자는 것처럼 그렇게 참았다. 장후이가 그에게 키스를 했다. 그는 입을 꽉 다물었다. 하지만 장후이가 그의 몸을 더듬자 음경이 바로 커지고 단단해졌다.

"전혀 생각이 없는 건 아니지?"

"그렇지만 안 돼."

그의 가슴팍에서 깊게 숨을 들이쉬던 장후이가 말했다.

"네 몸에서는 아직도 고향 냄새가 나."

그는 코를 훌쩍였다. 온통 화장품 향기였다. 그녀는 그의 몸을 계속 애무하며 말했다.

"여긴 뒷동산, 여긴 논, 여긴 양시완(楊喜灣), 여긴…."

거의 무너지기 직전에 그가 그녀를 밀어냈다.

"건들지 마. 나 돈 없어."

그녀는 그의 뺨을 한 대 때렸다.

"촌뜨기! 네가 뭐라고 생각하니?"

"너도 촌뜨기잖아?"

장후이가 박장대소하며 말했다.

"나는 이미 변했어" 하면서 그녀가 새 신분증 하나를 꺼냈다. 그건 성의 신분증이었다. 그녀의 이름과 나이는 그대로였지만 주소는 젠정루(建政路) 8호로 바뀌어 있었다.

"봤어? 이 몸은 이미 도시 사람으로 너랑은 부류가 달라. 나는 돈 안받고도 너를 건드릴 수 있어. 오늘 네 운이 아주 좋은 거지. 너는 나를 아직도 맹한 중학교 졸업생으로 생각하니? 옛날에는 네가 나를 무시했는지 몰라도 지금은 내가 너를 무시할 수 있어."

"무시하면서 왜 나를 유혹해?"

"꺼져."


왕창츠는 호텔 로비에서 샤오윈이 퇴근할 때까지 기다렸다. 그는 샤오윈과 이야기하고 싶어 안달이 났지만 샤오윈은 이야기할 틈도 주지 않고 바로 나가 삼륜차를 잡았다. 차를 탄 뒤에도 왕창츠는 샤오윈과 이야기하고 싶었지만, 샤오윈은 차를 타자마자 그의 어깨에 기댄 채 잠이 들었다. 집으로 돌아왔을 때는 새벽이었다. 샤오윈은 드러눕자마자 바로 잠들어버렸다. 왕창츠는 그녀와 이야기하고 싶은 마음이 굴뚝같았지만 어떻게도 그녀를 깨울 수 없었다. 이날 밤 왕창츠는 몸은 편안했지만 마음은 불편했다. 눈을 감아도 잠이 오지 않았다. 그렇게 몽롱한 상태로 아침을 맞았다. 샤오윈이 깨지 않아서 그대로 출근했다. 퇴근 후 저녁밥을 먹을 때도 이야기하고 싶었지만 혹시라도 샤오윈의 위에 영향을 줄까 염려되어 하고 싶은 말을 잠시 묻어두었다. 저녁을 다 먹자 샤오원이 말했다.

"당신이 설거지 좀 해줘요. 내가 정리할 테니."

왕창츠는 설거지를 하면서 샤오원을 힐끔 쳐다봤다. 그녀는 새 옷으로 갈아입고 거울을 보며 화장을 하고 있었다. 사실 그녀는 화장을 안한 지 꽤 오래됐다. 왕창츠가 말했다.

"날이 저물었는데, 누구한테 보여주려고 화장을 해?"

"손님. 손님이 왕인 거 몰라?"

"밤이 이렇게 늦었는데 안 피곤해?"

"나도 쉬고 싶지만 당신이 나 먹여 살릴 수 있어?"

"조금만 줄이면 살 수 있어."

"그럼 이 애는 어떻게 키워? 아이가 나오면 모든 게 다 돈일 텐데."

"그때가 되면 나도 방법을 생각해볼게."

"빌리는 거 말고 당신한테 또 무슨 방법이 있어?"

"문제는… 다른 사람들은 음악을 들으면서 태교하는데, 당신은 발마사지하면서 태교한다는 거야. 나중에 어떻게 경쟁하려고?"

샤오원은 립스틱을 침대에 찍어 뭉개면서 말했다.

"그럼 날마다 집에서 음악을 들으면 되겠네요."

"그렇지. 그러면 애가 피곤할 리도 없고 나중에 고생할 리도 없어."

"그런데 음악? 음악은 살 수 있어요? 어디서 들으면 돼요? 시디는 어디에 있어요?"

왕창츠가 다가와 샤오원을 달래며 침상에 앉혔다. 그러고는 걸상을 당겨 앉아서 자신의 머리를 그녀의 배에 갖다대었다. 샤오원이 숨을 쉬었다. 왕창츠는 손가락을 튕기면서 "음악이야" 했다. 샤오원이 고개를 돌리며 음악을 찾았다. 왕창츠가 갑자기 노래를 부르기 시작했다. 홍콩 가수 종전타오(鍾鎭濤)의 유행가 〈당신이 나보다 잘 지내기만 한다면

190

〈只要你過得比我好〉)을 불렀다.

"당신이 나보다 잘 지내기만 한다면, 그 어떤 어려움이 닥쳐도 넘어지지 않을 거야."

그는 이 구절을 반복해서 불렀다. 샤오윈은 노래를 들으면서 화가 반쯤 누그러져서 말했다.

"이전에는 밥만 먹으면 시체처럼 자더니 오늘 밤에는 왜 이렇게 생생해요?"

"지금까지 내가 나빴어. 오늘 이후로 밤마다 아이에게 노래를 불러 줄 거야."

"당신이 부르는 노래만 듣고 있으면 밥은 먹고 살 수 있어요?"

"적어도 아이가 조금은 똑똑해지겠지."

"이런 허망한 것을 가르치는 것보다 차라리 안마를 가르치는 것이 낫겠어요."

"다른 생각은 하지도 마."

왕창츠는 일어나서 문을 잠그고 난 뒤에 열쇠를 허리춤에 찼다. 샤오윈은 흔들리는 열쇠를 쳐다보며 말했다.

"돈이 있으면 나도 돈 벌러 안 나가요. 정말이지 250위안으로는 일평생 가난에 시달리면서 살 거예요."

"천재는 태아 때부터 만들어지니, 오늘 이후로 그 더러운 곳에 다시는 가지 마."

샤오윈은 어쩔 방법이 없어 그대로 씻고 잤다. 왕창츠는 잠이 들었지만 그녀는 잘 수가 없었다. 두 사람은 마치 물에 뜬 갈대처럼 하나가 가라앉으면 다른 하나가 떠다녔다. 마치 하늘이 작정하고 한 사람이 다른 한 사람을 지켜주게 한 것처럼 그랬다. 침대가 다시 돌기 시작하고 천장도 다시 돌기 시작했다. 머리맡에 걸어둔 전구가 돌고 돌더니 발로 변했다. 발 하나가 수십 개의 발로 바뀌었다. 발이 많아질수록 그녀는 흥분하면서 그 발이 고액의 런민삐로 보였다. 그러나 방문을 잠근 열쇠는 왕창츠의 손에 꼭 쥐어져 있었다. 코를 골면서도 왕창츠는 열쇠를 손에 꼭 쥔 채 자고 있었다. 샤오윈은 손가락을 하나씩 하나씩 펼쳐 결국 그의 손을 다 펼쳤다. 그녀는 몰래 일어나서 탁상시계를 봤다. 9시가 넘었지만 그래도 세 시간은 일할 수 있었다. 그녀는 옷을 깨끗하게 차려입고 몰래 빠져나갔다.

다음날 저녁에 왕창츠는 샤오윈에게 화를 내려고 했지만 애가 놀랄까봐 억지로 웃으면서 말했다.

"꼭 가야 돼?"

"안 가면 머리가 어지럽고 잠을 잘 수가 없어요. 갔다 와서 자면 그래도 점심때까지는 잘 수 있어요."

"어떻게 그럴 수가 있지?"

"돈을 벌면 심리적으로 안정되니까 그렇겠지요."

"그 어지럼증은 임신 때문이 아니라 돈이 없어서 생긴 거네."

"네. 솔직히 말하면 돈이 없어서 생긴 어지럼증이 맞을 거예요."

왕창츠는 그대로 놔두는 수밖에 없었다. 매일 저녁을 먹고 나면 그는 그녀를 발마사지 숍에 데려다주었다. 그리고 자신은 호텔 로비에서 그녀를 기다렸다. 기다리다 지치면 잠이 들었다. 경비가 발로 그를 툭 건드리며 말했다.

"이봐요. 여기서 자면 안 돼요."

"소파가 비어 있잖아요?"

"당신 상판을 보면 손님들이 무서워서 다 달아나요."

"보아하니 당신도 농촌 출신 같은데, 좀 좋게 봐주면 안 되오?"

경비가 복도를 가리켰다. 왕창츠는 복도로 가서 벽에 기대앉았다. 딴 짓이라도 할까봐 걱정되었는지 경비가 목을 쭉 내밀고 왕창츠를 바라봤다.

"집사람이 일 끝나면 내가 여기 있다고 좀 전해주시오."

경비는 알았다는 듯 고개를 끄덕였다. 몇 초 뒤에 왕창츠는 다시 잠들었다.


## 28

샤오윈은 복도에서 자고 있는 왕창츠를 보며 말했다.

"장후이 사무실이 있는데 왜 여기서 자요?"

"옛날에는 고향 친구였지만 지금은 사장이잖아. 상황이 바뀌어서 그런지 나도 여기서 자는 게 편해."

일하던 중간에 샤오윈이 장후이에게 말했다.

"왕창츠가 매일 복도에서 나를 기다리는데 너무 안됐어."

"그 궁상은 자초한 거야. 자기가 길을 몰라? 왜 매일 데리러 오는가 몰라?"

"내가 길에서 잘못될까 걱정해서 그렇지."

"그가 복도에서 한 달을 버티면 정말 자기를 사랑하는 거야."

발안마를 끝내고 나면 샤오윈은 복도로 나와 쉴 수 있었다. 그 김에 3층 복도에서 1층으로 왕창츠를 보러 내려오면서 근육도 움직이고 몸도 펼 수 있었다. 샤오윈의 발소리에 왕창츠가 잠을 깼다. 그는 그녀를 안고 입을 맞추면서 배를 만졌다.

"우리 귀여운 아가~ 엄마가 너를 위해 돈을 벌고 있단다."

몇 분간의 포옹으로 샤오원의 피로가 다 사라졌다.

"당신도 좀 자요. 내일 또 일 나가야 하잖아요."

왕창츠가 눈을 감았다. 샤오원도 위층으로 다시 올라갔다. 그녀의 발자국 소리가 복도에서 사라지기도 전에 왕창츠는 잠이 들었다. 수면 시간이 부족하기 때문에 그는 틈만 나면 1초도 낭비하지 않고 잤다.

샤오원의 부담을 줄이기 위해 왕창츠는 1층에서 3층으로 이동했다. 샤오원이 복도 문을 열면 바로 볼 수 있었다. 오늘은 왕창츠의 손에 가방이 들려 있는데, 가방 안에는 보온 도시락이 들어 있었다. 도시락에는 샤오원이 낮에 끓인 계란탕이 담겨져 있었다. 샤오원이 나오자 그는 바로 도시락을 열고 그녀에게 먹였다. 도시락 옆에는 새콤한 무가 담겨져 있고, 가방에는 또 사탕과 비스킷도 들어 있었다. 샤오원이 먹고 싶은 게 있으면 그게 뭐든 다 구해다 줬다. 샤오원에게 시간적 여유가 있을 때면 그녀의 어깨를 주물러주고 팔을 풀어주었다. 그가 그녀를 안마해주면 그녀는 다시 가서 손님을 안마해주었다. 마치 그가 그녀의 충전소 같았다. 샤오원은 그의 안마 덕분에 손님의 발까지 마사지할 수 있었다. 마치 안마 릴레이 같았다.


어느 날 저녁 장후이는 샤오원을 사무실로 불러 보름 치 월급을 주었다. 샤오원이 봉투를 집는데 제법 묵직했다.

"고마워. 장후이."

"임신한 지 몇 개월 됐지?"

"두 달 정도 됐어."

"애 안 지울 거야?"

샤오원이 고개를 저었다.

"잘 생각해봐."

"잘 생각한 거야."

"애를 안 지우면 두 달 뒤면 손님들도 알아볼 거야. 다시 말하면 돈 벌 수 있는 시간이 두 달밖에 안 남았다는 얘기야. 한 번 생각해봐. 두 달 동안 번 돈으로는 검사 비용밖에 안 돼. 병원에 입원하면? 아이를 출산한 뒤에는?"

"창츠 월급도 있잖아."

"걔 월급으로는 방세 내고 밥 먹으면 끝이잖아?"

"병원만 안 가면 되는데 뭐. 농촌에서처럼 집에서 애를 낳으면 돼."

"모자가 다 건강할 거라는 확신이 있어? 감염되지 않을 거라는 보장이 있어? 애한테 도시인의 삶을 누리게 해주려고 도시에 온 거 아니야?"

"그럼 어떻게 해야 하는데?"

"스스로 생각해봐."


샤오원은 아무 말없이 사무실을 나와 승강기를 타고 1층으로 내려갔다. 호텔 문을 나서고 나서야 왕창츠가 3층 복도에 있다는 생각이 났다. 그래서 다시 승강기를 타고 3층으로 가서 왕창츠에게 가자고 했다.

"방금 왔는데 바로 가? 오늘은 출근 안 해?"

그제야 샤오원은 정신이 돌아왔다.

"오늘은 퇴근하려고요."

왕창츠는 샤오원의 이마를 만지면서 걱정스럽게 물었다.

"가도 돼?"

"아무 일도 아니에요. 마음이 좀 심란해서…."

"심란하면 일하지 마."

"안 하면 뭐로 애를 키워요?"

샤오원의 목소리가 갑자기 커졌다.

"당신은 능력도 없으면서 왜 나더러 애를 낳으란 거예요? 도시에 오면서 알아차렸을 텐데, 왜 급하게 애를 낳으래요? 애초에 당신이 조심했었어야지…."

"모두 내 탓이야. 고생에 대한 생각이 부족했어."

"생각은 해봤겠지만, 방법은 생각 안 해봤겠지요."

"줄곧 생각은 하고 있었어."

"무슨 방법이 있어요?"

"많아. 신장을 팔까 도둑질을 할까 사기를 칠까 다 생각해봤어. 근데 가능한 건 하나밖에 없어."

"뭔데요?"

"신장 파는 거."

"누가 당신 신장을 사기라도 한대요?"

"내 신장은 젊고 좋아."

"사람들은 재수 옴 붙는 것을 두려워해요. 당신의 신장을 자기 몸에 달았다가 자신도 가난뱅이가 될까봐 걱정할걸요. 당신은 생각도 안 해봤어요? 소달구지용 부품을 어떻게 자동차에 달 수 있겠어요?"

왕창츠는 깜짝 놀랐다. 샤오원이 이렇게 각박한 사람인 줄은 몰랐다. 그가 이제까지 들었던 말 중에 가장 심한 말이었다. 뺨을 한 대 후려치고 싶었지만 애를 생각해서 이를 꽉 물었다. 그 순간 샤오원이 자기 뺨을 치면서 말했다.

"미안해요. 옛날에는 안 이랬는데 갈수록 화가 나서…."

"다 가난이 화근이지."

샤오원은 머리를 숙인 채 한참 동안 이를 깨물고 있다가 말했다.

"창츠… 아무런 준비도 안 된 상태에서 꼭 애를 낳아야 할까요?"

"제발 이러지 마. 이미 애한테 정도 들고 이름도 다 지어놨단 말이야."

"이름이 뭔데요?"

"다즈(大志)."

"이 이름을 줄 수 있을까요?"

"아마도. 일찍 애를 키우면 행복도 일찍 올 거야."

"당신 아버지도 당신을 키우면서 행복했겠죠?"

"적어도 희망은 줬으니까."

"그렇지만 나는 전혀 희망이 없어요."

"나를 믿고 애를 믿어."

"어떻게 믿음을 줄 건데요?"

"내가 맹세할게."

"무슨 맹세요?"

"아이를 배불리 먹이고 따뜻하게 입힐 것이며 양질의 교육을 받게 하고 대학에 보내며 일자리도 마련해주고 지위도 갖게 해줄게. 나는 아버지처럼 안 살 거야."

"뭐로 보장할 건데요?"

"돈."

"돈이 어디 있는데요?"

"벌면 되지."

샤오원은 이번 맹세 역시 왕창츠의 허풍에 불과하다는 것을 알고 있었다. 이런 허풍이 이번 한 번이 아니었다. 그러니 허풍은 허풍일 뿐, 샤오원의 생각에는 변함이 없었다. 사실 샤오원은 매일 돈 계산을 하고 있었다. 어떤 때는 시간마다 돈 계산을 했다. 아이의 양육비, 옷값, 고액 학비, 약값… 등을 계산할수록 그녀는 자신이 없어졌다.

어느 날 오전 마침내 그녀는 혼자 병원에 가서 낙태 수술을 받기로 결심했다. 그리고 이날 왕창츠는 건설 현장에 가자마자 무슨 일이라도 일어날 것처럼 마음이 불안했다. 어떤 것을 봐도 마음이 편치 않았고, 공기 속에는 쉰 냄새가 둥둥 떠다니는 듯했다. 샤오원이 집에서 아침밥을 먹고 있을 때 현장에 있던 그는 다리에 힘이 빠지는 것 같았다. 비계에도 못 올라갈 정도로 힘이 빠졌다. 샤오원이 설거지를 할 때는 현장에서 그는 성질을 내고 있었다. 인부들을 욕하면서 쌓아둔 벽을 무너뜨렸고 인부들도 굴복하지 않고 그에게 몇 마디 대들었다. 샤오원이 돈을 꺼내들 때는 현장의 그는 가슴의 통증을 느꼈다. 전자파처럼 심통이 한 번 지나갔다. 샤오원이 가방을 들고 나갈 때는 그의 입이 바짝 말랐다. 혀에 재가 내려앉은 것처럼 '찌익' 하고 강한 냄새가 났다. 그는 물을 마시고 싶었지만 비계에서 내려가기 싫었다. 샤오원이 제일병원에 도착했을 때 그는 갑자기 현기증이 나고 눈앞이 깜깜해지더니 비계에서 그대로 추락했다. 그와 동시에 벽돌이 그의 몸 위로 떨어졌다.

샤오원은 산부인과로 갔다. 당직 의사의 문 앞에 임산부들이 줄을 서 있었다. 30여 분 뒤 드디어 샤오원의 차례가 되어 진료실로 들어갔다. 의사에게 자기 생각을 말했다. 의사가 영수증 몇 장을 써주면서 먼저 선납하고 검사하자고 했다. 그녀는 로비로 가서 돈을 냈다. 그때 갑자기 '삐요! 삐요!' 하면서 구급차 한 대가 들어왔다. 순간 심장이 내려앉는 듯 놀란 샤오원이 뒤돌아봤다. 병원 정문에 구급차가 멈춰 섰다. 차문이 열리면서 안두라오와 인부 세 명이 왕창츠를 들고 그대로 응급실로 뛰어갔다. 샤오원은 다리가 풀리면서 그 자리에서 주저앉았다. 그녀는 한숨을 내쉬고는 바로 일어났다. 피를 흘리면서 들것까지 왔다.

"창츠…."

이름도 부르기 전에 눈물이 샘솟기 시작했다. 왕창츠는 울음소리를 들었다. 그가 다치고 난 뒤에 들은 유일한 울음소리이자 도시에서 그와 관계있는 유일한 사람의 울음소리였다. 그는 눈썹을 찌푸리고 눈꺼풀을 움직였다. 눈을 뜨려고 했지만 눈에 힘이 다 빠진 듯 눈을 뜰 수 없었다. 뭔가 말을 하려는 듯 입술을 달싹거렸다. 샤오원이 귀를 가까이 갖다대자 모기만 한 목소리로 말했다.

"우리에게 돈이 생길 테니 제발 애를 지우지 마. 애를 없애면 왕씨 집안 대가 끊겨."

이 말을 한 뒤 왕창츠는 혼절했다. 왕창츠의 하반신은 피범벅이었으며, 바지와 살점이 한데 붙어 있었다.


# 29


검사 결과 부러진 데는 없고 모두 타박상이었다. 다만 그의 아랫도리가 벽돌에 찍혀 오이무침이 됐고, 왼쪽 고환은 다진 마늘처럼 찍혔다. 그에게 오줌 줄을 삽입해서 정액을 빼내고 주름 제거 수술을 하고 상처를 봉합해서 생식기의 형태만 남겨두었다. 마취가 풀리고 의식이 돌아오자 손이 저절로 아랫도리로 갔다. 아랫도리를 잡으려 할 때마다 침상에 있던 샤오원이 그의 손을 제지했다. 그의 머릿속에서는 가랑이 사이가 이미 휑했다. 아랫도리를 송두리째 뽑아버린 것 같기도 하고 강제로 없애버린 것 같기도 했다. 그래서 그곳에 아주 큰 야구장 하나는 지을 수 있을 것 같았다. 또 어떤 때는 자포자기한 듯 고자가 될 생각으로 직접 물건이 있는지 없는지 확인하려고도 했다. 샤오원에게 오른손이 잡히자 왼손으로 바꿨다. 샤오원에게 왼손마저 저지당하자 물었다.

"아직 있어?"

"있어요."

자존감은 이미 땅에 떨어졌지만 인간으로서의 체면은 지켰다는 듯 그제야 한숨을 쉬었다.

"이건 다 하늘의 계시야. 다리에 힘이 빠지고 가슴이 아프고 입이 바짝 마르고 현기증이 난 게 다 하늘의 계시였어. 하느님이 그만의 남다른 능력으로 나를 압박해 당신의 유산을 막은 거야."

"진짜 그렇다면 하느님은 정말 비인도적이에요."

샤오원이 말했다.

"그렇지만 하느님께서 우리에게 한 생명은 남겨주셨잖아."

"한 명이 다치면 한 명이 태어나는 것이 꼭 벽돌을 지고 있는 것 같아요."

"그래도 살길은 남겨두셨소."

"그렇지 않아요. 당신이 말했던 삶에서 나는 점점 더 멀어지고 있어요. 아이를 구하는 대신 벌을 감수해야 한다면 이건 좋은 일일 수 없어요."

샤오원은 탄식했다. 탄식하고 또 탄식했다. 왕창츠는 그녀를 위로하고 또한 자신을 위로하기 위해서 말했다.

"나쁜 일이 때로는 좋은 일로 변하기도 해."

"좋은 일을 못 본 지 너무 오래되었어요."

"어쩌면… 그들이 내게 산업재해 수당을 줄 수도 있어."

"당초 친구인 황쿠이도 주지 않았는데, 뭘 믿고 당신은 그들이 줄 거라고 생각해요?"

"'어쩌면'이라고 말했잖아."

"아…."

샤오원은 탄식하면서 갈수록 절망했다.

그런데 며칠 뒤에 안두라오가 건설 현장 사장과 함께 병원에 왔다. 그들은 꽃 한 다발을 건네고 덕담을 한 뒤에 봉투를 남겨두고 갔다. 그들이 병원 문을 나서기도 전에 샤오원은 그 새를 참지 못하고 봉투를 뜯었다. 봉투 안에는 2만 위안이 들어있었다. 샤오원은 믿기지 않은 듯 돈 한 장을 꺼내 창문에 대고 비춰봤다. 빛이 통과하자 인물도 보이고 위조 방지용 안전선도 보였다. 깜짝 놀라 창츠를 부르면서 "진짜예요" 했다. 왕창츠가 웃으면서 말했다.

"2만 위안이야. 신장을 매매한 것보다 많아."

샤오원은 못 들은 척하면서 돈을 조심스럽게 봉투 안에 넣었다. 뭉텅이 돈이 끈에 묶여 있었기 때문에 봉투 안으로 돈을 넣는 데도 한참이나 걸렸다. 돈을 다 넣고 신문지로 다시 돈을 쌌다. 그러나 몇 번을 싸도 제대로 싸지 못했다. 신문지가 헐렁하지 않으면 들떠서 결국 원래대로 똑같이 쌀 수 없었다.

"싸지 말고 은행에 가지고 가서 저금해."

샤오원은 끝까지 봉투를 찢고 다시 쌌지만 원래대로 싸지지 않았다.

"다년간 돈을 싸봐야 단단하게 묶을 수 있어. 당신은 이제 처음 해봤는데 어떻게 저들처럼 잘 쌀 수 있겠어."

샤오원은 돈을 내려놓고 고개를 들면서 말했다.

"이제 돈이 생겼으니 나 안마하러 안 가도 되겠죠?"

"내가 말했잖아. 당신도 도시 사람처럼 살게 해주겠다고."

샤오원은 하마터면 고맙다고 할 뻔했다. 말을 하려다 그녀는 순간 이상하다고 느꼈다. 뭔가 놀라운 비밀이라도 발견한 듯 얼굴색까지 변했다.

"당신 일부러 그런 거예요?"

"뭐를?"

"일부러 다친 거냐고요."

"내가 미쳤어?"

왕창츠가 어떻게 말하든 샤오원은 그가 고의로 그랬다고 의심했다. 아니라면 그가 앞서 했던 맹세를 설명할 길이 없었다. 한 달에 5백 위안밖에 못 버는 그가 어디서 그런 뱃심이 났을까? 왕창츠가 말했다.

"고의든 아니든 돈을 받아냈음 된 거야. 그래서 사장들이 검은 고양이든 흰 고양이든 쥐만 잘 잡으면 좋은 고양이라고 하는 거야."

샤오원이 생각해봐도 그 말이 맞았다. 신장을 파는 것보다는 수지가 맞았다. 샤오원은 바로 저금을 했다.

왕창츠는 아내에게 고의가 아니었다고 강경하게 말했지만 어느 순간부터 자신을 의심하기 시작했다. 그는 사고 난 과정을 생각하고 또 생각해보았다. 처음에는 스스로 고의가 아니었다며 행동마다 증명할 수 있었다. 그런데 고의였다는 생각이 들수록 "고의적이지 않았다"라는 말을 강조하기 시작했다. 그때를 생각하면 할수록 진실에서 점점 멀어졌고, 기억을 떠올릴수록 수치스러웠다. 그날 밤 샤오원이 자신의 손가락을 펼쳐 방문 열쇠를 가져갔을 때도 자기가 고의로 그런 것이 아닐까 하는 의심이 들었다. 고의로 손가락에 힘을 빼 돈 벌러 가게 놔둔 것은 아닐까 하는 의심이 들었다. 그러나 '이것은 결코 사실이 아니다. 어째서 사실이 기억 속에서는 허구로 변해 있는 거지? 어째서 스스로에게 설복당한 거지? 돈이 없기 때문이다. 돈 없는 사람에게 진실이라는 것이 어디에 있단 말인가! 고의라고 하면 고의라지 뭐.' 그는 그렇게 스스로를 위로했다. '고의성이 없었다면 나는 진즉에 도시를 떠났을 거야.' 이렇게 생각하면서 자신을 위로하자 상처도 나날이 호전되어 갔다.

샤오원은 왕창츠를 간호하다 틈을 내 산부인과로 가서 초음파 사진을 찍었다. 의사가 태아는 정상이며 또 아들이라고 했다. 왕창츠는 그 소식을 듣고 미친 듯이 좋아했다.

"아들? 그 엄마 누군지 정말 대단하네."

그는 샤오원에게 더 이상 자신을 돌보지 않아도 되니 집에서 쉬면서 안심하고 아이를 잘 키우라고 했다. 또 계란탕과 곰국을 많이 먹으면서 천재를 낳으라고 했다. 샤오원이 집에 가려 하지 않자 그가 밥을 먹지 않았다. 샤오원이 말했다.

"정말 가요?"

그는 눈을 크게 떴다. 샤오원이 왕창츠가 갈아입은 옷을 들고 병실 문을 나선 것을 확인하고는 그제서야 침상의 밥그릇을 들고 웃으면서 밥을 먹었다. 그는 이제 침대에서 내려와 걸을 정도가 되었다. 고환이 약간 쑤시기는 하지만 그래도 스스로를 돌볼 정도는 되었다. 예약만 되어 있으면 끓인 물과 반찬을 누군가가 침상에 갖다뒀다. 화장실은 병실에서 왼쪽으로 5미터 떨어진 곳에 있었다. 그는 벽을 짚고 화장실에 갈 수 있었다. 오줌을 눌 때 요도가 따끔거렸다. 샤오원은 하루가 멀다 하고 갈아입을 옷을 가지고 병원에 왔다. 샤오원은 몇 마디 말도 않고 연신 하품을 해댔다. 온 세상에서 혼자 잠이 부족하다는 듯 그렇게 하품을 해댔다.

"왜 그래?"

"잠에 취할 줄은 몰랐어요. 자고 또 자도 잠이 부족해요."

"임산부가 다 그렇지. 당신이 푹 자야 애도 건강하지."

며칠이 지난 어느 날 밤중에 왕창츠는 갑자기 가슴에 통증을 느끼면서 꿈에서 깨어났다. 조금 전의 통증이 건설 현장에서 미끄러져 다치기 전에 느꼈던 통증과 똑같았다. 통증은 번개같이 왔다가 곧 사라졌지만 그 느낌은 남아 있었다. 그는 뒤척거리다가 아무래도 잠이 오지 않자 일어나서 목발을 짚고 병실을 나섰다. 한 걸음씩 내디딜 때마다 아랫도리가 당겼고 당길 때마다 통증이 왔다. 아랫도리 근육 하나가 짧아진 것 같았다. 그러나 이를 악물고 승강기를 탔다. 1층에서 나와 병원 입구로 갔다. 찬바람이 불자 사타구니에서 '쏴~아' 하고 냉기가 일더니 아랫도리가 어는 것 같았다. 그는 택시를 잡아타고 집으로 왔다. 조용히 문을 열고 들어왔다. 샤오원이 단잠을 자고 있을 거라 생각했는데 뜻밖에도 침대가 텅 비어 있었다. 샤오원은 집에 없었다. 그는 침상에 앉아 샤오원의 베개를 들고 냄새를 맡았다. 진한 향수 냄새가 났다. 그는 불을 끈 채 어둠 속에 앉아 있었다. 그렇게 잠시 앉아 있다가 샤오원이 돌아와서 놀랄까봐 다시 일어나서 불을 켰다.

불이 머리부터 발끝까지 비쳤다. 바닥에 그림자가 비쳤다. 그는 침대 앞에 있는 슬리퍼를 바라봤다. 한쪽 모퉁이에 있는 나무 궤짝과 조금 떨어져 있는 찬장, 식탁과 식탁 위의 물병… 하나하나를 뚫어지게 쳐다봤다. 눈앞의 물체들이 모두 허상으로 변하고 허여멀겋게 변하더니 시야가 흐려지고 초점이 없어졌다. 시간이 얼마나 흘렀는지 모르겠지만 아주 많이 흐르고 나서 뭔가가 약간 움직이는 것 같았다. 초점을 맞추고 보니 바퀴벌레였다. 바퀴벌레는 천천히 물병으로 올라가 마개를 한 바퀴 돌더니 다시 위에서 아래로 내려와서 식탁까지 왔다. 식탁을 한 바퀴 돌더니 식탁 다리를 따라 바닥에 내려왔다. 바퀴벌레는 기어서 그의 발 앞까지 왔다. 약간 주저하는 것 같기도 하고 떠보는 것 같기도 했다. 그는 꼼짝도 하지 않았다. 바퀴벌레는 결국 그의 발등 위로 올라왔다. 바퀴벌레가 움직일 때마다 발이 조금씩 간지러웠다. 그러나 그는 바퀴벌레가 무서워 달아날까봐 미동도 하지 않았다. 바퀴벌레가 한밤의 친구처럼 느껴졌다. 바퀴벌레는 복사뼈에서 멈췄다. 종아리를 따라 올라갈까 말까 고민하는 것 같았다. 그는 숨죽인 채 바퀴벌레에게 시선을 고정하고 바퀴벌레의 결정을 기다렸다.

갑자기 문 여는 소리에 왕창츠가 펄쩍 뛰었다. 샤오윈이 문 입구에 서 있었다. 샤오윈은 너무 놀란 나머지 눈에서 레이저가 나왔다. 샤오윈은 작은 보따리를 꼭 쥔 채 그 안의 물건을 만지작거렸다. 그녀는 베이지색 바바리를 걸치고 분홍색 스카프를 두르고 있었다. 옅은 화장에 쥐 잡아 먹은 듯 진하게 립스틱을 바르고 있었다.

"나 왔어."

샤오윈은 "아!" 하고 들어와 문을 잠그고 가죽신을 벗고 슬리퍼로 갈아 신었다. 왕창츠는 순간 그녀가 벗어놓은 신발이 하이힐이라는 것을 알았다. 며칠 보지 않은 사이에 그녀의 차림새가 완전히 도시화되어 있었다. 아니 유행의 첨단이었다.

"또 발마사지하러 갔었어?"

"발마사지가 어때서요?"

그녀는 작은 보따리에서 뭉칫돈을 꺼내 침상에 던지며 말했다.

"오늘 밤에 번 건데 당신 보름 치 월급이랑 맞먹어요."

"누가 이렇게 통이 커? 발마사지하고 이렇게 큰돈을 줬다고?"

"이건 팁이에요. 시원하게 안마해주면 손에 잡히는 대로 돈을 주는데, 1백 위안, 2백 위안, 10위안 등 제멋대로 줘요."

이렇게 말하면서 상자를 열어 뭉칫돈을 침상에 던졌다.

"이건 10일 정도 번 돈인데 다 합치면 2천 위안 조금 넘을 거예요."

"하루에 2백 위안이라니, 정말 돈 벌기 쉽군?"

"무슨 생각을 하는 거예요?"

"아무 생각도 안 해."

"… 나보다 많이 버는 사람도 있어요."

"우리한테는 보상비 2만 위안도 있잖아?"

"돈이 당신을 잡아먹을까봐 걱정돼요?"

"애한테 자존감도 남겨줘야지."

"돈이 없는데 어떻게 자존감이 있어요?"

"그거야 이 돈이 깨끗한 돈인지 아닌지에 달려 있지."

"당신이 열심히 일해서 번 돈은 깨끗한 돈이고, 안마해서 번 내 돈은
더럽다는 거예요?"

"이 돈을 다 안마해서 벌었다고?"

"그럼 뭐 해서 벌어요?"

"내가 어떻게 알아."

"그렇게 중상모략하지 말아요."

샤오원은 단호하게 말하고 있었지만, 왕창츠는 머뭇대는 그녀의 눈
빛을 봤다. 그 눈빛으로 왕창츠는 그녀가 거짓말하고 있다고 확신했다.
그러나 그녀의 눈에 고인 눈물 때문에 그는 더 이상 묻고 싶지도 않았
다. 머뭇댄다고 생각했던 눈빛은 이미 억울함의 눈빛으로 바뀌어 있었
다. 그 순간 그녀를 다독이고 위로해주고 싶지 않았지만 정작 마음과는
반대로 행동하고 있었다. 그는 생각했다. 샤오원이 아이를 가졌기 때문
에 다독여주는 거라고.

"보름 정도 지나면 더 이상 몸을 가릴 수 없어요. 돈을 벌려면 이 며
칠 사이에 다 벌어야 해요."

"빨리 그만두지 않으면 사람이 죽을 거야."

"왜 그렇게 흉한 소리를?"

"살인, 방화 이딴 거 못 하는 사람도 있어?"

"알았어요. 돈 생각은 안 할게요."

"당신은 애 생각만 해."


# 30


다음날 오후 샤오윈이 옷을 가져왔다. 문을 들어서는데 얼굴에 생기도 없고 말도 없고 대답도 하지 않았다. 일을 못 나가게 해서 화가 난 것처럼 보였다. 전날 자기 발 앞에서 멈춰 섰던 바퀴벌레처럼 조심스럽게 그녀를 떠봤다. 그는 우스개 이야기를 하나 했다.

"거북이가 다쳐서 달팽이한테 약을 사오라고 했어. 그런데 달팽이가 두 시간이 지나도록 안 오는 거야. 그래서 거북이가 열 받아서 '이런 십장생… 안 오면 죽여 버린다'라고 했어. 그때 갑자기 문 밖에서 달팽이가 소리쳤어. '또 욕하면 안 간다.'"

그녀가 웃을 거라 생각했다. 아니 적어도 얼굴 근육이 조금은 펴질 거라 생각했다. 그러나 그녀의 얼굴은 초를 먹인 것처럼 굳어 있었다. 그는 웃으면서 이 상황을 무마하려 했지만 그녀는 침상에 앉아 고개를 숙인 채 바닥을 내려다보고 있었다. 둘 다 말을 하지 않아 병실에는 무거운 공기가 감돌았다. 잡아당기면 곧 끊어질 것처럼 공기가 팽팽했다. 마지막에는 결국 남자가 타협점을 찾기 마련이다.

"어디가 불편해?"

"하혈을 하긴 했지만 불편한 데는 없어요."

바짝 다가가 앉으며 말했다.

"유산기가 있는 거 아냐?"

"우리 고생을 덜게 차라리 유산이라도 됐으면 좋겠어요."

"말도 안 되는 소리."

목발을 짚고 함께 검사받으러 가려 하자 그녀가 고개를 저었다.

"이틀 정도 지나면 괜찮아질 거예요."

한 사람은 가자 한 사람은 안 간다 하면서 두 사람은 또 맞섰다.

"도시 임산부들은 매달 검사를 받아. 유산이 소변보는 것처럼 그렇게 간단치가 않아. 태아가 제대로 자리 잡지 못하면 두 사람 다 위험할 수도 있어."

그녀는 침묵했다. 지팡이를 짚고 나가 간호사를 불렀다.

"약간의 하혈은 정상이지만 그래도 의사 선생님께 보이는 것이 제일 좋습니다."

"하혈도 정상이에요?" 그녀가 물었다.

"조금은 괜찮아요."

"그럼 의사한테 한 번 가볼래요."

왕창츠가 한시름 놓으며 자기도 함께 가겠다 하자 그녀가 싫다고 했다.

"그럼 산부인과 문 앞까지만 따라갈게."

검진을 마친 의사가 복도 쪽으로 머리를 내밀고 눈짓을 했다. 의사는 왕창츠에게 들어오라고 하더니 문을 잠그고 나서 다짜고짜 욕을 했다.

"당신이 애 아빠야 아니면 짐승이야?"

왕창츠는 무슨 말인지 알아듣지 못했다. 머리에서 '펑' 하고 소리가 났다.

"다시 이렇게 쑤셔댔다가는 아기의 안전을 보장할 수 없어요. 알았어요?"

왕창츠는 말뜻을 알아차렸다.

"이렇게 다친 사람이 쑤시기는 뭘 쑤셔요?"

이번에는 의사가 알아듣지 못한 채 두 사람의 얼굴을 살폈다. 샤오원의 얼굴이 갑자기 벌겋게 달아오르더니 목까지 발개졌다.

왕창츠가 말했다.

"쑤셔댄다는 것이… 부부 관계를 말하는 겁니까?"

"뭐라 말 좀 해봐요?"

"오늘 이후로 부부 관계 안 하겠습니다."

"꼭 지켜야 합니다."

"꼭 지키겠습니다."

"당신들이 어떤 여가 생활도 하지 못한다는 것은 알지만, 그래도 애 목숨을 담보로 즐기는 것은 아니지요."

"네, 안 되고말고요."

의사가 탁자를 치면서 말했다.

"이렇게 잘 아시는 분이 왜 그랬어요?"

"예전에 몰랐다가 지금 알게 된 일도 있습니다."

샤오원이 모욕당했다고 생각했는지 의사가 그녀에게 용기를 북돋아 주었다. 의사가 처방전을 써서 주자 왕창츠는 90도로 인사하며 받았다.

"반드시 한 달은 누워 지내면서 최소한의 활동만 하게 하십시오."

"태아는 무사한가요?" 왕창츠가 물었다.

"나쁜 사람들 같기도 하고 아닌 것 같기도 하고…."

"태아의 건강에는 영향이 없을까요?"

"아이가 무사하니 영향은 없을 겁니다."

"아미타불. 이제야 마음이 놓입니다."

의사는 샤오원을 바라보며 말했다.

"남편이 당신을 존중하지 않으면 110번에 전화해 도움을 청해요."

샤오원이 고개를 끄덕였다. 왕창츠는 샤오원이 좋은 의미로 고개를 끄덕였다고 생각했다.

왕창츠는 미리 당겨 퇴원 수속을 하고 샤오원을 돌보는 데만 신경 썼다. 그는 목발을 짚은 채 야채를 사고 옷을 빨고 마루를 닦으면서 샤오원에게는 전혀 집안일을 시키지 않았다. 샤오원이 여러 차례 그에게 해명하려 했지만 그때마다 저지당했다. 그는 그녀와 날씨, 채솟값, 옷차림, 신문지상에 난 오락 뉴스거리만 이야기하면서 민감한 말은 애초에 꺼내지도 않았다. 샤오원은 고양이에게 잡혀 있는 쥐마냥 발만 동동 구르고 있었다. 그가 무슨 마음으로 자기에게 이렇게 잘하는지 종잡을 수가 없었다. 그래서 무슨 말부터 꺼내야 할지 몰랐다. 어느 날 밤늦게 더 이상 참을 수가 없어서 그를 흔들어 깨웠다. 이걸 흔들어 깨웠다고 해야 할지 모르겠다. 어쩌면 요 며칠 동안 그가 아예 잠을 안 잤을 수도 있다. 그녀가 말했다.

"얘기 좀 해요."

"꼭 해야겠어?"

"말을 안 하면 내가 미쳐버릴 것 같아 그래요."

"당신이 화도 안 내고, 안 울고, 흥분 안 한다는 보장이 있으면 하고 아님 하지 마."

"말 안 하고 참는 게 더 힘들어요."

왕창츠가 한숨을 내쉬었다.

"우리 이혼해요."

"임신 중에는 이혼이 불가능해."

"그럼 내가 가서 애를 지울 게요. 그리고 이혼해요."

"5개월이 넘으면 법적으로 불가능해."

"그럼 유도 분만, 그거 할게요."

"… 약간이라도 정이 남아 있으면 애라도 낳아줘."

"당신은 나를 원망하죠?"

"원망하지 않는다면 그건 다 거짓말이겠지."

샤오원이 갑자기 울기 시작했다.

"애가 듣고 있으니 울지 마. 당신이 즐거워야 애도 나중에 긍정적으로 살지. 설마 마음이 건강한 아이를 원치 않는 거야?"

샤오원은 참고 참으면서 울음을 그치려고 했다.

"사실 이 모든 게 당신 부담을 줄여주고 싶어서 그런 건데…."

"그, 그들은… 다 누구야?"

"황(黃)씨도 있고, 후(胡)씨도 있고, 자(賈)씨라 부르는 모쭝셰(莫總謝) 주임."

"다 고소할 거야."

"왜 고소를 해요? 내가 스스로 벗은 건데…."

"그렇게 천박한 여자였어? 돈이 그렇게 좋아?"

샤오원이 또 울었다.

"아이고 이 답답아! 이렇게 울면 애가 죽어. 이해가 안 돼?"

"그러니까 욕하지 마요."

왕창츠는 티슈 몇 장을 뽑아 샤오원에게 줬다. 샤오원은 눈물을 훔치면서 말했다.

"이 모든 게 이놈의 가난, 가난 때문이에요. 내가 비록 저놈들과… 하지만 일평생 내가 사랑한 사람은 단 한 사람…."

왕창츠가 다시 티슈 몇 장을 뽑아 샤오원에게 줬다.

"당신 돈 많아요?" 하면서 샤오원은 티슈를 받지 않았다. 샤오원이 티슈가 아까워 그런다고 생각한 왕창츠는 티슈를 다시 한 장씩 한 장씩 티슈 곽에 넣었다. 티슈를 차곡차곡 개서 정리하고 더 이상 주지 않았다.

"너무한 거 아니에요! 내가 티슈 한 장 쓰는 것도 아까워하면서 나더러 당신 애를 낳으라고 하는 거예요?"

왕창츠는 얼른 아까보다 훨씬 더 많이 티슈를 뽑아 그녀 앞에 놨다. 샤오윈은 여전히 티슈를 받지 않았다.

"쥐꼬리만큼 벌면서 이렇게 막 쓰면 누가 당신이랑 살려고 하겠어요?"

그는 다시 티슈를 곽에 넣었다.

"당신이 사랑하는 사람은 아이이지 내가 아니에요."

왕창츠는 티슈 곽을 침상으로 던졌다.

"당신이 더 이상 나를 사랑하지 않는데, 내가 왜 당신 애를 낳아야 해요?"

"내가 당신을 사랑하지 않는다고 말한 적 있어?"

"나를 사랑한다면서 고작 티슈만 줘요?"

"그럼 내가 어떻게 해야 되는데?"

"나를 사랑한다면 눈물을 닦아줬어야지요."

왕창츠는 그녀가 이렇게 간사하게 변할 줄 생각도 못했다. '환경이 바뀌어서 그런 걸까 아님 임신해서 그런 걸까? 다 아니다. 오입쟁이들이 이렇게 만든 것이다.' 이런 생각이 들자 모든 걸 놔버리고 싶다는 생각이 들었다. 그런데 갑자기 왕화이가 보였다. 왕화이가 지팡이를 들고 온 천지를 다 뒤지며 자기를 쫓아와 때리는 것이었다. 마음이 풀어졌다. 힘도 몇 번 못쓰고 풀어지는 아랫도리처럼 그렇게 마음이 풀어졌다. 그는 티슈를 뽑아 샤오윈의 눈물을 닦아주었다.

"당신은 역시 나를 사랑하지 않아요. 손이 그냥 허공에 떠 있잖아요."

"당신 눈물을 닦고 있는 거 안 보여?"

"사랑하는 사람의 손길이 이렇게 무거울 리 없어요."

그는 손을 샤오원의 얼굴에 대고 조심스럽게 눈물을 닦아주었다.

"당신은 역시 나를 사랑하지 않아요."

"뭐가 아직도 성에 안 차?"

"사랑한다면 이런 기분이 안 들게 했어야지요."

왕창츠는 인내심에 한계가 온 듯 들고 있던 티슈 곽을 벽으로 던졌다. 벽에서 불꽃이 한 번 일더니 휴지 뭉치가 순서대로 바닥에 떨어졌다. 바닥 여기저기에 휴지 조각이 흩어졌다. 샤오원은 침대에서 내려와 주섬주섬 옷을 입고 신발을 신더니 문으로 갔다.

"어디 가?"

"병원이요."

그러고는 자물쇠로 손을 뻗었다. 왕창츠는 얼른 문 앞으로 가서 막았다. 그녀가 밀었다. 그는 두 손으로 문틀을 쥐고 꼼짝도 하지 않았다.

"나를 사랑하지도 않으면서 나를 이용하고 있어요. 지금 당신은 아이 때문에 참으면서 아닌 척하고 있잖아요. 내가 아이만 낳으면 나를 차버릴 거잖아요."

"아이를 사랑하니 당신도 사랑하게 될 거야."

"그 말 안 믿어요."

"어떻게 하면 믿을 수 있겠어?"

"뭘 어떻게 해도 못 믿어요."

"맹세로도 안 되겠어?"

샤오원은 머리를 떨구었다.

"당신이 내 아이만 낳아준다면 나는 일평생 당신을 사랑하겠소. 아이를 출산한 뒤에 내가 당신을 버리면 대형 트럭에 부딪쳐 죽거나 벽돌에 맞아 죽거나 빌딩에 깔려 죽거나 암에 걸려 죽거나 철근에 찔려 죽을 것이오."

샤오원은 '흑' 하고 그의 품에 안겨 울었다.


# 31

다시 한 달을 쉬었다. 왕창츠는 겉으로 보기에는 이제 정상적이었다. 아랫도리의 포피가 다 자랐고 걸을 때도 당기지 않았고 소변을 볼 때도 아프지 않았다. 그러나 아랫도리는 더 이상 서지 않았고, 생식 기능도 여전히 회복되지 않은 상태였다. 다행히 샤오원이 임신 중이었기 때문에 잠시 동안은 그런 기능이 필요하지 않았다.

샤오원도 안정을 되찾긴 했지만 가끔씩 어지럼증을 느꼈다. 모든 것이 다 뱃멀미처럼 느껴졌다. 침대에서도 그랬고 건물에서도 그랬고 거리에서도 마찬가지였다. 이렇게 많은 물건이 모두 뱃멀미처럼 느껴졌다. 또 그녀는 수영에 젬병이라 바람이 불고 풀만 움직여도 긴장을 했고 심할 때는 어지럼증을 느끼기도 했다. 몸이 흔들릴 때마다 주변에 있는 물건을 꼭 잡았다. 그게 침대일 때도 있고, 문틀, 어깨, 심지어는 계란을 싸고 있는 볏짚일 때도 있었다. 뭐라도 잡을 수만 있다면 그게 뭐든 스스로를 진정시킬 수 있었다.

왕창츠가 그녀를 데리고 병원에 가서 정밀 검사를 하려고 하자 싫다고 했다.

"뭐든 할 일만 있으면 안 어지러워요."

그래서 그녀에게 반찬 심부름도 시키고 밥도 짓게 하고 옷을 개키게도 했지만, 이런 허드렛일로 그녀의 주의력을 분산시킬 수는 없었다. 그녀는 자주 이마를 가리고 땅에 주저앉았다. 이럴 때면 어김없이 어지럼증이 태풍처럼 확 지나간 것이었다. 왕창츠는 빵도 치고 달래기도 해서 결국 그녀를 신경과로 데리고 갔다. 의사는 그녀의 손바닥을 누르고 손톱을 눌렀다. 눈을 감고 두 손을 들어보라고 했지만 아무런 이상 증세도 발견하지 못했다. 그래서 마지막으로 뇌 CT를 촬영해보라고 했다. 비용을 묻는데 샤오원이 화장실에 가고 싶다고 했다. 샤오원은 화장실에 가자마자 사라졌다. 왕창츠가 복도에서 한참을 기다려도 그녀가 오지 않았다. 왕창츠가 부탁해서 여자 화장실에 들어가 찾아봤지만 역시 보이지 않았다. 왕창츠는 화가 나서 집으로 돌아왔다. 그런데 그녀가 애초에 병원에 간 적 없다는 듯이 태연하게 밥을 하고 있는 것이 아닌가!

"빚도 숨기고 사람도 피해갈 수 있지만 병은 숨겨서는 안 돼!"

그녀는 힘껏 오이를 자르면서 말했다.

"그럼 안마할 때는 왜 안 어지럽죠?"

"맞아. 왜 그렇지?"

왕창츠도 이상하다고 생각했다.

"매일 수입이 있기 때문이죠."

왕창츠는 일리가 있다는 생각에 상자에서 저금통장을 꺼내 그녀에게 내밀면서 말했다.

"한 번 잘 봐봐. 다섯 자리 숫자야."

그녀가 오이를 들어 프라이팬에 던지자, 프라이팬에서 '찌익' 하고 소리가 났다. 그녀는 채소를 볶으면서 말했다.

"통장에 돈을 더 넣지 않으면 아무리 많은 돈도 금방 동이 나요."

"걱정 마. 나도 내일부터 다시 일하러 나가."

왕창츠는 안두라오를 찾아갔다. 안도라오는 전과 다름없이 그에게 벽 쌓는 일을 주었다. 그날 저녁에 퇴근하면서 식당에서 준 도시락을 들고 집으로 돌아오다가 불현듯 먹거리를 좀 사다가 샤오원을 기쁘게 해줘야겠다는 생각이 들었다. 도시에 와서 처음으로 든 생각이었다. 하지만 호주머니를 만져보니 호주머니가 너무 납작했다. 돈을 안 가지고 온 것이었다. 갑자기 그의 눈빛이 날카로워지면서 눈앞의 모든 것이 빛이 나는 것 같았다. 가로수, 자동차, 옷, 먹거리, 상품 진열장 등이 평소보다 배로 커 보였다. 심지어 길거리의 쓰레기까지도 눈에 띄었다. 걸어가다가 길가에 버려진 장미 한 다발을 발견했다. 허리를 굽혀 주워보니 두 송이가 멀쩡했다. 꽃잎이 떨어질까봐 아주 조심해서 두 송이를 빼냈다.

문을 들어서면서 손을 등 뒤로한 채 샤오원 앞까지 걸어가 '짠' 하고 장미를 꺼내 들었다. 샤오원의 입꼬리가 올라가고 눈에서 빛이 났다. 샤오원은 장미를 받아들고 흥분해서 향기를 맡았다. 그런데 꽃에서 아무 향기가 나지 않았다. 자세히 보니 꽃잎도 시들기 시작했다.

"한 송이에 얼마예요?"

왕창츠가 득의양양하게 말했다.

"당신이 한 번 맞춰봐."

그녀는 꽃을 탁자에 던지면서 말했다.

"멍청이. 당신이 속았어요."

"그래?"

"안목도 없어요? 꽃이 다 시들었잖아요."

왕창츠가 꽃을 들어 맡아보았다. 그리 신선한 향기는 아니었지만 그래도 완전히 시들지는 않았다.

"사실은 주운 거야."

샤오원의 입꼬리가 다시 올라가는가 싶더니 꽃을 빼앗아 향기를 맡고는 빈 식초병에 꽂아서 침상에다 놓았다. 방 안이 좀 밝아졌다.

"지금은 왜?"

"돈 주고 산 것도 아닌데 이 정도면 훌륭하죠."

장미 두 송이 때문에 샤오원은 밥을 반 공기나 더 먹었다. 식사 후 그녀는 꽃에 물을 뿌렸다. 그러고 보니 오랫동안 그녀가 이렇게 즐거워하는 모습을 보지 못했던 같았다. 그녀의 기분이 업된 것을 보니 자신도 덩달아 기분이 좋아졌다.

'샤오원이 왜 이렇게 신이 났지? 장미 때문에 그런 건 절대 아니고 주워서 이익을 봐서 그렇겠지.'


그날 이후로 매일 저녁 집에 돌아오는 그의 손에는 물건이 들려 있었다. 빈 종이박스, 포장지 끈, 풀 반병, 미장 흙손, 시멘트 부대 몇 장 혹은 고무가 벗겨진 탁구 라켓 등등… 이것은 그가 줍거나 슬쩍한 물건들이었다. 이 덕분에 샤오원은 식욕이 돌았고 즐거워했다. 그녀에게 소소한 웃음을 주기 위해 범위가 점점 커져갔다. 길가의 모퉁이까지도 구석구석 다 살피고 공사장의 폐품들도 자세히 들여다보기 시작했다. 심지어 어떤 때는 도둑질도 하고 싶은 생각이 들었지만 그 생각은 담뱃불처럼 이내 사라졌다. 그런 생각은 잠시 들었다가 사라졌지만 대뇌를 흥분시켜 정말 무엇인가를 훔친 것 같은 기분이 들기도 했다. 사실 아무것도 줍지 못한 날에는 돈을 좀 들여 슬리퍼, 자물쇠, 설탕 단지, 인형, 장난감 차, 저금통, 아기 모자, 아기 신발, 젖병… 등을 샀다. 어쨌든 하루도 빈손으로 돌아오지 않았다. 그가 산 것이든 아니든 새것이든 헌것이든 그는 모두 주웠거나 누가 줬다고 했다. 샤오원은 갈수록 마음이 편해지자 살도 조금씩 오르고, 어지럼증도 다른 사람의 머리에 가서 붙은 듯 말끔히 사라졌다.

　어느 날 해질 무렵 왕창츠가 사람 한 명을 데리고 왔다. 바로 류젠핑이었다. 그는 왕창츠가 현의 건설 현장에서 일할 때 같이 모르타르를 나르던 동료였다. 다른 사람의 소개로 돌고 돌아 이곳 현장으로 와서 공교롭게도 왕창츠까지 만나게 된 것이었다. 두 사람은 30분이나 어깨를 치면서 반가워했고 결국 그를 집까지 데려오게 되었다. 샤오원은 그의 고향 말씨를 듣고 바로 오빠라고 부르며 고기 요리를 두 가지나 해서 내고 맥주도 한 병 꺼냈다. 그들은 밥을 먹으면서 술을 마시고 이야기꽃을 피웠다. 이야기를 하다하다 마을 어귀에 있는 단풍나무까지 이야기하게 되었다. 류젠핑이 말했다.

　"내가 일했던 옹솥 공장이 마을 산 아래에 있었는데, 고개만 들면 그 나무가 보였어. 사실 말이 그렇지. 그 나무는 십 리 밖에서도 보일 정도로 커. 한번은 길을 가던 중에 비를 만나 그 나무 아래에서 피했는데, 옷이 하나도 안 젖었더라고."

　"정말요?" 하고 샤오원이 소리쳤다. 왕창츠도 감격한 듯 계속 손을 비볐다. 그는 술잔 가득 찬 맥주를 마시고는 입가를 닦으며 다시 말했다.

　"겨울에는 이웃 마을 초등학교에 다녔는데, 모두들 화로 하나씩을 들고 다녔어. 화로를 들고 그 나무 아래로 가서 낙엽을 쓸어 담았지. 낙엽이 젖어 있어서 화로에 불씨를 놓아도 불이 세게 붙지는 않았어. 낙엽은 회로 안에서 타지는 않고 연기만 피워댔지. 연기가 점점 기멓게 피어올라 짙어지면 모두들 화로를 들고 냅다 뛰었지. 그러면 증기 기관차에서 뿜어내는 연기처럼 연기가 죽 이어졌어. 나는 매번 집을 출발해 이 나무 아래에 오면 으레 뒤돌아봤어. 누가 나무 위에서 명령을 내리기라도 하는 것처럼. 집에 돌아갈 때도 이 나무 아래에 도착하면 1분 1초라도 빨리 부모님을 보려고 그때부터 종종걸음 쳤지. 근데 집 떠난 지 벌써 한 학기가 다 되어가네. 1초 빨리 가나 늦게 가나 사실 아무 상관도 없었는데. 그저 급한 마음에 뛰어간 것뿐이지….”

이야기를 들으면서 왕창츠가 눈시울을 붉혔다. 샤오원의 눈도 이미 촉촉이 젖어 있었다.

“생산가 없기는!”

말 떨어지기가 무섭게 류젠핑의 눈도 젖어 있었다. 세 사람은 이 나무 때문에 결국 대성통곡하고 말았다.

식탁 주위로 빈 병이 늘어났고 두 남자는 수다를 떨수록 더 흥분했다. 이야기를 하다보니 왕창츠는 공사장에서 다친 이야기까지 하게 되었다. 류젠핑은 이야기를 다 듣고 나서 갑자기 왼손을 들었다. 왕창츠와 샤오원은 그제야 그의 새끼손가락이 잘려나가 짧아졌다는 것을 알았다. 방금까지도 발견하지 못한 것이 더 이상했다.

“어떤 부잣집에서 일할 때 조심하지 않아 전기톱에 잘렸어. 그 당시에는 참아야 된다고 생각했지만 스스로 승복하지 못하고 왜 내가 참아야 하지 하는 생각에 주인에게 배상금을 요구했지. 솔직히 그들이 루쉰(魯迅)보다 더 신랄하게 구구절절 사람 속을 뒤집어놓지 뭐야. 그래서 열 받아서 나오지 않고 그 집에 계속 붙어 있었어. 그랬더니 안주인이 무서웠는지 1만 위안을 주더라. 내가 안 가고 계속 버티니까 이번에는 바깥양반이 1만 위안을 주는 거야. 그래서 안 가고 또 버텼지. 생각해봐. 오늘 1만 위안 내일 1만 위안인데. 솔직히 내 생각 같아서는 그 집에서 평생 살고 싶었어. 그런데 사람이 허투루 밥 먹고 놀지는 않나봐. 안 그럼 어떻게 내가 그 많은 돈을 벌 수 있겠어? 사흘째 되던 날 경찰을 부르더라고. 경찰이 그러더라. ‘당신이 이제라도 간다고 하면 내 1만 위안 더 받아주겠소.' 생각해보니 30분 만에 새끼손가락 반 나가고 3만 위안 벌었으면 그만한 가치가 있더라고. 자네들도 알다시피 농촌에서는 목숨값으로 이런 돈은 못 받아. 그래서 경찰 체면도 좀 세워줬지."

"3만 위안? 헐~ 창츠의 아랫도리보다 오빠의 짧은 손가락이 값이 더 나간다니?"

샤오원이 호들갑을 떨었다. 류젠핑이 말했다.

"그러니까 사장 집에 쳐들어갔었어야지."

"병원비도 내주고 군소리도 안하고 2만 위안 줬어. 이제 다 나았고 가서 일도 하는데, 어떻게 또 손을 내밀어?"

"발기부전이라고 하면 되죠?" 샤오원이 말했다.

류젠핑이 말했다.

"진짜 발기가 안 된다면 정말 큰돈을 벌 수 있을 거야. 신문도 못 봤어? 법원에서 이미 처음으로 정신적 손해 배상금을 판결했어. 이건 무늬만 아랫도리지 뭐."

"정신적 손해 배상금이 얼마나 되는데요?" 샤오원이 물었다.

"족히 몇 만 위안은 될 걸?"

"그럼 우리도 손해 배상 청구해요."

"황쿠이한테도 졌는데 뭔 배짱으로 사장과 싸우겠어?"

류젠핑이 어깨를 너무 세게 치는 바람에 왕창츠의 몸이 다 흔들렸다.

"동의만 하면 이 일은 내가 대신 처리해줄게. 사실 내가 지금 이런 일을 전문적으로 하고 있거든."

"다른 사람을 위해 직접 나서서 손해 배상 청구를 한다고?"

류젠핑은 이런 사건쯤이야 자신 있다는 듯 득의양양하게 머리를 끄덕였다. 1시간 반 만에는 생각을 바꿀 수 없다는 듯 왕창츠가 잠시 머뭇댔다. 류젠핑이 말했다.

"어떤 사람들은 손해 배상금을 타려고 일부러 손가락도 자르고, 어떤 사람은 사람을 속여 광산에 집어넣고 삽으로 머리를 내리친 뒤에 광산 주인한테 죽은 사람이 친척이라고 하는 이도 있어."

"속이 너무 시커멓잖아?"

"그들이 앞장섰으니 우리는 그저 따라 하는 것뿐이야. 이 세상 이치로는 부자를 쳐낼 수도 혁명을 일으킬 수도 없지만, 최소 우리도 자존심이란 것이 있다는 것을 저들에게 알려줘야지."

'픽' 하고 왕창츠가 빈 술병을 바닥에 던졌다. "동의하는 거지?" 하고 류젠펑이 말했다. 다시 '픽' 하고 소리가 났다. 왕창츠가 두 번째 술병을 던졌다. 그 소리에 샤오원이 깜짝 놀랐다.

"이 답답한 양반아, 던지지 좀 마요. 다시 병을 깨면 나중에 우리 애가 빈 병 줍는 일을 할 수도 있어요."

'픽!'

제4장
# 광분

# 32

"5만 위안이면 할 수 있는 게 얼마나 많은지 알아요?"

샤오원은 왕창츠를 흔들어 깨우면서 손바닥을 펴 보였다. 희미한 가로등 불빛 사이로 부채 같은 것이 보이더니 그 뒤로 손가락 다섯 개가 보였다. 류젠핑이 다녀간 뒤로 샤오원은 날마다 손해 배상금 타령을 하면서 밤늦게까지 그를 놓아주지 않았다.

"류젠핑이 2만 위안을 받아낼 수 있다고 하지 않았어?"

"3만 위안이라고 했어요."

샤오원은 엄지와 집게손가락을 접고 나머지 세 손가락을 똑바로 펴 보였다.

"3만 위안이면 고향에 2층 시멘트 집을 지을 수 있고, 우리 애를 유치원부터 고등학교까지 공부도 시킬 수 있어요."

아이를 공부시키고 고향에다 집을 지을 수 있다는 샤오원의 말이 그의 정곡을 찔렀다. 제대로 전기 쇼크를 받은 느낌이었다. 그렇지만 그는 아직 결정을 내리지 못했다. 하지만 오른손이 이미 아랫도리에 가 있었다.

"잠시 반응이 없는 거겠지. 며칠 뒤에 좋아질지도 모르잖아."

"작작 웃겨요. 내가 천 번이나 주물렀는데도 전혀 반응이 없었어요."

"당신 영영 그러길 바라는 건 아니지?"

"희망이 뭔 소용이래요? 당장 실전에 강해야지. 퇴원한 지 한 달이나 지났어요. 지금 손해 배상금 청구를 하지 않으면 사장도 그 일을 잊어버릴 거예요."

"만일 갑자기 좋아지면 어떻게 해? 그럼 사기꾼이 되는 거잖아?"

"그런다고 솜 망치가 쇠막대가 되겠어요? 이런 좋은 기회를 왜 빨리 안 잡고 있는지 원."

고통이 돈벌이 수단으로 변했다고 생각하니 영 유쾌하지 않았다. 그는 돌아누웠다. 자기 아랫도리가 이렇게 힘이 없어졌다는 사실이 믿기지 않았다. 그래서 손해 배상에도 적극적일 수 없었다. 손해 배상 청구를 안 하면 아랫도리가 다시 설지도 모른다는 실낱같은 희망이라도 남지만 손해 배상 청구를 했다가 혹시라도 성공하면 평생 사내구실을 못할 것 같았다. 그래서 샤오원이 아무리 그를 몰아세워도 그는 사장을 찾아가서 돈을 요구하는 대신 몰래 비뇨기과에 가서 여러 차례 진료를 받았다. 의사가 양약 한 무더기를 처방해줬다. 약을 숨겨놓고 샤오원 몰래 먹었다. 약을 먹을 때마다 쪽팔렸다. 무슨 산해진미라도 먹는 것처럼 샤오원도 주지 않고 혼자서 몰래 먹었다. 보름 넘게 먹었지만 아랫도리는 솜방망이처럼 여전히 말랑말랑했다. 속이 쓰렸지만 포기하지 않고 이번에는 중의를 찾아가서 한약 한 뭉텅이를 받아왔다. 한약은 달여서 복용해야 하기 때문에 샤오원을 속일 수 없었다. 매일 저녁 식사 후 그는 약을 달였다. 약초향이 약탕기 구멍으로 '푸푸' 하고 뿜어져 나와 온 방 안에 퍼졌다. 침대보, 베개, 옷까지 그 향이 다 배었다. 샤오원이 코를 막으면서 말했다.

"이 약이 정말 효과가 있을까요?"

"효과도 없는데 내가 왜 먹겠어?"

샤오원이 비웃으면서 말했다.

"다 약값 뜯어내려는 수작이에요."

왕창츠도 그렇게 생각한 적이 있었다. 그러나 모든 의사들이 다 사기꾼이면 모든 약도 다 가짜고 그러면 그에게 희망은 완전히 사라지는 것이었다. 열흘 넘게 한약을 먹었지만 역시 아무런 효과가 없었다. 그렇지만 그는 절망하지 않았다. 약이 효과가 없는 것이 아니라 복용량이 부족해서 그런 거라 생각했다. 그래서 그는 복용량을 늘렸다. '벌컥벌컥' 약 들이키는 소리에 샤오원의 온몸에서 닭살이 다 돋았다. 약을 먹는 사람이 마치 그가 아니라 샤오원 자신인 것처럼 그렇게 닭살이 돋았다. 그래서 왕창츠는 매번 약을 먹기 전에 샤오원에게 귀를 막으라고 했다. 그가 약을 다 마시면 샤오원은 귀에서 손을 뗐다. 낮에는 플라스틱 병에 약을 담아가서 건설 현장에서 마셨다. 왕창츠가 약을 마시는 것을 보자마자 류젠핑이 그의 어깨를 툭툭 치면서 말했다.

"아무리 약을 벌컥대며 마셔도 효과 없어. 그냥 포기하고 손해 배상 청구나 해."

왕창츠는 고개를 저었다. 목에서 소리가 날 정도로 세게 고개를 저었다.

이날 왕창츠는 전신환 영수 증서 한 장을 받았다. 1천 위안으로 왕화이가 보낸 것이었다. 발신지는 고향 마을 우체국이었다. 이 얇은 영수 증서가 왕창츠의 손가락을 아프게 했다. 성에 온 뒤로 그는 시골에 땡전 한 푼도 보내지 않았다. 그런데 지금 시골에서 거꾸로 보내왔으니, 기가 막힐 노릇이었다. 그는 건설 현장의 한쪽 구석에 가서 아무 말없이 한바탕 울었다. 그러고는 1천 위안을 더 보태서 집으로 부쳤다. 열흘 뒤에 둘째 숙부로부터 회신이 왔다.

"한 달 전에 너랑 같이 성에서 살겠다며 구리촌을 떠나셨다. 지금 네 편지와 돈을 받고 너랑 같이 안 사시는 것을 알게 되었다…."

한 대 얻어맞은 것 같았다. 비계에서 떨어질 때보다 더 정신이 없었다. 그날 밤 그는 빈손으로 집으로 돌아왔다. 공사장의 도시락도 약병도 다 까먹고 아무것도 들고 오지 않았다.

샤오원은 이상한 생각이 들어 그가 화장실에 갔을 때 옷 주머니를 뒤졌다. 아니나 다를까 둘째 숙부의 편지가 나왔다. 두 번을 읽고 나서야 내용을 대충 알아차리고 바로 화장실 문을 두드렸다. 화장실 문이 열려 있었다. 왕창츠는 볼일도 안보고 씻지도 않은 채 화장실 안에서 멍하니 서 있었다. 샤오원이 편지를 들고 말했다.

"나는 아버님 어머님이 어디에 계시는지 알 것 같아요."

왕창츠는 이 일을 샤오원에게는 비밀에 부칠 생각이었다. 그런데 그녀가 답까지 내놓을 줄 몰랐다. 그는 화장실을 나와 편지를 뺏어들며 말했다.

"봐도 모르면서 보긴 뭘 봐?"

"분명히 현에서 구걸하고 계실 거예요."

왕창츠가 그녀의 입을 한 대 때렸다. 그런데도 샤오원은 입을 다물지 않고 계속 주절거렸다.

"돈을 구걸하는 거 말고는 다른 방법이 없잖아요."

"그게 말이야 방구야?"

침통해진 왕창츠의 얼굴을 보고나서야 샤오원은 자기가 말이 너무 많았다는 사실을 깨달았다. 그러나 그녀는 다른 사람의 비밀을 알아내기라도 한 듯 참지 못하고 말했다.

"사실 구걸도 별거 아니에요. 적어도 생활은 할 수 있으니까. 그냥 집에 있는다고 하늘에서 떡이 떨어지는 것도 아니고…."

"두부를 팔고 계실지도 몰라? 당신도 알잖아. 엄마가 만든 두부가 얼마나 부드럽고 하얀지."

"돈이 어디서 나서요?"

"빌리셨겠지."

"둘째 숙부도 안 빌려줬는데, 누구한테서 빌리겠어요?"

'정말이지 남세스러워서 원. 아버지께서 구걸하고 있는 모습을 현성에 있는 많은 친구와 선생님들이라도 본다면?' 아~ 아버지가 아니라 자신을 욕할 것이 눈에 훤했다. '최근에 귓불이 달아오른 적이 있다면 그들이 욕을 했었을 거야.' 왕창츠는 자기도 모르게 귓불을 만졌다. 손이 어디에 덴 것처럼 뜨거웠다. 저녁밥을 먹고 나서도 귓불이 여전히 뜨거웠다. 전 세계의 모든 사람들이 자기에게 손가락질을 하고 있는 것 같았다. 그는 고향에 한번 다녀올 생각에 보따리를 찾아 옷가지를 챙겨 넣었다.

"당신이 집에 간다고 해서 어떻게 할 수 있겠어요?"

"찾아서 집에 모셔다드리고 와야지."

"집으로 돌아가시면 돈도 못 벌고 그럼 집도 못 짓게 돼요."

"우리한테 돈이 있잖아? 그 돈으로 2층 집을 지어드리면 되지."

이렇게 말하고는 상자를 열고 통장을 꺼냈다.

"그 돈을 가져가면 애는요? 나는 뭐 먹고 살라고요?"

왕창츠는 통장을 만지작거렸다. 손가락에서도 열이 나고 통장에서도 열이 나면서 손과 통장이 함께 떨렸다. 잠시 주저주저하다가 왕창츠는 통장을 원래 있던 곳에 두었다.

"부모님께 돈을 안 드릴 거면 무슨 소용이 있어요? 당신이 성으로 돌아오면 다시 구걸하러 가실 텐데…"

"그럼 당신은 내가 어떻게 하길 원해?"

왕창츠가 나가면서 말했다.

"내게 방법이 있어요."

왕창츠는 걸음을 멈추고 말했다.

"뭔데?"

"통장의 돈을 부모님께 다 드려요. 단 당신은 돌아오자마자 바로 건설 회사로 찾아가서 손해 배상 청구를 해요. 이렇게 하면 우리는 부모님 집도 지어드릴 수 있고 또 돈이 생기면 성에서 아이를 낳을 수도 있어요."

왕창츠가 생각해봐도 이게 제일 확실한 방법이었다. 그러나 마음에서는 계속 이를 거부했다. 자신의 사고를 받아들이고 싶지도 않고 사실 소송도 두려웠다. 돈과 권력을 가진 사람들과 소송을 할 자신이 없었다. 이것이 어쩌면 그가 약을 먹는 진짜 이유일지도 모른다. 약이 효과는 없지만 손해 배상 청구 시간은 확실히 미룰 수 있었다. 그는 상자 앞에 서서 통장에 손도 대지 못하고 한동안 그대로 있었다.


# 33


고향의 현으로 돌아온 왕창츠는 거리에서 왕화이를 찾아 헤맸다. 버스정류장, 영화관, 마트, 호텔과 부두 등 사람들이 많은 모이는 곳은 다 찾아다녔다. 심지어 길가의 쓰레기통, 나무 그루터기, 전신주까지 빼놓지 않고 다 찾아다녔지만 그 어디에서도 왕화이의 그림자를 볼 수 없었다. 왕화이를 못 찾을수록 그는 신이 났다. 왕화이가 아직 거지 신세까지는 되지 않았고 하늘이 그에게 또 다른 답을 줄 거라고 생각했다. 그런데 사흘째 되던 날 새벽에 그는 제2 초등학교 교문에서 10미터쯤 떨어진 곳에 엎드리고 있는 한 그림자를 봤다. 아주 익숙한 모습이었다. 옛날에는 그렇게도 고상하고 크고 용감하고 그렇게도 착하고 지혜롭고 땀 냄새를 풍기던 사람이… 지금은 죽은 개마냥 땅에 웅크리고 있었다. 다 찢어진 옷을 입고 산발을 하고 온 얼굴과 손에 먼지를 묻힌 채 웅크리고 있었다. 그의 얼굴 앞에 스뎅 물컵 하나가 놓여 있었다. 칠은 반쯤 벗겨져 있고 컵의 모양은 변해 있었다. 가장들은 보고도 못 본 척 하고 지나갔다. 도리어 삼삼오오 지나가던 초등학생들이 엄마를 졸라 돈을 받아 물컵 안으로 던졌다. 지폐가 떨어질 때는 소리가 나지 않았지만 동전이 떨어질 때는 '댕그랑' 하고 소리가 났다. 사실 왕창츠는 대로 맞은편에 떨어져 있어서 '댕그랑' 하는 소리가 진짜 들리지는 않았지만, 그래도 그 소리에 왕창츠의 심장이 조였다. 사람들이 너무 많아서 차마 다가갈 용기가 나지 않았다. 그는 나무 밑에 숨어서 멀리서 바라봤다. 이를 악물고 참으려고 했지만 눈물이 주르륵 흘러내렸다. 흐르는 눈물을 닦고 또 닦았다. 뭔가 이상한 느낌이 들었는지 왕화이가 고개를 들고 왕창츠 쪽을 쳐다봤다. 왕화이의 얼굴은 검게 말라 있었다. 눈은 작고 움푹 패여 있었으며 수염도 깎지 않았다. 왕창츠는 나무에다 머리를 찧었다. 하나, 둘, 셋 시든 나무껍질이 다 떨어졌다. 왕화이는 한참을 보더니 아무것도 보지 못한 듯 다시 머리를 떨구었다. 학교에서 수업 종소리가 나고 거리에 사람들도 줄어들었다. 왕창츠는 눈물을 닦고 나무 뒤에서 나와 왕화이의 얼굴 앞으로 갔다. 가지고 온 2만 위안을 모두 물컵에 넣었다. 물컵은 그 돈을 감당할 수 없는 듯 옆으로 쓰러지면서 왕화이의 손까지 굴러갔다. 왕화이는 침에 찔린 듯 손을 떨었다. 그는 천천히 머리를 들어 멍하게 바라봤다. 강한 역광이 비치는 것 같았다. 순식간에 그의 눈에 눈물이 고였고 얼굴이 일그러지면서 우는 것 같기도 하고 웃는 것 같기도 했다. 얼굴을 찡그리는 순간 눈물이 나오는가 싶더니 오랜 가뭄에 마른 대지마냥 금방 눈물이 말랐다. 수척하고 물기라곤 전혀 없는 갈라진 얼굴을 보고 있자니 눈에 다시 눈물이 가득 고였다. 그는 무릎을 꿇고 왕화이를 안으면서 "아버지…" 하고 불렀다. 이 소리에 왕화이의 눈물샘이 터지기라도 한 듯 눈물이 '줄줄' 샜다.

"엄마는요?"

왕화이가 맞은편 골목을 가리켰다. 왕창츠는 왕화이를 안고 좁은 골목으로 걸어갔다. 그는 왕화이가 이렇게 가벼운 줄 몰랐다. 어린아이마냥 너무 가벼웠다. 왕화이가 이렇게 작은 줄도 몰랐다. 갓난아기처럼 너무 작았다. 왕화이가 가벼울수록 감당하기 힘들었고 왕화이가 작게 느껴질수록 더 슬펐다.

그들은 골목 안의 3평도 안 되는 위태위태한 방에서 세 들어 살고 있었다. 도로 쪽 창가에 놓인 유리병에는 빨주노초파남보 무지개 색의 물이 들어 있었다. 다른 사람들이 버린 안료를 배합해서 만든 것이었다. 알록달록 꽃을 심듯 유리병을 창틀에 놓아 장식했다. 대문이 훤하게 열려 있었다. 다 깨지고 녹슨 풍경이 문에 걸려 있었다. 한눈에 봐도 주운 것임을 알 수 있었다. 방 안에는 침대 하나가 덩그러니 놓여 있었다. 침대 옆으로 휠체어가 놓여 있고 부엌은 창문에 붙어 있었으며 한쪽 구석에 종이와 폐품들이 쌓여 있었다. 왕창츠는 왕화이를 휠체어에 앉히고 방 안을 둘러보았다. 류쌍줘가 문 입구에 서 있었다. 햇살을 거의 다 가리고 서 있어서 그런지 그녀의 몸이 누런 벼이삭처럼 황금빛으로 빛나고 있었다. 실내가 갑자기 어두워지면서 상대방의 얼굴도 분간이 안 되었다. "엄마…" 하고 소리쳤다. 류쌍줘는 순간 멍해져서 들고 있던 뜨개 가방을 손에서 떨어뜨렸다. 그는 뜨개 가방을 주웠다. 그녀가 눈물을 닦았다. 그는 뜨개 가방을 종이박스 위에 놓았다.

"네가 돌아왔구나."

그녀는 계속 눈물을 훔쳤다. 그는 그녀에게 휴지 몇 장을 건넸다. 얼굴을 닦자마자 휴지가 바로 젖었다. 그녀를 부축해 집 안으로 들어와 침상에 앉혔다. 그녀는 코를 한 번 풀고 깨끗한 휴지로 얼굴을 닦고 나서 왕창츠를 꼼꼼하게 쳐다봤다.

"네 얼굴빛이 누렇구나. 어디 아픈 데는 없니?"

"없어요."

그의 팔을 잡으면서 "다치진 않았지?" 했다.

"네."

"샤오원은?"

"두 달 뒤면 출산해요."

"아이도 무탈하고?"

"네. 괜찮아요."

"괜찮으면 됐다. 밥해줄게."

류쌍쥐는 밥을 하면서 "구걸은 다 네 아버지 생각이었다" 하며 원망 섞인 투로 이야기를 꺼냈다.


한 달 전에 왕화이가 자기 몰래 집의 닭을 다 팔아치웠다고 했다. 밭에서 돌아온 류쌍쥐는 닭을 도둑맞았다고 생각해서 닭장 앞에서 삼주 향을 사르고 종이 몇 장을 태우면서 주문을 외려 했다. 이것은 마을의 오래된 풍습이었다. 향을 사르고 주문을 외면 도둑이 벌을 받을 거라고 믿었다. 류쌍쥐는 도둑이 배탈 정도 나면 충분하다고 생각했다. 그렇다고 병원에 입원할 정도로 아팠으면 하는 것은 아니었다. 그저 자기 잘못을 알고 닭을 몰래 가져다놓을 정도로 아프면 딱 좋았다. 그러나 류쌍쥐가 주문도 외기 전에 왕화이가 돈을 꺼냈다. 12로 나누면 딱 닭 한 마리 값에 해당하는 지폐였다. 류쌍쥐는 그걸 보는 순간 무슨 일이 있었는지 알아차렸다.

"팔고 싶으면 팔아도 되는데, 왜 한 마리도 안 남겨놓고 다 팔았어요?"

왕화이는 저 멀리 바라봤다. 산등성이에 초록 길이 나 있었다. 새들은 하늘을 가르고 석양이 황금빛으로 빛났다. 류솽쥐가 향불을 끄면서 말했다.

"벙어리라도 됐어요?"

　왕화이는 쳐다보지도 않고 다 생각하는 바가 있다는 듯이 말했다.

"창츠에게 돈 좀 부쳐주려고 그랬어."

　창츠에게 돈을 부쳐주려고 그랬단 말에 류솽쥐는 마음이 누그러졌다.

　일주일 뒤에 고만고만한 돼지 두 마리까지 모두 팔아치웠다. 류솽쥐는 텅 빈 돼지우리를 보면서 대성통곡했다.

"다음에는 나까지 내다 팔게?"

"내 두 다리를 한 번 봐."

　그의 두 다리가 예전에 비해 또 한 사이즈 작아져 있었다. 종아리도 한 손으로 잡을 수 있을 만큼 살이 빠져 있고, 허벅지도 한 손에 잡을 수 있을 만큼 말라 있었다. 류솽쥐는 한참 동안 다리를 쳐다보면서도 돼지를 내다 판 이유를 알아내지 못했다.

"다리가 다 어디로 갔는지, 세월 앞에는 장사 없어. 시간이 다 어디로 갔는지, 시간을 다 허투루 보냈어. 내가 더 이상 움직이지 못하게 되면 이 별 볼일 없는 동네에서 늙어 죽어야 해. 여기서 나는 것은 곡식도, 가축도 다 값어치가 없어. 심지어 사람까지 최저가로 치니 나는 이곳에서 1분도 살고 싶지 않네."

　그의 불평불만에 익숙한 류솽쥐는 또 심경의 변화가 일어났다고 생각했다. 그런데 이번에는 정말이었다. 휠체어를 밀고 가서 직접 짐을 꾸렸다. 옷, 신분증, 돈까지 모두 나무 상자에 넣었다. 이 나무 상자는 평소에 그가 사용하기 편리하게 늘 침대 옆에 놓아둔 것이었다. 그가 짐을 다 꾸리자 류쌍쥐는 나무 상자를 궤짝 위로 옮기고 열쇠도 바꿔버렸다. 류쌍쥐가 도와주지 않으면 상자에도 손을 댈 수 없으니 자물쇠로 따고 그 안의 물품을 꺼내는 것은 말할 필요도 없었다. 물컵, 칫솔 등 별 볼일 없는 물건은 모두 천 가방 안에 넣었지만, 신분증이나 옷가지, 돈처럼 중요한 것은 하나도 넣지 않았다. 류쌍쥐는 날마다 계속 풀을 뽑고 김을 맸다. 그녀로서는 농사 이외에 다른 생존 수단이 없었다.

왕화이는 류바이탸오와 왕동을 따로 불러 궤짝 위에 있는 나무 상자를 내려달라고 부탁했다. 그들은 모두 고개를 가로저으며 안 된다고 했다.

"류쌍쥐가 당부했어. 누구라도 자네에게 도시에 가라고 부추기는 사람은 고의로 자네를 곤경에 빠뜨려서 돼지보다 못한 생활을 하게 하는 거라고."

왕화이가 비웃으며 말했다.

"생각이 딱 그만큼이니 자네들이 가난하게 사는 것도 당연해. 나는 창츠랑 같이 살려고 도시에 가는 걸세. 창츠는 이미 돈도 벌고 출세했을 걸세."

왕화이가 아무리 왕창츠를 칭찬하고 치켜세워도 류바이탸오와 왕동은 그 상자를 내려주지 않았다. 왕화이는 생각했다.

'다른 사람한테 부탁하느니 차라리 내가 직접 하는 게 낫지.'

그는 대나무 막대를 찾아내서 상자에 갖다대고 천천히 밀었다. 매일 조금씩 밀다보면 언젠가는 상자를 밀어 내릴 수 있을 거라 생각했다. 그런데 상자를 밀고 또 밀다가 문제점 하나를 발견했다. 상자를 내려서 돈을 꺼낸다 하더라도 그것은 만리장성으로 가는 첫 걸음에 불과했다. 누가 데려다주지 않으면 큰길에도 갈 수 없었다. 큰길까지 간다하더라도 류쌍쥐가 동행하지 않으면 그는 한 발짝도 움직이기 어려웠다.

그래서 그는 전략을 바꿨다.

"손꼽아보니 샤오원이 임신한 지 벌써 5개월이 넘었어. 샤오원은 첫 번째 임신이고, 창츠도 처음으로 아빠가 돼. 그 애들이 아직 어린데, 돈도 그렇고 도와줄 사람이 없네."

이번에는 류쌍쥐가 저 멀리 바라봤다. 그녀는 이미 산등성이를 넘어 창츠와 샤오원을 만나고 자궁 속의 손자까지도 만난 것 같은 눈빛이었다.

"개도 자기 새끼를 어떻게 기르는지 가르치는데, 사람은 말해 뭐해. 샤오원이 엄마가 되어본 적이 없으니 당신이 가서 가르쳐줘야지."

류쌍쥐는 사흘 동안 고민했다. 왕화이는 매일 류쌍쥐를 세뇌시켰다.

"우리는 운명을 바꿀 수 없지만, 손자는 아직 가능성이 있어. 손자가 순조롭게 태어나 건강하게 성장할 수만 있다면 우리가 쓰레기를 줍는 것도 가치가 있어."

류쌍쥐는 듣고 또 듣다가 결국 자물쇠를 열었다. 그녀는 옥수수와 볍씨를 작은 동서에게 부탁하고 왕화이를 따라 도시로 왔다. 도시로 오던 날 둘째 숙부와 류바이탸오가 왕화이를 데리고 앞에서 갔고, 류쌍쥐는 보따리를 지고 뒤에서 따라갔다. 오는 내내 류쌍쥐는 계속해서 뒤를 돌아봤다. 마을이 보이지 않을 때까지 계속 뒤돌아봤다. 하지만 대나무 가마에 앉아 있던 왕화이는 아무 미련도 없다는 듯 한 번도 뒤돌아보지 않았다. 자기 집이 등 뒤가 아니라 앞쪽에 있다는 듯 뒤도 돌아보지 않았다.

현에 도착하자 왕화이는 계획을 바꿨다. 그는 돈을 꽉 쥐고 경제권을 틀어쥔 채 류쌍쥐더러 성에도 못 가게 하고 고향에도 못 가게 했다. 류쌍쥐는 유괴당해 팔려왔다는 느낌을 지울 수 없어 왕화이에게 거짓말쟁이라고 욕을 했다.

"당신은 창츠가 정말 돈을 벌었을 거라 생각해? 우리가 빈손으로 가면 걔네들을 돕지 못할 뿐만 아니라 걔네한테 짐만 될 뿐이야."

"그럼 나는 왜 농촌에서 불러냈어요?"

"내가 계산해보니 출산까지는 3개월하고 조금 더 남았어. 이 3개월 동안 현에 가서 푼돈을 좀 벌면…."

류쌍쥐의 하소연은 끝이 날 줄 몰랐다.

"네 아버지는 왕씨 집안, 류씨 집안, 허씨 집안사람들의 체면까지 다 팔았다. 매일 대로를 걷고 있으면 죄다 아는 사람 같아서 얼굴을 바짓가랑이에 파묻고 싶을 정도로 창피했다."

류쌍쥐는 채소를 볶으며 남편을 원망하느라 음식에 소금을 넣는 것도 잊어버렸다.

# 34

왕창츠는 새 비누를 꺼내 왕화이를 깨끗이 씻겼다. 왕화이가 그렇게 더러운 것도 아니었지만 왕창츠는 꼭 비누로 깨끗이 씻겨야만 지금의 왕화이에게 걸 맞는다고 생각했다. 왕창츠는 왕화이를 다 씻기고 난 뒤 깨끗한 옷으로 갈아입히고 그를 밀고 집을 나섰다. 가는 길에 왕화이가 물었다.

"나를 터미널로 데려갈 작정이냐? 터미널에 갈 거면 네 엄마는 왜 안 데려왔어? 나랑 술이라도 한잔하려고? 설마 나를 화장터로 데리고 가는 건 아니겠지? 골목은 왜 또 도냐? 옷 사주러 가는 거야? 아니겠지. 설마 날 데리고 파출소에 가는 거야? 이것도 아니면 황쿠이의 아버지를 만나러 가는구나."

왕창츠는 아무 말도 없이 왕화이를 데리고 그대로 샤허쟈의 이발소 앞으로 갔다. 왕화이는 이발소를 보자마자 멈추라고 했다.

"창츠, 다른 건 내가 다 듣겠지만 이발만은 안 돼. 내 머린 배우의 얼굴, 물건의 상표, 가게의 간판과 같아서 이발을 하면 나는 바로 벌이가 없어져."

"한평생 거지로 살 생각이에요?"

왕화이가 휠체어의 브레이크를 잡아당기자 휠체어가 '끽!' 하고 소리를 내며 멈춰 섰다. 길바닥에 스키드 마크 두 줄이 생겼다.

"너도 알다시피 이 몸으로 농촌에서 돈 벌기는 이미 글러먹었다."

왕화이는 머리를 떨구었다.

"누가 아버지더러 돈 벌어 오래요?"

"그렇다고 모두가 널 바라보고 있을 수는 없다. 이렇게 해서라도 네 부담을 좀 덜어주고 싶었다."

"전혀요! 제 부담이 더 커졌어요. 어렸을 적에 제게 어떻게 가르치셨어요? 굶어 죽을지언정 빌어먹지는 말라고 하셨잖아요."

"그때는 내가 말할 자격이 있었지만 지금은…."

"지금은 어떤데요? 밥 지어먹을 쌀도 없어요?"

"난 내가 실패했다고 생각 안 한다. 나 혼자 힘으로 입에 풀칠 정도는 할 수 있다."

"지금보다 더 어려워져도 머리를 숙이고 살진 않겠다는 거네요."

"이… 이 말도 내가 너에게 하고 싶었던 말이다."

"이발은 왜 또 싫은데요?"

"내 자신이 무능하다는 건 참을 수 있지만 아이들에게 업신여김을 당하고 싶진 않다."

"저는 천 번이고 만 번이고 고생해도 되지만, 아버지 체면이 깎이게 놔둘 수는 없어요."

왕화이가 갑자기 고개를 들고 눈물을 왈칵 쏟으면서 왕창츠를 바라보았다. 그 순간 그들의 눈빛이 서로 마주쳤다. 방금까지도 한 사람은 바짓가랑이를 보고 있고 다른 한 사람은 강을 바라보고 있었다. 눈빛으로 서로에게 상처를 입힐까봐 서로 딴 곳을 바라보고 있었던 것이다. 그러나 지금은 서로를 간절하게 쳐다보고 있는 것이었다. 서로의 시커먼 얼굴을 바라보면서 가슴속의 새하얀 마음을 봐주길 간절히 바라고 있었다.

"창츠야! 잘 자라줘서 고맙다."

왕창츠는 왕화이를 꼭 안아주고는 이발소를 향해 걸어갔다. 그런데 갑자기 그의 발걸음이 느려졌다. 영화 속 슬로 모션처럼 느려졌다. 망설임 때문인지 아니면 왕화이를 좀 더 오래 안아주고 싶어서 그런지는 알 수 없었다.

이발이 끝나자 왕화이는 본래의 모습을 되찾았다. 과거의 왕화이로 돌아왔다. 집으로 돌아오는 내내 왕화이가 사과했다.

"창츠야, 내가 너를 볼 면목이 없다. 왕씨 집안의 조상님에게도 죄송하고 곧 태어날 손자에게도 미안하고…."

길은 길었고 그의 사과도 그 길만큼이나 길었다. 이전에는 전적으로 왕창츠가 왕화이에게 사과했지만, 지금은 왕창츠가 왕화이를 정복한 것처럼 그렇게 전세가 역전되었다. 그러나 왕창츠는 정복 후의 쾌감을 조금도 느끼지 못했다. 사과한 사람은 마음이 가벼워지지만 사과를 받은 사람이 오히려 책임감이 더욱 커진다는 사실을 알았다. 조금은 공허하고 적응도 안 되었다. 그는 빠른 발걸음으로 왕창츠를 밀고 셋집으로 돌아갔다.

류솽쥐는 종이 박스 옆에 멍하게 앉아 있었다. 그들이 나갈 때 봤던 그 자세 그대로 앉아 있었다. 한 시간 넘게 꼼짝도 하지 않은 것 같았다. 왕창츠가 여러 번 "엄마" 하고 부른 뒤에야 겨우 정신을 차린 듯 왕창츠에게 물었다.

"너 정말 우리를 돌려보낼 셈이냐?"

"설마하니 계속 여기서 사람들에게 무시당하고 싶으세요?"

"원망을 하자면 한도 끝도 없지만 사실 나도 조금은 익숙해졌다."

"쓰레기 줍는 일에 익숙해졌다고요?"

"내가 농촌에서 일 년 동안 죽어라 일해서 버는 돈보다 여기서 한 달에 버는 돈이 더 많아. 여기 종이 박스들, 병들, 잡지, 신문지 또 여기 스탠드, 구두, 전기밥솥, 다리미, 이불솜, 텔레비전 모두 아직도 사용할 수 있는 것들이야."

"모두 다른 사람들이 사용하다 버린 건데, 생각만 해도 토할 것 같아요."

"파리가 깨끗한 걸 좋아해서 아직 살아 있을까?"

"엄마는 내 엄마지 파리가 아니에요."

"내가 살아온 날들을 생각해보면 파리와 별반 차이도 없어."

"그러면 저는 파리 새끼네요."

"함부로 말하지 마라. 너는 깨끗해. 너는 너의 앞길만 생각하고 우리는 상관하지 마라."

"내가 엄마 몸에서 나왔는데, 어떻게 상관을 안 할 수가 있어요?"

류솽쥐의 가슴이 떨려왔다. 왕창츠의 이 말이 그녀의 가슴을 후벼팠다. 그녀는 왕화이를 쳐다봤다.

"돌아갑시다. 거지보다는 농민이란 말이 더 듣기 좋지."

"그렇지만… 우리네 농민 신세가 거지보다 낫다고도 할 수 없죠."

"돈만 쫓을 순 없잖아. 자존심도 중요하고 명예도 소중해. 창츠가 이렇게 효자고 자존심이 강한데, 당신은 아직도 우리가 굶어 죽을까봐, 가난하게 살까봐 걱정돼?"

류솽쥐는 한숨을 내쉬면서 말했다.

"생각지도 못했다. 우리가 너를 도시로 보냈는데 이제는 네가 도시 사람처럼 우리를 멀리하네."

"사람은 만족할 줄 알아야 해. 효심과 자존심은 돈으로도 살 수 없어."

그들은 폐품을 처리하고 짐을 잘 챙긴 뒤 열쇠를 집주인에게 주고 터미널로 갔다. 차에 오르기 전 류솽쥐가 물었다.

"너도 집으로 돌아가는 게 어때?"

왕창츠는 고개를 저었다. 사실 이것은 그의 진심이 아니었다. 그는 집으로 돌아가 날마다 그리워하던 고향을 실컷 보고 싶었다. 낡은 집, 채소밭, 돼지우리와 둘째 숙부도 보고 단풍나무, 산 그림자, 논도 보고 집밥도 한 상 배부르게 먹고 싶었다. 그러나 그는 돌아갈 면목이 없었다. 마을 사람들이 아버지의 거짓말을 알아차렸을까봐, 또 아버지, 어머니가 구걸까지 했다는 사실을 알까봐 두려웠다. 차문이 '쾅' 하고 닫히자 휠체어에 앉은 왕화이는 보이지 않고 버스 창문에 얼굴을 기대고 있는 류솽쥐만이 보였다. 코가 눌려 납작해질 정도로 버스 창문에 얼굴을 바짝 대고 있는 모습이 마치 어딘가에서 벗어나고 싶어하는 것 같았다. 버스는 두세 번 경적을 울리더니 천천히 터미널을 떠났다. 왕창츠는 멀어지는 버스의 뒷모습을 바라보며 마음이 아렸다.

터미널을 나온 그는 터미널 옆에 있는 카센터의 문 앞까지 와서 작년에 앉았던 그 돌에 앉았다. 카센터의 기술자도 예전 그대로였지만 그는 왕창츠를 알아보지 못했다. 왕창츠는 멀리 산으로 들어가는 고속도로를 바라보면서 버스가 마촌(麻村)과 자리(架里), 향정부(鄕政府)를 지나가는 상상을 했다. 류쌍쥐가 외사촌 언니 건잉(根英)의 집에서 대나무 가마를 꺼내 사람들에게 부탁해 왕화이를 메고 저수지, 허타이샹, 차밭을 지나 집 앞까지 가는 상상을 했다. 또 류쌍쥐가 호주머니를 뒤적거려 열쇠를 꺼내고 녹슨 자물쇠를 여는 상상을 했다.

하늘은 점차 어두워졌고 카센터도 문을 닫았다. 가로등이 하나둘 연이어 켜지면서 양쪽에 늘어선 촛불처럼 보였다. 카센터 사장이 가면서 왕창츠를 몇 번이나 쳐다봤지만 아무것도 묻지 않았다. 셋집 앞에 왔다. 무지개 색깔의 물이 병에 담긴 채 여전히 창가에 놓여 있고 녹슨 풍경은 '댕' 하고 둔탁한 소리를 냈다. 그는 왕화이가 남기고 간 체취를 맡았고 문 앞에서 류쌍쥐의 발자국을 보았다. 방 안을 한 번 둘려보면서 깊게 숨을 들이쉰 뒤에 두 손으로 벽을 힘껏 밀었다. 벽이 '와르르' 무너지면서 먼지가 뭉글뭉글 솟구쳤다. 그는 생각했다.

'부모님께서 이곳을 떠나지 않으셨다면 조만간 이 위험한 방에서 압사당했을지도 몰라. 또 내가 이 벽을 밀어버리지 않으면 다시 오셔서 거지 생활을 하실지도 몰라.'

그가 벽을 민 이유는 이게 다가 아니었을지도 모른다. 영광스럽지 않은 자신의 역사를 다 묻어버리고 싶었던 것은 아니었을까? 아니면 자신의 기억을 깨끗이 지워버리고 싶었던 것은 아니었을까?

그 시각 왕화이는 이미 자기 집 방 안에 앉아 있었다. 동생네 부부, 장우, 장셴화, 왕동, 류바이탸오 등등이 모두 와서 문을 두드렸고 이웃 마을에 사는 광성까지 왔다. 그들은 바깥 상황을 물었다.

"창츠는 돈을 얼마나 벌었대요? 샤오원이 곧 출산할 때가 됐지요?"

류쌍쥐는 그들에게 술을 따라주고, 차도 따르고, 담배도 나눠주고, 사탕과 과자도 내놓았다. 술 몇 잔에 왕화이의 얼굴과 목이 벌겋게 달아올랐다. 그는 감정이 격해지자 허리띠를 풀고 두 뭉텅이의 돈을 탁자 위에 꺼내놓았다. 사람들의 눈빛이 갑자기 집중되더니 방 안에 잠깐 동안 침묵이 흘렀다. 류바이탸오가 놀라 떨리는 목소리로 물었다.

"이렇게 많… 많은 돈이 어디서 났어?"

"다 창츠가 준 거야."

사람들은 모두 "와!" 하고 감탄하며 서로 막 떠들어댔다.

"창츠가 사장님이 됐어요?"

왕화이는 술만 마시면서 대답은 하지 않았지만 얼굴 가득 주름이 잡힌 채로 웃고 있었다.

## 35

왕창츠는 정말로 일을 크게 만들고 싶지 않았다. 심지어 시작하기도 전에 끝낼 생각이었다. 매일 그는 시간에 맞춰 건설 현장에 가서 벽돌을 쌓았다. 아무것도 바꾸지 않고 이 건물이 영원히 완공되지 않아서 그저 이렇게 계속 벽돌만 쌓을 수 있기를 미치도록 바랐다. 오른손에는 미장 흙손을 들고 왼손으로는 붉은 벽돌을 누르고 시멘트 냄새를 맡으면서 일하고 있으면 마치 삶이 강철을 견고하게 만드는 과정 같다는 생각이 들었다. 류젠펑이 계속 그의 어깨를 툭 치면서 "에이 겁쟁이, 지렁이, 개미, 뼈도 없고 담력도 없는 별 볼일 없는 위인" 하면서 욕했다. 욕할 때마다 류젠펑은 동물이란 동물은 다 갖다붙였다. 점심시간이면 왕창츠는 식판을 들고 사람들이 없는 담벼락 구석에 가서 혼자서 쩝쩝거리면서 먹었다. 그런데 류젠핑은 마치 GPS를 장착한 것처럼 왕창츠가 어디에 숨어 있든 그를 찾아냈다. 그는 욕을 하다 말고 왕창츠를 애석해하며 말했다.

"기회란 방귀랑 똑같아. 방귀 냄새가 오래가는 거 봤어."

"정말 그렇게 자신 있어?"

"나는 손가락으로 이미 세 장 받아냈잖아. 장당 1만 위안씩."

왕창츠는 믿지 않았다. 그도 그럴 만한 이유가 있었다. 당초 현 건설 현장에 있을 때 류젠핑은 자기 꽁무니를 쫓아다니면서 그저 밥만 축내는 소심한 사람이었다. 그런데 지금에 와서 천성이 어떻게 이렇게 바뀔 수 있단 말인가? 류젠핑이 꾸깃꾸깃한 종이 몇 장을 꺼내 보여줬다. 펼쳐보니 다른 사람이 류젠핑에게 위임한 손해 배상 청구서였다. 사인도 있고 손도장도 찍혀 있어 가짜 같아 보이지는 않았다. 왕창츠는 그에게 청구서를 돌려주며 물었다.

"왜 이 일을 하려고 해?"

"다 상황이 사람을 이렇게 만든 거지. 건설 현장마다 임금을 체불하면서 이제까지 못 받은 돈만 해도 다섯 번이나 돼. 사실 만두 사 먹을 돈이 없어서 사장을 직접 찾아가 주먹과 몽둥이를 휘두르며 협박도 했지. 사장들은 애초부터 말로는 안 되고 가서 멱살을 잡으면 그제서야 임금을 줘. 처음에는 다른 사람들을 따라가서 잔돈 정도 받았는데, 두어 번 따라가다보니 담력이 세지더라고. 어떻게 담력이 안 세질 수 있겠어? 배포라는 것이 있는데. 사람을 죽이면 목숨으로 보상하고, 빚을 지면 돈으로 갚아야 한다는 말이 있지. 천백 년 이래로 사람들은 이 규칙을 준수해왔는데, 요즘은 채권자들이 채무자를 더 무서워하니 원?"

그는 말을 할수록 더 흥분했고, 또 어떻게 하면 이기는지를 알고 있는 것 같았다. 왕창츠는 그를 다시 보게 되었다. 그날 저녁 그는 바로 위임장을 작성하고 다음날 류젠펑을 따라 병원에 가서 발기부전을 증명할 수 있는 서류를 뗐다. 류젠펑은 서류 두 개를 챙긴 뒤 건설 현장을 나가면서 말했다.

"일을 한번 꾸며봄세."

왕창츠는 매일 출근은 했지만 수시로 벽돌을 떨어뜨려 깨고 담도 똑바로 쌓지 못했으며, 담을 쌓는 속도도 나날이 늦어졌다. 또한 마음도 어수선한 것이 곧 무슨 일이 터질 것만 같았다.

아니나 다를까 안두라오가 그를 현장 사무실로 불렀다.

"일을 관두던지 꺼지던지…."

그는 너무 놀라 그 자리에서 오줌을 지렸다. 두 다리에 힘이 빠졌다. 안두라오가 그의 바짓가랑이에서 나는 김을 보고는 말했다.

"간덩이도 작은 놈이 왜 이렇게 일을 만들려고 해?"

"아내가 곧 출산인데, 병원비도 부족하고 애 분윳값도 마련해야 해서요."

"보상비로 2만 위안 줬잖아?"

"모두 부모님께 드렸어요."

"그거로 사기치면 안 되지."

"발기부전에 대한 보상이 2만 위안으로 가능해요?"

"누가 발기부전이래?"

"의사가 그랬어요."

왕창츠는 증명서의 복사본을 꺼냈다. 안두라오는 증명서를 한 번 보고는 옆방에서 전화 업무를 보는 농룽을 불렀다.

"네가 저놈 물건 한 번 만져봐. 진짜 발기부전인지 아닌지 내가 한 번

봐야겠어."

농롱은 안두라오의 동향이자 안두라오의 잠자리 상대였다. 왕창츠의 물건을 만져보라는 말에 얼굴이 순식간에 발개졌다.

"만질 거야 말 거야?"

농롱이 고개를 가로저었다.

"지금 안 만지면 내일 심부름 가서 창녀 대접도 못 받으면서 사장님께 하루 종일 시달려야 할 거다. 너 여기서 계속 일 안 하고 싶어?"

농롱은 수줍음을 떨쳐내려는 듯 '후' 하고 숨을 크게 한 번 들이쉬었다. 그녀가 수건을 꺼내 감으려고 하자 안두라오가 뺏으면서 말했다.

"이렇게 두껍게 해서 만지면 어떤 물건도 안 서겠다."

농롱은 수치심을 떨쳐내려는 듯 '후' 하고 다시 숨을 크게 들이마시더니 왕창츠 앞으로 왔다. 왕창츠는 긴장되고 창피해서 두 손으로 물건을 가렸다. 전신이 다 떨렸다.

"두려워하는 거 보니 발기부전은 다 거짓말이네."

"의사가 이미 다 검사했다고요."

"웃기네. 시가 한 갑만 주면 가짜 증명서를 발급해주는 마당에 누가 그걸 믿어?"

"믿기 싫으면 당신이 다시 검사해보던가" 하면서 왕창츠는 바지를 벗었다. 농롱이 손을 뻗었다. 왕창츠가 몸을 피하면서 말했다.

"정말 만지게요? 당신들도 다들 농촌 출신이면서 동정심이라곤 눈곱만큼도 없어요?"

"농촌 사람은 다 농촌 사람을 동정해야 한다는 규정이라도 있어?"

안두라오가 말했다.

농롱이 왕창츠의 팬티를 확 잡아당겼다. 팬티가 흘러내리는 순간 왕창츠가 팬티를 잡았다. 농롱의 손이 팬티 안으로 들어왔다. 왕창츠가 비명을 질렀다. 죽을 것 같았다. 팬티 안으로 갑자기 실험용 쥐가 들어온 것 같았다. 쥐는 열심히 아래위로 헤집고 다녔다. 왕창츠는 물건이 서길 바랐지만 아무런 반응이 없었다. 그는 창피해서 고개를 숙였다.

"안두라오! 내가 나중에 당신을 죽인다면 그것 역시 당신이 자초한 거야."

농롱은 한참을 만지더니 손을 뺐다. 안두라오가 그녀를 봤다. 그녀는 고개를 저으면서 세면대로 가서 가루비누를 한 움큼 집어 들었다. 두 손을 계속해서 문지르자 세면대에 거품이 가득 찼다. 거품이 넘쳐흘렀지만 그녀는 여전히 더럽다는 듯 다시 가루비누를 집었다. 손의 피부 조직을 다 떼지 않으면 더러움이 가시지 않을 것처럼 그렇게 씻어댔다. 왕창츠는 팬티를 입고 더는 참을 수 없다는 듯 안두라오 앞으로 걸어가서 그의 왼쪽 뺨을 향해 주먹을 날렸다. 그러나 때리려는 순간에 멈추고는 그대로 뒤로 물러났다. 그는 지금까지 한 번도 사람을 쳐본 적이 없었다. 지금 이 순간에도 그럴 만한 배포가 없었다.

건설 현장을 나서는데 왕창츠는 순간 다리 사이가 텅 빈 것처럼 느껴졌다. 마치 호랑이 연고를 바른 것처럼 시원하고 찬바람이 불고 지나간 들판처럼 휑하게 느껴졌다. 거리를 지나고 또 지나 두 블록을 지나는 내내 한 번도 다리가 붙지 않았다. 누가 가운데를 칼로 도려내어 영원히 메꿔지지 않는 해협을 남겨놓은 것 같았다. 그는 멈추지 않고 걸었다. 그래야만 두 다리가 합쳐질 것 같았다. 걷고 또 걸어서 류젠핑의 집으로 갔다. 문을 두드리자 류젠핑이 나왔다. 그는 왕창츠를 안으로 들였다. 집은 10평 남짓 되었는데, 방 두 칸에 주방과 화장실이 딸려 있고 작은 발코니도 있었다. 집은 낡았지만 벽은 새로 하얗게 칠해져 있었다. 거실에 있는 작은 책장에는 법률 서적 열 몇 권이 꽂혀 있었다. 차

테이블에는 꽃이 꽂혀 있었다. 비록 조화였지만 먼지라곤 없었다. 커튼은 시스루와 면 이중으로 되어 있었다. 침실의 이불은 반듯하게 개켜져 있었고 침대 양쪽에는 장식장이 있었다. 왼쪽 장식장 위에 법률 서적이 펼쳐진 채 엎어져 있었다. 왕창츠는 지금에야 알았다. 류젠핑과 자신이 이미 한참 동떨어져 있음을. 그는 순수한 노동자가 아니라 손해 배상 전문가였다. 그는 건설 현장에 일하러 온 것이 아니라 고객을 물색하러 온 것이었다. 손해 배상 청구가 필요한 사람이 있는지 알아보러 온 것이었다.

"부러워할 필요 없어. 나는 그 대가를 이미 치렀어."

류젠핑은 이렇게 말하면서 윗도리를 걷고 바지를 걷어올렸는데, 어깨, 등짝, 다리에 난 상처가 뚜렷하게 보였다.

"칼에 찔리고 뼈가 부러지고 넘어져서 깨지고, 나도 똑같이 상처가 많아."

왕창츠는 옷깃을 걷어올리고 배에 난 칼자국을 가리키고 또 자기의 물건을 치면서 말했다.

"게다가 우리 아버지는 두 다리까지 부러지셨어."

"옷을 벗으면 너나 나나 다 똑같아." 류젠핑이 말했다.

비슷한 상처 때문에 왕창츠는 류젠핑을 더욱 신임하게 되었고, 그 법률 서적 때문에 약간은 그를 우러러보게 되었다. 그는 책 한 권을 들고 기계적으로 펼쳤다. 그러나 한 글자도 눈에 들어오지 않았고, 조화와 류젠핑도 흐릿하게 보였다. 머릿속은 온통 방금 전에 모욕당했던 그 생각뿐이었다.

"너희 사장은 머리가 비상한 인간이라 두 번이나 그를 막으셨지만 그때마다 미꾸라지처럼 빠져나가더라. 그에게서 돈을 받아내기란 날아가는 새의 깃털을 뽑는 것보다 더 어려울 것 같단 생각이 들어."

"아무리 어려워도 꼭 받아내야 해. 이제 물러설 곳이 없어."

"건물에서 뛰어내리지 않으면 사장은 절대 안 나타날 거야."

"그때 우리 아버지가 그 방법으로 교육부를 협박했다가 결국 본인만 불구가 됐을 뿐, 아무것도 못 건지셨어."

"여기는 큰 도시야. 운이 좋으면 기자들이 보도해줄 수도 있고, 사장들이 평소에는 큰소리쳐도 한 번 폭로당하면 바로 꼬리를 내려."

왕창츠는 고개를 저으며 말했다.

"다른 방법도 생각해봐. 부주의로 건물 꼭대기에서 떨어지면 우리 집은 완전히 망해. 나는 돌봐드려야 할 부모님도 있고 태어날 아이도 있어. 이 방법은 너무 위험해. 법률을 배우는 중이라고 했지? 근데 왜 여기이 방법은 안 사용해?"

왕창츠가 손에 있는 책을 들어 보이며 말했다. 류젠펑이 차갑게 웃으면서 말했다.

"너는 내가 이걸 이해할 거라 믿니? 그냥 배포를 키우려고 두는 거야. 우리 같은 출신들은 법이 아니라 주먹으로 해결해야 해. 저들의 방식대로 똑같이 해야지, 정상적인 방법으로는 불가능해."

"논리적으로 해결할 방법도 있잖아?"

"당연하지. 하지만 소송비가 필요해. 소송비를 내면 사람들이 쳐다보기는 하겠지. 설령 소송에서 이겨서 보상금 몇 만 위안 받았다 치자. 그건 껌값도 안 돼. 물론 그때 가서 본인의 말이 사실이라는 판결은 받겠지. 하지만 돈은 돈대로 쓰고 고생은 고생대로 해서 받으면 뭐해. 장학금도 없이 종이 쪼가리 하나 받는 것과 뭐가 달라."

왕창츠는 아무 말도 하지 않았다. 한참 있다가 그는 책을 내려놓으며 물었다.

"또 다른 방법은 없어?"

"있지. 근데 네가 할 수 있을까?"

"어쩌면?"

"납치해."

왕창츠는 다시 말이 없어졌다. 한동안 가만히 있더니 "그냥 총으로 쏴버릴까?" 했다.

"총이 있어도 너는 못 해. 네 사장이 누군지는 알아?"

왕창츠가 고개를 끄덕였다.

"린쟈보." 류젠펑이 말했다.

"왜 또 그 사람이야? 현에 있을 때 우리 돈 한 번 떼먹었잖아?"

"황쿠이가 누구 손에 죽은 줄 알아?"

"설마 그 사람이?"

"그 사람 아버지의 방해로 경찰도 그를 못 잡아들여."

"근데 왜 황쿠이를 죽였대?"

"황쿠이가 너무 많은 사실을 알고 있어서 그랬을 거야."

"제길, 목숨 한 번 걸어보지 뭐!"

왕창츠가 갑자기 목청을 높이는 바람에 류젠펑도 깜짝 놀랐다.


# 36


이른 새벽 왕창츠는 한 번 더 잘 생각이었다. 그러나 7시가 되자 몸이 먼저 반응해 아무리 더 자려고 해도 잠이 오지 않았다. 하는 수 없이 그대로 일어나 앉았다. 평소 이 시간이면 재빠르게 옷을 입고, 이를 닦고, 세수를 했다. 시동 걸린 차바퀴처럼 서둘러 집을 나가서 1층에 있는 밥집에 들러 만두 두 개를 사고 그대로 건설 현장까지 달려갔다. 지금은 매일같이 달려나가는 데 지쳐서 더는 그러고 싶진 않은 듯 엉덩이를 침대에 꼭 붙이고 앉아서 꼼짝도 하지 않았다. 마치 모든 사람이 공기 중에 응고되어 있는 것처럼 그렇게 가만히 있었다.

한 시간 뒤에 샤오원이 일어났다. 왕창츠는 그때까지도 침대에 앉아 있었다.

"지금 몇 시나 되었어요? 일 안 나가요?"

왕창츠는 못 들은 척하면서 눈도 깜빡이지 않았다. 샤오원이 갑자기 머리를 쥐어박으면서 말했다.

"이런 멍청이 좀 봐. 건물에서 뛰어내리기로 했지. 하마터면 까먹을 뻔했네요."

왕창츠는 생각이 멈춘 것처럼 여전히 꼼짝도 하지 않았다. 샤오원은 일어나서 죽을 데우고 계란 프라이를 했다. 샤오원이 예닐곱 번 부르고 나서야 침상에서 일어나 이를 닦고 세수하고 아침밥을 먹었다.

"사장을 불러내기만 하면 되니 뛰어내리는 시늉만 해요. 아버지처럼 정말 뛰어내리면 안 돼요."

왕창츠는 아무 말도 하지 않았다.

"건물 위는 바람이 세니 옷을 좀 두껍게 입고 너무 높이는 올라가지 마요. 너무 오래도 기다리지 말고. 비계에 올라간 뒤에 몰래 몸에 밧줄을 감고 조심해서 떨어져야 해요."

샤오원은 이렇게 말하고는 줄을 꺼냈다. 밧줄은 1미터 정도 되는데, 굵고 튼튼했으며 양쪽에 쇠고리가 묶여 있었다.

왕창츠가 어디서 구했냐고 묻자 샤오원이 샀다고 했다. 대개 건설 현장 근처에는 이런 밧줄을 파는 사람도 있고, '내가 당신 대신 다쳤으니 배상하라', '줄 돈을 안 주면 대가 끊긴다', '집에 돌아가 설을 쇠게 임금을 지불하라' 등의 현수막을 파는 사람도 있었다. 건설 현장 근처에는 이런 온갖 것이 다 있고 파는 사람도 많아 곧 유망 산업이 될 것 같았다.

왕창츠는 문을 나서면서 이 밧줄로 린쟈보를 산 채로 목 졸라 죽이고 싶다는 생각이 제일 먼저 들었다. 그러나 이 생각은 만두가게의 대나무 찜통에서 올라오는 열기처럼 바람이 불자마자 사라졌다. 그는 건설 현장 주변을 사흘 째 돌고 있었지만 비계에 올라갈 용기가 나지 않았다. 매일 해질 무렵이면 그는 자신이 샤오원에게 뭔가 미안한 일을 한 것처럼 의기소침해져서 돌아왔다. 샤오원은 뭐라 원망하지는 않았지만 요리하는 소리가 심상치 않았고, 또 급하면서도 무거웠다. 그릇도 평소보다 크게 놓았고 샤워하는 소리도 이전보다 컸으며, 수도꼭지를 틀 때도 이전보다 훨씬 세게 틀었다. 왕창츠는 가시방석에 앉아 있는 것 같아 집에 있고 싶지 않았다. 나흘째 되던 날도 머리를 떨구고 돌아왔는데, 집에 한 사람이 더 있었다. '이 사람이 누구지?' 그는 일순간 그가 누구인지 생각나지 않았다. 몇 번을 생각하고 나서야 뇌에 피가 공급된 듯 겨우 생각났다.

"이게 누구야? 류젠펑 아닌가?"

"도대체 비계에는 안 올라갈 거야?" 류젠펑이 말했다.

"안 올라가."

"비계에 안 올라가면 무슨 수로 보상금을 받아낼 수 있어요?"

"나는 아버지와는 달라야 해."

"다른 방법으로는 다 후환이 따를 거야. 누가 다치든가 돈이 안 되거나. 여차하면 살인이 날 수도 있어. 건물에서 뛰어내리면 다른 사람한테 피해도 안 주고 본인만 다쳐서 사장 협박하기에는 딱이야."

"지금 사장은 간덩이가 하느님보다 더 커서 투신자살로는 꿈쩍도 안 할 거야."

"내가 너랑 같이 올라가면 힘이 더 커지지 않을까?"

"나는 아버지처럼은 안 할 거야."

"세상에는 안 하고 싶어도 해야 하는 것들이 있어요. 조상에게 향을 사르고 절을 하는 제사 같은 거요. 그런 거 안 할 자신 있어요?" 샤오원이 류젠핑을 거들며 말했다.

"보상금 청구는 아이디어 내기가 힘드니 그냥 전통적인 방법으로 하자고."

"나는 그런 방법은 안 쓰고 싶어."

며칠 뒤에 그는 결국 아버지와는 다른 방법을 생각해냈다. 이것 때문에 흥분해서 밤새 잠을 잘 수가 없었다. 어려서부터 성인이 된 지금까지 그가 했던 모든 일은 많든 적든 아버지의 영향과 도움을 받아 처리했는데, 이 일은 온전히 혼자서 해결한 것이었다. 어쩌면 아버지와 다르다는 그 사실 때문에 웃고 있는 건지도 몰랐다. 당연이 이 방법은 터무니없는 생각에서 나온 것이 아니라 주도면밀한 관찰과 현실에 근거해서 나온 것이었다. 그는 먼저 건설 현장의 담에서 회사 전화번호를 알아낸 뒤에 중요 고객인 척하면서 전화 부스에서 회사에 전화를 걸었다. 회사 주소를 알아낸 뒤에 결국 회사를 찾아갔다. 그는 일부러 사투리를 사용하면서 동향 사람인 척하면서 린쟈보를 찾았지만, 보안 요원에게 저지당했다. 이틀 뒤에 일을 핑계로 회사 정문에 가자 보안 요원이 무슨 일 때문에 왔냐고 했다. 순간 대답을 못 해 다시 보안 요원에게 저지당했다. 세 번째 갔을 때 그는 회사의 덩(鄧)씨를 찾아왔다고 했다. 보안 요원이 이름을 묻자 나오는 대로 '덩더즈(鄧德智)'라고 얼버무렸다. 보안 요원이 그런 사람은 없다면서 그를 다시 밀어냈다. 이렇게 한두

번 하다보니 보안 요원이 그를 알게 되어 더 이상 들어갈 기회가 없어
졌다.

　그는 회사 근처에서 지키고 있다가 린쟈보가 매일 오전에 검정 세
단을 몰고 출근한다는 사실을 알았다. 차량 번호가 8자 다섯 개 즉
'88888'이라는 것도 알아냈다. 린쟈보의 세단이 길옆을 지나갈 때 왕
창츠와는 불과 5미터밖에 떨어져 있지 않았다. 그러나 유리창이 그 사
이를 막고 있어서 마치 서로 만질 수 없는 다른 세계를 보는 것 같았다.
한 명은 TV 안에 한 명은 TV 밖에 있는 것 같았다. 두 사람이 아주 가까
이서 볼 수 있는 시간은 그 한 순간이었다. 어떨 때는 1초, 1초가 안 될
때도 있었다. 회사 정문에는 출입 차단기가 있고 보안 요원도 있어서
확실히 여기서는 할 수 없을 것 같았다. 그래서 그는 린쟈보가 운전해
오는 반대 방향으로 500미터 걸어갔다. 그곳에 사거리 입구가 있고 길
옆에 동바오로(東寶路) 파출소가 있었다.


　며칠 뒤 오전 9시 20분, '쿵' 하는 소리와 함께 왕창츠가 린쟈보 세단
의 보닛 위로 뛰어들었다. 시신이 하늘에서 떨어진 것처럼 보였다. 린쟈
보는 급히 세단을 세웠다. 왕창츠의 코가 자동차 유리에 처박혀 태양혈
이 찢어지고 고막이 터진 것처럼 쑤시고 아팠다. 살고 싶지 않을 만큼
너무 쑤시고 아팠지만 근육통은 금방 사라졌다. 행인들이 모여들기 시
작하고 교통도 순식간에 막혔다. 경찰 두 명이 파출소에서 뛰어나왔다.
한 명은 교통정리를 하고 다른 한 명은 왕창츠에게 뛰어왔다. 왕창츠는
보닛 위에 앉아서 플래카드를 펼쳤다.

　"산재를 당했으니 배상하라."

　구경꾼들이 점점 많이 모여들었다. 고함 소리, 휘파람 소리, 나팔 소
리가 여기저기서 울려 퍼졌다. 경찰이 왕창츠를 가리키며 말했다.

"이봐요, 좀 내려와요."

"간신히 그를 잡았는데, 내가 내려가면 바로 도망갈 거요."

"나한테 원하는 조건을 따로 말해봐요. 일단 먼저 물러서시오."

왕창츠는 양손으로 보닛 홈을 꽉 붙잡았다. 경찰이 그의 다리를 잡아끌었다. 그는 보닛에서 미끄러져서 땅에 처박혔다. 아래턱이 앞 범퍼에 부딪치고 노면에 다시 한 번 더 부딪쳤다. 경찰이 일어나라고 했다. 그는 샤오윈을 처음 포옹했을 때처럼 그렇게 차바퀴를 꼭 안고 얼굴 반쪽을 차바퀴 위에 갖다붙였다. 얼굴이 바퀴에 눌려서 찌그러졌다. 구경꾼들이 밀려들면서 경찰이 지나치다고 욕했다. 또 경찰이 돈 있는 사람만 위하고 가난한 사람은 모른 척한다고 욕했다. 심지어 팻대를 올리고 팔을 걷어붙이는 사람도 있었다. 경찰은 새까맣게 몰려드는 사람들을 보고 냉소적인 얼굴에서 온화한 얼굴로 바뀌었다. 그는 무릎을 꿇고 말했다.

"이봐요, 일어나기만 하면 우리가 최선을 다해 협조하겠소."

왕창츠는 그 말을 믿지 않았다. 경찰의 말이 진실인지 아닌지를 알아보려는 듯 경찰을 쳐다봤다.

"당신이 비켜만 준다면 저 차를 놔주지 않겠다고 내 보증하겠습니다."

왕창츠는 여전히 믿지 않았다. 경찰이 예를 갖춰 깍듯하게 경례를 했다.

"이건 최고의 예우요."

왕창츠는 차바퀴에서 손을 떼고 땅에서 일어났다. 경찰은 어린 시절 엄마가 먼지를 털어주듯 그의 바지에 묻은 먼지를 털어줬다. 그의 굳은 마음이 순식간에 풀어지는 것 같았다.

"나도 어쩔 수 없어서 이렇게 하는 것이오. 나도 본래 나쁜 사람은 아닌데 저들이 사람을 이렇게까지 만들었소"

경찰이 차문을 똑똑 두드렸다. 그제야 차 창문이 천천히 내려갔다. 경찰이 차를 파출소로 몰고 오라고 신호를 보냈다. 린쟈보가 액셀을 밟자 세단은 몽둥이마냥 꼿꼿하게 움직이기 시작했다. 린쟈보는 애초에 경찰은 안중에도 없었다. 왕창츠는 생각했다.

'잘못 들이박았다. 계획이 다 틀어졌구나.'

린쟈보의 세단은 경찰 오토바이를 따라 파출소로 왔다. 오 순경의 도움으로 왕창츠는 린쟈보와 대면할 수 있었다. 테이블 하나가 중간에 놓여 있었다. 가까이에서 오랜 시간 서로에 대해 알아볼 수 있는 첫 번째 만남이었다. 린쟈보는 하얀 얼굴에 마른 체형이었으며 검은 테 안경을 쓰고 있었다. 상고머리에 눈은 작고, 양복 차림에 흰색 와이셔츠를 걸치고 목은 여자처럼 가늘고 길었다. 반면 왕창츠의 피부는 까맣고 거칠었다. 손에는 벽돌을 나르다 생긴 작은 상처가 있고, 옷은 먼지투성이였으며 머리에도 재가 묻어 있었다. 방금 도로에서 묻은 것이었다. 그런데 이 순간 린쟈보가 가장 받아들이기 힘든 것은 왕창츠의 외모였다. 그의 눈에 비친 왕창츠는 눈이 아주 크고 쌍꺼풀이 있으며, 용모가 반듯하고 눈썹도 진하며 이도 가지런했다….

린쟈보는 왕창츠를 쳐다보며 생각했다.

'제기랄! 잘만 태어났으면 훈남 스타일이네.'

왕창츠도 린쟈보를 바라보면서 생각했다.

'하기야 원래 사기꾼이나 살인범이 고상하게 생겼지.'

린쟈보는 생각했다.

'생긴 거랑 상관없이 사기꾼들은 심보와 수단이 하나같이 똑같아.'

왕창츠는 생각했다.

'겉만 보고 사람을 평가하면 안 되지. 높은 자리에 있는 사람들은 독해서 연못에서 손만 씻어도 물고기가 죽어나가고, 청산만 지나가도 풀들이 다 말라 죽어.'

두 사람은 침묵하면서 다만 머릿속으로 대화를 나누고 있었다.

'걸핏하면 건물에서 뛰어내리고 걸핏하면 차로 뛰어드니, 너네 같은 사람들 때문에 세상이 어지러워졌어.'

'당신 같은 사람 때문에 신용과 명예가 다 떨어졌어.'

'너네 같은 사람들 때문에 중국인의 평균 수준이 바닥이야.'

'당신들은 우리의 열정을 짓밟았어.'

'너희들은 아무 때나 가래를 뱉고 아무데서나 오줌을 갈기지.'

'당신들은 뇌물 수수에 세컨드와 애인을 두고 정경유착을 일삼지.'

'너는 인간쓰레기야.'

'뱀, 전갈 같은 악질새끼.'

'네 신발에서 정말이지 발 냄새가 진동해.'

'네 역겨운 향수 때문에 구역질이 날 지경이야.'


왕창츠가 먼저 침묵을 깼다. 사투리로 말했다. 사투리로 말하면 린쟈보를 움직일 수 있을 거라 생각했지만 린쟈보는 눈썹 하나 까딱하지 않았다. 왕창츠는 자신의 요구 사항을 말하면서 테이블 위에 고소장과 상해 증명서를 펼쳐놓았다. 린쟈보는 머리를 돌려 창밖을 바라보면서 한 마디도 하지 않았다. 왕창츠는 그를 주시하면서 주먹을 쥐었다. 몇 번 주먹을 날릴까도 생각했지만 이성이 그를 눌렀다. 린쟈보가 문 밖을 향해 손짓했다. 오 순경이 들어왔다. 린쟈보가 말했다.

"Sir, 저 사람한테 좀 전해주시오. 내가 보상금을 안 준다는 것이 아니라, 불분명한 보상은 안 하고 싶다고. 꼭 배상해야 한다면 합리적이고 합법적인 절차를 밟아서 관련 부서를 찾아가서 하라고 하시오. 이런 야만적인 방법으로는 안 되오. 우리나라는 법치 국가이니 사람들은 모두 법을 준수해야 하오. 모든 사람들이 협박으로 분규를 해결하려 한다면 법치가 파괴되오."

"소송 비용도 없는 판에 어떻게 절차를 밟을 수 있단 말이오?"

"내가 빌려주겠소."

"5만 위안을 빌려줄 수 있소?" 왕창츠가 주먹을 들며 말했다.

"진심이 안 느껴져요."

"당신이 그렇게 느끼는 것은 내가 어떻게 고소해도 당신을 이길 수 없기 때문이오."

"고소도 안 해봤으면서 어떻게 알아?"

왕창츠는 순간 멍해졌다. 세게 나가면 확실히 돈을 받을 수 없을 것 같았다. 오 순경도 "소송은 가난한 사람들이 할 수 있는 최선의 방법이 아니오"라며 간섭했다. 왕창츠는 답을 기다리듯 오 순경을 안타깝게 바라봤다. 오 순경은 아주 난처해했다. 그는 린쟈보를 압박할 수도 없고 그렇다고 왕창츠를 도와줄 능력도 없었다. 창문 밖 나무에 답안이 걸려 있는 듯 고개를 돌리는 수밖에 없었다.

"사실 돈을 한 푼도 들이지 않고 처리하는 방법도 있소. 노동청을 찾아가서 중재 요청을 한 번 해보시오. 그쪽에서 배상하라는 대로 배상할 테니."

왕창츠는 린쟈보의 말 한 마디 한 마디가 거짓이라는 것을 알고 있었다. 그러나 반박할 이유를 찾지 못한 채 그가 걸어 나가는 것을 바라보고만 있었다. 오 순경이 왕창츠의 어깨를 툭툭 치면서 의미심장하게 말했다.

"법을 한 번 믿어보시오. 그래도 세상에는 좋은 사람들이 더 많으니 한 번 믿어보시오."

왕창츠의 몸에서 갑자기 닭살이 돋았다. 오 순경의 손에 과민 반응한 건지 아니면 그의 말에 과민 반응한 건지는 모르겠다.

37

이 도시는 라디오의 회로판처럼 복잡하게 얽혀 있다. 큰길은 전선 같고 건물은 전기저항 장치 같았다. 왕창츠는 회로가 어떻게 연결되어 있는지, 모든 전기저항 장치가 무슨 기능을 하는지도 몰랐다. 그러나 그는 결국 보상금 청구 건으로 노동청을 찾아냈다. 멍쉔(孟璇)이라는 여자 과장이 그를 맞이했다. 멍쉔은 사십 정도에 용모 반듯하고 날씬했으며, 목소리가 부드럽고 친절했다. 그녀는 왕창츠의 자료를 꼼꼼하게 읽은 뒤에 그를 돕기로 결정했다. 그러나 보름 동안 몇 십 번이나 전화를 걸었지만 린쟈보와 통화가 되지 않자 그를 돕겠던 마음도 점점 식어갔다. 왕창츠는 매일 희망을 안고 노동청으로 달려갔다. 가서 멍쉔의 기운을 북돋아주었다. 멍쉔의 사무실에 누가 있으면 복도에서 기다렸다. 멍쉔이 시간이 날 때까지 기다렸다가 조심스럽게 사무실로 들어갔다. 멍쉔은 마지못해 웃으면서 바로 스피커폰으로 린쟈보의 사무실, 회사 사무실, 핸드폰으로 전화 세 통을 걸었다. 세 전화 모두 "지금은 부재중이니…"라는 메시지가 떴다. 이 메시지가 뜰 때마다 멍쉔은 미안하다는 듯 고개를 저었다. 마치 그 전화 주인이 린쟈보가 아니라 자기인 듯 미안해했다.

아무런 성과도 없다는 것을 잘 알고 있었지만 왕창츠는 계속 이곳에 올 것이었다. 사실 이곳이 아니면 어디에 가서 호소해야 할지 몰랐다.

또 그렇다고 집에 있자니 쪽팔릴 게 뻔했다. 새로 일자리를 찾으려니 내키지 않아서 또 이렇게 말했다.

"새로운 일자리를 찾는다 해도 그렇게 빨리 임금을 받을 수 없어. 사장들은 인부들이 다른 곳으로 갈까봐 대개는 3개월 혹은 반년에 한 번 임금을 줘. 샤오원의 출산 예정일이 되었을 때 손에 돈이 없으면 아주 소극적으로 변하겠지."

그래서 그는 다른 선택을 할 수가 없었다. 또 이곳에 와 있을 때만 스스로에게 도피해서도 안 되고 그만둬서도 안 되며 샤오원에게 부끄럽지 않아야 한다는 생각이 들었다. 멍쉔에게 작은 선물을 가져간 날도 있었다. 군고구마, 귤 한 봉지, 사탕 한 봉지 등등. 고구마는 샤오원이 직접 구운 것이고, 귤이나 사탕은 그가 샀다. 일단 이 작은 거라도 멍쉔의 책상에 올려놓으면 그녀는 함박웃음을 지으면서 계속 고맙다고 했다. 멍쉔이 회의를 가도 왕창츠는 똑같이 왔다. 공무원보다 더 정확한 시간에 와서 출근 도장을 찍었다. 그는 복도에서 주인을 기다리는 개처럼 꼼짝도 않고 멍쉔의 사무실을 쳐다봤다. 멍쉔이 열흘 동안 출장을 갔다 돌아왔을 때도 왕창츠는 그 자리에 있었다. 애초에 그 자리를 뜬 적이 없는 붙박이처럼 그 자리에 있었다.

멍쉔의 동정심이 다시 움직였다. 그녀는 왕창츠를 데리고 린쟈보의 회사로 갔다. 직원들은 사전에 보안 요원의 통보를 받았다. 그래서 멍쉔과 왕창츠가 보이면 전염병 피하듯 바로 몸을 숨겼다. 어떤 사람은 화장실로, 어떤 사람은 회의실로, 어떤 사람은 비상 통로로 몸을 피했다. 한 사무실의 문만 빼고 사무실의 문이 줄줄이 닫혔다. 멍쉔은 그 문으로 재빨리 달려가서 문틈으로 발을 집어넣었다. 문이 멈췄다. 멍쉔이 소개장을 건네자 문이 창피하기라도 한 듯 조금씩 열리더니 왕창츠의 원수가 모습을 드러냈다. 바로 허구이였다. 그때 현에서 왕창츠와 인부들의 임금을 떼먹은 위인으로 지금은 부사장이었다.

허 부사장은 열쇠를 꺼내 직접 린쟈보의 사무실을 열었다. 사무실 안은 먼지투성이로 이들의 발자국만 남았다. 멍쉔은 생각했다.

'고의가 아니라면 왜 청소부를 보내 청소를 시키지 않은 거지?'

왕창츠가 손으로 책상 위를 한 번 훔치자 기다란 선이 그어졌다. 허구이가 말했다.

"린쟈보는 한 달째 회사를 안 나오고 있고 전화 통화도 안 됩니다."

"집이 어디에요?" 멍쉔이 말했다.

"집에 갈 때도 본인이 직접 운전을 해서 그가 어디 사는지 아무도 모릅니다."

멍쉔이 허구이를 대표이사로 해서 왕창츠와 산재 보상금에 대해 담판 지으려고 하자 허구이가 말했다.

"나는 대표가 아니오. 고용인에 불과해 애초에 회사를 대표할 수 없습니다."

멍쉔은 이렇게 책임 전가하는 사람을 수없이 봐왔다. 그녀는 눈썹을 찌푸리면서 허구이에게 린쟈보에게 바로 연락하라고 했다. 허구이는 연락해보겠다고 하면서 인사를 하고 나가더니 더는 돌아오지 않았다.

멍쉔과 왕창츠는 린쟈보의 사무실에서 기다렸다. 이렇게 있다보면 린쟈보가 돌아올 것이라 생각하면서 기다렸다. 사무실 안은 너무 조용했다. 두 사람이 서로의 숨소리를 들을 수 있을 만큼 조용했다. 멍쉔의 숨소리는 가볍고 맑았다. 왕창츠의 숨소리는 거칠었다. 피신한 사람들이 증발이라도 한 듯 복도도 조용했다. 햇살이 창문에 비치자 먼지가 둥둥 떠다녔다. 먼지가 이 방의 주인마냥 떠다녔고 나머지는 모두 조용했다. 창문을 통해 아래층의 나무를 볼 수 있었다. 대로에선 차들이 끊

임없이 내달렸다. 멍쉔은 한동안 창밖을 바라보더니 눈을 감고 소파에 기댔다. 기나긴 전쟁에서 정신을 모으듯이 그러고 있었다. 멍쉔은 눈을 감고 있었지만 왕창츠는 도리어 눈을 더 크게 떴다. 그는 사무실을 관찰하기 시작했다. 소파는 진짜 가죽이었다. 사무실 탁자의 폭은 1인용 침대만 했고 길이는 조금 더 길었다. 필통에는 빨간색, 파란색, 검정색 연필 세 자루가 꽂혀 있었고 연필은 길고 뾰족하게 깎여 있었다. 필통 옆에 은색 전화기가 놓여 있었다. 전화기 옆에는 원목으로 제작된 탁상용 달력이 있었다. 달력 옆에는 탁상용 전등이 있고, 전등갓은 녹색이었다. 전등 옆에는 신문 한 무더기와 편지가 쌓여 있었다. 나무의 나이테처럼 아래쪽에 있는 신문과 편지는 색깔이 짙었고 위쪽에 있는 것은 색깔이 연했다. 사무실 뒤쪽으로 갈색 책꽂이가 일렬로 놓여 있었다. 경영 관련 서적과 세계의 명저가 꽂혀 있었다. 몇 권의 명저 사이로 고등학교 어문 교재가 꽂혀 있었는데, 왕창츠도 읽어본 적이 있는 책이었다. 그래서 교재 이름을 보자마자 정신이 나가면서 중학교 시절이 떠올랐고 자신에게 책을 읽어주던 부모님이 생각났다. 책 사이로 작은 조형물과 돌, 사진이 놓여 있었다. 린쟈보는 서로 다른 곳을 배경으로 사진 속에서 웃고 있었다. 왕창츠는 사진을 태워버릴 기세로 뚫어지게 쳐다봤다.

"왕창츠 동지."

왕창츠는 깜짝 놀라 멍쉔을 돌아봤다. 누군가가 난생 처음으로 자신을 '동지'라고 부르는 소리에 감동해서 눈물이 다 날 지경이었다.

"우리 노동청도 모든 걸 해결해줄 수는 없어요. 어쩌면 내가 해줄 수 있는 것은 오늘 오후에 당신과 함께 그를 기다리는 것, 이게 다일지도 몰라요."

"당신들도 그가 두려운 거요?"

"그가 나타나지 않으니 나로서도 어떻게 해볼 수가 없어요. 설령 그가 나타난다 하더라도 차근차근 대화하는 것 말고는 어떤 것도 강제적으로 집행할 수는 없습니다. 우리 노동청도 힘이 너무 없어요. 어쩌면 법원까지 가야 할지도 모르겠습니다."

왕창츠는 그 말이 너무나 실망스러웠지만, 그의 몸속에서 갑자기 용기가 불끈 생겨났다.

"멍 과장님! 너무 시간 낭비하지 마시고 먼저 돌아가세요."

멍쉔은 시계를 한 번 보더니 말했다.

"퇴근 시간까지는 기다려보겠습니다. 이건 내 원칙이에요."

퇴근 시간이 되자 멍쉔이 일어났다. 왕창츠는 미동도 하지 않았다.

"여기 계속 있으려고요?"

"린쟈보가 나타날 때까지 여기에 있을 겁니다."

"당신만 골탕 먹을 거예요."

"반드시 병원에서 출산하게 해주겠다고 샤오원에게 얘기했어요. 더는 낭비할 시간이 없어요."

"린쟈보가 나타나면 어떻게 할 건대요?"

"배상금을 안 주면 죽여버릴 겁니다."

"그건 범죄예요!"

안타깝다는 듯 멍쉔이 다시 소파에 앉았다.

"그는 법을 어겨도 되고 우리는 죄를 지으면 왜 안 됩니까?"

멍쉔은 가슴이 턱하고 막히는 듯 심호흡을 한 뒤에 부드럽게 말했다.

"당신은 법대로 해야지 절대 폭력을 사용해서는 안 됩니다."

"이 일은 당신과 무관한 일입니다."

"내가 당신을 데려왔잖아요. 두 사람이 싸우기라도 하면 내가 깔끔하게 정리할 수 있을까요?"

"나는 더 이상 물러날 데가 없어요."

왕창츠는 아주 비관적이었다. 멍쉔은 만년필을 꺼내고 노트 한 권을 꺼냈다. 그녀는 머리를 파묻고 이름, 주소, 전화번호를 적은 뒤에 찢어서 왕창츠에게 건네주며 말했다.

"이건 민사 법정에서 일하는 장춘옌(張春燕) 판사의 전화번호예요. 당신이 직접 찾아가서 그녀에게 고소장을 줘봐요. 법률에 도가 튼 똑똑한 사람이에요."

왕창츠가 쪽지를 받는데 손이 떨렸다.

왕창츠가 그녀에게 설복당했다기보다는 그가 소송이라는 한 줄기 희망을 갖게 됐다는 말이 더 맞았다. 십 분 뒤에 두 사람은 린쟈보의 사무실을 나왔다. 그곳을 나오면서 문이 안 닫히기라도 할까봐 멍쉔은 있는 힘껏 문을 세게 밀었다. 두 사람은 계단을 내려와서 로비를 지나 정문을 나왔다. 서로 잘 가라고 인사했다. 이것이 어쩌면 마지막 작별 인사일 지도 몰랐다. 왕창츠는 갑자기 가방 안에 들어 있는 쫑쯔가 떠올랐다. 샤오원이 직접 만든 거였다. 그녀가 무거운 몸을 이끌고 시장에 가서 쌀, 고기, 밤을 샀다. 매번 고르고 고른 다음에 산 것들이었다. 쌀을 사서 돌아온 뒤에는 혹시 모래라도 들어 있을까봐 골라냈다. 쫑쯔 안의 쌀은 그녀가 일일이 컵으로 계량한 것이라 딱 보기에도 크기가 일정했다. 그녀는 쫑쯔 안에 고기와 밤을 최대한 많이 넣고 소금은 간이 맞을 정도로 적당하게 넣었다. 쫑쯔를 찔 때는 자명종에 시간을 맞춰 놓고 쪘다. 자명종이 울리면 1분을 넘기지도 모자라지도 않게 딱 맞춰서 불을 껐다. 샤오원은 쫑쯔 선수로 변했다. 그녀가 이렇게 열심히 최선을 다하는 것은 멍쉔이 왕창츠를 도와 보상금을 타는 데 조금이라도 도움이 되기 위해서였다. 멍쉔은 이미 최선을 다했다. 그래서 왕창츠는 쫑쯔를 꺼내 그녀에게 주었다. 그녀는 빙그레 웃으면서 쫑쯔를 받고 으레 고맙다고 했다.

왕창츠는 오른쪽으로 가고 멍쉔은 왼쪽으로 갔다. 몇 걸음 가다가 왕창츠는 미련이라도 남은 듯 걸음을 멈춰 섰다. 멍쉔은 그가 도시에 와서 만난 첫 호인이었다. 그는 다시 그녀가 보고 싶어 뒤돌아서서 눈으로 인사했다. 몸을 곧추세우고 핸드백을 든 채 꼿꼿하게 걸어가는 멍쉔의 모습이 늘씬해 보였다. 그녀가 더없이 선량하고 예뻐서 그런지 뒷모습까지 커 보였다. 루쉰의 『작은 사건』에 나오는 인력거꾼의 뒷모습보다 더 커 보이고, 주즈칭(朱自淸)의 『아버지의 뒷모습』에 나오는 아버지의 뒷모습보다도 더 큰 감동을 주었다. 왕창츠는 혹시나 무례를 저지를까봐 나무 뒤에 숨었다. 멍쉔이 뒤돌아보니 왕창츠가 보이지 않았다. 그녀는 핸드백 안에 들어 있는 종쯔를 꺼내서 길가의 쓰레기통에 버렸다. 왕창츠는 가슴이 칼에 베인 것처럼 아렸다. 그는 나무 뒤에서 나와 쓰레기통을 향해 달렸다. 멍쉔이 발자국 소리를 듣고 뒤돌아봤다. 난감하기 이를 데 없었다. 왕창츠는 종쯔를 주워 꺼내며 멍쉔을 바라봤다.

"미안합니다. 이런 물건은 원래 받으면 안 되게 되어 있습니다. 그러나 제가 받지 않으면 도울 생각이 없다고 오해할까봐 그랬습니다."

왕창츠는 자조적으로 웃으면서 종쯔 껍질을 벗기고 우걱우걱 먹기 시작했다. 먹고 또 먹자 종쯔가 점점 짰다. 그는 눈물의 종쯔를 먹고 또 먹었다.

## 38

장춘옌은 소환장을 발부해 린쟈보를 법원으로 불러들였다. 그러나 푼돈 5만 위안 때문에 법정을 열고 싶지 않아서 린쟈보과 함께 5만 위안으로 조정이 가능한지를 상의했다.

린쟈보가 말했다.

"사법 기관을 거치지 않고 개인적으로 일을 처리하면 더 많은 사람이 기다리고 있을 겁니다. 손해 배상 청구를 엄격하게 처리하지 않는다면 기업은 정상적으로 굴러갈 수 없을 뿐만 아니라 법원 앞도 만원이 될 것입니다. 왕창츠 같은 사람이 어떻게 한두 명뿐이겠습니까? 손가락이 잘리고 뼈가 부러지고, 기침에, 천식, 위통, 요혈, 폐병 및 면역력 저하의 노동자까지 수를 셀 수 없을 만큼 많은데 일일이 다 조정할 수 있겠습니까? 국가에서 GDP 고속 성장을 바라는 이상 누군가는 반드시 성과를 내야 합니다."

"계란으로 바위를 쳐야 한다면 나는 계란 편입니다. 하물며 언론까지 와 있는 마당에 재판을 열면 당신은 패소할 것이 자명합니다."

그러자 린쟈보는 '얼마든지요' 하는 제스처를 취했다.

왕창츠는 변호사를 살 능력이 안 됐다. 류젠펑이 준비해준 자료를 들고 원고석에 앉았다. 기자들도 왔다. 모두 장춘옌이 부른 것이다. 그녀는 이 사건을 문제화시켜 린쟈보처럼 고의로 임금을 주지 않는 악덕 건설업자에게 경종을 울릴 수 있기를 바랐다. 샤오원, 류젠펑, 안두라오, 농롱도 오고 일부 노동자들도 왔다. 대부분의 노동자들은 자리를 잡고 앉았지만, 몇몇은 건설 현장에서 바로 달려와서 자리에 앉을 수가 없었다. 그들은 방청객 뒤에 서 있었다. 벽에 기대기에도 그랬다. 옷에 얼룩덜룩 시멘트가 잔뜩 묻어 있어서 의자와 법정 벽을 더럽힐까봐 그대로 서 있었다. 재판관들이 차례대로 들어와 자리에 앉았는데, 피고석만 비어 있었다. 왕창츠는 정신이 사나웠다. 린쟈보가 틀림없이 안 나타날 거라 생각했다. 법정 안의 괘종이 고막이 터질 정도로 '똑딱똑딱'

거렸다. 개정까지는 1분의 시간이 남았다. 사람들 사이에서 긴장감이 돌기 시작했다. 법정을 둘러보는 사람, 시계를 보는 사람, 옆을 쳐다보는 사람, 귀를 잡아당기는 사람 심지어 법관들도 마찬가지였다. 괘종이 '댕' 하고 울리면서 개정 시간을 알렸다. 왕창츠는 몹시 실망했다. 그런데 갑자기 '끽' 하고 세단 한 대가 법정 앞에 멈췄다. 모든 시선이 그쪽으로 쏠렸다. 차문이 열리면서 광이 번쩍번쩍 나는 구두에 양복 차림의 린쟈보가 내렸다. 그는 양복을 당기고 어깨를 으쓱하더니 영화에서 나오는 걸음걸이로 걸어왔다. 결국 그가 왔다. 방청석이 웅성대고 '쉿~' 하는 소리가 들렸다.

이번 사건은 장춘옌이 재판장을 맡아서 조사하고 증거를 들어 입증했다. 모든 것이 왕창츠가 생각한 대로 순조롭게 진행되고 상황도 그에게 유리하게 흘러가는 것 같았다. 다만 마음에 걸리는 것이 있다면 린쟈보가 계속해서 45도 각도로 천장만 쳐다보고 있다는 것이었다. 정의롭고 늠름한 영웅이라도 된 것마냥 개의치 않고 천장만 바라봤다. 자신이 좌중에 있는 사람과는 다른 부류이고, 굳이 같은 부류에 갖다붙인다 해도 레벨이 다른 것 같았다.

왕창츠는 생각했다.

'이 오만한 위인은 결국 저 오만함 때문에 대가를 치르게 될 거야.'

샤오원은 생각했다.

'부자와 가난한 사람은 차이가 있구나. 가난한 사람은 재판에서 지면 땅을 쳐다보는데, 부자는 재판에서 져도 하늘을 쳐다보는구나.'

장춘옌은 생각했다.

'돈 있는 사람은 법정에서도 본인 하고 싶은 대로 하는구나….'

안두라오와 농롱 두 사람만 안됐다 하는 표정이고 나머지는 모두 의

기양양했다. 그러나 린쟈보가 진술할 때가 되자 분위기가 확 바뀌었다.

"병원에서 왕창츠의 성기능 장애 증명서를 발급해주기는 했지만, 이 증명서로는 그의 성기능 장애가 언제부터 시작되었는지를 증명할 수 없습니다. 어쩌면 건설 현장에 오기 전부터 장애가 왔을 수도 있습니다."

방청석이 웅성거렸다. 왕창츠는 손을 들고 반박했다.

"예전부터 성기능을 못 했다면 집사람이 어떻게 임신할 수 있단 말입니까?"

그의 말과 동시에 샤오원은 볼록한 배를 내밀면서 일어나 상장을 만지듯 배를 쓰다듬었다. 자신 있게 재판장의 판결을 기다렸다. 그녀의 얼굴은 자신감으로 흘러넘쳤고 자랑스럽기까지 했다. 린쟈보가 말했다.

"부인의 임신으로 남편의 성기능을 증명할 수 있습니까? 얼마나 많은 여자들이 다른 사람의 아이를 가지는데."

다들 까르르 웃었다.

"제길. 나도 네 엄마랑 갔다."

더 큰 웃음소리가 났다. 장춘옌은 판사 봉을 치면서 "정숙!" 하고 말했다. 법정이 조용해졌다.

"당신 아내가 다른 사람의 아이라도 가졌습니까?" 왕창츠가 말했다.

"내 아내는 이 사건과는 무관해요." 린쟈보가 말했다.

"이 보시오. 이 아이는 100% 내 아이요."

"증거 있소?" 린쟈보가 말했다.

"이 아이마저 의심한다면 나는 지구는 둥글지 않다, 당신도 당신 엄마 소생이 아니라고 의심하겠소."

"당신의 아이가 맞는지 아닌지 친자 검사를 해봐도 좋겠소?"

"나는 그런 여윳돈이 없소."

"그 돈은 내가 대주겠소. 아이가 당신 애라는 것만 확인되면 내가 모두 배상하겠소."

"이럴 필요가 있습니까?" 하면서 왕창츠가 장춘옌을 쳐다봤다. 장춘옌이 린쟈보를 보며 말했다.

"이럴 필요까지 있습니까?"

린쟈보는 천장을 바라보며 말했다.

"당연한 거 아니오? 선천적인 장애로 나한테 사기치는 거면요? 지금 사기꾼이 끝도 없이 나오는 판에 나는 내 자신을 보호해야겠습니다."

왕창츠는 두 주먹을 불끈 쥐고 자리에서 일어나 그를 한 대 갈겨주고 싶었다. 그러나 순간 여기가 법정이고 충동적인 행동으로 자신이 궁지에 몰릴 수도 있겠다는 생각이 들었다. 린쟈보가 했던 모든 말들이 가래가 되어 자신의 얼굴에 뱉어졌다 하더라도 지금 그에게 필요한 건 자존심이 아니라 손해 배상금이었다. 샤오원이 병원에서 출산하는 데 필요한 현금이었다. 역사적으로 봤을 때 한순간의 호기가 전체 판을 망칠 수도 있고, 또 누군가는 이런 말도 했었다.

'누가 오른쪽 뺨을 때리거든 왼쪽 뺨도 대어줘라.' '누가 당신 속옷을 가져가려 한다면 외투까지 벗어줘라.' '누가 억지로 당신을 끌고 1리를 가면 함께 2리를 가라.'

왕창츠는 이를 악물고 분노를 삼키며 말했다.

"혹시 검사한답시고 시간을 끌어보려는 수작 아니오? 길어야 하루, 닷새 이상은 안 됩니다."

"나는 증거를 믿습니다."

"분명 증거를 믿겠다고 했소. 비용은 당신이 대시오."

"오케이. 법원에서 사법 집행을 하면 바로 비용을 내겠소."

"그때 가서 당신이 또 증발할까봐 걱정이오."

"감시를 강화해달라고 하시오. 내가 도망친다면 그게 바로 패소를 의미하는 거 아니오."

린쟈보는 전화번호를 장춘옌에게 남겼다. 장춘옌은 머릿속이 텅 빈 듯 한참 동안 멍하니 있다가 휴정을 선포했다.

바로 사법 집행을 했다. 선거처럼 표면적으로는 조용한 것 같았지만 속마음은 서로 달랐다. 왕창츠와 허샤오원이 병원에 가서 표본 추출을 하던 날 장춘옌, 법의관, 린쟈보는 그들 곁에 꼭 붙어 있었다. 샤오원이 양수를 추출할 때도 린쟈보가 잘 볼 수 있게 문을 활짝 열어놓고 했다. 유전자 샘플을 추출한 뒤 법의관은 원고와 피고가 보는 앞에서 밀봉하고 검인을 찍었다. 선거 전에 투표함을 들어서 선거인단에게 빈 통임을 확인시켜주듯 그렇게 밀봉하고 열쇠로 잠가 운반 중에 양수가 새지 않게 꼼꼼하게 처리했다. 결과는 이미 정해져 있고 사전에 결과를 안다 하더라도 일은 이렇게 진행해야만 한다.

열흘 뒤에 장춘옌은 왕창츠를 법원으로 불렀다. 왕창츠는 사무실로 들어가기 전 2분 동안 자신의 감정을 추슬렀다. 이 순간을 위해 그는 정 말 오랫동안 기다렸다. 말이 열흘이지 그 시간이 십 년처럼 느껴졌다. 승리가 눈앞에 있을수록 냉정해야 했고 승기를 잡을수록 감정을 추슬 러야 했다. 그는 냉정한 척, 기분이 좋지 않은 척, 다급하지 않은 척하면 서 장춘옌 앞으로 갔다.

"도대체 어떻게 된 거예요?"

장춘옌은 검사 결과표를 책상 위에 놓으며 말했다.

왕창츠가 보았다. 순식간에 머리가 마비되고 온몸이 마비되면서 말 초 신경까지 멈추는 것 같았다. DNA 검사 결과 뱃속의 아이가 자신의 아이가 아니었다. 몇 초 뒤에 결론이 났다. 그와 샤오원이 사랑을 나눴던 그날 오후에 자신이 정자 냄새를 맡은 기억이 났다. 몇 초 뒤에 왕창츠는 '이건 음모이다'라는 생각이 들었다.

"틀렸어요. 당신들이 잘못 검사한 거요."

"내 감독 아래 모든 검사가 진행되었는데 어떻게 잘못될 수 있어요?"

"당신이 있을 때 잘못되지 않았다면 틀림없이 검사 기관에서 잘못했을 것입니다."

"안야핑(安亞平)은 이 방면의 권위자로 사인까지 했어요. 그것은 모든 법률적 책임을 지겠다는 뜻이에요."

"그러나 돈 때문이라면 많은 사람들이 법도 팔아먹어요."

"당신이 보는 눈앞에서 사람을 매수할 수 있겠어요?"

"그가 매수당하지 않았다면 어떻게 이런 황당한 결론이 나올 수 있단 말입니까?"

"증거가 없으면 아무 소용없어요."

"다시 검사를 신청할 거예요."

"그건 당신 일이고 사법상으로는 이미 모든 것이 끝났습니다."

장춘옌은 자리에서 일어나 검사 결과표를 파일함에 넣고 돌아서서 말했다.

"확실한 건 결론이 당신한테 불리하다는 것이고, 이건 거꾸로 린샤보의 편을 들어줄 수도 있다는 거요. 생식 능력이 없다는 것과 성기능 상실이 결코 같다고는 할 수 없지만 성과 생식은 사회주의 초급 단계에서 완전히 끊어낼 수 없어요. 당신이야 양자의 관계를 명확하게 하고 싶겠지만, 이것은 어느 것이 검은 고양이이고 어느 것이 흰 고양이인지 구별하는 것만큼이나 어려워요. 과거에 성기능을 가지고 있었다는 것을 스스로 증명해야만 하오. 예를 들면 뭐 누구를 강간한 적이 있다든가 누구를 임신시킨 적이 있다든가 혹은 야동을 찍은 적이 있다던가 말이오. 안 그럼 나도 린쟈보에게 배상 청구를 할 수 없어요."

"정말 대단하네요." 왕창츠가 중얼거렸다.

"나이도 조작하고 민족도 조작하고 사건도 조작하고 성별을 조작했다는 얘기는 들어봤어도 DNA까지 조작할 줄은 몰랐습니다."

"과학이 어떨 때는 잔인해요."

"이건 과학의 문제가 아니라 양심의 문제입니다."

"당신의 그 뜻은…."

"이 검사는 조작된 것입니다."

"그럴 리가요?"

장춘옌은 파일함을 열고 유전자 검사 결과표를 보고 또 봤다.

"당신은 왜 그렇게 의심하죠?"

"내가 뿌린 씨앗은 내가 알아요."

"당신은 당신 와이프를 믿어요?"

"그녀가 임신했을 때 우리는 농촌에 있어서 한시도 떨어진 적이 없어요."

"그렇다면 이렇게 합시다."

장춘옌이 책상을 치면서 말했다.

"당신이 이 친자 검사 결과표를 기소하겠다면 내가 지지해주겠소. 단 그 전에 반드시 증거를 가져와야 해요."

"다시 검사해야 증거가 되지 않겠어요?"

"당신은 내가 만난 가장 똑똑한 농민공이요."

장춘옌은 엄지를 세우면서 말했다.

"그러나 당신이 선택한 유전자 검사 기관이 적어도 우리 기관보다 권위가 있어야 합니다."

'그럼 대도시로 가야겠네.' 왕창츠는 생각했다.

39

먼저 돈을 빌리고 난 뒤에 어떻게든 샤오원을 설득해야 했다. 왕창츠는 류젠핑과 상의했다. 류젠핑이 통장 두 개를 꺼냈다. 잔고가 모두 3백 위안도 안 됐다. 방세, 수도세, 전기세와 생활비를 빼면 매달 자기도 남는 게 거의 없고 다른 사람을 도와주고 받은 돈은 모두 고향에 부친다고 했다.

싱쩌를 찾아가는 수밖에 없었다. 싱쩌는 그를 보자마자 좋아하면서 어깨를 툭툭 치고 차를 따르며 함께 식사하려고 했다. 그러나 돈을 빌려달라고 하는 순간 그의 낯빛이 갑자기 어두워졌다.

"최근 2~3년 사이에 나와 집사람이 이를 해 넣느라 통장에서 돈을 꺼냈고, 곧 애도 유치원에 들어가야 해. 도시 호적이 없는 사람이 유치원에 들어가려면 부탁할 사람을 찾아야 해. 부탁할 사람을 찾는다는 것은 담당자가 서류를 작성할 때 거짓말로 쓰는 것이 아니라 사실은 돈을 줘야 해."

"대략 얼마나 주는데?"

"좋은 유치원은 5만 위안에서 10만 위안, 약간 처지는 유치원도 1만 위안이나 2만 위안은 들어."

왕창츠는 유치원 입학하는 데 이렇게 많은 돈이 들어가는지 몰랐고 정말 대단하다는 생각이 들었다. 싱쩌에게 더 이상 돈 얘기를 안 꺼내고 싶었지만 그로서도 더 좋은 방법이 없었다. 그래서 얼굴에 철판을 깔고 말했다.

"소송에서 이기기만 하면 바로 갚을게."

"이 소송은 내 아들이 가지고 노는 이 러시아 목각 인형 마트료시카처럼 사건이 줄줄이 이어져 있고, 설령 네가 소송에서 이긴다 해도 네 능력으로는 이 인형도 못 사. 부모님께서 도시로 가는 우리를 눈물로 배웅한 것은 그들과 이치나 따지라고 보낸 것이 아니야. 이치를 따진다는 것은 관시를 따진다는 것으로, 관시로는 그들을 이길 수 없어. 우리가 그들보다 나은 점은 몸뚱이뿐이니, 몸뚱이를 이용해 그들의 돈을 뜯어내는 수밖에 없어. 너도 현실을 직시하고 다시 미장일을 찾아봐. 이긴다는 보장도 없는 소송에 돈과 시간을 낭비할 생각 말고."

왕창츠는 염치 불고하고 장후이를 찾아갔다. 장후이는 손으로 꼽아가며 말했다.

"자 가까운 지역부터 한 번 따져봐. 제일 가까운 곳이 광저우야. 두 사람의 왕복 기차비가 4백 위안, 두 사람의 유전자 샘플 추출비 2천 위안 남짓, 1천 위안 상당의 검사 비용, 여기다가 숙식비까지 합치면 최소 4천 위안 정도 들어. 예상 불가능한 지출 빼고도 이 정도는 들어. 또 대형 병원의 경우 환자가 개미처럼 바글거려. 유전자 샘플 추출하러 간다고 누구나 하고 싶은 날짜에 할 수 있는 것도 아니야. 줄도 서고 기다려야 하는데 얼마나 걸릴지 누가 알겠어? 하루 기다리면 당연히 지출도 그만큼 늘어나는데, 그게 다 돈이야. 결국 한 번 검사하는 데 대략 5천 위안 정도 들어. 소송은 시작도 안 했는데 5천 위안을 쓰다니. 하느님 맙소사. 본전은 찾을 수 있겠어? 이 소송 때문에 너는 벌써 한 달 넘게 시간을 허비했어. 이 시간 동안 일을 했다면 4~5백 위안은 벌었겠다. 네가 본 손해까지 합치면 5천5백 위안은 되겠다. 또 소송비와 변호사 비용은 어쩔 거야? 이것까지 계산에 넣었어? 모든 돈을 합치면 이 소송을 해봐야 전혀 남는 게 없어. 이 소송이 언제까지 갈지 아무도 정확하게 말 못 해. 일이 년은 고사하고 한두 달만 미뤄져도 너는 못 버텨. 요즘에는 소송을 하려면 돈을 뿌리든가 인맥을 긁어모아야 하는데, 너는 둘 다 없잖아. 또 샤오원은 벌써 7개월째 들어가는데, 이 고통을 버틸 수 있을까? 기차에서 출산이라도 한다면 이거야말로 득보다는 실이 더 많아."

돈을 빌려주기 싫어하는 사람들은 하나같이 말재주도 좋았다. 그 뒤로 이틀 동안 왕창츠는 싱쩌와 장후이의 말을 생각해봤다. 그들이 진심으로 자신을 대하면서 자신의 입장에서 생각해줬기 때문에 거의 넘어가기 직전이었다. 왕창츠는 가던 걸음을 멈추고 시장대교에 서서 인생에 대해 생각했다.

'재검을 받지 않는다면 사실을 인정하는 거나 다름없다. 이 말 같지도 않은 결과를! 내가 정말 왕다즈의 아버지가 아니란 말인가? 내가 아니면 누구란 말인가?'

그 몇 초 동안 그는 자신에게 화가 치밀어 올라 자신이 누구인지, 또 샤오원까지 의심하면서 자포자기 심정으로 이 모욕을 받아들일까도 생각했지만, 그는 도저히 그렇게 할 수 없었다. 억지로 받아들인다 하더라도 뭔가 여파가 있을 것 같았다.

태양은 서쪽으로 기울고 노을이 강에 비쳐 강물은 금빛 찬란하고 더없이 깨끗했다. 저 멀리로 청산이 어른거리고 강가를 따라 빌딩과 낮은 담장이 들쭉날쭉했다. 다리 위로 자동차가 굉음을 내며 달리고 있고 자전거 벨소리도 간간이 들렸다. 버스가 지나갈 때마다 다리가 미세하게 흔들렸다. 주위로 사람들이 불시에 지나갔다. 그들이 지나가면서 일으킨 찬바람이 왕창츠의 목덜미로 직행했다. 다리 아래를 내려다보면서 순간 뛰어내리고 싶은 충동이 들었다.

'어금니 물고 눈 딱 감고 올라가서 손 한 번만 놓으면 몇 초 뒤에 물보라가 일고 인생사도 다 끝나겠지.'

그 순간 갑자기 왕화이가 생각났다. 교육부 4층 난간에서 실수로 떨어진 아버지가 생각났다. 그러자 '그나마 살아서 다행이지, 투신은 아니야' 하는 생각이 들었다.

집으로 돌아왔다. 밥이 다 되어 있었다. 왕창츠는 웃으면서 샤오원과 함께 밥을 먹었다. 하지만 샤오원은 그의 웃음이 가짜라는 것을 단박에 알아차렸다. 특히 최근 며칠 사이 그의 웃음은 옛날처럼 담백하지 않았다. 햇볕에 안개가 끼여 있고 밥에 모래가 섞여 있는 것처럼 얼굴만 웃고 있었다. 다른 사람에게 말 못 할 뭔가를 숨기고 있는 것처럼 겉으로만 웃고 있었다. 샤오원이 물었다.

"법원에서는 아직 소식 없어요?"

왕창츠는 고개를 끄덕였다.

"내 말이 약이죠! 다른 사람에게 부탁하는 것보다 직접 하는 게 나아요. 건물에서 투신했더라면 어쩌면 지금쯤 보상금을 받았을지도 몰라요."

왕창츠는 이를 악물고 아무 말도 하지 않았다.

"계속 이렇게 시간을 끌다가는 출산 비용은 고사하고 먹고살기도 힘들어요. 우리 밥그릇에 고기가 점점 줄어드는 거 안 보여요?"

"우리한테 돈이 얼마나 남아 있지?"

"10전짜리, 1전짜리 지폐까지 모두 합쳐서 927위안 68전이 남아 있어요. 하루에 한 번씩 돈을 세고 있는데, 새는 물보다 더 빨리 줄어들고 있어요."

왕창츠는 머리를 툭툭 치면서 일어나 그릇을 정리하고 씻었으며, 솥을 부시고 바닥을 닦았다.

그가 집안일을 하는 동안 샤오원은 샤워를 했다. 왕창츠는 샤오원을 침상에 앉히더니 자신도 침상 앞의 의자에 앉았다. 샤오원의 배를 바라보며 말했다.

"왕다즈. 가라오케 불러줄게."

그는 오랫동안 태교를 하지 않았다. 이 일이 생소하기라도 한 듯 몇 번 입을 뗐다 말았다 하더니 노래가 나오지 않았다.

"다즈야! 이 아빠 말이 들리니?"

샤오원이 호호 웃으면서 말했다.

"애가 발로 차는데요."

"다즈야. 아빠가 부르는 소리가 들리면 한 번 더 차볼래?"

"애가 차네요" 하면서 샤오원은 배를 쓸어내렸다.

"다즈야. 나를 아빠라고 부르고 싶으면 두 번 차볼래?"

"어머나! 정말 두 번 찼어요."

"네가 정말 내 아들이면 세 번 차보렴."

"무슨 뜻이에요?"

샤오원이 왕창츠의 머리를 쥐어박았다.

"차? 안 차?"

"반응이 없어요."

"안 차는 거 보니 내 아이가 아닌가보네."

"그럼 이 아이가 다른 사람의 아이라는 거예요?"

샤오원이 다시 왕창츠의 머리를 쥐어박았다.

"다즈야. 네가 정말 내 아들이면 세 번 발로 차보렴."

"아아아…" 샤오원이 배를 어루만지며 몸을 비틀었다.

"왜 그래?"

"발길질이 너무 심해서 참기 힘들어요."

"몇 번 찼는데?"

"세 번."

"얘야. 정말 내 아이가 맞구나."

왕창츠는 샤오윈의 배에 얼굴을 갖다대며 눈물을 흘렸다.

"웬 눈물바람이에요?"

왕창츠가 검사 결과를 이야기했다. 샤오윈이 화가 나서 온몸을 부르르 떨자 침대도 같이 떨렸다.

"다시 검사해서 나의 결백을 밝혀야겠어요."

"그러려면 돈이 너무 많이 들어."

"돈이 아무리 많이 들어도 재검해야겠어요. 아니면 사람들이 나를 뭐라고 하겠어요?"

"나도 그들을 믿을 수 없어. 이건 음모야."

"음모일수록 사실을 밝혀 그들의 입을 막아야지요."

샤오윈은 왕창츠를 밀고 일어서더니 벽 쪽으로 가서 상자를 열었다.

"내가 몰래 2천 위안을 숨겨놨어요. 이거면 충분해요?"

왕창츠는 돈을 빼앗아 다시 상자 안에 넣었다.

"이 돈을 쓰는 순간 그들의 계략에 말려드는 거야. 절대 계략에 말려들어서는 안 돼."

샤오윈은 가슴이 터질 듯 분을 삭이지 못했다.

"내가 먹고 싶은 것도 안 먹고 입고 싶은 것도 안 입고 겨우 이 돈을 모았는데, 누가 죽어나가지 않으면 이 돈을 안 쓰려고 마음먹었는데, 이놈의 성질 때문에…. 이 돈을 다 들여서라도 유전자 검사 기관에 가야겠어요. 내일 나랑 같이 표본 추출하러 가요. 그렇지 않으면…."

순간 샤오윈이 말을 멈췄다. 입까지 마비된 것 같았다. 왕창츠는 샤오원을 부축하며 "샤오원, 샤오원" 하고 불렀다.

"아, 아무래도 아이가 나올 것 같아요."

왕창츠가 샤오원의 다리를 만져보니 바지가 축축했다. 양수가 터졌다. 그는 샤오원을 안고 밖으로 나갔다.

"안 돼요. 입원비가 없어요."

"돈은 내가 마련해볼게."

"침대에 눕혀줘요. 혼자서 다즈를 낳아볼 게요."

"내가 약속했잖아. 꼭 병원에서 출산하게 해준다고. 도시 여자들처럼 꼭 다즈를 분만실에서 낳게 해준다고."

"우리 둘 다 병원에서 태어나지는 않았지만 그래도 잘 살고 있잖아요?"

"당신은 조산이라 자칫하면 목숨이 위험해질 수도 있어."

"조산이라도 상관없어요. 그냥 놔줘요. 개죽음을 당할지언정 이렇게 모욕당하고는 살 수 없어요."

왕창츠는 샤오원의 말을 듣지 않고 산부인과로 그대로 직행했다. 가는 내내 샤오원이 주먹으로 등을 때렸다. 때릴 때마다 비수가 심장을 찌르는 것 같았다. 샤오원을 너무 껴안은 탓에 두 사람의 옷이 모두 젖어 있었다.

"이 돈으로는 이틀밖에 못 있어요." 의사가 말했다.

"부탁합니다. 돈은 내일 마련해올 테니 먼저 출산하게 해주세요."

한밤중이 되어서야 샤오원이 출산했다. 왕다즈는 아주 작았지만 그래도 모든 기관이 다 정상이었다. 간호사가 수술실에서 그를 안고 나와 왕창츠 곁을 지나가면서 말했다.

"아기 좀 보세요."

왕창츠가 달려가서 아이를 보자 아이가 갑자기 작디작은 눈을 떴다. 그러나 불빛이 적응되지 않은 듯, 버틸 힘이 없다는 듯 바로 눈을 감았다. 짧은 순간이었지만 왕창츠는 자기 아이임을 알 수 있었다. 두 사람 다 제일 먼저 서로를 보고 싶어한 것 같았다. 그 뒤에 왕다즈는 인큐베이터에 들어갔다. 왕다즈가 인큐베이터에 들어갔다는 것은 왕창츠가 그만큼 많은 병원비를 내야 한다는 것을 의미했다.

'목숨 앞에서 돈이 뭐라고? 너를 아끼는 사람만이 너에게 돈을 쓸 수 있어. 사랑하는 만큼 많이 내야지.'

왕창츠는 갑자기 웃음이 나왔다.


# 40

다음날 오전에 왕창츠는 인큐베이터 안에 있는 왕다즈를 보았다. 샤오원이 아침밥을 다 먹을 때까지 기다렸다가 병원을 나섰다. 병원을 나서기 전에 샤오원에게 말했다.

"돈 빌리러 가는데 어쩌면 늦을 수도 있어. 식사 때 간호사에게 따뜻한 계란탕을 달라고 부탁해놨어."

샤오원이 알았다는 듯 고개를 끄덕였다. 샤오원의 눈이 촉촉이 젖어 있었다. 병원을 나서기는 했지만 갈 곳이 없었다. 누가 돈을 빌려줄 수 있을지 막막했다. 왔다 갔다 하다가 결국 류젠핑에게 갔다.

류젠핑은 그를 보자마자 보상금 이야기를 꺼냈다.

"우리가 유전자 검사 기관의 안야핑을 기소하면 그가 무슨 궤변을 늘어놓을까?"

왕창츠가 고개를 저었다.

"그는 틀림없이 자신의 부주의로 샘플이 바뀌었다고 하거나 아니면 책임을 조교에게 전가할 거야. 또 그가 조교를 계약직으로 바꾸어놓았다면 아무것도 받아낼 수 없고 사과도 해야 해. 그렇게 볼 때 안야핑을 기소하는 것은 의미가 없어. 보상금을 받아내는 것이 목적이니 결국 핵심은 린쟈보야. 부자들은 소송을 하면 편하게 법의 보호를 받을 수 있지만 우리 같은 사람들은 자기 주제 파악만 하게 되지…"

류젠펑은 침을 튀기면서 열변을 늘어놓았다. 왕창츠는 그 말을 듣고 또 들으면서 그 일이 아주 먼 과거사처럼 느껴졌고, 또 자기와는 무관한 일처럼 느껴졌다. 마치 류젠펑이 그 일의 당사자 같았다. 유리창에 가로막힌 것처럼 류젠펑이 멀어졌다 작아졌다 흐릿흐릿해졌다 했다. 그러다 점점 목소리가 낮아지더니 결국 아무것도 들리지 않았다. 왕창츠는 잠이 들었다. 류젠펑은 그가 눈을 감고 집중하고 있다고 생각해서 계속 떠들어댔다. 뭐라 질문을 하다가 이상한 낌새를 챘다. 몇 번이나 질문을 해도 왕창츠가 반응이 없자 그제야 왕창츠의 어깨를 밀었다. 왕창츠는 몸을 흠칫 떨면서 눈을 떴다.

"핵심은 린쟈보라고 했지?"

"내가 다섯 번이나 말했는데 너는 또 그 자리네."

류젠펑이 약간 실망하는 것 같았다. 왕창츠는 길게 하품을 하더니 말했다.

"린쟈보를 반박하려면 먼저 검사 결과표를 반박해야 해. 검사 결과표를 반박하려면 다시 검사를 받아야 하고. 그러려면 돈이 있어야 하고. 네 말은 이 뜻이잖아?"

류젠펑이 호랑이 연고를 건네줬다. 연고를 열고 태양혈과 콧구멍에 발랐다. 연고가 세고 따가워서 눈물이 다 나왔다. 잇달아 재채기를 몇 번하고 나서야 정신이 들었다. 류젠펑은 그의 불행을 슬퍼하면서도 싸울 줄 모르는 그의 태도에 화가 났다.

"이렇게 중요한 일을 놔두고 너는 빠져나갈 궁리만 하고 있으니…."

"미안해. 다시 한 번만 말해줘."

류젠펑은 천장을 바라봤다. 다시 생각을 정리하는 것처럼 그렇게 1분 정도 있었다.

"문제는 너희들이 한 검사 결과표를 법원에서 증거로 채택하지 않는다는 거야."

"그럼 저들보고 재검하라지 뭐."

"같은 기관에서 두 번이나 당하고 싶어? 기계가 망가졌다면 몰라도 100번 검사해도 결과는 안 바뀔 거야."

"이런 게 바로 함정인 거지?"

"절대 몽둥이로는 안 돼."

류젠펑이 차 탁자를 치면서 말했다.

"너는 건설 현장에서 다쳤고 입원 기록도 있고 진료 기록도 다 있어. 이 세 가지면 린쟈보에게 보상금을 지불하라고 판결할 수 있었어. 린쟈보가 선천적 불구라고 하는 바람에 장춘옌도 결국 그의 손을 들어줬고…."

"그들은 애초부터 다 한 패였어."

"휴정 선포 직전에 장춘옌이 한참 동안 멍때리고 있는 거 못 봤어? 잠시 주저하면서 방청석의 반응을 살피는 것 같았어. 결과적으로 법정이 쥐 죽은 듯 조용했지만."

"그래서 장춘옌의 간덩이가 더 커진 거지."

"그 순간 나도 뭐라 대꾸하지 못했어. 안 그랬으면 그 자리에서 장춘옌을 쫓아낼 수도 있었는데."

"젠펑. 솔직히 말해봐. 이 소송에서 이길 수 있을 것 같아?"

"이론상으로는 그런데 실제로는 꼭 그렇다고 할 수 없으니. 생각 좀 해봐. 재검을 해서 결과를 바꿀 수 있으면 왜 안 하고 있어?"

왕창츠가 침묵하자 집 전체가 광야처럼 적막했다. 다만 화장실의 수도관에서 불시에 '쏴아' 하고 물 내리는 소리가 들려 집 안에 다른 사람이 있는 것처럼 느껴졌다. 류젠핑이 말했다.

"나는 이 소송 반댈세."

"나는 아버지와 좀 다르다고 생각했는데, 결국에는 같아졌어…."

왕창츠는 탄식하면서 테이블에 있던 차를 꿀떡꿀떡 마시고는 밖으로 나갔다. 류젠핑도 따라나섰다.

밖으로 나온 두 사람은 나란히 인도를 걸으면서 아무 말도 하지 않았다. 누구라도 말하면 힘이 빠지고 맥이 풀릴까봐 조용히 걸었다. 왕창츠와 류젠핑은 앞서거니 뒤서거니 하면서 서로 목적지를 말하지 않았지만 둘 다 어디로 가는지 알고 있었다. 왕창츠는 중간에 그만둘까도 생각했지만 인큐베이터 안에 있는 귀여운 아기와 울고 있는 샤오원이 떠올라 걸음을 멈출 수가 없었다. 다리에 힘이 풀려도 강한 척해야 했다.

그들은 건설 현장에 도착했다.

"내가 너랑 함께 올라갈게."

"너는 밑에 있어. 혹시라도 내가 부주의해서 떨어져 죽으면 아이와 샤오원, 부모님을 부탁해."

류젠핑은 이 말이 불길하게 들려 연신 '퉤퉤퉤' 했다. 왕창츠는 '퉤' 하는 소리를 들으며 비계로 올라갔다. 류젠핑이 아래에서 쳐다봤다. 왕창츠가 손을 내밀 때마다 허리에 묶여 있던 밧줄이 보였다. 이건 당초 샤오원이 그를 위해 준비해둔 쇠고리가 달린 짧은 밧줄이었다. 다시 말하면 류젠핑을 만나러 가기 전에 그는 이미 건물에서 투신할 생각이었다. 안 그랬다면 어떻게 밧줄을 매고 있었겠는가? 류젠핑도 문을 나섰을 때 그가 호랑이 연고를 바지 주머니에 넣는 것을 봤다. 군이 차이를 말하자면 이게 그의 아버지와 다른 점이었다. 그의 아버지는 아무 준비도 없이 뛰어내렸지만 그는 만반의 준비를 하고 왔다. 땅에 서 있으면 왕창츠가 류젠핑보다 머리 반 정도가 컸다. 그래서 류젠핑은 지금껏 왕창츠가 늘 키가 크고 힘이 세다고 생각했었다. 그러나 거리가 점점 멀어지자 류젠핑은 그가 너무도 작고 안돼 보일 수가 없었다. 거미가 쇳덩어리를 짊어지고 중력을 거슬러 올라가는 것 같았다. 중력이 그의 팔과 다리를 가느다란 플라스틱 빨대처럼 끌어당기고 있어서 수시로 끊어질 것 같은 위험에 노출되어 있었다. 그는 혼자가 아니라 네 식구를 등에 지고 올라가는 것이었다. 류젠핑은 두 손을 모으고 "부처님 지켜주십시오. 제발 손을 놓지 않게 지켜주십시오" 하고 빌었다.

타이안(泰安) 빌딩이 서서히 눈에 들어왔다. 런민(人民)공원의 나무도 보이고, 시장대교와 시장(西江)도 보였다. 그는 처음으로 도시를 내려다봤다. 도시는 정말이지 라디오의 회로판처럼 얽혀 있었다. 높은 지대도 있고 낮은 지대도 있으며 큰 건물도 있고 작은 건물도 있었다. 몇몇 붉은 지붕을 제외하고는 대부분 회색 지붕이었다. 화초와 나무가 가득한 지붕도 있고, 태양에너지 온수기가 설치된 집도 있었다… 이런 모든 것이 한눈에 펼쳐졌다. 시야가 넓어질수록 저 멀리 수많은 산과 물 너머의 고향집이 보이는 것 같았다. 부모님은 논에서 한창 수확 중이고, 자기가 태어난 곳에 새로 올린 집이 보였다. 마을 어귀에 있는 단풍나무가 눈에 선하고, 둘째 숙부, 장우, 류바이탸오, 다이쿤, 왕동과 그 아내 왕동(汪冬) 등이 열사들의 얼굴처럼 한 명씩 어른거렸다. 현 교육청

국장은 불타 죽고, 린쟈보는 총에 맞아 죽고, 멍쉔은 칠선녀가 되었으며 간첩 장춘옌은 체포되었다… 도시 전체가 갑자기 하얘졌다가 파래졌다가 검어졌다가 벌개졌다 했다. 재수할 때 아사 직전에 보았던 그런 색상들이 보였다. 그는 얼른 이마에 호랑이 연고를 바르고 또 발랐다. 그리고 짧은 밧줄로 자신을 철탑에 묶었다. 쇠도 차갑고 바람도 차가웠지만 재잘대는 다즈만은 따뜻했다. 그의 코앞에서 콩같이 작은 눈을 깜짝이며 여린 미소를 띤 채 자고 있었다. 왕창츠는 샤오윈이 출산했고 아기 아빠는 자신이며 어젯밤에 한숨도 못 잤다는 사실을 깜빡하고 말하지 않은 것이 생각났다.

건물 아래에 있는 사람들이 바빠졌다. 누군가는 담요를 깔고 누군가는 위를 쳐다봤다. 사람들이 점점 모여들고 지나가던 차들도 막혀서 꼼짝하지 못했다. 왕창츠는 바쁜 사람들에게 미안하고 길이 막혀서 움직이지 못하는 사람에게도 미안했다.

'당신들의 일에 영향을 끼쳐서 미안합니다. 당신들을 놀라게 하고 불안에 떨게 하고 교통 체증을 유발하고 혈압을 상승시켜서 미안합니다. 궁지에 몰리지 않고, 인큐베이터에 있는 아이를 건사해야 하고, 샤오윈의 몸을 회복시켜야 하고…, 린쟈보가 보상금만 줬더라면 나도 이렇게 폭발하지는 않았을 것입니다. 어떤 일은 제 선택에 의해, 또 어떤 일은 궁지에 몰려 벌인 일이니, 부디 양해해주시기 바랍니다.'

한 경찰이 확성기를 들고 대충 이렇게 말했다.

"부디 목숨을 소중히 여기고 사랑하는 사람을 생각하세요. 또 무슨 일인지 모르겠지만 경찰이 최대한 협조해서 해결해주겠습니다. 죽겠다고 마음먹은 이상 못 살 이유가 뭐가 있습니까? 어차피 죽을 목숨인데 굳이 이렇게 서두를 필요는 없습니다…."

이렇게 심각한 얘기를 확성기에 대고 크게 이야기하니, 어떤 말은 파닥거리는 참새처럼 왕창츠의 귀에 들어왔고, 어떤 말은 공중에서 흩어졌고, 어떤 말은 날지도 못하고 땅에 떨어졌다. 그가 아무리 고함을 쳐도 왕창츠는 전혀 반응이 없었다. 기자들도 몇몇 몰려와서 전문가용 카메라를 꺼내 공중을 향해 앵글을 맞추고 풀 샷, 미디엄 샷, 클로즈업하면서 대서특필했다. 앵글 안의 왕창츠는 떨고 있었으며 신발 한 짝이 보이지 않았다. 마치 집에서 키우는 가축이, 나뭇가지 끝에 앉은 새처럼 긴장한 채 두려움에 떨고 있었다. 류젠펑은 이렇게 말하고 싶었다.

'당신네 경찰이 그의 이름을 불러주고 그의 억울한 이야기를 해준다면 어쩌면 그가 뛰어내리지 않을 수도 있습니다.'

그러나 류젠펑은 말하지 못했다. 이런 생각을 말하면 경찰은 그들을 한 패로 볼 것이며 왕창츠의 보상금 계획이 다시 물거품이 될까봐 감히 말하지 못했다.

경찰은 현장 숙직실에서 안두라오를 찾아 물었다.

"저 사람이 왜 이곳 현장에서 자살하려는지 아시오? 저 사람 돈을 안 줬소?"

안두라오는 처음에는 모르는 사람이라고 했다. 그러나 경찰의 질문과 협박에 견디지 못하고 결국에는 왕창츠의 사연을 말하기는 했지만 이건 완전히 생트집이라고 강조했다.

"반드시 린쟈보를 찾아서 데려오시오. 그렇지 않고 저 사람이 죽으면 당신을 취조할 테니."

여러 번 전화를 했지만 린쟈보를 찾을 수 없게 되자 안두라오는 급한 마음에 계속 땀을 훔쳤다. 경찰 역시 연락이 되지 않자 회사로 사람을 보내 린쟈보를 찾았다. 회사에서는 안두라오의 전화를 받고 모든 문을 잠가버렸다. 경찰도 어떻게 할 방법이 없자 차량을 소통시키고 사람들을 해산시키는 수밖에 없었다.

지상에서는 차가 움직이기 시작했고 사람들도 점점 흩어졌다. 해가 나자 왕창츠의 몸이 조금씩 따뜻해졌다. 더 이상 고함치는 소리도 없었다. 왕창츠는 일이 수월하게 진행되지 않을 거라 예감했다.

'내가 얼마나 버틸 수 있을까?'

손이 시리고 다리가 저려오고 배도 고파오면서 피로가 한꺼번에 몰려왔다.


# 41


"창츠야…"

정신이 혼미한 중에 자신을 부르는 따뜻한 소리가 들렸다. 하지만 눈꺼풀이 천근만근 자꾸 내려앉았다. 마치 바늘로 꿰매놓은 것처럼 눈을 뜰 수가 없었다.

"창츠야…"

많이 들어본 친숙한 목소리였다. 눈은 뜰 수 없었지만 그 소리에 눈물이 먼저 나왔다.

'맙소사! 내가 잠들었다니. 몸을 철탑에 묶지 않았다면 벌써 시체가 되어 땅에 떨어졌을 것이다.'

"창츠야…!"

그 소리에 정신이 약간 들었다. 고함 소리에 정신이 더 들었다. 빙하가 녹듯 뻣뻣하게 굳은 몸에서 통증이 느껴졌다. 그는 힘들게 목을 가누었다. 눈앞에 금빛 찬란한 보살이 앉아 있는 것 같았다. 눈을 뜨자 붉은 해가 사방으로 흩어졌다. 불꽃이 천천히 흩어졌다. 사다리차 안에 앉아 있는 왕화이가 보였다.

'보살이 아버지를 보내 나를 구한 것인가? 내가 안 깨어났다면 정말 죽었단 말인가?'

왕창츠는 큰 소리로 "아버지!" 하고 불렀다.

"창츠야! 움직이지 마라."

"아버지…." 왕창츠는 눈물을 줄줄 흘렸다.

"너 아빠가 됐더구나…. 아들이야 딸이야?"

왕화이는 젖은 눈을 닦았다.

"고추예요."

"네 엄마가 이겼구나. 엄마가 샤오원이 조산하는 꿈을 꿨다기에 앞서 왔다."

"엄마는요?"

"저 아래에서 짐을 지키고 있다."

"다즈가 샤오원을 많이 닮았어요. 특히 웃을 때가 더 닮았어요."

"집도 다 지어가니 돌아가서 같이 설을 쇠자."

"샤오원은 순산했어요."

"샤오원이 출산한 것을 알고 온 마을 사람들이 와서 축하해줬다. 네 엄마 주머니가 제법 묵직해."

"아버지, 우리도 돈은 있어요."

두 사람은 혹시라도 상대방이 실수할까봐 나쁜 소식은 말하지 않고 좋은 소식만 알리면서 그저 안전만을 생각했다. 바람에 눈물도 마르고 감각 기관이 정상으로 돌아왔다. 왕화이는 머리도 짧게 자르고 옷도 새로 사 입고 수염도 말끔하게 깎여져 있었다.

"집으로 돌아가자. 창츠야!"

"걱정 마세요. 저 진짜 뛰어내릴 거 아니에요. 그냥 겁만 주려는 거예요."

"혼자만 욕보지 아무도 안 놀란다. 이 애비가 산 교과서 아니니."

"그거 말 안 되는 거 아시죠?"

"그만둬라."

"포기할 수 없어요."

"내가 늘 너를 생각하는 것처럼 다즈를 생각해서라도 네가 참거라. 내 다리가 이 모양인데도 왜 미련을 떨며 살고 있는지 아니? 다 너 때문이야. 너만 아니었다면 내 진즉에 백 번도 더 죽었다."

"아버지…."

"너는 다즈를 키우고 그 아이가 자라는 것도 봐야지. 공부도 시키고 잘 키워서 그 아이가 예쁜 부인도 얻고 손자 낳는 것도 봐야지. 안 그러면 넌 이곳에서 뛰어내릴 자격도 없어."

"다즈를 위해서 올라온 거예요."

"더 곤란해져서 애를 창피하게 만들어서도 안 되고 애한테 부담을 줘서도 안 된다. 만약 나중에라도 자기가 마신 첫 번째 우유가 아빠가 건물에서 투신해서 마련한 것이라는 것을 알게 된다면, 그걸 아는 순간 바로 뱉어낼 것이다."

"다즈 보기 창피하겠지요."

사다리가 앞으로 약간 움직였다. 왕화이가 왕창츠의 손을 꽉 잡았다. 두 손이 하늘을 가르는 아치 다리처럼 바들바들 떨렸다. 그럴수록 꼭 잡고 가만히 있자 나중에는 움직이지 않았다.

"창츠야! 이제 손이 따뜻해졌구나. 먼저 왼쪽 다리를 주무르고 오른쪽 다리를 주물러라. 아직도 다리가 저리니? 저리거든 나처럼 이렇게 계속 주무르거라."

왕화이가 말하면서 시범을 보였다. 왕창츠는 아버지를 따라 한참을 주물렀다.

"아버지. 다리는 괜찮아졌어요. 손도 안 시리고요."

"이제 밧줄을 천천히 풀거라."

"벌써 풀었어요."

"그럼 사다리차의 가로 봉을 잡아라. 그래. 이렇게 꽉 잡거라."

"약간 흔들릴 수도 있으니 아버지도 너무 긴장하지 마세요."

"오른쪽 다리를 먼저 걸치고 왼쪽 다리를 걸쳐라."

사다리차가 한 번 흔들리자 왕화이는 왕창츠를 꼭 안으면서 말했다.

"애야. 너무 놀라서 오줌을 다 지릴 뻔했구나."

왕창츠는 왕화이를 꼭 끌어안았다. 오줌 냄새가 확 났다. 오랜만에 맡는 고향집 냄새였다.

사다리가 천천히 하강했다. 석양이 반쯤 걸려 있었다.


세 시간 전, 터미널에서 나온 류쌍쥐가 왕화이를 밀고 이곳을 지나고 있었다. 자기도 모르게 사람들이 운집해 있는 곳으로 갔다. 처음에는 건물 위에 올라가 있는 사람이 왕창츠라는 사실을 몰랐다. 그런데 사람들이 떠드는 소리를 듣고 경찰의 고함 소리를 들으면서 불길한 예감이 현실로 드러났다. 왕화이는 하늘에다 대고 몇 번이나 왕창츠를 불렀다. 류쌍쥐도 따라서 불렀다. 하지만 너무 피곤하고 졸린 왕창츠는 철탑을 껴안은 채 자고 있었다. 류쌍쥐는 급한 마음에 발만 동동 굴렸고, 왕화이는 애타게 위를 쳐다보고 있었다. 경찰이 물었다.

"저기 위에 있는 사람과 어떻게 돼요?"

"내 아들이오."

"아들을 어떻게 키웠기에 죽음도 안 무서워해요?"

"틀림없이 누군가에게 핍박당했을 거요. 아니고서야 절대 이럴 애가 아니오."

경찰은 확성기를 왕화이에게 건넸다. 왕화이는 확성기를 들고 고함 치려다 말고 내려놓으면서 말했다.

"내가 고함을 치면 재가 놀랄 거요."

"그럼 무슨 방법이라도 있소?"

"나를 저 위로 올려줄 수 있겠소?"

경찰이 소방대에 전화했다.

"사다리차 한 대만 보내줘."

사다리차를 기다리는 동안 왕화이는 인근 이발소에 가서 이발을 하고 수염을 깎고 새 옷으로 갈아입었다. 사다리차가 왔다. 그들은 왕화 이를 어떻게 묶어야 할지 몰랐다. 왕화이가 휠체어를 사다리차 안에 묶고 다시 자신을 휠체어에 묶어달라고 했다. 휠체어를 묶을 때 류젠핑이 그들을 발견했다. 그는 왕화이에게 다가가 몰래 말했다.

"올라가시면 왕창츠의 모든 계획이 다 틀어질 거예요."

"계획은 시시각각 변하는 상황을 못 따라가네. 그때 나도 그냥 협박 만 하려다 결국 이렇게 되었네. 내가 올라가지 않으면 창츠도 오래 못 버틸 걸세."

왕화이를 의자에 단단히 묶었다. 류쌍쥐가 돈 한 뭉치를 꺼내면서 말했다.

"이 돈을 가지고 가서 사장이 준 거라 하세요."

"그럴 필요 없어. 돈 때문에 그런 게 아니야."

"돈 때문에 이러는 거요." 경찰이 말했다.

"돈 때문이라면 내가 설득할 수 있소. 이 세상에는 돈보다 더 중요한 것이 있다는 것을 알려주겠소."

소방대원이 그를 데리고 위로 올라갔다. 왕화이는 올라가면서도 경찰이 틀렸다고 생각했다.

"내 아들은 내가 잘 압니다. 이렇게 하면 됩니다."

왕화이는 사다리차로 공중에 올라가서 왕창츠와 1미터쯤 떨어진 곳까지 그렇게 갔던 것이었다.

왕창츠는 지상에 내려온 뒤에 고함지르던 경찰로부터 한 차례 훈계를 들어야 했다.

"얼마나 많은 경찰 인력이 동원되었는지 아시오? 교통이 마비되고 시민들이 놀라고 사람들이 낸 세금까지 낭비했소. 불쌍한 당신 아버지가 아니었다면 공공질서 교란 죄로 기소했을 것이오."

왕창츠는 훈계를 들으면서 얼굴이 벌개져서 고개를 숙인 채 잘못을 저지른 아이처럼 숨죽이고 있었다. 왕화이가 계속해서 미안하다고 했다.

"내가 동정심이 없어서가 아니라 당신처럼 걸핏하면 투신하는 사람이 너무 많아져서 그래요. 도대체 누굴 겁주려고?"

'바늘 끝만큼의 희망이라도 남아 있었다면 내가 이렇게까지 했겠어요? 안 했을 거예요.' 왕창츠는 생각은 그리했지만 경찰이 자신을 구하려고 한 것을 보았기에 뭐라 반박하지 않았다. 단지 염치 불고하고 경찰이 말하다 지칠 때까지 듣고 있다가 왕화이의 휠체어를 밀면서 그 자리를 떴다.

가는 길 내내 류쌍쥐가 아들을 보며 원망했다.

"어쩜 네 아버지처럼 똑같이 어리석니? 돼지우리에서 돼지 나온다고 그 아비에 그 자식이구나. 너는 구멍 일곱 개 중에 여섯 개만 열리고 한 개는 안 열렸나보다. 돈은 없으면 다시 벌 수 있지만 목숨은 한 번 죽으면 끝이다. 내가 구걸을 하면 했지 목숨 가지고 장난쳐서는 안 된다. 내가 너를 가졌을 때 얼마나 고생을 많이 했는지 네가 알기나 하니? 똥물까지 다 토했다. 희망은 고사하고 팔이 떨어져나가고 다리도 잘려나갈까봐 종일 마음이 다 조마조마했다. 네 목숨이 너만의 목숨인지 아니? 네 목숨은 내 목숨이기도 하다. 어쩐지 느낌이 이상하더라니. 꿈을 꾼 게 다행이지. 그렇지 않았다면 오늘 우리는 너를 못 봤을 거다. 네 명이 길긴 긴가보구나. 오늘 우리가 너를 못 봤다면 너는 못 버티고 손을 놨을 거고 그럼 우리도 자식을 잃어버렸을 게다. 다즈는 애비 없는 아이가 되었을 거고. 너는 네 운명에게 정말 감사해야 한다."

"엄마가 아버지를 만나지 않았더라면 제가 있었겠어요?"

왕창츠는 이렇게 류쌍쥐의 말을 잘랐다.

제5장
# 운명 바꾸기

# 42

왕다즈는 인큐베이터에서 한 달을 있었다. 한 달 동안 천식을 치료하고 두 달 동안 땀띠를 치료했다. 이 기간 동안 그는 할아버지 왕화이가 가지고 온 돈을 거의 다 까먹었다. 왕화이는 이렇게 많은 지폐를 어떻게 벌었을까? 민감한 말인 듯 모두들 언급을 피했고, 또 언급하는 순간 상처가 될 것 같았다. 그러나 왕창츠와 샤오원은 그 돈이 왕화이가 길에서 구걸해서 번 돈이라는 것을 이미 알고 있었다. 그렇지 않고서야 10전, 20전짜리 지폐와 동전이 그렇게 많을 리가 없었다. 왕창츠는 줄곧 왕화이의 비럭질을 반대했지만 지금은 그가 번 지폐를 쓸 수밖에 없어 심적으로 받아들이기 힘들었다. 마치 성매매 후에 느끼는 창피함, 탐욕과 부패를 저지른 뒤에 느끼는 두려움 같았다. 심지어는 다른 사람한테 훔친 돈을 들켜 아무것도 입지 않고 포박당한 채 조리돌림을 당하는 것처럼 견디기 어려웠다. 1위안을 쓸 때마다 수치스러움이 그만큼 쌓여갔고 밥을 먹을 때도 구토가 나올 지경이었다. 마음뿐만 아니라 온몸에 닭똥이 묻어 있고 곰팡이가 피고 악취가 나는 것 같았다. 매번 다즈를 안기 전에 손을 깨끗하게 씻고 손톱에 낀 때도 싹싹 다 파냈다. 수염도 반들반들할 정도로 깎고 따뜻한 물로 양치도 했다.

그는 제팡로(解放路)의 건설 현장에서 새로 일자리를 찾았고, 역시 벽돌 쌓는 일이었다. 그러나 벽돌을 쌓으면서도 정신이 맑지 않았다. 자신이 아직도 린쟈보를 도와 일하고 있다는 생각에 공사 현장에서 떨어지던 그날의 그 장면이 계속해서 떠올랐다. 그럴수록 린쟈보를 더욱 원망했고 린(林)씨 성만 봐도 치가 떨렸으며 그럴수록 자신은 깨끗하다고 생각했다. 이런 증오심이 그의 심적 스트레스를 풀어주고 그의 수치스러움을 줄여줬다. 그는 왕화이가 번화가에 나가 사람들의 질시를 받을까봐 그의 외출을 금했고, 혹시나 집안이 오염될까봐 류쌍쥐의 폐품 줍는 일도 못 하게 했다. 샤오윈, 왕화이, 류쌍쥐는 다즈를 돌보는 것 말고는 식사 준비밖에 할 일이 없었다. 식사 준비는 아주 간단했다. 어떤 때는 죽에다가 김치, 만두가 다였고, 어떤 때는 쌀국수 한 그릇, 어떤 때는 고기볶음과 야채 요리가 다였다. 갈수록 일이 적어졌다. 일이 없을 때는 서로의 눈만 쳐다봤다. 그러자 집이 점점 답답하게 느껴졌다.

류쌍쥐는 가만히 있질 못했다. 왕창츠가 출근하고 나면 바로 집을 나가 폐품을 주웠다. 그녀는 주운 폐품을 반드시 당일에 다 팔아넘겨 종이 쪼가리 하나도 집에 들고 오지 않았다. 그런데 폐품을 줍는 사람들이 많아져 텔레비전이나 선풍기 같은 큰 물건은 건질 수가 없었고, 운이 좋아봐야 하루에 몇 십 전 정도가 고작이었다. 왕화이를 따라다니면서 큰돈을 벌어봤기 때문에 이제 이 정도의 돈은 눈에 차지도 않았다. 비럭질을 해서 많이 번 날은 하루에 몇 십 위안도 벌었다. 그러니 이제 그녀가 줍는 것은 폐품이 아니라 쓸쓸함이었다. 처음에는 점심때까지만 줍고 돌아왔으나, 나중에는 멀리까지 나가 줍느라 집 오는 것도 까먹고 안 오거나 아주 늦게 돌아왔다. 집에 안 올 때는 돈이 아까워서 점심도 굶었다. 그녀가 점심을 굶는 것은 중요치 않았다. 중요한 것은 그녀가 집에 오지 않으면 왕화이가 화장실에 갈 방법이 없다는 것이었다. 한번은 왕화이의 얼굴이 새파랗게 질렸다. 샤오윈은 그냥 보고 있을 수가 없었다.

"아버님, 제가 화장실에 모셔다드릴까요?"

왕화이는 마지막 자존심을 지키려는 듯 싫다며 고개를 저었다.

'지금 내가 이 집에서 할 수 있는 것은 오줌을 참는 것밖에 없다.' 이 고통을 참기 위해 그는 물도 조금 마시고 밥도 조금만 먹고 말도 아꼈다. 이렇다보니 류쌍쥐가 매일 한 끼 밥값을 줄여줬을 뿐만 아니라 왕화이도 매일 밥값의 30%를 줄여줬다. 이렇게 줄인 밥 한 끼는 허리띠를 졸라매서 집안을 건사하고 재원을 늘리고 지출을 줄이는 거나 매한가지였다. 그러니 한 집안을 책임지고 있는 어떤 가장인들 이렇게 하지 않겠는가? 이런 생각을 하면서 왕화이는 인내의 즐거움을 느꼈고 비장감마저 들었다.

그러나 왕화이는 잘 알고 있었다. 어떻게든 '오줌을 참는다' 해도 GDP가 증가하지 않는다는 것을 알고 있었다. 다섯 식구가 왕창츠의 수입에만 기대고 있고, 얼굴이 파랗게 질리도록 오줌을 참는 것도 한계가 있었다. 그래서 그는 샤오원과 상의했다.

"비밀로 해줄 수 있겠니?"

샤오원은 갑자기 구리촌이 떠올랐다. 당초 장우 아저씨가 장후이의 수입을 말하기 전에 물었던 말 "비밀로 해줄 수 있겠니?"가 생각났다. 그 순간 그녀의 모든 신경이 도시로 쏠리면서 머릿속으로 온갖 상상을 떠올리기 시작했다. '태양, 찬란한 무지개, 아름다운 산, 예쁜 꽃 등등…'

왕화이가 말했다.

"얘, 너 듣고 있니?"

그 말에 샤오원은 정신을 차렸다.

"네. 듣고 있어요."

"네가 눈만 감아준다면 나는 매일 집에 돈을 들고 올 수 있다."

"창츠가 저를 원망할 거예요."

"네가 말 안 하면 걔는 모른다."

샤오원이 묵인하겠다고 머리를 끄덕였다. 이때부터 왕화이, 류솽쥐 그리고 샤오원은 비밀이 많아졌다.

왕창츠가 문을 나서면 류솽쥐와 샤오원은 왕화이를 휠체어와 함께 아래층으로 옮겼다. 샤오원은 집에서 다즈를 돌봤다. 류솽쥐는 왕화이를 밀고 나가 구걸을 했다. 그들은 광장, 기차역, 터미널, 학교 정문, 영화관, 백화점 등 사람이 많이 모이는 곳이면 어디든 뚫고 들어갔다. 퇴근 시간이 되면 류솽쥐는 왕화이를 날듯이 재빨리 밀고 집으로 돌아왔다. 제 시간에 맞추기 위해 류솽쥐는 백팩까지 날리면서 달렸고, 어떤 때는 왕화이의 모자에서 동전이 떨어지기도 했다. 매일 왕창츠가 퇴근해서 집에 오면 네 사람이 집에 다 있었다. 자신이 출근했을 때의 그 모습 그대로 있었다. 그들은 둥지에서 먹을 것을 기다리는 아기 새들 같았다. 다만 아기 새처럼 입을 벌리지 않고 미소로 화답하고 있는 것이 달랐다. 이런 일상이 매일같이 반복되자 왕창츠는 집이 너무 좁다는 생각에 한숨이 나왔다.

'왜 산책도 안 나가지? 나가면 폐품을 줍고 구걸할까봐 그러시나. 그래도 꼼짝도 않고 있는 것보다는 한결 나을 텐데.'

하루는 왕창츠의 퇴근 시간이 빨라졌다. 사장이 큰 계약을 따내서 기분이 좋은 나머지 특별히 모든 인부들에게 반차를 준 것이었다. 집에 왔는데 두 식구밖에 안 보였다. 두 사람이 늘 앉아 있던 자리가 텅 비어 있었다. 비어 있는 집안을 보니 더 긴장이 됐다.

"엄마하고 아버지는?"

"놀러 나가셨어요."

그는 샤워를 하고 침대에서 다즈랑 놀았다. 샤오원이 통장 하나를 꺼내며 말했다.

"부자도 놀고먹으면 재산을 까먹는 판에 우리같이 없는 집은 더해요."

그는 통장을 한 번 보더니 말했다.

"너무 적어서 웃음밖에 안 나오네. 며칠 후면 돈이 나와."

"비가 내리기 전에… 뭐 그런 속담이 있잖아요?"

"비가 내리기 전에 집 창문을 수리해야 한다. 그때 현 병원에게 내가 당신한테 가르쳐준 건데 기억하고 있을 줄 몰랐네."

"당신 월급으로는 입에 풀칠하기도 바빠요."

"그럼 무슨 생각이라도 있어?"

"당신이 아프지 말라는 보장 있어요? 또 다즈를 위해 돈도 좀 모아야지요. 안 그러면 나중에 어떻게 학교를 보내요?"

왕창츠가 한숨을 쉬었다. 왕화이가 이 집에 오고 난 뒤에 쉬는 첫 한숨이었다. 샤오원이 말했다.

"유일한 방법은 내가 나가서 일하는 것뿐이에요."

"그럼 다즈는 어떻게 해?"

"아버님, 어머님이 계시잖아요?"

"다즈를 데리고 다니면서 구걸하실 양반들이야."

"내가 다즈를 문맹으로 키울 수도 있어요."

"… 또 안마일을 하려고?"

"그거 말고는 내가 할 수 있는 일이 없어요."

"그 돈으로 다즈를 학교에 보내면 당신 마음이 편하겠어?"

"돼지 똥을 안 먹고 자란 옥수수가 세상 천지에 어디에 있어요? 또 진흙탕에서 피지 않은 꽃이 어디에 있어요?"

왕창츠는 반박하지 못했다. 샤오원의 말에 설복당한 듯 멍하니 다즈를 바라봤다. 다즈가 꽃처럼 보이기도 하고 옥수수처럼 보이기도 했다. 다즈는 사지가 반듯하고 눈도 크고 귀도 컸다. 웃을 때는 양쪽 뺨에 보조개도 생겼다. 훈남 스타일일 뿐만 아니라 귀한 상이었다. 이제 막 3개월 지났는데 사람들의 말을 이해하는 눈빛이었다. 왕창츠가 눈동자를 한 번 움직이면 다즈도 따라 움직였다. 왕창츠가 왼쪽을 바라보면 다즈도 왼쪽을 바라봤다. 왕창츠가 오른쪽을 쳐다보면 다즈도 오른쪽을 쳐다봤다. 울다가도 어른들이 진지하게 조용히 이야기하면 울음을 그쳤고 이야기가 끝나기를 기다렸다가 다시 울었다. 일단 왕창츠가 노래를 부르면 특히 태교 때 불러줬던 노래를 부르면 귀를 쫑긋 세우고 들었고 노래에 맞춰 박자를 맞추는 것처럼 고사리 같은 손을 흔들어댔다. 정말이지 아무리 봐도 질리지 않았다.

갑자기 아래층에서 고함 소리가 났다. 그 소리에 샤오원이 나갔다. '퉁 퉁 퉁….' 잠시 뒤에 그들은 왕화이를 데리고 올라왔다. 왕창츠가 고개를 돌려 그들을 보았다. 모두들 괴이한 표정을 짓고 있었다. 특히 왕화이가 이상했다. 일부러 그의 눈빛을 피하는 것처럼 보였다.

"구걸하러 갔다 오신 건 아니죠?"

왕화이가 고개를 저었다.

"잠시 공원에 산책하러 갔었다." 류솽쥐가 말했다.

"구걸하러 가신 거면 다즈의 할아버지 할머니도 아니에요."

"안 갔다고 하시면 안 간 거지 당신은 뭘 그렇게 의심해요?"

샤오원이 거들고 나서자 왕창츠는 더 의심이 갔다.

"구걸했는지 아닌지 제가 몸수색해봐도 되죠?"

왕화이가 두 손을 들면서 뒤져보고 싶으면 뒤져보라고 했다. 왕창츠는 무릎을 꿇고 왕화이의 모든 주머니를 뒤집어봤다. 딱딱하게 굳은 만두 반쪽 말고는 주머니에서 아무것도 나오지 않았다. 왕창츠는 류솽쥐를 쳐다봤다.

"설마 네가 나를 의심하는 거니?"

왕창츠는 류솽쥐의 주머니를 뒤졌다. 수건 뭉치 외에는 아무것도 없었다.

"이제 믿겠어요?" 샤오원이 말했다.

"다들 다즈에게 모범이 돼야 해요. 다른 사람에게 무시당할 만한 일은 하지 마세요."

샤오원은 그 말을 듣자마자 그가 빈정대고 있다는 것을 알아차렸다.

"사람들이 무시하는 게 뭔지 알아요? 바로 가난이에요. 가난…"

한밤중이 되자 왕창츠는 깊이 잠들었다. 류솽쥐가 샤오원을 조용히 깨웠다. 고부가 몰래 창가에 가서 돈을 셌다. 1위안 2위안 3위안… 총 22위안 75전이었다.

"아까는 돈을 어디에 숨기셨어요?"

"깔창 밑에."

"하마터면 들킬 뻔했어요."

두 사람은 운이 좋았다며 '큭~' 하고 웃었다. 그러나 왕화이는 웃을 수 없었다. 그는 천장을 바라보면서 왕창츠의 복잡한 마음처럼 마음이 아주 복잡했다.


# 43


샤오원은 다시 장후이의 발마사지 숍에 나가기 시작했다. 매일 저녁 식사 후 집을 나가서 새벽 2~3시에 돌아왔다. 출근하기 전에 화장을 하고 돌아와서는 화장을 지웠다. 화장도 대충 대충하고 지울 때도 빨리 지웠다. 모두 해봐야 십 분을 넘지 않았다. 그러나 이 짧은 십 분 동안 다른 식구들은 모두 숨죽이고 그 소리를 듣고 있었다. 그녀는 최대한 자신의 존재를 제로로 만들었고, 할 수만 있다면 마이너스 상태로 만들고 싶었다. 그녀는 소리를 내지 않으려고 숨도 크게 쉬지 않고 조용히 걸어서 살며시 문을 닫고 나갔다. 정말이지 개미처럼 작아지거나 투명 인간으로 변신했으면 싶을 정도였다.

샤오원이 나간 뒤, 왕화이가 참을 수 없다는 듯 말했다.

"안마 일을 하면서 입술은 왜 저렇게 빨갛게 칠해?"

"빨갛게 칠하면 안 돼요?" 왕창츠가 반문했다.

류쌍쥐도 이상야릇하다는 듯 말했다.

"쟤가 발마사지 숍에 가서 무슨 조화를 부리는지….."

"발마사지하러 가는 게 아니면 뭐 하러 가겠어요?"

류쌍쥐는 왕창츠가 뭔가를 캐낼 것이라 생각했는데, 뜻밖에 이렇게 대답하자 마뜩찮았다.

"너는 정말 모르는 거니 아님 일부러 모르는 척하는 거니?"

"정말 몰라요."

류쌍쥐는 왕화이를 쳐다봤다. 왕화이가 목을 가다듬더니 말했다.

"발마사지만 하러 가는 거면 입술을 한 번만 칠해도 된다."

"입술을 한 번만 칠하는지 아닌지 아버지께서 어떻게 아세요?"

"너는 눈도 없니? 어떨 때는 빨간색을 바르고 나갔다가 자색을 바르고 돌아오기도 하고, 또 어떤 때는 자색을 바르고 나갔다가 오렌지색을 바르고 돌아오기도 해."

"물도 마시고 이야기도 해야 하는데 화장도 못 고쳐요?"

"그럼 이거는? 이건 어떻게 설명할 건데?"

그러면서 류쌍쥐가 갑자기 콘돔을 들어 보였다.

"이게 걔 가방에서 나왔어."

"이 작은 집에서 다섯 식구가 모여 사는데, 이거라도 없으면 우리가 부부 생활을 할 때 피해주시게요?"

왕화이는 휠체어 손잡이를 한 번 내려치더니 뭔가 말하려다 말고 그만두었다.

류쌍쥐가 말했다.

"너를 도와주려고 가지고 있었던 건데, 내가 그 아이를 오해했구나."

"네. 엄마가 오해한 거예요. 우리 집이 제일 힘들 때 시집와서 단 며칠도 편안하게 지낸 날이 없었어요. 매일 이렇게 힘들고 지친 생활을 하는 게 쉽겠어요? 다른 여자들은 화장대도 있는데, 샤오원은 우리가 푹 자지 못할까봐 화장할 때마다 몰래 화장실에 가서 해요. 돌아와서도 불도 안 켜고 어둠 속에서 씻고, 샤워할 때 큰 소리가 날까봐 수도꼭지도 반만 틀고 최대한 작은 물로 씻어요. 사실 다즈를 키워야 한다고 핑계대고 나가지 않을 수도 있는데, 샤오원은 1시가 넘도록 다른 사람의 발을 마사지해요. 샤오원은 정말 많은 사람의 발을 마사지해줄 텐데 우리 중에 어느 누구도 샤오원의 발을 마사지해준 사람이 없어요. 샤오원이 뭣 때문에 고생하겠어요? 다 우리 집 위하자고 그런 거잖아요? 샤오원이 우리 집이랑 얼마나 큰 관계가 있다고? 다즈만 안 낳았다면 사실 우리랑 아무 관계도 없어요. 도무지 이해가 안 될 때도 있어요. 샤오원은 왜 우리를 안 떠날까? 왜 돈 있는 사람을 안 찾아가지? 그런 생각도 해요."

어느 날 밤이 깊었을 때, 문 밖에서 '탕탕' 두드리는 소리가 났다. 식구들이 모두 깨어났다. 왕창츠가 일어나 불을 켜고 문을 열었다. 문을 두드린 사람은 아래층에서 일용잡화를 팔며 전화를 빌려주는 일을 하는 쉬(徐)씨였다.

"당신 아내가 사고를 쳤나봐? 아님 이 시간에 전화할 리 없잖아."

왕창츠는 옷을 걸치고 쉬씨를 따라 뛰어가서 전화기를 들었다. 샤오원의 울음소리가 들렸다.

"잡혀 있어요. 지금 발마사지 숍 1층 로비에 있는데, 바로 현금 5천 위안을 들고 와서 빼내줘요. 돈은 상자 안의 체크 블라우스에 있어요."

왕창츠는 누군가가 경혈을 누르고 있는 듯 미동도 없이 서 있었다. 상대편에서 이미 전화를 끊었지만 그는 전화를 받고 있는 자세 그대로 서 있었다. 어깨에 걸치고 있던 옷이 바닥에 흘러내렸다. 쉬씨가 옷을 주우면서 말했다.

"바보가 된 것처럼 왜 이러고 있어?"

왕창츠는 그제야 정신을 차린 듯 옷을 받아들고 이층으로 뛰어올라갔다.

상자를 열고 체크 블라우스를 찾았다. 주머니에 2천8백 위안이 들어 있었다. 왕화이에게 돈이 있냐고 물었다.

"구명에 필요한 돈이면 내게도 좀 있다. 그게 아니라면 한 푼도 가져갈 생각 마라."

왕창츠는 아무 말도 없이 돈을 세고 또 세었다. 왕화이가 물었다.

"도대체 무슨 일인데? 왜 그렇게 많은 돈이 필요해?"

왕창츠가 미안한 듯이 말했다.

"돈을 써서 막아야지요."

"알몸으로 음란물 단속반에 걸린 거지?"

돈을 세던 왕창츠의 손이 떨리면서 바닥에 돈 몇 장이 떨어졌다.

"흥정이 가능한 일이니 그렇게 많은 돈을 가지고 가서 낭비하지 마라."

"돈으로 가능한 일인지 어떻게 아세요?"

"장우가 현에서 한 번 잡힌 적 있었는데, 벌금 5천 위안에 처해졌더라. 그래서 주머니를 다 뒤집어 보이면서 '소 판 돈 1천 위안밖에 없다, 또 5분에 소 한 마리 값이면 충분하지 않냐'고 했더니 음란물 단속반이 아무 말없이 그를 체포하려 했다더라. 그래서 눈물 콧물 다 짜면서 '집에 노모가 있고 어린아이가 있으며, 노모는 앞을 못 보고 애들은 장애를 앓고 있고 마누라는 암이다…'고 하면서 집안 3대를 다 읊었대. 집안이 그렇게 암담한데 성매매를 하고 싶냐고 묻기에 그랬다더라. 마누라가 자궁암이라 여러 해 동안 부부 관계를 못 했다고. 옛날 생각이 나서 그랬다며 당신 같은 젊은이들이 어떻게 알겠냐? 사람이 나이가 들면 옛날이 그리워지는 법이라고 했더니 마음이 약해져서 소 판 돈도 안 받고 풀어줬다더라. 사실 그는 돈도 있고 그다지 불쌍한 위인이 아닌데도 동정을 받을 수 있었는데, 우리같이 정말 참담하고 돈 없는 사람이 더 동정을 받아야 하지 않겠니? 나를 데리고 가서 내 다리 한 번 보여주고 내가 한 번 울면 그들이 벌금을 줄여줄 게다."

왕창츠가 "염치도 없어" 하고 욕하면서 2천8백 위안을 들고 뛰어나갔다. 왕화이가 그의 등 뒤에다 대고 고함쳤다.

"바보 같은 놈! 기름이 좔좔 흐르는 부자가 안 되고 싶냐? 가난한데도 돈 벌 생각이 없는 게야?"

왕창츠가 로비 밖에 와서 보니 한쪽에는 여자 몇 명과 남자 몇 명이 일렬로 꿇어 앉아 있고, 다른 한쪽에는 음란물 단속반이 지키고 있었다. 남자들은 팬티만 입고 여자들은 옷도 제대로 입지 않은 채 모두 고개를 들고 문을 바라보고 있었다. 마치 고아가 눈을 뜨고 자기를 데리고 가줄 사람을 기다리는 것처럼 정문을 바라보고 있었다.

왕창츠가 안쪽을 향해 손을 흔들었다. 샤오원이 "우리 집 남자가 왔어요" 하자 단속반이 들어오라고 했다. 샤오원이 밖을 쳐다보며 손을 흔들었다. 왕창츠는 안을 향해 손을 흔들었다. 두 사람이 시합하듯 손을 흔들었다. 샤오원이 말했다.

"우리 집 남자가 쑥스러워하니 제가 가서 돈을 가지고 올게요."

단속반이 문 밖을 향해 안으로 들어오라고 몇 번이나 손짓했다. 왕창츠는 눈총을 받으며 어쩔 수 없이 안으로 발을 들여놨다. 걸을 때마다 못이 발에 박히는 것 같아 정말이지 이 시간이 멈췄으면 싶었다. 단속반이 허샤오원과 어떤 관계냐고 물었다.

"남편입니다."

"이름은?"

"왕창츠."

"치안 관리처벌 조례 제30조에 근거해 A 벌금 B 구류인데, A와 B 중 뭐로 하겠소?"

"제게 묻는 겁니까?"

"당신 와이프한테 물어요?"

단속반이 샤오원을 가리키며 "저 여자를 꺼내려고 온 거 아니오?" 했다.

"당신 같으면 당신 와이프가 이 짓을 하게 놔뒀겠소?"

"내 와이프가 이 짓을 했다면 바로 총으로 쏴 죽였을 거요."

왕창츠는 온몸을 떨었다. 마치 자기가 총살당하는 것 같았다. 샤오원은 계속해서 눈을 깜빡이고 머리를 흔들면서 뭔가를 암시하는 것 같왔다. 그러나 뭐라고 하는지 이해할 수 없었다. 샤오원과 말도 하고 싶지 않아서 돈을 모두 꺼내 단속반에게 건넸다. 단속반이 돈을 세고는 2천2백 위안이 부족하다고 했다. 왕창츠는 상의 호주머니 두 개와 바지 주머니 두 개를 모두 뒤집어 보였다. 주머니 네 개가 모두 깡말라 늘어진 가슴 같았다.

"땅을 파도 이게 다요. 잡아 처넣든지 마음대로 해요. 15일을 구류하면 2천8백 위안을 절약하고, 평균하면 하루에 180위안을 벌 수 있어요. 내가 하루 미장일을 해도 이렇게 많이는 못 벌어요."

단속반이 그를 위에서부터 아래까지 한 번 훑어보다가 그의 바짓가랑이와 신발에 묻은 시멘트 가루와 먼지를 발견하고는 정말 돈이 없다고 생각되었던지 이렇게 말했다.

"가시오. 오늘 이후로 이런 짓은 하지 마시오. 아무리 가난해도 자존심은 지켜야죠."

왕창츠가 뒤돌아서서 갔다. 몇 발짝만에 호텔 문을 나섰다. 샤오원은 자리에서 일어나 쥐가 난 다리를 주무르고 절뚝거리며 뒤를 따라 나섰다.


그들은 깊은 밤의 대로를 걸었다. 한 명은 앞에서 한 명은 뒤에서 5미터 정도 떨어져서 걸었다. 샤오원이 빨리 걸으면 왕창츠도 빨리 걷고, 샤오원이 천천히 걸으면 왕창츠도 천천히 걸으면서 계속 5미터의 간격을 유지했다.

"할 말이 있는데 같이 좀 걸으면 안 돼요?"

왕창츠의 걸음이 빨라졌다. 샤오원이 대로에서 소리쳤다.

"이 멍청이 바보! 어쩌자고 그렇게 많은 돈을 냈어!"

거리에 행인들은 아주 적었지만 고함 소리에 인근 주민들이 깜짝 놀라 잠에서 깼다. 대로에 인접한 몇몇 창에 불이 켜지고 창문이 열렸다. 왕창츠는 천천히 걷지 않을 수 없었다. 샤오원이 따라와서 말했다.

"내가 눈을 깜빡이며 안 된다고 머리 흔드는 거 못 봤어요?"

"당신 뜻을 어떻게 알겠어?"

"그렇게 많은 돈을 내지 말라는 뜻이잖아요."

"당신이 전화로 5천 위안이라고 했잖아. 그중 2천8백 위안만 냈으니 엄청 깎은 거지. 그만하길 다행이라 생각해."

"그 사람들이 협박하니까 그런 거죠. 근데 당신이 오기 전에 어떤 엄마가 와서 딸을 데려갔는데, 돈이 없다며 800위안만 냈다고요."

"어차피 깨끗한 돈도 아닌데 뭐. 내고 나니 속이 다 후련하네."

"그럼 당신 아버지가 번 돈은 깨끗해요?"

"당신이 번 돈보다는 깨끗해."

"나도 깨끗하고 싶어요. 하지만 당신이 집안을 다 먹여 살릴 수 있어요? 당신이 집안을 먹여 살릴 수 있다면 소주를 사다가 소독하고 이 시간부터는 행복한 사람이 되어 말을 먹이고 장작을 패고 세계 일주하면서 꽃피는 봄날에 바다를 볼게요."

왕창츠는 깜짝 놀랐다. 그녀가 하이즈의 시「꽃 피는 봄날 바다를 향해 서면」의 시 구절을 외울 줄은 정말이지 상상도 못했다. 자기 기억에 따르면 이제까지 그녀에게 이 시를 가르쳐준 적도 없고 외우라고 한 적도 없었다. 그렇다면 이 시구는 어떻게 된 것인가? '오입쟁이. 이건 틀림 없이 시를 좋아하는 오입쟁이가 알려준 것이다. 그 짓을 하면서 그녀에게 외우게 한 것이다. 그 짓을 하면서 한편으로는 계몽한 것이다. 이 얼마나 황당한가.' 왕창츠는 이런 생각을 할수록 가슴이 막혔다. 발걸음이 빨라졌다. 두 사람의 거리가 다시 벌어지기 시작했다.

## 44

왕화이와 류솽쥐는 샤오원과 말을 섞지 않았다. 무언극을 하는 것 같았다. 기저귀를 건네고 옷을 빨고 바닥을 쓸 때도 말을 하지 않았다. 야채를 사고 밥을 할 때도 다즈를 목욕시키고 파우더를 발라줄 때도 서로의 눈과 행동만 쳐다볼 뿐 아무도 먼저 이 침묵을 깨고 싶어하지 않았다. 샤오원은 자기가 먼저 자신의 잘못을 시인하면서 말을 해야 한다고 생각했고, 왕화이와 류솽쥐도 자신들이 먼저 입을 열고 용서하겠다고 말해야 한다고 생각했다. 그런데 한 사람은 자신의 잘못을 인정하기 싫었고 두 사람은 용서하고 싶지 않아서 세 사람은 말없이 지냈다. 왕창츠가 퇴근해서 집에 돌아오면 그나마 말소리가 났다. 표면적으로는 왕창츠에게 말을 걸지만 실제로는 서로에게 이야기하고 있었다. 왕창츠는 그저 하나의 매개체 혹은 플랫폼에 불과했다. 그들이 왕창츠에게 원하는 것은 그의 대답이 아니라 대화가 단절되지 않게 해주기를 바라는 것 같았다. 그들이 계속 떠들어대는 통에 도리어 왕창츠가 입을 다물고 말았다.

"창츠야. 남자치고 이것을 참을 수 있는 사람은 없어."

"여자들도 못 참는다. 아들아."

"왕창츠, 못 참겠으면 억지로 참지 말아요."

"창츠야, 이 일이 고향에 전해지면 너는 얼굴도 못 들고 다닐 뿐만 아니라 나랑 네 엄마도 얼굴을 처박고 살아야 한다."

"다른 건 다 용서하겠는데, 이 일만은 못 받아들이겠다. 아들아 생각 좀 해봐라."

"다른 사람이 뭐라고 하든 전 상관없어요. 당신의 의견에 따를 거예요."

"알고 있니? 창츠야. 옛날에 이런 일이 있었다면 이건 이혼감이다."

"지금이라도 이혼해야 한다. 아들아."

"헤어지자고 하면 헤어지죠 뭐. 누가 무섭대요? 당신이 먼저 이야기를 꺼내면 바로 수속 밟을게요."

"창츠야. 수속 밟을 것도 없다. 당초 시골에서 그저 술상만 놓고 혼인했으니, 너희 둘 사이에 증명서란 것도 없다."

"힘 좀 내라 아들아. 이렇게 고개만 숙이고 있으니 어떤 여자가 너를 안중에 두겠니?"

"당신, 벙어리라도 됐어요? 허리를 펴고 공정하게 말 좀 해봐요. 내가 도대체 누구 때문에 체면도 내던졌는데요? 나 자신을 위해서? 돈 있는 집에 시집가고 다른 방법으로 돈을 벌 수 있었다면, 그랬다면 나 허샤오원이 이렇게까지 체면을 버렸겠어요? 아버님께서 구걸하시는 것도 어쩔 수 없어서 하게 된 거잖아요…."

"창츠야, 나는 절대 저 아이에게 뭐라 하지 않았다."

"아들아, 누가 쟤를 저렇게까지 만들었니?"

"그만! 모두 린쟈보 그 개새끼 때문이에요."

왕창츠가 갑자기 이렇게 고함쳤다. 왕창츠는 '후~' 하면서 자리에서 일어나 식칼을 잡으며 말했다.

"내가 그 자식을 죽여 버리고 말겠어."

세 사람은 모두 멍해졌다. 왕창츠가 식칼을 휘두르면서 문 쪽으로 걸어갔다. 집이 너무 좁아서 하마터면 그가 휘두른 식칼에 샤오원의 코, 류솽쥐의 어깨가 나갈 뻔했고, 왕화이의 휠체어까지 자를 뻔했다. 그가 식칼을 휘두르면서 문을 나서는 순간, 왕화이가 소리쳤다.

"멈춰. 이 일이 린쟈보랑 뭔 상관인데?"

"린쟈보가 누군지 모르세요?" 하면서 계단을 내려섰다. 류솽쥐가 바로 따라가서 애걸하다시피 했다.

"얘야, 너 미쳤니? 우리 집안에 일이 적어서 불만이니? 아님 우리 집안이 조용해서 불만이니?"

왕창츠가 뒤돌아서면서 류솽쥐 쪽을 향해 칼을 휘둘렀다. 류솽쥐가 무서워서 뒤로 물러났다.


집을 나온 왕창츠는 걸어가면서도 계속 욕을 해대며 칼을 휘둘렀다. 마치 원수가 공기 중에 있기라도 한 것처럼 허공을 향해 칼을 찔러댔다. 왕창츠는 시장대교까지 칼을 휘두르면서 가다가 발을 멈췄다. 시멘트 난간을 향해 칼을 휘둘렀다. 너무 세게 힘을 주는 바람에 손에 전기가 오고 칼날도 휘었다. 난간에 칼자국이 났다. 그는 난간을 찌르면서 욕했다.

'왕창츠, 네 능력이란 정말이지! 다른 사람이 네 마누라랑 자는데, 너는 고작 여기 와서 난간이나 찌르고 있고, 다른 사람이 너를 못살게 구는데도 너는 고작 욕밖에 못 하고 있으니, 너는 정말이지 이 세상에 살 자격도 없다. 도대체 너는 왜 태어났니? 네 엄마 아버지가 구걸해서 번 돈으로 네 마누라 병원비 내고, 네 마누라가 몸 판 돈으로 아이 돈 모을 때, 너는 사람처럼 살 수 있었니? 차라리 이 한 목숨 끝내는 것이 낫겠다…'

그는 목을 빼고 다리 아래를 내려다보면서 식칼을 던져버렸다. 한참 뒤에 '풍덩' 하고 식칼이 물에 떨어지는 소리가 났다. 그는 온몸이 떨렸다.

전에는 퇴근 시간만 되면 으레 뛰어서 집에 왔다. 다즈와 샤오윈이 보고 싶고 엄마와 아버지가 염려되어 뛰어왔다. 그런데 지금은 퇴근 시간이 되어도 건설 현장과 인부들을 떠나고 싶지 않은 듯 꾸물댔다. 날이 저물고 가로등이 켜지고 인부들이 도시락을 들고 일어나면 그제야 느릿느릿 돌아왔다. 집에 와서도 무표정한 얼굴로 아무 말도 하지 않았으며 다즈가 울어도 듣지 못하는 것 같았다.

류솽쥐는 지치지도 않은 듯 말했다.

"이렇게 중요한 일에 어떻게 생각이 없을 수 있니?"

"아무 생각 없어요."

왕화이가 말했다.

"아무리 나약한 사람이라도 따지고 반대하며 경고라도 하는 법이다. 네가 험한 말을 못하겠다면 지금이라도 네 엄마한테 배워라."

"이제 그만들 말씀하세요. 이 일은 여기서 그만두세요. 샤오윈도 이후로는 안 그럴 테니 이제 그만들 얘기하세요. 탓 하시려면 저를 탓하세요. 제가 대학에 떨어진 것을 탓하시고, 저의 무능력과 저의 가난을 탓하세요."

왕창츠의 말에 샤오윈은 감동해서 눈물이 그렁그렁한 채로 바로 반찬을 한 가지 더 만들었다. 그녀는 반찬을 가리키며 말했다.

"이 반찬은 창츠를 위해서 만든 거예요. 아무도 드시지 마세요. 아침부터 저녁까지 건설 현장에서 온 힘을 다해 일했으니 더 많이 먹어야 해요. 그러니 이 반찬은 아무도 드시지 마세요."

왕화이와 류솽쥐가 그 음식을 먹지 않은 것은 샤오윈의 의견에 전적으로 동의해서였다. 그런데 왕창츠도 그 음식을 먹지 않았다. 샤오윈이 자신과 부모님을 차별 대우하는 것 같아서 그 역시 먹지 않았다.

왕화이, 류쌍쥐와 샤오원은 자기 일이 끝나면 성인군자처럼 매일 집에 앉아 있었다. 류쌍쥐는 가만히 앉아 있을 수가 없어서 왕화이를 밀고 바람이라도 좀 쐬고 싶었지만 혼자서 왕화이와 휠체어를 2층에서 들고 내려올 수가 없었다. 샤오원은 이를 보고도 못 본 척하면서 온종일 귀를 쫑긋 세우고 류쌍쥐가 도움을 청하기를 기다렸다. 류쌍쥐는 샤오원에게 도움을 청하고 싶지 않아서 한 가지 방법을 생각해냈다. 먼저 왕화이를 등에 업고 계단 입구에 내려놓은 뒤 다시 올라와서 휠체어를 운반했다. 매일 계단을 오르고 내려갈 때마다 류쌍쥐는 왕화이와 휠체어를 따로 옮겼다. 샤오원이 옆에 있었지만 결코 그녀에게 도움을 청하지 않았다. 옮기는 류쌍쥐나 업혀 내려가는 왕화이나 샤오원이 변했다고 생각했다. 변해도 좋지 않게 변했다고 생각했다. 샤오원의 태도는 처음부터 끝까지 냉랭했으며 일부러 더 그렇게 행동했다.

해질 무렵 왕창츠는 건설 현장에서 나오다가 먼지가 날리는 도로변에서 익숙한 두 사람의 뒷모습을 봤다. 그들은 건설 현장 출구를 쳐다보고 있었다. 어쩌면 너무 오래 보고 있어서 쥐가 났을 수도 있었다. 왕창츠가 눈앞에 왔어도 그들은 여전히 아무 말도 하지 않았다. 한 쌍의 조각상 같았다. 그중 한 사람은 로댕의 '생각하는 사람' 같았는데, 바로 왕화이였다. 수건으로 이마를 싸고 있는 왕화이의 얼굴과 손에 피가 묻어 있었다.

"누가 이렇게 했어요?"

"거지들이. 비럭질도 다들 구역이 정해져 있더구나. 경찰 두 명이 오지 않았다면 네 아버지는 맞아 죽었을 거야."

"누가 나가서 비럭질하라고 시켰어요?"

"나는 안 된다고 했는데, 네 엄마가 너무 심심하다고. 내가 반대하면 화장실에도 안 데려다 주고 집에 올려주지도 않아서. 집에 올라가고 싶어도 어쩔 수 없고, 화장실도 못 가게 하니 바지에 오줌을 쌀 수밖에 없어서."

"속 시원한 일이 하나도 없네요."

왕창츠는 류썅쥐를 노려봤다.

"이렇게 피를 많이 흘렸는데, 병원에는 왜 안 갔어요?"

"쓸데없는 돈을 군이 왜 쓰니? 이틀이면 상처가 아물 텐데." 왕화이가 말했다.

왕창츠가 왕화이의 손을 벌려 상처를 보려하자 그는 손을 더 꼭 쥐고 말했다.

"괜찮다. 별거 아니야."

"먼지가 이렇게 많은데 왜 이리로 왔어요?"

"너랑 이야기 좀 하려고." 왕화이가 말했다.

"집에 가서 얘기해요."

"집에 가면 얘기가 커진다."

왕창츠는 거친 숨을 몇 번 몰아쉬더니 머리를 돌려 다른 곳을 쳐다봤다.

"말씀해보세요. 무슨 일인데요?"

왕화이는 바로 말하지 않았다. 호흡을 조절하며 어떻게 말을 꺼내야 할지 고민했다. 그러더니 갑자기 한 손으로 건설 현장을 가리키며 말했다.

"너는 여기서 한평생 뒹굴 생각이니?"

"그럼 또 어디로 갈까요?"

"내가 며칠 동안 생각해본 결과 네가 이렇게 계속 일을 하면 생활비는 벌겠지만 너의 운명은 전혀 바꿀 수가 없어."

"다른 사람의 코딱지를 주울 수 있다면 이렇게 사는 것도 나쁘지 않아요. 뭣하러 또 운명을 바꿔요?"

"반드시 바꿔야 한다. 그렇지 않으면 다즈도 꺼진 불이다."

"농촌에서 도시 타령이나 하면서 아버지부터 저까지 그렇게 했지만, 다치신 것 말고 결과적으로 아무것도 바꾸지 못했어요."

"그건 네가 노력이 부족했기 때문이다."

왕창츠가 두 손을 펼쳐 보이며 말했다.

"한 번 보세요. 제 열 손가락이 모두 어떻게 바뀌었는지. 이걸 보시고도 노력하지 않았다고 하실 수 있어요?"

그들은 왕창츠의 두 손을 봤다. 손가락은 구부러졌고, 거무튀튀한 데다 부은 것도 있고, 상처투성이였다. 모순덩어리처럼 더 이상 가지런하게 봉합될 수 없을 것 같았다. 류쌍쥐는 그의 손가락을 보면서 눈물이 그렁그렁했다. 그러나 왕화이는 흔들리지 않고 말했다.

"벽을 뚫고 새어나오는 이웃집의 불빛을 빌려 공부하지도 않았고, 달빛 아래서 공부하지도 않았고, 머리카락을 대들보에 묶고 송곳으로 허벅지를 찔러가면서 공부하지도 않았고… 또….'

"저는 공부하다가 현기증이 나서 교실에서 기절도 했었어요."

"공부하다가 죽지 않았으면 노력했다고 할 수 없다. 다시 공부해서 대학 갈 생각은 없는 거냐? 대학만 가면 간부가 되고, 그러면 네 신세가 바뀔 것이다. 그렇지 않다면 영원히 건설 노동자로 살 게다."

"벽돌과 시멘트만 보다보니 이제 연필 들 힘도 없어요."

"그해에 많은 청년들과 노동자들이 모두 이를 악물고 대학에 가지 않았겠니? 너는 팔도 있고 다리도 있고 코도 있고 입도 있다. 다른 사람들이 모두 다 할 수 있는 일을 너는 왜 못 하니?"

"제 유전자에는 대학이 없어요."

"그럼 너는 평생 먼지만 먹고 살아야 한다."

"먼지를 먹고 살 팔자인데 왜 그렇게 간부에 목숨 거는지 모르겠어요."

"네가 지금 몇 살이냐? 아직 시간이 있다."

"아버지께서도 못 한 일을 제가 할 수 있겠어요?"

왕화이는 아들이 옥석이 되지 못한 것을 원망했다. 또 그가 고생하는 것을 애달파하면서도 팔자를 바꾸려고 하지 않는 것에 분노했다. 왕화이는 왕창츠가 담벼락에 붙어 있지 못하는 진흙 같고, 불구덩이에서 빠져나오지 못하는 고양이 같다고 느꼈다. 피가 그의 대뇌로 흘러내렸다. 딱딱하게 굳은 상처에서 갑자기 열이 나면서 수건이 다시 축축해지고 손바닥이 얼음처럼 차가워졌다. 너무 실망한 나머지 다시 피가 흘렀다.

## 45

샤오원이 야채를 사서 돌아왔는데, 집에 아무도 없었다. 집을 나서기 전에는 왕화이와 류솽쥐, 다즈가 침상에서 놀고 있었는데, 돌아왔을 때는 아무도 보이지 않았다. 갑자기 가슴이 답답해지면서 알 수 없는 땀이 이마에서 흘렀다. 무의식적으로 벽 모서리를 쳐다봤다. 류솽쥐가 고향에서 메고 왔던 보따리가 보이지 않았다. 식탁 위에 편지 봉투 하나가 놓여 있고, 그 위에 열쇠가 놓여 있었다. 이것을 보는 순간 결코 좋은 소식이 아님을 단박에 알아차렸다. 편지 봉투를 열고 보았지만 무슨 내용인지 알 수 없었다. 그래서 편지를 들고 건설 현장으로 왕창츠를 찾아갔다.

왕창츠가 편지를 한 번 읽더니 "다즈를 데리고 고향으로 가셨어" 했다.

"내 아들인데 그들이 왜 데려가요?"

"두 분께서는 내가 진취적이지도 않고 당신도 타락해서 우리 집이 유해하다고 느끼셨나봐. 그래서 아무리 하얀 아이라도 검게 물들 수 있다고 생각하셨고. 다즈가 '진흙에서 나왔지만 더러움에 물들지 않고, 맑은 물에 씻겨도 요염하지 않고, 반듯하게 키워 곧고, 넝쿨지지도 가지가 웃자라지도 않고, 향기는 멀어질수록 더욱 맑으며, 꼿꼿하고 깨끗하게 자라도록' 할 수 있는 유일한 방법은 그분들이 교육시키는 것뿐이야."

"웃기지 마요. 그분들이 인재로 키워낼 수 있다면 당신이 어떻게 여기 있겠어요?"

왕창츠가 편지 봉투를 가리키며 말했다.

"한 번 실패해보셨으니 이번에는 잘하시겠지."

"실패도 이유가 될 수 있어요? 다시 실패할 수도 있는데 걱정도 안 돼요?"

샤오윈은 마음이 급한 나머지 발을 동동 굴렀다.

"어쩌면… 기적을 만들어낼 수도 있지."

"스스로 생활도 못 하시는 분이 어떻게 기적을 만들 수 있다고 생각해요? 내가 보기에는 당신들 모두 미쳤어요."

"어쩌려고?"

"얼른 가서 다즈를 데려와야지요."


그들은 아래층으로 내려가서 현장을 나가 큰길에서 택시를 잡아타고 동(東)터미널로 달려갔다. 터미널에 도착해서 알아보니 톈러현(天樂縣)으로 가는 버스는 십 분 전에 출발했다고 했다. 개찰원이 휠체어를 탄 중년 남자와 아이를 안은 중년 부인이 버스를 탔다고 확인해주었다. 샤오원은 녹초가 되어 벤치에 앉더니 마치 아이를 유괴당한 것처럼 눈물이 그렁그렁했다.

"울긴 왜 울어? 마음이 안 놓이면 지금 고향으로 가는 버스표 두 장을 사서 직접 다즈를 데려오면 되지."

"그럼 당신이 가서 사 와요."

왕창츠는 매표소로 몇 걸음 가다 말고 뒤돌아봤다.

"꼭 표를 사야겠어?"

샤오원이 눈물을 닦으며 말했다.

"하고 싶은 말이 뭐예요?"

왕창츠가 자리에 앉더니 자기 생각을 한 번 들어보라고 했다.

"제일 먼저 고려해야 할 것은 다즈가 아직 너무 작고 연약하다는 거야. 그 아이가 농촌 환경에 적응할 수 있겠어? 농촌에는 우유도 없고, 병원도 없어. 또 자주 단전되고, 돼지우리와 외양간도 집에 붙어 있어. 벼룩과 개미도 계속 나오고 마룻바닥은 먼지투성이이고 닭똥, 소똥, 개똥도 섞여 있어. 굶다가 미음만 먹겠지. 목이 마르면 생수만 먹고. 아버지 엄마는 차를 끓이지만 물은 별로 안 끓이셔. 잘 때는 또 모기를 버틸 수 있을까? 기어다닐 때면 운이 좋으면 먼지가 묻겠지만 운이 나쁘면 온몸에 똥이겠지. 이런 환경에서 인재가 나올 수 있을까? 사방 1리 내에 푸퉁화(普通話)를 쓰는 사람은 한 명도 없고, 책 읽는 소리도 들을 수 없어. 집 앞뒤로 모두 언덕인데 누가 다즈가 안 미끄러진다고 보장할 수 있겠어? 만일 미끄러진다면 다즈가 다치거나 어디가 부러지거나 바보가 되거나 심지어 목숨을 잃지 않는다고 누가 보장할 수 있겠어? 근데 나도 미음만 먹고 자랐는데도 한 손으로 50근은 들어올릴 수 있고 이렇게 건장하지 않아? 바닥이 온통 더럽지만 나는 엄마 아버지를 믿어. 다즈가 기어다닐 때면 틀림없이 깨끗한 자리를 깔아주실 거라고. 생수는 걱정하지 않아도 돼. 그곳 산의 물은 도시에서 끓인 물보다 훨씬 깨끗해. 책 읽어주는 것도 걱정하지 마. 아버지가 할 일이 없으니 매일 다즈에게 당시(唐詩)나 송사(宋詞)를 읽어주실 거야. 아버지는 편지에서 송대(宋代) 주돈이(周敦頤)의 「애련설(愛蓮說)」을 무척 많이 인용하셨어. 지금까지도 「애련설」을 외워 쓰실 줄이야? 나는 거의 대부분 잊어버렸는데. 그가 이렇게 내게 기억력을 자랑하시는 것은 어쩌면 나를 재촉하려고 그러신 건지도 몰라. 다시 말하면 다즈가 아직 유치원에 갈 때가 안 되었으니, 먼저 부모님께 한번 맡겨봐. 요즘 밖에 나가서 일하는 젊은 부부 중에 자녀를 농촌의 부모님께 안 맡기는 사람이 누가 있어? 그래야 자유롭게 일할 수 있지. 또한 손자에 대한 사랑이 기본적으로 우리보다 더하고 과하시지. 또 당신이 봤는지는 모르겠지만 아버지가 아침부터 저녁까지 다즈를 안고 계시는데, 마치 계란처럼 조심스럽게 안고 계셔. 휠체어에 앉아 주무시면서도 안고 있는 다즈를 잠시도 손에서 놓지 않으셨어. 왜 그렇게 다즈를 꼭 안고 계시겠어? 나한테 철저하게 실망하셔서 그래. 그의 희망은 이제 다즈에게로 옮겨갔어. 내 생각에는 다즈가 우리 손에 있는 것보다 그분들에게 있는 것이 훨씬 안전하고 좋을 것 같아."

샤오윈이 눈물을 닦으며 말했다.

"그럼 뭘 근거로 내가 타락했다고 하시는 거예요?"

"그 말은 미안해."

"흥! 당신이 속으로 그렇게 생각하는 거 아니에요?"

"그렇게라니? 내가 어떻게 생각할 것 같은데?"

"당신도 그분들과 같은 생각이잖아요."

"나는 그분들보다 훨씬 복잡해."

"얼마나 복잡한데요?"

"너무 복잡해서 정리가 안 돼. 나는 본래 말이 앞서잖아. 먼저, 나는 이렇게 생각해…. 내 물건은 이제 제 구실을 못해. 그런데도 당신을 다른 남자에게 안 보내면 우리는 조만간에 이혼할 거야. 당신이 다른 남자와 붙어도 역시 우리의 결혼 생활을 보장할 수 없는 것은 뻔하고 기껏해야 늦춰지겠지. 내 계획은 하루하루 버텨서 적어도 다즈가 좀 자랄 때까지 미뤄보는 거야. 이게 바로 지금 내가 표를 사지 않는 이유야. 조만간 당신은 나를 떠날 것이고 나도 일을 하려면 다즈를 돌볼 수가 없어. 결국 다즈는 엄마 아버지가 돌보게 되어 있어. 지금 엄마 아버지가 연습하지 않고, 다즈가 그분들에게 적응 못 한다면 나중에 당신이 갑자기 떠났을 때는 그분들도 어떻게 할 수 없을 거야. 당신이 밤에 나가서 무슨 짓을 하는지 나도 잘 알고 있어. 그렇지만 나는 쭉 참으면서 당신을 도와 거짓말도 하고, 심지어 그 이야기조차 꺼내고 싶지도 않았어. 당신이 한밤중에 돌아올 때마다 눈을 감고 있었지만 사실은 깨어 있었어. 어떤 때는 밤새 깨어 있으면서 고향집의 밤하늘을 생각했어. 정말 하늘에 별도 많았지. 얼마나 예쁘고 아름다웠는지…. 어떤 때는 당신을 위해 몰래 기도도 했어. 제발 아무 병에도 걸리지 말고 어떤 사달도 일어나지 않게 해달라고. 직접 목격만 안 하면 그냥 넘어갈 수 있는 일도 있어. 그런데 목격하게 되면 숨이 막히고 궁지에 몰려 결국 돌이킬 수 없게 돼. 나도 남자고 당신 남편이라 자존심이 강하고 존엄성도 지키고 싶어. 일은 당신이 저질러놓고 왜 그분들이 정상적으로 행동하길 바라?"

"그럼 지금부터 안 하면 되겠네요?"

"해도 좋은데 돈으로 바꿔오지는 마. 당신은 아직 젊으니 마음에 드는 상대가 있으면 떠나도 좋아. 하지만 떠나기 전에 내 작은 가슴이 펄쩍 뛰지 않게 미리 알려만 줘."

"… 내가 그 짓을 하긴 했지만 나는 다 생업이었고 스스로를 원망하면서 했어요. 매번 그럴 때마다 나도 다 참았다고요. 그들을 당신이라 생각하면 마음이 한결 편했어요. 그들이 누구든지 간에 나는 다 당신이라 생각하고 했어요."

"몰랐네. 나를 위해서 한 줄은."

"누가 당신더러 제 구실을 못 하라고 했어요?"

순간 왕창츠는 린쟈보가 떠올랐고, 자기의 모든 고난이 그에게서 시작되었다고 생각했다. 그를 죽이고 싶었다. 그러나 생각하고 또 생각하면서 자기 속만 긁을 뿐이었다. 그러고는 스스로에게 반문했다.

'그때 고의로 떨어져서 다친 걸까? 그 시점이 딱 샤오원이 장후이에게 홀려 낙태한 뒤에 먼저 돈을 벌려고 할 때였다. 내가 샤오원의 낙태를 막고 돈이 급한 나머지 일부러 떨어져서 보상금을 타내려고 고의로 투신한 걸까?'

생각이 여기까지 미치자 왕창츠는 잠시 생각을 멈췄다. 어떤 문제든 처음 부딪쳤을 때 주저하고 방황하며 중대한 결정을 내리기 전에 배회하는 것처럼 생각을 멈췄다. 결론은 부정적이었다. 어느 누구도 자기의 성복(性福)으로 돈 몇 만 위안을 벌어갈 수도 없고, 게다가 자신은 진즉에 사장들의 농간에 놀아났었다. 투신만 하면 바로 보상금을 받을 수 있다고 누가 보장할 수 있겠는가? 다 꿈같은 이야기이다. 그래서 린쟈보에게 복수하겠다는 그의 신념은 더욱 확고해졌다. 왕화이는 희망에서 용기를 얻었지만 왕창츠는 원수를 증오하면서 에너지를 보충하곤 했다.

# 46

구리촌으로 와서 왕다즈는 계속 울기만 했다. 잠이 들었다가도 불안한 듯 수시로 울어댔다. 어떤 때는 나팔 소리처럼, 어떤 때는 발동기 소리처럼 들렸다. 또 어떤 때는 음악 소리, 노래 소리처럼 들리기도 하고 어떤 때는 냉장고나 에어컨의 미세한 진동 같기도 하고, '따르릉' 하고 울리는 자전거 벨 소리 같아 흡사 도시의 모든 소리를 가지고 온 것 같았다. 원래 조용했던 농촌이 더 이상은 적막하지 않았다. 오랫동안 침대에 누워 꿈을 꾸며 자던 마을 사람들도 잠을 못 자기 시작했고, 심지어 이런저런 잡생각까지 하게 되었다. 류쌍쥐는 미음과 우유를 먹이면서 계속해서 분향단에 향을 태우고 조상들에게 자신의 손자를 잘 보살펴달라고 기도했다.

젖이 아직 도는 여자들은 다즈가 젖에 굶주려서 운다고 생각했다. 장셴화, 왕둥, 바오칭, 쟝포, 이룽의 처 등은 앞서거니 뒤서거니 와서 급히 웃옷을 올리고는 봉긋하게 솟은 흰 유방을 손으로 잡았다. 붉은 젖꼭지도 있고 검은 젖꼭지도 있었다. 이들은 젖꼭지를 정확하게 다즈의 입 속으로 밀어 넣었다. 그런데 다즈는 젖을 빨지 않고 예외 없이 젖꼭지를 밀어냈다. 다즈가 싫다는데도 그들은 열정적으로 젖을 물렸다. 그들은 동정심과 연민의 미덕을 내보이는 동시에 풍만한 유방과 남아도는 젖을 자랑하고 또 자기의 젖을 이 도시의 아이가 받아먹기를 갈구하는 것 같았다. 여러 차례 거부당하자 여자들은 오랫동안 아무도 만지지 않았던 가슴을 덮으며 이구동성으로 말했다.

"도대체 왜, 뭐가 싫은 거야? 네 엄마 아빠 바지에도 이곳 흙이 묻어 있고, 여기서 나는 채소를 먹고 자랐는데…. 닭이 이렇게 빨리 봉황으로 변할 수 있는 거야?"

날이 저물자 울다 지친 다즈가 류솽쥐의 품으로 파고들었다. 류솽쥐는 무의식적으로 자신의 쪼그라든 유방을 다즈의 입으로 밀어 넣었다. 다즈가 거부하지 않고 힘껏 빨기 시작했다. 너무 빨아서 류솽쥐는 몸에서 쥐가 났고 자기 나이도 잊어버렸으며 또한 엄마로서의 자부심도 생겼다. 이튿날 류솽쥐는 닭 한 마리를 고았다. 몸을 풀었을 때 왕화이가 자신을 보신시켜줬던 것처럼 그렇게 자신을 보신시켰다. 며칠 뒤에 쪼그라들었던 유방이 점점 부풀었고 다즈가 결국 젖을 빨아먹으면서 더 이상은 울지 않았다. 젖을 먹이는 류솽쥐의 모습을 보면서 왕화이는 마치 왕창츠가 다시 태어난 것 같았다. 그는 하늘이 다시 한 번 자신에게 기회를 준 것이라 생각했다.

왕화이는 류바이탸오에게는 "나는 반드시 저 애를 대학생으로 키우고 말겠어"라고 말했고, 장우에게는 "나는 반드시 저 애를 당 간부로 키우고 말겠어"라고 말했고, 다이췬에게는 "저 애는 반드시 간부가 되어서 영도자가 되고 말거야"라고 말했고, 동생에게는 "영도자가 되어서 우리 왕씨 집안을 일으킬 거다"라고 말했다. 그러고는 만나는 사람마다 이렇게 말했다. "저 애가 성공하면 돈을 내서 우리 마을에 도로를 놓아줄 거야…."

그의 말에 모두 웃지 않고 참았지만, 왕화이의 도가 지나치다고 생각했다.

'그가 어떻게 대학생으로 키워낼 수 있단 말인가? 당의 간부로 키워낼 수 있었다면 왜 왕창츠를 먼저 그렇게 키우지 못했는가?'

그러나 왕화이는 그 나름의 계획이 있었다. 어느 깊은 밤에 그는 달게 자고 있는 류솽쥐를 흔들어 깨웠다. 류솽쥐가 투덜댔다.

"또 왜 그래요?"

"발자국 소리를 들었어. 도둑이라도 들었는지 당신이 나가서 한번 봐?"

류솽쥐가 깜짝 놀라서 숨죽이고 들어봤지만, 벌레 울음소리 말고는 아무 소리도 들리지 않았다. 왕화이는 그녀가 아직 꿈속을 헤매거나 청력이 완전히 회복되지 않았다고 생각했다. 류솽쥐는 인정하지 못한다는 듯이 귀를 쫑긋 세우고 다시 들어봤다. 이번에는 이웃집 사람들의 코 고는 소리 말고는 아무 소리도 듣지 못했다.

"고속버스를 탈 때면 화장실을 가고 싶든 아니든 타기 전에 화장실에 들렀다 가야만 마음이 놓이잖아."

"문 밖에 땔나무 몇 다발밖에 없어요. 누가 뭐를 훔쳐가고 싶어도 가져갈 만한 게 없어요."

"당신은 우리 집 다즈를 훔쳐가진 않을까 걱정도 안 돼?"

류솽쥐가 이불을 들춰 보이며 말했다.

"다즈는 내 품에 잘 있어요."

왕화이는 다즈를 꼭 껴안고 창밖을 내다봤다.

"당신은 피곤하지도 않아요?"

"밖에 누가 있는 것 같아."

류솽쥐는 하는 수 없이 옷을 입고 일어났다. 손전등을 켜고 집을 한 바퀴 돌면서 문과 창을 다시 걸어 잠그고 침대로 돌아왔다.

"정말 밖에 아무도 없어?"

"그만 좀 할 수 없어요? 나는 내일도 나가서 일해야 해요."

"아무도 듣는 사람이 없으니 당신에게 내 계획을 말해줄게."

류쌍쥐는 흥미 없다는 듯 그대로 누워서 잠들었지만, 왕화이가 다시 그녀를 흔들어 깨우면서 말했다.

"저들은 모두 나의 능력을 의심하면서 내가 다즈를 키울 수 없다고 생각하는데 정말이지 근시안적이야."

류쌍쥐는 하품을 하면서 다시 자려고 했다.

"이렇게 큰일을 말하는데 그것도 좀 못 참아?"

류쌍쥐는 오른손으로 베개 주위를 더듬더니 호랑이 연고를 꺼냈다. 그녀는 호랑이 연고를 열고 태양혈에 발랐다. 순간 아주 상쾌해지는 것 같았다.

"소학교 과정은 내가 직접 가르칠 생각이야. 책도 벌써 다 모아놨어. 중학교는 향에 데리고 가서 공부시킬 거야. 근데 향에는 잘 가르치는 사람이 없다더군. 하지만 다즈와 나 둘 다 수업을 들어도 된대. 다즈가 수업을 들을 때 내가 교실 뒤쪽에서 같이 들으면서 다즈도 배우고 나도 같이 공부하면 돼. 낮에는 선생님이 가르치고 저녁에는 내가 가르치면 같은 수업을 두 번 듣게 되고, 그렇게 해서 모든 문제를 다 암기시킬 거야. 이렇게 하면 현 소재의 학교에는 붙겠지. 현에 가서도 내가 같이 공부를 해서 모든 과목을 두 번 말해주고, 어려운 문제는 다 암기시킬 거야. 그때는 칭화대나 베이징대 합격쯤은 문제도 아니지."

류쌍쥐가 눈을 비비면서 말했다.

"하느님 맙소사! 이렇게 좋은 생각을 왜 이제야 했대요?"

"이건 우리 집의 저금통장과도 맞먹는 것이니, 절대 누구에게도 말하면 안 돼. 안 그럼 박을 보고 바가지를 그린다고, 그 사람들이 우릴 따라하게 된다면 우리 집안의 경쟁력이 없어지는 거야."

"내가 그렇게 바보예요?"

"이 생각을 할 때마다 머릿속에서 일진광풍이 몰아치는 것 같아. 사람과 휠체어까지 하늘로 날려버릴 12급 정도의 태풍이 말이야."

"눈이 먼 사람은 귀에 의존하고 다리가 불편한 사람은 머리에 의지한다더니 당신이 딱 그러네요. 당신도 하반신을 못 쓰게 되자 되레 머리가 훨씬 총명해졌어요."

"내가 또 언제는 어리석었다고?"

다즈가 다시 울었다. 이번에는 배가 고파서 그런 것이 아니었다. 온몸에 호두만 한 붉은 반점이 나 있었다. 손등, 팔, 등, 엉덩이, 다리 등 사방에 붉은 꽃이 펴 있었다. 이제 막 나기 시작했지만 왕화이는 그다지 중요하게 생각하지 않았다. 그저 벼룩에게 물려 그런 것이려니 호랑이 연고를 조금 바르면 사라질 거라 생각했다. 그런데 호랑이 연고를 두 통이나 발랐는데도 반점이 줄어들기는커녕 더 퍼져서 크고 작은 반점이 붉은 노을처럼 변했다. 약초 달인 물, 수탉의 쓸개즙까지 모두 발라 보았으나 전혀 효과가 없었다. 다즈의 온몸이 붉었다. 마치 불에 타고 있는 숯덩이 같았다. 그를 이불 안에 눕히자 이불이 뜨거워졌다. 그를 안으면 안은 사람의 몸도 뜨거워졌다. 너무 울어서 목소리도 나오지 않고 겨우 숨만 쉴 뿐이었다. 류솽쥐는 너무 놀라서 걸을 때 발이 땅에 붙는 것 같았다. 얼른 뛰어가서 이웃집 광성을 불러왔다.

광성의 본업은 마공(魔公)인데 소규모 장사도 함께했다. 마공은 바로 박수무당으로 귀신과 통했고, 이승과 저승 두 세계를 왕래하는 사람으로 어떤 때는 이승을 대표해 조상에게 묻기도 하고 또 어떤 때는 신령을 대표해 이승에 분부하기도 했다. 마공들의 주요 임무는 후손과 조상의 관계를 회복시키고, 귀신이나 마귀를 몰아내며 이승의 사람을 위해 건강과 안녕을 기도하는 것이었다.

류솽쥐는 상에 제수를 차려놓았다. 살아 있는 수탉 한 마리, 쌀 한 대접, 삶은 고기 한 덩이와 곡주 한 병 등을 차려놓았다. 이렇게 차려놓은 뒤 왕화이는 향에 불을 붙이고 지전을 살랐다. 집 안에 연기와 지전을 사른 재가 함께 춤추고 삶은 고기와 닭 냄새가 뒤섞여 나고 향과 종이와 술 냄새가 엉켜 있었다. 광성이 신전 앞에 앉아서 점을 쳤다. 점을 친다는 것은 바로 원인을 찾는 것이었다. 오늘의 주제는 바로 '다즈의 몸에 왜 이런 붉은 반점이 났는지를 찾는 것'이었다.

"오랫동안 조상의 무덤을 돌보지 않았기 때문입니까? 아니면 제사 지낼 때 향을 사르고 불을 피우는 사람이 없어서 그런 것입니까? 오줌을 누면 안 되는 곳 신전이나 향불을 피우는 곳에서 오줌을 눠서 그렇습니까? 다른 곳의 신선을 모욕하거나 다리를 부수고 사람을 묻어서입니까? 아니면 아무개 조상을 욕해서입니까…?"

광성이 남쪽에서 북쪽까지, 흰 것에서 검은 것까지 이것저것 다 물어봤으나 점괘는 하나같이 'No'였으며, 온몸에서 땀이 났다. 왕화이가 물었다.

"모든 직업이 시대와 더불어 다 진보했는데, 이 일은 그럴 수 없는가?"

그 말에 광성의 뚜껑이 열렸다.

"설마 내게 죄를 묻는 것이오? 다른 사람의 차바퀴에 구멍을 내서 차사고를 낸 거 아니오? 검은 돈을 받았거나 위조품을 제조해서 팔았소? 수질을 오염시키거나 함부로 벌목했소? 혹시 탈선해서 애인이라도 됐소? 산아 제한을 어겨 정부를 욕하거나 탄원서를 내러 갔었소? 아니면 마약을 했거나 매음을 했거나 계집질을 했소?"

그때 '광' 하고 순괘(順掛)가 나왔는데, 이것은 마지막 질문에 대한 대답을 의미했다. "맞아요?" 하며 신이 나서 구경하던 마을 사람들은 모두 의아해하면서 여기저기서 쑥덕대기 시작했다. 왕화이가 주먹을 쥐며 모두 나가라고 했다. 하지만 모두들 돌아가려 하지 않았다. 영화를 보다가 중요한 순간에 정전이 되지 않기를 바라는 것처럼 모두들 이 상황을 두고 그냥 가려 하지는 않았다. 결국 광성이 일어나더니 대문을 걸어 잠그고는 집에 왕화이, 류쌍쥐 그리고 둘째 숙부만 남게 했다.

광성이 다시 점을 치면서 "마약? 아니면 매음? 계집질?" 하고 점을 쳤다. 그는 세 항목 중에 첫 번째 항목은 빼고 결국 두 번째 항목에 대해 묻자 'Yes'라는 괘상이 나왔다. 광성이 마침내 원인을 찾아냈지만, 이것은 목적이 아니었다. 목적은 왕씨 집 조상에게 물어 문제의 해결책을 제시하는 것이었다. 그는 수탉을 들고 제단을 세 바퀴 돌더니 신전 앞에서 작디작은 닭벼슬을 씹으며 긴 의자에 털썩 앉았다. 그는 눈을 감고 중얼거리면서 두 다리를 계속해서 떨었다…. 지금 그는 천리마를 탄 집배원처럼 왕씨 집 대본영을 곧장 내달고 있었다. 이마에서부터 땀이 샘솟더니 속옷까지도 다 젖었다. 15분 정도 지나자 그는 인간 세상으로 돌아와 갑자기 눈을 뜨고는 말했다.

"이 집 며느리의 몸이 더럽혀졌으니 그 몸에서 나오는 젖도 더럽고 젖이 더러워 결국 다즈를 아프게 했다. 다즈가 더러운 몸으로 이 집에 들어와서 조상들이 화가 난 것이다. 화를 내는 분은 다른 사람이 아니라 다즈의 증조부, 바로 왕화이 당신 아버지요. 당신 아버지께서 돼지 한 마리를 잡아 무덤에 와서 올리고 곡주를 따르고 지전을 많이 사르라고 하시며 또 다즈를 데리고 와서 덕담을 하라고 하십니다. 당신 아버지는 살아생전에 체면을 중시하셨소. 따라서 폭죽을 많이 터트려 인기척을 내면서 즐겁게 해드리시오. 그가 기분이 좋아지면 다즈를 용서해줄 것이오. 그가 다즈를 용서해주면 다즈의 병도 나을 것이오."

광성의 제가 끝나고 난 뒤에 왕화이가 보았더니 창문 밖과 문틈 사이로 온통 구경꾼들이었다.

# 47

왕화이가 말했다.

"아버지, 당신 심장은 돌로 만들었답니까? 이렇게 사랑스러운 증손자가 아깝지도 않습니까? 제 성의를 무시하시는 겁니까? 돼지도 바치고 술도 바치고 지전과 폭죽을 사른 지도 벌써 이틀이 지났는데, 반점이 없어지기는커녕 갈수록 더 많아지고 딱딱해지고 있으며 이제 목에도 다 났습니다. 설마 저 아이를 죽이려고 하십니까? 동정심이란 것도 없으십니까? 누가 아버지랑 가장 가까운 사람인지는 알고 계십니까? 제가 아버지의 그 코흘리개라고요! 아버지, 알고는 계십니까? 아버지, 기억하고 계세요?⋯ 멍청이가 되신 거죠. 그래서 아무것도 못 하시는 거죠. 몇 해 동안 저는 줄곧 참고 기다리면서 아버지께서 저를 보호해주실 거라 생각했어요. 근데 저를 잊어버리고 당신한테 제일 효도한 저의 뒤통수까지 치셨어요. 뭐가 그리 바쁘세요? 좀 보세요. 제가 지금 어떤 꼴을 하고 있는지? 다리가 안 움직여서 일도 못 하면서 살고, 창츠도 제대로 못 키웠어요. 이제 제가 기대할 수 있는 사람은 다즈뿐이에요. 그런데 당신은 지금 그 애를 보호하기는커녕 그 애한테 화를 내면서 벌을 내리고 있어요. 저 애는 이 세상에 온 지 이제 겨우 몇 백 일도 안 되는데, 뭐 때문에 제 어미의 죄까지 받아야 해요? 백지처럼 깨끗하고 당신의 코흘리개만큼 귀여운 애를 왜 그냥 놔두질 않으세요? 솔직히 갈수록 이상하세요. 조금도 아버지 같지가 않아요. 제 아버지일 때는 누가 아버지께 과자 하나만 줘도 가슴에 꼭 품고 가지고 오셨어요. 과자가 땀에 절어 눅눅해져도 안 잡수시던 분이잖아요. 살아계실 때는 손자에게 그렇게 자상했던 분이 죽어서는 왜 이렇게 자손들을 괴롭히시는 거예요? 설마하니 사회의 풍속이 저승까지 불어닥친 거예요? 광성에게 돼지 한 마리를 요구하실 때 사실 전 깜짝 놀랐어요. 지금 우리 집이 얼마나 힘든지 모르세요? 어떻게 그렇게 공개적으로 요구하실 수 있어요? 달라고 하시니 드렸어요. 저도 아버지가 보고 싶고 또 이 기회를 빌려 제 마음을 표현하고 싶기도 했어요. 돼지도 가져가시고 술도 가져가시고 지전도 가져가셨으면서 왜 저를 도와주지 않고 계세요? 이건 정말이지 아버지답지 않아요. 설마 저승에서 고위 관리가 되어 부패하고 변질되기라도 하신 겁니까? 아니면 제가 드린 선물이 아직도 부족하신 겁니까? 고조할아버지가 증손자의 병을 고쳐주면서 선물이라도 받길 원하세요? 정말이지 비정하십니다. 아무리 생각해봐도 이해가 되지 않아서 밥도 먹을 수 없고, 잠을 잘 수가 없었습니다. 오로지 아버지 당신만을 욕하기 위해 3리를 기어 올라왔습니다. 못 믿겠거든 한번 보세요. 제 손에 피가 나고 바지가 쓸려 구멍이 다 났습니다. 아버지를 자랑할 생각이었으면 사람들에게 데려다달라고 도움을 청할 수도 있었지만, 아버지를 욕할 생각에 저 혼자 조용히 기어서 올라왔습니다. 이건 자랑할 만한 일도 아니고 또 우리 둘이 싸우는 것을 다른 사람에게 보여주고 싶지 않았습니다. 아직도 이 아들을 알아보시고, 당신을 위해 상복을 입고 무릎을 꿇고 앉아 있다가 무르팍이 나간 것을 기억하신다면, 이제는 다즈의 몸에 난 반점을 없애주십시오. 안 그러면 더 이상 아버지를 상대하지도 않고 청명절에도 모르는 척할 겁니다. 좀 더 심하게 말하면 다른 사람의 무덤을 찾아가 절을 하고 외로운 귀신을 찾아가 인사할망정 아버지는 안 찾아올 겁니다. 듣고 계십니까? 왕상청(汪上成)! 승진을 시켜달라는 것도 아니고 돈을 벌게 해달라는 것도 아닙니다. 그저 당신의 증손자를 좀 도와달라는 것입니다."

욕을 하고 난 뒤에 왕화이는 바로 내려오지 않고 반나절이나 무덤가
에 앉아 있었다. 사방이 조용했다. 왕상청은 욕을 먹고 벙어리라도 된
듯 말이 없었다. 하늘의 구름이 무리지어 바람에 흘러왔다가 흘러갔다.
가끔씩 구름이 머리 위까지 흘러와 그늘이 져서 시원하기도 했다. 무덤
앞의 논은 써레질이 끝난 뒤라 물기가 촉촉했다. 가슴까지 치받았던 화
는 한참 뒤에야 가라앉았다. 그제야 가랑비처럼 사방에 깔린 벌레 울음
소리가 들렸다. 메뚜기가 풀숲에서 불시에 날아다녔다. 뱀이 물살을 가
르며 지나가자 무논에서 파문이 일었다. 이 광경은 사람들이 겨울날 희
망하는 봄의 그림이었다. 풀은 파릇파릇하고 꽃은 아름답게 피고 새가
하늘을 날아다니는 그런 그림. 그런데 지금 보이는 이 봄의 풍경은 비
유도 아니고 상징도 아닌 현실 그 자체였다.

왕화이는 자신이 올라왔던 작은 길을 따라 다시 기어 내려갔다. 기고
또 기다가 올라올 때 자기가 남겨둔 흔적을 봤다. 두 다리로 끌고 온 흔
적이 마치 몽둥이로 그려놓은 것처럼 길에 길게 나 있었다. 길에 난 그
흔적을 지우면서 천천히 내려갔다.

그날 밤 다즈는 입에 거품을 물기 시작했고 체온도 갑자기 상승했
다. 동생이 보더니 더 이상 병원에 안 가면 생명이 위험해질 수도 있다
고 말했다. 손가락이 보이지 않을 정도로 창밖이 어두웠다. 왕화이는
급히 동생과 류바이탸오에게 자기 휠체어를 대나무 가마에 묶으라고
했다. 그들은 왕화이를 메고 횃불을 붙이고 손전등을 들고 출발했다.
원래는 류쌍쥐가 다즈를 업고 갈 생각이었으나 왕화이가 허락하지 않
았다. 그는 다즈의 체온과 호흡의 변화를 수시로 파악하기 위해 자신이

꼭 안고 갔다. 다즈는 화로처럼 그의 품에 안겨 있었다. 가는 내내 다즈가 잠들어서 더 이상 깨어나지 않을까봐 왕화이가 계속 소리쳤다.

"다즈야! 잠들면 다시는 못 깨어난다. 다즈야! 다즈야! 이 할아버지는 한 번 죽었다가 살아난 사람이다. 염라대왕이 돌려보내셨다. 염라대왕이 나를 놓아주신 것은 내가 안 죽고 싶어해서다. 사람이 안 죽고 싶어하면 그는 죽지 않는다. 다른 사람들의 말로는 우리 왕씨 집안 명이 길다 하니, 네가 왕씨 집안 자손이라면 이 병을 물리칠 것이다. 다즈야! 다즈야! 절대로 잠들면 안 된다. 너는 대학도 가야 하고 간부도 되어야 하고 돈을 기부해서 우리 마을에 도로도 내줘야 한다. 도로가 하나만 있어도 둘째 할아버지와 류씨 할아버지도 이 고생을 할 필요 없고, 그럼 우리 마을에서 병원 가는 것도 한결 편해진단다. 다즈야! 이 도로 때문에라도 여하튼 나를 위해서라도 버텨내야 한다."

칠흑 같은 어둠 속에서 횃불과 전등 빛이 구불구불한 길을 따라 천천히 가고 있었다. 밤바람이 길가의 나무에 '휘' 하고 불면서 횃불이 어지럽게 흔들렸다. 그들의 발자국 소리에 벌레 울음소리도 끊기고, 고함을 치던 왕화이는 어느새 잠이 들었다. 하지만 대나무 가마가 흔들리자 바로 일어나서 다즈의 머리를 만져보고 다즈의 코도 살펴보는 것이었다. 고열은 여전했지만 그래도 숨은 쉬고 있었다. 그는 너무 놀라서 식은땀을 흘리면서 생각했다.

'어떻게 잠이 들 수 있지?'

몇 초밖에 안 잔 것 같은데, 그 사이에 그는 아주 긴 꿈을 꿨다. 머리가 '띵' 하더니 아버지가 그의 꿈에 나타난 것이었다.

'네가 어떻게 나를 욕할 수 있니? 아버지는 함부로 욕해서는 안 되는 존재이다. 설령 내가 패도를 저지르고 전횡하면서 여색을 탐한다 하더라도 너는 모든 것을 다 참아야 한다. 누가 너더러 내 새끼래? 누가 너

더러 몇 십 년 전에 내 고추에서 나온 놈이래? 다즈의 병이 이렇게 악화된 건 다 나를 욕한 벌이다. 우리 왕씨 집안이 얼마나 체면을 중시하고 예의를 따지고 부끄러움을 아는데 지금 너희들이 어떤 꼴로 만들어놓았니? 돈을 구걸하는 놈은 돈을 구걸하고 성매매하는 년은 성매매하고 있는데, 그만 안 두면 내가 너희들을 왕씨 집 호적에서 파내고 씨를 말려버리겠다.'

꿈에서 벌인 논쟁이 어렴풋하게나마 생각났다. '자기도 체면을 중시하지만 현실이 비수처럼 자신의 목을 누르고 있어서 어쩔 수 없이 이 지경에 이르렀다' 대충 이런 내용이었다.

'어떤 어려움을 겪더라도 나는 네가 조상을 볼 낯이 있으면 좋겠다.'

왕화이는 앞뒤에서 공격을 받으며 이중으로 땀을 흘렸다. 가슴 앞쪽에서는 열이 등 뒤로는 식은땀이 났다.


향 병원에 도착해서 보니 대문이 잠겨 있었다. 병실에도 불빛이 없는 것이 당직 의사가 없는 것 같았다. 동생이 한참 동안 대문을 두드렸지만 전혀 반응이 없었다.

"돌을 던져 문을 박살내버려. 안 그럼 못 들은 척할 거야." 왕화이가 말했다.

동생이 정말로 돌을 들어 '쾅' 하고 문에다 던졌다. 그러자 문이 열렸다. 마(馬) 선생이 문 앞에서 소리쳤다.

"도대체 뭐하는 짓이야? 싸우려고 온 거야 아니면 진료 받으러 온 거야?"

"애가 숨이 넘어갈 지경입니다. 제발 좀 빨리 치료해주세요."

마 선생은 쪼그리고 앉아 문을 뚫어지게 쳐다봤다.

"병원 문을 박살내고도 치료받길 바라는 거요? 당신 애가 중요해 아니면 병원 문짝이 중요해?"

"치료만 해주면 문짝값은 모두 변상하겠습니다."

"그럼 먼저 5백 위안을 내놓으시오."

왕화이는 조금도 주저 않고 5백 위안을 꺼냈다. 마 선생은 돈을 받아 한 번 세더니 일일이 등불에 비춰보면서 가짜 돈은 아닌지 확인한 후에야 비로소 관심을 보였다. 그는 이 병원에서 20년 넘게 일했다. 담당 공무원에게 매년 보고서를 작성하고 옮겨달라고 신청했지만, 선물 보내는 것을 아까워한 탓에 결국 현으로 돌아가지 못했기 때문이다.

"좀 빨리 할 수 없습니까?"

왕화이가 이렇게 말하자 마 선생은 그제야 정신을 차리고 어기적어기적 와서 다즈의 체온을 재고 심장 소리를 듣고 혓바닥을 보고 맥박을 체크하고 동공을 살폈다. 왕화이가 이것저것 물어봐도 마 선생은 과묵한 이과생처럼 한 마디도 하지 않았다. 검사에서부터 처방까지 약을 조제하고 머리를 깎이고 링거를 맞추면서 일정한 속도로 모든 것을 혼자서 했다. 왕화이는 급한 마음에 욕이 튀어나올 뻔했다. 마지막으로 주사약을 일일이 팅기면서 곧 주사기를 잡을 것 같았다. 그런데 갑자기 몸을 돌려 화장실로 가는 것이었다. 화장실에 갔다 오면서 그는 또 손을 한 차례 씻었는데, 손을 씻는 시간이 화장실에 가는 시간보다 훨씬 느리고 길었다.

드디어 마 선생이 바늘을 들고 다즈의 머리를 찔렀다. 그러나 시력이 좋지 않은 탓에 여덟 번만에 혈관을 찌를 수 있었다. 이 때문에 왕화이는 여덟 번이나 '아' 하고 소리를 냈다. 바늘이 마치 자신의 심장을 찌르는 듯 여덟 번이나 소리를 냈다.

"이렇게 급하게 응급 처치를 원하시는 분이 왜 이렇게 되도록 놔두고 있었오?"

마 선생이 드디어 입을 뗐다. 왕화이는 순간 뭐라 대답하지 못했다. 이때다 싶었는지 마 선생이 다시 말했다.

"원래는 별거 아니었어요. 벼룩한테 몇 군데 물린 정도? 농촌 애들은 벼룩한테 물려도 다 괜찮은데…."

"그럼 이 아이가 농촌 애가 아니라서 그렇다는 거요?"

"미국 뉴욕에서 태어났다 해도 이렇게까지는 안 돼요. 제때 약만 썼더라도 온몸이 이렇게까지 과민반응하지는 않았을 거요."

"시골에는 호랑이 연고 말고 다른 약은 없어요."

"그럼 왜 그때 향리로 안 데려왔어요? 당신이 제때 병원에 안 데리고 와서 온몸이 과민반응하게 된 거요. 면역력도 떨어지고 고열에다 폐렴까지. 조금만 더 늦게 왔으면 목숨까지 위험할 뻔했어요."

"다리가 불편해 한 번 오는 것이 쉽지가 않아요. 그래서 마을에서 해결하려고 했던 겁니다."

"당신이 해결한다고요? 불가능해요. 결국 내가 책임을 떠맡게 되지 않았소. 내가 불면증이 있어서 겨우 잠들었는데 당신들이 온 거요."

"정말 미안합니다."

"당신이 친아빠요?"

"아니요. 할아버지입니다."

"친손자가 아닌가보네. 제기랄. 친손자가 아닌데 생명으로 보이겠어? 내 보기에 전혀 이 아이를 예뻐하지 않았어. 내가 당신 아들이라면 당신을 태평양까지 차버렸을 거요. 손자를 이렇게 막 대하는 할아버지가 세상 어디에 있어요? 암요 없지."

마 선생은 화가 나서 쓰레기통을 엎듯 그렇게 왕화이에게 화를 쏟아냈다. 하지만 왕화이는 다즈만 살릴 수 있다면 아무리 험한 욕도 개의

치 않았으며 욕을 다 먹으려면 아직도 멀었다고 생각했다. 마 선생이 잠들려 할 때마다 왕화이는 그를 흔들어 깨웠다. 마 선생이 욕을 멈추면 자신에게 "다즈를 왜 좀 더 일찍 병원에 데리고 오지 않았을까?" 하고 반문했다. 그러면 마 선생이 방금 했던 욕을 또 한바탕해댔다. 한 명은 욕을 기다리고 한 명을 욕을 하면서 두 사람은 그렇게 함께 밤을 보냈다.

## 48

사흘 동안 주사를 맞았지만 다즈의 병은 호전되지 않았고 체온도 떨어지지 않았다. 반점은 여전히 붉었고 입원 전보다 기침이 더 잦았다. 왕화이는 미간을 찌푸리며 말했다.

"마 선생님! 치료하실 수는 있는 겁니까?"

마 선생은 향리에서 지금까지 오진한 적이 없었기 때문에 다즈와 같은 '소아과' 환자는 더욱 신경을 쓰지 않았다. 그러나 고열이 있는 건 사실이었다. 그는 겸연쩍은 듯 말했다.

"생각해보시오. 상부에서 10년 동안 향 병원에 지원금을 준 적이 없어요. 그래서 의과 졸업생들은 성 안의 개인 병원에 들어가거나 아니면 약국으로 가지 이런 작은 곳에서는 일하려 하지 않아요. 새로운 혈액은 오지도 않고, 이전 혈액도 관시가 있어야만 빼돌릴 수 있소. 그래서 나 같은 늙은이만 이곳을 지키고 있소. 한 번 보시오. 현에 있는 병원들은 건물을 올리네, 설비를 더 갖추네, 격려금을 주네, 포상금을 받네 하고 있으니, 향 병원이 현에 있는 병원을 따라갈 수 있겠소?"

마 선생의 이런 불평은 다즈의 병증과는 무관하며 왕화이의 질문에

대한 대답이 될 수 없었다. 그러나 왕화이는 이 말의 의미를 알아차렸
다. 그는 계산을 하고 다즈를 안고 류샹쥐와 동생을 불러 버스를 탔다.

다즈는 현 병원의 소아과에 입원했다. 그러나 여전히 주사를 놔주고
똑같은 약을 썼다. 향 병원과 다른 점이 있다면 마 선생보다 훨씬 주사
를 잘 놓는다는 것이었다. 주사를 놓을 때 왕화이가 두 번만 '아' 하면
간호사가 정확하게 혈관을 찾아 주사를 놨다. 또 다른 점이 있다면 병
원비가 향 병원보다 훨씬 비싸다는 것이었다. 5일 내내 주사를 맞았으
나 다즈의 병은 호전되지 않았다. 결국 왕화이는 루(呂) 주임에게 따졌
다.
"내가 돈을 찔러주지 않아서 다즈를 신경 안 쓰는 것이오? 아니면
애초에 가난한 사람들의 생사에는 관심이 없는 거요? 혹시 가짜 약을
씁니까? 5일이나 됐는데도 왜 열이 안 떨어지는 거요? 오진한 거 아니
오?"
루 주임은 바로 의사를 소집해 회의를 열었다. 의사 다섯 명이 미간
을 찌푸리며 이야기해봤지만 원인을 찾지 못했다. 루 주임은 다즈를 이
불에 꼭 싸더니 왕화이의 어깨를 두드리면서 말했다.
"현 병원에는 인재가 부족해요. 증상이 복잡한 이런 병을 치료할 실
력이 부족해요. 설비도 안 좋고 약품도 부족하니, 환자를 성(省) 병원에
데려가는 것이 좋겠어요."

왕화이는 다즈를 안고 류샹쥐와 함께 성으로 향하는 고속버스를 탔
다. 왕화이는 침대 시트를 이용해 포대기를 만들어 가슴 앞에 묶었다.
그리고 포대기 안에 다즈를 눕혔다. 이렇게 하면 버스가 흔들리더라도
다즈가 잘 수 있었고, 또 본인이 졸 때 다즈를 놓치지 않고 보호할 수

있었다. 한 정거장은 다즈를 보면서 갔고 한 정거장은 졸면서 갔다. 그런데 다즈의 체온이 좀 달라진 것 같았다. 좀 차가워진 것 같기도 하고 더는 열이 나지 않았다. 류쌍쥐에게 체온계로 다즈의 체온을 재보라고 했다. 다즈의 체온이 0.5도 정도 떨어져 있었다. 100킬로미터 정도 더 간 뒤에 다시 체온을 재 보았더니 체온이 다시 0.5도 정도 떨어져 있었다. 200킬로미터 가서 체온이 다시 1도가 떨어졌다. 이런 식이면 뭐 하러 병원에 가? 앞으로 몸에 열이 나는 사람은 모두 고속버스를 타면 되겠네. 왕화이와 류쌍쥐는 혹시 체온계가 망가졌나 하고 의심했다. 왕화이는 체온계를 흔들고 또 흔들어봤더니 섭씨 30도 이하였다. 그래서 체온계를 자신의 겨드랑이에 꽂았다. 5분 뒤에 보니 체온이 섭씨 36.7도였다. 그는 믿기지 않아서 다시 류쌍쥐를 측정해봤더니 체온계가 섭씨 36.5도를 가리키고 있었다. 류쌍쥐는 다즈의 이마에 손을 올렸다.

"체온계를 믿지 못하겠다면 손을 믿을 수밖에요."

왕화이는 류쌍쥐의 손을 치우며 자기 손을 다즈의 이마에 올렸다. 평생 처음으로 자기 손을 의심했다.

성 소아과에 도착했을 때 다즈의 체온은 정상으로 돌아왔고, 폐에서도 잡소리가 나지 않았으며 몸의 붉은 반점이 반이나 줄어 있었다. 그렇게도 줄어들지 않던 반점이 지금은 줄어들었고 반점도 조각처럼 크지 않고 아주 작은 점 같았다. 왕화이가 엑스레이를 찍어보자고 하자 의사는 그럴 필요 없다고 했다. 왕화이가 다시 요구하자 의사가 처방전을 적어주었다. 엑스레이를 찍은 뒤에 폐도 아주 깨끗하고 기관지도 좋다고 했다. 왕화이는 미간을 찌푸리며 생각했다.

'뭐지. 어째서 성에 오자마자 다즈의 병이 다 나은 거지?'

"물과 토양이 맞지 않아 난 병인 것 같습니다."

'겨우 한 세대 지났을 뿐인데 물과 토양이 안 맞는다고? 지금까지 거기서 벗어나려고 몸부림쳤는데. 고향을 버리고 등지는 것은 본 적이 있지만 이렇게 빨리 바뀌는 거는 본 적이 없어.'

의사의 말대로라면 다즈는 농촌에 있으면 과민 반응하는 체질로, 그들과 함께 농촌에서 살 수 없다는 것이었다. 그들은 다즈를 온전한 상태 그대로 왕창츠와 샤오윈에게 돌려줘야만 했다. 다시 말하면 이제 막생긴 부모로서의 욕망을 모두 끊어내야 한다는 것이기도 했다. 또한 다즈가 그들의 손과 품에 있을 때의 쾌감과 시각과 후각의 즐거움도 따라서 사라질 것이었다. 병원을 나와서 그들은 왕창츠의 집으로 곧장 가지 않고 공원에서 멍하니 앉아 있었다. 마치 권력에 취해 있던 사람이 권력을 내놓기 싫은 마냥 1초라도 미룰 수 있으면 그렇게 했다. 당초 왕화이가 다즈를 데려갈 때만 해도 양육은 두 번째이고 사실 다즈를 불결한 데서 떼놓고 싶은 것이 첫 번째 이유였다. 왕화이는 샤오윈의 직업보다 더 불결한 것은 없다고 생각했다. 그런데 다즈에게 제일 불결한 것은 오히려 벼룩이었다. 왕화이는 승복할 수 없었고 이렇게 빨리 두 손을 들고 싶지는 않았다.

"해가 곧 떨어지니 그만 가요."

왕화이는 꼼짝도 하지 않았다.

"가로등이 켜졌으니 갑시다."

왕화이는 여전히 꿈쩍도 하지 않았다.

"공원 문 닫을 시간이에요."

왕화이는 그제야 휠체어를 굴렸다.


그들이 아래층에 도착했을 때 왕창츠와 샤오윈은 TV를 보고 있었다. 류쌍쥐가 부르는 소리가 들렸다. 두 사람은 아래층으로 내려가 샤오윈은 다즈를 안고 왕창츠는 류쌍쥐와 함께 왕화이를 들었다. 다즈는 샤오원의 품속에 안기자마자 기다릴 틈도 없이 젖을 빨기 시작했다. 1층에서 집까지 단숨에 거머리가 피를 빨 듯 그렇게 샤오원의 품에 딱 달라붙어 있었다. 이 모습은 왕화이의 판단력을 확 뒤집어버렸다.

'제 엄마가 무슨 짓을 했던 간에 애들 입에는 엄마 젖이 최고구나.'

왕창츠는 그들에게 숨 돌릴 틈도 주지 않고 바쁘게 집 안의 것들을 소개했다.

"이건 칼라 TV라는 거고, 이건 가스레인지, 이건 온수기예요. 앞으로는 밥할 때 연기를 마시지 않아도 되고 샤워할 때도 바로 따뜻한 물이 나오고 심심하면 TV를 보면 돼요."

류쌍쥐는 반신반의했다. 왕창츠는 손으로 류쌍쥐의 손을 잡고 가스레인지를 켜면서 사용 방법을 가르쳐주었다. '딱' 하자 파란 불꽃이 일고 '딱' 하자 불꽃이 사라졌다. 류쌍쥐는 깜짝 놀라 가스레인지 앞에서 움직이려 하지 않았다.

"아, 반점이 왜 이렇게 많이 생겼어요?"

샤오원이 다즈의 옷을 걷어올리며 물었다. 왕창츠의 얼굴이 돌변하면서 도대체 무슨 일이 있었냐고 물었다. 류쌍쥐가 다즈가 어떻게 아팠는지 모두 말해주었다. 샤오원은 그 말을 들으면서 얼굴이 파랗게 질렸다. 왕창츠는 듣고 있다가 결국 폭발하고 말았다.

"애를 이렇게 고생시키다니 하마터면 왕씨 집 자손이 끊길 뻔했어요. 이제까지 한 번도 말씀 안 드렸는데, 저 건설 현장에서 다쳐서 이제 더이상 애를 낳을 수 없어요. 다즈는 저의 유일한 자손이고, 우리 집안의 유일한 혈통이에요."

왕화이는 너무 놀라서 가슴이 급속도로 얼어붙는 것 같았다.

"너는 그렇게 크게 다치고도 어째서 우리한테 말 한 마디도 안 했니?"

"지금 이렇게 얘기하고 있잖아요?"

류쌍쥐가 갑자기 울기 시작했다. 왕창츠가 얼마나 고통스러웠을까? 왕창츠가 불쌍하기도 하고 자기가 도와줄 수 없음에 더욱 슬퍼하는 것 같았다.

"울지 마! 울지 말라고! 당신이 울수록 그가 우리를 잘도 속인다는 기분이 들어."

왕화이가 말한 '그'는 바로 운명이고 하늘이며 또 왕씨 집안의 조상들을 가리킨 것이었다. 결론적으로 왕화이는 '그'가 자신과 대적하는 것 같다는 생각이 들었다. 그렇지 않고서야 한 집에서 두 사람이나 불구가 될 수 없었다.


다즈의 몸에 난 반점이 다 사라질 때까지 샤오원도 왕화이와 류쌍쥐를 용서하지 않았다. 그녀는 웃지도 않았다. 류쌍쥐가 웃음을 오입쟁이한테 다 줘버렸다고 할 정도로 웃지 않았다. 행동도 아주 크게 하고 목소리가 울릴 정도로 크게 말했다. 야채를 사가지고 와서는 야채를 테이블 위에 던졌다. 채소를 자를 때도 부엌칼을 높이 내리쳤고, 채소를 볶을 때도 일부러 주걱을 솥에 부딪쳤다. 밥을 먹을 때도 '우그적'대면서 오이를 씹는 것처럼 먹었다. 한밤중에도 수돗물을 '콸콸' 틀었다. 어떤 때는 물이 화장실에서 넘쳐서 바닥에서 자고 있는 왕화이와 류쌍쥐 얼굴까지 흘렀다. 밥솥, 그릇, 대야는 모두 그녀의 화풀이 대상이었다. 손, 발, 얼굴, 눈, 입이 모두 그녀의 불만을 전하고 있었다. 하지만 왕화이와 류쌍쥐는 코를 파면서 참고 있었다. 그들은 참으면서 오직 창즈와 이야기하고 싶어하고 다즈랑 자리에서 기면서 놀고 싶어했다. 돈을 벌어들일 수 없어 참고 또 참았다. 돈을 벌 수 없으니 발언권이 없고, 돈을 벌 수 없으니 뭐라 판단할 수도 없고 심지어 도덕적으로도 우세할 수 없었다. 그들이 사용하는 전기 제품, 즉 TV, 온수기 및 가스레인지도 모두 샤오원이 돈을 벌어 산 것이었다. 그들은 겉으로는 조용히 있었지만 속으로는 샤오원을 발로 차고 갈보라고 피하면서, 자주 샤오원의 말과 행동 때문에 전전긍긍하기도 했다.

샤오원은 다시 밤에 출근했다.

"창츠야! 이 애비가 한 번 보게 바지 좀 벗어봐라?"

왕창츠는 못들은 척하면서 '무슨 말씀을 하시려고 그러시지?' 생각했다.

류쌍쥐도 벗어보라고 하면서 거기가 어떻게 되었는지 한번 보고 싶어하는 것 같았다.

'설마 나에게 창피를 주려고 그러시나?'

"이 애비가 한 번 보면 고칠 수 있는지 없는지 알 수 있다."

"뭐가 두려워? 엄마 아빠는 네가 자라는 거를 다 봤어. 옛날에도 봤으니 지금도 볼 수 있어." 류쌍쥐가 말했다.

왕창츠는 확실히 불편하다고 느꼈다.

"내가 여기서 이렇게 참고 지낸 것은 기회를 엿봐서 네 상처를 보기 위해서였다. 안 보면 마음에 계속 걸릴 것 같아서 그래. 보고 나면 마음 놓고 집으로 돌아갈 수 있을 것 같아 그런다. 너는 내 몸에서 나왔다. 네가 아프면 우리도 아프다. 너의 상처가 우리의 상처이다."

왕창츠가 갑자기 일어나서 바지를 벗으면서 가까이 가서 소리쳤다.

"그럼 보세요. 보시라고요…."

이렇게 말하면서 벽에 머리를 묻었다. 온몸이 학질에 걸린 것처럼 부들부들 떨렸다. 왕화이와 류쌍쥐가 틈새로 바라봤다. 왕창츠의 고추가 부들부들 떨리고 있었다. 류쌍쥐가 걸어가서 그의 바지를 추켜올렸다.

어렸을 때 바지를 추켜올려줬을 때처럼 바지를 추켜올리고 입혔다.

"보기에는 괜찮은데 오줌을 눌 때 아프니?" 왕화이가 말했다.

왕창츠가 고개를 저었다.

"그럼 병은 아니다. 일시적으로 놀라서 그런 거다. 기억해라. 오기만 있다면 포기해서는 안 된다."

"다 보여드렸는데, 포기할 게 뭐가 있겠어요?"

"다즈를 잘 키워라." 왕화이가 말했다.

## 49

왕화이와 류쌍쥐는 고향으로 내려갔다. 샤오원은 밤에 출근했다. 집에는 왕창츠와 다즈만 남아 있었다. 다즈가 잠들기 전에 왕창츠는 다즈와 이야기를 좀 할 수 있었다. 비록 다즈가 다 알아듣지는 못하지만 그래도 이야기는 할 수 있었다. 그러다 다즈가 잠들고 나면 왕창츠는 벙어리가 되었다. 불을 끄고 눈을 뜬 채로 침대에 누웠다.

'샤오원은 뭐 하고 있을까? 누구랑 이야기하고 있을까? 벌써 했을까? 어쩌면…'

매번 '어쩌면'에서 눈을 감았다. 그러나 눈을 감으면 눈이 쑤셨다. '어쩌면' 또 '어쩌면' 감당할 수 없는 장면이었다. 그가 아무리 머릿속에서 떨쳐버리려고 해도 그렇게 되지 않았다. 그럴 때면 수없이 불을 껐다 켰다 하면서 고등학교 교과서를 펼쳐 복습을 했다.

'수능에 재도전하면 지금의 상황을 바꿀 수 있겠지.'

그는 한 손으로는 다즈를 안고 다른 손으로는 시험 문제를 풀면서 성공률을 높일 수 있을 거라 생각했다. 당시에 역경을 딛고 성공한 사람들의 이야기가 신문지상에 심심찮게 났다. 그들은 '불치병을 앓았다든가 손이 없거나 다리가 잘렸다든가 공장에서 기절했다든가, 집이 망하고 사람도 망치고 처가 떠났다든가, 자식이랑 떨어져 산다든가' 모두 그랬다. '다즈야말로 완벽하게 이런 조건을 다 갖추고 있으니 인재가 될 것이다.' 하지만 복습하고 또 복습하면서 교과서의 글자가 움직이기 시작했다. 글자가 물방울, 벽돌, 모래, 심지어 왕화이의 눈으로 변하더니 나중에는 모호해졌다. 책만 펼치면 졸리고, 침대에만 누우면 잠이 깨 양쪽 다 만족시킬 수가 없었다.

샤오윈은 밤늦게 돌아와 여흥이 채 가시지 않았는지 샤워를 하고 나서 왕창츠를 건드렸다. 밖에서 먹은 만찬이 부족해 집에 와서 다시 면을 삶아 먹는 것처럼 그렇게 그를 집적댔다. 그녀가 온갖 방법을 다해 건드려도 그의 물건은 전혀 반응이 없었다. 그는 부끄러워서 눈을 뜨려고 하지 않았다. 왕창츠는 그녀의 이런 행동을 그녀의 호의로 생각하고 자신을 일깨우려 하는 것이라고 생각했다. 하지만 그는 또 그녀의 이런 행동이 A라는 몸에서 B라는 몸으로 몸만 바꿨을 뿐 습관적인 행동이 아닐까 하는 생각도 들었다. '아니면 미안함을 표현하는 그녀의 또 다른 방식인가? 동정일까? 아니면 은혜를 베푸는 것일지도?' 어떤 때는 이렇게 건드리다가 잠이 들었다. 그는 몽둥이를 들 듯이 그녀의 다리를 몸에서 들어냈다.

'나는 평생 이렇게 마음을 졸이고 살아야 하는 걸까? 이렇게 일평생 살면서 나 자신은 속일 수 있지만, 나중에 다즈는 어떻게 속이지? 그냥 이혼할까? 다즈를 데리고 떠나 아직 엄마를 기억하지 못할 때 엄마의 흔적을 없애야 해. 이렇게 하면 너무 잔인한가? 이렇게 독하게 굴지 않으면 이 더러운 환경은 마른버짐처럼 종신토록 다즈에게 붙어서 떼어

낼 수도 없고 지울 수도 없어. 잘못하면 다즈가 부정적인 인물이 될 수도 있어.'

한참을 생각하다가 물건이 서기를 바라는 간절한 마음에서 "발기가 안 되면 가서 잘라버리지 뭐" 하고 말을 내뱉었다.

팔뚝으로 한 번 건드려봤지만 혼자서는 어떻게 해볼 수 없었다. 몸이 무겁게 처지면서 오직 '발기' 생각밖에 없는 것 같았다.

'만약 샤오원이 지금 떠난다면 내가 아이를 책임져야 하는데, 그럼 돈을 벌 수 없게 된다. 다즈를 데리고 벽돌을 쌓으러 갈 수는 없겠지? 현장 감독이 허락하지 않는 건 둘째치고, 허락한다 해도 내가 다즈를 그런 곳에 데려갈 수는 없다. 레미콘 믹서의 소음에 고막이 찢기는 건 말할 것도 없고, 벽돌이나 철근이 떨어질 위험이 많은 건 당연하고 먼지 때문에라도 숨이 막혀 죽을 것이다…'

왕창츠는 뒤척거리며 생각을 하다보면 꼭 끝에 길이 없어져 더 이상 갈 수 없을 뿐만 아니라 자기 머리만 아프다는 것을 알았다. 그는 머리를 만지면서 생각했다.

'이렇게 지나가면 되는 거지 뭐. 누구든 타락할 수 있어? 타락할수록 예뻐지고 타락할수록 생기가 넘치니 가래를 뱉듯 존엄성을 버리고 다즈에 대한 기대를 내려놓기만 하면 된다. 이렇게 사는 것이 불가능한 것은 아니다… 그런데 정말 이래도 될까?'

뭔가 께름칙했다. 그는 샤오원을 흔들어 깨웠다.

"당신, 직장을 바꿀 수 있겠어?"

샤오원은 졸린 듯 게슴츠레하게 눈을 뜨고 말했다.

"네. 바꿀 수 있어요. 단 당신이 나를 만족시켜줄 수 있으면."

말이 채 끝나기도 전에 샤오원은 왕창츠 혼자 생각하게 내버려둔 채 다시 잠이 들었다.

며칠 뒤 왕창츠는 샤오윈에게 일 얘기를 다시 꺼냈다.

"심각하게 말하는 거야."

"나도 심각해요."

"당신이 심각하다고 하는 건 뭔데?"

"당신이 나를 만족시켜주기 전에는 일 얘기는 꺼내지도 마요. 멀쩡한 사람이라면 정상적인 부부 생활이 필요해요."

왕창츠는 식은땀이 났다.

"계속 그 일 할 거면 이혼해."

"당신 마음대로 해요."

샤오윈이 이렇게 쿨할 줄 몰랐다. 눈썹하나 까딱하지 않았다.

"정말 이혼하고 싶어?"

"당신이 꺼냈잖아요?"

"미련이 남아 있을 줄 알았지."

"미련을 안 가지는 게 뭐 나빠요?"

"조만간에 이혼하자고 할 판이네?"

"나는 당신이 바로 하자고 할 줄 알았어요."

"이혼하게 되면 다즈는 내가 데려갈게."

"누가 데려가든 다 좋은데 나는 안 돼요."

"다즈를 안 사랑해?"

"당신은 어떻게 생각하는데요?"

"내가 어떻게 알아?"

"당신도 잘 알면서 굳이 왜 나를 속이려는지…."

"어째서 내가 또 당신을 속이는 게 돼?"

"당신은 당신이 깨끗하다고 말할 거잖아요? 나도 내가 더러운 거 인정해요. 다즈의 엄마 될 자격이 없어요. 이렇게 말하면 좀 나아요?"

왕창츠는 마음이 좋지 않았다. 샤오윈도 마음이 좋지 않았다. 속의 화를 누르면서 걸어가는 두 사람 사이로 찬바람이 쌩쌩 불었다. 이혼 이야기는 왕창츠가 꺼냈지만 너무 빨리 꺼냈다는 생각이 들었다.

집에 돌아오니 왕화이가 그의 생각을 알고 있었다는 듯 그에게 소포 하나를 보내왔다. 소포를 뜯고 보니 죄다 약초였다. 편지가 같이 들어 있었다.

창츠야!

이 약은 모두 광성이 조제한 거다. 약초에 몸이 상할까 효과가 없을까 염려되긴 하지만 그래도 두 달 정도 먹어보거라. 원래는 너만 먹여볼까 했는데, 내가 먹어보니 몸에서 반응하더라. 그래서 나도 효과를 좀 봤다. 네 엄마도 인정했고, 네 엄마가 정말 좋다고 하더라. 이 약초가 우리 집 구세주다. 믿고 먹어봐라. 두 달 뒤에 틀림없이 효과가 나타날 것이다.

또 네 할아버지가 꿈에 나타나서 말씀하시더라. 다즈를 얼른 엄마한테서 떼어놓으라고, 안 그러면 큰 화를 당할 거라고 꼭 네게 전해달라고 하셨다.

건강하게 지내거라!

아버지 왕화이 엄마 류솽쥐가

류솽쥐의 이름 옆에는 붉은 손도장이 찍혀 있었다. 왕창츠가 아무리 봐도 그 손도장은 아버지의 부탁으로 찍은 것 같았다. 그래서 만병통치약의 가짜 광고처럼 보였다. 성 소재의 병원에서 지어준 약으로도 치료하지 못했는데, 뭘 근거로 광성이 지어준 약으로 치료할 수 있다는 건지. 광성 또한 모르는 사람은 아니었다. '어려서부터 그가 귀신을 어르

는 것을 본 적이 있는데, 지금은 또 나를 어르는구나.' 왕창츠는 소포를
방 한쪽 구석에 던져두었다.

그는 TV에 나온 주소를 보고 한 정신과 의사를 찾아갔다.

"이 병은 생리적인 것이 아니라 심리적인 것입니다. 가장 큰 문제는
당신이 샤오윈이 불결하다고 생각해서 마음에서 밀어내는 것입니다."

그가 치료할 수 있냐고 물었다.

"치료 가능합니다."

"어떻게요?"

의사가 그를 침상에 누이더니 눈을 감으라고 했다. 그는 이번에는 샤
오윈뿐만 아니라 정신과 의사도 심적으로 받아들이지 못했다. 의사가
그에게 최대한 빨리 당신이 가장 더럽다고 생각하는 열 가지를 대보라
고 했다.

"대변, 콧물, 먼지, 벼룩, 부패, 국장(局長), 린쟈보, 진흙, 손, 농룡, 발
냄새, 농촌…."

그는 단숨에 열두 가지를 말했다. 의사가 멈추라고 하더니 이번에는
가장 빠른 속도로 감격의 대상 열 명을 말해보라고 했다.

"아버지, 엄마, 다즈, 샤오윈, 둘째 숙부, 반 담임, 류젠펑, 장후이, 류바
이탸오, 장셴화."

"당신은 잠재의식에서는 샤오윈이 더럽다고 생각하지 않지만, 현실
의식에서는 그녀를 거부하고 있습니다. 현실의식은 당신의 진심이 아
니라 외부 환경이나 혹은 집단의식에 의해 강요된 겁니다. 『수호전(水
滸傳)』에 나오는 반금련(潘金蓮)을 생각해보세요. 겉으로는 다들 욕하
고 손가락질 하지만, 내심 다 그녀와 자보고 싶어했습니다. 명나라 말
청나라 초 난징(南京)을 흐르는 '십리진회(十里秦淮)'에 살았던 마상

란(馬湘蘭), 이향군(李香君), 유여시(柳如是), 진원원(陳圓圓), 고미(顧媚), 변옥경(卞玉京), 동소완(董小宛), 구백문(寇白門) 이른바 '진회팔염(秦淮八艶)'은 아시죠? 요즘 시대에 살았다면 하나같이 다 여신 소리를 들었을 겁니다. 두십낭(杜十娘)이 누군지는 알지요? 열 받아서 보물상자를 물속으로 던져버린 여자 말이에요. 결론적으로 말하면 당신도 눈치챘겠지만 다들 이 직업에 종사했습니다. 그렇지만 다들 열녀였고 모두 절개도 지켰어요. 반금련만 예외로 남자를 호렸지만, 그냥 심심해서 그런 거지 그 일을 하지는 않았습니다. 따라서 제일 먼저 샤오원이 불결하다는 생각을 버려야 합니다. 이 생각을 떨쳐낸 다음에 항상 애가 엄마 젖을 빠는 장면을 떠올려봐요. 이 장면을 볼 때마다 정말 성스럽고 아름답다는 생각이 안 들어요? 아이는 엄마 젖을 빨 때 엄마의 신분 같은 것은 안 따져요. 아이의 태도가 바로 태초의 인간의 모습이에요."

의사의 말이 단번에 왕창츠를 설득할 수는 없었지만, 왕창츠는 의사의 의미 없는 말을 계속 듣고 있었다. 하지만 비용이 너무 많이 들어서 왕창츠는 결국 그만두었다.

어느 날 밤 샤오원은 습관처럼 왕창츠를 집적거렸다. 정말이지 습관처럼 왕창츠를 건드린 것이었고 실제 관계를 하려고 그런 것은 아니었다. 잠이 덜 깬 상태에서 샤오원은 자신이 아직도 일하는 중이라 생각했던 것이었다. 그런데 이번에는 왕창츠가 자기 몸을 헤집고 들어오는 것이었다. 순식간의 일이라 샤오원은 방어할 틈도 없었고, 왕창츠의 머릿속에서는 '쾅' 하고 폭발음이 터졌다. 폭발음이 난 뒤에는 깃발이 펼쳐지고 징과 북소리가 하늘에 떠들썩하더니 폭죽이 일제히 터졌다.

"이제 전업할 거지?"

샤오원은 입술을 깨물며 아무 말도 하지 않았다. 왕창츠는 더 힘을 냈다. 시간이 갈수록 더 힘을 내며 왕창츠는 생각했다.

'대답을 안 한다 이거지. 그럼 나도 계속한다.'

샤오윈은 결국 참지 못하고 "아~ 아~" 신음 소리를 냈다. 신음 소리가 점점 커지고 점점 더 또렷하게 들리자 결국 대답을 했다.

"바꿀게. 내가 직업을 바꾸고 안 하면 되지?"

샤오윈은 집에서 사흘을 쉬자 좀이 쑤셨다. 손가락을 꺾으면서 왕창츠와 결판을 지으려고 했다.

"하룻밤마다 손해가 얼만지 알아요?"

"항상 책임도 못질 헛소리만 하고 있으니 원."

"돈 버는 게 급선무인데, 무슨 체면을 따져요? 사람이 살아가는 데는 다 단계가 있어서, 한 단계 한 단계 밟아나가야지 한 순간에 최고 단계로 올라갈 수는 없어요. 체면도 중요하지만 돈보다 우선일 수는 없어요. 이 일은 얼굴로 먹고 살아요. 젊었을 때 바짝 하지 않으면 눈 깜짝할 사이에 늙어요. 돈을 벌 만큼 벌고 관둬도 늦지 않아요."

"얼마를 벌어야 만족할 건데?"

"다즈가 학교에 가고 성에 집 한 칸 마련할 정도."

왕창츠가 한 번 계산해봤다. 그렇게 많은 돈을 벌려면 샤오윈이 평생 몸을 팔아야 했다. 이제 모든 것이 확실해졌다. 그들 앞에 놓인 문제는 자신이 부부 관계를 할 수 있느냐 없느냐의 문제가 아니라 돈이 있고 없고의 문제였다. 이 문제는 자신이 샤오윈을 계몽시키느냐 못 시키느냐에 달려 있었다. 결국 계몽의 문제였다.

# 50

왕창츠는 미장일을 그만두고 학원비 1천 위안을 내고 페인트일을 배웠다. 매일 수업이 끝나면 책가방을 메고 달랑거리며 집으로 돌아왔다. 샤오원이 출근하고 나면 다즈도 잠들었다. 그러면 병과 둥근 용기, 크고 작은 나무토막을 꺼내 집에 펼쳐놓고 페인트칠을 했다. 처음에는 나무토막에만 색을 칠할 수 있었지만 나중에는 나무의 결을 따라 칠을 할 수 있게 되었다. 그는 한쪽 구석에 있는 나무 상자를 다시 칠했다. 나무 상자는 더 이상 기존의 상자가 아니라 흡사 골동품처럼 보이고 훨씬 고급스러워 보였다. 문과 창문틀을 칠하자 온 집 안에서 페인트 냄새가 났다. 집주인이 페인트 냄새를 맡고는 2층으로 뛰어올라와 콧물을 훌쩍이면서 보더니 머리를 끄덕였다. 그러면서 왕창츠에게 1층에서 5층까지의 모든 문과 창문을 칠해달라고 했다. 왕창츠는 스무 개 남짓한 대문과 창틀, 화장실 문을 열흘도 안 걸려 다 칠했다. 그 일로 한 달치 미장일에 해당하는 돈을 벌었다. 그는 돈을 샤오원에게 주며 말했다.

"우리 조만간에 부자 될 것 같아. 당신 어쩔 거야? 일은 관둘 거지?"

샤오원이 돈을 받아들고 세면서 말했다.

"이거 가지고 돈 벌었다고 하는 거예요?"

"액수로만 따지지 말고 돈 버는 속도를 좀 봐."

"속도? 나만큼 빨리 벌 수 있어요?"

"속도에만 관심을 두지 말고 돈 냄새도 한 번 맡아봐."

샤오원이 돈 냄새를 맡으면서 말했다.

"죄다 페인트 냄새가 나지는 않네요."

"당신 돈도 한 번 맡아봐."

"무슨 말이 하고 싶은 거예요?"

"맡아본 적도 없지? 당신이 번 돈에서는 정액 냄새가 나."

샤오원은 왕창츠를 침대에 쓰러뜨린 뒤 그의 한쪽 귀를 잡아 비틀었다. 왕창츠가 "아야" 하고 소리를 질렀다. 샤오원이 이를 갈며 말했다.

"입을 더 놀려보시지?"

"안 그럴 게. 안 한다고."

"맹세하세요."

"다시 한 번 당신 직업을 무시하면 내 머리에서 종기가 나고 발에서 피고름이 날거 야."

"한 번 더."

샤오원이 더 세게 귀를 잡아 비틀었다.

"내가 다시 한 번 당신을 비웃으면 총에 맞아 죽는다…"

샤오원은 그제야 귀를 놔주었다. 왕창츠는 아픈 귀를 만지면서 말했다.

"다즈야, 네 엄마 너무 무섭다."

다즈는 두 손을 들고 흔들다 내리면서 마치 말을 이해한다는 듯 웃었다. 왕창츠와 샤오원은 사흘이 멀다 하고 싸웠는데, 매번 왕창츠의 비아냥으로 시작되었다. 처음에는 샤오원이 정말 화를 내면서 왕창츠를 세게 때렸다. 그러면 왕창츠의 귀, 코, 엉덩이에는 피멍이 들곤 했었다. 그런데 나중에는 싸움이 재미로 바뀌었다. 샤오원의 직업 이야기는 다른 부부의 시시콜콜한 이야기처럼 그들 부부의 핫이슈가 되었다. 처음에는 불편한 감도 있었지만, 터놓고 얘기하면서 자연스럽게 이야기하게 되었다. 왕창츠가 길게 얘기하지 않으면 샤오원이 주동적으로 이야기를 했다. 고객들의 신분이나 실수담, 고객들의 각종 취미에 대해서 이야기했다. 그녀가 이야기하면 왕창츠가 비웃었다. 마치 만담 콤비처럼 한 명이 말을 하면 다른 한 명이 맞장구쳤다. 왕창츠가 신랄하게 비판할수록 그녀가 더 잘 받아들였다. 감기에 걸리면 뜨거운 생강차를 마시고 땀을 내 감기균을 몸에서 몰아내는 것처럼 그렇게 받아들였다. 또한 왕창츠의 비판도 말뿐이었으며 이전처럼 그렇게 화를 내지 않았다. 그가 화를 내지 않자 샤오원은 재미없어 했고 도리어 실망하기까지 했다.

왕창츠는 고가구 공장에 가서 페인트칠을 했다. 그는 출근하자마자 바로 마스크를 꼈다. 페인트 냄새가 너무 독해서 어떨 때는 반나절만 일해도 재채기가 나왔다. 그는 조용히 가구들 틈에 꿇어앉아서 조심스럽게 칠을 했다. 가구의 접합 구조를 보면 종종 고향집의 들보가 생각났고 마오(毛) 목수가 떠올랐다. 예쁜 나뭇결을 보면 고향집 마루판, 마을 앞집 뒤쪽에 있는 숲, 마을 어귀에 있는 단풍나무, 땔나무가 '탁탁' 소리를 내며 타고 있는 아궁이… 등을 떠올렸다. 어떤 때는 가구를 친척으로 생각하기도 했다. 그래서 가구마다 이름을 붙였는데, 왕화이도 있고, 류쌍쥐, 젠펑도 있으며, 다즈, 샤오원도 있었다. 말을 하지 않아도 너무 좋았다. 그는 끝없이 상상할 수 있었고, 여태껏 진지하게 생각해 보지 않았던 것까지 생각할 수 있었다. 입을 닫고 있으니 뇌가 활발하게 움직였다. 그는 똑똑해진 자신을 발견했다.

첫 번째 잘한 일은 일을 그만두고 큰길에 나가 좌판을 펼쳐놓고 자신을 위해 일했다는 것이었다. 좌판이란 것이 날마다 활기가 넘치지는 않지만 개똥 운(원문은 '구시운(狗屎運)'이다. 옛날 중국에서는 시골에 비료가 많지 않아서 인분을 거름으로 썼는데, 인분이 부족할 때 마침 키우던 개가 똥을 싸면 그것을 팔아 돈을 벌었다는 뜻에서 운이 좋음을 말함)이라도 있으면 한 번에 1천 위안 이상도 벌 수 있었다. 두 번째 잘한 일은 바로, '비싼 옷은 아니지만 옷을 아주 깨끗하게 입고, 머리도 단정하게 빗고 항상 미소를 띠는 것'이었다. 그리고 열 손가락에 페인트가 묻지 않아서 딱 보기에도 샐러리맨 같고 또 더러워 어수선해보이지도 않았다. 세 번째 잘한 일은 자신의 신분증을 복사해 페인트칠 견본에 붙였다는 것이었다. 이렇게 적극적으로 자신을 어필함으로써 손님들에게 좋은 인상을 주었다. 따라서 손님들이 오기만 하면 십중팔구는 여러 페인트공들 사이에서 자신을 선택했다. 어떤 페인트공은 며칠 동안 멍하게 앉아 있으면서 허탕 치는 경우도 있지만 그는 하루도 그런 날이 없었다. 그는 다락집, 의자, 계산대, 침대, 장롱, 책꽂이, 소파, 책상, 식탁, 신발장 등을 칠했다. 또 회의실, 사무실, 식당, 영업장, 이(李)씨 집, 자오(趙)씨 집, 황(黃)씨 집, 장(張)씨 집, 주(朱)씨 집, 웨이(韋)씨 집, 저우(周)씨 집, 후(胡)씨 집… 등에도 들어가 일했다. 그는 갈수록 돈을 많이 벌었다.

어느 깊은 밤 그는 뭔가에 충격을 받은 듯 침상에 앉아 곤히 잠들어 있는 다즈를 멍하니 바라보고 있었다.

다즈는 이미 아빠라는 단어를 알았다. 다른 집 아이들은 엄마라는 말을 먼저 하는데, 다즈는 오히려 아빠라는 말을 먼저 했다. 이 때문에 샤오원은 다즈를 안으면서 늘 불평을 늘어놓곤 했다.

"내가 너를 가져서 낳았고, 젖을 먹여 키우고 사랑하는데 너는 고마워하지도 않고 도리어 아빠 비위만 맞추고 있구나. 요 쪼그마한 놈이 어른보다 더 영악해. 딱 봐도 나중에 엄마 말은 안 들을 것 같아."

"태교할 때 내가 노래 몇 십 곡을 불러줘서 아빠란 말을 먼저 하는 거야."

샤오원은 인정할 수 없다는 듯 말했다.

"내가 다즈를 낳았다 하더라도 결국에는 왕씨 집 종자예요. 왕씨 집 종자들은 모두 나를 무시해요."

왕창츠가 아무 말도 하지 않자 샤오원이 더 속상해했다. 다행히 샤오원은 다즈가 엄마라고 부르고, 아빠보다 엄마를 부르는 횟수가 더 많아지자 그제야 후련해하는 것 같았다. 다즈는 이제 엄마, 아빠뿐만 아니라 할아버지, 할머니, 모자, 컵이란 말도 할 줄 알았다. 그가 새로운 단어를 말할 때마다 왕창츠는 알 수 없는 긴장감에 떨렸다. 다른 엄마 아빠들은 아이가 빨리 자라기를 바라지만 왕창츠는 다즈가 좀 천천히 자라기를 바랐다.

'끼익' 하고 문이 밀리면서 샤오원이 돌아왔다.

"왜 아직 안 자고 있어요?"

"잠이 안 와서 다즈를 보고 있었어. 이렇게 자고 있는 다즈를 보니 볼 살이 빵빵해. 피부도 발그레하고 너무 예뻐."

샤오원이 다즈에게 다가가려 하자 왕창츠가 그녀를 밀면서 말했다.

"먼저 샤워하고 와."

샤오원이 샤워를 하고 오자 왕창츠는 통장을 가져와서 모두 얼마인지 한 번 보라고 했다. 샤오원이 통장의 잔액을 계산하더니 모두 얼마네 했다. 샤오원이 아무리 가방끈이 짧다 해도 이제까지 돈 계산만은 틀린 적이 없었다.

"이 돈이면 다즈 공부는 충분히 시킬 수 있겠지?"

"딱 고등학교까지 시킬 수 있는 돈이네요. 도시 호적이 없으면 학교에 들어갈 때마다 찬조금을 한 뭉텅이씩 내야 해요."

"보통 찬조금이 얼마지?"

"연줄이 있으면 1~2만 위안, 연줄이 없으면 8~10만 위안. 싱쩌의 애가 유치원 들어갈 때 찬조금으로 5만 위안을 냈다고 했어요. 찬조금이

적으면 문에 발도 못 들이게 해요."

"이렇게 비싼 입장권을 우리 같은 농촌 출신이 살 수나 있겠어?"

"그래서 내가 죽기 살기로 돈을 버는 거잖아요."

"8~10만 위안 벌려고 이렇게 고생해야 한다니…. 다즈를 유치원에 보내면 훌륭한 인물이 된다는 보장이 있을까?"

"유치원에 들어간다고 해서 반드시 훌륭한 인재가 된다는 보장은 없지만, 유치원에 안 가면 절대 인재는 될 수 없어요."

"인재가 안 되면 나같이 살겠지."

"그것도 애 팔자지요."

"사실 우리가 애 팔자를 수동적인 인생에서 능동적인 인생으로 바꿀 수도 있어."

"어떻게요?"

"이 아이를 돈 많은 집에 보내면 인재가 안 돼도 영화를 누리면서 잘 살 수 있어."

"개소리! 다즈는 내 아이에요. 아무도 못 데려가요."

샤오원은 다즈를 안았다. 누가 빼앗아 가기라도 할까봐 다즈를 꼭 껴안았다.

"페인트칠하면서 한 번 생각해본 거야. 족히 반년을 생각한 끝에 겨우 용기내서 말한 거야. 이런 말을 꺼낼 수 있으면 그건 사람이 아니라 짐승이겠지. 근데 페인트칠을 엄청 하면서 부자들의 집과 가구를 수없이 봤어. 부럽기도 하고 화가 나기도 하더라. 똑같은 생명인데, 어째서 이렇게 큰 차이가 날까? 내 노력이 부족해서? 아니면 내 머리가 다른 사람보다 나빠서? 아니. 원인은 단 하나야. 내가 농촌에서 태어났기 때문이지. 엄마가 나를 가진 순간부터 나의 패배는 정해져 있었어. 아버지가 용감하게 바꿔보려고도 했고 나도 이를 악물고 바꿔보려고도 했지만, 결과는 당신이 다 봤잖아. 우리가 바꿀 수 있을까? 돈을 엄청 벌면 조금은 바꿀 수 있겠지. 그러나 절대 근본까지 바꿀 수는 없어. 소는 소고 말은 말이야. 소나 말을 상하이나 베이징까지 끌고 갈 수는 있겠지만, 봉황이 될 수는 없어."

샤오원이 고개를 절레절레 흔들면서 말했다.

"당신은 미쳤어요. 미치지 않고서야! 당초 당신은 내 유산을 막으려고 목숨을 걸고 건설 현장의 비계에서 뛰어내렸어요. 이제 힘든 것도 다 이겨냈는데, 당신은 되레…."

샤오원은 더 이상 말을 이어갈 수가 없었다.

"그때는 현실이 이렇게 힘든지 몰랐지. 몇 번을 싸우고 나서야 그들은 관우(關羽)이고 나는 관우의 손에 죽은 화웅(華雄)이라는 것을 알았어. 그때는 운명에 맞설 수 있다고 생각했는데…. 하지만 지금은 생각하기에 따라 운명이 달라질 수 있다고 생각해. 생각이란 머리를 쓰는 거지. 몸을 사용하는 것이 아니라 생각을 바꾸는 거야. 아끼는 걸로 따지면 나도 어느 누구보다도 다즈를 아끼고 사랑해. 당신도 입에 물고 빨면서 별도 따다주고 싶겠지. 하지만 당신이 그런 생각을 가지고 있다면 그에 걸맞은 능력도 갖추고 있어야 해. 당신이 계산해봐서 알겠지만 우리 힘으로는 턱없이 부족해. 거기다가 생로병사도 생각해야 하고, 며느리도 봐야 하고, 집도 사야 한다면 우리 능력으로 그게 가능하겠어? 다즈가 머리도 좀 나쁘고 못생겨서 평생 나를 따라다니면서 페인트칠이나 해야 한다면 나도 인정할 게. 그런데 군이 저 영민하고 잘생긴 애를 페인트칠이나 하게 만들고 엉망으로 살게 해야겠어. 지금은 내 말이 잔인하다고 생각하겠지만, 나중에 다즈가 잘살면 당신도 내 생각에 탄복할 거야. 지금의 잔인한 현실은 우리 몫이지만, 미래의 잔인한 현실은 다즈가 감당해야 해. 당신도 한 번 생각해봐. 다즈가 아직 우리에 대한 기억이 없을 때 얼른 결정을 해야 해."

샤오원이 우는 바람에 다즈가 깨어나 둘이 함께 울었다. 샤오원은 흐느껴 울고 다즈는 우렁차게 울어댔다. 왕창츠는 그 소리를 듣고 있자니 코끝이 시큰했다.

# 51

이 일로 샤오원은 더 이상 밤에 출근하지 않았다. 밤이고 낮이고 다즈 곁에서 떠나지 않았다. 왕창츠가 다즈를 안으려고 손을 내밀면 그녀는 의식적으로 피하면서 경계의 눈초리로 쳐다봤다.

"나는 이 아이 아빠야. 인신매매단이 아니라고. 팔다리를 잘라내는 심정으로 한 생각이야. 요 며칠 동안 나도 내 뺨을 때리면서 후회하고 있어."

샤오원은 반신반의하면서 다즈를 건넸다. 코를 다즈의 얼굴에 묻고 깊이 숨을 들이쉬자 심장이 녹아드는 것 같았다.

"사실 부자도 나름의 고민이 있고 가난한 사람도 나름의 즐거움이 있어서 반드시 생활 형편대로 그렇게 사는 것은 아니야."

"하마터면 다즈를 쓰레기처럼 버릴 뻔했잖아요."

"버리려고 한 게 아니라 확실한 곳에 투자하려고 했던 거지."

"확실한 곳이 어딘데요?"

왕창츠는 눈빛이 흐려졌다. 술에 취한 것 같기도 하고 무언가를 회상하는 것처럼 눈에 초점이 없었다.

"처음 당신한테 시집왔을 때는 좋은 사람이라 생각했는데, 마음이 왜곡된 사람이라는 것을 이제야 알겠어요."

왕창츠는 갑자기 아무것도 안 보이는 것처럼 눈동자도 움직이지 않았다.

"다즈가 좋은 환경에서 살기를 바라면서 아빠란 사람이 왜 아무 노력도 안 해요? 처음부터 부자인 사람이 몇이나 돼요? 다 가난에서 시작해 부자가 된 거지. 당신은 투기 성향이 강하고 지나치게 이기적인 사람이에요."

왕창츠는 반박하지 않고 샤오원의 비난을 고스란히 듣고 있었다. 그 자신도 샤오원을 적지 않게 비난했었기에 그는 지금 뿌린 대로 거두고 있었다.

"내가 보기엔 당신은 그 오입쟁이들보다도 못해요."

이 말에 그는 결국 입을 뗐다.

"첫째, 내가 오입쟁이들보다 못하다는 거 인정할게. 그런데 그 오입쟁이들이 누군데? 돈 있는 놈들이겠지. 나 같은 돈 없는 놈들은 저축 생각뿐이니 어떻게 오입질을 할 수 있겠어? 둘째, 이건 꼭 밝혀야겠어. 난 타락하지 않았어. 내가 다즈를 위해 찾은 집은 할아버지가 관리, 할머니는 경찰, 엄마는 대학교 부교수, 아빠는 사장이야. 권력도 있고 돈도 있는 집안. 다즈를 그 집에 보낼 수 있다면 행복하겠지."

"그렇게 좋은 가정에서 왜 애를 안 낳았대요?"

"부교수가 임신을 못 해."

"그걸 당신이 어떻게 알았어요?"

왕창츠는 대답하지 않았다. 샤오원도 더는 묻지 않았다.


샤오원은 다시 밤에 일을 나가기 시작했다. 매일 밤 퇴근해서 살금살금 걸음을 떼면서 문을 열고 다즈가 안 보이면 부잣집에 갔을 거라고 상상했다. 그러나 매일 밤 문을 열고 들어오면 다즈는 왕창츠의 옆에 누워 있거나 손가락을 빨면서 자고 있었다. 이전에는 퇴근해서 돌아오면 제일 먼저 샤워를 했다. 그러나 지금은 돌아오면 다즈부터 먼저 찾았다. 어떤 때는 멍하니 바라보면서 30분 동안 꼼짝도 하지 않았다.

그녀는 새 옷을 여러 벌 사서 매일 매일 새 옷으로 다즈를 갈아입혔다. 왕창츠가 귀가하면서 주워온 오래된 장난감을 버리고 새 장난감을 사다줬다. 그녀는 또한 다즈에게 제일 좋은 분유와 제일 좋은 유모차를 사다줘 있는 집 자식처럼 살게 해줬다. 다즈를 목욕시킬 때면 그녀는 더 꼼꼼하게 다즈를 살폈다. 다즈의 뒷목에 나 있는 검은 점, 배꼽 모양, 두상의 가마, 손톱과 발톱까지 다른 사람이 훔쳐 가지 못하게 일일이 다 기억해두었다.


"그 사람들 집이 당신 말처럼 그렇게 좋아요?"

샤오윈은 궁금증을 참지 못하고 물었다.

"누구 집?"

왕창츠는 순간 대꾸하지 않았다.

"언제 한 번 나 데리고 그 집에 가봐요."

"농담해? 그 집이 아무 때나 갈 수 있는 친척 집인 줄 알아?"

왕창츠는 결국 대꾸하고 말았다.

"그 집이 그렇게 좋으면 왜 내가 밤에 출근하고 없을 때 다즈를 몰래 데려다주지 않죠?"

"동의하는 거야?"

"꼭 내 동의가 있어야 해요?"

샤오윈이 갑자기 소리쳤다.

"그럼… 지금 데려다줄게."

왕창츠가 다즈를 안고 일어나려 하자 샤오윈이 다즈를 빼앗으며 말했다.

"아니, 내 눈앞에서는 절대 못 데려가요."

왕창츠는 자기 머리를 계속 쥐어박으면서 앉아 있지도 서 있지도 못한 채 어찌할 바를 몰라 했다.

"내가 다즈를 몰래 데려다줄 생각을 안 해본 건 아니야. 그런데 다즈를 안고 문가까지 가면 발이 땅에 붙어서 떨어지지 않는 거야. 내가 점점 더 멀리 가면서 최대 시장대교까지 가봤는데, 다즈가 우는 바람에 마음이 약해져서 다시 안고 집으로 왔어."

"아직도 다즈를 좋은 데서 살게 해주고 싶어요?"

"응. 그렇지만 내 손으로는 못 하겠어."

"그럼 평생 당신을 따라다니면서 페인트칠이나 하게 해요. 평생 나를 원망하면서 살게…."

"어쩌면 대학은 갈 수 있을 거야."

"당신 아버지도 그때 그렇게 생각했지만, 결국 당신은 못 갔어요."

"아…."

왕창츠는 긴 한숨을 쉬었다.


다시 일주일이 지났다. 샤오원이 한밤중에 퇴근해서 돌아오는데 저 멀리로 한 사람이 아래층에 서 있는 것이 보였다. 갑자기 다리가 뻣뻣해지면서 가슴이 너무 아파 그대로 땅에 주저앉고 말았다. 누군가 다가오는데 보니 왕창츠였다. 그는 그녀를 안으면서 말했다.

"시간이 나서 발마사지 숍으로 당신을 데리러 갈 생각이었는데, 너무 피곤해서 발이 안 떨어져서 그만."

샤오원은 그의 뺨을 세게 때리면서 말했다.

"왕창츠, 난 평생 당신을 원망하면서 살 거예요."

# 제6장

# 아버지의 힘

# 52

3개월 전에 왕창츠는 한 고아원을 고객으로 잡아 그곳의 오래된 침대 프레임을 다시 페인트칠했다. 원장의 말에 따르면 경비는 모두 찬조금으로 한다고 했다. 찬조한 사람이 경비의 사용 내역을 요구할 뿐만 아니라 직접 페인트 색깔까지 결정했다고 했다. 왕창츠는 약속한 날에 맞춰 고아원에 갔다. 고아원 문을 열고 들어가자 여자 두 명이 포도 넝쿨 아래에 앉아 있었다. 한 명은 원장 자오딩방(趙定芳)이고 다른 한 명은 찬조금을 낸 팡즈즈(方知之)였다. 담소를 나누는데 아주 허물없는 사이 같았다. 날씨가 찌는 듯이 더웠다. 포도 잎사귀가 햇빛을 받아 색깔이 밝으면서도 짙었다. 밝은 쪽은 허공에 걸린 깨진 유리 조각처럼 반짝반짝 빛이 났다. 포도는 아직 덜 익었다. 시멘트 바닥의 열기가 반사되어 여자들의 이마에 땀이 송골송골 맺혀 있었다. 시멘트 테이블에 계약서 한 부가 펼쳐져 있었다.

'겨우 침대 프레임 삼십 개를 칠하면서 일본에게 항복하듯 이렇게 정식 절차를 밟아야 하나?'

그런데 팡즈즈가 엄숙한 얼굴로 왕창츠에게 계약서를 꼼꼼하게 읽어보라고 했다. 왕창츠가 계약서를 읽고 있을 때 그녀가 두 번이나 "이해했어요?"라고 물었다. 수능을 두 번이나 치렀으니 당연히 이해할 수 있었다. 계약서는 아주 상세하게 적혀 있었다.

'페인트는 어느 브랜드의 페인트를 사용하고, 침대 프레임은 반드시 정원에 옮겨 칠해야 하며, 반드시 파란색 아니 하늘색을 사용해야 한다…'

자오딩방이 말했다.

"계약서는 모두 팡 선생님이 초안한 것입니다. 침대 프레임을 정원으로 옮겨 칠하는 것은 포름알데히드, 중금속, 포름알데히드 화합물이 아이들에게 끼치는 영향을 줄이기 위해서이고, 하늘색으로 칠하는 것은 아이들이 이 색을 보면 하늘, 바다, 물고기 나아가 행복을 상상할 수 있다고 생각해서예요."

왕창츠는 갑자기 부끄러워졌다. 전셋집의 나무 상자와 창문을 페인트칠할 때 자신은 페인트칠이 다즈에게 미치는 영향에 대해서는 한 번도 생각을 안 해봤고, 심지어 페인트 냄새가 좋기까지 했다. 너무 부끄럽기도 하고 감동도 좀 받았다.

"가격을 좀 낮춰드리죠."

"No! 돈의 문제가 아니에요."


왕창츠와 류젠펑은 침대 프레임을 정원으로 옮기고 정렬해두었다. 조금이라도 비뚤어질까봐 줄을 맞추고 그 진지한 여인에게 보여주기라도 하는 듯 왕창츠는 줄을 똑바로 세웠다. 그들은 무척 진지했다. 프레임을 갈아서 윤을 내는 일은 류젠펑이, 페인트칠은 왕창츠가 맡아 했다. 두 사람 다 마스크를 끼고 밀짚모자를 썼다. 날은 뜨겁고 먼지가 날리고 페인트 냄새가 진동했다. 류젠펑이 먼저 마스크를 벗었다. 그는 일하면서 말하는 것이 습관화되어 있었다. 그가 다른 사람을 도와 손해 배상을 청구하거나 의료 분쟁을 할 때도 오로지 입만 가지고 했다. 그 입은 어떻게 해도 마스크를 오래 끼고 싶어하지 않았다. 그는 시대의 변화에 감탄하면서 분노를 표출하기도 하고, '사회가 불공평하다, 자기는 시대를 못 만났다'고 원망하면서 마지막에 이렇게 말했다.

"우리가 평생 이러고 사는 건 아니겠지?"

"이렇게 살지 않으면 어떻게 살 수 있는데?" 왕창츠도 마스크를 벗었다.

류젠핑은 굴복할 수 없다는 듯 자기는 변호사 정도는 되어야 하며, 다시 실패하는 한이 있어도 페인트공은 되지 않겠다고 했다. 엄격하게 말하면 그는 지금 페인트공도 아니고 페인트공의 조수였다. 하지만 그는 반드시 자신이 총 한 자루를 들고 누구누구처럼 대오를 이끌고 산으로 올라가야 한다고 생각했다. 이 일이 아니다 싶으면 그는 또 반드시 무법자와 악당들로부터 사람들을 지키는 조로가 되어 오로지 나쁜 사람들을 제거하고, 또한 그들의 등에 'Z'라는 큰 글자를 남기려고 했다. 그는 계속해서 영웅이니 영수니 하다가 결국 흥분해서는 사포를 던지고 가면서 말했다.

"제기랄, 정말이지 이 일은 죽어도 못 하겠다."

어떤 때는 몇 걸음 가다가 되돌아오기도 하고, 또 어떤 때는 반나절이 지나도록 돌아오지 않기도 했다. 왕창츠는 천천히 그의 화법을 배워서 자신도 하고 싶은 캐릭터를 만들어내면서 이야기했다. 다만 차이가 있다면, 류젠핑은 대놓고 말을 했지만 왕창츠는 캐릭터를 입 밖으로 내뱉지는 않았고, 류젠핑은 손을 놓고 '일을 하지 않아도' 됐지만, 왕창츠 자신은 반드시 남아서 솔질을 해야 한다는 것이었다.

자오딩방은 시간이 남으면 왕창츠에게 물을 갖다주곤 했는데, 그때마다 이렇게 말했다.

"고생이 많으세요."

왕창츠는 일하면서 중간 중간에 쉬었다. 포도 넝쿨 아래서 혼자 사무를 처리하는 자오딩방과 눈을 마주쳤을 때, 딱히 할 말이 없어서 왕창츠는 이렇게 말했다.

"찬조금을 내주신 그 분 예쁘게 생기셨어요."

왕창츠의 말에 뜻밖에도 자오딩방이 입을 열었다.

"예쁘면 뭐 해요? 아이를 못 가지는데."

왕창츠는 자신이 실언을 했다는 생각에 얼른 입을 다물었다.

'그렇게 예쁘고 품성도 좋아 보이고 돈도 있어 보이는 분이 애를 못 가지다니. 하늘도 정말 야속하지.'

자오딩방과 계속 이야기하다가 왕창츠는 팡즈즈가 대학에서 영어를 가르친다는 사실을 알게 되었다. 또 혼전에 두 번이나 유산하는 바람에 수정관이 막혔으며, 한방 양방에서 좋다고 하는 약은 다 먹어보고 불임 센터도 가봤지만 결국에는 효과를 보지 못해 고아원에서 아이를 입양할 생각을 하고 있다는 것도 알게 되었다.

사흘이 멀다 하고 사람들이 아이를 입양하러 고아원을 찾아왔고, 심지어 외국에서도 왔다. 그들은 물건을 고르듯 이쪽저쪽으로 보다가 마음에 드는 아이가 있으면 바로 수속을 밟고 데려갔다. 왕창츠가 페인트칠을 하는 동안에도 외국인 부부 다섯 쌍이 와서 아이를 다섯 명이나 데리고 갔다. 그들이 수속을 하는 동안 왕창츠가 문가에 서서 그 광경을 바라봤는데, 가끔씩 들리는 영어 단어도 있었다.

자오딩방에게는 노트 세 권이 있었다. 고아의 상태를 기록한 노트 한 권, 입양자의 연락처를 기록해놓은 노트 한 권, 마지막으로 좀 얇은 노트가 있었는데, 입양 희망자의 대기 명단이었다. 자오딩방이 바쁠 때 왕창츠는 그 얇은 노트를 몰래 보다가 팡즈즈의 입양 조건을 보게 되었다. '건강한 B형 남자아이.' 그리고 전화번호도 적혀 있었다. 그런데 'B형 혈액형'을 보는 순간 몸이 공중에 붕 뜨는 것처럼 눈앞이 캄캄해지면서 하마터면 넘어질 뻔했다. 식은땀이 났다. 만에 하나 실수라도 있어서는 안 되었기 때문에 집에 돌아오자마자 상자 바닥에서 왕다즈의 출생 기록을 찾아내 혈액형 칸을 봤다. 갑자기 손이 떨렸다. 파킨슨병을 앓고 있는 것처럼 손이 바들바들 떨렸다.

그래서 바로 팡즈즈의 나머지 가정환경에 대해 알아보았다. 그런데 문제는 팡즈즈의 주의를 끌 방법이 없고, 그녀에 대한 정보가 너무 가려져 있어 아무것도 알아낼 수 없다는 것이었다. 팡즈즈가 일하는 시장 대학교 외국어학부에도 가봤지만, 어느 누구도 그를 알아보지 못했고 그도 아는 사람이 없었다. 누가 쳐다보기라도 하면 왕창츠는 멀리 달아나 숨었기 때문에 얼핏 보면 그는 물건을 팔러온 잡상인 같기도 하고 도둑처럼 보이기도 했다. 팡즈즈를 미행해보기도 했지만 결국에는 놓쳐버렸다.

한번은 다 포기하고 다즈를 그냥 고아원 앞에 데려다놓을까도 생각했다. 그러나 혹시라도 중간에 일이 틀어져 다즈가 팡즈즈에게 못 갈까 두려웠다. 팡즈즈의 집안에 대해서는 제대로 알아내지 못했지만, 그녀의 신분과 옷차림, 사용하는 언어를 통해 볼 때 그녀의 집이 어디 가는 것도 아니고, 게다가 돈도 있어서 기부도 한다는 것이었다. 문제는 지금 그녀의 집 주소를 어떻게 알아내느냐는 것인데, 당연히 전화번호로 알아낼 수 있지만 정말 부득이한 상황이 아니면 전화번호는 사용하지 않는 것이 좋았다. 결국 그는 도박을 걸기로 했다. 이긴다면 그것은 천행이었다.

그는 마침내 침대 프레임을 다 칠했다. 침대 프레임을 정원에 정렬해두고 태양에 말리고 바람에 말렸다. 평소 같으면 페인트칠이 끝나기도 전에 다른 일을 잡았을 것이었다. 그러나 이번만큼은 그러고 싶지 않아서 고아원 침실의 천장도 모두 하늘색으로 칠했다. 그러면서 페인트가 너무 늦게 마를까봐 특별히 얇게 칠하고 자오딩방에게 선풍기 몇 대를 천장을 향해 틀어달라고 했다. 그 결과 침대 프레임이 말랐을 때 천장도 다 말랐다. 고아원을 둘러보던 팡즈즈는 왕창츠가 무료로 천장도 칠해줬다는 것을 알고 아주 의리 있는 사람이라 생각해 자기 집 소파도 칠해달라고 청했다. 왕창츠는 내심 깜짝 놀랐다.

'맙소사, 설마 내가 이긴 거야?'

왕창츠가 생각했던 도박은 바로 이거였다. 팡즈즈가 과연 자기 집 칠도 부탁할 것인가 아닌가였다.

왕창츠가 간 곳은 팡즈즈의 집이 아니라 부모님 집이었다. 그녀의 아버지 팡난팡(方南方)은 건축 담당 공무원으로 홍목(紅木) 가구를 좋아했다. 그는 홍목의 원색을 좋아해서 지금까지 페인트칠을 못 하게 했다. 그러나 시간이 지나면서 홍목이 갈라질 대로 다 갈라졌다. 그런데 누가 그에게 홍목 표면에 니스칠을 하면 홍목의 원색을 오래 감상할 수 있고 또 더 이상 갈라지지 않는다고 알려줬다. 팡난팡은 그럴듯한 아이디어라고 생각했지만 계속 시간이 없어서 하지 못하고 있었다. 그런데 지금 팡즈즈가 왕창츠를 추천했고 그래서 그도 동의한 것이었다. 왕창츠가 팡씨 집으로 가자 휴가를 낸 루산산(陸珊珊)이 왕창츠의 일거수일투족을 감시하는 것이었다. 루산산은 팡즈즈의 모친으로, 사무직 경찰인데 2년 후면 퇴직할 예정에 있었다. 왕창츠가 칠하는 곳마다 따라와서 잡동사니를 정리하는 척하면서 왕창츠가 집 안의 가구를 파손하거나 뭐라도 훔쳐갈까봐 감시를 했다. 왕창츠는 니스칠을 하면서 집 안을 살폈다. 집은 방 네 개에 거실 두 개였다. 큰 가구들은 전부 홍목으로 만들었고 벽마다 족자가 걸려 있었으며, 책장에는 골동품이 진열되어 있고 저장고에는 술이 쌓여 있었다. 그가 벽을 쳐다보자 루산산은 바로 가품이라고 했다. 그가 골동품을 쳐다보면 골동품도 가짜라고 했다. 그가 머리를 돌려 저장고를 쳐다보면 술은 특히 가짜라고 강조해 말했다. 왕창츠가 말없이 니스칠을 할 때도 루산산은 계속해서 집안이 얼마나 어렵고, 남편이 남는 월급 전부를 홍목을 구입하는 데 다 써버려 지금 손에 현금이 한 푼도 없다고 떠들어댔다. 그녀가 아무리 없는 척해도 왕창츠는 단박에 부유한 집안이라는 것을 알아차렸고, 다즈가 이 부잣집에 들어올 수만 있다면 그것은 그가 다 전생에 쌓은 복 때문이라고 생각했다.

왕창츠는 장롱을 칠하고 나서 화장대를 칠했으며, 화장대를 칠하고 나서 책상을 칠했다. 또 책상을 칠하고 나서 책꽂이를 칠했다. 책꽂이에 많은 사진이 놓여 있었는데, 그 안에 린쟈보가 찍혀 있었다. 에펠탑에서, 베니스에서, 후지산에서, 자유의 여신상 앞에서 그가 팡즈즈를 안고 있었다… 또 네 식구의 가족사진에서도 그들 뒤에서 알랑거리고 있었다. 린쟈보가 팡즈즈의 남편일 줄은 상상도 못했다. 왕창츠는 순간 멍했다.

'다즈를 이 철천지원수에게 줄 수는 없지.'

## 53

많은 생각이 스쳐갔던 하루였다. 생각을 너무 많이 한 나머지 머리에 굳은살이 박일 정도였다. 시간을 뭉개듯 아주 천천히 페인트칠을 했다. 저녁에는 집에서 혼자 배갈 반병을 마셨다. 린쟈보와 자신은 정말이지 질기디질긴 악연으로 얽혀 있었다.

'내가 그 사람 대신 옥살이를 하면서 그와 처음 얽혔다. 그는 내 인건비를 떼먹고도 사람을 시켜 칼로 나를 찔러서 죽일 뻔했다. 그는 황쿠

368

이를 죽이고 나를 궁지로 몰아넣기도 했다. 경찰을 구리촌에 보내 사람들을 체포하고 마을 사람들 전부를 위험에 빠뜨리며 불면증에 걸리게 했다. 내가 자기 공사장에서 떨어져 발기부전증을 앓을 때도 결국 정신적 피해 보상도 안 해줬다. 차를 막고 소송을 벌여도 보상을 안 해주고, 비계에 올라갔을 때도 피해 보상은커녕 종적을 감췄다. 도대체 뭐하는 새끼지? 조금도 과장하지 않고 액면 그대로 말하면 내 심장을 갈기갈기 찢어놓고 내 인생을 망친 놈이었다.

두 번째 얽힌 것은… 내가 저를 위해 옥살이를 했을 때였다. 그때 그는 내게 그 비용을 주긴 했다. 그렇지만 당시 현장 감독인 허구이가 증발하는 바람에 결국 내게 3개월 치 임금을 오히려 빚졌다. 나는 현의 현장 식당에서 뱃가죽이 등에 붙고 현기증이 날 때까지 굶어서 영양실조까지 걸려 쓰레기통까지 뒤질 뻔했었는데.

그런데 내가 대신 옥살이를 해서 1천 위안을 벌지 않았더라면 아버지의 빚도 못 갚았을 거다. 아버지는 그 빚 때문에 돼지기름, 암탉, 장롱 심지어 아버지 관까지도 모조리 빼앗겼다. 다른 각도에서 보면 그가 우리 집을 구해줬다고 말할 수 있는 걸까? 아니다. 현에 있던 건설 현장은 그의 회사에서 시공한 것으로, 허구이가 떼먹은 돈은 그가 떼먹은 거나 다름없다. 게다가 내 돈만 떼먹은 게 아니라 류젠핑 등을 포함해 많은 사람들이 임금을 받지 못했다. 그러니 그 빚은 오롯이 나 왕창츠에게만 진 것이 아니다. 그건 현 정부에서 한 공사로, 소문에 따르면 현에서 그에게 돈을 주지 않아 우리 돈도 떼먹었다고 했다. 그 건물은 아직도 완공하지 못한 채 그대로 있다. 당시에 그는 황쿠이에게 부탁해서 내게 큰 거 아홉 장 즉 9백 위안을 주는 대신 그의 눈앞에서 사라져달라고 했다. 그는 몇 백 명의 노동자들에게는 보상금의 기회도 주지 않고 나한테만 기회를 줬는데, 거기에는 선의가 전혀 없었다고 할 수 있을까?

세상은 도대체 누구의 세상인가? 땅은 도대체 누구의 땅인가? 그는 뭘 믿고 내게 사라져달라고 했을까? 어쩌면 그에게 필요한 것은 순간적인 위기 모면으로, 그 말은 돈을 보상해준 뒤에 나온 볼멘소리일 수도 있다. 하지만 그때 나는 원기왕성하고 자존심이 무엇보다 중요한 나이였기 때문에 그에게 기회를 주지 않았다. 꽉 막힌 사람이 갑자기 성질을 부릴 수 있다는 것을 그는 몰랐던 걸까?

하긴 그 대신 옥살이해준 나조차도 황쿠이 앞에서 바지를 벗었는데, 내가 무슨 자존심을 논할 자격이 있겠는가? 지금의 나였다면 알량한 자존심 때문에 월급을 포기하지는 않았을 것이다. 돈이 있으면 좋은 점이 많다는 것을 가난해진 뒤에야 비로소 알았고, 사람이 멍청하면 고생한다는 것을 이제야 알았다. 사람이 성숙하려면 큰 대가를 치러야 한다는 것도. 내가 칼을 맞았을 때 그는 내게 아무 짓도 하지 않았다. 그것은 황쿠이가 수하를 시켜 한 짓이었다.

그런데 황쿠이가 그런다고 그가 린쟈보의 머리 꼭대기에 올라갈 수 있을까? 이것이 문제다. 바로 햄릿의 "죽느냐 사느냐?"의 문제와 같다. 어쩌면 황쿠이가 알아서 했을 수도 있고 황쿠이도 속아서 했을 수도 있지만, 사실은 황쿠이의 졸개들이 마음대로 벌인 짓이다. 이 생각이 린쟈보의 머리에서 나왔을 수도 아닐 수도 있겠지만, 그 동기를 살펴보면 알 수 있다. 나중에 결국 황쿠이가 그와 갈라서지 않았는가? 이것은 그들이 결코 똘똘 뭉칠 수 없고 생사도 함께할 수 없으며, 바로 각자 필요한 것만 취했다는 것을 보여준다.

세상의 까마귀가 보통은 검지만, 검은 중에도 암흑색, 짙은 검은색, 흐린 검은색이 있다. 검다고 해서 모두 다 적은 아니다. 그중에는 이용가능한 사람도 있고 마음이 맞는 사람도 있다. 게다가 황쿠이 역시 그다지 좋은 사람은 아니어서 걸핏하면 식칼을 꺼내 들었고 한 마디에 통하지 않으면 바로 손가락을 잘랐다. 린쟈보의 손에 죽지 않았어도 그는 어차피 다른 사람의 손에 죽었을 것이고, 단지 죽음의 방식만 달라졌을 뿐이다. 어쩌면 차 사고로 죽을 수도 있고, 머리가 터져 죽을 수도 있고, 투신해서 죽을 수도 있다. 황쿠이는 정말 그가 죽인 것일까? 아직까지도 증거가 없다. 류젠펑의 말에 따르면 현재까지도 경찰에서 확실한 물증을 손에 넣지 못했다고 한다.

내가 소문을 내 린쟈보에게 복수할 가치가 있을까? 황쿠이를 위해서 린쟈보의 화를 돋울 필요는 없을 것 같다. 그렇다. 그들은 똑같은 사람들로, 서로를 위해서라면 서로 앞잡이가 될 수 있다. 또 경찰이 구리촌으로 나를 체포하러 온 것은 일리가 전혀 없는 것은 아니다. 결국 나와 황쿠이는 진즉에 원수지간이 되었고 내게는 살해 동기도 있다. 이 보잘것없는 현의 경찰 수준이 셜록 홈즈나 미스터 블랙과 같다고 누가 장담할 수 있겠는가? 그들도 스트레스를 받고 공도 세우고 싶었을 것이다. 당장 공을 세우고 싶을 때 제일 먼저 나를 떠올린 것도 당연하다. 바보가 아닌 이상 그랬을 것이다. 희생양을 찾아야 한다면 나라도 다른 선택은 없었을 거다. 솔직히 내가 경찰이라도 그렇게 생각하고 행동했을 것이다. 도시에서 한 사람을 잡는 것보다 농촌에서 한 사람을 잡는 것이 훨씬 안정적이다. 내가 공사장에서 떨어져 발기부전증을 앓을 때도 가만히 생각해보면 그도 그 나름의 도리를 다했다. 그는 내가 병원에 처음 들어갔을 때 치료비와 병원비를 내줬고, 또 정신적 손해 배상금을 청구하기 전에 바로 안두라오를 보내 2만 위안도 줬다. 거금을 손에 넣은 덕분에 샤오원의 유산을 막을 수 있었고, 결국 다즈도 지켜낼 수 있었다.

맙소사, 다즈는 결국 그가 지켜낸 것이다. 내가 다즈를 그 집에 보내고 싶어하는 것도 다 하늘의 뜻이란 말인가. 왕창츠, 하늘의 뜻을 따라

라. 어떤 사람은 건설 현장에서 다쳐서 기본적인 손해 배상금도 받지 못해 피켓을 들고 몇 년 동안이나 탄원하다가 결국 이유도 모른 채 구속되었다. 정신적 손해 배상이 무엇인가? 그것은 외국인들이 자주 떠드는 말로 반드시 적용될 수 있는 것은 아니다. 다른 나라에서는 부패했거나 몰락했다는 의미로 사용되지만 우리의 실정에 적합한 것은 아니다.

게다가 나의 발기부전증 역시 거짓말이었다. 지금은 물건이 제대로 서지 않는가? 만약에 그가 지금 내가 발기한다는 것을 알게 된다면 거꾸로 나를 사기죄로 고발할 수도 있다. 샤오원조차도 나의 발기부전이 거짓이라고 의심했는데, 나는 어째서 한 번도 자신을 의심하지 않았는가? 당연히 나는 인정할 수 없었겠지. 하지만 정신과 의사도 모든 사람은 다 잠재의식을 가지고 있다고 했다. 이 한 번의 추락으로 잠재의식마저 다 사라졌다고 맹세할 수 있나? 어쩌면 사람이 그렇게까지는 안 나쁜데 내가 그를 나쁘게 봤을 수도 있다.

세 번째로 얽힌 것은⋯. 아, 왕창츠 너는 전날 지은 밥처럼 이미 다 쉬어빠진 상태이구나. 너는 나쁜 놈을 두 번 생각하면서 좋은 사람으로 둔갑시켰다. 이 무슨 조화냐? 네가 그를 세 번 생각한 뒤에야 마음을 고쳐먹었다면 내 마음도 한결 편안해졌을 것이다. 근데 너는 두 번만에 힐러리보다 더 빨리 항복했다.

왕창츠, 너는 옛날의 네가 맞니? 왜 나만 옛날 그대로의 나여야만 하지? 보고 느낀 게 아직 적어서? 그래도 바닥을 쳐서는 안 되지 네 얼굴은? 네 등골은? 아이마저도 원치 않는다면 평생 네게 무슨 희망이 있겠니? 그래 약간의 희망이라도 보일 때 아이를 다른 사람에게 보내자. 내가 계속 애를 데리고 있으면 이 순간부터 절망이 시작된다. 그래도 원수한테 애를 보낼 수는 없지. 그는 원수인가? 당연하지. 적어도 네게는

사람에게 증오심을 품게 한 천하에 둘도 없는 원수지….'

어느 날 오후 왕창츠가 팡씨 집에서 페인트칠을 하고 있을 때였다. 린쟈보가 갑자기 문을 열고 들어왔다. 그들은 시선이 한 번 마주치기는 했지만, 린쟈보는 그를 알아보지 못했다.

'내가 마스크를 끼고 있어서 그런가. 어쩌면 나를 아예 기억 못 할 수도 있지. 내가 자기 차에 뛰어들고, 손해 배상을 요구하며 그의 건설 현장 비계에서 뛰어내리겠다며 난리를 쳤는데, 그는 전혀 나를 기억하지 못해. 그동안 내가 정말 헛짓을 했구나. 생각해봐야 다 부질없구나.'

린쟈보가 안방을 쳐다보며 말했다.

"어머니! 토종닭 두 마리 가져왔어요."

"주방에 갔다놔." 루산산이 말했다.

그제야 왕창츠는 비로소 린쟈보가 털을 다 뽑은 토종닭 두 마리를 들고 있는 것을 보았다. 방금은 너무 긴장한 나머지 앞이 보이지 않았던 것이었다.

"탕으로 하실 거예요? 볶으실 거예요?"

"볶지 뭐."

린쟈보는 주방으로 들어가더니 한 마리는 잘라 생강, 술, 소금으로 절여놓고 다른 한 마리는 냉장고에 넣어 얼렸다.

'정말 좋은 사위네. 그럼 좋은 아빠도 될 수 있겠지?'

린쟈보가 문을 닫고 나갈 때까지 그는 계속 이 생각만 했다.

'아미타불, 내가 쉽게 저 사람 집 주소를 알아내면 다즈를 저들에게 보내고, 못 알아낸다면 아니 쉽게 못 알아낸다면 내게 다즈를 데리고 있으라는 하늘의 뜻이다.'

하지만 이번에는 내기에서 이기기도 전에 가구를 다 칠해서 돈을 받았다. 더 이상 그 집에 있을 이유가 없었다. 걸을 때마다 몸이 둥둥 떠다녔고 패배감으로 똘똘 뭉쳐져 있었다. 심지어 하늘이 일을 그르쳤다며 '도와주려면 끝까지 돕든가 닭을 죽이려거든 한 번에 숨통을 치든가' 하면서 하늘을 욕했다. 그런데 그의 마음은 아직도 포기하지 않았다. 흐릿한 희망의 끈이 그의 주머니에 들어 있었으니, 린쟈보와 팡즈즈가 테라스에 앉아서 함께 찍은 사진이었다. 아주 넓은 테라스에 원형 티테이블이 놓여 있고, 그 위에 커피 혹은 차 두 잔이 놓여 있었다. 팡즈즈가 린쟈보의 허벅지에 앉아 있고, 린쟈보는 의자에 앉아 있었다. 그의 두 손은 팡즈즈를 꼭 껴안은 채 팡즈즈의 가슴을 누르고 있었다. 한 명은 트렁크 팬츠를 입고 다른 한 명은 잠옷을 입은 채 안경을 끼고 웃고 있었다. 사진기가 그들보다 높은 곳에 있어서 테라스 아래의 나무와 저 멀리로 우레탄 트랙이 깔린 경기장이 모두 화면 안에 들어와 있었다. 크고 작은 나뭇가지와 테라스의 거리를 볼 때 이 테라스는 5층 혹은 6층 정도의 위치에 있었다.

다음날 왕창츠는 시장대학교 교정에서 그 경기장을 찾아냈다. 고개를 들어 주위를 살펴보니 경기장 근처에 저층 건물 몇 동이 있었다. 사진의 촬영 각도로 린쟈보와 팡즈즈의 테라스 위치를 가늠할 수 있었다. 이 동은 교정 밖에 있었다. 테라스가 한쪽은 경기장으로 나 있고, 다른 테라스는 시장대교를 바라보고 있었다. 해질 무렵 왕창츠는 그 부근에서 지키고 서 있다가 퇴근해서 돌아오는 팡즈즈를 발견했다. 팡즈즈는 복도를 지나 5층에서 멈춰 섰다. 열쇠를 꺼내는 소리, 문을 열고 닫는 소리가 차례대로 들려왔다. 왕창츠는 그 소리에 잠시 취한 듯했다. 그는 5층 테라스를 바라보면서 마음속으로는 주저하고 방황했다. 내기를 할 때 '쉽게 주소를 알아내면'이라고 했는데, 지금 이 주소는 그가 용을 써서 어렵게 알아냈기 때문이었다. '하늘의 뜻을 어기는 것이라고 할 수 있을까? 아니다.' 그는 또 생각했다.

'사진 한 장으로 이 주소를 알아냈으니, 이게 쉬운 게 아니라면 무엇을 쉽다고 하지? 쉽지 않다는 것은 지난번처럼 팡즈즈를 따라다니다 놓쳐버리고, 또 따라다니다 또 놓치는 거겠지. 심지어 온갖 고생을 다 하고 팡즈즈에게 발각되거나 상대방이 경찰에 신고하거나, 팡즈즈를 따라다닐 때 차 사고를 당하거나 혹은 열흘이나 보름 정도를 쫓아다니다가 못 찾는 거겠지.'

왕창츠는 생각할수록 이건 하늘의 뜻 같았다. 그래서 그는 또 내기를 했다.

'아미타불, 다즈를 데려다줄 때 다즈가 울지 않는다면 이것 역시 하늘의 뜻이다.'


# 54

"하늘에다 대고 맹세할 수 있어. 다즈가 정말로 안 울었어."

샤오원은 믿지 않고 식칼을 들고 왕창츠에게 앞장서라고 했다.

"그때 다즈가 자고 있어서 내가 다즈를 이렇게 침대에서 안아 올렸어" 하면서 왕창츠는 다즈를 안는 시늉을 했다.

"다즈를 안고 문가로 갔어. 다즈가 울면 바로 돌아오고 다즈가 안 울면 계속 가야지 하고 마음먹었어. 문 앞에서 5분 정도 서 있는데, 다즈가 묵인하는 것처럼 아무 소리도 안 냈어. 다즈를 안고 문을 나가 계속 계단을 내려가자 코너가 나왔어. 여기는 다른 곳보다 좀 어둡고 복도

등도 누가 고장냈더라고. 조심해. 여기에 계단이 있어. 발목 삐지 않게 조심하고 식칼도 조심해. 사람들이 놀라지 않게 칼을 잘 간수해. 사실 당신 손에 칼이 있든 없든 나는 당신을 데리고 다즈를 찾아가려고 했어. 내가 당신을 데리고 다즈를 찾아가는 것은 당신 손에 있는 칼 때문이 아니라 나도 다즈가 보고 싶어서 그래. 기껏해야 그 칼로 나를 찌르거나 죽이기밖에 더하겠어. 나한테 애도 없는데 죽어서 뭐해? 알았어. 알았어. 입 다물게. 가던 길이나 계속 가. 잠시만. 생각 좀 해보자. 여기서 5분 정도 쉬었던 것 같아. 그래 맞아. 잡화점의 쉬씨가 볼 것 같아서 여기 이 어두운 곳에 잠시 서 있었어. 바람이 쌩쌩 불었지. 대로에서 자동차 경적 소리가 나는데도 다즈가 안 울었어. 예전에 내가 대로로 데리고 나왔을 때는 깊이 잠들어 있다가도 깨서 울곤 했었는데, 그날 저녁은 조용히 새근새근 숨을 쉬는 게 내 마음을 이해하는 것 같았어. 애가 안 울어서 그대로 플랫폼으로 갔어. 한 번 봐. 여기가 22번, 32번, 19번, 7번 버스정류장이야. 그때 어떤 버스라도 오면 바로 타야겠다고 생각했는데, 그 순간 버스가 왔어. 몇 번 버스인지 보지도 않고 그대로 다즈를 안고 탔어."

"도대체 몇 번 버스를 탄 거야?"

왕창츠는 샤오원의 손에 식칼이 없는 것을 보고 머리를 쥐어박으면서 말했다.

"기억이 안 나."

샤오원이 다시 칼을 꺼낼 것처럼 손을 가방 안으로 넣었다. 왕창츠는 급하게 '아' 하면서 말했다.

"7번 버스, 이제 생각났어. 7번이야."

고개를 돌리자 32번 버스가 지나갔다. 다시 19번 버스가 지나가고 마지막으로 7번 버스가 왔다. 7번 버스를 탔다. 그날 저녁과 비슷했다.

밤이 깊어서 그런지 자리가 많이 비어 있었다.

"나는 다섯 번째 자리에 앉았어. 바로 이 자리야."

자리에 앉자마자 '5'라는 숫자가 보였다.

'이건 하늘의 뜻이야. 다섯 정거장 뒤에 하차하라는 하늘의 계시야.'

샤오원은 창밖을 바라봤다. 왕창츠도 창밖을 바라봤다. 한 사람은 왼쪽을 보고 한 사람은 오른쪽을 쳐다봤다. 가로등이 하나씩 커지면서 길가의 상점에도 불이 들어왔다. 갑자기 왼쪽 창문 밖에서 다즈의 머리가 보였다 안 보였다 했다. 차에 매달려 차가 가면 다즈도 가고 차가 멈추면 다즈도 멈췄다. 왕창츠가 시선을 돌리는 곳마다 다즈가 보였다. 그는 차마 볼 수가 없어 눈을 감았다. 감아도 생각났다…. 샤오원이 갑자기 그의 발을 밟으면서 말했다.

"다섯 번째 정거장이에요."

차에서 내리니 시장공원 정문 옆이었다.

"그때 공원 안에서 애인과 밤 운동을 하던 사람들이 계속해서 나오고, 정문에서 사람들이 수시로 지나갔어. 다즈를 공원 정문, 그래 여기 이곳에 내려놓았어. 다즈를 내려놓은 뒤 한참 동안 같이 앉아 있었어. 그리고 다즈에게 말했어. '다즈야. 아빠를 탓하지 마라. 아빠도 부득이해서 이렇게 하는 거야. 네가 아빠를 따라다니면 너는 평생 가난에서 벗어날 수도 없고, 거북목병에 걸리게 될 것이야. 그럼 사람들 앞에서 고개도 못 들고 평생 고개를 숙인 채 자존감 없이 살게 될 거야. 도시 호적을 갖지 못하면 좋은 학교도 못 들어가고, 아파도 병원에 입원할 수도 없어. 마음에 드는 일자리를 찾지 못해 잘 섞이지 못하면 결국 물러나야 한다. 물러난다는 것은 농촌으로 돌아가야 한다는 의미이고, 심지어 다리를 절거나, 발기부전증을 앓거나 범죄를 저지르거나 빨리 죽을 수도 있다. 네가 다른 사람을 따라가기만 한다면 TV 광고에서 나오는 모든 것을 다 할 수 있다. 끝없는 영화와 부귀를 누릴 수 있고 대대손손 장수할 수 있으며, 고관이 되거나 유산을 받을 수도 있다. 그럼 별장에서 살고 세단을 몰며 예쁜 부인도 얻을 수 있다. 제일 중요한 것은 네게 체면 있는 부모가 생기면 아무도 너를 속일 수 없고, 세 번 네 번 고개 숙이면서 부탁하지 않아도 되고 고개를 똑바로 들고 살 수 있단다. 모든 게 가능성에 불과하기는 하지만 가능성이 없는 것보다는 그래도 낫다. 이곳에서 너를 데리고 가는 사람은 틀림없이 능력 있는 사람일 거다. 적어도 네 평생 먹고 입는 거는 걱정하지 않아도 된다. 네가 좋은 날들을 보내고 싶으면 끽소리 말거라. 네가 엄마 아빠랑 못 헤어지겠거든 울 거다. 네가 울거나 징징대기라도 한다면 나는 바로 너를 안고 돌아가겠다.' 근데 내가 1분, 2분, 10분을 기다려도 다즈는 표정의 변화도 없었어. 마치 내 말을 이해하기라도 한 듯 단잠을 자는 척하면서 웃기까지 했어. 이런 배은망덕한 놈이 결국에는 아무 말도 않고 암시조차 안 줬어. 다즈야. 왜 울지도 않니?"

"양심상 당신이 다즈를 여기에 놔두었을 리 없어요." 샤오원이 말했다.

"그럼 어디에 놔뒀다는 거야?"

"나는 다즈만 있으면 돼요. 당신이 다즈를 어디에 놔두었던 다 상관없어요."

"돌아오지 않는다면 그는 벌써 행복해졌을 거야."

"그 애가 어디에 있을 때 행복한데요?"

"다른 집에 있을 때."

"그 다른 집이 어딘데요?"

"복층 집에 유리가 깔려 있고, 가죽 소파에 홍목 가구, 시몬스 침대, 칼라 TV가 있고, 화장실만 해도 세 개야. 다즈가 그 집에 입양된 이후로 매일같이 두 명이 시중을 들고 있어. 그 집에는 세단도 있고 빌딩도 있어. 또 자식이 없어서 재산도 나중에는 다 다즈가 물려받을 거야. 다즈가 우리한테 잘못 들어섰지만 이번에는 제대로 찾아간 거지…."

"다즈가 있는 곳에 데려다줘요."

"다즈를 키웠던 공은 다 버렸어. 내가 다즈라면 절대 안 돌아올 거야."

"당신이 데려다줬단 말이에요?"

왕창츠가 고개를 끄덕였다. 샤오윈이 칼을 꺼내들었다. 왕창츠는 손을 울타리 위에 올려놓으면서 말했다.

"잘라. 당신이 내 손을 자르는 한이 있어도 나는 다즈의 행복을 망치고 싶지 않아."

샤오윈의 손이 아주 미세하게 떨렸다.

"무서우면 눈을 감고 잘라."

샤오윈이 눈을 감았다. 왕창츠는 갑자기 이 장면이 어디서 본 것 같다는 생각이 들었다. 이전에 황쿠이가 왕창츠의 담력을 키우기 위해 손을 탁자 위에 올려놓고 잘라보라고 했던 그 장면이었다.

"잘라. 당신 마음이 조금이라도 편해질 수 있다면 잘라."

샤오윈은 눈을 꼭 감고 정말 칼을 내리쳤다. 그러나 정확하게 조준하지 못해서 울타리에 부딪쳐서 '쩽강' 하며 시멘트 바닥에 떨어졌다. 왕창츠는 울타리 위에 손을 올려둔 채 꼼짝도 하지 않았다. 이것이 그와 황쿠이의 다른 점이었다. 황쿠이는 칼을 피했지만, 그는 고통을 즐기려는 것 같았다. 샤오윈은 놀라서 온몸이 떨렸다. 왕창츠는 그녀를 품속으로 당기며 꼭 안아주었다. 샤오윈이 흐느끼며 울었다.

"당신이 다즈만 찾아서 돌려준다면 다시는 밤에 일 안 나갈게요. 나도 그 아이를 행복하게 해줄 수 있어요."

"불가능해. 매일같이 24시간을 일한다 해도 무슨 일을 하든 아무리 늦어도 80세면 그만두어야 해. 우리는 그 애가 지금 누리고 있는 모든 것을 해줄 수가 없어."

왕창츠는 말하면서 샤오원의 등을 쓸어내렸다. 샤오원은 온몸을 떨면서 울었다.

"다즈야! 어디에 있니? 엄마 목소리가 들리면 돌아와라. 못 들어도 돌아와라. 다즈야. 엄마는 네 생각에 애간장이 다 타들어갈 지경이다…."

샤오원의 기분이 좋았다 나빴다 했다. 좋을 때는 평소대로 채소를 사다가 밥을 하고 밤에 일을 나갔으며, 나쁠 때는 왕창츠에게 자기를 다즈에게 데려다달라고 을러댔다. 그럴 때면 샤오원을 데리고 나가면서 왕창츠는 침상에서 다즈를 안은 시간부터 시작해서 그날의 일을 들려주었다. 하지만 아래층 버스정류장에 도착하면 왕창츠도 멍해져서 몇 번 버스를 타야할지 몰랐다. 샤오원이 다시 협박하면 그들은 어떤 때는 19번 버스를 또 어떤 때는 22번 버스를 타고 다섯 정거장을 가서 내렸다. 19번 버스를 타고 다섯 정거장을 가면 대형 마트가 나오고 22번 버스를 타고 다섯 정거장을 가면 과학연구센터였다. 샤오원은 이 두 곳에서 모두 대성통곡했다.

"다즈야 잘 지내니? 그 어린 것이 리듬을 아는 듯 계단을 올라오는 아빠의 발소리가 들리면 고개를 돌려 문을 쳐다보면서 아빠가 문을 밀고 들어오면 만면에 미소를 띠었는데…."

왕창츠도 듣고 있자니 목이 메고 눈물이 났다. 그는 더 이상 듣고 있을 수가 없었다.

"가자. 다즈를 데리러 가자."

샤오원은 눈물을 닦고 왕창츠를 따라나섰다. 왕창츠는 걸어가면서 생각했다.

'다즈를 망칠 거야.'

그래서 그는 샤오원을 데리고 아무 버스나 타고 종점까지 가서 내렸다.

"다즈가 어디에 있어요?"

"나도 정확하게 기억이 안 나."


어느 날 해질 무렵이었다. 왕창츠가 문을 열고 들어오는데 샤오원이 침대에서 옷을 개고 있었다. 옆에는 새 트렁크 하나가 놓여 있었다. 밥도 안 하고 반찬도 없었다. 집 안에는 냉기가 돌았다.

"어디 가려고?"

"헤어져요."

샤오원은 옷을 가방에 넣었다.

"갈 데라도 있어?"

왕창츠가 가방을 닫으며 그 위에 앉았다.

"말했잖아요. 당신이 다즈를 찾아오지 않으면 이혼할 거라고."

"내가 나가서 돈을 더 벌게. 당신이 나가서 어떻게 살려고?"

"세상에 널린 게 남자예요. 당신만 능력이 있겠어요?"

"그 많은 남자들이 나만큼 당신에게 잘해줄 것 같아."

"당신은 내 심장과도 같은 아이를 다른 사람에게 보내버렸어요. 이게 잘해주는 거예요?"

"당신이 아이를 원하면 한 명 더 낳고 다즈라 부르면 되잖아."

"나는 다즈만 원해요."

왕창츠가 어떻게 설득해도 샤오원은 요지부동이었다. 그가 우려했던 최악의 상황이 되었다.

'샤오원이 배운 게 없어서 설령 다시 결혼한다 하더라도 사기를 안 당한다는 보장이 없다. 지금은 발마사지 숍에서 돈을 벌 수 있지만 이 일도 평생 할 수는 없어. 일단 사람이 늙으면 외모도 추해지고, 어쩌면 병에 걸릴 수도 있는데 누가 그녀를 돌봐줄까?'

생각할수록 왕창츠는 마음이 아팠다. 샤오원이 처음 현의 병원에서 자신을 간호해주었던 날들, 아무것도 요구하지 않고 그대로 왕씨 집으로 시집온 것, 그를 따라 도시에 와서 짊어져야 했던 온갖 고생이 생각났다. 샤오원이 자신에게 시집왔을 때 글자를 가르쳐줬던 일, 그녀를 데리고 도시에 왔던 일도 생각났다. 우리가 헤어진다면 누가 그녀에게 글을 가르쳐줄까? '원(園)'과 '원(圓)', '좌(坐)'와 '좌(座)'도 구분 못 하는데 장차 도시에서 어떻게 살아갈 수 있을까? 왕창츠는 원래 독하게 마음먹고 있었는데, 지금에 와서 얼음이 녹듯 마음이 약간 누그러졌다. 그는 더는 버티지 못하고 말했다.

"가자. 다즈를 데리러 가자."

샤오원이 가방을 들면서 말했다.

"다즈를 못 찾으면 이번에는 내가 안 돌아올 거예요."

'이번에는 쉽게 물러서지 않겠구나.'

버스정류장에 가자 왕창츠에게 묻지도 않고 샤오원은 32번 버스에 바로 올라탔다.

"왜 32번 버스야?"

"당신이랑 7번, 19번, 22번 버스는 다 타봤고, 32번 버스는 탄 적이 없어서요. 당신은 틀림없이 이 버스를 타고 다즈를 데려다줬을 거예요."

'공부만 했더라면 정말 똑똑하고, 탐정도 됐을 거야.'

버스는 계속 서쪽으로만 갔다. 한 사람은 왼쪽을 보고 한 사람은 오른쪽을 봤다. 길 양쪽으로 복층집은 보이지 않고 밤하늘만 보였다. 시장대교를 지나자 복층집이 보였다. 갑자기 샤오원이 왕창츠의 발을 밟으면서 말했다.

"내려요."

"이제 겨우 네 번째 정거장이야."

"다섯 번째 정거장이에요."

"네 번째야."

"다섯 번째예요."

왕창츠는 싸울 수가 없어 샤오원을 따라 내렸다.

"다즈는 어디에 있어요?"

"다음 정거장 근처."

"왜 이제 와서 말하는 거예요?"

"당신이 떠날까봐."

그녀가 갑자기 울기 시작했다.

"사실 내 마음도 복잡해요. 다즈가 그립기도 하고 또 다즈에 대한 기억을 지워야 한다고 스스로 다짐도 해보지만 쉽지 않아요. 다즈를 데려오고 싶기도 하고 돈 많은 집에 놔두고 싶기도 하고, 나도 그 애가 그들과 함께 미움을 먹으면서 훨씬 잘 지내길 바라요. 내 마음도 둘인데, 내가 어느 쪽을 따랐으면 좋을지 당신이 말해봐요."

"우리, 하늘의 뜻을 따릅시다."

"어떻게요?"

왕창츠는 5전짜리 동전을 꺼내며 말했다.

"떨어질 때 국장(國章)이 나오면 그대로 돌아가고, 숫자가 나오면 다즈를 데리러 가자."

샤오원은 한참 동안 동전을 바라보면서 멍하게 있다가 고개를 끄덕였다. 왕창츠는 동전을 아주 높이 던졌다. 샤오윈은 눈을 감았다. 동전이 떨어지면서 '댕그랑' 하고 한참을 구르더니 더 이상 움직이지 않았다. 세상이 갑자기 조용해졌다. 자동차 경적 소리도 다 사라졌다.

"눈을 떠봐."

샤오윈은 눈을 감은 채 말했다.

"뭐가 나왔어요?"

"국장."

"정말 국장이에요?"

샤오윈은 믿기지 않았다.

"이건 하늘의 뜻이야. 당신이 꼭 봐야해. 안 그럼 나중에 또 다즈를 찾으면서 울 거야."

샤오윈은 눈을 뜨고 동전을 바라보면서 길게 탄식했다.

"오 마이 갓!"


# 55


그런데도 샤오윈은 그를 떠났다. 그로부터 일주일 뒤에 왕창츠가 퇴근해서 와보니 사람도 트렁크도 안 보이고 그저 메모지 한 장만 탁자에 덩그러니 놓여 있었다.


왕(汪)씨,

당신은 부부 관계를 할 때마다 늘 콘돔을 착용하면서 나를 사랑하지 않고 나를 더럽다고 싫어해요. 그래서 떠나요. 허(賀)씨.

아주 큰 글씨로 비뚤비뚤하게 적혀 있었다. 오이씨 같은 갸름한 얼굴을 마름모꼴로 바꾸어 놓은 것 같았다. 이것은 샤오원이 쓴 제일 긴 문장이었다. 왕창츠는 한참 동안 메모지를 바라보면서 말했다.

"내가 콘돔을 하는 것은 더 이상 아이를 갖고 싶지 않아서 그런 거야. 우리에겐 부양 능력이 없잖아. 이 바보야."

그는 발마사지 숍에 가서 샤오원의 행방을 알아봤다. 장후이가 틀림없이 돈 많은 남자를 따라갔을 거라고 했다. 그는 고개를 저으며 말했다.

"사기꾼에게 걸려든 게 틀림없어."

왕창츠는 파출소에 가서 실종 신고를 했다.

"소식이 있으면 연락하겠습니다."


두 사람이 사라지자 셋집이 휑했다. 식탁도 넓어졌고 침대도 널찍해졌으며, 방 면적도 갑자기 3분의 2나 커졌다. 매일 저녁 왕창츠는 등을 어둡게 켜놓고 복도에서 나는 발소리를 들으며 샤오원이 돌아오기를 바랐다. 청력이 갈수록 밝아졌다. 복도를 따라 내려가는 발소리부터 대로변 행인들의 말소리가 들렸다. 심지어 대로를 따라 전진하는 소리가 들리고 시장(西江) 맞은편에 있는 다즈의 '아아' 하는 소리까지 들렸다. 거리, 광장, 버스정류장, 기차역, 의원, 학교…에서 나는 소리까지 들렸지만, 3개월이 지나도록 샤오원이 내는 소리는 아무것도 듣지 못했다. 그녀는 작은 돌처럼 바다에 뛰어들어 '풍덩' 하는 소리조차 내지 않았다. 예전에는 이 도시에서 자기 속마음을 이야기할 수 있는 사람이 있었는데, 이제 자기 속마음을 이야기할 수 있는 그 유일한 사람이 없어졌다. 왕창츠는 유일하게 자신을 위로해줄 수 있는 다즈를 보러갔다. 그는 늘 강변의 정자에 앉아서 5층 린쟈보의 집 테라스를 멍하니 바라보곤 했다. 어떤 때는 쳐다보면서 혼잣말을 했다. 다즈, 샤오원과 함께 혹은 왕화이, 류쌍쥐와 함께 일상적인 대화를 나누는 것 같았다. 어떤 때는 묵묵히 바라보다 린씨 집의 불이 다 꺼지면 그제야 일어났다. 어디서 페인트칠을 하든 거리에 상관없었다. 퇴근하면 무조건 도시락을 사들고 지체 없이 버스를 타고 강변의 정자까지 와서 도시락을 먹으며 1초도 낭비하지 않고 린씨 집을 쳐다봤다. 다즈가 있는 그 층만 바라봤다. 그는 갑자기 신호를 받은 것처럼 아무리 피곤해도 바로 정신을 차렸고, 아무리 초조해도 평정심을 찾아갔다. 그는 서서히 그 테라스를 다즈로 생각하고, 그 동을 다즈로 여기며, 눈앞의 나무까지도 모두 다즈로 보았다.

그 사이 그는 왕화이의 편지를 받았다.


창츠에게


요즘 무슨 일 있냐? 나와 네 엄마는 요즘 잠을 통 못 자고 마음이 불안하고 식은땀이 나는 것이 꼭 무슨 일이 생길 것만 같구나. 시간 나면 너희 세 식구가 최근에 입은 옷가지 하나씩만 보내라. 내가 신께 한 번 물어보마. 다즈는 잘 지내니? 걷기 시작했지? 다즈 사진 몇 장만 부쳐라. 그 아이가 보고 싶구나.


아버지가.


왕창츠는 고향에 한 번 다녀가기로 했다. 그는 고속버스를 탔다. 마을 입구에 들어섰지만 그는 이전처럼 그렇게 빨리 달려가지 않았다. 하지만 어떤 힘이 자꾸만 그를 잡아끄는 것 같아 걸을 때마다 후진 기어를 넣고 싶었다. 날이 저물려면 두 시간은 더 있어야 했다. 그는 마을 사람들을 만나고 싶지 않아 옆쪽 숲으로 들어가면서 생각했다.

'대낮에 혼자 돌아다니면서 집에 가고 싶지 않은 것은 실패 중에서 도 대실패.'

숲속에 앉자 나무, 풀, 썩은 나뭇잎 냄새와 꽃향기가 섞여서 났고 매 미가 귓가에서 '맴맴'거리며 울었다. 산세는 이전 그대로였지만, 마을은 이전보다 더 황폐하고 한산했다. 특히 자기 집의 모양은 옛날 그대로 이지만 기울어져서 바람이 불면 날아갈 것만 같았다. 밤벌레의 울음소 리가 조수처럼 확 밀려오더니 날이 갑자기 어두워졌다. 밥 짓는 연기가 야경에 묻혔다. 소 떼가 돌아오고 집으로 돌아오는 사람들의 말소리가 길에서 들려왔다. 석양빛을 따라 걸으며 잡목에서 차밭으로, 차밭에서 집 뒷문으로 들어왔다. 문이 닫혀 있었다. '끼익' 하고 문을 밀었다. 왕 화이가 누구냐고 물었다. 왕창츠는 대답 없이 방으로 들어갔다. 그들은 저녁밥을 먹다가 왕창츠를 보고는 그대로 멈췄다. 왕화이가 물었다.

"어쩐 일로 왔니? 다즈는? 샤오원은? 다즈와 샤오원은 왜 안 왔니?"

"얼른 씻고 오너라. 밥해줄게."

왕창츠는 짐을 내려놓으면서 껍질이 벗겨진 삼목나무 두 그루를 쳐 다봤다. 삼목나무는 바닥에서부터 지붕까지 이어진, 기울어진 대들보 를 받치고 있었다. 두 사람의 눈빛이 대들보에서 마주쳤다.

"상관없다. 1~2년은 버틸 수 있다."

"제가 드린 2만 위안으로 집은 왜 새로 안 지으셨어요?"

"샤오원이 출산할 때 너희들에게 다시 돌려줬다."

"저는 그 돈이 다 길에서 구걸하신 돈인 줄 알았어요."

"구걸해서 번 돈은 먹고 사는 데 다 썼다."

왕창츠는 가방을 열고 돈 한 뭉치를 꺼내며 말했다.

"제가 페인트칠해서 번 돈이에요. 집 한 채는 지을 수 있겠죠?"

"충분하다마다. 하지만 나는 차마 네 돈을 쓸 수는 없다. 너희들도 집을 구해야 하고, 다즈도 키워야 하고, 다즈가 공부할 돈도 남겨두어야 한다."

"필요 없어요…."

왕창츠는 하마터면 "다즈는 우리가 안 키워도 돼요"라고 말할 뻔했지만, 바로 입을 다물었다.

"제가 또 벌면 돼요."

왕화이가 탄식하며 말했다.

"농촌 집도 네가 돌봐야 하고 도시에서도 그러니, 이중고를 버텨낼 수 있겠니?"

"천천히 하면 돼요."

깊은 밤에 왕화이는 향과 지전, 고깃덩어리, 술, 쌀, 수탉과 방울 등을 차려놓고 휠체어에서 점을 봤다. 일 년 전에 그는 광성을 스승으로 모시고 정식으로 박수무당이 되었다. 박수무당이 되기 전에는 살짝 주저하는 듯싶었다. 그런데 이리저리 따져보니, 몸은 불구가 되었지만 정신은 건강하고 집안의 부담을 좀 분담할 수 있을 것 같았다. 그래서 박수무당이 되었다. 박수무당은 그가 선택할 수 있는 유일한 길이었다. 그는 광성보다 배운 게 많아서 광성보다 훨씬 수준이 높았다. 그래서 지금은 마을 안팎에서 점을 보려는 사람들이 모두 그에게 청하면서 도리어 광성은 잘 찾지 않았다. 일단 찾는 사람이 있으면 그들은 사람을 보내 그를 모셔가고 좋은 술과 좋은 음식, 좋은 차와 좋은 담배를 차려놓고 그를 기다렸다. 농담을 잘하는 구경꾼들은 이렇게 말했다.

"무당 양반, 정말 야무지시오. 걸상도 직접 가져오시고."

이 말은 왕화이가 '점을 칠 때' 걸상을 따로 준비하지 않아도 된다는 의미이다. 그가 휠체어에 앉은 상태로 할 수 있기 때문이었다. 그는 무당일이 서서 하지 않아도 되는 직업이라 더 마음에 들었다. 안 그랬다면 그는 살아갈 방도가 없었을 것이다. 점을 다 치고 나면 그는 약간의 현금을 손에 쥘 수 있었고 제수로 사용했던 수탉도 가지고 왔다. 또 사람들의 존경을 받았는데 앞으로는 광성을 뛰어넘었고, 뒤로는 이웃 마을의 초등학교 선생인 팡(龐) 선생을 뛰어넘었다. 매번 사람들이 대나무 가마로 데려가고 데려다줄 때는 자신이 저승 세계의 주양대사(駐陽大使)처럼 느껴지기도 했다. 또 "궁하면 변하라, 변하면 통하고, 통하면 오래 간다"는 『주역』의 옛말도 떠올랐다.

왕화이는 입으로 주문을 외며 온몸을 떨었다. 마치 말을 타고 저승 세계로 달려가는 것 같았다. 옷이 다 젖도록 땀을 흘리고 30분 정도 지나면서 점점 안정되어갔다. 왕창츠는 다즈의 옷을 그에게 주었다. 그가 손으로 옷에 부적 하나를 그리고는 다시 옷을 쳐다보면서 주문을 외우더니 갑자기 눈을 뜨고 말했다.

"엄청 부자가 되고 귀해져서 평생 먹고사는 걱정은 안 하겠다."

왕창츠는 다즈를 다른 집에 잘 보냈다고 생각했다. 왕화이가 눈을 감고 다시 저승 세계로 들어갔다. 이번에는 샤오원의 옷을 건넸다. 그는 다시 부적을 그리고 주문을 외더니 샤오원이 안 보인다고 했다.

"샤오원을 찾을 수 있겠어요?"

왕화이가 눈을 감고 한참 동안 손으로 햇볕을 가리는데 뭔가 보이는 것처럼 손으로 쿡쿡 찔렀다.

"뭘 그렇게 찌르세요?"

"창호지가 붙은 창문이 있는데 아무리 찔러도 안 찢어지네."

"샤오원이 창문 안쪽에 누워 있는 거 아니에요?"

왕화이가 그렇다고 했다.

"좀 더 세게 찌르면 창문에 구멍을 낼 수 있을 거예요."

10분 남짓 창문을 찌르던 왕화이가 지쳤는지 이렇게 말했다.

"이미 힘을 다 썼다. 그만할란다."

왕창츠가 자꾸 다시 해보라고 했다.

"이건 하늘의 뜻이야. 억지로는 안 돼."

왕창츠가 물 한 잔을 건넸다. 왕화이는 물을 받아 한 모금 마셨다. 나머지 물은 주위에 몇 모금 뿜더니 다시 또 했다. 그의 얼굴은 땀범벅이었고, 웃옷이 흠뻑 젖었다. 이번에는 왕창츠가 자기 옷을 건넸다. 왕화이는 다시 부적을 그리고 주문을 외었다. 이상하다는 표정을 짓더니 다시 부적을 그리고 주문을 외었다. 여전히 이상한지 다시 부적을 그리고 주문을 외더니 그제야 웃으면서 말했다.

"좋아. 모든 것이 좋아. 가정에 행복이 넘치고 장수할 거다."


류쌍쥐와 왕창츠가 잠든 뒤에 왕화이는 혼자서 술을 마셨다. 날이 밝고 류쌍쥐가 일어날 때까지 계속 술을 마시고 있었다.

"무슨 걱정거리라도 있어요?"

왕화이가 안으로 데려다달라고 했다. 방에 들어오자 왕화이가 류쌍쥐에게 문을 잠그라고 했다. 류쌍쥐가 문을 잠갔다.

"비밀을 지킬 수 있겠어?"

류쌍쥐가 고개를 끄덕였다.

"어젯밤에 창츠의 옷을 볼 때 피를 봤어. 이건 흉조야. 아무래도 집에 사달이 난 것 같아."

류쌍쥐의 얼굴이 순식간에 창백해졌다.

"당신이 잘못 본 거 아니에요?"

"내가 세 번이나 봤어."

왕화이는 손가락 세 개를 세우면서 말했다.

"그럼 어떻게 해요?"

"시골에 잡아두고 이 집을 못 떠나게 해야 해."

"애가 안 가면 누가 다즈와 샤오원을 보살펴요? 당신 점괘가 그렇게 잘 맞아요?"

"점괘가 맞든 아니든 창츠에게 말하지 마. 그 말 때문에 다칠 수도 있으니."

"다른 집에서는 다 맞았어요?"

"맞는 경우도 있고 아닌 경우도 있었지."

"그거 다 미신이에요."

"다만…."

사실 그날 밤에 왕창츠는 계속 몸이 떨렸다. 그는 침상에 누워서도 온통 샤오원 생각뿐이었다. 그녀가 물을 긷고, 밥을 하고, 돼지를 치고, 옷을 빨고, 청소하고, 자고… 모두 이 집에서 있었던 일이었다. 그녀와 관계있는 일들이 TV 영상처럼 하나하나 다 떠올랐다.

다음날 점심때 왕화이가 말했다.

"어젯밤에 내가 왜 창문을 열지 못 했을까?"

"아버지의 공력이 부족해서 그랬을 거예요."

류쌍쥐가 그렇다는 듯 말을 거들었다.

"그 속임수는 다른 사람한테나 써먹어요. 설마 다른 사람한테 써먹던 것을 가족한테 써먹으려는 것은 아니죠?"

"내 옷이 다 젖었다. 내가 다른 사람한테도 이렇게 공들여 하겠니?"

각자 생각이 달랐기 때문에 다들 더 이상 말을 하지 않았다. 식사 후 왕창츠는 숲을 거쳐 몰래 마을을 빠져나와서 샤오원의 집으로 갔다.

샤오원의 아버지와 어머니, 오빠와 올케도 뭔가를 아는 듯 좋은 얼굴로 대하지 않고 물 한 모금도 그에게 주지 않았다. 샤오원의 아버지가 말했다.

"이곳에 와서 나를 괴롭히지 마라. 다시 괴롭힌다면 내가 너한테 사람을 붙이겠다."

왕창츠는 기가 죽어서 돌아왔다. 집에 와서 보니 마을 사람들이 와 있었다.

왕둥의 손가락이 두 개나 잘려나가고 없었다. 선전(深圳)에서 일할 때 기계에 절단되었다고 했다. 류바이탸오는 또 도박에서 져서 왕창츠에게 돈을 빌려달라고 했다. 장셴화는 산아제한 정책을 어기고 초과 출산을 해서 벌금을 물었으며, 그 남편도 정관 수술을 했다. 다이쥔이 말했다. "장우가 이상한 병에 걸렸어." 둘째 숙부가 말했다. "이상한 병은 무슨? 매독에 걸렸어."

왕창츠는 생각했다. '장후이가 몸을 팔아 돈을 벌어서 장우에게 보내는데, 장우는 그 돈으로 다시 계집질을 하고…. 이건 뭐 순환 관계도 아니고….'

그때 장우가 왔다. 사람들이 그에게 앉으라고 하는데, 그 행동이 좀 과장돼 보였다. 혹시나 자신도 전염될까봐 아무도 같이 앉아 있기를 원치 않는 것 같았다. 장우가 물었다.

"장후이는 잘 지내?"

"잘 지내요."

"다즈와 샤오원도 잘 지내지?"

"네. 다 잘 지내요."

"모두 잘 지내요"라고 하는데, 마음이 씁쓸했다.

왕화이와 류쌍쥐는 매일같이 더 있다 가라면서 왕창츠를 잡았다. 이번에 가면 다시는 못 볼 것처럼 그를 잡아댔다. 왕창츠가 불편해하면서 일어나기만 하면 "가봐야 한다"고 했기 때문에 그들은 왕창츠를 더욱 못 가게 잡았다.

"다즈는 샤오원이 보고 있는데 뭐가 그렇게 급해?"

왕창츠 역시 자기가 왜 이렇게 급하게 구는지 몰랐다. 다즈는 다른 사람한테 보냈고 샤오원도 사라졌는데, 혼자 급하게 도시에 가서 뭐 하려고 그러는지 몰랐다. 도시에 있으면 고향집이 그립고, 고향집에 있으면 도시가 그리웠다. 그는 시계추처럼 왔다 갔다 하면서 어디에서 지내야 할지를 몰라 했다.

"가려거든 걸상 하나 가져가거라."

류쌍쥐와 왕창츠는 무슨 말인지 이해하지 못했다.

"우리 집 걸상에 앉아 있으면 어디를 가든 다 집에 있는 것 같고, 어떤 어려움이 닥쳐도 조상들이 다 보호해줄 게다."

류쌍쥐는 알아들었지만 왕창츠는 못 알아들었다. 류쌍쥐는 작은 걸상에 줄을 묶고 왕창츠가 갈 때 왕창츠의 어깨에 걸어주었다. 왕창츠가 걸상을 내려놓자 류쌍쥐가 다시 걸어주었다. 걸상을 내려놓고 걸어주기를 몇 차례 반복하자 왕창츠가 걸상을 아예 멀리 던져버렸다. 류쌍쥐가 갑자기 울기 시작했다. 그녀는 왕화이가 걸상을 가져가라고 했을 때 점괘에서 본 피 때문에 그런 거라 이해했지만, 왕창츠는 도통 이해가 되지 않았다. 류쌍쥐는 속내를 설명할 길이 없어 울고만 있었다.

"창츠야, 이 걸상을 우리라고 생각하고 가져가거라. 옆에 친척이 있으면 싸울 때도 더 힘이 나는 법이다."

왕창츠는 왕화이의 명언을 되새기면서 갔다. 의자를 메고 집을 떠났던 그때가 생각났다. 그 의자는 교육부 운동장에서 조용히 그들을 지켰고, 현의 학교에서 재수할 때도 그를 지켜주었다. 왕창츠는 불현듯 떠오르는 것이 있어 현으로 가서 담임을 찾아갔다. 담임은 아직도 그 의자를 보관하고 있었다. 왕창츠는 의자를 메고 성으로 가는 고속버스에 올랐다.


# 56


그날 저녁 왕창츠는 다즈를 린씨 집 문 입구에 직접 데려다놓을 작정이었다. 그러다 두 정거장 지나서 망설여졌다. 직접 데려다놓다가 팡즈즈가 경계하지는 않을까 두려웠다. 그래서 '직접 데려다줄 것인가' 아니면 '간접적으로 데려다줄 것인가' 사이에서 고민했다. 다시 한 정거장이 지나자 생각했다.

'더 이상 망설여서는 안 된다. 더 망설이다가는 다즈가 울지도 몰라.'

그래서 그는 이를 깨물고 네 번째 정거장에서 고아원으로 가는 21번 버스로 갈아탔다.

팡즈즈는 자오딩방의 전화를 받고 한 시간 만에 달려왔다. 그는 눈앞에 있는 이 귀여운 아이에게 순식간에 빠져들었다. 눈썹이 시원하고 눈이 예쁜 아이로, 신체 건강하고 B형 혈액형에 청각도 민감하고, 발음도 정확했으며 영양 상태도 좋고 옷도 깨끗하게 잘 입어 아주 가난한 집에서 버린 것 같지 않았다. 그녀를 가장 흥분시킨 것은 자신이 가려고 할 때 다즈가 그의 무명지를 잡고 '엄마'라고 부른 것이었다. 그녀는 결국 무릎을 꿇었다. 하지만 그녀는 절차를 밟아야만 했다. 린쟈보, 루산산 그리고 팡난팡에게 같이 와서 판단해달라고 했다. 그들은 일주일 동안 두 번이나 왔다. 모두 이 아이를 좋아해 입양 수속을 밟았다. 팡즈즈는 다즈에게 린팡성(林方生)이라는 이름을 지어줬다. 다즈를 맞이하던 날 린쟈보는 직접 차를 몰고 왔고 팡즈즈가 직접 안고 갔다. 가는 내내 린팡성은 큰 눈을 뜨고 울지도 않았다.

린팡성은 이미 수유기가 지났지만 팡즈즈는 계속 수유하려고 했다. 이것 때문에 그녀는 3개월의 산후 휴가를 내고 모유에 좋은 음식을 먹고 한약을 복용했다. 또 해외의 모유 촉진 주사까지 맞아 결국 어렵게 젖이 나왔다. 린팡성은 탐욕스럽게 젖을 빨았고 팡즈즈는 기꺼이 젖을 내줬다. 두 사람은 공급과 수요의 관계 속에서 각자의 위치를 확실하게 하려는 것 같았다. 린팡성의 체향이 천천히 바뀌기 시작했다. 그들은 그의 몸에서 팡씨 집 향기를 맡았고, 아이를 포옹하는데 그치지 않고 몸에서 나는 향기까지 맡으면서 좋아했다. 린팡성은 완전히 이 집 식구가 되었고 그들도 린팡성이 데려온 아이라는 사실까지 잊어버렸다.

그들은 린팡성에게 이태리제 옷, 영국제 장난감을 사다줬다. 미국 우유를 마시고 프랑스빵과 스위스 초콜릿을 먹게 해주었다. 세 살 때 팡즈즈는 린팡성에게 영어를 들려주고 네 살 때 피아노 선생을 붙여줬다. 팡즈즈의 교육 아래 다섯 살 때 'n'과 'ng' 발음을 명확하게 구분했고, 여섯 살 때 바흐의 「미뉴에트(minuet)」를 알아들었다. 일곱 살 때는 이 도시에서 가장 유명한 초등학교에 들어갔다. 여덟 살 때 린쟈보는 그를 우레탄 트랙이 깔린 경기장에 데리고 가서 축구를 했다. 그는 총명해서 공부도 잘하고 성적도 줄곧 앞에 있었으며 상장도 잘 타왔다.

린팡성이 초등학교 1학년 때 외할아버지 팡난팡이 퇴직했는데, 그때부터 린쟈보는 더 이상 거리낄 것이 없었다. 그는 사흘이 멀다 하고 출장을 갔으며, 출장을 안 가는 날은 날마다 손님을 접대한다며 새벽 한두 시가 되어서야 집에 들어왔다. 팡즈즈는 출근 시간 이외에는 린팡성만 돌보면서 린쟈보의 일에 대해서는 어쩌다 한번 물어봤을 뿐이었다. 심지어 린쟈보가 여러 번 외도한 사실조차 몰랐다. 가장 먼저 이 비밀을 알아차린 사람은 건물 맞은편에서 13년 동안 이곳을 지켜보던 왕창츠였다.

13년 동안 왕창츠는 틈만 나면 이 건물 근처에서 시간을 보냈다. 경기장 주위를 배회하면서 다즈가 팡즈즈와 산책하는 모습을 보기도 했고 린쟈보와 공을 차는 모습을 구경하기도 했다. 어떤 때는 아래층의 간이매점에 가서 물건을 사면서 간식을 사러오는 다즈와 부딪치기도 했다. 한번은 참지 못하고 다즈의 머리를 쓰다듬었더니 놀란 다즈가 몸을 부르르 떨면서 돌아서서 뛰어가다가 그의 발을 밟기도 했다. 다즈는 이미 5층까지 달아났지만 그의 손은 여전히 허공에서 옛날을 회상하는 것 같기도 하고 두려움에 떠는 것 같기도 했다. 다즈의 머리를 만지다가 그의 머리를 박살낼까봐 두려워했다. 매번 다즈를 보면 피가 거꾸로 솟고 감정이 격해지면서 허탈하기까지 했다. 그는 그의 본명을 한 번 불러보고 싶기도 하고 다가가서 한 번 안아보고 싶기도 했지만 그때마다 이런 소리가 들렸다.

"네가 이전에 키워준 공은 다 버렸다며. 네가 그를 망치고 말 거야."

샤오원의 목소리 같기도 하고, 왕화이의 목소리 같기도 했으며 자기 목소리 같기도 했다. 그는 스스로를 극복하는 것만이 다즈의 행복과 바꿀 수 있다는 것을 잘 알고 있었다. 국 한 그릇을 들고 줄타기를 할 때 약간의 실수도 용납이 안 되는 것처럼 스스로를 극복해야 했다. 그는 왕화이와 류쌍쥐가 다즈에게 주라고 했던 쌀과 기름을 먹었다. 먹을 때마다 미안했고 업무상 횡령죄를 짓는 것 같았다. 그가 쌀과 기름을 팡즈즈에게 보낼 수 있었을까? 당연히 불가능하고 다즈의 생일 때도 불가능했다. 매년 다즈의 생일 때마다 그는 선물을 하나 사들고 정자에 가서 린씨 집 테라스를 향해 흔들었다. 선물을 한 번 흔들면 다즈가 받는 것 같았다. 이렇게 한 번 흔드는 것만으로도 그의 상처받은 마음은 편안해질 수 있었다.

그런데 자신을 속이는 것은 쉬웠지만 왕화이와 류쌍쥐를 속이는 것은 갈수록 어려워졌다. 다즈의 최근 사진을 보여달라고 해서 사진기를 샀다. 유치원 근처에서 지키고 있다가 줌 인으로 다즈를 찍었다. 그들은 매년 세 식구가 한 번 와서 설을 쇠고 가라고 했고 그때마다 그는 핑계를 댔다. 다즈가 아직 피부가 약해 벼룩에게 물리면 병원에 입원하기 곤란하다, 다즈가 피아노 연습을 해야 한다, 다즈가 중요한 입학을 앞두고 있어서 학교 선생님을 찾아가서 인사를 드려야 한다… 그들이 다즈에게 편지를 보내면 자신이 아이의 필체로 할아버지 할머니에게 안부를 물었다. 다즈의 시험지가 보고 싶다고 하면 자신이 선생님처럼 문제를 냈다. 먼저 검은 펜으로 쓰고 다시 빨간 펜으로 채점해서 왕화이에게 부쳤다. 성적은 모두 95점 이상이었다. 다즈의 시험지를 보면서 왕화이는 꺼져가는 희망에 다시 기름을 붓고 활활 타오르게 했다.

어느 섣달 그믐날 밤이었다. 류쌍쥐가 돼지 반 마리를 둘러메고 왕화이를 밀면서 아래층에 도착해서 창츠를 불렀다. 왕창츠는 고함 소리를 듣고 감히 문을 열 수 없었다. 류쌍쥐는 돼지 반 마리를 2층 입구에 먼저 갖다놓고 다시 내려가서 왕화이를 등에 업었다. 왕화이를 데려다놓은 뒤에 다시 내려가서 휠체어를 들었다. 왕창츠는 문 밖에서 나는 소리를 듣고 급한 마음에 창문으로 달아날 생각이었다. 이 창문이 최후의 방패라는 것을 알고 있었다. 창문을 열면 왕화이와 류쌍쥐의 모든 희망은 물거품이 되는 것이었다. 그런데 창문이 열리지 않았다. 이 창문은

아침과 저녁에만 열렸다. 그들은 밖에서 두런두런 이야기를 하면서 창
츠를 기다렸다. 왕창츠가 집 안을 둘러봤다. 층층이 쌓인 가스레인지,
어지럽게 쌓여 있는 옷가지, 아무렇게나 떨어져 있는 모기향이 눈에 들
어왔다. 그제야 자기가 몇 해 동안 방을 살펴보지 않았다는 것을 알았
다. 커튼 아래쪽에는 곰팡이까지 피었는데, 왜 이전에는 보이지 않았을
까? 언제 말라 죽었는지도 모르는 바퀴 벌레 두 마리가 벽 한쪽 구석에
처박혀 있었다. 개미가 줄지어 오른쪽 벽 위로 왔다 갔다 했다. 주방 창
을 통해 들어온 햇볕이 널브러진 슬리퍼를 비추고 있었다. 형광등의 양
쪽 끝에 벌레의 사체가 가득하고 천장은 몇 군데나 갈라져 있었다….
그는 생각을 하며 시간을 끌었다. 그러나 마음이 급한 류쌍쥐는 머리를
유리창에 갖다대며 안을 살피기 시작했다. 왕화이도 안에 누가 있다고
생각하고 문을 두드렸다.

  '어차피 한 번은 터뜨려야 한다. 매도 빨리 맞는 게 나아. 지금 내가
유일하게 할 수 있는 것은 충격을 최소화하는 것밖에 없다.'

  왕창츠는 문을 열면서 왕화이와 류쌍쥐를 맞이했다. 그들은 방 안을
둘러보다가 무슨 일이지 하는 표정을 지었다.

  "무슨 일 있었니?" 왕화이가 물었다.

  "저희 헤어졌어요."

  "다즈는?"

  왕창츠가 아무 말도 안 했다.

  "샤오원이 다즈를 데려갔니?"

  왕창츠는 여전히 입을 다물고 있었다.

  "언제 헤어졌는데?"

  "제가 집에 갔던 그해에요."

  "그럼 어디에서 살고 있는데?"

"몰라요."

"다즈의 편지와 시험지는 네가 부친 거니?"

"시험지도 제가 만들었고, 편지도 제가 썼어요."라고 하면서 자리 밑에서 시험지 한 무더기를 꺼냈다. 시험지를 보던 왕화이의 손이 떨리고 얼굴이 새파랗게 질렸다.

"그럼 다즈의 사진은 어떻게 구한 거니?"

왕창츠는 대답하지 못했다. 왕화이가 시험지를 바닥에 던지면서 말했다.

"사진도 가짜라고 왜 말 못 해?"

"제가 다즈를 다른 사람한테 보냈어요."

"누구한테?"

"부잣집."

'짝' 왕화이가 왕창츠의 뺨을 후려쳤다. 몇 분 동안 조용했다. 왕창츠는 왼쪽 뺨을 만지면서 말했다.

"그 아이에게 잘 해주지도 못하면서 다른 사람한테 보내면 왜 안 되는데요? 지금 다즈는 세단을 타고 큰 집에서 살고 있으며 제일 좋은 학교에 다녀요. 아버지께서 다즈에게 이런 것들을 다 해주실 수 있어요? 그래서 이래저래 다 생각해봤어요. 짧게 보고 다즈를 제 옆에 둔다면 일평생 아버지나 저처럼 살거나 아님 류젠핑, 싱쩌 혹은 장후이처럼 살 겠지요. 멀리 보고 그를 행복하게 살게 해주고 인재로 만들면 일평생 마음의 응어리는 없이 살겠지요."

"그렇지만 다즈가 다른 사람을 아버지로 모시고 살아야 하잖아."

왕화이는 몹시 언짢아하며 이맛살을 찌푸렸다.

"행복이란 금고를 여는 비밀번호 같은 거예요. 누군가는 '깨알 같은 사소한 일'을 추구하면서 행복을 느끼고, 누군가는 '아빠'를 부르면서 행복을 추구해요."

"다즈를 다시 데려와라. 안 그럼 너와 부자의 연을 끊겠다."

"파초처럼 이제 곧 열매가 열릴 판인데, 굳이 가서 꺾으려고 하세요? 아버지께서도 다즈가 누리고 있는 지금의 삶을 늘 동경하셨잖아요? 도로에 그렇게 많은 꽃이 피어 있어도 비료를 주거나 물을 준 적은 없지만, 우리도 그 꽃을 바라보면서 좋았잖아요?"

"너… 네 말은 다 궤변이다. 다즈가 어디에 있는지 얼른 주소를 대라!"

"절대 말씀드릴 수 없어요."

왕화이가 다시 뺨을 때렸지만 이번에는 맞지 않았다. 천 분의 1초 사이에 왕화이는 왕창츠가 더 이상 어린아이가 아니라는 것을 알았다. 그의 얼굴에는 어떤 두려움도 없었고 심지어 굳은 의지가 엿보였다. 아직 사십은 안 되었지만, 이마가 벗겨지기 시작했고 간간히 흰 머리카락도 보였으며, 이마에 주름살도 있었다. 이렇게 빨리 자랄 줄이야! 왕화이는 왕창츠를 바라보면서 울컥했다. 그러나 슬픈 것은 슬픈 거고 용서할 것은 용서해야 한다. 그는 자기 뺨을 때리면서 말했다.

"여보, 우리 갑시다. 다즈를 안 데려오면 나는 죽어도 쟤를 안 볼라네."

류솽쥐는 꼼짝도 하지 않았다.

"왜 안가? 이런 불효막심한 놈을 용서하려고? 당신은 여기 있든지 말든지 해. 나는 가네."

왕화이는 휠체어를 타고 문을 열고 나가 복도를 지나서 계단까지 굴러갔다. 바퀴의 3분의 1이 계단에 걸려 휠체어가 순간 멈췄다.

"네가 가봐라. 더 가면 황천길이다. 왔다 갔다 하면서 몇 바퀴 구르면 그만이지만 꼴이 어떻게 되겠니? 내가 구르면 무릎이 깨지고 더 이상 못 움직인다."

# 57

며칠 밤 내내 붉은색 세단 한 대가 린쟈보를 1층에 데려다줬다. 세단
은 잠시 정차했다가 돌아갔다. 린쟈보는 눈인사를 하면서 세단이 사라
지면 뒤돌아서서 집으로 올라갔다. 붉은색 세단이 도착하면 5분에서
10분 정도 있다가 차문이 열리고 린쟈보가 나왔다. 왕창츠는 생각했다.
'누가 차 문을 열어주는 걸까? 몇 분 동안 차안에서 무슨 짓을 하는
걸까?'

그렇지만 그는 가까이 갈 수 없었다.

어느 날 저녁 그는 배갈 반병을 들고 길옆에 숨어 마시면서 세단을
기다렸다. 과연 붉은색 세단이 왔다. 차가 멈췄을 때 그가 술병을 흔들
면서 지나갔다. 차에서 아무 반응이 없자 앞쪽 창에 기대서서 안을 들
여다봤다. 린쟈보와 한 여인이 입을 맞추고 있었다. 누가 창문을 들여
다보자 깜짝 놀라서 떨어진 두 사람이 그를 노려봤다. 그는 술기운을
빌려 창문을 쳤다. 세단이 갑자기 움직이면서 돌진하는 바람에 그가
'쾅' 하고 나가떨어졌다.

"이건 그들 가정사이고 내가 관여해서는 안 돼."

왕창츠는 늘 자신에게 경고했다. 그런데 경고를 하면 할수록 더 걱정
되었고 사람이 넘어진 것을 보면서도 부축해주지 않는 기분이 들었다.
그렇게 지금까지 멀리서 쳐다보고만 있었던 것이었다.

'린쟈보는 지금 다즈의 아빠다. 아니다. 린팡성의 아빠다. 그가 이렇
게 하면 결국 다즈와 팡즈가 다치는 것이 아닌가? 다즈에게 이상적

인 가정을 찾아주려고 한 것인데, 린쟈보가 외도를 할 줄이야. 아빠의 외도는 엄마에게 영향을 끼칠 것이고, 엄마가 영향을 받으면 자연 다즈에게도 영향이 갈 것이다. 이건 간단한 사건이 아니라 아주 충격적인 일이다.'

그는 마음이 조급했지만 어떻게 할 도리가 없었다. 그래서 간섭해야겠다고 생각했지만, 또 다즈에게 영향을 끼칠까도 두려웠다. 이런 불안함은 결국 그의 일에도 영향을 미쳤다. 그가 자오씨 집 장롱 색깔을 전부 잘못 칠한 것이었다. 페인트칠이 잘 되었나 검사하던 날 자오씨는 불같이 화를 내면서 그의 임금을 주지 않았다. 재료비라도 줄 것을 요구했지만 그마저도 거절하면서 욕을 해댔다.

"촌뜨기, 사기꾼, 눈뜬장님, 대를 끊어놓을 놈, 바보멍청이, 쓰레기, 인간쓰레기, 후레자식, 개똥, 돼지 놔…"

페인트를 그의 몸에 뿌리듯 온갖 모욕적인 말을 다 쏟아냈다. 그는 잘못을 인정하지 않고 도면을 장롱 곁에 두고 일일이 대조하다가 색깔이 바뀐 걸 알았다. 사람이 마음이 급하면 눈도 영향을 받을 수 있다는 것을 깨달았다. 1층에 왔을 때 그는 자오씨가 자신을 불러 재료비를 주든가 아니면 밥값이라도 줄줄 알았다. 그런데 아무것도 없었다. 보름 동안 헛수고를 했으며 고액권 20장만 날렸다. 너무 화가 나서 욕이라도 하고 싶었다.

며칠 뒤에 린쟈보는 이상한 편지 한 통을 받았다.


예쁜 부인과 사랑스러운 아이를 둔 당신을 얼마나 많은 사람들이 부러워하고 있는데, 당신은 되레 시간을 낭비하면서 부인 몰래 밖에서 외도나 하고 정말 인간쓰레기다. 좋은 마음으로 말하는데 더 이상 난잡하게 살지 마. 안 그러면 가만두지 않겠다.

행자 무송이.

린쟈보는 생각했다.

'누가 이런 짓을 했지? 누가 감히 나한테 이런 설교를 해? 장인어른인 팡난팡 말고는 내게 이런 투로 말하는 사람이 없는데. 아버지인 린강도 이렇게는 말씀 안 하시는데. 자신의 비밀을 아는 친구들을 머릿속에 떠올려봤지만 아무도 이런 일을 할 사람이 없었다. 그렇다면 팡즈즈가 나를 감시하고 있었단 말인가?'

필체를 꼼꼼히 살펴봤지만 팡즈즈의 필체가 아니었다. '설령 필체를 바꿨다 하더라도 이렇게 완전히 바꿀 수는 없다.' 그는 편지를 잘 숨겨두고 아무 일도 없었다는 듯 귀가했다. 팡즈즈의 태도도 평온했고 린팡성도 정상적이었다. 그런데 정작 그 자신만은 정신이 나간 듯 문을 잠그는 것을 잊어먹거나 아니면 에어컨을 끄는 것을 잊어버렸고, 물을 마셔도 목에 걸렸다.

린쟈보는 오랫동안 사업을 하면서 팡난팡의 지시를 따라 했고 줄곧 팡즈즈에게 맞춰 살아왔다. 팡즈즈가 여행을 가고 싶다고 하면 따라갔고 쇼핑을 하고 싶다고 하면 쇼핑백을 들어줬다. 화를 내면 피하고 양보했으며, 아이를 입양하고 싶다고 했을 때도 전혀 망설임 없이 쌍수를 들고 찬성했다. 비서가 영도자를 모시듯이 "예예" 하면서 그렇게 살아왔다. 어떤 때는 스스로에게 질문도 해봤다. '너 진짜 행복해?'

아니었다. 사실 나는 그렇게 좋지도 않았고 그저 내 자신을 기만하면서 산 지 오래되었고 또 그렇게 사는 것이 습관화되었다. 팡난팡도힘이 없어졌는데, 이제는 내 자신을 기만하면서 살지 않아도 되는데, 왜이렇게 주저주저하면서 살고 있는 걸까? 이유는 바로 토끼처럼 예쁜

이 아이 린팡성 때문이다. 이 아이가 정말이지 너무 귀엽다. 내가 두 팔을 벌리면 "아빠"하고 바로 달려와 안겼다. 오이를 먹는 것처럼 아이는 맑고 투명했다. 내가 출장이라도 가면 매일같이 술을 먹지 말라고 전화했다. 어떤 때는 술에 취해 1층에서 위를 향해 "팡성" 하고 부르면 바로 발자국 소리가 들렸다. 한밤중이라도 어김없이 발자국 소리가 들렸다. 마치 귀를 쫑긋 세우고 자신을 기다리고 있었다는 듯 언제라도 부르면 바로 반응을 보였다. "동동"거리고 달려와 내 품에 안겨서 사탕을 주고 물을 주면서 따뜻한 수건으로 얼굴을 닦아줬다. 눈을 뜨면 제일 먼저 팡성이 보였다. 늘 나를 쳐다보거나 아니면 예민한 강아지나 온순한 고양이처럼 내 옆에서 자고 있었다. 내가 술에 취해 있을 때 몰래 나한테 이렇게 물었다.

"아빠 애인 있어? 엄마랑 나 버릴 거야?"

"아니. 아빠는 너랑 엄마는 책임질 거야."

"아빠가 우리를 책임진다고 해서 아빠한테 애인이 없다고는 할 수 없어."

"아니야. 진짜 없어."

그러면 아이는 입이 귀에 걸려 침실로 달려가 지 엄마한테 다 말했다.

"술을 많이 마셔도 아빠는 사람을 안 부르나봐. 아빠는 정말 애인이 없는 것 같아. 아빠한테 침실로 와서 주무시게 해요."

그러나 팡즈즈는 그렇게 하지 않았다. 내가 술에 취하면 침실에는 들어오지도 못하게 했다. 가끔씩은 그런 생각도 들었다. 침실에도 못 들어가는데 나는 왜 집에 오는 거지? 린팡성이 걱정할까봐 집에 오는 것일까? 나는 알고 있다. 내가 집에 안 오면 팡성이 편히 잘 수 없다는 것을.

그 애가 다섯 살 되던 해였나? 내가 축구를 하다가 다른 사람과 부딪쳐서 머리가 깨져 병원에 입원했을 때, 팡성은 엄마와 함께 병원에 나를 보러 왔다. 내 머리의 붕대를 보면서 말했다.

"아빠 죽어?"

그 말에 고개를 떨어뜨리면서 일부러 죽은 척했다. 팡성이 눈물을 '뚝뚝' 흘리면서 내 입에다 인공호흡을 했다. 아주 작은 입으로 인공호흡을 했다. 아무런 효과도 없었지만 얼굴이 빨개지고 목이 쉬도록 온 힘을 다해 입에다 대고 힘을 썼다. 그 순간 내가 정말 살아날 거라고는 생각도 못했다. 그 애의 눈물이 뺨을 타고 내려와 내 입술에 떨어지는데 너무도 달콤했다. 내가 깨어난 것도 모르고 내 얼굴을 때리면서 말했다.

"아빠, 왜 죽어? 왜 엄마랑 나한테 말도 안 하고 죽어? 아빠가 죽으면 난 아빠도 없어."

그 뒤로 아이는 내가 죽을까봐 늘 걱정이다. 여러 번 한밤중에 내 방문을 두드리면서 "아빠, 살아 있지?" 했다. 문을 열 때마다 얼굴 전체가 눈물 자국이었다. 한군데도 멀쩡한 데가 없었다. 하도 울어서 그 애가 전설에 나오는 눈물의 아들이 아닐까 의심하기도 했다. 애가 울면서 걸어와 말했다.

"아빠! 아빠가 죽는 꿈을 꿨어. 어떻게 그렇게 처참하게 죽을 수 있어?"

한참 동안 침대에 붙어 울면서 가지 않았다. 꼭 나와 팡즈즈 사이에서 잤고, 잠이 들었다 하더라도 수시로 경련을 일으켰다. 지난주에 또 한 번 울면서 깨더니 이번에는 베개를 안고 왔다.

"팡성아! 팡성아! 너는 이제 초등학생이고 키도 엄마보다 더 큰데 왜 자꾸 우리와 함께 자려고 하니? 너는 아빠가 죽는 꿈은 매일 꾸면서 엄마가 죽는 꿈은 왜 안 꾸니? 엄마가 사라지는 거는 안 무서워?"

"내가 꿈에서 아빠가 죽길 바라겠어요? 꿈 한 번 꿀 때마다 힘들어서 며칠 동안 정신도 못 차리는데."


"린팡성이 너무 귀엽기는 하지만 내 친자식은 아니잖아."

린쟈보가 이런 말을 할 때 팡즈즈와 그는 테라스의 의자에 따로 누워 있었다. 팡즈즈는 못 들은 척했다. 그러면서 두 사람의 시선은 같이 경기장을 향하고 있었다. 그곳에서 린팡성이 친구들과 함께 공을 차고 있었다. 그들이 비슷한 유니폼을 입고 있었지만 두 사람은 한눈에 자신들의 아이를 찾아낼 수 있었다. 지금 그는 공을 가지고 달리고 있다. 키 큰 아이를 제치고 다시 작은 아이를 제치고 바로 상대방 골문에 도착했다. 발로 공을 차자 공은 포물선을 그리며 골문 왼쪽 상단 구석으로 날아갔다. 모든 사람들이 숨죽였다. 골키퍼가 공을 향해 높이 뛰어 손으로 한 번 툭 치자 공이 골대 밖으로 넘어갔다. 이 대화만 아니었다면 린쟈보는 진즉에 일어나서 린팡성을 위해 함성을 질렀을 것이다. 그런데 지금 이 순간 그는 자기의 충동을 누르면서 조용히 의자에 누워 공을 차는 아이가 자신과 무관한 듯이 행동했다. 팡즈즈는 생각했다.

'사실 내 운명이 딱 저 공 같아. 분명히 들어갔는데 손으로 한 번 툭 건드리자 골대 밖으로 튀어나왔어. 저건 손이 아니라 하늘의 뜻이지.'

린쟈보는 자기가 돌을 던졌는데도 아무 반응이 없자 고개를 돌려 팡즈즈를 쳐다봤다. 팡즈즈는 축구장을 바라보고 있었다. 두 사람은 공기 중에 독이라도 있는 듯 조심스레 호흡했다.

"당신도 알다시피 나는 내 친자식을 갖고 싶어."

린쟈보가 다시 돌을 던졌다.

"그럼 헤어져요."

결국 대답을 듣고 말았다.

"이혼은 안 돼. 대신 대리모는 어때?"

팡즈즈가 차갑게 웃었다.

"이혼이 깔끔해. 팡성에게 또 다른 엄마를 주고 싶지는 않아."

"이해해줘서 고마워."

"왜 내가 이해해야 해? 내가 아이를 못 가지게 된 건 다 당신 때문인데? 그때 내가 콘돔을 끼자고 했는데 당신이 고집을 피면서 말을 안 듣는 바람에 내가 두 번이나 유산했잖아."

"그래서 내가 오랫동안 당신을 모시고 살았잖아."

"아버지를 모시고 산 거겠지."

"그래도 네 친아버지잖아. 당신은 친아버지가 있지만 나는 친아들이 없어."

"이 일은 팡성과 먼저 상의해. 나도 그 애에게 설명할 방법이 없어. 이혼한다고 하면 성적이 떨어질 것은 분명하고 평생 마음의 짐을 지고 살 거야. 당신이 갑자기 죽었다고 하면 시체를 봐야 직성이 풀릴 걸. 애가 예민한 거 당신도 알잖아."

"알았어. 내가 얘기해볼게."

"애를 다치게 하거나 입양아란 사실을 폭로하면 바로 전쟁이야."

"상처를 줘도 최대한 적게 줄게."

"린쟈보, 당신 정말 잔인한 거 알아."


## 58


최근 들어 린쟈보는 집에만 오면 제일 먼저 린팡성의 방으로 들어갔다. 숙제와 시험지를 검사한다는 핑계로 들어가서 기회를 포착해 이혼 이야기를 꺼내려 했다. 그런데 매번 깜빡거리는 아이의 눈을 쳐다보고 있으면 마음이 약해져서 마비라도 온 것처럼 입이 좀처럼 떨어지지 않았다. 린팡성은 뭔가 이상했지만 그래도 나쁜 생각은 하지 않고 아빠가 자기에 대한 기대치가 높아졌다고 생각했다. 그래서 그는 매일 저녁 린쟈보가 엉덩이를 떼기도 전에 급하게 숙제를 시작했다. 린쟈보는 맞은편에 앉아서 린팡성의 얼굴을 찬찬히 바라봤다. 아이는 아주 잘 생겼다. 눈도 크고 코도 오뚝하고 웃을 때 양쪽 빰에 작은 보조개가 두 개나 생겼다. 엄격하게 말하면 린팡성이 자기보다 잘 생겼고 클수록 팡즈를 닮아갔다. '직접 낳지도 않았는데 어떻게 이렇게 닮을 수가 있지? 생리학적 해석에 따르면 아이는 좋아하는 사람을 닮는다고 하더니, 과연…' 이런 추리를 하면서 때로는 이맛살을 잔뜩 찌푸리고 때로는 이를 악물면서 정신을 집중했다. 앞에 앉아 있는 아이가 확실히 자신의 아이는 아니었다. 팡성은 이불도 가지런히 정리했고 베개도 반듯하게 놓았다. 그의 등 뒤쪽 벽으로 해마다 받은 상장이 걸려 있다. 상장은 모두 액자에 끼워져 있는데, 모두 팡즈즈가 가져가서 해온 것이었다. 벽에는 먼지 하나 없고 바닥에는 종이 부스러기 하나 없었다. 축구공은 문가 휴지통에 놓여 있고 축구공도 깨끗하게 닦여져 있었다. 머리카락 하나 떨어뜨리지 않고 깨끗하게 샤워를 하고 옷을 갈아입고 손톱도 잘 잘랐으며 여태껏 지각하거나 조퇴도 한 번 하지 않았다. 거짓말한 적도 없고 전 과목의 성적도 모두 최우수였다. '이렇게 귀여운 아이에게서 결점을 찾으려면 엄청 머리를 써야 할 판이다. 이 귀여운 아이에게도 결점이 있을까? 있다. 가장 큰 결점이 잘 운다는 것이고 걸핏하면 눈물바람이다. 또 엄청 민감하고 소심하며 솥뚜껑만 바닥에 떨어져도 이유 없이 긴장한다.'

어느 날 저녁 린팡성이 공부를 다 하고나서 머리를 들며 말했다.

"아빠 아직도 안 가셨어요? 제가 숙제를 끝내면 들어오세요. 왜요? 무슨 할 말이라도 있으세요?"

그는 목을 한 번 움츠렸지만 한 마디도 할 수 없었다. 방금 입을 떼고 말할 작정이었으나 아이 때문에 침만 삼키고 말았다. 그는 천천히 걸어 나와서 '쾅' 하고 문을 걸어 잠갔다. 자기가 나오면서 문을 잠갔다. 그는 거짓말 할 기회를 또 놓쳤다. 한번은 이렇게 생각했다.

'포기하자. 내 친자식도 이렇게 잘 키우기는 힘들어. 이렇게 세 식구가 사는 것도 좋지.'

그런데 현성에 갈 때마다 부모님 집 문을 두드릴 수가 없었다. 부자가 재벌한테 빚이라도 진 것처럼 문 밖에서 덜덜 떨며 서 있곤 했었다. 그 문만 들어서면 자신의 존엄성이 하늘에서 바닥으로 떨어졌다. 그렇지만 그는 매번 뻣뻣하게 고개를 들고 들어갔다.

"이 어미는 친손자를 안아보고 싶다."

"린씨 집의 대가 끊겨서는 안 된다." 아버지가 말했다.

"네 자식도 못 나으면서 누구를 주려고 그렇게 돈을 버니?" 고모가 말했다.

결국 그는 결심을 했다.

"아들아, 네게 보여줄 계약서가 있다."

린팡성의 눈이 갑자기 커졌다. 테이블 위에 중국어와 영어로 된 계약서가 놓여 있었다. 갑은 알제리의 모 부서였고, 을은 린쟈보의 회사였다.

"아빠 회사가 북아프리카에서 하는 고속도로 공사를 따내서 며칠 내로 사람을 데리고 가야 한다."

"얼마나 계실 거예요?"

"빠르면 2년 늦으면 3년에서 5년 정도."

"3년이나? 그럼 제가 고등학교 졸업할 때 쯤 돌아오시는 거예요?"

"몇 백 킬로미터의 도로를 놓으려면 사막을 뚫어야 한다. 그래서 몇 년 내에 완공할 수가 없어."

"엄마도 알고 계세요?"

"엄마는 뭐라 안 하셨다."

"집 앞의 길도 안 닦았는데, 뭐 그렇게 먼 곳까지 공사하러 가세요?"

"달러를 벌러 간다. 달러가 있어야 나중에 너 유학도 보내줄 수 있어."

"제가 유학을 안 가면 안 가셔도 되죠?"

"그래도 가야 한다. 매달 직원들에게 줄 돈도 벌어야지."

린팡성은 말이 없어졌다. 흐르는 눈물을 닦느라 두 손이 다 젖었다.

"아빠가 큰 계약을 했으니 너도 기뻐해야지."

린팡성은 억지로 웃었지만 이내 웃음기가 사라졌다.

"아빠, 저도 정말 아빠를 기쁘게 해드리고 싶은데 방법을 모르겠어요."

린쟈보도 코끝이 시큰거려 얼른 손으로 그의 눈물을 닦아주면서 말했다.

"이제 너도 다 자랐다. 사내대장부가 걸핏하면 울어서는 안 된다. 특히 아빠가 집을 나갈 때는 절대 울지 마라. 네가 울면 아빠의 발걸음이 안 떨어진다. 그럼 도로를 놓으러 갈 사람이 없어진다. 아빠가 그 먼 곳까지 가는데 문을 나설 때 네가 울면 불길하다. 알겠니? 어떤 어려움이 닥쳐도 이 꽉 깨물고. 아빠가 잠시 이 집을 너한테 맡길 테니 네가 용감하고 굳건해야 한다."

린팡성은 고개를 끄덕이며 말했다.

"아빠가 가실 때 울면 안 되면 지금은 울어도 돼요?"

그의 두 어깨가 흔들리면서 얼굴이 눈물바다가 됐다.


린쟈보가 집을 떠나던 날 낯선 사람 세 명이 왔다. 그들이 큰 트렁크 세 개를 메고 나갔다. 트렁크마다 문틀에 걸려 떠나고 싶어하지 않는 것 같았다. 린팡성은 안타깝게 쳐다보면서도 눈물을 흘리지는 않았다. 린쟈보는 문을 나서면서 그를 한 번 안고는 칭찬하듯 엄지를 치켜세웠다. 린팡성이 린쟈보를 따라 아래층으로 내려가려고 하자 린쟈보는 그를 밀어내며 말했다.

"이제 진짜 이별하는 거다."

린쟈보가 문을 닫고 나가자 그의 발소리가 희미해졌다. 린팡성은 테라스로 뛰어가 그들이 검은 지프차에 짐을 싣는 것을 봤다. 세 사람은 차례로 차를 탔고 린쟈보는 조수석 문 앞에 서서 위를 쳐다보면서 린팡성에게 다시 엄지를 세워 보였다. 린팡성이 그를 향해 손을 흔들면서 말했다.

"아빠, 안녕."

린쟈보는 손을 흔들면서 차에 몸을 싣고 '쾅' 하고 문을 닫고는 '쉬웅' 하고 떠나갔다. 린팡성은 차를 향해 손을 흔들었다. 차가 사라지고 나서야 뒤돌아서는데 팡즈즈가 거실에서 울고 있었다. 그는 얼른 휴지 몇 장을 뽑아 그녀의 눈에 대고 눈물을 살살 닦아주었다.

"엄마! 아빠가 가실 때 울면 불길하다고 말씀하셨어요."

그 말에 팡즈즈가 갑자기 대성통곡했다. 그녀는 린쟈보가 떠나서 우는 것이 아니라 린팡성이 아직 아무것도 모르고 있다는 사실 때문에 울었다. 린팡성은 깜짝 놀라 얼른 그녀의 입을 막았다.

린팡성은 저녁밥을 먹다가 반찬이 평소보다 짜다는 것을 알았다. 아빠의 출장이 엄마의 음식 솜씨에 영향을 끼칠 줄은 몰랐다. '그런데 아빠는 이전에도 출장을 갔는데, 왜 그때는 반찬이 안 짰지? 이번 출장이 길고 임무가 막중하며 멀어서 그런가?' 반찬이 날이 갈수록 짜지더니 결국에는 먹을 수 없을 정도로 짜졌다. 린팡성이 말했다.

"엄마, 엄마도 아빠가 아프리카에 안 가셨으면 하셨어요?"

"아니다. 늘 이렇게 출장을 가셨는데 뭐? 나도 습관이 돼서 무감각하단다."

"그럼 음식을 하실 때 왜 소금을 두 번이나 넣으세요? 이렇게 먹다가는 곧 자반고등어가 되겠어요."

"그랬니?"

팡즈즈가 음식을 몇 번 먹어보더니 말했다.

"안 짠데? 무슨 말이니?"

린팡성은 생각했다.

'맙소사. 엄마의 입맛이 이상해졌어. 뭔 일이 있는 게 틀림없어.'

그는 천천히 생각해보고 나서야 이상한 낌새를 알아차렸다.

'아빠가 출장을 가는데 엄마는 왜 배웅을 안 하셨지? 엄마는 왜 또 그렇게 우셨지? 엄마는 강하신 분이라 한 번도 내 앞에서 우신 적이 없는데. 또 있다. 엄마의 얼굴이 왜 그렇게 굳어 있었을까? 이전에 말씀하실 때는 볼살이 조금 떨리셨는데, 지금은 말씀하실 때 입만 움직이고, 어떤 때는 입도 안 움직이신다. 그저 나무 막대기를 세워둔 것처럼 목소리에 억양이 없어졌어. 숙제를 검사할 때도 이전처럼 엄격하게 하시지도 않고, 연습 문제를 풀 때 다시 지우고 써야 하는 부분이 있어도 더 이

상 다시 쓰라고 하지 않으신다. 도대체 무슨 일이 있는 거지?'

　한밤중에 린팡성은 몰래 일어나서 린쟈보의 서재로 갔다. 그는 불을
켜고 문을 잠그고 이 방에서 답을 찾으려는 듯 이곳저곳을 살폈다. 그
런데 책상도 아무 이상이 없고 서랍도 이상한 점이 없었다. 장롱도 이
전처럼 정갈하고 커튼도 조금도 이상하지 않았다. 책장의 사진도 전부
봤고, 심지어 액자의 뒷면도 다 봤지만 어떤 이상한 점도 없었다. 사진
속 세 식구는 여전히 사이가 좋았다. 한참을 생각한 뒤에 뒤돌아서서
문을 열고 나오다가 휴지통 안에 뭉쳐져 있는 종이를 봤다. 그는 종잇
조각을 책상 위에 펼쳐놓고 그 조각을 맞추고 또 맞추자 편지 한 통이
나왔다. 행자 무송이라는 사람이 린쟈보에게 쓴 것이었다. '외도를 하
지 마라, 계속 외도를 하면 가만 놔두지 않겠다'는 내용이었다. 린팡성
은 모골이 송연해지면서 머릿속이 텅 비었다. 시간이 얼마나 지나갔는
지도 몰랐다. 갑자기 노크 소리가 들렸다. 그는 얼른 종잇조각을 주머
니 안으로 쓸어 넣고 나서 문을 열었다.

　"너 여기서 뭐하고 있니?"

　"아빠가 보고 싶어서 사진 보러 왔어요."

　팡즈즈는 그를 한참 쳐다보고 나서 서재를 둘러보면서 생각했다.

　'아이가 뭔가를 본 것은 아니겠지? 서재에는 아무것도 없는 것 같기
는 한데. 정말 아빠가 보고 싶은 거겠지? 착한 아이니까.'

　"얼른 가서 자거라. 안 그럼 내일 학교 못 간다."

　"이렇게 늦었는데 엄마는 왜 안 주무세요?"

　"자다가 너 때문에 잠을 깼다."

　린팡성은 이 말이 거짓말이라는 것을 알고 있었다. 눈에 실핏줄이 가
득한 것이 잠이 부족한 사람처럼 보였고, 또 자신은 아무 소리도 내지

않았기 때문이었다. 하지만 린팡성은 그 사실을 말하고 싶지 않았다. 그는 불을 끄고 서재를 나와서 말했다.

"안녕히 주무세요. 엄마!"

"그래 잘 자라. 우리 아들!"

두 사람은 각자 자기 방으로 돌아가서 상대방이 놀라지 않게 조용히 문을 닫았다. 방으로 돌아온 린팡성은 천장을 바라보면서 잠을 잘 생각이 전혀 없었다. 그는 아프리카와 중국의 시차를 계산하다가 아프리카가 지금 낮이라는 것을 알았다. 그래서 침대에서 일어나 문을 열고 나와 거실의 전화기 옆으로 와서 린쟈보의 핸드폰으로 전화를 걸었다. 몇 번이나 전화를 걸었지만 "이 전화는 없는 전화번호"라는 말만 나왔다.

'어째서 전화번호가 없지? 옛날에는 새벽 3시, 4시에 전화를 해도 상관 않고 전화를 받으셨는데…. 옛날에는 출장을 가면 매번 전화를 하셨는데, 어째서 이번에는 이렇게 오랫동안 전화가 없지?'

그는 다시 서재로 들어가 책장 하단의 서랍을 당겨 열었다. 안에는 린쟈보 전용 금고가 있었다.

'금고가 잠겨 있으면 아빠는 틀림없이 돌아오실 거야.'

그는 숨을 길게 들이쉬고 내쉬었다. 하느님 보우하사 하면서 손을 소형 금고의 잠금장치에 올렸다. 잠금장치에 손을 가까이 대고 천천히 돌렸다. 안 돌아가기를 바랐으나 뜻밖에도 "드르륵" 하고 열렸다. 안이 텅 비어 있었다.

'아빠는 더 이상 돌아오시지 않아. 엄마랑 나를 버렸어.'

린팡성은 회사로 린쟈보를 찾으러 갔다. 허구이가 사장님은 아프리카에 가셨다고 했다. 린팡성이 외할아버지, 외할머니께 물어도 그때마다 "여러 번 말했는데 너는 왜 또 묻니?" 하셨다. 할아버지 할머니께 전화를 해도 "네 아빠는 외국에 돈 벌러 가셨다" 하셨다. 팡즈즈에게 아빠가 왜 전화도 안 하시냐고 물으면 "사막에서 도로를 닦고 계시는데 그곳에서는 신호가 잘 안 터진다"고 하셨다.

어느 날 오후 린팡성은 수업을 빼먹고 다시 린쟈보의 회사로 갔다. 건물로 들어서기 전에 그는 정원에서 평소 린쟈보가 타고 다니던 세단이 주차되어 있는 것을 봤다. 3층 린쟈보의 사무실 문은 굳게 닫혀 있었다. 린팡성은 문 앞에서 한참을 기다리다 문을 두드리면서 "아빠!" 하고 불렀다. 그의 고함 소리에 허구이가 깜짝 놀랐다. 허구이가 달려와서 안에는 사람이 없다고 했다.

"제가 들었어요. 아빠가 안에 계세요."

허구이가 아무도 없다고 했다. 린팡성은 그 말을 믿지 않고 이마로 문을 두드렸다. 점점 더 세게 문을 치자 피가 날 것 같았다. 허구이는 하는 수 없이 열쇠를 찾아와서 문을 열었다. 린팡성이 안으로 들어가서 보니 바닥과 책상에 먼지가 가득했다. 그의 친아버지 왕창츠가 빛을 받으러 들어왔던 그때와 똑같은 모습이었다. 이 사무실은 먼지로 꾸며놓은 방 같았다.

"책장도 열고 찾아봐라?"

린팡성은 그 말이 농담인 줄도 모르고 정말 책장 문을 일일이 열면서 서랍까지 다 뒤졌다. 그가 서랍을 열 때 허구이가 말했다.

"네 아빠가 그렇게 작니?"

"그럼 우리 아빠 차가 왜 회사 마당에 주차되어 있어요?"

"출국한 뒤로 그 차는 공용으로 쓰고 있다."

린팡성은 자전거를 끌고 회사 정문을 나왔다. 좌회전을 하고 100미터 정도 가서 나무 아래에 자전거를 세웠다. 자전거 뒷좌석에 앉아서 다리를 흔들었다. 그 순간 도로 맞은편에서는 왕창츠가 린팡성의 일거수일투족을 다 보고 있었다.

'그때 나도 지금 저 아이가 서 있는 저곳에서 저 아이처럼 저렇게 간절하게 쳐다보고 있었지. 십수 년의 시간이 흐르면서 가로수도 크고 튼튼하게 자랐는데, 린쟈보를 기다리는 부자(父子)의 모습이 정말이지 징그럽게 똑같네. 전생에 우리 왕씨 집안이 린쟈보 저 인간에게 무슨 빚을 졌기에 현세에서 왕씨 2대가 모두 린쟈보 때문에 고통을 받고 있는지 모르겠다.'

퇴근 시간이 되자 큰길로 사람들이 쏟아져 나왔다. 갑자기 검은색 세단이 회사 정문에서 나왔다. 왕창츠와 린팡성은 거의 동시에 운전대를 잡고 있는 사람을 봤다. 린쟈보였다. 린팡성이 세단을 향해 "아빠!" 하고 소리쳤지만 세단은 멈추지 않고 달렸다. 어쩌면 린쟈보가 린팡성을 못 봤을지도 모른다. 린팡성은 자전거를 타고 따라갔다. 그는 세단을 따라가면서 "아빠! 아빠!" 하고 소리쳤다. 그러나 세단은 속도를 줄이지 않고 더 빨리 달렸다. 린팡성은 다음 사거리까지 쫓아가다가 붉은색 세단에 부딪쳐서 넘어졌다. 자전거의 뒷바퀴가 세단의 앞바퀴에 눌려 찌그러졌고 린팡성은 대로에 넘어졌다. 사람들은 혼비백산했다. 잠시 후 사람들이 사고 현장에 모여들었다. 왕창츠는 "다즈야" 하면서 사람들을 뚫고 들어가 그의 맥박과 숨소리를 확인한 뒤 그를 안고 일어나 택시를 탔다. 다즈를 병원에 데리고 온 뒤로 그는 더 이상 다즈를 안을 기회가 없었지만, 하늘이 차 사고를 빌려 그의 다년간의 갈망을 만족시켜준 것이었다.

제이의원(第二醫院)에 도착한 뒤 왕창츠가 그를 안고 응급실에서 CT실로 갔다. 너무 긴장한 나머지 옷이 다 젖어 있었다.

의사가 말했다.

"뇌진탕과 약간의 찰과상이 있지만, 생명에는 지장이 없습니다."

왕창츠는 숨을 돌리면서 다즈의 침상 앞에 녹초가 되어 앉아 있었다. 그는 이 모든 것이 진짜가 아니라 꿈을 꾸고 있는 것인지도 모른다고 생각했다. 그래서 그는 다즈의 옷깃을 열고 그의 오른쪽 뒷목에 있는 까만 점을 봤다. 그래도 마음이 놓이지 않은 듯 두상의 가마, 배꼽 모양, 손톱과 발톱까지 다 보고 나서야 성인이 된 다즈라 100% 믿었고, 아무도 그를 빼앗아가지 않았다고 확신했다.

"다즈야! 집으로 가자. 집으로 가고 싶으면 눈꺼풀을 움직여봐라."

다즈의 눈꺼풀은 미동도 없었다.

"손가락이라도 좋으니 움직여봐라."

다즈의 손가락도 미동이 없었다.

"그럼 발가락이라도 움직여보렴."

발가락도 움직이지 않았다.

"네가 움직일 수 없다는 것을 알면서도 일부러 이렇게 말했다. 네가 정말로 움직인다면 너는 바보다. 내 집이 네가 지금 살고 있는 집보다 좋을 리 없는데. 아들아. 이 모든 것은 네가 전생에 닦은 복 덕분이다."

왕창츠가 이런 말을 하고 있을 때 팡즈즈가 뛰어 들어왔다. 침상으로 돌진하더니 울면서 "팡성아! 팡성아!" 하고 불렀다. 뼈라도 부러지고 살이라도 찢어졌을까봐 두 손으로 머리부터 발까지 다 만져봤다. 왕창츠는 몰래 병실을 빠져나왔다. 의사와 간호사가 팡즈즈를 보고 설명을 했다. 한 30분 뒤에 그들은 지혈을 하듯 그녀의 울음소리를 멈췄다.

의사와 간호사가 갔다. 왕창츠는 병실 밖 복도에서 고개를 빼고 병실 안을 쳐다봤다. 팡즈즈가 자기 머리를 다즈의 머리에 대고 있었다. 어미 개와 강아지가 한데 머리를 대고 있는 것 같았다. 그녀는 희고 긴 손가락으로 천천히 다즈의 머리, 이마, 목, 귀까지 어루만졌다. 그녀는 다즈를 하나하나 만지면서 말했다. 그녀의 목소리는 부드러운 바람과 보슬비처럼 따스했다. 손으로 정신없는 다즈를 톡톡 도닥이며 어릴 때처럼 그를 재웠다. 그녀는 생모보다 더 생모 같았다. 이 순간 그녀의 예쁜 얼굴이 더 예뻐 보였다. 봉황을 닮은 그녀의 눈, 높은 콧대, 그녀의 모성애에 왕창츠는 감동해서 울 뻔했다. 30분, 1시간 동안 그녀는 같은 자세로 있었으며 팡난팡과 루산산이 올 때까지 그대로 있었다.

땅거미가 내려앉았다. 왕창츠는 복도 걸상에 앉아서 눈도 깜빡이지 않고 초록색 문을 쳐다보고 있었다. 팡난팡과 루산산은 도시락을 들고 갔고, 병실에는 팡즈즈 혼자서 다즈를 돌보고 있었다. 왕창츠는 걸상에 기대서 잠시 잠들었다가 깨어났다가 하다가 의사들이 회진돌 때 방에 가서 잠시 눈을 부쳤다. 밤이 깊어지자 인적이 드물어졌다. 팡즈즈는 그제야 문 밖의 남자가 떠올랐다. 편지 봉투를 들고 나가서 말했다.

"당신이 팡성을 병원에 데려온 사람이죠?"

왕창츠가 고개를 끄덕이자 "감사합니다" 하면서 봉투를 내밀었다.

"무슨 뜻입니까?"

"작은 성의입니다."

왕창츠는 봉투를 돌려주며 말했다.

"마침 길을 가던 중이었는데 처치가 늦으면 안 될 것 같아 데리고 온 것입니다. 당신 아이인 줄은…"

팡즈즈가 깜짝 놀라며 말했다.

"당신은….."

"팡 선생님 저 모르겠습니까? 당신 집 페인트칠을 했던…."

"아, 왕 선생님 정말 이런 우연이 다 있네요. 이 돈 받으세요."

"보상을 바라고 여기 있었던 것은 아니고 아이가 깨어나면 갈 생각이었습니다. 그를 구한 이상 결과를 보고 가고 싶어서요."

"괜찮아요. 의사 선생님 말로는 내일이면 깨어날 거래요."

"아이 아빠는 왜 안 오세요?"

"출장 갔어요. 이 돈 받으세요. 안 그럼 제 마음이 불편해서요."

"제가 이 돈을 받아간다면 하늘도 용서하지 않을 거예요."

두 사람이 밀고 당기다가 봉투가 바닥에 떨어졌다.

"돈이 싫으시면 다른 원하는 거라도?"

"아무것도 필요 없습니다."

"원하는 게 없으면 이곳에 계시지 마세요. 특별 경호원처럼 문 앞을 지키고 계시는데 제 마음이 어떻게 편하겠어요? 돈이 너무 적어서 그러세요?"

왕창츠가 봉투를 집으면서 말했다.

"그럼 받겠습니다. 이제 마음이 편하세요?"

팡즈즈는 큰 돌을 내려놓은 듯 "휴우" 하면서 자기 가슴을 쓸어내렸다.

"아이가 깨어나면 제게도 알려주십시오. 아이가 좋아지면 제가 음덕을 쌓은 거니까요."

팡즈즈는 고개를 끄덕였다. 왕창츠가 뒤돌아서서 갔다. 팡즈즈는 그의 뒷모습을 보면서 어딘지 모르게 친숙하게 느껴졌다.

린팡성이 깨어나고 다음날 왕창츠는 꽃을 사들고 병실에 찾아왔다.
팡즈즈가 말했다.

"애야, 이분이 너를 병원에 데려다준 왕씨(汪氏) 아저씨다. 얼른 고맙다고 인사해야지."

린팡성이 왕창츠를 훑어보더니 말했다.

"엄마는 저 아저씨가 저를 데려온 걸 어떻게 아세요?"

"저분이 말씀해주셨다."

"항상 제게 낯선 사람을 믿지 말라면서요? 저분이 데려왔다는 말을 믿으시는 거예요? 요즘 사기꾼이 얼마나 많은데 혹시 돈 주셨어요?"

"애가 어쩜? 저분이 안 데려왔으면 누가 데려왔는데?"

"어떤 경찰 아저씨가 저를 경찰차에 태워서 데리고 온 것 같아요."

팡즈즈는 고개를 돌려 왕창츠를 쳐다보며 물었다.

"정말 그래요?"

"아이가 그렇다고 하면 그런 거지요. 저도 처음부터 이 돈 받을 생각은 없었어요."

왕창츠는 이렇게 말하면서 어제 저녁에 가져갔던 봉투를 꺼내 침상에 놓았다.

"팡성, 절대 거짓말하면 안 된다."

"거짓말 안 했어요. 저는 그렇게 기억해요. 이 아저씨가 저를 차로 받았어요. 도둑이 제 발 저린다고 그래서 온 걸 거예요."

팡즈즈가 고개를 돌려 왕창츠를 바라보면서 물었다.

"도대체 어떻게 된 일이에요? 왕창츠 말해봐요?"

"어쩐지 돈을 받지 않겠다, 돈을 받으면 하늘이 용서치 않을 거라 하더니. 당신이 사고 당사자군요. 왕씨! 당신을 고소하겠어요."

왕창츠는 머리가 폭발할 것 같았다.

'지금 나를 모함한 사람이 다즈란 말인가? 저 아이는 더 이상 내 아들이 아니다. 몇 년 동안이나 다즈가 저들처럼 변하기를 바랐더니, 이제는 뼛속까지 바뀌고 유전자까지 달라져 왕다즈에서 린팡성으로 변했구나. 다즈는 저들처럼 바뀌었어. 철저하게 저들처럼 바뀌었으니, 저 애는 아무한테도 손해 보지 않고 누구한테도 지지 않을 거야. 저 아이의 심장이 차가울수록 나는 기쁘다. 아버지! 우리 성공했어요! 우리가 결국 이 도시에 큰 나무 한 그루를 심었어요.'

왕창츠가 갑자기 웃기 시작했다. 팡즈즈와 린팡성은 무슨 일인가 하고 어리둥절해했다.


# 60


왕창츠는 스포츠센터의 화장실에서 린쟈보를 막아섰다. 린쟈보는 너무 놀란 나머지 오줌이 도로 들어갔다. 그는 얼른 바지 지퍼를 잠그고 말했다.

"당신 누구요?"

"당신 아들이 병원에 입원한 거는 아시오?"

"이미 전화했소."

"왜 안 가보는 거요?"

"당신이 무슨 자격으로 나한테 이래라저래라 하는 거야?"

"동정심으로. 당신 모자 두 사람을 대신해서 말하는 거요."

"그들 모자가 당신을 보냈소?"

"자원해서 온 거요."

"그럼 선글라스와 모자를 벗어요. 안 그럼 못 믿겠소."

"내가 벗으면 돌아가겠소? 그들과 다시 함께 살겠소?"

"당신이 먼저 벗으면 대답하겠소."

왕창츠는 정말 모자와 마스크, 선글라스를 벗었다.

"당신이군. 그 편지도 당신이 쓴 거지?"

"그래. 내가 당신 가족을 영원히 같이 살게 만들 거요."

"당신의 넘치는 사랑을 알았으니 오줌을 마저 눠야겠어."

린쟈보는 세면대에 있는 플라스틱 컵을 들고 뒤돌아서서 오줌을 마저 눴다. 다시 뒤돌아섰을 때 그의 손에는 황금색의 오줌이 반쯤 들어 있는 컵이 들려 있었다.

"당신이 이 오줌을 남김없이 다 마시면 그렇게 하지."

왕창츠는 그의 마음이 변할까봐 플라스틱 컵을 빼앗아 단번에 마셔버렸다. 지린내가 머리 꼭대기까지 차오르고 속에서 거부 반응을 일으켜 구역질이 났다.

"토해내면 안 돼."

왕창츠는 목구멍을 오므려서 억지로 참고 오줌을 한 번에 넘겼다. 이때 이빨도 함께 삼킨 것 같았다.

"친아버지만 아이를 이렇게 사랑할 수 있지."

왕창츠가 고개를 끄덕였다. 린쟈보가 세면대를 치면서 말했다.

"이 기생충 같은 인간! 생식 능력은 있으면서 애를 키울 능력은 없냐. 차라리 죽어버려. 이 인간쓰레기야. 당신 꼴을 한번 봐. 사람도 아니고 귀신도 아니야. 어디 한 군데라도 린팡성의 아버지가 될 자격이 있는지? 당신이 그 애를 사랑한다면 애초에 애를 보내지 말았어야지. 또 정식으로 고상하게 나한테 경고했어야지. 당신이 정말로 고상한 인간이라면 우리 모두를 위해서 이 비밀을 철저하게 묻고 사라져줘. 나중에라도 린팡성이 알지 못하게."

"당신이 그들 곁으로 돌아가서 다즈를 평생 행복하게 해준다면 사라져줄 수도 있소."

"어떻게 사라질 건데?"

"어떤 식으로든."

린쟈보는 반듯한 얼굴에 피부가 까무잡잡하고 손가락이 거칠고 굽은 눈앞의 이 남자가 그 사이 많이 성장했다는 것을 알 수 있었다. 정확하게 말하면 그에게 감동도 조금 받았고 걱정도 좀 되었다.

'린팡성에 대한 무조건적인 사랑이 남아 있는 이상 그는 어떤 어리석은 일도 다 저지를 수 있다. 자신을 뒤쫓을 수도 있고, 팡즈즈와 린팡성을 뒤쫓을 수도 있고, 심지어 언제든지 린팡성을 강제로 데려갈 수도 있다. 린팡성이 따라가겠다고 하면 팡즈즈는 살 수 없을 것이다. 팡즈즈가 못 산다면 난 평생 불구덩이에서 살게 될 거야. 내가 그때 막무가내로 자자고 해서 임신시키고 유산만 시키지 않았다면 수정관도 안 막혔겠지. 그녀가 임신을 못 하게 된 건 전적으로 내 탓이다. 린팡성이 없었다면 그녀가 어떻게 이혼에 동의했겠는가? 애도 없는 여자가 이혼한다는 것은 사실 자살행위나 다름없다. 게다가 이렇게 좋은 가정환경에서 곱게 자란 린팡성이 눈앞에 있는 저 인간을 어떻게 아버지로 받아들일 수 있겠는가? 창호지처럼 여린 마음이 다치기라도 한다면 이 엄청난 현실 앞에서 린팡성은 미치지 않으면 죽을 것이다…'

"내가 오줌을 마셨으니 당신도 당신이 한 말을 지켜야 할 거요."

린쟈보는 갑자기 정신이 들었는지 말했다.

"이보시오. 사실 나 당신에게 살짝 감동했어. 당신에게 한 수 배우고 싶소."

린쟈보의 교제 방식을 본 왕창츠는 자기도 똑같이 오줌 반 컵을 받았다. 오줌 색깔이 시커멓고 지린내도 좀 났다. 린쟈보의 오줌 색깔과 비교하자 열등감이 생겼다. 한 오줌은 투명한 노란색이고 한 오줌은 탁한 검은색 오줌이었다. 한 오줌은 유기농 식품과 천연 생수에서 나왔고, 다른 오줌은 호르몬과 염소 함유량이 높은 식용유에서 나왔다. 왕창츠가 컵을 주면서 말했다.

"당신 말에 책임을 지겠다면 이 오줌도 한 번 마셔보시오."

린쟈보가 얼굴을 돌리며 말했다.

"마음 놓으시오. 나도 당신처럼 그들을 아끼고 사랑하오."

"아직 내 질문에 대한 대답을 하지 않았소."

"내 당신에게 보장하지. 그들 곁으로 돌아가겠소."

"언제 갈 거요?"

"모레면 되겠소? 휴가를 받아 아프리카에서 돌아온 척해야 하오."

"만약 모레 병원에서 당신이 안 보이면 내가 당신을 없애버릴 수도 있소."

왕창츠는 손에 들고 있던 플라스틱 컵을 바닥으로 던졌다. 오줌이 린쟈보의 바지에 튀었다.

"이렇게까지 심하게 할 필요가 있소?"

"당신이 그 애의 고통을 모를 때 나는 너무나 고통스러웠어. 그 애는 당신이 길들인 고양이나 강아지마냥 당신을 친아빠로 알고 있어. 당신이 집을 나간 뒤로 그 애도 더 이상 즐거워하지도 않았어. 옛날에는 방과 후면 친구들과 함께 어깨동무를 하고 웃고 떠들면서 교문을 나섰어. 그들과 헤어지면서 안녕하고 소리치고 각자 자전거를 타고 집으로 돌아왔지. 근데 최근에는 혼자 고개를 숙이고 걸어 나오면서 아무하고도 인사도 안 해. 다른 친구들이 안녕하고 소리쳐도 무반응인 상태로 자전거를 타. 자전거를 타도 고개를 숙이고 타고 등도 안 펴. 당신이 애를 그렇게 만들었어. 계속 이렇게 가다가는 애가 꼽추가 될 판이야. 살도 빠지고 성적도 떨어졌어. 조만간 이름이 게시판의 맨 마지막 줄을 장식하게 될 거야. 옛날에는 학교가 끝나면 쏜살같이 집으로 갔는데 지금은 수시로 시장대교로 빠져서 멍하게 서 있어. 그 애가 거기 서 있을 때마다 내 똥줄이 타들어가고 나도 모르게 이가 떨려. 혹시나 이 아이가 뛰어내릴까봐. 집에 돌아와서도 옛날처럼 문을 잠그지 않고 장시간 동안 테라스에 앉아서 큰길을 쳐다봐. 혹시 큰길에서 기적이라도 일어날까봐. 그 애가 바라는 기적이 뭔지 알아? 당신이 돌아오는 모습을 보는 거지."

린쟈보는 본능적으로 질투와 부러운 마음이 생겨났다. 그 순간 위산도 같이 역류했다. 나는 애초에 아버지란 역할을 그다지 소중하게 생각하지 않았는데, 진짜 아버지는 이렇구나. 그가 방금 한 이 말을 자신도 언젠가는 할 수 있기를 바랐다.

"지금 그 애는 내 자식인데, 당신이 왜 이렇게 조바심을 내는 거요?"

"당신 아들로 생각한다면 애를 그렇게 방치해서는 안 돼잖소."

"잠시 떠나 있었을 뿐이오."

"그럼 얼른 아프리카에서 돌아오시오."

"이미 귀국 비행기에 올라탔소."

린쟈보가 잠시 가만히 있더니 다시 말했다.

"근데 아까 당신이 뭐라 한 것 같은데? 내가 그들 모자 곁으로 돌아가 한평생 그를 행복하게 해준다면, 당신이 사라져주겠다고 한 것 같은데."

"고향으로 돌아가 몸을 꼭꼭 숨기고 살겠소."

"그렇지만 그 애가 보고 싶으면 언제든지 올 수도 있잖소."

"당신이 그 애한테 잘해주기만 한다면 나는 더 이상 안 나타날 거요."

"당신이 안 나타나면 내가 그 애한테 잘해주는지 아닌지 어떻게 알 수 있소?"

왕창츠는 침묵했다.

"당신이 영원히 사라져주지 않는다면 나도 돌아가서 그들과 함께 살 수 없어. 당신이 내가 아이를 잘 키우는지 아닌지 살피는 거 자체가 싫어. 기쁠 때는 몰래 웃겠지만, 그렇지 않을 때는 나타나서 삿대질하고 나를 발로 찰 것 같아서⋯."

"내가 없어진다면 누가 다즈의 행복을 감독하겠소? 당신이 나를 속일 수도 있잖소."

"돈으로 보장하지. 어떤 약속이나 사람의 마음은 다 믿을 게 못 돼."

"얼마나?"

"당신이 없어지기 전에 내가 린팡성에게 1천만 위안을 입금하지. 1천만 위안이 생기면 한평생 행복하지 않겠소?"

"돈뿐만 아니라 지식도 갖춰야 하고 대학교도 가야 하오."

"당신 바보요? 우리 집 형편이면 애가 백치라도 대학에 갈 수 있소. 내가 도와주지 않아도 애 외할아버지가 도와줄 거요."

"그럼 내가 어떻게 사라지면 좋겠소?"

"시장대교 난간에서 뛰어내리시오."

"우리 부모님이 먹고살 돈도 필요하오."

"그럼 당신 부모님께도 20만 위안을 드리지. 그거면 반평생 먹고 사실 수 있을 거요."

왕창츠의 눈빛이 갑자기 흐려졌다. 죽음을 앞둔 것처럼 동공이 흩어지고 시야가 흐릿해졌다. 고향 산천, 부모님, 샤오윈, 둘째 숙부와 친척, 친구가 떠오르고 심지어 그때 어머니가 몰래 팔아버린 누렁이까지 생각났다⋯.

"이렇게 하겠소? 말겠소?"

"꼭 목숨까지 내놔야겠소?"

"이렇게 하지 않으면 아무도 팡성의 행복을 보장하지 못 하니까. 아이는 하나인데 아빠가 두 명이야. 둘 중에 누구라도 실수하면 그 애에게 큰 상처를 줄 수 있어. 그래서 우리 둘 중 한 명은 반드시 없어져야 해. 내가 사라지면 아이가 고통을 받을 것이고, 또 돈도 못 받게 돼. 그런데 당신이 사라지면 아이는 당신의 존재를 모르니 고통도 안 받을 것이고 또 1천만 위안도 받을 수 있어. 눈 감고도 알 수 있는 뻔한 사실 아닌가?"

왕창츠의 입술이 미세하게 떨렸다. 온몸이 떨렸다.

"죽을 곳은 내가 직접 선택해도 되겠소?"

"안 되오. 당신이 죽는 것을 내 눈으로 직접 확인해야 하니까."

"한번 생각해보지요."

"모레 병원 정문 앞에서 기다리겠소."

린쟈보는 이렇게 말하고는 문을 쾅 닫고 나갔다. 왕창츠는 한참 동안 그렇게 화장실에서 서 있었지만, 어떤 악취도 맡지 못했다.

제7장
# 환생

# 61

왕창츠는 예상보다 십 분이나 일찍 미리 봐둔 장소에 도착했다. 그는 일평생 지각이란 것을 해본 적이 없었다. 그래서 마지막 순간까지도 '지각'이란 단어를 떠올리지 못했다. 그는 말끔하게 옷을 차려입고 이발도 하고 수염도 깎았다. 본래는 아주 새끈한 가죽신을 사 신을 생각이었다. 그러나 5백 위안이면 시골에 사시는 아버지 집에 유리창을 달아드릴 수 있는데 하는 생각이 자꾸 떠올라서 침을 삼키고 손을 쥐었다 폈다 하면서 그냥 포기했다. 지금 그는 하얗게 빤 해방화를 신고 시장대교 정중앙의 난간 옆에 서 있다. 이곳이 다리에서 제일 높기 때문에 물에 떨어졌을 때도 효과가 가장 클 거라고 생각했다. 사람은 누구나 한평생 산 뒤에 '조용히 사라지거나 아니면 소리를 내면서 떠나가거나' 이 둘 중에 하나를 선택해서 간다. 하늘은 더없이 파랗고 구름은 전에 없이 맑고 깨끗했다. 그에게 마지막으로 한 번만 더 생각해보란 듯 날씨가 그렇게 좋을 수가 없었다. 수면에는 햇살이 가득했다. 잔물결에 일렁이는 햇살에 눈이 부셨다. 이전에는 그렇게도 싫던 자동차의 굉음도 지금은 듣기 좋았고, 차에서 내뿜는 매연도 상큼한 향기처럼 흩어졌다. 양쪽 강가에 줄지어 서 있는 집을 바라보면서 왕창츠는 생각했다. '린쟈보가 틀림없이 어느 창문 뒤에 숨어서 내가 어떻게 죽는지 망원경으로 지켜보고 있겠지.'

72시간 전에 린쟈보는 검은 비닐봉지에 현금 20만 위안을 넣어서 왕창츠의 셋집으로 왔다. 그가 돈을 식탁 위에 놓자 낡은 식탁이 흔들리더니 넘어졌다. 무게를 감당하지 못한 것인지 아니면 너무 긴장해서 그런 것인지 식탁이 내려앉았다. 그 탓에 마룻바닥이 흔들리고 여진이 일어난 것 같았다. 린쟈보는 의자를 찾아 앉고 싶었으나 의자가 자신의 엉덩이를 찌를 것 같았다. 그래서 선 채로 컴퓨터를 켜고 동영상을 틀었다. 동영상에 린쟈보, 다즈, 팡즈즈가 함께 모여 웃으면서 카메라를 보고 있었다. 다즈는 양쪽 뺨에 보조개가 생길 정도로 정말 신나게 웃고 있었다. 손에는 통장을 들고 있었다. 줌 인을 하자 통장이 점점 커지면서 엉덩이처럼 커졌다. 그때 화면이 멈췄다. 왕창츠가 세어보니 다즈의 통장에 숫자 여덟 개가 찍혀 있었다. '1' 뒤에 '0'이 일곱 개가 있었다.

"정확하게 봤지?"

왕창츠가 고개를 끄덕였다.

'아버지, 엄마, 제가 좋은 값에 팔렸어요. 제 목숨이 어쩌면 우리 마을, 아니 우리 고향 아니 우리 현 전체에서 제일 비싸게 팔렸을 거예요. 우리 아들도 출세했고요.'

그날 오후 왕창츠는 은행에 가서 20만 위안을 왕화이의 통장으로 이체시켰다. 본래는 집에 한 번 다녀올 생각이었다. 린쟈보도 동의하면서 그에게 시간을 주고 돌아가서 부모님을 한번 안아보고 인사하고 오라고 했다. 그러나 부모님을 뵙고 나면 그때 가서 마음이 바뀌고 약속을 어길 것 같았다. 또 밤이 길면 꿈도 많아지는 법, 자기가 달아나 다즈의 행복을 망치고 특히 일시에 판단력이 흐려져 자신이 먼저 린쟈보를 죽일까봐 두려웠다. 매번 마지막 순간을 생각하면 전신에서 땀이 났고 시간이 꾸물대면서 시원하게 흘러가지 않는 것을 원망했다.

48시간 전에 그는 류젠펑의 집을 찾아갔다. 십 년 넘게 류젠펑을 찾지 않았다. 류젠핑도 다른 곳으로 이사를 갔다. 그러나 이번에는 눈 딱 감고 그를 찾아가 문을 두드렸다. 허샤오원이 문을 열었다. 그는 진즉에 알고 있었기 때문에 마음도 편안했고 표정도 좋았다. 그러나 샤오원은 턱이 빠질 만큼 놀라했다. 왕창츠가 찾아올 줄은 정말이지 상상도 못 했다.

십여 년 전에 샤오원이 사라지고 한 열흘 뒤에 왕창츠가 류젠핑을 찾아간 적이 있었다. 아래층에서 류젠핑의 창문에 불이 켜져 있는 것을 보고 2층에 올라가 문을 두드렸는데 불이 다 꺼져 있었다. 그의 노크 소리에 놀라 집 안의 전등이 다 깨졌나 싶었다.

'류젠핑이 나를 거절할 이유가 없는데, 내가 올라오기 전에 잘못 봤나?'

그래서 아래층에 내려가 다시 위를 쳐다봤다. 류젠핑의 창문은 짙은 색 페인트칠을 한 것처럼 어두컴컴했다. 당시 그는 냉정했고 심리적으로도 아주 다운되어 있었다. 다즈는 다른 사람한테 보내고 샤오원은 집을 나갔다. 류젠핑과 밖에 나가서 차 몇 잔을 마시면서 고민을 털어놓을 작정이었으나, 뜻밖에도 류젠핑이 집에 없었다. 이렇게 큰 도시에 류젠핑 말고는 그의 하소연을 들어줄 사람이 없었다. 그는 한참을 서 있다가 길가에 쭈그리고 앉아서 류젠핑이 빨리 돌아오기만을 기다렸다. 그러나 한 시간을 기다려도 류젠핑의 모습을 볼 수 없었다. 그가 일어나서 가려고 하는데 갑자기 건물 위에서 창문 여는 소리가 나면서 누가 말리는 소리도 함께 들렸다. 그는 얼른 담벼락 아래로 몸을 숨겼다. 류젠핑이 창문 밖으로 머리를 내밀며 아래쪽을 한 번 살펴보더니 아무것도 보지 못한 듯 고개를 돌리고 안으로 들어갔다. 창문이 환하게 밝혀졌다.

'이 자식이 집에 있으면서 왜 문을 안 열어줬지?'

화가 나서 곧장 위로 올라가 문을 '쾅쾅쾅' 하고 두드렸다. 류젠핑이 문을 살짝 열더니 손가락을 세우면서 말했다.

"이 몸이 연애 중인데 곧 잘될 것 같아. 며칠만 피해줄 수 있어?"

왕창츠는 팔짱을 끼고 화가 나서 나왔다. 며칠 뒤에 다시 류젠핑을 찾아갔지만 주인이 이사를 갔다고 했다. 류젠핑도 이때 사라졌다. 그로부터 일 년 뒤에 한 건설 현장에서 문틀을 칠하다가 류젠핑을 봤다. 류젠핑은 십여 명의 사람들과 함께 플래카드를 잡고 팻말을 들고 상기된 채 임금을 달라며 시위하고 있었다. 왕창츠는 모자를 눌러 쓰고 마스크를 낀 채 새로 산 오토바이를 타고 해산하는 그들의 뒤를 따라가서 결국 그의 새 주소를 알아냈다. 당초 류젠핑이 말도 없이 이사를 갔기 때문에 왕창츠는 혹시나 하는 생각이 들었다. 이 한 번의 미행으로 의심이 현실로 바뀌었다. 아니나 다를까 허샤오원이 그와 함께 살고 있었다. 왕화이가 점을 치면서 "샤오원이 창문 안에 있는데 이상하게 그 창문을 열 수 없다"고 했었는데, 그와 샤오원은 종이 한 장 거리에 살고 있었다. 그러나 그는 잠시 머뭇거리다가 결국 아무 말도 하지 않고 떠나왔다. 그의 가정은 이미 깨졌다. 그래서 그는 더 이상 다른 또 누군가의 가정을 깨고 싶지는 않았다.

샤오원은 왕창츠에게 들어오라고 했다. 류젠핑이 차 한 잔을 타 왔다. 세 사람은 거실에서 숨쉬기 시합이라도 하듯 어느 누구도 먼저 말을 꺼내지 않았다. 안방과 작은 방은 닫혀 있고 거실에는 냉장고 한 대가 있었으며 화장실에는 세탁기가 놓여 있고 주방에는 유명 브랜드의 간장이 놓여 있었다.

'부족함 없이 사나보네.'

왕창츠가 물었다.

"아이는?"

그러자 류젠핑이 작은 방을 향해 "칭윈(靑雲), 즈상(直上), 이리 나오너라" 했다. 문이 "쾅" 하고 열리더니 뽀얗고 흰 아이 두 명이 달려나왔다. 남자 아이는 엄마에게 가고 여자 아이는 아빠에게 가서 쭈뼛쭈뼛하면서 왕창츠를 바라봤다.

"왕 아저씨다."

두 아이가 이구동성으로 "아저씨 안녕하세요" 하고 말했다.

그들은 이가 희고 가지런했으며 얼굴이 붉고 표정도 밝아 보였다.

"젠핑, 아이들이 나를 아빠라고 한 번만 불러주면 안 되겠나? 애들이 '아빠~' 하고 부르는 소리를 듣고 싶어서 목이 바싹 마를 지경이네."

류젠핑이 샤오원을 쳐다보자 샤오원은 아이들을 쳐다봤다. 아이들이 입을 삐죽이며 얼굴이 어두워졌다. 왕창츠가 통장 하나를 꺼내 테이블 위에 놓으며 말했다.

"이건 내가 십수 년 동안 페인트칠해서 모은 돈인데, 아이들 공부시키는 데 써주게."

"자네는 돈이 필요 없어?"

"내가 돈을 많이 벌었거든."

"어떻게 벌었는데?"

"묻지 말게. 나는 오늘 이후로 더 이상 돈 걱정할 일은 없을 거네."

류젠핑이 아이들에게 눈짓하며 말했다.

"얼른 아빠라고 불러드려."

아이들은 몸을 돌리고 얼굴을 돌렸다. 샤오원이 애들을 밀었다. 아이들은 싫은 듯 고개를 저었다.

"누가 내게 이렇게 많은 돈을 주면 나는 그 사람을 아빠라 부르겠다.

너희들이 안 내키면 왕 아저씨한테 돈 다 돌려준다."

두 아이가 다시 돌아앉더니 큰 소리로 불렀다.

"왕 아빠…"

왕창츠가 "웅~" 하자 모두 마음이 풀리고 순식간에 무거운 공기가 깨졌다. 그가 눈을 감자 눈물이 주르르 나왔다.

"다즈는? 그 아이는 잘 지내요?" 샤오윈이 물었다.

"내가 온 것은 다즈가 성공했다고 말해줄려고 왔어. 우리가 걱정할 필요가 없어졌어. 당신은 칭원과 즈상을 잘 돌보고 저 애들을 훌륭한 인물로 키우기만 하면 돼."

"꿈에서도 그 애가 보고 싶어요. 그 애한테 너무 미안해요. 당신이 원망스러워요."

샤오윈이 눈물을 닦았다.

"그 아이가 얼마나 행복한지 모르니까 나를 원망하는 거야. 지금 당신한테는 저 아이들도 있구먼 뭐. 우리에게 부족했던 것은 애가 아니라…"


24시간 전에 왕창츠는 편지 두 통을 쓴 뒤에 학교로 다즈를 보러 갔다. 학교가 수업 중이어서 수위가 들어가지 못하게 막았다. 그는 교문 맞은편 쌀국수 가게에서 기다렸다. 가게 주인이 말했다.

"먹지도 않을 거면서 여기 앉아서 뭐하시오?"

왕창츠는 돈을 꺼내 쌀국수 한 그릇을 사서 먹으면서 교문을 쳐다봤다. 하교 시간까지는 아직 두 시간이나 남았는데 쌀국수는 어느새 다 비어갔다. 왕창츠는 멍하니 교정 내의 나무를 쳐다보고 운동장에서 체육 수업을 하고 있는 아이들을 바라봤다. 얼마나 시간이 지났는지 가게 주인이 손으로 테이블을 치면서 말했다.

"다 먹은 지가 언제인데 아직도 안 가고 뭐 하시오?"

왕창츠는 창피함에 얼굴이 홍당무가 되었다. 얼른 돈을 내면서 말했다.

"한 그릇만 더 주시오."

직원이 다시 쌀국수 한 그릇을 가져왔다. 앞선 쌀국수를 너무 빨리 먹었던 경험에 비추어 이번에는 천천히 씹어 넘기고 시간을 끌면서 자리를 차지하고 앉아 있었다. 그런데 한 가닥 한 가닥 천천히 먹어도 쌀국수 한 그릇을 먹는 데는 시간이 그리 많이 걸리지 않았다. 30분도 안 걸려서 쌀국수 한 그릇이 또 비워졌다.

'벌써 두 그릇이나 먹었으니 더 이상 쫓아내지는 않겠지?'

하교 시간까지는 이제 30분밖에 남지 않았다. 그런데 주인이 다시 와서 "왜 아직도 안 가고 있어요?" 하고 말했다. 가게를 한 번 둘러봤다. 안에 자리가 많이 비어 있는데도 주인은 그에게 공짜로 앉아 있지 못하게 했다. 그래서 그는 쌀국수를 다시 한 그릇 시켰다. 천천히 다 먹고 나자 하교 종소리가 울려 퍼졌다. 학생들이 삼삼오오 짝을 지어 교문을 나왔다. 마침내 왕창츠는 다즈가 여자 친구 두 명과 수다를 떨면서 나오는 것을 봤다. 그들은 서로 어깨를 치면서 교문에서 헤어졌다. 다즈는 뭔가를 느낀 듯 경계의 눈초리를 하고 사방을 살피다가 마지막으로 맞은편 쌀국수 가게를 쳐다봤다. 왕창츠는 그와 눈이 마주쳤다고 생각했다. 다즈가 태어나자마자 눈을 뜨고 그와 눈이 마주쳤을 때처럼 그렇게 눈이 마주쳤다. 그는 전신이 마비된 것처럼 더 이상 참을 수 없어서 "다즈야!" 하고 일어나서 나가려 했다. 그러나 그는 쌀국수를 연달아 세 그릇이나 먹어서 배가 불러 일어날 수가 없었다. 다즈는 눈을 돌리면서 오른쪽으로 200미터 정도 걸어가서 빨간 세단을 탔다. 팡즈즈가 운전해서 그를 데리러 온 것이었다. 다즈가 퇴원한 이후로 그녀는 다즈가 또 미끄러질까봐 매일 직접 운전해서 등하교를 시켰다. 세단은 물고기처럼 꼬리를 흔들며 떠나갔다.

'나는 평생 이렇게 배부르게 먹은 적이 없다. 평생토록 무수히 배부르게 먹었지만, 그래도 딱 두 번 정말 배부르게 먹었다. 첫 번째는 샤오원과 함께 현에 가서 사진을 찍고 삼류 영화를 보고 경찰서에 가서 사과했을 때였다. 당시 두 사람은 함께 커우로우 한 접시, 땅콩 한 접시, 오이무침 한 접시와 배갈 한 병과 쌀밥 네 그릇을 먹었다. 그때도 배가 불러 일어서지 못할 정도는 아니었는데….'

낮 12시가 되었다. 왕창츠와 린쟈보가 약속한 시간이 되었다. "댕~" 하고 소리가 났다. 어디서 이렇게 큰 소리가 들려오는지 알 수 없었다. 교회당에서 나는 소리 같기도 하고 몸에서 나는 소리 같기도 하고 형장의 총소리 같기도 했다. 왕창츠는 고개를 돌려 한 번 쳐다보고는 난간에 올라갔다.


# 62


이튿날 왕창츠의 시체가 인양되었다. 경찰은 그의 속바지를 자르고 바지 안에 들어 있는 작은 비닐봉지를 발견했다. 봉지 안에 편지가 들어 있었다. 편지에는 류젠핑의 전화번호가 적혀 있었다. 경찰은 류젠핑을 찾아가서 그에게 시신 확인을 부탁했다. 샤오원이 가슴을 치면서 말했다.

"맙소사. 우리한테 작별 인사를 하러 온 거였어요."

류젠핑과 샤오원은 경찰을 따라 시체 안치소에 온 뒤에 왕창츠의 몸이 불고, 그의 피부가 부풀어 올라 터지기 일보 직전인 것을 알았다. 그러나 그의 몸이 아무리 커져 있어도 샤오원과 류젠핑은 그를 알아볼 수 있었다. 그들이 경찰에게 말했다.

"그의 이름은 왕창츠입니다."

시신을 확인한 뒤에 경찰 두 명이 류젠핑과 샤오원을 데리고 왕창츠의 집으로 갔다. 방문이 잠겨 있었다. 경찰이 주인을 불렀다. 그때 샤오원이 자기가 가져갔던 열쇠를 꺼냈다. 경찰이 열쇠를 받아들고 문을 열자 문이 열렸다. 십 년이 넘도록 왕창츠는 열쇠를 바꾼 적이 없었다. 샤오원을 위해 그대로 두었던 것이었다. 샤오원이 살펴보니 방은 옛날 그대로였지만 이번만큼은 그 어떤 때보다도 잘 정리되어 있고 마룻바닥도 깨끗하게 닦여 있었다. 방 중앙에 왕창츠가 고향집에서 가져온 의자가 놓여 있었다. 의자에 유골함이 놓여 있었고, 유서 두 통이 유골함 밑에 있었다. 한 통은 '아버지 왕화이 전' 다른 한 통은 '류젠핑 전'이라 적혀 있었다. 경찰이 류젠핑에게 유서를 열어보라고 했다. 류젠핑은 손이 떨려 여러 번만에 편지 봉투를 뜯었다.

젠핑에게,

나를 꼭 고향집에 데려다주고 우리 엄마 아버지께 잘 말씀드려주게. 건설 현장에서 실족사한 걸로 해주게. 그리고 20만 위안은 보상금으로 나왔다고 해주게. 화장할 때 이 의자도 꼭 함께 태워주게. 죽은 뒤에도 앉지 못하고 계속 서 있을까봐 두렵다네. 너무 고단해서 이제는 의자에 앉아 좀 쉬고 싶네. 부탁하네. 다음 생애에 또 보세.

창츠

류젠핑이 먼저 울자 샤오원도 따라서 울었다. 경찰이 왕화이에게 보내는 편지를 찢자 그 안에서 20만 위안의 이체 영수증 복사본이 나왔다. 경찰이 물었다.

"어디서 이렇게 많은 돈이 났대요?"

그들은 고개를 저으며 모른다고 했다. 이 20만 위안이 그들의 울음을 멈추게 했다. 경찰은 왕창츠가 훔친 돈 아니면 강도짓을 해서 챙긴 돈이라 생각했다. 류젠핑과 샤오원이 그는 그런 사람이 아니라며 맹세했다. 경찰은 전혀 믿지 않은 듯 사건을 꾸미고 조사하기 시작했다. 그들은 20만 위안의 출처에 대해서만 중점적으로 조사하면서 왕창츠가 왜 자살했는지에 대해서는 등한시했다. 반년 동안 조사했지만 그들은 사건의 어떠한 실마리도 찾지 못했고 거금을 도둑맞았거나 잃어버렸다는 사건도 접수되지 않았기에 왕창츠의 화장에 동의했다. 류젠핑이 가족 대표로 서명했다. 노동자들은 반년 동안 냉동되었던 왕창츠의 시체를 화장로로 밀어 넣었다. 류젠핑은 그 의자를 왕창츠의 시신 곁에 같이 놓았다. 화장로를 닫자 '쾅' 하고 소리가 나면서 화장로 안에 불길이 활활 타올랐다. 류젠핑이 말했다.

"왕창츠, 의자도 함께 태웠으니 이제 편안하게 앉아서 좀 쉬게. 아멘."

류젠핑, 샤오원, 칭윈, 즈상 네 사람은 왕창츠의 유골을 들고 그의 고향집으로 갔다. 점심때쯤 마을에 도착했는데, 찬바람이 불고 스산했으며 저 멀리 산꼭대기로 언뜻 눈이 보였다. 그들이 마을 입구에 나타나자마자 개들이 짖기 시작했다. 개들이 미친 듯이 짖어대자 집집마다 창문을 열고 자기가 아는 사람이 오는지 살펴봤다. 샤오원은 아들 칭윈의 손을 잡았다. 류젠핑은 한 손으로는 유골함을 들고 다른 손으로는 딸 즈샹을 안고 있었다. 갈수록 발걸음이 무거웠고 진흙이 붙은 것처럼 발밑이 개운치 않았다. 새로 지은 이층집 앞에서 왕화이와 류쌍쥐가 저 멀리 쳐다보고 있는데, 한 사람은 서 있고 한 사람은 휠체어에 앉아 있었다. 류쌍쥐는 백발을 하고 십 년 전보다 얼굴 주름이 70%나 더 늘었다. 왕화이도 더 까매지고 더 말랐다. 그의 다리가 더 쪼그라들어 이제는 뼈밖에 남지 않았다. 그들은 류젠핑을 몰라보고 샤오원마저 알아보지 못했다. 그들은 이들 네 사람이 자신들과 무관한 사람이라 생각해서 그저 호기심 가득 쳐다보기만 했다. 그런데 그들이 가까이 다가오더니 결국 자기들 앞에 섰다. 칭원과 즈샹이 먼저 왕화이와 류쌍쥐의 품으로 뛰어들면서 "할아버지, 할머니" 하고 소리쳤다. 그때 류쌍쥐가 샤오원을 알아보고는 그녀를 안으면서 실성한 듯 통곡했다.

왕화이는 유골함을 보면서 울고 싶었지만 눈물이 나오지 않았다. 일평생 왕씨 집안의 운명을 바꾸려던 이 사람은 세월에 몸이 앙상하게 발라 감정을 표현할 눈물도 남아 있지 않았다. 왕창츠가 자신에게 쓴 편지를 보면서도 몸을 떨 힘조차 남아 있지 않았다. 그는 천천히 편지를 펼쳐 읽었다.

아버지, 엄마,

왕씨 집안의 운명이 완전히 바뀌었고, 제 임무는 완수했습니다. 몇 대에 걸쳐 우리가 하지 못한 일을 다즈가 해냈습니다. 그는 신선 같은 날들을 보내고 있으니 걱정하지 않으셔도 됩니다. 쓰고 남은 돈은 칭원과 즈샹에게 주십시오. 젠핑과 샤오원이 이견이 없다면 칭원과 즈샹을 손자로 생각하십시오. 아이들이 효도를 하지 않으면 엉덩이를 때리십시오.

창츠 올립니다.

왕화이의 머리가 기울어지더니 휠체어에서 그대로 기절했다. 다음날 그는 겨우 기력을 회복했다. 심야에 류솽쥐는 집에 있는 네모난 테이블에 쌀, 향과 지전, 고깃덩이, 술, 수탉과 방울 등을 차렸다. 왕화이는 향불 앞에서 왕창츠를 위해 점을 쳤다. 그는 두 다리를 미세하게 떨면서 입으로 주문을 외었다. 주문을 외면서 하늘과 땅에 쌀을 뿌리고 술을 뿌렸다. 30분 뒤에 그의 이마에 땀방울이 맺혔다. 갑자기 큰 소리로 물었다.

"창츠가 환생하려 한다. 어디로?"

테이블 앞에 무릎을 꿇고 앉아 있던 칭원과 즈상이 큰 소리로 대답했다.

"도시로."

"어디로?"

"도시로."

이렇게 십수 차례 묻고 대답하는 동안에도 왕창츠의 영혼은 여전히 유골함에 엎드려서 꼼짝도 하지 않았다. 왕화이가 다시 쌀을 뿌리고 술을 뿌리면서 닭벼슬과 닭털 몇 가닥을 땅에 던졌다. 이런 식으로는 귀신과 소통할 수 없었고, 역시 왕창츠를 감동시키지 못했다. 왕화이가 말했다.

"창츠야, 네가 엄마 아버지에게 미련이 남아 있는 거 안다. 네가 차마 우리를 버리지 못하는 거 나도 안다. 너는 한평생 엄마 아버지의 말을 듣고 살았으니, 한 번만 더 우리 말을 들어다오. 지난 생애는 네가 잘못 들어서서 우리 집으로 왔지. 우리 집이 가난해서 하루도 너를 편하게 해준 날이 없었다. 다음 생애에서는 반드시 좋은 집을 골라 도시에서 환생해야 한다. 우리한테는 칭원과 즈상이 있으니 마음 편히 가거라."

그러고는 다시 주문을 여러 번 외었다.

"창츠가 환생하려 한다. 어디로?"

"도시로."

칭원과 즈상이 크게 대답했다.

"어디로?"

왕화이가 더 큰 소리로 물었다.

"도시로."

류샹쥐, 왕화이의 동생, 류젠핑, 샤오윈과 동네 아저씨 아주머니들도 모두 따라 소리쳤다.

"어디로?" 왕화이가 다시 물었다.

"도시로." 다 함께 큰 소리로 대답했다.

"어디로?" 왕화이의 목이 다 쉬었다.

"도시로."

문 밖에서 갑자기 함성이 들렸다. 마을 사람들의 목소리였다. 온 동네 사람이 한마음으로 "도시로" 하고 외쳤다. 왕창츠의 영혼이 꿈틀대기 시작했다. 왕화이가 책상 위의 방울을 흔들자 '당~' 하고 소리가 났다. 왕창츠의 영혼이 갑자기 날기 시작하더니 지붕을 넘어 돌기 시작했다. 왕화이가 '당~' 하고 한 번 더 방울을 흔들었다. 왕창츠의 영혼이 단풍나무를 향해 달려가는가 싶더니 미련이 남은 듯 나뭇가지에 멈춰서서 뒤돌아봤다. 왕화이가 '당~' 하고 방울을 다시 흔들었다. 왕창츠에게 재수를 독촉하던 그때처럼, 도시에서 일자리를 구하라고 재촉할 때처럼 그렇게 방울을 흔들었다. 방울 소리가 단풍나무 가지까지 쫓아가자 왕창츠의 영혼이 다시 날기 시작했다. 그는 삼림, 하천, 고속도로, 철로, 건물…을 날아서 곧장 성으로 갔다. 다시 런민로(人民路)로 가서 런민병원 분만실로 들어갔다.

분만실에서 "으앙" 하고 아이 울음소리가 났다. 기진맥진해 있던 우신(鳴欣)이 사내아이를 낳았다. '사내아이'란 말이 들리자 문 밖에서 초조하게 기다리던 린쟈보가 덩실덩실 춤을 추면서 좋아했다.


## 63


몇 년 뒤 린팡성은 경찰대학을 졸업하고 범죄수사대 제1팀에 들어가 일했다. 공(龔) 팀장은 그가 배경 좋은 집안 출신임을 알고 바로 업무에 투입시키지 않고 먼저 본 팀의 상황 파악부터 하게 했다. 린팡성은 공명심이 강하고 또 탐정 소설을 아주 많이 봐서 시간만 나면 사건기록정보센터로 가서 미제 사건을 뒤졌다. 책을 읽듯 그렇게 한 사건씩 들춰 봤다. 그 안에는 기구한 사연도 많고 거대한 상상 공간도 많고 당연히 공을 세울 수 있는 기회도 있었다. 열댓 사건의 파일을 보았는데 첫 번째 미제 사건이 가장 잊혀지지 않았다. 이것은 어쩌면 하늘의 뜻일지도 몰랐다.

제일 처음 사건기록정보센터로 갈 때는 경천동지할 만한 치정 사건을 조사할 생각이었다. 그런데 두 번째 파일함을 열 때 누가 손으로 자기 어깨를 치는 것 같았다. 너무 놀라 몸을 피하면서 뒤돌아봤는데 아무도 없었다. 바닥에 파일 하나가 떨어졌는데 방금 그가 피할 때 떨어진 것이었다. 그는 파일을 들어 살펴봤다. 퉁퉁 불은 시체 사진이 제일 먼저 눈에 들어왔다. 시신은 심하게 변형되어 있었지만 본 적이 있는 사람 같았다. 그러나 어디서 봤는지 아무리 생각해봐도 기억나지 않았다. 그래서 그는 캐비닛에 기대어 자세히 살펴봤다. 9년 전에 일어난 사건으로 린팡성은 보자마자 수사가 잘못되었다는 것을 알아차렸다. 이 사건을 맡은 자오(趙) 아무개가 죽은 사람의 범죄 증거만을 찾을 생각에 자살인지 아니면 타살인지 살펴보지 않았던 것이었다. 며칠 뒤에 린팡성은 이 사건 파일을 공 팀장에게 넘겨주었다. 공 팀장은 한 번 힐끗 보더니 파일을 던지면서 말했다.

"일이 없어서 심심한 모양이네? 이런 작은 사건에 흥미가 다 생기는 거 보니."

린팡성이 말했다.

"사람 목숨에 관련된 일입니다."

"자네 바다에 가서 돌 던져봤나?"

"네."

"숨죽이고 아무 소리도 내지 않으며 물보라도 치지 않는 사건에 관심을 둘 것이 아니라, 물보라가 치고 큰 소리를 내는 돌을 먼저 주시해야지."

린팡성은 고개를 끄덕였지만 이 사건을 놓치고 싶지 않았다.

'이 미제 사건으로 내 능력을 한 번 시험해봐야겠다.'


린팡성은 '왕창츠 사건'을 조사하기 시작했다. 그는 왕창츠가 아직 죽지 않고 살아 있으며 아무 회사의 부국장이라는 사실을 알아냈다. 린팡성은 동명이인일 거라고 생각했다. 그러나 조사해본 결과 생존자 왕창츠의 출생지, 신분증번호, 본적, 다녔던 중학교까지 모두 죽은 왕창츠와 동일했다. 그래서 린팡성은 사무실로 가서 왕 부국장을 방문했다. 그런데 왕 부국장은 사진 속의 그 남자가 아니었다. 여러 차례 이야기를 주고받다가 왕 부국장이 '털썩' 하며 무릎을 꿇더니 린팡성에게 살려달라고 했다.

'누가 이 사건을 숨죽이고 아무 소리도 내지 않는다고 할 수 있겠는 가? 지금 이렇게 물보라를 치고 있지 않은가?'

조사 결과 왕 부국장의 본명은 야다산(牙大山)으로 대학 입시가 있 던 그해에 커트라인을 넘기지 못했다고 했다. 그의 부친이 손을 써서 같은 반 친구 왕창츠의 이름으로 개명하고 왕창츠의 합격 통지서를 가 로채서 그의 이름을 도용해 대학에 다닌 것이었다. 대학 졸업 뒤로 야 다산은 아버지의 또 한 번의 조작으로 성 아무 회사에 남았고, 한 단계 한 단계를 밟아 결국 부국장이 되었다. 지금 야다산은 일도 잘 풀리고 가정도 행복하며 몸도 건강하고 아내도 예쁘며 아들도 대학원생이었 다. 만약 린판성이 개입하지 않았다면 훔친 남의 이름으로 편안하게 인 생을 계속 즐겼을 것이었다.

'이 사람은 이렇게 다른 한 사람의 인생을 망쳤다. 사람으로서는 해 서는 안 될 일을 했으니 죽어 마땅한 죄다.'

그는 반드시 야다산에게 법적 책임을 물리겠다고 맹세했다.


그는 왕창츠의 고향집에 가보기로 했다. 어쩌면 그곳에서 사건의 실 마리를 찾을 수 있을지도 모른다는 생각이 들었다. 왕창츠의 고향은 이 미 고속도로가 닦여 있어 차를 몰고 한 번에 갈 수 있었다. 노면이 아직 완전히 굳지 않아서 차가 지나가는 곳마다 먼지가 일었다. 린팡성은 이 목을 끌고 싶지 않아 자기 차를 몰고 편한 복장에 선글라스를 끼고 갔 다. 휠체어에 앉아 있는 왕화이는 땔나무처럼 바짝 말랐고, 문틀에 서 있는 류쌍쥐는 낙타 등처럼 허리가 굽었으며 백발이 성성했다. 그들은 린팡성을 쳐다봤다. 간부가 한 명 왔나보다 하고 쳐다보면서 어떤 호기 심도 어떤 경이로움도 보이지 않은 채 그저 산아 제한 조사 차 나왔다 고 생각했다. 린팡성은 깜짝 놀랐다. 왕창츠 집의 액자에 자기 어렸을 때의 사진이 몇 장 꽂혀 있었다. 처음에는 그 사진이 자기와 비슷하게 생긴 아이라고 생각했으나 눈을 비비고 난 뒤에 보니 확실히 자기였다. 그는 액자 속의 사진을 가리키며 물었다.

"어째서 이 사진이 여기 있어요?"

왕화이가 눈을 뜨고 몸을 바로 세우면서 순식간에 정신이 맑아졌다.

"내 손자요. 왕다즈라고. 태어나기 전에 엄마 아빠를 따라 도시에 갔는데, 애를 잘 키울 능력이 없었던 그 애들이 돈 많은 부잣집에 입양 보냈소."

린팡성은 사진을 자세히 봤다. 순간 몸이 춥고 이가 떨리면서 두 다리가 후들거리는 것이 극한의 추위에 놓여 있는 것 같았다.

도시로 돌아온 뒤 린팡성은 몰래 자기 뒷조사를 했다. 조사를 할수록 두려웠다. 어느 깊은 밤에 그는 시장대교에 왔다. 사람도 없고, 그저 물에 비친 가로등만이 강물에서 빛나고 있었다. 그는 그해에 왕창츠가 뛰어내렸던 곳에 섰다. 두 다리에 마비가 올 때까지 한참 동안 서 있었다. 가방에서 사건 파일을 꺼내고 사진 한 뭉치를 꺼내 힘껏 강을 향해 던졌다. 사건 파일과 사진은 나뭇잎처럼 휘날렸다. 린팡성의 비밀은 이 때부터 파묻혔으며 스스로 입양됐다는 말만 꺼내지 않으면 어느 누구도 그의 출신을 알 수 없었다.

어느 날 새벽 왕화이는 벽에 걸린 액자를 보다가 갑자기 소리쳤다.

"쌍쥐, 다즈의 사진이 왜 안 보이지?"

류쌍쥐가 주방에서 나와 고개를 들고 한참을 봤다. 다른 사진은 그대로 다 있는데, 유독 다즈의 사진만 사라지고 없었다. 시력이 떨어졌나? 류쌍쥐가 돋보기를 끼고 봐도 다즈의 사진만 안 보였다. 왕화이가 류쌍쥐의 돋보기를 쓰고 봐도 확실히 액자 안의 다즈 사진이 안보였다. 다즈가 말도 없이 가버려서 그들은 더 이상 손자를 볼 수 없게 되었다. 손자가 그리울 때는 그저 자신들의 기억을 떠올릴 수밖에 없었다. 그런데 그들의 기억도 갈수록 모호해져 점점 믿을 수 없게 되었다. 가끔 거울 속의 자신들을 바라보면서 다즈를 기억했다.

그들의 희미한 기억 속에 다즈의 눈은 할아버지를 닮았고 코는 할머니를 닮았으며, 입술은 제 아빠를 닮았었다.

2013년 5월에서 2015년 5월에 쓰다.

후기

이 작품은 나의 세 번째 장편소설이다. 1996년에 출판한 『따귀소리 (耳光響亮)』, 2005년에 출판한 『후회록(後悔錄)』에 이어 나온 세 번째 작품이다. 작품마다 약 10년의 간극이 있다. 요즘같이 모든 것이 빨리 변하는 시대에 10년에 한 번 작품을 낸다는 것은 확실히 좀 게으르다고 할 수 있다. 그런데 나는 10년에 한 편씩 작품을 내놓는 이 리듬이 참 좋다. 작품을 구상하는 데 딱 이 정도의 시간이 걸리기도 하지만, 작품이 나온 뒤에 나의 신작이 바로 파묻힐까봐 걱정해서 더 그렇기도 하다. 나는 소설 창작이 나무를 키우는 것과 똑같다고 생각한다. 나무 한 그루를 제대로 키우려면 많은 비료와 햇볕, 비와 이슬, 바람 등이 필요하듯 내가 딱 그렇다. 10여 년에 걸쳐 『홍루몽(紅樓夢)』을 창작한 조설근(曹雪芹)을 본받아 이렇게 오래 집필을 하는 것은 물론 아니다. 굳이 조설근을 본받고 싶다면 나는 격일에 한 번 죽을 먹으면서 작품을 썼던 조설근을 본받고 싶다. 작품을 오래 구상했다고 해서 그 작품이 꼭 좋은 작품이라고 할 수 없듯 시간이 작품의 질을 담보할 수는 없다. 사실 천재 작가의 경우는 몇 십 일만에도 작품을 뚝딱 써내기도 한다. 그런데 모든 사람이 '빠름'을 추구할 때 한두 명의 지진아가 나와 그들의 속도를 제지하면서 합리적인 평균치를 추구할 필요도 있다. 어찌 보면 이것은 게으른 자의 항변이기도 하고 고대 인디언들이 따라오고 있는지 알지도 못하는 영혼을 기다리는 것처럼 좀 여유를 가지고 천천히 가자는 의미이기도 하다.

2013년 5월에 나는 이 소설을 쓰기 시작했다. 『언어 없는 생활(沒有語言的生活)』을 쓸 때처럼 딱 한 줄을 쓰고 나서 나는 서재를 빙빙 돌기 시작했다. 이것은 글을 쓸 때의 내 습관이기도 하고 뭔가 자신이 없을 때 하는 표현이기도 하다. 집필하자마자 이 작품이 실패할 것 같다는 느낌이 들었다. 꼼꼼하게 구상도 하지 못했고, 주제도 깊이가 없고 이야기에 감동도 없었다. 이렇게 주저주저하면서 일주일의 시간을 흘려보냈다. 일주일이 방황의 끝이다. 만약 일주일 안에 어떤 참신한 영감이나 생각이 떠오르지 않으면 나는 머리를 쥐어뜯어가면서 작품을 써나가야 한다. 용케도 일주일의 시간을 허비하지 않은 듯 많은 아이디어가 튀어나와 계속 작품을 쓸 수 있게 되었다. 어떤 아이디어는 작품에 반영되지 않기도 하지만 그래도 한동안 내게 자신감을 준다.

사실 20여 년 전에 작품을 쓸 때는 "그 어떤 것에도 관심을 두지 않고" 머리를 파묻고 전투적인 자세로 작품을 썼다. 그때는 했던 말을 하고 또 해도, 논리적인 모순이 있어도 신경 쓰지 않았으며, 인물의 행동에 통일성 없이 어떤 때는 돌진하고 어떤 때는 격정적이고 낭만적이기도 해 원기 충만했다. 그러나 지금은 작품을 쓰면 쓸수록 망설여지고 어렵게 느껴졌다. "이전보다 갈수록 작품을 쓰기가 힘들고 문학 상황도 복잡해졌다"는 가르시아 마르케스의 말이 딱이다. 옛날에는 한 단락을 쓰고 나면 두세 번 정도 읽고 그대로 작품을 써나갔으며, 원고가 완성된 뒤에 다시 한 번만 읽으면 되었다. 그러나 지금은 한 단락을 쓰면 최소 열 번은 읽고, 심할 때는 스무 번 정도 읽고 나서 작품을 계속 써나간다. 내가 좀 더 적확한 단어를 찾고 요즘 말로 쩌는 디테일을 구상하다보니 그런 것 같기도 하다. 또 나는 작품을 쓸 때 금기 사항이 하나 있는데 뒷줄의 문장부호를 최대한 앞줄의 문장부호와 같은 위치에 찍지 않는다는 것이다. 문장부호가 두 줄이나 같은 곳에 있으면 시처럼 보이기도 하고, 편집할 때도 보기가 좋지 않다. 이 금기의 가장 좋은 점은 두 줄 이상 같은 위치에 문장부호가 오면 문장의 길이를 조정해야 하고, 조정을 하다보면 자연 더 좋은 어휘를 찾아낼 수 있다는 것이다. 어떤 때는 이것 때문에 스스로 '신경과민'이 아닌가 생각하기도 하지만, 나는 모든 작가들은 이래야 하며 신경이 예민할수록 더 좋은 소설